Diecinueve minutos

Diecinueve minutos

Novela

Jodi Picoult

ATRIA ESPAÑOL

Nueva York   Londres   Toronto   Sidney

ATRIA ESPAÑOL

Una división de Simon & Schuster, Inc.
1230 Avenida de las Américas
Nueva York, NY 10020

Primera edición en rústica de Atria Español, abril 2009

ATRIA ESPAÑOL y su colofón son sellos editoriales de Simon & Schuster, Inc.

Para obtener información respecto a descuentos especiales en ventas al por mayor, diríjase
a Simon & Schuster Special Sales al 1-866-506-1949 o a la siguiente dirección electrónica:
business@simonandschuster.com.

La Oficina de Oradores (*Speakers Bureau*) de Simon & Schuster puede llevar autores a su
programa en vivo. Para más información o para hacer la reservación de un evento llame al
Speakers Bureau de Simon & Schuster, 1-866-248-3049 o visite nuestra página web en
www.simonspeakers.com.

Diseñado por Jaime Putorti

Impreso en los Estados Unidos de América

10 9 8 7 6 5 4 3 2 1

Library of Congress Cataloging-in-Publication Data

Picoult, Jodi.
Diecinueve minutos : novela / Jodi Picoult.
    p. cm.
1. School shootings--Fiction. 2. High school students--Crimes against--Fiction.
3. Women judges--Fiction. 4. New Hampshire--Fiction. 5. Psychological fiction, American.
6. Lawyers--Fiction. 7. Bullying--Fiction. I. Title.

 PS3566.I372N5614 2009
  813'.54--dc22   2008040498

ISBN-13: 978-1-4391-0925-0
ISBN-10:   1-4391-0925-7

Para Emily Bestler,
la mejor editora y más feroz campeona
que una chica podría desear, atenta siempre
a que avance lo mejor posible.
Gracias por tu mirada aguda, tu guía entusiasta
y, por encima de todo, gracias por tu amistad.

Agradecimientos

Sé que puede parecer raro empezar dando las gracias al hombre que vino a mi casa para enseñarme a disparar un arma de fuego contra un montón de leña del patio trasero: el capitán Frank Moran. Le doy las gracias también a su colega de profesión, el teniente Michael Evans, por la detallada información sobre armas de fuego; y al jefe de policía Nick Giaccone por el millón de preguntas de última hora que tuvo a bien responderme por correo electrónico, referentes a todo tipo de cuestiones policiales, tales como búsquedas, secuestros y otras. La detective de la policía montada Claire Demarais merece una mención especial como reina de las técnicas de investigación forense y por haber conducido a Patrick por una escena del crimen de enormes proporciones. Tengo la gran suerte de contar con amigos y familiares que han resultado ser verdaderos expertos en sus respectivos ámbitos profesionales, y que me han hecho partícipe de sus historias y experiencias, y también se han prestado a hacer de caja de resonancia: Jane Picoult, el doctor David Toub, Wyatt Fox, Chris Keating, Suzanne Serat, Conrad Farnham, Chris y Karen Van Leer. Gracias a Guenther Frankenstein por la generosa contribución de su familia a la ampliación de la Biblioteca Howe de Hanover, New Hampshire, y por el permiso para utilizar su maravilloso nombre. Glen Libby contestó con gran paciencia a mis preguntas acerca de la vida en la prisión del condado de Grafton, y Ray Fleer, ayudante del sheriff del condado de Jefferson, me proporcionó toda serie de materiales e información sobre la

masacre en el instituto Columbine. Gracias a David Plaut y a Jake
Van Leer por el chiste matemático, malo de verdad; a Doug Irwin por
enseñarme los aspectos económicos de la felicidad; a Kyle Van Leer y
a Axel Hansen por las premisas que encierra el juego del escondite de
Scooby Doo; a Luke Hansen por el programa C++; y a Ellen Irwin por
la lista de popularidad. Quiero expresar mi agradecimiento, como
siempre, al equipo de Atria Books, que hace que yo parezca mucho
mejor de lo que soy en realidad: Carolyn Reidy, David Brown, Alyson
Mazzarelli, Christine DuPlessis, Gary Urda, Jeanne Lee, Lisa Keim,
Sarah Branham y la infatigable Jodi Lipper. A Judith Curr, gracias por
cantar mis alabanzas sin detenerse ni para tomar aliento. A Camille
McDuffie, gracias por hacer de mí eso tan raro en el mundo de la edición: un nombre de marca. Laura Gross, alzo un vaso de whisky esco-
cés a tu salud, porque no puedo imaginar este negocio sin ti. A Emily
Bestler, bueno, no hay más que leer la página siguiente. Un reconocimiento muy especial para la juez Jennifer Sargent, sin cuya contribución el personaje de Alex no podría haber existido. Y para Jennifer
Sternick, mi fiscal particular: eres una de las mujeres más brillantes
que he conocido jamás, y haces del trabajo algo tan divertido (larga
vida al rey Wah), que la culpa no puede ser más que tuya si acudo una
y otra vez a ti en busca de ayuda. Gracias como siempre a mi familia, Kyle, Jake y Sammy, quienes se aseguran de recordarme qué
es lo que de verdad importa en la vida; y a mi esposo Tim, la razón por la que soy la mujer más feliz del mundo. Finalmente, me
gustaría dar las gracias a toda una serie de personas que han sido
el corazón y el alma de este libro: los sobrevivientes de ataques reales a institutos de Estados Unidos, y los que les ayudaron a superar
las secuelas emocionales: Betsy Bicknase, Denna O'Connell,
Linda Liebl y, en especial, a Kevin Braun; gracias por el valor de
volver a sondear en tus recuerdos y por haberme concedido el privilegio de tomarlos prestados. Y, finalmente, a los miles de jóvenes de todo el mundo que son un poco diferentes, que van por ahí
un poco asustados, que son un poco impopulares: va por ustedes.

Primera parte

Si no corregimos la dirección en la que vamos,
acabaremos en el lugar de donde venimos.

Proverbio chino

Espero estar muerto para cuando leas esto.

No se puede deshacer lo que ya ha sucedido; no se puede retirar una palabra que ya ha sido pronunciada. Pensarás en mí y desearás haber sido capaz de hablar conmigo de esto con calma. Tratarás de imaginar qué podrías haber dicho, qué podrías haber hecho. Supongo que yo te habría tranquilizado: «No te eches la culpa, tú no eres responsable», pero sería mentira. Los dos sabemos que yo nunca habría llegado a esto por mí mismo.

En mi funeral llorarás. Dirás que esto no tendría que haber pasado. Actuarás como todo el mundo espera que actúes. Pero ¿me echarás de menos?

Y, lo que es más importante, ¿te echaré yo de menos a ti?

¿Alguno de los dos quiere de verdad escuchar la respuesta a esta pregunta?

6 DE MARZO DE 2007

Diecinueve minutos es el tiempo que tardas en cortar el césped del jardín de delante de tu casa, en teñirte el pelo, en ver un tercio de un partido de hockey sobre hielo. Diecinueve minutos es lo que tardas en hacer unos bollos en el horno, o el tiempo que tarda el dentista en empastarte una muela; o el que tardarías en doblar la ropa de una familia de cinco miembros.

En diecinueve minutos se agotaron las entradas para ver a los Tennessee Titans en los play-off. Es lo que dura un episodio de una comedia televisiva, descontando los anuncios. Es lo que se tarda en ir en coche desde la frontera del Estado de Vermont hasta la ciudad de Sterling, en New Hampshire.

En diecinueve minutos puedes pedir una pizza y que te la traigan. Te da tiempo a leerle un cuento a un niño, o a que te cambien el aceite del coche. Puedes recorrer un kilómetro y medio caminando. O coser un dobladillo.

En diecinueve minutos, puedes hacer que el mundo se detenga, o bajarte de él.

En diecinueve minutos, puedes llevar a cabo tu venganza.

Como de costumbre, Alex Cormier llegaría tarde. Se tardaba treinta y dos minutos en coche desde su casa, en Sterling, hasta el Tribunal Superior del condado de Grafton, en New Hampshire, y eso si cruzaba

Orford a toda velocidad. Bajó la escalera en medias, con los zapatos de tacón en la mano y los informes que se había llevado a casa el fin de semana bajo el brazo. Se recogió la melena cobriza y se la sujetó en la nuca con horquillas, transformándose en la persona que tenía que ser antes de salir a la calle.

Alex era jueza del Tribunal Superior de Justicia desde hacía treinta y cuatro días. Había creído que, después de demostrar su valía como jueza de un juzgado de distrito durante los últimos cinco años, le resultaría más fácil. Pero con cuarenta años seguía siendo la jueza más joven del Estado. Y seguía viéndose obligada a probar su ecuanimidad como jueza, pues su historia como defensora de oficio la precedía, y los fiscales daban por sentado que, de entrada, estaba del lado de la defensa. Cuando Alex se había presentado para abogada de oficio, lo había hecho con el sincero deseo de garantizar que en aquel sistema legal, las personas fueran inocentes mientras no se demostrase lo contrario. Nunca hubiera supuesto que, como jueza, ella no iba a contar con el beneficio de la duda.

El aroma a café recién hecho atrajo a Alex hasta la cocina. Su hija estaba inclinada sobre una taza humeante, sentada a la mesa, mientras leía un libro de texto. Josie parecía agotada, tenía los azules ojos enrojecidos, y su cabello color avellana recogido en una enmarañada cola de caballo.

—Dime que no has estado levantada toda la noche —dijo Alex.

Josie ni siquiera levantó los ojos.

—No he estado levantada toda la noche —repitió como un loro.

Alex se sirvió una taza de café y se dejó caer en la silla de delante de ella.

—¿No me engañas?

—Me has pedido que te dijera eso —repuso Josie—, no que te dijera la verdad.

Alex frunció el entrecejo.

—No deberías tomar café.

—Y tú no deberías fumar.

Alex sintió que se ruborizaba.

—Yo no...

—Mamá —suspiró Josie—, aunque abras las ventanas del baño, las toallas siguen oliendo a tabaco.

Levantó la vista, desafiando a Alex a que le echara en cara cualquier otro vicio.

Por su parte, Alex sólo tenía el de fumar. No le quedaba tiempo para vicios. Le hubiese gustado poder decir con conocimiento de causa que Josie tampoco los tenía, pero eso no sería más que aplicar el mismo prejuicio que el resto del mundo respecto a Josie: una estudiante excelente, guapa y popular, que conocía mejor que la mayoría de la gente las consecuencias de salirse del buen camino. Una chica destinada a hacer grandes cosas. Una joven que era exactamente como Alex había esperado que fuera su hija al hacerse mayor.

Antes, Josie se sentía muy orgullosa de que su madre fuera jueza. Alex se acordaba perfectamente de cuando hablaba de sus éxitos a los empleados del banco, a las cajeras del súper, a las azafatas de los aviones. Le preguntaba acerca de sus casos y de sus decisiones. Pero todo eso había cambiado desde hacía tres años, cuando Josie había comenzado el instituto, y el túnel comunicativo entre las dos había ido cerrándose poco a poco. Alex no creía que Josie le ocultara más cosas que cualquier otro adolescente a sus padres, aunque había una diferencia: los otros padres sólo podían juzgar a los amigos de sus hijos en sentido metafórico, mientras que Alex podía hacerlo legalmente.

—¿Qué tienes hoy? —le preguntó Alex.

—Examen final. ¿Y tú?

—Vistas de acusaciones —replicó Alex. Entrecerraba los ojos por encima de la mesa, tratando de leer al revés el libro de texto de Josie—. ¿Química?

—Catalizadores. —Josie se frotó las sienes—. Sustancias que aceleran una reacción, pero permanecen inmutables una vez ésta se ha producido. Por ejemplo, si tienes monóxido de carbono e hidrógeno y echas zinc y óxido de cromo... ¿qué pasa?

—Nada, sólo una imagen fugaz de por qué sólo saqué un aprobado en química orgánica. ¿Ya has desayunado?

—Café —contestó Josie.

—El café no cuenta.

—Cuando *tú* estás apurada, cuenta —dijo Josie.

Alex sopesó los costes de llegar cinco minutos tarde, o de tener otra cruz negra en su cómputo cósmico global de buena madre. «¿Una chica de diecisiete años no debería ser capaz de arreglárselas por sí sola por las mañanas?» Alex se puso a sacar cosas de la nevera: huevos, leche, tocino.

—Una vez presidí un caso de ingreso de urgencias en el hospital mental del Estado de una mujer. Su marido lo solicitó después de que ella metiera una libra de tocino en la licuadora y luego lo persiguiera por toda la cocina con un cuchillo en la mano y gritando: ¡Bam!

Josie levantó la vista del libro de texto.

—¿En serio?

—Oh, puedes creerme, no sería capaz de inventarme algo así. —Alex cascó un huevo en una sartén—. Cuando le pregunté por qué había metido una libra de tocino en la licuadora, la mujer se quedó mirándome y luego me dijo que ella y yo debíamos de cocinar de maneras muy diferentes.

Josie se levantó y se apoyó contra el mármol mientras observaba a su madre preparar el desayuno. Las tareas domésticas no eran el punto fuerte de Alex, pero aunque no sabía cómo preparar carne a la cazuela, estaba orgullosa de saberse de memoria los números de teléfono de todas las pizzerías y restaurantes chinos de Sterling que tenían servicio a domicilio.

—No te pongas nerviosa —dijo Alex en tono seco—. Creo que podré hacerlo sin incendiar la casa.

Pero Josie le quitó la sartén de las manos y colocó en ella las tiras de tocino, como marineros en sus estrechas literas.

—¿Cómo es que vas así vestida? —preguntó.

Alex se miró la falda, la blusa y los zapatos de tacón, y frunció el cejo.

—¿Por qué lo dices? ¿Es que parezco Margaret Thatcher?

—No, quiero decir... ¿para qué te molestas tanto? Nadie sabe lo que llevas puesto debajo de la toga. Podrías ir en pijama, por decir algo. O llevar ese suéter que tienes de cuando ibas a la universidad, con los codos agujereados.

—Lo vea o no la gente, se supone que debo ir... bien vestida. Bueno, de una forma juiciosa.

El rostro de Josie se nubló de forma fugaz, y se concentró en los fogones de la cocina, como si Alex no hubiera acertado con la respuesta adecuada. Ella se quedó mirando a su hija: las uñas mordidas, la peca detrás de la oreja, la raya del pelo en zigzag, y vio en ella a la pequeña que apenas andaba y, en cuanto se ponía el sol, se apostaba en la ventana de casa de la niñera porque sabía que a esa hora era cuando Alex iba a recogerla.

—Nunca he ido al trabajo en pijama —reconoció Alex—, pero a veces cierro las puertas del despacho y me echo una siesta tumbada en el suelo.

Una sonrisa de sorpresa se dibujó lentamente en el rostro de Josie. La confesión de su madre era como una mariposa que se hubiera posado en su mano por accidente: algo tan etéreo que no puedes fijar tu atención en ello sin arriesgarte a perderlo. Pero había kilómetros que recorrer, y acusados cuyos cargos leer, y ecuaciones químicas que interpretar, y cuando Josie dejó el tocino para que se escurriera sobre una servilleta de papel, el momento se había evaporado.

—Sigo sin entender por qué yo tengo que almorzar y tú no —murmuró Josie.

—Porque tienes que tener cierta edad para ganarte el derecho a arruinar tu vida. —Alex señaló los huevos revueltos que Josie estaba preparando en la sartén—. ¿Me prometes que te lo comerás todo?

Josie la miró a los ojos.

—Te lo prometo.

—Entonces me voy.

Alex tomó su termo de café. Para cuando sacaba el coche del garaje marcha atrás, su pensamiento estaba ya concentrado en la sentencia que debía dictar aquella misma tarde; en el número de actas de cargos que le habrían sido asignados de la lista de casos pendientes;

9

en las peticiones que le habrían caído como sombras sobre el escritorio entre el viernes por la tarde y aquella misma mañana. Su atención estaba fijada en un mundo muy alejado de su casa, donde en aquel mismo instante su hija arrojaba los huevos revueltos de la sartén al cubo de la basura sin haber probado siquiera un bocado.

A veces, Josie pensaba en su vida como si se tratara de una habitación sin puertas ni ventanas. Era una habitación suntuosa, desde luego, una habitación por entrar en la cual la mitad de los chicos del Instituto Sterling habrían dado el brazo derecho; pero era también una habitación de la que no había escapatoria. O bien Josie era alguien que no quería ser, o bien era alguien a quien nadie querría.

Levantó la cara hacia el chorro de la ducha. Se ponía el agua tan caliente que le enrojecía la piel, le cortaba la respiración y empañaba los cristales de las ventanas. Contó hasta diez, finalmente salió de debajo del chorro y se quedó desnuda y goteando delante del espejo. Tenía la cara hinchada y encarnada; el pelo, pegado a los hombros en forma de gruesos mechones. Se volvió de lado, examinando su vientre plano, metiendo un poco el estómago. Sabía lo que Matt veía cuando la miraba, y también lo que veían Courtney y Maddie y Brady y Haley y Drew: a ella le hubiese gustado ver lo mismo. El problema era que, cuando Josie se miraba al espejo, advertía lo que había bajo la piel, no lo que había pintado sobre su superficie.

Comprendía cuál se suponía que tenía que ser su imagen y cuál su comportamiento. Llevaba el pelo oscuro largo y liso; vestía con ropa de Abercrombie & Fitch; escuchaba a grupos como Dashboard Confessional y Death Cab for Cutie. Le gustaba notar fijos en ella los ojos de otras chicas del instituto cuando se sentaba en el comedor maquillada con las cosas de Courtney. Le gustaba que los profesores supieran su nombre desde el primer día de clase. Le gustaba que hubiera chicos que se la quedaran mirando mientras caminaba por el pasillo con el brazo de Matt rodeándole la cintura.

Pero una parte de ella se preguntaba qué sucedería si la gente se enterara del secreto: que había mañanas en que le resultaba muy difícil levantarse de la cama y ponerse la sonrisa de otra persona; que se sentía en el aire, algo así como una impostora que se reía con los chistes apropiados, cotilleaba sobre los chismes convenientes, y salía con el chico adecuado; una impostora que casi había olvidado cómo era ser auténtica... y que, si lo pensaba con detenimiento, no quería recordarlo, pues habría sido aún más lastimoso.

No había nadie con quien pudiera hablar de ello. Si llegabas a dudar siquiera de tu derecho a pertenecer al grupo de los privilegiados y los populares, entonces es que ya no pertenecías a él. En los cuentos de hadas, cuando la máscara caía, el apuesto príncipe seguía amando a la chica, sin importarle nada, y era justamente eso lo que la convertía en una princesa. Pero en el instituto las cosas no funcionaban de ese modo. Lo que hacía de ella una princesa era salir con Matt. Y, por una especie de extraño círculo lógico, lo que hacía que Matt saliera con ella era el hecho de que ella fuera una de las princesas del Instituto Sterling.

Tampoco podía confiar en su madre. «No dejas de ser juez simplemente porque salgas del tribunal», solía decir su madre. Ésa era la razón por la que Alex Cormier nunca bebía más de un copa de vino en público; y por la que jamás gritaba ni protestaba. Nunca había que dar motivos para un juicio, ni siquiera en grado de tentativa: te aguantabas y punto. Muchos de los logros de los que la madre de Josie se sentía más orgullosa (las calificaciones de su hija, su aspecto físico, su aceptación entre las personas «correctas»), Josie no los había conseguido porque los deseara con todas sus fuerzas, sino, sobre todo, por temor a no ser perfecta.

Se envolvió en una toalla y fue a su habitación. Sacó unos pantalones vaqueros del armario y dos camisetas de manga larga que le realzaban el busto. Miró el reloj. Si no quería llegar tarde, iba a tener que apresurarse.

Sin embargo, antes de salir de la habitación vaciló unos segundos. Se dejó caer sobre la cama y metió la mano por detrás del cabezal en busca de la bolsa que había dejado encajada en el marco de madera. Dentro guardaba un puñado de Ambien, conseguido pirateando una píldora de vez en cuando de las que a su madre le habían recetado para el insomnio, para que así no pudiera darse cuenta. Josie había tardado casi seis meses en reunir subrepticiamente quince pequeñas cápsulas, pero se imaginó que si las rebajaba con una quinta parte de vodka, cumplirían su cometido. En realidad no es que hubiera urdido ningún plan para suicidarse aquel martes, o cuando se deshiciera la nieve, ni en ningún otro momento en concreto por el estilo. Era más bien como un seguro: cuando la verdad saliera a relucir y nadie quisiera estar con ella nunca más, sería de lo más lógico que tampoco Josie quisiera seguir estando por allí.

Volvió a guardar las píldoras en el cabezal de la cama y bajó la escalera. Al entrar en la cocina para recoger la mochila, se dio cuenta de que el libro de texto de química seguía abierto en la mesa, con una rosa roja de largo tallo encima.

Matt estaba recostado contra el refrigerador, en un rincón; debía de haber entrado por la puerta del garaje. Como de costumbre, en él se reflejaban todas las estaciones: en el pelo, los colores del otoño; en los ojos, el azul brillante del cielo invernal; en su sonrisa amplia, el sol del verano. Llevaba una gorra de béisbol con la visera vuelta hacia atrás, y una camiseta de hockey sobre hielo de la Universidad de Sterling por encima de una camiseta térmica que Josie le había robado una vez durante un mes entero y ocultado en el cajón de su ropa interior, para que siempre que lo necesitara pudiera aspirar su olor.

—¿Aún no se te ha pasado el enojo? —le preguntó.

Josie titubeó.

—No era yo la que estaba enojada.

Matt se apartó del refrigerador y se acercó a Josie hasta pasarle el brazo alrededor de la cintura.

—Ya sabes que no puedo evitarlo.

Apareció un hoyuelo en su mejilla derecha, y Josie sintió que se ablandaba.

—No era que no quisiera verte, es que tenía que estudiar, de verdad.

Matt le apartó el pelo de la cara y la besó. Exactamente por eso la noche anterior ella le había dicho que no se vieran. Cuando estaba con él, sentía como si se evaporara. A veces, cuando él la tocaba, Josie se imaginaba a sí misma desvaneciéndose en una nube de vapor.

Él sabía a jarabe de arce, a disculpas.

—Todo es por tu culpa, ¿sabes? —le dijo él—. No haría tantas locuras si no te quisiera tanto.

En aquel momento, Josie no se acordaba de las píldoras que atesoraba en su habitación, ni que había llorado en la ducha; nada que no fuera sentirse adorada. «Soy una chica con mucha suerte», se dijo, mientras esta última palabra ondeaba en su mente como una cinta plateada. «Suerte, suerte, suerte.»

Patrick Ducharme, el único detective de la policía de Sterling, estaba sentado en un banco, en un extremo del vestuario, escuchando cómo los patrulleros del turno de mañana se metían con un novato que estaba algo entrado en carnes.

—Eh, Fisher —dijo Eddie Odenkirk—, ¿quién es el que está embarazado, tú o tu mujer?

Mientras el resto del grupo se reía, Patrick sintió compasión por aquel joven.

—Es demasiado temprano, Eddie —dijo—. ¿Por qué no esperas al menos a que todos hayamos tomado una taza de café?

—Lo haría con gusto, capitán —contestó Eddie riéndose—, pero no sé si Fisher nos habrá dejado alguna rosquilla... ¿qué demonios es eso?

Patrick siguió la mirada de Eddie, dirigida hacia sus pies. No tenía por costumbre cambiarse en el vestuario con los agentes, pero aquella mañana había ido a la comisaría haciendo jogging en lugar de ir en coche, con el fin de quemar el exceso de buena cocina consumida durante el fin de semana. Había pasado el fin de semana en Maine con la chica que actualmente ocupaba su corazón: su ahijada de seis años, Tara Frost. Nina, la madre de la pequeña, era la mejor amiga de Patrick, y el único amor que probablemente nunca conseguiría superar, aunque ella parecía arreglárselas bastante bien sin él. En el transcurso del fin de semana, Patrick se había dejado ganar diez mil partidas de todo tipo de juegos, había llevado a Tara a cuestas a todos lados, la había dejado peinarlo (un error garrafal) y había permitido que Tara le pintara las uñas de los pies con esmalte rosa, que Patrick había olvidado quitarse.

Se miró los pies y dobló los dedos hacia abajo.

—A las chicas les encanta —dijo con brusquedad, mientras los siete hombres que ocupaban el vestuario hacían esfuerzos por no reírse de alguien que, técnicamente, era su superior. Patrick se puso a toda prisa los calcetines, se calzó los mocasines y salió del vestuario, con la corbata en la mano. «Uno —contó mentalmente—, dos y tres». En el momento preciso, oyó las risas, que lo siguieron pasillo abajo.

Una vez en su despacho, Patrick cerró la puerta y se miró en el diminuto espejo colgado detrás de la misma. Aún tenía el negro pelo húmedo de la ducha y la cara roja de correr. Se subió el nudo de la corbata hasta el cuello, dándole forma, y luego se sentó detrás del escritorio.

Durante el fin de semana habían recibido setenta y dos correos electrónicos. Como norma general, cualquier número que rebasara la cincuentena significaba que no iba a volver a casa antes de las ocho de la noche en toda la semana. Se puso a ojearlos, apuntando cosas en una endemoniada lista de Cosas Pendientes: una lista que jamás menguaba, por muy duro que trabajara.

Hoy Patrick tenía que llevar unas drogas al laboratorio del Estado... No es que fuera un asunto de importancia, pero eran cuatro horas enteras que se le iban de un plumazo. Tenía un caso de violación en marcha, cuyo autor había sido identificado a partir de un anuario de la universidad; había prestado declaración y estaba todo preparado para presentarlo en las oficinas del fiscal general. Luego había el caso de un mendigo que había sustraído un teléfono móvil de un vehículo. Había recibido los resultados del laboratorio de un análisis de sangre para un caso de robo con violencia en una joyería, y tenía una vista en el tribunal, y encima del escritorio estaba ya la nueva denuncia del día, un carterista que había utilizado las tarjetas de crédito robadas y que había dejado así una pista que ahora Patrick debía seguir.

Ser detective en una pequeña ciudad exigía ocuparse de todos los frentes a tiempo completo. A diferencia de otros policías que conocía que trabajaban en departamentos de ciudades más grandes, y que tenían veinticuatro horas para un caso antes de que éste se considerara antiguo, el trabajo de Patrick consistía en ocuparse de todo cuanto caía sobre su escritorio, sin poder seleccionar aquello que le pareciera más interesante. Era difícil motivarse al máximo por un cheque falso, o por un robo que le supondría al ladrón una multa de doscientos dólares cuando los impuestos empleados en ello supondrían cinco veces más con que el caso sólo tuviera a Patrick ocupado una semana. Pero cada vez que le daba por pensar que sus casos no eran particularmente importantes, se encontraba cara a cara con alguna de las víctimas: la madre histérica a la que le habían robado el bolso; los propietarios de la pequeña joyería de la esquina a los que les habían quitado los ahorros para su jubilación; el profesor preocupado por haber sido víctima de un robo de identidad. La esperanza, como bien sabía Patrick, era la medida exacta de la distancia que mediaba entre él y la persona que acudía a él en busca de ayuda. Si Patrick no se involucraba, si no se entregaba al cien por cien, entonces esa víctima iba a seguir siendo víctima para siempre. Razón por la cual, desde que Patrick había ingresado en la policía de Sterling, se las había arreglado para resolver todos y cada uno de los casos que se le habían ido presentando.

Y aun así...

Cuando Patrick se encontraba tumbado en la cama, solo, dejando que su mente vagara por el conjunto de su vida, no recordaba los éxitos conseguidos... sino sólo los potenciales fracasos. Cuando recorría en todo su perímetro una granja destrozada por actos de vandalismo, o cuando encontraba un coche desguazado y abandonado en el bosque, o cuando le tendía un pañuelo de papel a una chica sollozante de la que habían abusado sexualmente drogándola en una fiesta, Patrick no podía evitar la sensación de haber llegado demasiado tarde. Él, que era detective, no detectaba nada. Los asuntos llegaban a sus manos cuando todo el mal estaba ya hecho.

* * *

Era el primer día cálido de marzo, ese en el que se empieza a creer que la nieve va a fundirse pronto, y que junio está a la vuelta de la esquina. Josie estaba sentada encima del capó del Saab de Matt, en el estacionamiento para estudiantes, pensando que faltaba menos para el verano tras el cual empezaría su último año escolar; que en escasos tres meses sería miembro oficial de la clase de los veteranos.

A su lado, Matt estaba reclinado contra el parabrisas, con la cara levantada hacia el sol.

—Faltemos a clase —dijo—. Hace demasiado buen tiempo como para pasarse el día metidos ahí dentro.

—Si faltas a clase, no podrás jugar.

El torneo del campeonato estatal de hockey sobre hielo empezaba aquella misma tarde, y Matt jugaba de extremo derecho. Sterling había ganado el año anterior, y todos esperaban que repitiera título.

—Vas a venir al partido —dijo Matt, pero no como una pregunta, sino como una afirmación.

—¿Piensas marcar algún tanto?

Matt esbozó una sonrisa maliciosa y la atrajo sobre sí.

—¿No lo hago siempre? —dijo, pero había dejado de hablar de hockey, y ella notó que se ruborizaba.

De pronto, Josie recibió una lluvia de calderilla en la espalda. Ambos se sentaron y vieron a Brady Pryce, un jugador de fútbol, caminando cogido de la mano de Haley Weaver, la reina de la fiesta de antiguos alumnos. Haley arrojó un segundo diluvio de peniques, que era la forma que tenían en el Instituto Sterling de desearle suerte a un deportista.

—Hoy dales duro, Royston —dijo Brady a gritos.

Su profesor de matemáticas estaba cruzando el estacionamiento, con un gastado maletín de piel negro y un termo de café en la mano.

—Hola, señor McCabe —llamó Matt—. ¿Qué tal lo hice en el examen del viernes pasado?

—Por fortuna tiene usted otros talentos en los que apoyarse, señor Royston —dijo el profesor, mientras se metía la mano en el bolsillo.

Le guiñó el ojo a Josie al tirarles las monedas, unos peniques que cayeron sobre los hombros de ella como confeti, como estrellas que se desprendieran del firmamento.

«Será posible», pensó Alex mientras volvía a meter en el bolso todas las cosas que acababa de sacar. Al cambiar de bolso, se había dejado en el otro la llave maestra gracias a la cual podía entrar en el Tribunal Superior por la entrada de servicio, situada en la parte trasera del edificio. Aunque había pulsado el botón del portero eléctrico cien veces, no parecía que nadie lo oyera para ir a abrirle.

—Demonios... —masculló entre dientes, mientras rodeaba los charcos formados por las últimas nevadas, para evitar que se le estropearan los zapatos de tacón de piel de cocodrilo: precisamente una de las ventajas de estacionar en la parte de atrás era no tener que hacer aquello. Tal vez podría cortar por la oficina de la escribanía hasta su despacho, y si los planetas estaban alineados, quizá hasta llegar a la sala de audiencias sin ocasionar un retraso en la agenda.

A pesar de que en la entrada del público había una cola de unas veinte personas, los porteros reconocieron a Alex de inmediato, porque, a diferencia del circuito de los juzgados de distrito, en que se iba saltando de uno a otro, allí, en el Tribunal Superior, iba a permanecer durante seis meses enteros. Los porteros le hicieron gestos para que pasara, pero como en el bolso llevaba llaves y un termo de acero inoxidable y sabe Dios qué cosas más, hizo saltar el detector de metales.

La alarma consistía en un potente foco, por lo que todos los presentes en el vestíbulo se volvieron para ver quién era el infractor. Con la cabeza gacha, Alex se precipitó sobre el suelo embaldosado de forma que trastabilló y estuvo a punto de perder el equilibrio. Un hombre rechoncho extendió las manos para sujetarla.

—Eh, nena —le dijo con mirada lasciva—, me encantan tus zapatos.

Sin responder, Alex se liberó de aquellas manos y se dirigió a la escribanía. No había ningún otro juez de Tribunal Superior que tuviera que lidiar con ese tipo de cosas. El juez Wagner era un buen tipo, pero tenía una cara que parecía una calabaza dejada a pudrirse después de

Halloween. La jueza Gerhardt llevaba unas blusas más viejas que la propia Alex. Al acceder a la magistratura, Alex había pensado que el hecho de ser una mujer relativamente joven y moderadamente atractiva sería algo bueno, un punto en contra de los encasillamientos, pero en mañanas como aquélla, no estaba tan segura.

En la oficina, soltó el bolso de cualquier manera, se enfundó la toga y se dio cinco minutos para tomarse un café y repasar la agenda de casos pendientes. Cada uno de ellos tenía su propio expediente, aunque los de los reincidentes estaban sujetos por una misma goma elástica y, algunas veces, los jueces se dejaban unos a otros anotaciones con Post-it dentro de cada expediente. Alex abrió el primero y vio un dibujo de líneas simples que representaba a un hombre con barrotes delante de la cara: una señal dejada por la jueza Gerhardt de que aquélla era la última oportunidad para el acusado, y que a la próxima iría a la cárcel.

Hizo sonar el intercomunicador para advertir al ujier que estaba preparada para dar comienzo a la sesión, y acto seguido esperó a escuchar la presentación de rigor:

—En pie. Preside la sesión Su Señoría Alexandra Cormier.

Para Alex, la sensación que tenía al entrar en la sala era siempre la de aparecer primera en el escenario en un estreno de Broadway. Ya sabías que allí habría gente, que sus miradas estarían pendientes de ti, pero eso no te ahorraba el momento crítico en que te quedabas sin respiración, en que no podías creer que tú fueras la persona a la que todos ellos habían ido a escuchar.

Alex pasó con brío por detrás del banquillo y tomó asiento. Había setenta vistas programadas para aquella mañana, y la sala estaba atestada. Se llamó al primer acusado, que se acercó arrastrando los pies hasta situarse delante de la baranda, desviando la mirada.

—Señor O'Reilly —dijo Alex, quien al mirarlo reconoció al tipo del vestíbulo. Estaba claro que ahora se sentía incómodo, al comprender con quién había intentado flirtear—. Vaya, es usted el caballero que me ayudó hace un momento, ¿no es así?

El tipo tragó saliva.

—Así es, Su Señoría.

—De haber sabido que yo era la jueza, señor O'Reilly, ¿habría dicho usted: «Eh, nena, me encantan tus zapatos»?

El acusado bajó la vista, indeciso entre lo políticamente incorrecto y la sinceridad.

—Supongo que sí, Su Señoría —dijo al fin—. Son unos zapatos fantásticos.

La sala enmudeció por completo, a la espera de la reacción de la jueza. Alex esbozó una amplia sonrisa.

—Señor O'Reilly —dijo—, no podría estar más de acuerdo con usted.

Lacy Houghton se inclinó por encima de los barrotes de la cama y colocó el rostro justo delante del de la sollozante paciente.

—Puedes hacerlo —le dijo con firmeza—. Puedes, y lo harás.

Después de dieciséis horas de esfuerzos, todos estaban extenuados: Lacy, la parturienta y el futuro padre, quien afrontaba la hora H con el convencimiento de que allí era superfluo, de que en aquel preciso momento su esposa quería a la partera mucho más que a él.

—Quiero que se coloque detrás de Janine —le dijo Lacy—, y que le abrace por la espalda. Janine, quiero que me mires a mí y que vuelvas a empujar con fuerza una vez más...

La mujer apretó los dientes y empujó fuerte, perdiendo toda conciencia de sí misma en el esfuerzo por dar vida a otro ser. Lacy palpó con las manos abiertas la cabeza del bebé, que condujo a través del precinto de piel, hasta pasarle con rapidez el cordón umbilical por encima de la cabeza sin dejar de mirar en ningún momento a la madre.

—Durante los próximos veinte segundos, tu bebé será la persona más joven del planeta —dijo Lacy—. ¿Te gustaría conocerla?

La respuesta fue un último empujón, el punto álgido del esfuerzo, un rugiente deseo y un cuerpecito mojado, púrpura y resbaladizo que Lacy alzó de inmediato hasta los brazos de la madre, para que cuando la pequeña llorara por vez primera en esta vida, estuviera ya en disposición de recibir consuelo.

La paciente rompió a llorar también, con unas lágrimas cuya melodía era por entero diferente, sin el dolor entretejido en ellas. Los recientes padres se inclinaban sobre su bebé, formando un círculo excluyente. Lacy retrocedió un paso y los observó. Una partera tenía todavía un montón de trabajo que hacer después del momento del parto, pero en aquellos instantes deseaba poder contemplar a aquel pequeño ser. Donde los padres apreciaban una barbilla que se parecía a la de la tía Marge o una nariz como la del abuelo, Lacy veía una mirada despierta llena de sabiduría y de paz, tres kilos y medio de potencialidad no adulterada. Los recién nacidos le recordaban Budas en miniatura, con sus rostros repletos de divinidad. No duraba mucho. Cuando Lacy volvía a ver a aquellos mismos niños al cabo de una semana, para la revisión programada, se habían convertido en personas corrientes, aunque diminutas. Aquella beatitud había desaparecido, y Lacy siempre se preguntaba adónde demonios habría ido a parar.

Mientras su madre estaba al otro lado de la ciudad, asistiendo al nacimiento del último habitante de Sterling, New Hampshire, Peter Houghton se despertaba. Su padre llamó a su puerta con los nudillos al pasar por delante de su habitación de camino al trabajo. Ése era el despertador de Peter. En el piso de abajo estarían esperándole un cuenco y un paquete de cereales; su madre no olvidaba dejárselo aunque la requirieran a las dos de la mañana. También habría una nota de ella, deseándole que tuviera un buen día en el instituto, como si fuera tan sencillo.

Peter apartó las sábanas a un lado. Se acercó hasta el escritorio, con los pantalones del pijama puestos, se sentó y se conectó a Internet.

Las palabras del correo electrónico estaban borrosas. Alargó la mano en busca de sus lentes, siempre los dejaba junto al ordenador. Después de ponérselas, se le cayó de las manos la funda sobre el teclado... Allí delante tenía algo que había esperado no volver a ver jamás.

Peter pulsó CONTROL ALT más SUPRIMIR para borrarlo, pero seguía viéndolo en su mente, incluso después de que la pantalla se quedara en negro, después de cerrar los ojos; aun después de echarse a llorar.

* * *

En una ciudad de las dimensiones de Sterling, todo el mundo se conocía desde siempre. En cierto modo, era algo reconfortante, como si se tratara de una gran familia a la que a veces adorabas y a veces detestabas. En ocasiones, era algo que a Josie le hacía sentirse acosada: como por ejemplo en aquellos momentos en que hacía la cola en la cafetería del instituto detrás de Natalie Zlenko, una lesbi de marca mayor que, cuando iban a segundo curso, había invitado a Josie a jugar y la había convencido para que se pusieran a hacer pis en el césped del jardín de delante como los chicos. «Pero qué se creen», había exclamado su madre cuando, al salir a buscarla, se las había encontrado con el culo al aire y mojando los narcisos. Incluso ahora que había pasado un decenio, Josie no podía mirar a Natalie Zlenko, con su pelo cortado a lo marine y su omnipresente cámara de fotos, sin preguntarse si también Natalie se acordaría aún de aquello.

Detrás de Josie estaba Courtney Ignatio, la chica diez del Instituto Sterling. Con su pelo color miel que le caía sobre los hombros como un chal de seda y los jeans de cintura baja comprados por Internet a Fred Segal, había engendrado todo un entorno de clones. En la bandeja de Courtney había una botella de agua y un plátano. En la de Josie, un plato de patatas fritas. Era la segunda hora y, como le había predicho su madre, estaba hambrienta.

—Eh —dijo Courtney en voz lo bastante alta como para que la oyera Natalie—, ¿puedes decirle a la vagitariana que nos deje pasar?

Las mejillas de Natalie enrojecieron como la grana, y se aplastó contra la barra protectora de la sección de ensaladas para que Courtney y Josie pudieran pasar. Pagaron sus consumos y atravesaron el comedor.

En el comedor del instituto, Josie siempre se sentía como un naturalista que observara las diferentes especies en su hábitat natural, no académico. Estaban los empollones, inclinados sobre sus libros de texto y riéndose de chistes de matemáticas que nadie más ni siquiera quería entender. Detrás de ellos estaban los *freaks*, que fumaban cigarrillos de clavo en las actividades al aire libre, detrás del instituto, y dibujaban personajes de manga en los márgenes de las libretas de apuntes. Junto a la mesa de los condimentos estaban las tiradas, que bebían café negro y esperaban el autobús que había de llevarlas al instituto tecnológico, a tres pueblos de distancia, para asistir a sus clases vespertinas; y los colgados, que iban colocados ya a las nueve de la mañana. También estaban los inadaptados, chicas como Natalie y Angela Phlug, amigas por defecto en la marginalidad, porque no había nadie más que quisiera ir con ellas.

Y luego estaba el grupo de Josie. Ocupaban dos mesas enteras, no porque fueran tantos, sino porque eran de los que más había: Emma, Maddie, Haley, John, Brady, Trey, Drew. Josie recordaba que al principio de unirse al grupo confundía los nombres de unos y otros. Tan intercambiables eran los que los llevaban.

Todos tenían un aire similar. Los chicos iban con sus suéters de hockey de color granate y las gorras con la visera hacia atrás, bajo las cuales asomaban mechones pajizos de pelo. Las chicas eran copias de Courtney, de estudiado diseño. Josie se había introducido entre ellas sin llamar la atención, porque ella también se parecía a Courtney. Había conseguido dominar su enredada cabellera dejándosela lisa y recta; iba con unos tacones de diez centímetros de alto, aunque aún hubiera nieve en el suelo. Si seguía siendo la misma por fuera, le sería mucho más fácil ignorar el hecho de que ya no sabía cómo sentirse por dentro.

—Eh —dijo Maddie, mientras Courtney se sentaba junto a ella.

—Eh.

—¿Te has enterado de lo de Fiona Kierland?

A Courtney se le iluminaron los ojos: los chismes eran un buen catalizador, como en química.

—¿Esa que tiene las tetas de diferente tamaño?

—No, esa Fiona es la de segundo. Me refiero a Fiona la novata, la de primero.

—¿La que siempre lleva encima un paquete de pañuelos de papel para todas sus alergias? —dijo Josie, mientras se deslizaba sobre su asiento.

—O para lo que no son alergias —intervino Haley—. Adivinen a quién han enviado a rehabilitación por esnifar coca.

—Desembucha.

—Y la cosa no acaba ahí —añadió Emma—. Su camello era el jefe del grupo de estudios de la Biblia al que va después de clases.

—¡Oh, Dios mío! —exclamó Courtney.

—Exactamente.

—Eh. —Matt se deslizó en la silla junto a Josie—. ¿Por qué has tardado tanto?

Ella se volvió hacia él. En aquel extremo de la mesa, los chicos se dedicaban a hacer bolitas de papel con los envoltorios de las pajitas y a hablar sobre el final de la temporada de esquí.

—¿Hasta cuándo crees que estará abierta la pista de snowboard de Sunapee? —preguntó John, lanzando en parábola una bolita de papel a un chico de otra mesa que se había quedado dormido.

Aquel chico había ido el año anterior con Josie a la asignatura optativa de lenguaje por señas. Como ella, era estudiante de penúltimo curso. Tenía las piernas y los brazos flacos y blancos, caídos como las extremidades de un insecto palo, y abría la boca completamente al roncar.

—Has fallado, inútil —dijo Drew—. Si cierran Sunapee, Killington también está bien. Allí tienen nieve hasta agosto, por lo menos. —Su bolita de papel fue a parar al pelo del chico.

Derek. El chico se llamaba Derek.

Matt se quedó mirando las patatas fritas de Josie.

—No irás a comerte eso, ¿verdad?

—Tengo un hambre que me muero.

Le dio un pellizco en la cintura, como si tuviera un calibrador en los dedos, y a modo de crítica al mismo tiempo. Josie miró las patatas. Diez segundos antes tenían un hermoso aspecto dorado y olían a gloria, pero ahora lo único que veía era el aceite que manchaba el plato de cartón.

Matt agarró un puñado y le pasó el resto a Drew, quien lanzó otra bolita de papel que esta vez fue a parar a la boca del chico dormido. Farfullando y medio ahogándose, Derek se despertó sobresaltado.

—¡Buen tiro! —Drew chocó los cinco con John.

Derek escupió en una servilleta y se frotó la boca con fuerza. Miró a su alrededor para comprobar quién más lo había visto. Josie se acordó de pronto de un signo de aquella asignatura optativa de lenguaje gestual, casi todos los cuales había olvidado inmediatamente después del examen final. Mover el puño cerrado en círculo a la altura del corazón significaba «lo siento».

Matt se inclinó y le dio un beso en el cuello.

—Vamos afuera. —Hizo que Josie se levantara y luego se volvió hacia sus amigos—. Nos vemos —dijo.

El gimnasio del Instituto Sterling estaba en el segundo piso, por encima de lo que debería haber sido una piscina si se hubiera aprobado la subvención cuando el instituto aún era un proyecto sobre plano, y que habían acabado siendo tres aulas en las que resonaban continuamente los saltos de unos pies con zapatillas deportivas y los rebotes de las pelotas de baloncesto. Michael Beach y su mejor amigo, Justin Friedman, dos novatos de primer año, estaban sentados en la banda de la cancha de baloncesto mientras su profesor de educación física les explicaba por centésima vez la mecánica de driblar y superar a un contrario. Era un ejercicio inútil, ya que los chicos de aquella clase eran o bien como Noah James, todo un experto, o bien como Michael y Justin, que podían dominar varias lenguas élficas, pero para quienes los términos del baloncesto resultaban incomprensibles. Estaban sentados con las piernas cruzadas, mostrando sus nudosas rodillas, mientras oían el sonido chillón de roedor que hacían las zapatillas blancas del entrenador Spears al desplazarse de un extremo al otro de la cancha.

—Diez pavos a que me eligen último para formar equipo —murmuró Justin.

—Cómo me gustaría desaparecer de la clase —se lamentó Michael—. Podría haber un simulacro de incendio.

Justin sonrió de medio lado.

—O un terremoto.

—Un huracán.

—¡Una plaga de langostas!

—¡Un atentado terrorista!

Dos zapatillas de baloncesto se detuvieron delante de ellos. El entrenador Spears los observaba desde lo alto con expresión feroz y con los brazos cruzados.

—¿Me van a explicar los dos qué es lo que les parece tan divertido de la clase de baloncesto?

Michael miró a Justin, y luego levantó los ojos hacia el entrenador.

—No, nada —dijo.

Después de ducharse, Lacy Houghton se preparó una taza de té verde y se paseó apaciblemente por su casa. Cuando los niños eran pequeños y ella se sentía abrumada por el trabajo y la vida, Lewis solía preguntarle qué podía hacer él para mejorar las cosas. Para ella era toda una ironía, dado el trabajo de Lewis. Era profesor en la Universidad de Sterling de la asignatura economía de la felicidad. Sí, era un ámbito de estudio real, y sí, él era un experto. Había dado seminarios y escrito artículos, y lo habían entrevistado en la CNN sobre la forma de medir los efectos del placer y la buena suerte desde un punto de vista monetario... y en cambio se sentía perdido cuando se trataba de imaginar qué era lo que podía hacer feliz a Lacy. ¿Le apetecería salir a cenar? ¿Ir a la pedicura? ¿Dormir la siesta? Sin embargo, cuando ella le dijo aquello por lo que suspiraba, él no pudo comprenderlo. Lo que ella quería era estar en casa, sin nadie más y sin ninguna obligación que la reclamara.

Abrió la puerta de la habitación de Peter y dejó la taza sobre la cómoda, para poder hacer la cama. «Para qué —le decía Peter siempre que ella le insistía para que la hiciera él—, si voy a deshacerla dentro de unas horas».

En general no solía entrar en la habitación de Peter cuando él no estaba. A lo mejor por eso al principio le había parecido como si hubiera algo raro en el ambiente, como si faltara algo. En un primer momento dio por sentado que era la ausencia de Peter lo que hacía que la habitación pareciera vacía, hasta que reparó en que la computadora, cuyo rumor era permanente y cuya pantalla estaba siempre en verde, estaba apagada.

Estiró las sábanas hacia la cabecera y remetió los bordes. Las cubrió con la colcha y ahuecó la almohada. Se detuvo en el umbral de la habitación de Peter y sonrió: todo parecía en perfecto orden.

Zoe Patterson se preguntaba cómo sería besar a un chico que llevara un aparato de ortodoncia. No es que ello constituyera una posibilidad real para ella en un futuro cercano, pero se figuraba que era algo que cabía considerar antes de que, llegado el momento, la tomara desprevenida. En realidad, se preguntaba cómo sería besar a un chico, y punto. Incluso a alguno que no tuviera una ortodoncia perfecta, como ella. Y, para ser sinceros, ¿había un lugar mejor que una estúpida clase de matemáticas para dejar volar la imaginación?

El señor McCabe, que se consideraba a sí mismo el Chris Rock del álgebra, impartía su rutinaria clase diaria como quien representa una comedia de situación.

—De modo que aquí tenemos a dos chicos en la cola del comedor, cuando el primero de ellos se vuelve hacia su amigo y le dice: «¡No tengo dinero! ¿Qué voy a hacer ahora?». Y su colega le contesta: «¡2x + 5!».

Zoe levantó los ojos hacia el reloj. Fue siguiendo el recorrido del segundero hasta que fueron exactamente las 9:50, y entonces se levantó del asiento y le tendió al señor McCabe un papel de permiso.

—Ah, al dentista. Una ortodoncia —leyó en voz alta—. Bueno, asegúrese de que no le cosen la boca con el alambre, señorita Patterson. Así que el colega le dice: «2x + 5». Un binomio. ¿Lo entienden?*

Zoe se colgó la mochila del hombro y salió del aula. Había quedado con su madre en la puerta del instituto a las diez y, puesto que era imposible estacionar, ella pararía un momento para recogerla. En plena hora de clase, los pasillos estaban vacíos y los pasos resonaban.

* Juego de palabras. En inglés, la pronunciación de *binomial* (binomio) es muy similar a: *buy no meal* «no compras comida». *(N. del t.)*

Era como avanzar penosamente por el vientre de una ballena. Zoe se desvió hacia la oficina principal para firmar en la hoja de incidencias de la secretaría, y luego casi se lleva por delante a un chico apresurado por salir.

Hacía tan buen tiempo que se bajó el cierre del abrigo y pensó en el verano y en el campamento de fútbol y en lo genial que sería cuando le quitaran definitivamente el paladar extensible. Si le dabas un beso a un chico que no llevaba aparato, y apretabas demasiado, ¿podías hacerle un corte en las encías? Algo le decía a Zoe que si hacías sangrar a un chico, era muy probable que no volvieras a salir más con él. Pero ¿y si él también llevaba hierros, como ese chico rubio de Chicago que se había mudado y acababa de entrar en el instituto y se sentaba delante de ella en clase de inglés? (No es que le gustara, ni nada de eso, aunque él se había vuelto hacia ella para devolverle la lista de los deberes y se había demorado un poquitín más de lo necesario...) ¿Se quedarían acoplados como un engranaje mecánico atascado, y tendrían que llevarlos a urgencias? Eso sí que sería humillante de verdad.

Zoe se pasó la lengua por los irregulares ajustes del alambre. Quizá lo mejor fuera ingresar temporalmente en un convento.

Suspiró y miró hacia el final de la cuadra intentando divisar el Explorer verde de su madre entre la fila interminable de coches que pasaban. Y justo entonces, algo explotó.

Patrick se había detenido delante de un semáforo en rojo, sentado en su coche policial sin distintivos, esperando doblar para tomar la carretera principal. A su lado, en el asiento del pasajero, había una bolsa de papel con un frasco lleno de cocaína. El traficante que habían apresado en el instituto había admitido que era cocaína, pero aun así, Patrick se había visto obligado a perder media jornada llevándola al laboratorio del Estado para que alguien con una bata blanca le dijera lo que ya sabía. Subió el volumen de la radio justo a tiempo para oír cómo llamaban al cuerpo de bomberos para que se dirigiera al instituto, por una explosión. Probablemente se tratara de la caldera.

El edificio era lo bastante viejo como para que su estructura interna comenzara a desmoronarse. Intentó recordar dónde estaba ubicada la caldera en el Instituto Sterling, y se preguntó si tendrían la suerte de salir de aquello sin que nadie resultase lastimado.

—*Disparos...*

El semáforo se puso en verde, pero Patrick no arrancó el vehículo. Disparar un arma de fuego en Sterling era algo lo bastante raro como para hacer que centrara su atención en la voz de la radio, a la espera de más explicaciones.

—*En el instituto... En el Instituto Sterling...*

La voz que salía del aparato de radio hablaba cada vez más de prisa, con creciente intensidad. Patrick dio media vuelta al vehículo y se dirigió hacia el instituto, tras colocar y accionar las luces destellantes. Empezaron a oírse más voces por el receptor, en medio de la estática: agentes que notificaban su posición en la ciudad; el oficial de guardia que trataba de coordinar las fuerzas a su disposición y hacía un llamado para que enviaran ayuda desde las poblaciones próximas de Hanover y Lebanon. Sus voces se solapaban y se mezclaban unas con otras, se estorbaban entre sí, de modo que lo decían todo y no decían nada.

—*Código 1000* —decía la voz de la emisora—. *Código 1000.*

En toda la carrera de detective de Patrick, sólo había oído dos veces esa llamada. Una vez había sido en Maine, cuando un hombre había tomado como rehén a un funcionario. La otra había sido en Sterling, con motivo de un supuesto atraco a un banco que había resultado ser una falsa alarma. El Código 1000 significaba que, de forma inmediata, todos los agentes debían dejar libre la emisora de radio para los avisos de la central. Significaba que se enfrentaban a algo que se salía de los asuntos policiales de rutina.

Significaba que el caso era de vida o muerte.

El caos era una constelación de estudiantes, que salían del instituto corriendo y pisoteando a los heridos. Un chico asomado a una ventana de los pisos superiores, con un cartel escrito a mano en el que se leía: AYÚDENNOS. Dos chicas abrazadas la una a la otra, sollozando. El caos era la sangre que se volvía rosa al mezclarse con la nieve; un goteo de padres que pasó a ser un chorro para acabar convirtiéndose en un río desbordado del que salían gritos llamando a sus hijos desaparecidos. El caos era una cámara de televisión delante de tu rostro, la carencia de suficientes ambulancias, la falta de suficientes agentes y la ausencia de un plan acerca de cómo hay que actuar cuando el mundo, tal como lo has conocido, se hace añicos.

Patrick se metió con el vehículo hasta la mitad del camino de entrada y sacó el chaleco antibalas de la parte de atrás del mismo. La adrenalina circulaba ya a toda velocidad por su cuerpo, haciendo que captara todo cuanto se movía en los límites de su campo visual y agudizando sus sentidos. En medio de la confusión encontró al jefe O'Rourke, de pie con un megáfono en la mano.

—Aún no sabemos a qué nos enfrentamos exactamente —le dijo el jefe—. La SOU está en camino.

A Patrick no le solucionaba nada la SOU (*Special Operations Unit* - Unidad Especial de Operaciones). Para cuando llegaran, podían haberse producido otros cien disparos más; un chico podía haber muerto. Tomó su arma reglamentaria.

—Voy a entrar.

—Ni hablar de eso. No está en el protocolo.

—Aquí no hay protocolo que valga —espetó Patrick—. Ya me despedirás luego.

Mientras se precipitaba escalera arriba en dirección a la puerta del edificio, le pareció que por lo menos un par más de agentes desobedecían las órdenes del jefe y se unían a él en el intento. Patrick los esperó y mandó a cada uno por un pasillo diferente. Él entró por la doble puerta y pasó entre varios estudiantes que se empujaban entre sí en su ansia por salir al exterior. Las alarmas contra incendios ululaban con tal estrépito que Patrick tenía que agudizar el oído para oír los disparos. Agarró del abrigo a un chico que pasaba como una exhalación.

—¿Quién es? —gritó—. ¿Quién está disparando?

El muchacho sacudió la cabeza, incapaz de hablar, y dio un tirón, soltándose. Patrick se quedó mirando cómo salía disparado por el pasillo, abría la puerta y se precipitaba hacia el rectángulo de luz solar.

Los estudiantes pasaban por ambos lados de Patrick, como si él fuera una roca en medio de un río. Oyó una nueva serie de disparos, y tuvo que contenerse para no lanzarse a ciegas hacia el lugar de donde provenían.

—¿Cuántos hay? —le gritó a una chica que pasaba corriendo.

—No lo sé... no lo sé...

El chico que la acompañaba se volvió y miró a Patrick, indeciso entre comunicar lo que sabía y salir de una vez de aquel infierno.

—Es un chico... Dispara a todo el que ve...

Era lo que quería saber. Patrick nadó contra corriente, como un salmón hacia el desove. El suelo estaba cubierto de deberes escolares desparramados; varios casquillos de bala rodaron bajo los talones de sus zapatos. Los disparos habían desprendido varias placas del techo, y un fino polvo gris recubría los cuerpos destrozados que yacían retorcidos por el suelo. Patrick no se detuvo a considerar nada de todo aquello, actuando en contra de los principios de la instrucción policial: pasaba corriendo por delante de puertas tras las cuales podía haber oculto un criminal, se saltaba salas que debería haber registrado, blandiendo en lugar de todo ello su arma ante sí, con el corazón latiéndole en cada centímetro de piel. Más tarde recordaría otras imágenes que no había tenido tiempo de grabar en el momento: las tapas de los conductos de la calefacción que habían sido levantadas para ocultarse, reptando, en ellos; zapatos de chicos a los que se les habían caído al salir corriendo; la siniestra premonición que ahora constituían las siluetas dibujadas en el suelo del aula de biología, donde los estudiantes habían delineado sus propios cuerpos en papel de estraza para una tarea escolar.

Patrick continuaba corriendo por pasillos que se le antojaban concéntricos.

—¿Dónde? —ladraba cada vez que pasaba junto a un estudiante que huía, su único instrumento de navegación. Veía sangre derramada y estudiantes desplomados en el suelo, pero no se permitía mirar dos veces. Subió por la escalera principal y, justo al llegar a lo alto de la misma, una puerta se abrió de golpe. Patrick se volvió hacia ella, apuntando con la pistola, en el momento en que del aula salía una joven profesora, que se hincó de rodillas con las manos en alto. Detrás del óvalo de su rostro había otros doce, inexpresivos y amedrentados. Patrick percibió un nítido olor a orina.

Bajó el arma y le señaló con un gesto la escalera.

—Bajen —ordenó, pero no se quedó para ver si le obedecían.

Al doblar una esquina, resbaló sobre sangre y oyó un nuevo disparo, esta vez lo bastante fuerte como para que le retumbara en los oídos. Atravesó la puerta doble del gimnasio y recorrió con la mirada el puñado de cuerpos diseminados por el suelo, el carrito de los balones de baloncesto volcado y las pelotas inmóviles contra la pared del fondo... pero ni rastro del francotirador. Sabía, por las horas que había pasado las noches de los viernes vigilando los partidos de baloncesto del Instituto Sterling, que aquél era el final del edificio. Lo cual significaba que el agresor, o bien permanecía oculto en algún rincón de aquella cancha, o bien se había cruzado con Patrick sin que éste lo advirtiera... Y por tanto podía ser él el que hubiese arrinconado a Patrick en aquel gimnasio.

Se volvió hacia la entrada para comprobar si ése era el caso, y entonces oyó otro disparo. Fue corriendo hacia una puerta de salida del gimnasio, que no había visto en su primer reconocimiento del lugar. La puerta daba a un vestuario todo embaldosado de blanco. Bajó la vista, vio sangre en el suelo, y asomó el arma por la esquina de la pared.

Dos cuerpos yacían inmóviles en un extremo del vestuario. En el otro lado, el más próximo a Patrick, un chico delgado estaba acurrucado debajo de uno de los bancos. Llevaba unos anteojos de montura metálica que destacaban sobre su delgado rostro. Temblaba de pies a cabeza.

—¿Estás bien? —le preguntó Patrick en un susurro. No quería hablar en voz alta y delatar así su posición al tirador.

El chico se limitó a mirarle, parpadeando.

—¿Dónde está? —formó Patrick con los labios.

El chico sacó una pistola de debajo del muslo y la apuntó contra su propia cabeza.

Una nueva oleada de calor inundó a Patrick.

—¡No se te ocurra mover un dedo! —gritó, apuntando al chico—. Tira el arma o disparo.

El sudor le caía por la espalda y por el rostro, mientras notaba cómo se le cerraban las palmas de las manos en torno a la culata de la pistola con la que apuntaba, dispuesto a coser a aquel niño a balazos si era necesario.

Patrick acariciaba con suavidad el gatillo en el momento en que el chico extendió los dedos de la mano como una estrella de mar. La pistola cayó al suelo, deslizándose sobre las baldosas.

Inmediatamente se abalanzó sobre el muchacho. Uno de los otros agentes, que le había seguido sin que él lo advirtiera, recuperó el arma del suelo. Patrick obligó al joven a tumbarse boca abajo y lo esposó, mientras con la rodilla le oprimía la espina dorsal.

—¿Estás solo? ¿Quién más está contigo?

—Yo solo —masculló el chico.

A Patrick le daba vueltas la cabeza, y su pulso era como un redoble militar, pero pudo oír vagamente al otro agente transmitir la información por radio:

—*Sterling, hemos apresado a un agresor; no sabemos si hay más.*

Sin solución de continuidad, como había comenzado, todo había terminado ahora... Bueno, si algo como aquello podía considerarse un final. Patrick no sabía si podía haber trampas explosivas o alguna bomba escondida; no sabía cuántas víctimas había; ignoraba el número de heridos de los que podían hacerse cargo el centro médico Dartmouth-Hitchcock y el hospital de día Alice Peck; no sabía cuál era el procedimiento a seguir en una escena del crimen de aquellas dimensiones. El objetivo había sido alcanzado, pero ¿a qué incalculable costo? Empezó a temblarle el cuerpo, consciente de que, para tantos estudiantes, padres y ciudadanos, una vez más, había llegado demasiado tarde.

Dio unos pasos y cayó de rodillas, más que nada porque las piernas no lo sostenían, aunque él fingió que era algo intencionado, que quería inspeccionar los dos cuerpos que yacían en el otro extremo del vestuario. Casi no se dio ni cuenta de que el otro agente se llevaba al asaltante en dirección del patrullero que esperaba fuera del edificio. No se volvió para ver salir al chico, sino que se ocupó del cuerpo que tenía delante.

Era un joven vestido con un suéter de hockey. Bajo su costado había un charco de sangre, y tenía una herida de bala en la frente. Patrick alargó la mano para alcanzar una gorra de béisbol que había ido a parar a un metro de distancia, con las palabras STERLING HOCKEY bordadas en ella. Recorrió con los dedos todo el borde de la gorra, que formaba un círculo imperfecto.

La chica que yacía junto a él estaba boca abajo; la sangre se desparramaba bajo su sien. Estaba descalza, y llevaba las uñas de los pies pintadas de un rosa brillante, del mismo tono del esmalte que Tara le había aplicado a Patrick. Le dio un vuelco el corazón. Aquella chica, al igual que su ahijada, el hermano de ésta y un millón de otros chicos y chicas del país, se habían levantado aquel día y habían ido al colegio sin llegar a imaginar siquiera que estaban en peligro. Aquella chica había confiado en que los adultos, los profesores y las autoridades velaban por su seguridad. Con esa finalidad, después del 11-S, en todas las escuelas e institutos, los profesores llevaban un identificador y las puertas permanecían cerradas durante el día, porque se suponía que el enemigo era alguien del exterior, no el chico que se sentaba en el pupitre de al lado.

De pronto, la chica se movió.

—Que alguien... me ayude...

Patrick se arrodilló junto a ella.

—Estoy aquí —dijo, tocándola con suavidad mientras comprobaba su estado—. Tranquila, todo irá bien.

La volvió lo suficiente como para constatar que la sangre provenía de un corte en la cabeza, no de una herida de bala, como en principio había creído. Le pasó las manos por las extremidades, sin dejar de hablarle en voz baja, de decirle palabras que no siempre tenían mucho sentido, pero destinadas a que supiera que ya no estaba sola.

—¿Cómo te llamas, cielo?

—Josie...

La chica se agitaba, intentando incorporarse. Patrick se colocó estratégicamente entre ella y el cuerpo del otro chico. La conmoción ya había sido bastante grande, no había motivo para que fuera mayor. Ella se llevó la mano a la frente y, al notársela manchada de sangre, se asustó.

—¿Qué ha... pasado?

Patrick debería haber esperado a que llegara la asistencia médica a recogerla. Debería haber pedido ayuda por radio. Pero todos los debería parecían carecer ya de sentido, de modo que alzó a Josie en brazos, se la llevó fuera de aquel vestuario en el que había estado a punto de ser asesinada, bajó corriendo la escalera y salió de estampida por la puerta principal del instituto.

Diecisiete años antes

Lacy tenía a catorce personas delante de ella, contando con que cada una de las siete mujeres que asistían a la clase prenatal estuviese embarazada de un solo bebé. Algunas se habían presentado provistas de bloc y bolígrafo, y se habían pasado la hora y media precedente anotando las dosis recomendadas de ácido fólico, nombres de teratógenos y dietas aconsejadas para futuras mamás. Dos habían palidecido en medio de una charla acerca de un parto normal y se habían levantado corriendo hacia el baño, con náuseas matinales, algo que no se limitaba en absoluto a la mañana, por lo que llamarlas así era como llamar fruta de estación a una que pudiera encontrarse durante todo el año.

Estaba cansada. Sólo hacía una semana que había vuelto al trabajo después de su permiso de maternidad, y no parecía muy justo que, si ya no tenía que levantarse durante la noche por su propio bebé, tuviera que hacerlo para asistir al parto de otra. Le dolían los pechos, incomodidad que le recordaba que tenía que ir a sacarse leche una vez más para que la niñera pudiera dársela a Peter al día siguiente.

Pero le gustaba demasiado su trabajo como para renunciar a él por completo. Había obtenido nota suficiente como para ingresar en la facultad de medicina, y había considerado la posibilidad de estudiar obstetricia y ginecología, hasta que comprendió que estaba profundamente incapacitada para sentarse junto al lecho de alguien y no sentir su dolor. Los médicos levantan entre ellos y sus pacientes una pared que las enfermeras echan abajo. Optó por un programa de estudios que le permitiría obtener un certificado de enfermera-partera, y prestar así atención a la salud emocional de la futura madre, además de a su sintomatología. Tal vez algunos de los médicos del hospital la consideraran blanda, pero Lacy creía de verdad que cuando le preguntas a una paciente: «¿Cómo te sientes?», lo que está mal no es ni de lejos tan importante como lo que está bien.

Les mostró el modelo en plástico de un feto y levantó en alto un manual de gran éxito comercial.

—¿Cuántas de ustedes habían visto antes este libro?

Se alzaron siete manos.

—Muy bien. No lo compren. No lo lean. Si lo tienen en casa, tírenlo. Este libro las convencerá de que van a morir desangradas, de que tendrán ataques, de que van a caer muertas de repente o de cualquiera otra de los cientos de cosas que no suceden en un embarazo normal. Créanme, los límites de la normalidad son mucho más amplios de lo que los autores están dispuestos a contar.

Miró hacia el fondo, donde había una mujer que se ponía la mano en el costado. «¿Calambres? —pensó Lacy—. ¿Embarazo ectópico?».

La mujer llevaba un conjunto negro, y el pelo recogido en forma de pulcra y larga cola de caballo. Lacy vio cómo se tocaba el costado de nuevo, pero esta vez sacó un *beeper* que llevaba colgado de la cintura. Se puso de pie.

—Yo... ejem, lo siento, tengo que irme.

—¿No puede esperar unos minutos? —preguntó Lacy—. Ahora mismo vamos a hacer una visita al pabellón de maternidad.

La mujer le entregó el formulario que le habían hecho rellenar para la visita.

—Tengo un asunto más urgente que atender —dijo, y se marchó a toda prisa.

—Bien —dijo Lacy—. Puede que sea buen momento para hacer un descanso, por si alguien quiere ir al baño.

Mientras las seis mujeres que quedaban salían en fila de la sala, miró el formulario que tenía en la mano. «Alexandra Cormier», leyó. Y pensó: «A ésta voy a tener que vigilarla».

La última vez que Alex había defendido a Loomis Bronchetti, éste había entrado con allanamiento en tres casas, en las que había robado diversos equipos electrónicos, que luego había tratado de vender en las calles de Enfield, New Hampshire. Aunque Loomis era lo bastante listo como para idear un tipo de plan como aquél, no había tenido en cuenta que, en una ciudad tan pequeña como Enfield, tratar de colocar unos equipos estéreo tan buenos era como hacer ondear una bandera roja de alarma.

Al parecer, la noche pasada Loomis había ampliado su currículum, cuando, junto con otros dos compinches, había decidido saldar cuentas con un traficante que no les había proporcionado suficiente marihuana. Se emborracharon, le ataron al tipo las manos a la espalda y luego se las ligaron a los pies y lo metieron en el maletero del coche. Loomis le dio un porrazo en la cabeza con un bate de béisbol. Le partió el cráneo, dejándolo presa de convulsiones. Cuando el desgraciado empezaba a ahogarse en su propia sangre, Loomis lo movió para que pudiera respirar.

—No puedo creer que me acusen de agresión —le dijo Loomis a Alex a través de los barrotes de la celda—. Yo le salvé la vida.

—Bueno —dijo Alex—, eso podría habernos servido de ayuda... siempre que no hubieras sido tú el que le había provocado la hemorragia.

—Tiene que conseguir que me caiga menos de un año. No quiero que me envíen a la prisión de Concord...

—Podrían haberte acusado de intento de asesinato, ¿sabes?

Loomis frunció el entrecejo.

—La policia tendría que agradecerme que haya sacado de la circulación a un mugroso como ése.

Alex sabía que lo mismo podía decirse de Loomis Bronchetti si lo declaraban culpable y lo mandaban a la prisión del Estado. Pero su trabajo no consistía en juzgar a Loomis, sino en defenderle con todo su afán, a despecho de sus opiniones personales acerca de él. Su trabajo consistía en presentar una cara de Loomis, sabiendo que tenía otra oculta; en no dejar que sus sentimientos se interpusieran a la hora de poner en juego su capacidad para lograr la declaración de no culpabilidad para Loomis Bronchetti.

—A ver qué puedo hacer —dijo.

Lacy entendía que todos los niños eran diferentes, unas criaturas diminutas cada cual con sus hábitos y rarezas, con sus deseos y aversiones. Pero aun sin ser consciente de ello, había esperado que aquella segunda incursión suya en el terreno de la maternidad diera como fruto un retoño como su primer hijo, Joey, un niño de rizos dorados que hacía volverse a los transeúntes, y ante el cual las otras mujeres se detenían para decirle la preciosidad que llevaba en el cochecito. Peter era igual de guapo, pero no cabía duda de que era más difícil. Lloraba, tenía cólicos y había que tranquilizarlo colocando su capazo encima de la secadora, para que notara las vibraciones. A lo mejor estaba mamando, y de golpe se arqueaba y se apartaba de ella.

Eran las dos de la mañana, y Lacy acababa de dejar a Peter de nuevo en la cuna, intentando que volviera a dormirse. A diferencia de Joey, que caía redondo como un gigante que se despeñara desde un precipicio, con Peter había que negociar duramente todas y cada una de las fases. Lacy le daba palmaditas en la espalda y le frotaba entre los diminutos omoplatos formando pequeños círculos, mientras él hipaba y se quejaba. Al final, a ella también le entraban ganas de hacer lo mismo. Llevaba dos horas con el bebé en brazos, mirando el mismo comercial sobre cuchillos Ginsu, y había contado las rayas del elefantiásico brazo del sofá hasta volvérsele borrosas. Estaba tan cansada que le dolía todo.

—Pero ¿qué te pasa, hombrecito? —suspiraba—. ¿Qué puedo hacer para que seas feliz?

La felicidad era algo relativo, según su marido. Aunque casi todo el mundo se reía cuando Lacy decía que el trabajo de su esposo estaba relacionado con ponerle precio a la alegría, lo que él hacía no era más que la actividad normal de los economistas: encontrar el valor de las cosas intangibles de la vida. Los colegas de Lewis en la Universidad de Sterling habían escrito artículos acerca del impulso relativo que podía suponer una determinada educación, o sobre la sanidad en el mundo, o sobre la satisfacción del trabajo. La disciplina de Lewis no era menos importante, por poco ortodoxa que fuera. Hacía de él un invitado popular en la NPR,* o en el programa *Larry King Live*, en los seminarios de la profesión... De algún modo, hablar de números parecía más sexy cuando se empezaba estimando la cantidad de dólares que valía una buena carcajada, o un chiste sobre una rubia tonta, para el caso. Practicar sexo con regularidad, por ejemplo, era equivalente (en términos de felicidad) a un aumento de sueldo de cincuenta mil dólares. Sin embargo, conseguir un aumento de sueldo de cincuenta mil dólares no era ni con mucho tan excitante si todo el mundo obtenía un aumento similar. Por la misma razón, aquello que a uno lo había hecho feliz una vez, no tenía por qué hacerle feliz en otro momento dado. Cinco años atrás, Lacy habría dado cualquier cosa por que su marido se presentara en casa con una docena de rosas; ahora, si él le hubiera regalado la posibilidad de dormir una siesta de diez minutos, eso habría sido para ella el paroxismo del deleite.

Estadísticas aparte, Lewis pasaría a la historia por ser el economista que había ideado una fórmula para la felicidad: R/E, o, lo que es lo mismo, Realidad dividido por Expectativas. Había dos caminos para ser feliz: o bien mejorar la realidad, o bien rebajar las expectativas. En una ocasión, con motivo de una cena en una fiesta vecinal, Lacy le había preguntado qué pasaba si uno no tenía expectativas. No se puede dividir nada si el divisor es cero. ¿Significaba acaso que si uno se quedaba al margen de los golpes que pudiera darle la vida, nunca podría ser feliz? Aquella noche, al volver a casa en el coche, Lewis la acusó por haberlo dejado en mal lugar.

A Lacy no le gustaba permitirse pensamientos acerca de si Lewis y

* National Public Radio. *(N. del t.)*

ellos, su familia, eran felices de verdad. Cabría pensar que el hombre que había ideado la fórmula habría encontrado también el secreto de la felicidad, pero las cosas no eran tan sencillas. A veces le venía a la cabeza el viejo refrán: «En casa del herrero, cuchillo de palo», y se preguntaba por los que vivían en la casa del hombre que conocía el valor de la felicidad, sobre todo por los hijos de ese hombre. Por aquel entonces, cuando Lewis se quedaba hasta tarde en su despacho de la universidad para acabar a tiempo un artículo, y ella estaba tan agotada que se dormía incluso de pie en el ascensor del hospital, intentaba convencerse a sí misma de que se trataba meramente de una fase que aún no habían superado: un campamento militar infantil que sin duda se transformaría un día en alegría y satisfacción y unión y todos esos otros parámetros que Lewis incluía en sus programas informáticos. Después de todo, tenía un esposo que la quería y dos hijos sanos y una carrera que la hacía sentirse realizada. ¿Acaso tener lo que una siempre había querido no se correspondía con la definición misma de la felicidad?

Se dio cuenta de que, ¡oh, milagro de los milagros!, Peter se había quedado dormido sobre su hombro, con la suave piel de durazno de su cara presionada contra su piel desnuda. Subió la escalera de puntillas y lo depositó con cuidado en la cuna, tras lo cual echó un vistazo por la habitación y miró hacia la cama en la que yacía Joey. La luna lo acariciaba con su luz. Se preguntó cómo sería Peter cuando tuviera la edad de Joey. Se preguntó si se podía tener dos veces la misma suerte.

Alex Cormier era más joven de lo que había supuesto Lacy. Veinticuatro años, pero se comportaba con la suficiente confianza en sí misma como para que pudiera creerse que tenía diez más.

—Y bien —dijo Lacy, abordándola—, ¿cómo fue el otro asunto?

Alex parpadeó, sin dejar de mirarla, hasta que por fin lo recordó: la visita al pabellón maternal de la que había desertado una semana atrás.

—Acabó en un acuerdo, sin juicio.

—¿Es usted abogada, entonces? —inquirió Lacy, levantando la vista de sus anotaciones.

—Defensora de oficio —repuso Alex, elevando la barbilla un milímetro, como si estuviera preparada para escuchar algún comentario desaprobatorio por parte de Lacy por implicarse con rufianes.

—Ese trabajo debe de exigirle mucho —dijo Lacy—. ¿Saben en su departamento que está embarazada?

Alex sacudió la cabeza en señal de negación.

—No tienen por qué —dijo sin más—. No voy a pedir ningún permiso de maternidad.

—Es posible que cambie de opinión a medida que...

—No voy a tener a este bebé —manifestó Alex.

Lacy se arrellanó en su silla.

—Entiendo. —A ella no le tocaba juzgar a una madre por el hecho de renunciar a su hijo—. Quizá podríamos hablar de algunas opciones —dijo Lacy. A las once semanas, Alex aún podía interrumpir su embarazo si quería.

—Iban a practicarme un aborto —dijo Alex, como si le hubiera leído a Lacy el pensamiento—. Pero no acudí a la cita. —Levantó los ojos—. Dos veces.

Lacy sabía muy bien que una mujer podía ser una firme defensora del aborto, pero luego no estar dispuesta o no ser capaz de llevarlo a la práctica... Era justamente uno de los puntos débiles de esa postura.

—En ese caso —dijo—, puedo proporcionarle información acerca de la posibilidad de darlo en adopción, si es que no ha contactado ya con alguna agencia. —Abrió un cajón y sacó varias carpetas en las que había información de todo tipo de agencias según sus orientaciones religiosas, y también de abogados especializados en adopciones privadas. Alex tomó los folletos y los sostuvo como si fueran naipes—. Pero si le parece, por ahora podríamos centrarnos en su estado de salud.

—Estoy estupendamente —replicó Alex con suavidad—. No tengo mareos, no estoy cansada. —Miró su reloj—. Pero en cambio voy a llegar tarde a una cita.

Lacy pensó que Alex era una persona competitiva y acostumbrada a controlar todas las facetas de su vida.

—No está mal moderar un poco la marcha cuando una está embarazada. Es posible que su cuerpo lo necesite.

—Sé cómo cuidar de mí misma.

—¿Por qué no prueba a dejar que se ocupe otro de vez en cuando?

Una sombra de irritación cruzó por el rostro de Alex.

—Mire, no necesito ninguna terapia. Sinceramente, agradezco su preocupación, pero...

—¿Su pareja apoya su decisión de renunciar al bebé? —preguntó Lacy.

Alex apartó la cara un instante. Sin embargo, antes de que Lacy encontrara las palabras adecuadas para continuar, Alex lo hizo por sí misma.

—No existe tal pareja —dijo con frialdad.

La última vez que el cuerpo de Alex había tomado las riendas haciendo lo que su mente le decía que no hiciera, había concebido a aquel bebé. Todo había comenzado de la manera más inocente... Logan Rourke, su profesor de derecho judicial, la había llamado a su despacho para decirle que dirigía la sala del tribunal con gran competencia. Logan le dijo que ningún juez sería capaz de apartar los ojos de ella... como tampoco él lo era en aquel momento. A Alex le pareció que Logan era Clarence Darrow, F. Lee Bailey y Dios todos en uno. El prestigio y el poder podían volver a un hombre tan atractivo como para dejar sin respiración; a Logan lo habían convertido en lo que ella había estado buscando toda la vida.

Alex le creyó cuando él le dijo que, en sus diez años como profesor, jamás había visto a un estudiante con una rapidez mental como la de Alex. Le creyó también cuando él le contó que su matrimonio no existía ya salvo nominalmente. Y le creyó asimismo la noche en que la acompañó a casa desde el campus, le tomó el rostro entre las manos y le dijo que ella era la razón por la que se levantaba cada mañana.

El derecho estudiaba detalles y hechos, no emociones. El error supremo de Alex había sido olvidar eso al meterse con Logan. De pronto aplazaba planes a la espera de su llamada, que unas veces se producía y otras no. Fingía no verlo flirtear con las estudiantes de primer año, que lo miraban como también ella lo había mirado. Y cuando se quedó embarazada, estaba convencida de que estaban destinados a pasar juntos el resto de su vida.

Logan le dijo que se liberara de aquella carga. Le dieron día y hora para practicarle el aborto, pero ella olvidó anotarlos en el calendario. Volvió a pedir fecha, pero no se fijó en que la que le dieron coincidía con un examen final. Después de dos intentos fallidos, fue a ver a Logan.

—Es una señal —le dijo.

—Puede que sí —contestó él—, pero no significa lo que tú piensas. Sé razonable —le aconsejó—. Una madre soltera no puede ser abogada defensora. Tiene que elegir entre su carrera y su bebé.

Lo que estaba diciéndole en realidad era que tenía que elegir entre tener el bebé y tenerlo a él.

De espaldas, la mujer le parecía familiar, como a veces pasa con la gente cuando se la ve fuera de su contexto habitual: la cajera del súper haciendo cola en el banco, o el cartero sentado al otro lado del pasillo en el cine. Alex se quedó observándola unos segundos, hasta darse cuenta de que era la partera. Cruzó el vestíbulo del edificio del tribunal a grandes zancadas, en dirección a la máquina del parking, donde estaba Lacy Houghton pagando un ticket y a punto ya de irse.

—¿Necesita un abogado? —preguntó Alex.

Lacy levantó la vista, con el portabebés apoyado en la cadera. Le costó un momento ubicar aquel rostro, no había visto a Alex desde su última visita, hacía casi un mes.

—Ah, ¡hola! —exclamó, sonriente.

—¿Qué la trae por mis dominios?

—Oh, pues... estaba pagando la fianza de mi ex... —Lacy esperó a que Alex abriera los ojos de par en par, y entonces se rió—. Es broma, estoy comprando un abono de estacionamiento.

Alex se sorprendió a sí misma mirando la carita del bebé de Lacy. Llevaba una gorrita azul atada por debajo de la barbilla. Las mejillas rebosaban por los bordes de la gorra. No paraba de babear y, al advertir que Alex lo miraba, le ofreció una cavernosa sonrisa.

—¿Le apetece un café? —dijo Lacy.

Recogió los diez dólares de cambio y el abono del estacionamiento. Luego se recolocó el portabebés y salió del edificio de los juzgados en dirección a un Dunkin' Donuts, al otro lado de la calle. Lacy se detuvo a darle los diez dólares a un vagabundo sentado fuera del tribunal, y Alex puso los ojos en blanco... Precisamente el día anterior había visto a aquel mismo individuo dirigirse al bar más cercano cuando ella salía de trabajar.

En la cafetería, Alex observó cómo Lacy despojaba sin ningún esfuerzo a su bebé de las diversas capas de ropa y lo levantaba para colocárselo en el regazo. Sin dejar de hablar, se pasó una mantita sobre los hombros y se puso a darle el pecho a Peter.

—¿Es muy duro? —espetó Alex.

—¿Dar de mamar?

—No sólo eso —dijo Alex—. Todo.

—Es cuestión de práctica y nada más. —Lacy elevó al bebé hasta la altura del hombro. Él empezó a darle patadas con sus botitas en el pecho, como si estuviera ya tratando de poner distancia entre ambos—. Comparado con su trabajo diario, me parece que hacer de madre debe de ser pan comido.

De inmediato, aquello le hizo pensar a Alex en Logan Rourke, que se había reído de ella cuando le había dicho que iba a pedir un puesto de abogado de oficio.

—No durarás ni una semana —le espetó—. Eres demasiado blanda para eso.

A veces se preguntaba si era una buena abogada de oficio por talento innato o bien por lo dispuesta que estaba a demostrarle a Logan lo mucho que se equivocaba. Fuera como fuese, Alex había cultivado una determinada imagen para aquel trabajo; se había creado un personaje que estaba allí para garantizar a los delincuentes un trato de igualdad dentro del sistema jurídico, pero sin dejar que sus clientes penetraran su coraza.

Ese error ya lo había cometido con Logan.

—¿Ha tenido ocasión de ponerse en contacto con alguna de las agencias de adopción? —preguntó Lacy.

Alex ni siquiera había leído los folletos que la partera le facilitó. Si por ella fuera, aún estarían sobre el mostrador de la sala de reconocimiento.

—Hice algunas llamadas —mintió Alex. El tema estaba apuntado en su lista de asuntos pendientes, pero siempre surgía algo más urgente.

—¿Me permite que le haga una pregunta personal? —dijo Lacy, y Alex asintió lentamente; no le gustaban las preguntas personales—. ¿Qué es lo que la ha decidido a renunciar al bebé?

¿Había llegado a tomar en realidad tal decisión? ¿O alguien la había tomado por ella?

—Que no es el momento —respondió.

Lacy se rió.

—No sé si existe un momento mejor que otro para tener un bebé. La vida te cambia de arriba abajo, eso desde luego.

Alex se quedó mirándola con fijeza.

—No me gusta que mi vida cambie.

Lacy se ocupó unos segundos de la camisa de su bebé.

—Según se mire, lo que hacemos usted y yo no son cosas tan diferentes.

—El índice de reincidencia debe de ser muy similar —dijo Alex.

—No... Yo me refería a que a ambas nos toca ver a la gente cuando está pasando por una situación crítica. Eso es lo que más me gusta de mi profesión. Te permite ver lo fuerte que es la otra persona cuando se ve obligada a enfrentarse a una situación realmente dolorosa. —Levantó los ojos hacia Alex—. ¿No cree que las personas en el fondo nos parecemos mucho?

Alex pensó en los demandados que habían pasado por su vida profesional. Sus perfiles se desdibujaban en su mente. ¿Se debía, como decía Lacy, al hecho de ser tan parecidos? ¿O era porque Alex se había vuelto una experta en no mirar demasiado de cerca?

Observó cómo Lacy se colocaba al bebé sobre las rodillas. Éste golpeó sobre la mesa con las palmas abiertas, emitiendo un pequeño gorgoteo. Lacy se levantó de súbito, soltando al bebé en brazos de Alex, de modo que ésta tuvo que sujetarlo si no quería que se cayera al suelo.

—Por favor, aguánteme a Peter. Tengo que ir corriendo al baño.

A Alex le entró pánico. «Un momento —se dijo—. No sé qué tengo que hacer». El bebé daba patadas en el aire, como un personaje de dibujos animados para no caer por un precipicio.

Alex se lo sentó con torpeza en el regazo. El pequeño era más pesado de lo que hubiera imaginado, y el tacto de su piel era como de terciopelo mojado.

—Hola, Peter —le dijo con tono formal—. Yo soy Alex.

El bebé alargó los brazos tratando de atrapar su taza de café, que ella se apresuró a poner fuera de su alcance. Peter arrugó la cara con todas sus fuerzas y rompió a llorar.

Sus chillidos eran entrecortados, altos en decibelios, anunciadores de un cataclismo.

—Basta —suplicó Alex, mientras la gente a su alrededor empezaba a volverse hacia ellos. Se levantó, y empezó a darle palmaditas en la espalda, tal como había visto hacer a Lacy, rogando interiormente por que Peter se quedara sin fuerzas, o contrajera una laringitis, o simplemente se apiadara de su inexperiencia. Alex, que siempre tenía una réplica aguda e inteligente para todo, que podía verse arrojada a una situación jurídica infernal y caer de pie sin derramar una gota de sudor, se sintió totalmente perdida.

Se sentó sosteniendo a Peter por las axilas. Para entonces él ya estaba rojo como un tomate, con la piel tan inflamada y oscura que la fina pelusa que le recubría la cabeza relucía como el platino.

—Escucha —dijo Alex—, puede que yo no sea la persona que tú quisieras, pero soy lo único que tienes ahora mismo.

Tras un último hipido, el bebé se tranquilizó. Se quedó mirando fijamente a Alex a los ojos, como si tratara de recordarla.

Aliviada, ella se lo puso sobre el brazo y se irguió un poco en su silla. Bajó la vista hacia la cabeza del bebé, observando el pulso translúcido bajo la fontanela.

Al relajar un poco la tensión de su abrazo, él se relajó también. ¿Era así de fácil?

Alex pasó el dedo sobre aquel punto blando en la cabeza de Peter. Conocía la explicación biológica: dos hemisferios craneales tenían que ser lo suficientemente móviles como para facilitar el nacimiento; acababan soldándose cuando el bebé empezaba a caminar. Era un punto vulnerable con el que todos nacíamos, que con el tiempo se convertía literalmente en la cabeza dura de un adulto.

—Lo siento —dijo Lacy, mientras volvía a sentarse a la mesa con toda naturalidad—. Gracias por aguantármelo.

Alex se lo devolvió rápidamente, como si quemara.

Habían ingresado a la paciente después de un intento de parto en casa que había durado treinta horas. Firme creyente en la medicina natural, había minimizado los cuidados prenatales y había prescindido de la amniocentesis y las ecografías, pero aun así, llegado el momento de venir al mundo, los recién nacidos encuentran siempre la manera de obtener lo que quieren y necesitan. Lacy posó las manos sobre el tembloroso vientre de la mujer con las palmas abiertas, como si fuera una curandera. «Dos kilos y tres cuartos —pensó—; el culo se encuentra aquí arriba, la cabeza allá abajo». Un médico asomó la cabeza por la rendija de la puerta.

—¿Cómo va por aquí?

—Dígales a los de cuidados intensivos que está de treinta y cinco semanas —dijo ella—, pero que parece que todo esté bien. —Mientras el doctor retrocedía y se marchaba, ella se colocó entre las piernas de la mujer—. Ya sé que debe de parecerte que llevas así una eternidad —dijo—, pero si eres capaz de trabajar conmigo un poco más, dentro de una hora tendrás a este bebé en brazos.

Mientras hacía que el esposo de la mujer se situara detrás de ésta y la mantuviera erguida en el momento de ponerse ella a empujar, Lacy notó la vibración de la llamada del *beeper* a la altura de la cintura de la bata azul marino. ¿Quién demonios podía ser? Estaba de guardia, la secretaria sabía que estaba asistiendo a un parto.

—¿Podrían disculparme un momento? —dijo, dejando a la auxiliar con ellos mientras se dirigía al mostrador de las enfermeras para tomar un teléfono—. ¿Qué pasa? —preguntó Lacy cuando la secretaria descolgó.

—Una de sus pacientes insiste en verla.

—Ahora mismo estoy un poco ocupada —dijo Lacy con intención.

—Dice que esperará el tiempo que haga falta.

—¿Quién es?

—Alex Cormier —replicó la secretaria.

En circunstancias normales, Lacy le habría dicho a la secretaria que derivara a la paciente a alguna de las otras parteras disponibles. Pero había algo en Alex Cormier difícil de definir, algo que no habría podido concretar pero que no andaba del todo en orden.

—Está bien —dijo Lacy—. Pero dígale que puedo tardar horas.

Colgó el teléfono y se apresuró a regresar a la sala de partos, donde volvió a colocarse entre las piernas de la paciente para comprobar la dilatación.

—Parece que lo único que necesitabas era que yo desapareciera —bromeó—. Has dilatado diez centímetros. La próxima vez que sientas ganas de empujar... ¡hasta el fondo!

Diez minutos más tarde, la paciente daba a luz a una niña de poco más de kilo y cuarto. Mientras los padres se embelesaban con ella, Lacy se volvió hacia la enfermera de guardia, con la que se comunicó silenciosamente con los ojos. Allí pasaba algo grave.

—Qué pequeñita es —dijo el padre—. ¿Hay algo que...? ¿Está bien...?

Lacy vaciló unos segundos, ya que no sabía muy bien cuál era la respuesta. «¿Un fibroma?», se preguntó. Lo único que sabía es que dentro de aquella mujer había mucho más que un bebé que no llegaba al kilo y medio. Y que en cualquier momento la paciente tendría una hemorragia.

Pero cuando Lacy metió la mano en el interior del vientre de la paciente y presionó en el útero, se quedó paralizada.

—¿Nadie le había dicho que traía mellizos?

El padre se quedó lívido.

—¿Hay dos?

Lacy sonrió de medio lado. Mellizos era algo manejable. Mellizos... Bueno, eso era un premio extra, más bien, en lugar de un desastre médico.

—Bueno, ahora ya sólo falta uno.

El hombre se agachó junto a su mujer y la besó en la frente con expresión alborozada.

—¿Has oído eso, Terri? Mellizos.

Su mujer no apartaba los ojos de su diminuta hija recién nacida.

—Sí, es estupendo —dijo con calma—. Pero no me pidas que vuelva a empujar otra vez.

Lacy se rió.

—Bueno, creo que seré capaz de convencerte.

Cuarenta minutos más tarde, Lacy dejaba a la feliz familia, con sus dos hijas mellizas, y se dirigía por el pasillo hacia la sala de descanso del personal, donde se refrescó la cara y se cambió de pijama. Subió la escalera hasta los consultorios de las parteras y echó un vistazo a aquella colección de mujeres allí sentadas, con los brazos sobre vientres de todos los tamaños, como lunas en diferentes cuartos. Una de ellas se levantó, con los ojos enrojecidos y tambaleante, como si la llegada de Lacy la hubiera atraído por magnetismo.

—Alex —dijo, recordando en aquel instante que tenía a aquella paciente esperando—. ¿Por qué no viene conmigo?

Condujo a Alex a una sala de reconocimiento vacía y se sentó en una silla delante de ella. En ese momento, se dio cuenta de que Alex llevaba el suéter puesto al revés. Era un suéter azul cielo de cuello barco, en el que apenas se diferenciaba el derecho del revés, salvo por el detalle de la etiqueta prendida en el borde del cuello. Desde luego, es algo que puede sucederle a cualquiera, con las prisas, o si está nervioso... A cualquiera menos a Alex Cormier, probablemente.

—He tenido hemorragias —dijo Alex con voz neutra—. No muy abundantes, pero... vaya... Un poco.

Siguiendo el ejemplo de Alex, Lacy respondió con voz calmada.

—¿Por qué no hacemos un chequeo, de todos modos?

Lacy condujo a Alex por el pasillo hasta el laboratorio de diagnóstico por imagen. Engatusó a un técnico para que las dejara saltarse la cola de pacientes y, una vez Alex estuvo tumbada en la camilla, accionó la máquina. Desplazó el transductor por encima del abdomen de Alex. Con dieciséis semanas, el feto tenía ya aspecto de bebé: minúsculo, esquelético, pero asombrosamente perfecto.

—¿Ve esto de aquí? —preguntó Lacy, señalando un punto parpadeante en la pantalla, una intermitencia en blanco y negro—. Es el corazón del bebé.

Alex volvió la cara a un lado, pero no antes de que Lacy pudiera ver una lágrima rodar por su mejilla.

—El bebé está bien —dijo—. Y es perfectamente normal que a veces haya un poco de hemorragia. No es por nada que usted haya hecho, ni puede hacer nada por cortarlo.

—Pensé que estaba teniendo un aborto espontáneo.

—Una vez que se ha visto que el bebé es normal, como acabamos de verlo, la probabilidad de un aborto espontáneo es menor del uno por ciento. Déjeme que se lo diga de otra manera: las probabilidades de que dé a luz a un bebé normal en el plazo estipulado son de un noventa y nueve por ciento.

Alex asintió con la cabeza, secándose los ojos con la manga.

—Estupendo.

Lacy titubeó.

—Ya sé que no soy quién para decírselo, pero para ser alguien que no quiere a este bebé, parece tremendamente aliviada de saber que todo va bien, Alex.

—Yo no... no puedo...

Lacy miró la pantalla, donde el bebé de Alex había quedado fijado en un instante de tiempo.

—Piénselo al menos —dijo.

* * *

—Yo ya tengo una familia —le dijo Logan Rourke aquel mismo día, cuando Alex le comunicó que pensaba tener al bebé—. No necesito ninguna otra.

Aquella noche, Alex llevó a cabo algo así como una especie de exorcismo. Llenó la barbacoa con carbón vegetal y la encendió. Luego quemó en ella todos los trabajos que había hecho para Logan Rourke. No tenía fotos en las que salieran ambos, ni mensajes de amor... Al pensarlo ahora en retrospectiva, se dio cuenta de lo cuidadoso que había sido él, de lo fácil que le resultaba ahora a ella borrarlo de su vida.

Aquel bebé sería sólo suyo, decidió. Se quedó sentada mirando las llamas, pensando en el espacio que iría ocupándole en su interior. Imaginó sus propios órganos apartándose a un lado, la piel estirándose. Se figuró que se le encogía el corazón, hasta hacerse diminuto como el guijarro de una ribera, para hacer sitio. No consideró si estaba pensando en tener a aquel bebé para demostrar que su relación con Logan Rourke no había sido imaginación suya; o para trastornar su vida tanto como él había trastornado la de ella. Como cualquier abogado experto sabe, a un testigo nunca hay que hacerle una pregunta cuya respuesta uno no conoce.

Cinco semanas más tarde, Lacy no era ya sólo la partera de Alex, era también su confidente, su mejor amiga, sus oídos. Aunque por lo general Lacy no solía entablar amistad con sus clientes, con Alex había hecho una excepción. Se dijo a sí misma que ello se debía a que Alex, que había decidido ya definitivamente tener el bebé, necesitaba un verdadero apoyo, y que no contaba con nadie más con quien se sintiera cómoda.

Ése era el único motivo, decidió Lacy, por el que había aceptado salir aquella noche con las compañeras de Alex. Incluso la perspectiva de una salida nocturna sólo de chicas, sin bebés, perdía su encanto con aquella compañía. Lacy debería haberse percatado de que era preferible una visita al dentista para un empaste doble hasta la raíz que una cena con un grupo de abogadas. A todas les encantaba escucharse, estaba claro. Ella dejó que la conversación fluyera a su alrededor, como si fuera una roca en medio de un río, mientras no paraba de llenarse con Coca-Cola la copa de vino.

El restaurante era un establecimiento italiano en el que servían una salsa de tomate muy mala y cuyo chef se pasaba de ajo en todos los platos. Se preguntaba si en Italia habría restaurantes norteamericanos.

Alex se había enzarzado en una discusión acerca de un juicio con jurado. Lacy escuchaba cómo los términos eran arrojados y recogidos sobre la mesa: ley de derechos laborales, el caso de Singh versus Jutla, sanciones, incentivos. Una rubicunda mujer sentada a la derecha de Lacy sacudía la cabeza.

—Se está enviando un mensaje —dijo—. Si indemnizas por un trabajo que es ilegal, estás sancionando a una compañía por ponerse por encima de la ley.

Alex se rió.

—Sita, voy a aprovechar este preciso momento para recordarte que eres la única fiscal de esta mesa, así que no va a haber posibilidad de que ganes esta vez.

—Aquí todas somos parte. Necesitaríamos un observador imparcial. —Sita sonrió a Lacy—. ¿Qué opinas de tanta invasión de fuera?

Tal vez debería haber prestado mayor atención a la conversación. Al parecer había tomado un giro más interesante mientras Lacy estaba en las nubes.

—Bueno, yo desde luego no soy ninguna experta, pero hace poco leí un libro sobre el Área 51 y el secretismo del gobierno. Hablaba de cosas muy concretas, como el ganado mutilado... Me pareció muy sospechoso, sobre todo que de vez en cuando aparezca una vaca en Nevada a la que le faltan los riñones, y la incisión no muestre ningún tipo de traumatismo en el tejido ni de pérdida de sangre. Yo tuve un gato que para mí que fue abducido por los extraterrestres. Desapareció exactamente durante cuatro semanas justas, al minuto, y cuando volvió tenía unas quemaduras en forma de triángulo en la piel del lomo, como esos círculos de los sembrados. —Lacy se quedó dudando—. Pero sin trigo.

Todas las presentes en la mesa la miraban fijamente en silencio. Una mujer con una boquita de piñón y el pelo rubio brillante cortado a lo garçon parpadeó sin dejar de mirar a Lacy.

—Hablábamos de la invasión de inmigrantes.

Lacy notó el calor que le subía por el cuello.

—Oh —dijo—. Muy bien.

—Si quieren que les dé mi opinión —dijo Alex, desviando la atención hacia sí misma—, es Lacy la que debería dirigir el Departamento de Trabajo en lugar de Elaine Chao. No cabe duda de que tiene más experiencia...

Todas se echaron a reír mientras Lacy las observaba. Se dio cuenta de que Alex podía encajar en cualquier sitio. Allí, o en una cena con la familia de Lacy, o en la sala de un tribunal, y seguramente tomando el té con la reina de Inglaterra. Era camaleónica.

Lacy pensó, sorprendida, que no se sabe en realidad de qué color es un camaleón hasta que empieza a cambiarlo.

En todo reconocimiento prenatal había un momento en que Lacy dejaba salir a la curandera que llevaba dentro: posaba las manos sobre el vientre de la paciente y adivinaba, por el mero tacto de la superficie que tocaba, en qué dirección yacía el bebé. Le recordaba siempre a las atracciones de Halloween a las que llevaba a Joey: al meter la mano detrás de una cortina, se podían tocar unos intestinos que eran en realidad un plato de espaguetis fríos, o bien un cerebro de gelatina. No es que fuera una ciencia exacta, pero en un feto había básicamente dos partes duras: la cabeza y el culo. Si mecías la cabeza del bebé, ésta se movía a uno y otro lado. Si mecías el culo, el bebé se balanceaba entero. Moverle la cabeza movía sólo la cabeza; moverle el culo movía todo el cuerpo.

Lacy pasó las manos por toda la superficie del vientre de Alex y la ayudó a incorporarse.

—Lo bueno es que el bebé está bien —dijo Lacy—. Lo malo es que ahora mismo está al revés. Sería un parto de nalgas.

Alex se quedó inmóvil.

—¿Tendrán que hacerme cesárea?

—Aún quedan ocho semanas. Podemos hacer aún muchas cosas en ese plazo.

—¿Como qué?

—Moxibustión. —Alex se sentó delante de Lacy—. Te daré el nombre de una acupunturista. Tomará un palito de artemisa y te apretará con él el dedo meñique del pie. Luego hará lo mismo con el otro pie. No te dolerá, pero te dará un calor incómodo. Cuando sepas cómo hacerlo tú sola en casa, si empiezas ya, es posible que el bebé se ponga bien en una semana o dos.

—¿Me tengo que pinchar con un palo? ¿No me marearé o algo?

—Bueno, no tienes por qué. Además quiero que apoyes también una tabla contra el sofá, formando un plano inclinado. Te colocas encima, con la cabeza hacia abajo, tres veces al día durante quince minutos.

—Cielo santo, Lacy, ¿estás segura que no quieres que también me compre una bola de cristal?

—Créeme, cualquiera de estas cosas es mucho más llevadera que dejar que el médico intente darle la vuelta al bebé... o recuperarse de una cesárea.

Alex cruzó las manos sobre el vientre.

—No creo mucho en esos cuentos de viejas.

Lacy se encogió de hombros.

—Por suerte para ti, tú no has parido de nalgas.

No era lo normal que Alex llevase a sus clientes con ella en su propio coche al tribunal, pero en el caso de Nadya Saranoff, había hecho una excepción. El marido de Nadya la había sometido a malos tratos, hasta que la había dejado por otra. No le pasaba asignación alguna por sus dos hijos, aunque se ganaba bien la vida, mientras que Nadya trabajaba en un Subway, por cinco con veinticinco dólares la hora. Había hecho una reclamación al Estado, pero la justicia trabaja demasiado lenta, de modo que había ido al Wal-Mart y había sustraído un par de pantalones y una camisa blanca para su hijo de cinco años, que empezaba el colegio la semana siguiente, y no tenía ya ropa de su tamaño que ponerse.

Nadya se había declarado culpable. Como no tenía dinero para pagar una multa, la habían condenado a treinta días de prisión diferida, lo que significaba, tal como le explicaba Alex ahora, que no tendría que cumplirla hasta al cabo de un año.

—Si vas a la cárcel —le decía, delante de la puerta del baño del edificio de los tribunales—, tus hijos sufrirán mucho. Comprendo tu desesperación, pero siempre hay alguna opción en sustitución de la cárcel. Ayudar en una iglesia. O al Ejército de Salvación.

Nadya se secó los ojos.

—No puedo ir a la iglesia o al Ejército de Salvación. No tengo coche.

Estaba claro. Ése era el motivo por el que Alex la había llevado al tribunal.

Alex trató de endurecerse frente a la pena que sentía por Nadya mientras ésta se metía en el baño. Su trabajo era conseguir para Nadya un acuerdo favorable, cosa que había hecho, teniendo en cuenta que era la segunda vez que robaba en una tienda. La primera había sido en una farmacia, de donde se había llevado Tylenol infantil.

Pensó en su propio bebé, que la obligaba a tumbarse cabeza abajo encima de una tabla de planchar y a clavarse diminutos puñales de tortura en los rosados dedos de los pies todas las noches, con la esperanza de que así cambiara de posición. ¿Qué tipo de desventaja supondría llegar a este mundo de espaldas?

Al transcurrir diez minutos y ver que Nadya no salía, Alex entró en los servicios.

—¿Nadya? —Encontró a su cliente delante de los lavamanos, sollozando—. Nadya, ¿qué te pasa?

Su cliente agachó la cabeza, avergonzada.

—Es que me acaba de venir la regla, y no tengo tampones.

Alex buscó en su bolso y sacó una moneda de veinticinco centavos para la máquina dispensadora adosada a la pared. Pero mientras caía la cajita de cartón, algo se iluminó en su interior, y comprendió que, aunque aquel caso estaba cerrado, no había terminado todavía.

—Espérame en la puerta principal mientras voy a buscar el coche —le dijo.

Acompañó a Nadya hasta el Wal-Mart (la escena del crimen) y metió tres cajas extra grandes de Tampax en el carrito.

—¿Qué más necesitas?

—Ropa interior —dijo Nadya en un susurro—. Eran las últimas que me quedaban.

Alex iba y venía por los pasillos del súper, agarrando camisetas, medias, bragas y pijamas para Nadya; pantalones, sacos, gorros y guantes para sus hijos; cajas de galletitas saladas, Goldfish y Saltines, y latas de sopa, pasta y Devil Dogs. Desesperada, hizo lo que tenía que hacer en aquel momento, aunque fuera exactamente lo que el departamento de abogados de oficio aconsejaba a sus letrados que no hicieran; sin embargo, era consciente, y así se lo decía la razón, de que jamás volvería a hacer algo así por un cliente. Gastó ochocientos dólares en el mismo establecimiento que había presentado cargos contra Nadya, porque era más fácil arreglar lo que estaba mal que hacerse a la idea de que su hija venía a un mundo para el que a veces ni la propia Alex tenía estómago.

La catarsis finalizó en el momento en que Alex le entregó a la cajera su tarjeta de crédito y oyó en su cabeza la voz de Logan Rourke. «Buenaza —la habría llamado con escarnio—, siempre con el corazón en la mano».

Bueno, él podía hablar con conocimiento de causa.

Por eso le había sido tan fácil rompérselo en pedazos.

«Bueno —pensó Alex con calma—. Así debe de ser morirse».

Se sintió recorrida por otra contracción. Una bala perforando el metal.

Dos semanas atrás, con motivo de la visita de la trigésimo séptima semana, Alex y Lacy habían hablado acerca de las posibilidades de aliviar el dolor en el parto.

—¿Qué piensas sobre el tema? —le había preguntado Lacy, y Alex había bromeado:

—Pienso que deberían importarlas de Canadá.

Le había dicho a Lacy que no pensaba recurrir a ningún tipo de anestesia, que era partidaria del parto natural, que seguramente tampoco debía de doler tanto.

Pues dolía.

Se acordó de todas aquellas clases a las que Lacy la había obligado a asistir, y en las que la propia Lacy había actuado como su pareja, ya que todas las demás mujeres contaban con un esposo o compañero para ayudarlas. Les habían enseñado fotos de parturientas con la cara roja y los dientes apretados, emitiendo alaridos prehistóricos. Alex se había reído de todo aquello. «Nos enseñan los peores casos posibles —se había dicho—. Cada persona tiene una tolerancia diferente frente al dolor».

La siguiente contracción hizo que la columna vertebral se le doblara como la de una cobra, se abrazara a su propio vientre y apretara los dientes. Se le doblaron las piernas y se dio un fuerte golpe en las rodillas contra el suelo.

En las clases les habían dicho que las contracciones anteriores al parto podían durar hasta doce horas y más.

Si a ella le pasaba eso y para entonces no se había muerto, se pegaría un tiro.

Cuando Lacy era partera en prácticas, se había pasado meses yendo de un lado para otro con una pequeña regla en la mano, tomando constantes mediciones. Ahora, después de años de experiencia en la profesión, era capaz de mirar una taza de café y calcular a simple vista que tenía nueve centímetros de diámetro; que el de la naranja que había junto al teléfono del despacho de las enfermeras medía ocho. Sacó los dedos de entre las piernas de Alex y se quitó el guante de látex con un chasquido.

—Estás en dos centímetros —dijo, y Alex rompió a llorar.

—¿Sólo dos? No podré hacerlo —jadeó, retorciendo la columna vertebral como si quisiera huir de aquel dolor. Había tratado de ocultar su malestar detrás de la máscara de competencia que siempre llevaba puesta, pero sólo para darse cuenta de que, con las prisas, debía de habérsela dejado en alguna parte.

—Sé que es frustrante —dijo Lacy—, pero te diré una cosa, que es lo que cuenta: lo estás haciendo muy bien. Y nosotras sabemos que cuando una mujer lo hace bien en el momento en que va por dos centímetros, también lo hará bien cuando esté en ocho. Vamos a ir contracción por contracción.

Lacy sabía que el parto no es fácil para nadie, pero que es especialmente difícil para las mujeres que tienen expectativas, listas y planes, porque nunca sale como lo tenías pensado. Si quieres parir bien, tienes que dejar que el cuerpo tome el mando en sustitución de la mente. En el parto toda tu persona es vulnerable, incluso las partes que tenías más olvidadas. Para alguien como Alex, acostumbrada a tenerlo todo bajo control, eso podía resultar terrible. El éxito de aquella empresa dependía de que supiera renunciar a su frialdad, aun a riesgo de convertirse en alguien que no quería ser.

Lacy ayudó a Alex a levantarse y la condujo hasta la sala de hidromasaje. Bajó la intensidad de las luces, puso música instrumental y desató la bata de Alex. Ésta había superado los límites del pudor; Lacy supuso que, en aquellos momentos, se habría desnudado delante de la población entera de una prisión masculina, si con ello hubiera podido hacer que se detuvieran las contracciones.

—Adentro —le dijo Lacy, dejando que Alex se apoyara en ella mientras se metía en la bañera de hidromasaje. Se produjo una respuesta pavloviana al agua caliente; a veces bastaba con meterse en la bañera para que los latidos se desacelerasen.

—Lacy —jadeó Alex—, tienes que prometerme...

—¿Qué?

—Que no se lo contarás a ella. Al bebé...

Lacy cogió la mano de Alex.

—¿Contarle qué?

Alex cerró los ojos y apoyó con fuerza la mejilla contra el borde de la bañera.

—Que en un primer momento no la quise.

Antes de que pudiera siquiera contestar, Lacy vio cómo la tensión atenazaba a Alex.

—Suelta la respiración —le dijo—. Expulsa el dolor junto con la respiración, como si pudieras arrojarlo lejos. Apóyate sobre las manos y las rodillas. Enciérrate en ti misma, como los granos de un reloj de arena. Estás en la playa. Tumbada en la arena, sintiendo el calor del sol.

»Miéntete a ti misma hasta que sea verdad.

Cuando el dolor es profundo, te vuelves hacia tu interior. Era algo que Lacy había comprobado cientos de veces. Actúan las endorfinas, la morfina natural del organismo, y te llevan a un lejano lugar donde el dolor no pueda encontrarte. En una ocasión, una paciente que había sufrido violación, experimentó una disociación tan extrema, que Lacy llegó a temer no poder alcanzarla y traerla de vuelta a tiempo para que empujara. Lacy había acabado cantándole una nana, en español.

En las últimas tres horas, Alex había recuperado la serenidad, gracias sobre todo al anestesiólogo, que le había aplicado anestesia epidural. Había dormido un rato; había jugado a las cartas con Lacy. Pero ahora el bebé se había encajado, y ella estaba empezando a empujar.

—¿Por qué me duele otra vez? —preguntó con una voz que subía de registro por momentos.

—Es cómo actúa la epidural. Si se aumentara la dosis, no podrías empujar.

—Yo no puedo tener un bebé —soltó de pronto Alex—. No estoy preparada.

—Bueno, bueno —dijo Lacy—. Ya hablaremos de eso.

—¿En qué estaría yo pensando? Logan tenía razón, no sé en qué me estoy metiendo. Yo no soy una madre, soy abogada. No tengo pareja, no tengo perro... Ni siquiera he conseguido criar nunca una planta de interior que no se me haya muerto. No sabré poner un pañal...

—Los dibujitos de colores van en la parte de delante —dijo Lacy.

Cogió la mano de Alex y se la llevó entre las piernas, donde asomaba la coronilla del bebé.

Alex apartó la mano de un tirón.

—¿Es eso...?

—Pues sí.

—¿Está saliendo?

—Tanto si estás preparada como si no.

Comenzó otra contracción.

—Oh, Alex, ya se le ven las cejas... —Lacy ayudó a sacar al bebé fuera del canal de parto manteniéndole la cabeza flexionada—. Sé muy bien cómo quema... Mira, la barbilla... qué guapa...

Lacy secó la cara del bebé, succionó el interior de la boca, le pasó el cordón umbilical por encima del cuello, y miró a su amiga.

—Alex —dijo—, hagámoslo juntas.

Lacy guió las temblorosas manos de Alex hasta colocarlas sobre la cabeza de la niña.

—Quédate así, yo mientras voy a sacar los hombros...

Cuando el bebé se deslizó por completo en las manos de Alex, Lacy lo soltó. Entre sollozos, pero aliviada, Alex se llevó el pequeño y retorcido cuerpo contra el pecho. Como siempre, Lacy se quedó sobrecogida por lo real que es un recién nacido, hasta qué punto existe. Frotó la región lumbar del bebé y contempló cómo los turbios ojos azules de la recién nacida se fijaban por vez primera en su madre.

—Alex —dijo Lacy—, es toda tuya.

Nadie está dispuesto a admitirlo, pero las cosas malas seguirán sucediendo siempre. Quizá sea porque todo es una cadena, y hace mucho tiempo alguien hizo la primera cosa mala, que llevó a otro a hacer otra cosa mala, y así sucesivamente. Como en ese juego en el que le dices algo al oído de alguien, y esa persona se lo dice a su vez al oído de otra, y al final la frase es un completo disparate.

Aunque, pensándolo bien, tal vez las cosas malas suceden porque es la única forma de que sigamos recordando cómo deberían ser las buenas.

Horas después

Nina, la mejor amiga de Patrick, le había preguntado una vez en un bar qué era lo peor que había visto en su vida. Él le había contestado con sinceridad que, cuando estaba en Maine, un tipo se había suicidado atándose con alambre a las vías del tren. El tren lo había partido literalmente en dos. Había sangre y fragmentos corporales por todas partes. Hubo agentes veteranos que, al llegar a la escena del crimen, habían vomitado entre los matorrales. En cuanto a él, había tenido que alejarse unos metros hasta recuperar la serenidad, pero de golpe se había topado con la cabeza seccionada del hombre en el suelo, con la boca aún abierta en un grito silencioso.

Pero eso había dejado de ser lo peor que había visto Patrick en su vida.

Todavía había alumnos saliendo del Instituto Sterling cuando los equipos de emergencia empezaron a ocupar el edificio para hacerse cargo de los heridos. Había decenas de chicos y chicas con pequeños cortes y magulladuras, provocados por la salida en masa, y otros que respiraban entrecortada y aceleradamente o tenían síntomas de histeria; muchos otros sufrían de shock. Pero la prioridad de Patrick era que atendieran a los heridos de bala, que yacían dispersos por el suelo, desde el comedor comunitario hasta el gimnasio. Un rastro sangriento que constituía la crónica de los movimientos del agresor.

Las alarmas seguían sonando, y los aspersores automáticos antiincendios habían formado una corriente de agua en los pasillos. Bajo aquella lluvia artificial, dos socorristas estaban agachados junto a una chica que había recibido un balazo en el hombro derecho.

—Trasladémosla —dijo el médico.

Patrick la conocía, y, al darse cuenta, sintió que un escalofrío le recorría todo el cuerpo. Trabajaba en la tienda de alquiler de vídeos del centro de la ciudad. El pasado fin de semana, cuando había ido a alquilar *Harry el sucio*, ella le había dicho que tenía un saldo negativo de 3,40 dólares. La veía todos los viernes por la noche, cuando iba a alquilar un DVD, pero nunca le había preguntado su nombre. ¿Por qué demonios no se lo habría preguntado?

Mientras la chica gemía, el médico tomó un rotulador y le escribió el número nueve en la frente.

—No tenemos la identificación de todos los heridos —le dijo a Patrick—, así que hemos empezado a numerarlos.

Mientras colocaban a la alumna sobre una camilla, Patrick alcanzó una manta de plástico amarilla para casos de emergencia, de las que todo agente lleva en el maletero del coche patrulla. La rompió en varios pedazos, miró el número escrito en la frente de la chica y lo anotó en uno de los pedazos.

—Dejen esto donde la encontraron —ordenó—. Así podremos saber más tarde de qué herido se trataba y dónde fue encontrado.

Un socorrista asomó la cabeza por una esquina.

—En Hitchcock dicen que tienen todas las camas ocupadas. Tenemos una fila de chicos y chicas esperando en el jardín, delante del edificio, pero la ambulancia no tiene adónde llevarlos.

—¿Y en APD?

—También están llenos.

—Pues entonces llamen a Concord y díganles que les enviamos autobuses enteros —les ordenó Patrick. Con el rabillo del ojo vio a un socorrista al que conocía, un veterano al que le faltaban tres meses para retirarse. Acababa de apartarse de uno de los cuerpos y se acuclilló hundiendo la cara entre los brazos, llorando. Patrick agarró por la manga a un agente al pasar.

—Jarvis, necesito tu ayuda...

—Pero si me acaba de asignar al gimnasio, capitán.

Patrick había repartido a los oficiales responsables y a la unidad de crímenes de la policía del Estado de forma que cada una de las partes del instituto tuviera su propio equipo asignado. Le entregó a Jarvis el resto de pedazos de la manta de plástico y un rotulador negro.

—Olvídate del gimnasio. Quiero que recorras todo el edificio en compañía de los equipos sanitarios. Cada vez que numeren a alguien, tienes que dejar un trozo de plástico con el mismo número, en el lugar donde lo han encontrado.

—Tengo a una herida en el baño de mujeres —gritó una voz.

—Vamos —dijo un socorrista, agarrando un botiquín de primeros auxilios y corriendo hacia el lugar.

«Asegúrate de que no te olvidas nada —se dijo Patrick—. Has de acertar a la primera». Se sentía la cabeza como si la tuviera de cristal, demasiado pesada y con las paredes demasiado delgadas para manejar tanta carga de información. No podía estar en todas partes a la vez; no podía hablar lo bastante rápido y pensar lo bastante de prisa para enviar a todos sus hombres donde se les requería. No tenía la menor idea de cómo manejar una pesadilla de aquel calibre, pero tenía que fingir que sabía hacerlo, porque todos los demás lo miraban confiando en que él se encargara de todo.

La puerta doble del comedor comunitario se cerró a sus espaldas. Para entonces, el equipo que se ocupaba de aquel espacio había atendido y transportado ya a los heridos. Sólo habían dejado los cadáveres. Las paredes de bloques de hormigón estaban melladas allá donde las balas las habían agujereado o rozado. Una máquina expendedora, con la vitrina hecha añicos y las botellas perforadas, había derramado Sprite, Coca-Cola y jugo sobre el suelo de linóleo. Uno de los técnicos policiales tomaba pruebas fotográficas: bolsas de libros abandonadas, así como monederos y manuales escolares. Sacaba primeros planos de cada uno de los objetos; y luego instantáneas a distancia, una vez colocados sendos triángulos amarillos para señalar su emplazamiento en relación con el resto de la escena. Otro agente examinaba el patrón de las marcas de sangre derramada. Un tercer y un cuarto agentes señalaban hacia un lugar en el techo.

—Capitán —dijo uno de ellos—, me parece que tenemos un vídeo.

—¿Dónde está la grabación?

El agente se encogió de hombros.

—¿En el despacho del director?

—Vayan a averiguarlo —dijo Patrick.

Dio unos pasos hasta la mitad del pasillo principal del comedor. A primera vista, parecía el escenario de una película de ciencia ficción: todos estaban allí comiendo, hablando y bromeando con sus amigos, y de repente, en un abrir y cerrar de ojos, los seres humanos habían sido abducidos por alienígenas dejando tras de sí tan sólo las carcasas. ¿Qué diría un antropólogo sobre el alumnado del Instituto Sterling, basándose en los sándwiches que únicamente habían recibido un bocado, en el lápiz de labios con una huella todavía visible en su superficie, en las libretas de apuntes con sus notas sobre la civilización azteca y frases al margen como: ¡¡¡AMO A ZACH!!! ¡¡¡EL SEÑOR KEIFER ES UN NAZI!!!

Patrick golpeó con la rodilla en una de las mesas, y un manojo de hojas sueltas cayó volando. Una fue a dar en el hombro de un chico caído encima de su carpeta, con la sangre empapándola. La mano del chico se aferraba aún a sus anteojos. ¿Estaba limpiándoselos cuando Peter Houghton inició su desenfrenado ataque de violencia? ¿Se los había quitado porque no había querido verlo?

Patrick pasó con cuidado por encima de los cuerpos de dos chicas que yacían en el suelo, como reflejadas en un espejo, las minifaldas subidas y los ojos abiertos. Entró en la zona de la cocina, vio las cazuelas con arvejas grisáceas y zanahorias y la salsa del pastel de pollo; la explosión de los paquetes de sal y de pimienta había salpicado el suelo como confeti. Los brillantes recipientes de los yogures, de fresa y de frutas del bosque, de lima y de durazno, que seguían milagrosamente alineados en cuatro pulcras filas junto a la caja registradora, como un pequeño ejército impertérrito. Una bandeja de plástico gastada, con un plato de gelatina y con una servilleta, pendiente de recibir el resto de comida.

De pronto, Patrick oyó un ruido. ¿Era posible que hubieran cometido un error...? ¿Podía ser que todos hubieran pasado por alto a un segundo pistolero? ¿Estaban registrando el edificio en busca de sobrevivientes... cuando ellos mismos estaban en peligro?

Sacó su arma reglamentaria y se adentró en los intestinos de la cocina, pasando entre aparadores de rejilla con enormes latas de salsa de tomate y habichuelas verdes, y otras de queso fundido para nachos, dejando atrás enormes rollos de plástico de envoltorio y de papel de aluminio, hasta llegar a la cámara frigorífica, donde se almacenaban las carnes y demás productos. Patrick abrió la puerta de una patada, y el aire frío le dio en las piernas.

—¡Quieto! —gritó.

Una camarera latina de mediana edad, con una redecilla para el pelo caída sobre la frente como una tela de araña, salió de detrás de una estantería de bolsas de ensalada mixta ya preparada con las manos levantadas. Estaba temblando.

—No dispare —dijo sollozando.

Patrick bajó el arma y se quitó el saco, poniéndosela a la mujer sobre los hombros.

—Ya está, ya ha pasado todo —la tranquilizó, aunque sabía que eso en realidad no era cierto. Para él, para Peter Houghton, para Sterling... todo acababa de comenzar.

—A ver si lo he entendido bien, señora Calloway —dijo Alex—. ¿Me acaba de decir que está acusada de conducción temeraria y de haber ocasionado lesiones corporales graves porque se agachó para ayudar a un pez?

La acusada, una mujer de cincuenta y cuatro años de edad, que lucía una permanente lamentable y un traje pantalón peor todavía, asintió.

—Así es, Su Señoría.

Alex apoyó los codos sobre el estrado.

—Esto hay que oírlo.

La mujer miró a su abogada.

—La señora Calloway, después de pasar por la tienda de animales, volvía a su casa con una arowana plateada —explicó la abogada.

—Es un pez tropical de cincuenta y cinco dólares, señora jueza —apostilló la acusada.

—La bolsa de plástico se cayó del asiento del acompañante y se reventó. La señora Calloway se agachó a recoger el pez y entonces fue cuando... tuvo lugar el desafortunado percance.

—Por desafortunado percance —aclaró Alex, mirando el expediente—, entiende usted atropellar a un peatón.

—Sí, Su Señoría.

Alex se volvió hacia la acusada.

—¿Cómo está el pez?

La señora Calloway sonrió.

—Estupendamente. Le he llamado Choque.

Alex vio por el rabillo del ojo a un ujier que entraba en la sala y le decía algo en voz baja al secretario, quien levantó la vista en dirección a Alex y asintió. A continuación, escribió algo en una hoja de papel, que el ujier llevó hasta el estrado.

HA HABIDO UN TIROTEO EN EL INSTITUTO STERLING, leyó.

Alex se quedó petrificada. «Josie».

—Se aplaza la sesión —dijo casi sin voz, y salió a toda prisa.

John Eberhard apretaba los dientes, mientras se arrastraba por el suelo y ponía todo su empeño en avanzar, aunque sólo fuera un centímetro. La sangre que le cubría el rostro no le dejaba ver, y tenía el lado izquierdo completamente inmovilizado. Tampoco oía nada, los oídos aún le zumbaban por los estampidos del arma. Con todo, había conseguido huir reptando por el vestíbulo de la primera planta, donde Peter Houghton le había disparado, y refugiándose luego en el almacén de utensilios de dibujo y pintura.

Pensaba en los entrenamientos de hockey sobre hielo, cuando el preparador les hacía patinar una y otra vez de un extremo al otro de la pista, cada vez más de prisa, hasta que los jugadores se quedaban sin aliento, escupiendo saliva sobre la superficie de hielo. Se acordaba de que, cuando parecía que ya no podías más, aún encontrabas un último resto de energía. Consiguió arrastrarse unos centimetros más, clavando el codo contra el suelo.

Cuando John llegó hasta el anaquel donde estaban la arcilla, las pinturas, cuentas y el alambre, intentó incorporarse agarrándose a él, pero un dolor cegador le atravesó la cabeza. Al cabo de unos minutos, ¿o fueron horas?, recobró la consciencia. No sabía si aún era peligroso asomarse fuera del almacén. Estaba tumbado boca arriba, y algo frío le caía sobre el rostro. Procedía de una grieta en el ajuste de la ventana.

Una ventana.

John pensó en Courtney Ignatio: estaba sentada delante de él, en la mesa del comedor comunitario, cuando la pared de cristal de detrás de ella estalló; de repente, en mitad de su pecho, había aparecido una flor abriéndose, brillante como una amapola. Recordó cómo cien voces, todas a la vez, se habían unido formando un solo lamento. Recordaba a los profesores asomando la cabeza desde sus aulas como topos curiosos, y sus miradas al oír los disparos.

John se incorporó agarrándose con una mano a las estanterías, luchando contra el negro zumbido que le anunciaba que iba a desvanecerse de nuevo. Cuando consiguió ponerse de pie, apoyado contra la estructura metálica, estaba temblando. Tenía la visión tan borrosa que, cuando agarró una lata de pintura y la arrojó contra el cristal, le pareció ver dos ventanas.

El cristal se rompió en mil pedazos. Recostado sobre el alféizar, distinguió camiones de bomberos y ambulancias. Periodistas y padres agolpándose contra la cinta de la policía. Grupos de alumnos llorando. Cuerpos destrozados, esparcidos de trecho en trecho, como los rieles del ferrocarril entre la nieve. Y los socorristas que seguían sacando cadáveres.

—¡Socorro! —intentó gritar John Eberhard, pero no pudo formar la palabra. No podía formar ninguna palabra, ni aquí, ni basta, ni su propio nombre.

—¡Eh! —gritó alguien—. ¡Hay un chico allí arriba!

Medio llorando, John intentó hacer gestos con el brazo, pero éste no le respondía.

La gente se había puesto a señalar hacia arriba.

—¡Quédate ahí! —le gritó un bombero, y John trató de asentir. Pero su cuerpo había dejado de pertenecerle y, antes de comprender lo que sucedía, aquel leve movimiento de la cabeza hizo que se precipitara por la ventana sobre el cemento, desde una altura de dos pisos.

Diana Leven, que había abandonado su trabajo como ayudante de fiscal del distrito en Boston hacía dos años para integrarse en un departamento un poco más discreto y agradable, entró en el gimnasio del Instituto Sterling y se detuvo junto al cadáver de un chico que se había desplomado justo encima de la línea de tres puntos, después de recibir un disparo en el cuello. Los zapatos de los peritos policiales chirriaban sobre el suelo sintético mientras tomaban fotografías y recogían casquillos de bala, que guardaban en bolsitas de plástico de las utilizadas para conservar las pruebas. Al frente del grupo estaba Patrick Ducharme.

Diana se quedó contemplando el cúmulo de pruebas a su alrededor, prendas de ropa, armas, salpicaduras de sangre, cargadores gastados, bolsas de libros, zapatillas tiradas, y comprendió que no era la única que tenía por delante una ingente cantidad de trabajo.

—¿Qué se sabe hasta ahora?

—Creemos que se trata de un solo asaltante. Está ya arrestado —explicó Patrick—. No sabemos con seguridad si hay o no alguien más involucrado. Pero el edificio ya es seguro.

—¿Cuántos muertos?

—Diez confirmados.

Diana asintió.

—¿Heridos?

—Aún no lo sabemos. Tenemos aquí todas las ambulancias del norte de New Hampshire.

—¿En qué puedo ayudar?

Patrick se volvió hacia ella.

—Monte un numerito y líbrenos de las cámaras.

Ella asintió e hizo un gesto para marcharse, pero Patrick la tomó por el brazo.

—¿Quiere que hable con él?

—¿Con el chico?

Patrick asintió con la cabeza.

—Podría ser nuestra única oportunidad de hablar con él antes de que tenga un abogado. Si cree que puede ausentarse de aquí, hágalo —contestó ella.

A continuación salió del gimnasio y bajó a toda prisa la escalera, con cuidado de no entorpecer la labor de médicos y policías. Nada más salir del edificio, los medios de comunicación se dirigieron hacia ella, lanzando preguntas como aguijonazos. «¿Cuántas víctimas? ¿Los nombres de las víctimas? ¿Cuál es la identidad del asaltante?»

¿Por qué?

Diana respiró hondo y se apartó el pelo de la cara. Era la parte de su trabajo que menos le gustaba, ser portavoz ante las cámaras. Aunque a medida que transcurriera el día irían llegando más furgonetas, en aquellos momentos sólo había medios locales de New Hampshire afiliados a las cadenas CBS, ABC y FOX. Tenía que aprovechar la ventaja de jugar en casa mientras pudiera.

—Mi nombre es Diana Leven, y pertenezco a la oficina del Ministerio Fiscal. No podemos facilitarles todavía información, ya que hay una investigación pendiente, pero les garantizamos que les daremos detalles tan pronto como nos sea posible. Lo que sí puedo decirles por ahora es que esta mañana se ha producido un tiroteo en el Instituto Sterling. Aún no se ha aclarado quién o quiénes han sido los asaltantes. Hay una persona en prisión preventiva, aunque todavía no se ha efectuado una acusación formal.

Un periodista se abrió paso hasta la parte de delante del grupo.

—¿Cuántos chicos han muerto?

—Todavía no disponemos de esa información.

—¿Cuántos han resultado alcanzados por las balas?

—Todavía no disponemos de esa información —repitió Diana—. La haremos pública en cuanto la tengamos.

—¿Cuándo se presentará la acusación? —preguntó en voz alta otro periodista.

—¿Qué puede decirles a los padres que quieren saber que sus hijos están bien?

Diana apretó los labios formando una fina línea y se preparó para recibir la descarga.

—Muchas gracias —dijo, sin más respuesta.

Lacy tuvo que estacionar a seis manzanas del instituto; a tal distancia llegaba la aglomeración. Salió disparada hacia el edificio escolar, cargada con mantas para las víctimas en estado de shock tal como los comunicados de la radio local habían instado a que la gente hiciera. «Ya perdí un hijo —pensó—. No puedo perder otro».

La última vez que había hablado con Peter, acabaron discutiendo. Había sido la noche anterior, antes de que él se fuera a la cama, antes de que a ella la avisaran para asistir a un parto.

—Te pedí que sacaras la basura —le había dicho—. Ayer. ¿Es que no me escuchas cuando te hablo, Peter?

Peter la había mirado por encima de la pantalla de la computadora.

—¿Qué?

¿Y si ahora resultaba que ésa había sido la última vez que había hablado con él?

Nada de lo que Lacy había visto en la escuela de enfermería o en su trabajo en el hospital la había preparado para lo que se encontró al doblar la esquina. Fue procesándolo por partes: cristales rotos, camiones de bomberos, humo. Sangre, llantos, sirenas. Dejó caer las mantas junto a una ambulancia y se adentró en un mar de confusión, dejándose llevar junto con el resto de padres con la esperanza de distinguir a su hijo antes de que la engullera la marea.

Había chicos corriendo por el patio embarrado. Ninguno llevaba el abrigo puesto. Lacy vio a una madre afortunada que encontraba a su hija, y se puso a escudriñar entre la multitud con angustia, buscando a Peter, recordando que ni siquiera sabía la ropa que llevaba puesta.

Fragmentos de frases dispersas llegaban a sus oídos:

«... no lo he visto...»

«... al señor McCabe le han dado...»

«... aún no la han encontrado...»

«... no creía que nunca fuera a...»

«... perdí el teléfono móvil cuando...»

«... ha sido Peter Houghton...»

Lacy se dio la vuelta como una exhalación, mirando a la chica que había hablado, la que acababa de encontrarse con su madre.

—Perdona —dijo Lacy—. Mi hijo... le estoy buscando... He oído que has mencionado su nombre: Peter Houghton...

Los ojos de la chica se abrieron de par en par, y se pegó a su madre.

—Es él el que está disparando.

De repente, a su alrededor todo empezó a moverse con lentitud: la llegada acompasada de las ambulancias, los pasos de los alumnos que corrían, las palabras rotundas que se escapaban de los labios de aquella chica. Quizá había entendido mal.

Volvió a alzar los ojos hacia ella, e inmediatamente deseó no haberlo hecho. La joven estaba sollozando. Por encima de su hombro, su madre miraba fijamente a Lacy horrorizada, hasta que fue dándose la vuelta con cuidado para resguardar a su hija de su vista, como si Lacy fuera un basilisco, como si su mera visión pudiera convertirlas en piedra.

«Tiene que ser un error, por favor que sea un error», pensó, mientras contemplaba aquella masacre y sentía que el nombre de Peter se le atascaba en la garganta.

Con un movimiento de autómata, abordó al policía que tenía más cerca.

—Estoy buscando a mi hijo —dijo Lacy.

—Señora, no es usted la única. Estamos haciendo todo lo posible por...

Lacy respiró hondo, consciente de que, a partir de aquel momento, todo iba a ser diferente.

—Su nombre —dijo— es Peter Houghton.

* * *

A Alex se le dobló uno de sus altos tacones al metérsele en una grieta de la acera, y se cayó golpeándose en una rodilla. En su esfuerzo por ponerse de pie, se agarró al brazo de una madre que pasaba a toda prisa.

—Los nombres de los heridos... ¿dónde está la lista?

—Colgada en el pabellón de hockey.

Alex cruzó corriendo la calle, que había sido cerrada al tráfico y se había convertido en zona de evaluación del estado de los alumnos heridos, a los que el personal sanitario distribuía en ambulancias. Cuando se vio obligada a reducir la marcha por culpa de sus zapatos, apropiados para moverse por el recinto cerrado de un tribunal pero no para correr por la calle, optó por quitárselos y seguir corriendo calzada sólo con las medias.

La pista de hockey sobre hielo, que compartían el equipo del Instituto Sterling y los jugadores universitarios, estaba a cinco minutos a pie del recinto escolar. Alex llegó en dos minutos. Allí se vio empujada por una marea de padres ansiosos por ver las listas escritas a mano colgadas de los paneles de la entrada, las listas de los chicos que habían sido evacuados a hospitales de la zona. No decían nada acerca de la gravedad, ni si estaba heridos o algo peor. Alex leyó los primeros nombres. Whitaker Obermeyer. Kaitlyn Harvey. Matthew Royston.

«¿Matt?»

—No —dijo una mujer a su lado. Era de pequeña estatura, con los ojos penetrantes de un pájaro y un mechón de pelo rojo—. No —repitió, pero esta vez las lágrimas caían por sus mejillas.

Alex se quedó mirándola, incapaz de ofrecerle consuelo, por miedo a que el dolor fuera contagioso. Recibió un repentino empujón por el lado izquierdo, y se vio ante la lista de heridos que habían sido trasladados al centro médico Dartmouth-Hitchcock.

Alexis, Emma.

Horuka, Min.

Pryce, Brady.

Cormier, Josephine.

Alex se habría caído redonda de no haber sido por la presión de los angustiados padres a ambos lados.

—Discúlpenme —musitó, dejando su lugar a otra madre frenética. Intentaba abrirse paso entre la multitud que se agolpaba, cada vez más numerosa—. Perdón —repetía, una palabra que más que una disculpa de educación, era una súplica de absolución.

—Capitán —dijo el sargento que estaba tras el mostrador al entrar Patrick en la comisaría, al tiempo que le señalaba con los ojos a la mujer sentada al otro lado del vestíbulo, encogida sobre sí misma, en una postura que expresaba una resolución obstinada—. Es ella.

Patrick se volvió. La madre de Peter Houghton era menuda y físicamente no se parecía en nada a su hijo. Llevaba el pelo recogido sobre la cabeza, sujeto con una aguja, e iba con pijama de trabajadora de hospital y zuecos. Se preguntó si sería médico. Pensó en la ironía que supondría: «Ante todo, no causar daño».

No tenía el aspecto de ser una persona que hubiera creado a un monstruo. Patrick comprendió que los actos de su hijo debían de haberla tomado tan desprevenida como al resto de la comunidad.

—¿Señora Houghton?

—Quiero ver a mi hijo.

—Lo lamento, pero no puede ser —replicó Patrick—. Está bajo arresto.

—¿Tiene un abogado?

—Su hijo tiene diecisiete años... legalmente es adulto. Eso significa que Peter tendrá que reclamar por sí mismo su derecho a contar con un abogado.

—Pero es posible que él no sepa... —dijo, y se le quebró la voz—. Es posible que no sepa que eso es lo que tiene que hacer.

Patrick comprendía que, en un sentido diferente, aquella mujer también había sido víctima de los actos de su hijo. Había interrogado a suficientes padres de menores como para saber que la última cosa deseable era quemar un puente.

—Señora, estamos haciendo todo lo posible para saber qué es lo que ha pasado hoy. Y espero que usted esté dispuesta a hablar conmigo más tarde... para ayudarme a imaginar qué pudo pasar por la cabeza de Peter. —Dudó unos instantes, y añadió—: Lo lamento.

75

Se metió en el sanctasanctórum de la comisaría de policía tras abrir con sus llaves, y subió a la sala de registro, provista de una celda adyacente. Dentro estaba sentado Peter Houghton, en el suelo, con la espalda apoyada contra los barrotes, meciéndose levemente.

—Peter —dijo Patrick—. ¿Estás bien?

Lentamente, el chico volvió la cabeza. Se quedó mirando a Patrick.

—¿Te acuerdas de mí?

Peter asintió.

—¿Te apetece una taza de café, o algo?

Tras un titubeo, Peter asintió una vez más.

Patrick fue a buscar al sargento para que abriera la celda de Peter y condujo a éste a la cocina. Lo había dispuesto todo para que hubiera una cámara, por si se daba el caso y podía grabar en una cinta el consentimiento verbal de Peter a sus derechos y luego hacer que hablara. En la cocina, invitó al chico a que tomara asiento a la rayada mesa y sirvió dos tazas de café. No le preguntó cómo le gustaba, sino que se limitó a añadirle azúcar y leche y a ponérselo delante.

Patrick se sentó también. No había tenido ocasión de mirar al joven con calma, su visión afectada por la adrenalina, pero ahora lo observó con atención. Peter Houghton era de poca envergadura, pálido, pecoso, y llevaba anteojos de montura metálica. Tenía un diente de los de delante torcido, y la nuez del tamaño de un puño; los nudillos abultados y con la piel agrietada. Lloraba en silencio, lo cual habría bastado para inspirar simpatía, de no haber llevado la camiseta salpicada con la sangre de sus compañeros.

—¿Te encuentras bien, Peter? —preguntó Patrick—. ¿Tienes hambre?

El chico sacudió la cabeza, negando.

—¿Necesitas alguna otra cosa?

Peter apoyó la frente sobre la mesa.

—Quiero que venga mi madre —dijo en un susurro.

Patrick miró la raya del pelo del joven. Aquella mañana, al peinarse, ¿habría pensado: «hoy es el día en que voy a matar a diez alumnos»?

—Me gustaría hablar contigo acerca de lo que ha sucedido hoy. ¿Estás dispuesto a hablar conmigo?

Peter no respondió.

—Si tú me lo explicaras a mí —insistió Patrick—, quizá yo podría explicárselo a los demás.

Peter alzó el rostro. Ahora estaba llorando de verdad. Patrick comprendió que no lograría nada.

—Está bien —dijo—. Vamos.

Patrick condujo de nuevo a Peter a la celda, y vio cómo el muchacho se acurrucaba en el suelo de la misma sobre un costado, de cara a la pared de cemento. Se arrodilló detrás de él, en un último y desesperado intento.

—Ayúdame a ayudarte —le dijo. Pero Peter se limitó a sacudir la cabeza sin dejar de llorar.

Hasta que Patrick salió de la celda e hizo girar la llave en la cerradura Peter no habló de nuevo:

—Ellos empezaron —musitó.

El doctor Guenther Frankenstein ejercía como médico forense desde hacía seis años, exactamente el mismo tiempo que había conservado el título de Mister Universo a principios de los años setenta, antes de cambiar las pesas por un escalpelo, o como a él gustaba de decir, antes de pasar de formar cuerpos a desmembrarlos. Seguía teniendo una musculatura formidable, que se adivinaba perfectamente bajo el saco, lo suficiente como para cortar en seco cualquier intento de hacer chistes de monstruos a cuenta de su apellido. A Patrick le gustaba Guenther, ¿quién no admiraría a un tipo capaz de levantar tres veces su propio peso y al mismo tiempo estimar, con sólo echarle un vistazo, el peso aproximado de un hígado?

De vez en cuando, Patrick y Guenther se hacían con unas cuantas cervezas y consumían la tasa de alcohol suficiente como para que el ex culturista le contara historias acerca de las mujeres que se le ofrecían para lubricarle el cuerpo antes de una competición o sabrosas anécdotas acerca de Arnold, antes de que se dedicara a la política.

Aquel día, sin embargo, Patrick y Guenther no estaban para bromas, ni para recordar los viejos tiempos. Se sentían abrumados por el presente, mientras iban de un lado a otro de las salas, catalogando a los muertos.

Patrick se había encontrado con Guenther en el instituto después de su entrevista fallida con Peter Houghton. La abogada de la acusación se había limitado a encogerse de hombros cuando Patrick le había dicho que Peter no se había mostrado dispuesto a hablar.

—Tenemos cientos de testigos que afirman que ha matado a diez personas —replicó Diana—. Proceda con el arresto oficial.

Guenther se agachó junto al cadáver de la sexta víctima mortal. Le habían disparado en el baño de las chicas, y su cuerpo había sido hallado boca abajo delante de los lavatorios. Patrick se volvió hacia el director del centro, Arthur McAllister, que había accedido a acompañarles para facilitar la identificación.

—Kaitlyn Harvey —dijo el director con voz angustiada—. Una chica especial donde las hubiera... encantadora...

Guenther y Patrick intercambiaron una mirada. El director no se limitó a identificar los cadáveres, sino que en cada ocasión pronunciaba una o dos frases elogiosas. Patrick pensó que el hombre no podía evitarlo. A diferencia de Patrick y Guenther, no estaba acostumbrado a situaciones trágicas en el transcurso de sus ocupaciones habituales.

Patrick había intentado reproducir los pasos de Peter, desde la entrada principal al comedor, donde se habían hallado las víctimas 1 y 2, Courtney Ignatio y Maddie Shaw, pasando por la escalera que salía de la sala (víctima 3: Whit Obermeyer), el baño de los chicos (víctima 4: Topher McPhee), otro vestíbulo (víctima 5: Grace Murtaugh), hasta el baño de las chicas (víctima 6: Kaitlyn Harvey). Entonces, subiendo la escalera al frente de su equipo, se metió en la primera clase a la izquierda, siempre siguiendo el rastro de manchas de sangre, hasta un lugar junto al pizarrón donde yacía la única víctima adulta... y a su lado, un joven que presionaba con la palma abierta la herida de bala en el vientre del hombre.

—¿Ben? —dijo McAllister—. ¿Qué haces aquí?

Patrick miró al chico.

—Tú no eres personal sanitario.

—Yo... no...

—¡A mí me dijiste que sí lo eras!

—Ben pertenece a los Eagle Scouts —dijo el director.

—No podía dejar al señor McCabe. Yo... le he aplicado presión, y funciona. ¿Lo ven? Ha dejado de sangrar.

Guenther retiró con suavidad la mano ensangrentada del muchacho del estómago de su profesor.

—Eso es porque ya no vive, hijo.

A Ben se le desencajó el rostro.

—Pero yo... yo...

—Tú has hecho todo lo que has podido —lo tranquilizó Guenther.

Patrick se volvió hacia el director.

—¿Por qué no se lleva a Ben afuera...? Quizá no estaría de más que le echase un vistazo alguno de los médicos. —«Shock», formó la palabra con los labios por encima de la cabeza del chico.

Mientras salían del aula, Ben se agarró de la manga del director, dejándole una brillante mancha roja.

—Cielo santo —exclamó Patrick, pasándose la mano por la cara.

Guenther levantó la vista.

—Vamos. Acabemos con esto de una vez.

Se dirigieron al gimnasio, donde Guenther certificó la muerte de otros dos alumnos, un chico negro y otro blanco, y acabaron en el vestuario, donde Patrick había conseguido finalmente dar con Peter Houghton. Guenther examinó el cadáver del joven al que Patrick había visto antes, el chico con el suéter de hockey y cuya gorra le había arrancado de la cabeza el disparo de bala. Mientras tanto, Patrick entró en el espacio colindante donde se alineaban las duchas y miró por la ventana. Los periodistas seguían allí, pero la mayoría de heridos habían sido ya atendidos. Ya sólo quedaba una ambulancia a la espera, en lugar de siete, como hacía un rato.

Y había empezado a llover. Una lluvia fina, brumosa y fría. A la mañana siguiente, las manchas de sangre que había en el pavimento en el exterior del instituto habrían palidecido; ese día podía muy bien no haber existido.

—Éste tiene algo interesante —dijo Guenther.

Patrick cerró la ventana para que no entrase la lluvia.

—¿Por qué? ¿Está más muerto que los demás?

—Bueno, algo sí. Es la única víctima que ha recibido dos disparos. Uno en el vientre y el otro en la cabeza. —Guenther alzó la vista hacia él—. ¿Cuántas armas llevaba encima el asaltante cuando lo detuviste?

—Una en la mano, otra aquí en el suelo, dos en la mochila.

—Nada que haga pensar en un plan de reserva, o algo por el estilo.

—Sobre este chico —dijo Patrick—, ¿serías capaz de decir cuál de las dos balas recibió primero?

—No. Con todo, habría argumentos para pensar que fue la del vientre... puesto que la que lo mató fue la de la cabeza. —Guenther se arrodilló junto al cadáver—. Puede que odiara a este chico más que a ninguno.

La puerta del vestuario se abrió de sopetón, dando paso a un agente que venía de la calle, empapado por el repentino aguacero.

—¿Capitán? —dijo—. Acabamos de encontrar los útiles de fabricación de una granada casera en el coche de Peter Houghton.

Cuando Josie era pequeña, a Alex la asaltaba una pesadilla recurrente en la que ella estaba en un avión que caía a pique. Era capaz de sentir la aceleración de la gravedad, la presión que le pegaba la espalda al respaldo; veía carteras, abrigos y maletines cayendo de los compartimentos superiores contra el suelo del pasillo. «Tengo que alcanzar el móvil —pensaba Alex—, para dejarle a Josie al menos un mensaje en el contestador que pueda conservar para siempre, una prueba de que la quería y que he pensado en ella al llegar el final.» Pero a pesar de que Alex conseguía sacar el teléfono del bolso y encenderlo, no le daba tiempo. Se estrellaba contra el suelo mientras el móvil aún no tenía señal.

Se despertaba temblando y sudorosa, aun cuando en seguida descartaba la verosimilitud de aquel sueño: ella raras veces viajaba sin

Josie, y desde luego no tomaba un avión para su trabajo. A continuación apartaba las sábanas y se dirigía al cuarto de baño para refrescarse la cara, pero sin poder evitar pensar: «He llegado tarde».

Sentada en la silenciosa oscuridad de la habitación de hospital en que su hija dormía bajo los efectos del sedante que le había administrado el médico de guardia, Alex se sentía del mismo modo.

Había conseguido enterarse de que Josie había perdido el conocimiento durante el tiroteo. Tenía un corte en la frente, adornado con una tirita, y una conmoción cerebral leve. Los médicos querían que pasara allí la noche en observación, para estar seguros.

Estar seguro tenía un sentido completamente nuevo a partir de ese día.

Alex se había enterado también, por las incesantes noticias de los medios de comunicación, de los nombres de las víctimas mortales. Una de las cuales era Matthew Royston.

«Matt».

¿Y si Josie hubiera estado con su novio cuando le habían disparado a éste?

Josie había permanecido inconsciente durante todo el tiempo que Alex llevaba allí. Se la veía pequeña y tranquila bajo las descoloridas sábanas de la habitación; le había deshecho el nudo del cuello de la bata de hospital. De vez en cuando movía la mano derecha con una leve contracción. Alex la tomó entre las suyas. «Despierta —pensó—. Déjame que vea que estás bien».

¿Y si a Alex no se le hubiera estado haciendo tarde aquella mañana? ¿Podría haberse quedado sentada a la mesa de la cocina con Josie, hablando de las cosas de las que imaginaba que hablaban madres e hijas, pero para las que nunca parecía tener tiempo? ¿Por qué no había observado con más detenimiento a Josie mientras bajaba corriendo la escalera, y le había dicho que se volviera a la cama a descansar un poco?

¿Por qué siguiendo un arrebato no se había llevado a Josie a un viaje a Punta Cana, a San Diego o a las islas Fidji, a todos esos lugares con los que Alex se quedaba embobada al verlos en la pantalla de la computadora de su despacho, soñando con visitarlos?

¿Por qué no habría sido una madre lo bastante clarividente como para hacer que su hija se quedase en casa aquel día?

Por supuesto, había cientos de padres que habían cometido el mismo, comprensible, error que ella. Pero era flaco consuelo para Alex: ninguno de sus hijos era Josie. Ninguno de ellos, estaba segura, tenía tanto que perder como ella.

«Cuando todo esto haya acabado —se prometió Alex en silencio—, iremos a la selva tropical, o a las pirámides, o a una playa con la arena blanca como la cal. Comeremos uva arrancada de la parra, nadaremos en compañía de tortugas de mar, caminaremos kilómetros sobre calles adoquinadas. Reiremos y hablaremos y nos haremos confidencias. Lo haremos».

Al mismo tiempo, una voz en el interior de su cabeza aplazaba la visita al paraíso. «Después —le decía—. Porque antes en la sala de tu tribunal tendrá que celebrarse el juicio».

Era verdad: un caso como aquél pasaría por procedimiento de urgencia a encabezar la lista de casos. Alex era la jueza del Tribunal Superior del condado de Grafton, y seguiría siéndolo durante los próximos ocho meses. Aunque Josie hubiera estado presente en la escena del crimen, técnicamente no era una víctima del asaltante. Si Josie hubiera resultado herida, a Alex la habrían apartado del caso de forma automática. Pero tal como habían sucedido las cosas, no había conflicto legal en la designación de Alex como jueza del caso, siempre que pudiera separar sus sentimientos personales como madre de una de las alumnas del instituto de sus decisiones profesionales como delegada de la justicia. Sería su primer gran juicio como jueza del Tribunal Superior, que marcaría la pauta del resto de su ejercicio en el estrado.

Aunque no pensaba precisamente en todo eso en aquellos momentos.

Josie se movió de pronto. Alex observó cómo la conciencia volvía a ella poco a poco, hasta alcanzar un nivel lo bastante elevado como para que Josie se despertase.

—¿Dónde estoy?

Alex le pasó a su hija los dedos por el pelo, como si la peinara.

—En el hospital.

—¿Por qué?

Su mano se quedó rígida.

—¿No recuerdas nada de lo que ha pasado hoy?

—Matt vino a buscarme antes de clase —dijo Josie, y entonces se incorporó con brusquedad—. ¿Hemos tenido un accidente de coche?

Alex dudaba, sin saber muy bien qué debía decirle. ¿No sería mejor que Josie no supiera la verdad, por el momento? ¿Y si era el modo en que su mente la estaba protegiendo de lo que fuera que hubiera podido presenciar?

—Estás bien —dijo Alex con cautela—. No estás herida.

Josie se volvió hacia ella, aliviada.

—¿Y Matt?

Lewis había ido a buscar a un abogado. Lacy se agarraba a aquello como a un clavo ardiendo, mientras se mecía hacia delante y hacia atrás, sentada en la cama de Peter, y esperaba que su marido volviera a casa.

—Todo va a salir bien —le había dicho Lewis, aunque ella no entendía cómo podía hacer una afirmación tan engañosa—. Está claro que se trata de un error —había añadido.

Pero él no había estado en el instituto. No había visto las caras de los alumnos, unos niños que ya nunca volverían a serlo.

Por un lado, Lacy deseaba creer a Lewis con desesperación, pensar que de una u otra forma aquella cosa rota podía arreglarse. Pero por otra parte se acordaba de cuando despertaba a Peter a las cuatro de la mañana para salir a cazar patos, ocultos en un apostadero. Lewis había enseñado a su hijo a cazar, sin imaginar jamás que Peter pudiese ir a buscar otro tipo de presa. Para Lacy la caza era tanto un deporte como una reivindicación de la evolución. Sabía preparar un excelente estofado de carne de venado y ganso con salsa teriyaki, y disfrutar de cualquier comida que Lewis pudiera aportar a la mesa. Pero en aquellos momentos pensó: «Es culpa suya», porque así no podía ser de ella.

¿Cómo era posible cambiarle la ropa de la cama a un chico todas las semanas y prepararle el desayuno y llevarle al ortodoncista y no conocerlo en absoluto? Siempre había considerado las respuestas monosilábicas de Peter como algo propio de la edad, dando por sentado que cualquier otra madre hubiera pensado lo mismo. Lacy escudriñaba en sus recuerdos en busca de una señal de alarma, una conversación que no hubiera sabido interpretar, algo que se le hubiese pasado por alto, pero lo único que era capaz de recordar eran miles de momentos corrientes.

Miles de momentos corrientes que algunas madres ya no podrían volver a pasar con sus hijos.

Se le saltaron las lágrimas, que se secó con el dorso de la mano. «No pienses en ellas —se regañó en silencio—. Lo que tienes que hacer ahora mismo es preocuparte de ti misma».

¿Habría pensado Peter eso mismo?

Lacy tragó saliva y se paseó por la habitación de su hijo. Estaba a oscuras, con la cama hecha, tal como la había dejado Lacy por la mañana. Se fijó en el póster de un grupo llamado Death Wish colgado de la pared y se preguntó que vería en ellos un chico. Abrió el armario y vio las botellas vacías y la cinta aislante y todo lo demás que se le había pasado por alto la primera vez.

Lacy se quedó parada de pronto. Aquello tenía que arreglarlo por sí misma. Tenía que arreglarlo por ambos. Bajó corriendo a la cocina y cogió tres grandes bolsas negras de basura, para volver acto seguido a la habitación de Peter. Se ocupó del armario, sacando paquetes de cordones para los zapatos, azúcar, nitrato potásico y, Dios mío, ¿de dónde habría sacado aquellos tubos?, en la primera bolsa. No tenía ningún plan acerca de lo que iba a hacer con todo eso, pero de lo que estaba segura era de que iba a sacarlo de casa.

Cuando sonó el timbre de la puerta, Lacy suspiró aliviada pensando que era Lewis. Aunque si lo hubiera pensado con más calma, le habría extrañado que Lewis llamara a la puerta en lugar de entrar con la llave. Abandonó la operación de limpieza y fue abajo a abrir, para encontrarse con un policía con una pequeña carpeta azul.

—¿La señora Houghton? —dijo el agente.

¿Qué querrían ahora? Ya tenían a su hijo.

—Traemos una orden de registro. —Le mostró el documento oficial y pasó junto a ella sin esperar su permiso, seguido por otros cinco policías—. Jackson y Walhorne, vayan al piso de arriba, a la habitación del chico. Rodríguez, al sótano. Tewes y Gilchrist, empiecen por la primera planta, y a todos, asegúrense de no dejarse los contestadores automáticos y el material informático... —Entonces reparó en que Lacy seguía aún allí, apocada—. Señora Houghton, es necesario que salga usted de la casa.

El policía la escoltó mientras la acompañaba a la puerta de entrada de su propia casa. Anonadada, Lacy le siguió. ¿Qué pensarían cuando entraran en la habitación de Peter y encontraran la bolsa de basura? ¿Culparían a Peter? ¿O a Lacy, por habérselo permitido?

¿La culpaban ya?

Una ráfaga de aire frío le dio a Lacy en el rostro al abrirse la puerta principal.

—¿Cuánto tiempo?

El agente se encogió de hombros.

—Hasta que hayamos terminado —dijo, y dejó que saliera a la fría calle.

Jordan McAfee ejercía como abogado desde hacía casi veinte años y, hasta aquellos instantes, creía sinceramente haberlo visto y oído todo. Él y su esposa Selena estaban de pie ante el televisor mirando la cobertura de la CNN del asalto con disparos al Instituto Sterling.

—Es como en Columbine —dijo Selena—. Pero en nuestra propia casa.

—Sólo que esta vez —murmuró Jordan—, ha quedado vivo el autor de la matanza.

Bajó la mirada hacia el bebé que su esposa sostenía en brazos, una mezcla de piel color café y ojos azules producto de la unión de sus genes de WASP* con las interminables extremidades y la piel de ébano

---

* White Anglo-Saxon Protestant *(protestante blanco anglosajón)*, término con que se designa en EE.UU. al prototipo de persona de buena posición, de raza blanca, descendiente de los antiguos emigrantes del norte de Europa, y que ha ejercido tradicionalmente la hegemonía social y cultural en el país. Se considera un término más bien peyorativo. La voz *wasp* significa en sí misma «aguijón». *(N. del t.)*

de Selena; al mirarlo, tomó el control remoto y bajó el volumen, no fuera a ser que su hijo estuviera asimilando algo de todo aquello en su subconsciente.

Jordan conocía el Instituto Sterling. Estaba al final de la calle de su barbero, y apenas a dos manzanas de la oficina sobre el banco que él tenía alquilada para su despacho de abogado. Había representado a algunos alumnos a los que habían soprendido con marihuana en la guantera del coche o bebiendo a edad aún no permitida. Selena, que no sólo era su mujer sino también su investigadora privada, había ido al instituto de vez en cuando para hablar con los chicos en relación con algún que otro caso.

No hacía mucho que vivían allí. Su hijo Thomas, lo único bueno que le había quedado de su lastimoso primer matrimonio, había realizado la enseñanza secundaria en Salem Falls, y ahora era estudiante en Yale, donde Jordan pagaba cuarenta mil dólares al año, para oír periódicamente que su hijo había decidido cambiar a planes académicos más modestos, orientados a ser artista de *performance*, historiador del arte o payaso profesional. Jordan había acabado pidiéndole a Selena que se casara con él, y cuando ella se quedó embarazada, se trasladaron a Sterling... por la buena reputación del distrito escolar.

Quién lo iba a decir.

Cuando sonó el teléfono, Jordan, que no quería ver los informativos pero que tampoco podía apartar los ojos del televisor, no hizo ademán alguno de ir a contestar, de modo que Selena le plantó el bebé en los brazos y descolgó el aparato.

—Eh —saludó—. ¿Cómo estás?

Jordan la miró y arqueó las cejas.

«Thomas», le informó Selena moviendo los labios.

—Sí, espera, está aquí.

Jordan agarró el teléfono.

—¿Qué demonios está pasando? —preguntó Thomas—. El Instituto Sterling sale en todas las páginas.

—No sé más de lo que puedas saber tú —contestó Jordan—. Todo es un caos.

—Conozco a varios chicos del instituto. Hemos competido contra ellos en pruebas de atletismo. No puede... no puede ser verdad.

Jordan aún seguía oyendo el sonido de las sirenas a lo lejos.

—Pues lo es —dijo. Se oyó un clic en la línea... Una llamada en espera—. Un momento, tengo que contestar a otra llamada.

—¿El señor McAfee?

—Sí...

—Yo, bueno, tengo entendido que es usted abogado. Me dio su nombre Stuart McBride, de la Universidad de Sterling...

En la televisión comenzó a salir una lista de las víctimas mortales, ilustrada con fotos de los libros escolares.

—Verá, estaba atendiendo otra llamada —dijo Jordan—. ¿Quiere darme su nombre y número de teléfono, y le llamo luego?

—Había pensado si querría usted representar a mi hijo —continuó la voz—. Es el chico que... el chico del instituto que... —La voz se oyó entrecortada—. Dicen que mi hijo ha sido el causante...

Jordan pensó en la última vez en que había representado a un adolescente. También en aquella ocasión habían encontrado a Chris Harte con un arma humeante en la mano.

—¿Querrá...? ¿Aceptaría usted el caso...?

Jordan se olvidó de Thomas, que seguía a la espera. Se olvidó de Chris Harte y de cómo aquel caso había estado a punto de trastornarlo. Miró a Selena y al bebé que ella sostenía en brazos. Sam se retorcía y agarraba el pendiente de su madre. Aquel chico, el chico que se había presentado aquella mañana en el Instituto Sterling y había llevado a cabo una masacre, era hijo de alguien. Y a pesar de una ciudad que tardaría años en recuperarse de la conmoción, y de los medios de comunicación, que habían alcanzado ya el punto de saturación, el chico merecía un juicio justo.

—Sí —dijo Jordan—. Lo acepto.

Por fin, después de que la brigada antiexplosivos hubiese desmontado la granada de fabricación casera hallada en el coche de Peter Houghton; después de que se hubiesen recuperado ciento dieciséis casquillos de bala diseminados por el instituto; después de que la policia hubiera evaluado y medido la disposición de las pruebas y la ubicación de los cadáveres para poder dibujar un diagrama a escala de la escena; después de que los técnicos criminólogos hubieran tomado las primeras de las cientos de instantáneas que habrían de clasificar en libros de fotografías convenientemente indexados; después de todo eso, Patrick llamó a todo el mundo al auditorio del instituto y les habló desde la tarima, en medio de la penumbra.

—Tenemos una ingente cantidad de información —dijo al grupo de investigadores y policías congregados ante él—. Vamos a tener que hacer frente a una gran presión para que hagamos nuestro trabajo con rapidez, y para que lo hagamos bien. Quiero a todo el mundo aquí de nuevo dentro de veinticuatro horas, para ver dónde estamos.

La gente comenzó a dispersarse. En el siguiente encuentro, a Patrick le entregarían los libros de fotos completados y todas las pruebas que aún no se hubiesen llevado al laboratorio, y todos los resultados ya disponibles. Al cabo de veinticuatro horas, estaría enterrado bajo una avalancha tal de información, que ni siquiera vería el camino de salida.

Mientras los demás regresaban a las diferentes zonas del edificio para completar un trabajo que les ocuparía toda la noche y gran parte del día siguiente, Patrick salió y se dirigió a su coche. Había dejado de llover. Había pensado volver a la comisaría para revisar las pruebas obtenidas en casa de los Houghton, y también quería hablar con los padres, si es que éstos seguían dispuestos. Pero casi sin pensar dirigió el coche hacia el centro médico, en cuyo estacionamiento lo dejó. Entró por urgencias, blandiendo la placa.

—Verá —le dijo a la enfermera—, ya sé que han ingresado muchos chicos aquí durante el día de hoy, pero uno de los primeros ha sido una chica llamada Josie. Estoy intentando dar con ella.

La enfermera hizo revolotear las manos sobre el teclado de la computadora.

—¿Josie qué?

—Eso es lo malo —reconoció Patrick—, que no lo sé.

En la pantalla aparecía un torrente de información, y la enfermera posó el dedo en un punto sobre la misma.

—Cormier. Cuarta planta, habitación cuatrocientos veintidós.

Patrick le dio las gracias y se metió en el ascensor. Cormier. El apellido le resultaba familiar, pero no acababa de ubicarlo. Era bastante común, supuso, lo habría leído en los periódicos o lo habría visto en algún programa de televisión. Pasó junto al mostrador de las enfermeras y siguió la numeración a lo largo del pasillo. La puerta de la habitación de Josie estaba entreabierta. La chica estaba sentada en la cama, envuelta en las sombras, hablando con una figura de pie junto a ella.

Patrick llamó con suavidad con los nudillos y entró en la habitación. Josie le dirigió una mirada inexpresiva. La mujer que estaba con ella se volvió en redondo.

«Cormier». Patrick cayó en la cuenta. «La jueza Cormier.» Había sido llamado a testificar varias veces a su juzgado antes de que ella se convirtiera en jueza del Tribunal Superior. Había acudido a ella en busca de mandamientos judiciales como último recurso, al fin y al cabo, ella procedía del ámbito de los abogados de oficio, lo que en la mentalidad de Patrick significaba que, por mucho que ahora quisiera ser escrupulosamente equitativa, seguía existiendo el hecho de que había jugado en el bando contrario.

—Señoría —dijo—. No había caído en la cuenta de que Josie fuera su hija. —Se acercó a la cama—. ¿Cómo estás?

Josie le miraba fijamente.

—¿Le conozco?

—Yo soy el que te ha sacado de allí...

Se interrumpió al ver que la jueza lo agarraba del brazo y lo apartaba, fuera del alcance del oído de Josie.

—No recuerda nada de lo sucedido —le susurró la jueza—. No sé por qué, pero cree que ha sufrido un accidente de coche... y yo... —se le apagó la voz—, no me he atrevido a contarle la verdad.

Patrick comprendió: cuando amas a alguien, no quieres ser la persona que haga que su mundo se venga abajo.

—¿Quiere que se lo diga yo?

La jueza vaciló, y finalmente asintió agradecida. Patrick se acercó a Josie de nuevo.

—¿Estás bien?

—Me duele la cabeza. Los médicos dicen que he sufrido una conmoción cerebral y que debo pasar la noche aquí, en observación. —Levantó la vista hacia él—. Supongo que debo darle las gracias por haberme rescatado. —De repente, en su rostro se reflejó un pensamiento que la preocupaba—. ¿Usted sabe cómo está Matt? ¿Era el chico que estaba conmigo en el coche?

Patrick se sentó en el borde de la cama.

—Josie —dijo con suavidad—, no has sufrido ningún accidente de coche. Ha pasado algo en el instituto. Ha entrado un alumno armado y se ha puesto a disparar contra todo el mundo.

Josie sacudió la cabeza, tratando de desprenderse del efecto de aquellas palabras.

—Y Matt es una de las víctimas...

Los ojos de Josie se llenaron de lágrimas.

—¿Está bien? —preguntó.

Patrick bajó la vista hacia la cama.

—Lo siento.

—No —dijo Josie—. No. Me está mintiendo.

Y empezó a golpear a Patrick, sin mirarlo, en la cara y en el pecho. La jueza se abalanzó hacia ella, tratando de calmarla, pero Josie se había vuelto loca, chillaba, lloraba, arañaba, hasta que dos de las enfermeras de la planta entraron corriendo en la habitación, de la que echaron a Patrick y a la jueza Cormier, para administrarle a Josie un sedante.

En el pasillo, Patrick se apoyó contra la pared y cerró los ojos. Por Dios bendito. ¿Por eso era por lo que iba a tener que hacer pasar a todos sus testigos? Estaba a punto de pedirle disculpas a la jueza por haber alterado de aquel modo a Josie, cuando también ella se enfrentó a él con ferocidad.

—Pero ¿qué diablos pretendía, contándole lo de Matt?

—Usted me lo pidió —replicó Patrick, resentido.

—¡Le pedí que le contara lo que había pasado en el instituto! —matizó la jueza—. ¡No que le dijera que su novio estaba muerto!

—Sabe perfectamente que Josie se habría enterado tarde o temprano...

—¡Tarde! —le interrumpió la jueza—. Mucho más tarde.

Las enfermeras aparecieron en la puerta de la habitación.

—Ahora ya duerme —susurró una de ellas—. Volveremos para ver cómo sigue.

Ambos esperaron hasta que las enfermeras ya no podían oírles.

—Escuche —dijo Patrick con firmeza—, hoy he visto chicos con disparos en la cabeza, chicos que no volverán a caminar nunca más, chicos que han muerto por estar en el lugar equivocado en el momento inoportuno. Su hija... está bajo los efectos del *shock*... pero es una de las afortunadas.

Aquellas palabras tuvieron el efecto de una bofetada. Por un instante, la jueza no parecía ya furiosa. En sus ojos grises se veían desfilar las trágicas situaciones por las que, gracias a Dios, no debería pasar; la tensión en sus labios se aflojó, y entonces, de un modo tan súbito como se habían crispado, sus rasgos se distendieron, impasibles.

—Lo siento. No suelo actuar así normalmente. Es que... ha sido un día terrible.

Por mucho que la miraba, Patrick fue incapaz de encontrar rastro de la emoción que por un momento la había descompuesto. Sin brecha. Así era ella.

—Sé que usted sólo trataba de hacer su trabajo —dijo la jueza.

—Me hubiera gustado hablar con Josie... pero no había venido a eso. He venido porque ella ha sido la primera que... bueno, necesitaba saber que estaba bien. —Le ofreció a la jueza Cormier la más leve de las sonrisas, una de esas que pueden empezar a hacer mella en un corazón—. Cuide de ella —añadió, volviéndose y alejándose por el pasillo, sintiendo el calor de una mirada en la espalda, una muy parecida a una caricia.

DOCE AÑOS ANTES

En su primer día de jardín de infantes, Peter Houghton se despertó a las cuatro y treinta y dos minutos de la mañana. Entró sin hacer ruido en la habitación de sus padres y preguntó si ya era la hora de tomar el autobús de la escuela. Desde que le alcanzaba la memoria, había visto siempre a su hermano Joey tomando el autobús, el cual constituía para él un misterio de proporciones dinámicas: la forma en que rebotaba sobre su hocico amarillo; la puerta que se abría sobre sus goznes como las fauces de un dragón; el quejumbroso suspiro al detenerse en una parada. Peter tenía un autobús de juguete exactamente igual que aquel de verdad en el que Joey se montaba dos veces al día... El mismo autobús en el que también él iba a subirse ahora.

Su madre le dijo que se volviera a su cama y durmiera hasta que se hiciera de día, pero él no pudo. En lugar de ello, se vistió con la ropa que su madre le había comprado especialmente para su primer día de colegio y se tumbó encima de la cama a esperar. Bajó primero para el desayuno; su madre preparó crepes crujientes con chocolate... sus favoritas. Le dio un beso en la mejilla y le tomó una foto sentado a la mesa, desayunando, y luego otra cuando se puso el abrigo y la mochila vacía a la espalda, como el caparazón de una tortuga.

—No puedo creer que mi hijo vaya ya a la escuela —dijo su madre.

Joey, que aquel año empezaba segundo curso, le dijo que dejara de comportarse como un tonto.

—Sólo es el cole —le dijo—. Ya ves tú qué cosa.

La madre de Peter le abrochó el abrigo hasta el cuello.

—También para ti fue una gran cosa en su día —dijo.

Y entonces le dijo a Peter que tenía una sorpresa para él. Fue a la cocina y reapareció con una fiambrera de Superman. El héroe estaba representado con el puño avanzado, como si tratara de perforar el metal. Su cuerpo en relieve sobresalía muy ligeramente de la superficie, como las letras de los libros que leen los invidentes. A Peter le gustó pensar que aunque no pudiera ver, siempre sería capaz de reconocer su fiambrera. La tomó de manos de su madre y la abrazó. Oyó el golpe sordo de una pieza de fruta que rodaba dentro, el ruido del papel encerado al arrugarse, y se imaginó las entrañas de su comida como si fueran órganos misteriosos.

Esperaron al final del camino de entrada, y tal como Peter había soñado una y otra vez, el autobús amarillo apareció por encima de la cresta de la colina.

—¡La última! —dijo su madre, y le hizo una fotografía más a Peter, con el autobús rezongando al detenerse a su lado—. Joey —le instruyó—, cuida de tu hermano. —Y le dio a Peter un beso en la frente—. Mi chico, qué grande —dijo, apretando los labios con fuerza, como hacía cuando intentaba aguantarse el llanto.

De repente, Peter sintió como si el estómago se le encogiera. ¿Y si el colegio no era tan genial como él se había imaginado? ¿Y si la maestra era como la bruja que salía en aquel programa de la tele que a veces le producía pesadillas? ¿Y si se olvidaba de hacia qué lado se escribía la letra E y todos se reían de él?

Subió con recelo los escalones del autobús. El conductor llevaba una chaqueta del ejército y le faltaban los dos dientes de delante.

—Hay asientos libres al fondo —dijo, y Peter recorrió el pasillo, buscando a Joey.

Su hermano se había sentado con un chico al que él no conocía. Joey lo miró al pasar, pero no le dijo nada.

—¡Peter! —oyó que lo llamaban.

Se volvió y vio a Josie dando unas palmaditas en el asiento libre junto a ella. Llevaba el pelo oscuro recogido con trenzas y una falda, aunque ella odiaba llevar falda.

—Te lo estaba guardando —dijo Josie.

Se sentó a su lado, y ya se sintió mejor. Iba montado en un autobús. Y además sentado con su mejor amiga.

—Qué fiambrera genial —dijo Josie.

Él la sostuvo en alto para enseñarle a Josie cómo hacer para que pareciera que Superman volaba moviendo la fiambrera, y justo en ese momento una mano apareció desde el otro lado del pasillo. Un chico con brazos de orangután y una gorra de béisbol con la visera hacia atrás arrebató la fiambrera de la mano de Peter.

—Eh, anormal —dijo—, ¿quieres ver volar a Superman?

Antes de que Peter pudiera comprender lo que aquel chico mayor se proponía, éste abrió la ventanilla y arrojó por ella la fiambrera de Peter. Peter se levantó, estirando el cuello para mirar por la ventanilla trasera de emergencia. Su fiambrera se abrió de golpe al rebotar contra el asfalto. La manzana rodó sobre la línea discontinua de la carretera y desapareció bajo el neumático de un coche que pasaba.

—¡Siéntate! —gritó el conductor del autobús.

Peter se dejó caer en su asiento. Tenía la cara fría, pero las orejas ardiendo. Oyó cómo se reían aquel chico y sus amigos, tan fuerte como si los tuviera metidos dentro de la cabeza. Entonces notó la mano de Josie que tomaba la suya.

—Yo llevo crema de cacahuete —le dijo en un susurro—. Hay para los dos.

Sentado delante de Alex, en la sala de visitas de la prisión, estaba su nuevo cliente, Linus Froom, el cual aquella misma mañana, a las cuatro, se había vestido de negro, se había puesto un pasamontañas y había atracado a punta de pistola el autoservicio de una gasolinera de Irving. Cuando la policía acudió a la llamada de socorro, Linus había huido, pero encontraron un teléfono móvil en el suelo. Éste sonó cuando el detective de policía estaba ya de vuelta en su despacho.

—Eh, compadre —dijo la voz que llamaba—. Este móvil te lo has encontrado, ¿verdad? Pues es mío, ¿entiendes? —El detective le dijo que sí, que se lo había encontrado, y le preguntó dónde lo había perdido—. En la gasolinera de Irving. Hace, yo qué sé, media hora o algo así.

El detective le propuso encontrarse en el cruce de la carretera 10 con la 25A, asegurándole que le devolvería el teléfono.

Ni que decir tiene que Linus Froom se presentó, y que fue arrestado por robo.

Alex observaba a su cliente, sentado al otro lado de la mesa llena de marcas. En aquellos momentos, su hija estaba comiendo galletas con jugo, o escuchando un cuento, o pintando con lápices de colores, o haciendo lo que fuera que hiciesen en el primer día de escuela; y ella estaba allí, sentada en la silla de una sala de la prisión del condado, con un criminal tan estúpido que no valía ni para su oficio.

—Aquí dice —dijo Alex, examinando el informe policial—, que cuando el detective Chisholm te leyó tus derechos se produjo algún tipo de altercado verbal...

Linus levantó la cabeza. Era un muchacho de apenas diecinueve años, con acné, y cejijunto.

—Pensó que era un retrasado de mierda.

—¿Él te dijo eso?

—Me preguntó si sabía leer.

Los policías lo preguntan siempre antes de leerle al sospechoso sus derechos constitucionales.

—Y tu respuesta, según parece, fue: «Qué pasa, cornudo, ¿es que tengo cara de imbécil?».

Linus se encogió de hombros.

—¿Qué se supone que tenía que decir?

Alex se pellizcó en el puente de la nariz. El trabajo de defensor de oficio era un agotador y confuso cúmulo de momentos como aquél: una gran cantidad de tiempo y de energía empleados para ayudar a alguien que, al cabo de una semana, un mes o un año, acabaría de nuevo sentado delante de ella. Pero ¿qué otra cosa tenía que hacer? Aquél era el mundo que ella misma había elegido habitar.

Su *beeper* sonó. Miró el número y lo apagó.

—Linus, creo que vamos a tener que hacer frente a un juicio.

Dejó a Linus en manos de un agente y se metió en la oficina de una secretaria de la prisión para llamar por teléfono.

—Gracias a Dios —dijo Alex, cuando la persona a quien llamaba descolgó al otro lado de la línea—. Me has salvado de saltar desde una ventana del segundo piso de la cárcel.

—Te has olvidado de que tienen barrotes —dijo Whit Hobart riendo—. Recuerdo que siempre pensaba que no los instalaron para mantener dentro a los presos, sino para evitar que sus abogados de oficio salten por ellas cuando toman conciencia de lo difícil que será defenderlos.

Whit era el jefe de Alex cuando ésta entró a formar parte de la abogacía de oficio de New Hampshire, pero se había retirado hacía nueve meses. Toda una leyenda por derecho propio, Whit se había convertido en el padre que ella nunca había tenido, un padre que, a diferencia del suyo, la había alabado siempre en lugar de criticarla. Hubiera deseado tener a Whit junto a ella, en lugar de que estuviera en algún club de golf, a orillas del mar. Se la habría llevado a comer y le habría contado historias que le habrían hecho comprender que todo abogado de oficio tiene clientes y casos como Linus. Y al final se las habría arreglado para dejarla a ella con la cuenta y con un renovado impulso para levantarse y salir a luchar contra todo una vez más.

—¿Qué haces levantado tan pronto? —le dijo Alex con ironía—. ¿Una partidita de golf de madrugada?

—Qué va, ese maldito jardinero me ha despertado con su máquina para limpiar de hojas el jardín. ¿Qué me he perdido?

—Nada, la verdad. Sólo que el despacho no es lo mismo sin ti. Falta como una... energía.

—¿Energía? ¿No te estarás volviendo New Age, con bola de cristal y todo, eh, Al?

Alex sonrió.

—No...

—Estupendo. Porque te llamo porque tengo un trabajo para ti.

—Yo ya tengo trabajo. De hecho tengo como para dos trabajos.

—Tres juzgados de distrito de la zona ofrecen una plaza. En serio, Alex, deberías presentarte.

—¿A jueza? —Se echó a reír—. Whit, ¿a estas alturas te ha dado por fumar porros?

—Serías muy buena, Alex. Sabes tomar decisiones. Tienes un temperamento equilibrado. Sabes impedir que tus emociones interfieran en el trabajo. Tienes la perspectiva de la defensa, de modo que comprendes muy bien a los litigantes, y siempre has sido una abogada excelente en los juicios. —Dudó unos segundos—. Además, no es frecuente que New Hampshire, que tiene a una mujer como gobernadora y del Partido Demócrata, busque juez.

—Gracias por el voto de confianza —dijo Alex—, pero no sabes hasta qué punto no soy la persona idónea para ese puesto.

Ella sí lo sabía, porque su padre había sido juez del Tribunal Superior. Alex recordaba cuando era pequeña y se subía a su sillón giratorio, y se ponía a contar clips, o a pasar el pulgar a lo largo de la verde superficie aterciopelada dibujando una cuadrícula. Descolgaba el teléfono y fingía que hablaba con alguien. Interpretaba un papel. Y entonces, inevitablemente, llegaba su padre, y la reñía por haber movido de lugar un lápiz, o un dossier, o por haberlo molestado a él, Dios la perdonara.

El *beeper* zumbó de nuevo en su cintura.

—Escucha, tengo que volver a los tribunales. A lo mejor podemos quedar para comer la semana que viene.

—Los jueces tienen un horario muy regular —añadió Whit—. ¿A qué hora vuelve Josie a casa del colegio?

—Whit...

—Piénsalo —dijo él, y colgó.

—Peter —suspiró su madre—, ¿cómo es posible que la hayas perdido otra vez?

Rodeó a su marido, que estaba sirviéndose una taza de café, y rebuscó en lo más recóndito de la despensa para sacar una bolsa de papel para la comida.

Peter odiaba aquellas bolsas marrones. Las bananas no cabían, y el sándwich siempre acababa aplastado. Pero ¿qué otra cosa podía hacer?

—¿Qué es lo que ha perdido? —preguntó su padre.

—La fiambrera. Es la tercera vez en lo que va de mes.

Su madre se puso a llenar la bolsa marrón: fruta y un jugo en el fondo, y un sándwich encima de todo. Miró a Peter, que en lugar de tomarse el desayuno estaba viviseccionando la servilleta de papel con un cuchillo. De momento, había formado las letras H y T.

—Si sigues perdiendo el tiempo, se te escapará el autobús.

—Tienes que empezar a ser responsable —dijo su padre.

Cuando su padre hablaba, Peter se imaginaba las palabras como si fueran de humo. Se apelmazaban junto al techo de la habitación por un momento, hasta que, antes de que te dieras cuenta, habían desaparecido.

—Por el amor de Dios, Lewis, sólo tiene cinco años.

—No recuerdo que Joey perdiera su fiambrera tres veces en el primer mes en que fue al colegio.

Peter miraba a veces a su padre jugar al fútbol en el jardín con Joey. Las piernas de su hermano subían y bajaban como si fueran bielas y pistones, atrás y adelante, adelante y atrás, como si juntas conformaran una danza con la pelota aprisionada entre ellas. Cuando Peter intentaba sumarse al juego, era torpe con el balón, y acababa sintiendo una gran frustración. La última vez se había marcado un gol en propia puerta.

Miró a sus padres por encima del hombro.

—Yo no soy Joey —dijo, y aunque nadie contestó, era como si hubiera oído la respuesta: «Ya lo sabemos».

—¿La abogada Cormier? —Al levantar la vista, Alex se encontró con un antiguo cliente de pie delante de su escritorio, con una sonrisa de oreja a oreja.

Tardó un momento en identificarle. Teddy MacDougal, o Mac Donald, o algo así. Recordaba los cargos: un caso de agresión doméstica violenta. Él y su mujer se habían emborrachado y se habían buscado las cosquillas. Alex había obtenido su absolución.

—Tengo algo para usted —dijo Teddy.

—Espero que no me hayas comprado nada —replicó ella, y lo decía en serio, pues eran personas que vivían en el norte del país, tan pobres que el suelo de su casa era de tierra, y llenaban el refrigerador con los restos de las cosas que él cazaba. Alex no es que fuera una gran defensora de la caza, pero comprendía que, para alguno de sus clientes, como era el caso de Teddy, no se trataba de una actividad deportiva, sino de una cuestión de supervivencia. Por esa razón una condena habría resultado devastadora para él: le habrían despojado de sus armas de fuego.

—No he pagado dinero. Se lo prometo. —Teddy sonrió—. Lo tengo en la camioneta. Venga.

—¿No puedes traérmelo aquí?

—Oh, no. No puedo hacer eso.

«Oh, estupendo —pensó Alex—. ¿Qué puede llevar en la camioneta que no pueda entrar aquí?». Siguió a Teddy hasta el estacionamiento, y en el remolque de la camioneta vio un enorme oso muerto.

—Directo al congelador —dijo él.

—Teddy, es enorme. Tendrías carne para todo el invierno.

—Pues claro. Por eso pensé en usted.

—Te lo agradezco mucho, de verdad. Pero resulta que yo... vaya, no como carne. Y no quisiera tener que desperdiciarla. —Le tocó el brazo—. Me gustaría que te lo quedaras tú, en serio.

Teddy entornó los ojos a la luz del sol.

—De acuerdo.

Le hizo un gesto con la cabeza a Alex, se subió a la cabina de la camioneta y salió dando saltos del estacionamiento mientras el oso iba dando golpes contra las paredes del remolque.

—¡Alex!

Se volvió y vio a su secretaria que la llamaba desde la puerta.

—Acaban de telefonear del colegio de su hija —dijo la secretaria—. Han llamado a Josie al despacho del director.

¿Josie? ¿Se habría metido en problemas en el colegio?

—¿Por qué? —preguntó Alex.

—Por darle una paliza a un chico en el patio.

Alex salió disparada hacia el coche.

—Dígales que voy para allá.

Durante el trayecto de vuelta a casa, Alex iba lanzando fugaces mira-das a su hija por el espejo retrovisor. Josie había ido al colegio aquella mañana con un saco blanco de punto y unos pantalones caqui; el saco estaba ahora manchado de tierra. Tenía ramitas enganchadas en el pelo y la trenza medio deshecha. El codo del suéter se le había agujereado, y el labio aún le sangraba. Pero lo asombroso era que, por lo visto, había salido mejor parada que el niño con el que se había peleado.

—Vamos —dijo Alex conduciendo a Josie al baño del piso de arriba.

Le quitó la camisa y le limpió los cortes y rasguños, en los que aplicó desinfectante y tiritas. Se sentó delante de Josie, sobre la esteri-lla de baño que parecía hecha de la piel del Monstruo de las Galletas.

—¿Tienes ganas de hablar?

A Josie le tembló el labio inferior, y se echó a llorar.

—Es por Peter —dijo—. Drew no para de meterse con él. Pero hoy le ha hecho tanto daño que he querido que por una vez fuera al revés.

—¿No había profesores en el patio?

—Monitores.

—Ya. Pues tendrías que haber ido a decirles que se estaban me-tiendo con Peter. Para empezar, si tú le pegas a Drew, a los ojos de los demás eres tan mala como él.

—Pero es que ya se lo dijimos a los monitores —se quejó Josie—. Ellos siempre le dicen a Drew y a los demás chicos que dejen en paz a Peter, pero no les hacen caso.

—Entonces —dijo Alex—, ¿tú hiciste lo que creíste que era lo me-jor en ese momento?

—Sí. Por Peter.

—Ahora imagina que siempre hicieras eso. Pongamos que un día decides que el abrigo de otra niña te gusta más que el tuyo. Entonces tú vas y lo agarras.

—Eso sería robar —dijo Josie.

—Exacto. Por eso existen las normas. No puedes romper las normas, ni siquiera cuando todo el mundo parece saltárselas. Porque si tú lo haces, si todos lo hiciéramos, entonces el mundo se convertiría en un lugar donde no se podría vivir. Un lugar en el que se robarían los abrigos, y a los niños les pegarían en el patio. En lugar de hacer lo que nos parece lo mejor, a veces tenemos que optar por lo más correcto.

—¿Cuál es la diferencia?

—Lo mejor es lo que tú crees que debería hacerse. Lo más correcto es lo que hay que hacer... cuando no te limitas a pensar sólo en ti y en cómo te sientes, sino en todos los demás, en las demás personas que hay involucradas, en lo que ha sucedido antes, y en lo que dicen las normas. —Miró a Josie—. ¿Por qué Peter no se defendió él mismo?

—Por no meterse en más problemas.

—Es todo lo que tenía que oír —concluyó Alex.

Las pestañas de Josie estaban perladas de lágrimas.

—¿Estás enojada conmigo?

Alex titubeó.

—Estoy enojada con los monitores, por no prestar la suficiente atención cuando se estaban metiendo con Peter. Y no estoy entusiasmada con que le metieras un puñetazo en la nariz a un chico. Pero me siento orgullosa de ti por haber querido defender a tu amigo. —Le dio a Josie un beso en la frente—. Ve a ponerte algo que no esté agujereado, Superwoman.

Mientras Josie rebuscaba en su habitación, Alex permaneció sentada en el suelo del baño. Le sorprendía pensar que el hecho de administrar justicia tenía más que ver con prestar su presencia y su dedicación que con cualquier otra cosa. A diferencia de esos monitores del patio, por ejemplo. Se podía mostrar autoridad sin ser autoritario; se podía poner empeño en conocer y en hacer conocer las normas; se podían tomar en consideración todas las pruebas antes de llegar a una conclusión.

Ser una buena jueza, pensó Alex, no se diferenciaba tanto de ser una buena madre.

Se levantó, bajó al piso de abajo y agarró el teléfono. Whit contestó a la tercera llamada.

—Está bien —dijo Alex—. Dime qué tengo que hacer.

La silla era demasiado pequeña para Lacy; las rodillas no le cabían debajo del pupitre; los colores de la pared eran demasiado brillantes. La maestra sentada enfrente era tan joven, que Lacy se preguntaba si al volver a su casa podía beber una copa de vino sin infringir la ley.

—Señora Houghton —dijo la maestra—, me gustaría poder darle una explicación, pero es un hecho que hay niños que, sencillamente, atraen como un imán las burlas de los demás. Los otros niños perciben una debilidad, y la explotan.

—¿Cuál es la debilidad de Peter? —preguntó ella.

La maestra sonrió.

—Yo no lo veo como una debilidad. Es sensible, y dulce. Pero ese temperamento hace que, en lugar de salir corriendo con los demás chicos para jugar a policías y ladrones, prefiera quedarse pintando con Josie en un rincón. Los demás niños de la clase lo notan.

Lacy se acordó de cuando ella estaba en la escuela primaria. Sería no mucho mayor que Peter, y criaron pollos en una incubadora. Los seis huevos se abrieron, pero uno de los pollos nació con una pata malformada. Siempre llegaba último al comedero y al bebedero, y era más tímido y estaba más enclenque que sus hermanos. Un día, ante los horrorizados ojos de toda la clase, los demás pollos se pusieron a picotear al pollito lisiado hasta matarlo.

—No crea que toleramos el comportamiento de los demás chicos —le aseguró a Lacy la maestra—. Cuando vemos que alguien se pasa, lo mandamos de inmediato al director. —Abrió la boca como para añadir algo más, pero finalmente guardó silencio.

—¿Qué iba a decir?

La maestra bajó la vista.

—Pues que, por desgracia, esta medida tiene a veces el efecto contrario. Los chicos identifican entonces a Peter como la razón de que hayan tenido problemas, lo cual perpetúa el círculo de violencia.

Lacy sintió que se le acaloraba el rostro.

—Y, personalmente, ¿qué medidas toma usted para evitar que esto vuelva a suceder?

Esperaba que la maestra le hablara de cosas como sentar al abusón en una silla para que reflexionara, o de algún tipo de castigo a aplicar si Peter era de nuevo atacado por el grupo. Pero en lugar de eso la joven dijo:

—Estoy tratando de enseñarle a Peter a defenderse solo. Si alguien se le cuela en la cola de la comida, o si se burlan de él, enseñarle a replicar en lugar de aceptarlo.

Lacy parpadeó.

—No... no puedo creer lo que oigo. Entonces, si le empujan, ¿tiene que devolver el empujón? Si le tiran la comida al suelo, ¿tiene que hacer él lo mismo?

—Por supuesto que no...

—¿Está diciéndome que, para que Peter se sienta a salvo en la escuela, va a tener que empezar a comportarse como los chicos que le están fastidiando?

—No. De lo que le estoy hablando es de la realidad de la escuela primaria —la corrigió la maestra—. Mire, señora Houghton, si usted lo prefiere, yo puedo decirle lo que usted desea escuchar. Podría decirle que Peter es un niño maravilloso, que lo es, que la escuela enseñará tolerancia y disciplina a los niños que han estado convirtiendo la vida de Peter en un tormento, y que todo eso bastará para acabar con la situación. Pero la triste realidad es que, si Peter quiere que las cosas cambien, él va a tener que poner de su parte.

Lacy bajó los ojos mirándose las manos, que parecían las de un gigante sobre la superficie del minúsculo pupitre.

—Gracias. Por su sinceridad al menos.

Se levantó con cuidado, porque es la mejor manera de conducirse en un mundo en el que ya no encajas, y salió de aquella clase del curso de preescolar.

Peter la esperaba sentado en un pequeño banco de madera del vestíbulo, debajo de los casilleros. Su trabajo como madre era apartar los obstáculos del camino de su hijo para que no tropezara con ellos. Pero ¿y si no podía estar todo el tiempo allanándole el sendero como una apisonadora? ¿Era eso lo que había querido decirle la maestra?

Se puso en cuclillas delante de Peter y le sostuvo las manitas.

—Tú sabes que yo te quiero mucho, ¿verdad? —dijo Lacy.

Peter asintió con la cabeza.

—Y sabes que sólo quiero lo mejor para ti.

—Sí —dijo Peter.

—Ya sé lo de las fiambreras. Sé lo que pasa con Drew. Me he enterado de que Josie le pegó. Sé las cosas que te dice ese... —Lacy notó que los ojos se le llenaban de lágrimas—. La próxima vez que pase, no dejes que te maltraten, tienes que arreglártelas tú solito. Tienes que hacerlo, Peter, o si no yo... yo... voy a tener que castigarte.

La vida no era justa. A Lacy siempre la habían dejado de lado para los ascensos, por muy duro que hubiera trabajado. Había visto a madres que habían tenido un cuidado escrupuloso durante los embarazos dar a luz niños muertos, y adictas al crack tener hijos sanos. Había visto a chicas de catorce años morir de cáncer de ovario antes de tener siquiera la oportunidad de vivir de verdad. No se puede luchar contra la injusticia del destino. Lo único que se puede hacer es sufrirla y esperar un mañana diferente. Pero por alguna razón, todo eso era más difícil de digerir cuando se trataba de un hijo. A Lacy la desgarraba tener que ser ella la que arrancara aquel velo de inocencia para que Peter pudiera ver que, por mucho que ella le quisiera, por mucho que quisiera un mundo perfecto para él, el mundo real siempre le defraudaría.

Tragó saliva sin dejar de mirar a Peter y sin dejar de pensar en qué podía hacer ella para espolear su autodefensa, cuál podía ser el castigo que le motivara a cambiar de actitud, aunque a ella misma le rompiera el corazón.

—Si esto vuelve a suceder... durante un mes no podrás quedar para jugar con Josie.

Cerró los ojos ante el ultimátum que acababa de darle. No era la forma en que a ella le gustaba llevar las cosas como madre, pero por lo que parecía, sus consejos habituales, ser amable, ser educado, comportarse como uno quisiera que los demás se comportaran, no le había hecho a Peter ningún bien. Si existía una amenaza que pudiera obligar a Peter a rugir, tan fuerte que Drew y todos esos otros niños espantosos salieran con el rabo entre las piernas, Lacy estaba dispuesta a utilizarla.

Le apartó a Peter el pelo de la cara, y vio sus rasgos ensombrecidos por la duda. Pero ¿cómo no? Su madre desde luego nunca le había dado hasta entonces instrucciones como aquéllas.

—Drew es un mequetrefe. Un matón de pacotilla. Y cuando crezca será un mequetrefe más grande aún, y cuando tú te hagas mayor, serás alguien increíble. —Lacy sonrió abiertamente a su hijo—. Algún día, Peter, todo el mundo conocerá tu nombre.

En el patio había dos columpios, y a veces había que esperar turno. Cuando eso sucedía, Peter cruzaba los dedos para que le tocara el columpio al que no le había dado una vuelta completa por encima de la barra de sujeción algún alumno de quinto, lo que hacía que el asiento quedara demasiado alto y que fuera muy difícil subirse. Tenía miedo de caerse del columpio o, lo que era más humillante, no poder siquiera subirse.

Si esperaba turno con Josie, era ella la que se subía al columpio alto, fingiendo que era porque le gustaba más. Pero Peter sabía que ella hacía como que no se daba cuenta de lo mucho que le disgustaba a él.

En el recreo de ese día, sin embargo, en vez de columpiarse, jugaban a girar los columpios una y otra vez, para que las cadenas se retorcieran y luego, al levantar los pies del suelo, los columpios comenzaron a girar sobre sí mismos. Entonces Peter echaba la cabeza hacia atrás y, mirando al cielo, imaginaba que volaba.

Al detenerse, su columpio y el de Josie chocaban, y ellos entrelazaban los pies. Ella se reía, y ambos apretaban los tobillos para quedar unidos, como eslabones humanos.

Él se volvió hacia Josie.

—Quiero gustar a los demás —dijo de repente.

Ella ladeó la cabeza.

—Pero si les gustas.

Peter separó los pies, deshaciendo la unión.

—Me refiero aparte de ti.

Alex necesitó dos días para cumplimentar la solicitud para optar a la plaza de juez, y, cuando acabó, sucedió algo notable: se dio cuenta que quería ser jueza. A pesar de lo que le había dicho a Whit, a pesar de sus reservas anteriores, estaba tomando la decisión correcta de acuerdo con los motivos adecuados.

Cuando la comisión de selección judicial la llamó para una entrevista, le dejaron claro que ese trámite no era general para todos los solicitantes. Que si entrevistaban a Alex era porque se la consideraba seriamente para el cargo.

El cometido de la comisión era proporcionar a la gobernadora una lista final de candidatos preseleccionados. Las entrevistas de la comisión judicial tenían lugar en Bridges House, la antigua residencia de la gobernadora en East Concord. Seguían un orden escalonado, de modo que los candidatos entraran por una puerta y salieran por otra, presumiblemente con el fin de que ninguno supiera quiénes eran los demás postulantes.

Los doce miembros de la comisión eran abogados, policías, directores ejecutivos de organizaciones de defensa de víctimas. Se quedaron mirando a Alex con tal fijeza que ella esperaba que la cara se le encendiera en llamas de un momento a otro. Tampoco la ayudaba demasiado haberse pasado media noche levantada por Josie, que, después de tener una pesadilla sobre una boa constrictora, había tenido miedo de volverse a la cama. Alex no sabía quiénes eran los demás candidatos al puesto, pero habría apostado a que no eran madres solteras que se hubieran visto obligadas a hurgar en los conductos del radiador con una varilla a las tres de la madrugada para demostrarle a su hija que no había serpientes escondidas en las oscuras tuberías.

—Me gusta el ritmo de trabajo —dijo con tiento, en respuesta a una de las preguntas. Sabía que había respuestas que eran las que esperaban que diera. La habilidad consistía quizá en revestir los tópicos y las contestaciones previsibles con una muestra de su personalidad—. Me gusta la presión que supone tomar una decisión rápida. Conozco muy bien cuáles son las reglas que hay que aplicar a las pruebas presentadas. He participado en juicios cuyos jueces no habían hecho el trabajo previo que les correspondía, y yo sé que ésa no sería mi manera de actuar.

Vaciló unos segundos, mientras miraba a los hombres y mujeres a su alrededor, preguntándose si debía crearse un personaje, como la mayoría de las demás personas que optaban a cargos judiciales (y que procedían de las venerables filas de las fiscalías), o si por el contrario debía ser ella misma y permitir que se le viera el forro de su toga de abogada estatal.

Oh, demonios.

—Supongo que el motivo principal por el que quiero ser jueza es porque me gusta que un tribunal sea un marco en el que prevalezca la igualdad de oportunidades. Cuando alguien tiene que acudir a un juicio, durante el breve período de tiempo que permanece en él, su caso es lo más importante que existe en el mundo para todos los allí presentes. El sistema está trabajando para ti. No importa quién eres, ni de dónde vienes... El trato que recibas dependerá de lo que diga la ley, no de las variables socioeconómicas.

Uno de los miembros de la comisión consultó sus notas.

—¿Qué es para usted un buen juez, señora Cormier?

Alex sintió cómo le bajaba un hilo de sudor entre los omoplatos.

—El que sabe ser paciente pero firme. No pierde el control, sin ser arrogante. Atiende a lo que dicen las pruebas y los testigos, pero también a las reglas del tribunal. —Hizo una pausa—. Es probable que esto no sea lo que están acostumbrados a escuchar, pero yo pienso que un buen juez sea probablemente un as del tangram.

Una mujer de edad, perteneciente a un grupo en defensa de víctimas, la miró parpadeando.

—Perdón, ¿cómo ha dicho?

—El tangram. Verá, yo soy madre. Tengo una hija de cinco años. Se trata de un juego en el que te dan la silueta geométrica de una figura: un barco, un tren, un pájaro. Y tú tienes una serie de piezas geométricas sueltas, triángulos, paralelogramos, unas más grandes que otras, con las que tienes que formar la figura inicial. Es un juego sencillo para quien sabe disponer y relacionar espacios, porque hay que ser capaz de ver lo que conllevan una serie de piezas geométricas regulares. Ser juez es algo parecido. Se te presentan un montón de factores en conflicto, las partes involucradas, las víctimas, la aplicación de la ley, la sociedad, incluso los precedentes... Y de algún modo tienes que saber resolver el problema dentro de un marco dado.

Durante el incómodo silencio que siguió, Alex volvió la cabeza y captó a través de una ventana la imagen fugaz del siguiente entrevistado, que atravesaba el vestíbulo principal. Pestañeó, segura de haber visto mal, aunque no se olvidan tan fácilmente los rizos plateados que una vez se acariciaron; no se borra de un plumazo la geografía de las mejillas y el mentón que otrora se recorriera con los propios labios. Logan Rourke, su profesor de derecho procesal, su antiguo amante, el padre de su hija, acababa de entrar en el edificio y de cerrar la puerta.

Al parecer, él también era candidato al cargo.

Alex respiró hondo, más decidida que nunca a ganar aquel puesto.

—¿Señora Cormier? —repitió la mujer mayor, y Alex comprendió que no había escuchado la pregunta que acababan de hacerle.

—Sí, ¿perdón?

—Le preguntaba si tiene usted mucho éxito jugando al tangram.

Alex la miró a los ojos.

—Señora —dijo, esbozando una amplia sonrisa—. Soy la campeona del estado de New Hampshire.

Al principio los números parecían más chatos y nada más. Pero con el tiempo empezaron a emborronarse un poco, y Peter tenía que entornar los ojos o bien acercarse más para ver si era un 3 o un 8. La maestra lo envió a la enfermera, que olía a bolsitas de té usadas y a pies, y que le hizo mirar un gráfico colgado de la pared.

Sus anteojos nuevos eran ligeros como una pluma y tenían unos cristales especiales que no se rayaban aunque se cayeran al suelo y al cajón de arena del patio. La montura era de metal, demasiado fino, en su opinión, para aguantar las curvadas piezas transparentes que hacían que sus ojos parecieran los de una lechuza: enormes, brillantes, azules.

Cuando le pusieron los anteojos, Peter se quedó pasmado. De pronto, la masa confusa del horizonte se concretó formando una granja, con graneros y campos y grupos de vacas. Las letras de la señal roja decían STOP. Y descubrió líneas diminutas, como las arrugas de sus nudillos, o las comisuras de los ojos de su madre. Todos los superhéroes tenían accesorios, como el cinturón de Batman, o la capa de Superman; las gafas eran el suyo, y le proporcionaban visión de rayos X. Estaba tan ilusionado con sus lentes nuevos que durmió con ellos puestos.

Sólo cuando fue al colegio al día siguiente comprendió que a la par que veía más, también oía más cosas: «cuatro-ojos, topo-ciego». Sus lentes habían dejado de ser una marca distintiva, para pasar a ser una lacra, otra cosa más que le hacía ser diferente del resto. Y eso no era lo peor.

A medida que el mundo ganaba nitidez, Peter distinguía la expresión con que los demás lo miraban. Como si fuera motivo de chiste.

Y Peter, con su visión recuperada, bajaba los ojos para no tener que ver.

—Somos unas madres muy subversivas —le dijo Alex en voz baja a Lacy, sentadas las dos con las rodillas en alto, como saltamontes, en uno de los diminutos pupitres durante el día de puertas abiertas de la escuela. Tomó las varillas de colores agrupadas en diferentes unidades, utilizadas para enseñar matemáticas, y las dispuso de modo que formaron una imprecación.

—Todo es muy gracioso y muy divertido hasta que viene alguien y se erige en juez —bromeó Lacy, deshaciendo la palabra con la mano.

—¿Tienes miedo de que te eche de la escuela? —rió Alex—. En cuanto a lo de ser juez, me parece que, en mi caso, tengo tantas probabilidades como de que me toque la lotería.

—Ya veremos —contestó Lacy.

La maestra se inclinó entre las dos mujeres y entregó a cada una un pedazo de papel.

—Estoy proponiendo a todos los padres que escriban la palabra que crean que mejor describe a su hijo. Luego haremos un collage de amor con todas.

Alex miró a Lacy.

—¿Un collage de amor?

—No seas tan antijardín.

—No lo soy. En realidad soy de la opinión de que todo lo que uno necesita saber acerca de la ley lo aprende en el jardín de infantes. Ya sabes: no se pega, no se toma lo que no es tuyo... No se mata, no se viola...

—Ah, sí, ya me acuerdo de esa lección. Justo después del almuerzo —dijo Lacy.

—Ya me entiendes lo que quiero decir. Todo es un contrato social.

—¿Y qué pasa si acabas sentada en un estrado y tienes que defender una ley en la que no crees?

—En primer lugar, eso es mucho suponer —contestó Alex—. En segundo lugar, yo lo haría. Me sentiría terrible, pero lo haría. La gente no quiere jueces con programas de actuación propios, créeme.

Lacy desgarraba el borde del papel formando flecos.

—Si tanto te identificas con tu trabajo, entonces, ¿cuándo puedes ser tú misma?

Alex sonrió y formó otra palabra malsonante con las varillas de colores.

—En los días de puertas abiertas de los colegios, supongo.

De pronto apareció Josie, con las mejillas sonrosadas y sofocada, procedente de la clase de gimnasia.

—Mami —dijo, tirando de la mano de Alex mientras Peter se subía al regazo de Lacy—, ya hemos acabado.

Lacy y Alex estaban en el rincón de construcción, montando una Gran Sorpresa. Ahora se levantaron, dejándose conducir más allá de la estantería de libros y las pilas de diminutas carpetas, de la mesa de ciencias naturales, con su experimento de descomposición de una calabaza, cuyas piel picada y carne pulposa le recordaron a Alex el rostro de un fiscal al que conocía.

—Ésta es nuestra casa —anunció Josie, empujando un bloque que hacía las veces de puerta principal—. Estamos casados.

Lacy le dio un codazo a Alex.

—Siempre he soñado con llevarme bien con mi familia política.

Peter se colocó junto a una cocina de madera y empezó a preparar platos imaginarios en un pote de plástico. Josie se puso una bata de laboratorio que le venía exageradamente grande.

—Tengo que irme al trabajo. Volveré para la cena.

—Muy bien —dijo Peter—. Haré albóndigas.

—¿Cuál es tu profesión? —le preguntó Alex a Josie.

—Soy jueza. Trabajo enviando a la gente a la cárcel y luego vuelvo a casa y como espaguetis. —Dio la vuelta entera a la casa hecha de bloques y volvió a entrar en ella por la puerta principal.

—Siéntate —le dijo Peter—. Llegas tarde otra vez.

Lacy cerró los ojos.

—¿Yo soy así de verdad, o es como si me mirara en un espejo deformado?

Contemplaron cómo Josie y Peter apartaban sus platos y se iban hacia otro rincón de su casa de bloques, un pequeño habitáculo cuadrangular dentro del cuadrado más grande de la casa. Se tumbaron dentro.

—Ésta es la cama —explicó Josie.

La maestra se acercó por detrás de Alex y Lacy.

—Se pasan el rato jugando a casitas —dijo—. ¿No son una preciosura?

Alex vio cómo Peter se acurrucaba, colocándose de costado. Josie se abrazaba a él, pasándole el brazo alrededor de la cintura. Se preguntó cómo era posible que su hija se hubiera formado una imagen mental como aquélla de una pareja, dado que jamás había visto a su madre con nadie, ni siquiera salir para una cita.

Vio que Lacy se apoyaba en uno de los cubículos formados por los bloques y escribía en su pequeño pedazo de papel: TIERNO. Aquella palabra, en efecto, describía a Peter. Era un niño demasiado tierno.

Necesitaba que alguien como Josie, aferrada a él como una ostra, le protegiera.

Alex agarró un lápiz y alisó su trozo de papel. Los adjetivos se le amontonaban en la cabeza, había tantos que podían aplicarse a su hija: dinámica, leal, brillante, impresionante... Pero se sorprendió a sí misma formando las diferentes letras.

MÍA, escribió.

Cuando esta vez la fiambrera chocó contra el asfalto, se abrió por los goznes, y el coche que iba detrás del autobús escolar aplastó el sándwich de atún y la bolsa de Doritos. El conductor del autobús no se dio cuenta, como de costumbre. A aquellas alturas, los de quinto curso habían adquirido tal pericia, que abrían y cerraban la ventanilla sin que a nadie le hubiera dado tiempo de gritarles que no lo hicieran. Peter notaba cómo se le llenaban los ojos de lágrimas mientras los demás chicos entrechocaban las palmas felicitándose. En su cabeza podía oír la voz de su madre: ¡aquél era el momento en que él debía hacer valer sus derechos! Pero su madre no entendía que lo único que conseguiría sería empeorar las cosas.

—Oh, Peter —suspiró Josie, mientras él volvía a sentarse junto a ella.

Bajó la vista, mirándose los guantes.

—Me parece que no podré ir a tu casa el viernes.

—¿Por qué?

—Porque mi mamá me dijo que me castigaría si volvía a perder la fiambrera.

—Pero eso es injusto —dijo Josie.

Peter se encogió de hombros.

—Bueno. Todo es injusto.

Nadie se quedó más sorprendido que Alex cuando la gobernadora de New Hampshire seleccionó una lista final de tres candidatos para el puesto de juez de tribunal de distrito en la que ella estaba incluida. Aunque era lógico que Jeanne Shaheen, una gobernadora joven, mujer y del Partido Demócrata, hubiera querido incluir en la lista a una abogada joven, mujer y demócrata, cuando Alex fue a la entrevista, aún le duraba el estado de ebriedad en que la había sumido la noticia.

La gobernadora era más joven de lo que esperaba, y más guapa. «Que es exactamente lo que la mayoría de la gente pensará de mí, si llego al estrado», se dijo. Se sentó y metió las manos debajo de los muslos para evitar que le temblaran.

—Si la nombro a usted —le dijo la gobernadora—, ¿hay algo que yo debiera saber?

—¿Se refiere a si guardo algún cadáver en el armario?

Shaheen asintió con la cabeza. Lo que de verdad contaba a la hora de una designación gubernamental era si el nominado iba a dejar en buen o mal lugar al gobernador. Shaheen intentaba poner los puntos sobre las íes antes de tomar una decisión oficial, y esto sólo podía suscitar la admiración por parte de Alex.

—¿Va a presentarse alguien en medio de la sesión constituyente del Consejo Ejecutivo para oponerse a su nominación? —le preguntó la gobernadora.

—Depende. ¿Piensa conceder alguna amnistía en la prisión del Estado?

Shaheen se rió.

—Entiendo que ahí es donde han acabado sus desdichados clientes.

La gobernadora se puso en pie y estrechó la mano de Alex.

—Creo que vamos a entendernos, Alex —dijo.

Maine y New Hampshire eran los dos únicos Estados del país que todavía contaban con un Consejo Ejecutivo, un comité que supervisaba directamente las decisiones del gobernador. Para Alex, eso significaba que en el mes que iba a transcurrir desde su nominación a la sesión pública de su confirmación en el cargo, tenía que hacer todo lo posible por apaciguar a cinco hombres republicanos para evitar que la pusieran en la picota.

Los visitaba semanalmente, les preguntaba si tenían alguna pregunta que necesitara de una respuesta por su parte. Había tenido incluso que buscarse varios testigos para que declararan a su favor en la sesión de confirmación. Después de los años pasados en la oficina de abogados del Estado, debería haberse tratado de una tarea sencilla, pero el Consejo Ejecutivo no quería escuchar a abogados. Querían escuchar a la comunidad en la que Alex vivía y trabajaba, así que ésta tuvo que recurrir desde la maestra de primer curso hasta a un policía al que ella le caía simpática a pesar de su complicidad con el Lado Oscuro. La parte más difícil para Alex fue tener que aludir a todos sus favores anteriores para lograr que aquellas personas estuvieran dispuestas a testificar, pero también dejarles claro que, si era refrendada en su cargo como jueza, no iba a poder corresponderles con nada a cambio.

Y por fin llegó el momento en que Alex tuvo que salir a la palestra. Tomó asiento en las oficinas del Consejo Ejecutivo, en la sede del gobierno del Estado, y lidiar con preguntas que iban desde: «¿Cuál ha sido el último libro que ha leído?»; hasta: «¿Quién carga con el peso de las pruebas en casos de abusos y negligencia?». La mayor parte de las preguntas eran académicas y de temas generales, hasta que le lanzaron una patata caliente.

—Señora Cormier, ¿quién tiene derecho a juzgar a otra persona?

—Bueno —contestó—, eso depende de si se trata de juzgar en un sentido moral o en un sentido legal. Moralmente, nadie tiene derecho a juzgar a los demás. Pero legalmente, no se trata ya de un derecho... sino de una responsabilidad.

—Prosigamos; ¿cuál es su postura con respecto a las armas de fuego?

Alex dudó. Las armas de fuego no la entusiasmaban precisamente. A Josie no le dejaba ver nada en la televisión que mostrara violencia. Sabía lo que pasaba cuando pones un arma en manos de un chico con problemas, o de un marido furioso, o de una mujer maltratada... Había defendido a este tipo de clientes demasiadas veces como para pasar por alto esa clase de reacción catalítica.

Pero...

Estaba en New Hampshire, un estado conservador, delante de un grupo de republicanos a los que aterrorizaba que ella resultara ser una bomba incendiaria izquierdista. Tendría a su cargo comunidades en las que la caza era algo que la gente no sólo adoraba, sino que necesitaba.

Alex dio un sorbo de agua.

—Legalmente —dijo—, estoy a favor de las armas de fuego.

—Es una locura —le decía Alex a Lacy, ambas de pie en la cocina de esta última—. Te metes en esas tiendas on-line de confección de togas, y las modelos parecen jugadores de fútbol americano con pechos. Ésa es la percepción que tiene la gente de una mujer juez. —Se asomó al pasillo y gritó hacia lo alto de la escalera—. ¡Josie! ¡Cuento hasta diez y nos vamos!

—¿Hay muchas opciones?

—Desde luego: negra o... negra. —Alex se cruzó de brazos—. Puede ser de algodón y poliéster o sólo de poliéster. Con las mangas acampanadas o con las mangas recogidas. Todas horribles. Lo que a mí me gustaría de verdad sería algo entallado.

—Supongo que no hay muchos diseñadores que se dediquen al derecho —dijo Lacy.

—No lo creo. —Se asomó de nuevo al pasillo—. ¡Josie! ¡Nos vamos ya!

Lacy dejó el paño de cocina con el que acababa de secar una sartén y siguió a Alex al recibidor.

—¡Peter! ¡La madre de Josie tiene que irse a casa! —Al no recibir respuesta de los niños, Lacy subió al piso de arriba—. Seguro que se han escondido.

Alex la siguió hasta la habitación de Peter, donde Lacy abrió de golpe las puertas del armario y miró debajo de la cama. Luego buscaron en el baño, en la habitación de Joey y en el dormitorio principal. Cuando volvieron a bajar a la planta baja oyeron voces procedentes del sótano.

—Cómo pesa —decía Josie.

Y Peter:

—Mira. Se agarra así.

Alex bajó disparada los escalones de madera. El sótano de Lacy era una vieja bodega construida hacía cien años, con suelo de tierra y telarañas que colgaban como adornos navideños. Se dirigió hacia los cuchicheos que venían de un rincón, y allí, detrás de un montón de cajas y de una estantería llena de botes de mermelada casera, estaba Josie, con un rifle entre los brazos.

—¡Oh, Dios mío! —exclamó Alex casi sin aliento, ante lo cual Josie se dio la vuelta, apuntándola a ella con el cañón.

Lacy agarró el arma y la apartó.

—¿De dónde han sacado esto? —preguntó, y sólo entonces Peter y Josie parecieron darse cuenta de que habían hecho algo malo.

—Peter tenía una llave —dijo Josie.

—¿Una llave? —exclamó Alex—. ¿Una llave de dónde?

—Del armero —murmuró Lacy—. Debió de ver a Lewis sacando el rifle cuando fue a cazar la semana pasada.

—¿Tienen armas por ahí y mi hija ha estado viniendo a su casa todo este tiempo?

—No están por ahí —explicó Lacy—. Están en un armero cerrado con llave.

—¡Que tu hijo de cinco años puede abrir!

—Lewis tiene las balas guardadas...

—¿Dónde? —preguntó Alex—. ¿O debería preguntárselo a Peter? Lacy se volvió hacia Peter.

—Ya vas a ver. ¿Qué demonios hacían con eso?

—Sólo quería enseñárselo a Josie, mamá. Ella me lo pidió...

Josie adoptó una expresión asustada.

—Yo no le he pedido nada.

Alex se volvió hacia Lacy.

—Y encima tu hijo le echa la culpa a Josie...

—O a lo mejor es tu hija la que está mintiendo —replicó Lacy.

Se quedaron mirándose la una a la otra, dos amigas que hasta entonces se habían mantenido al margen de las peleas de sus hijos. Alex se había puesto roja. No dejaba de pensar en lo que podía haber pasado. ¿Y si hubieran llegado a bajar cinco minutos más tarde? ¿Y si Josie hubiera resultado herida, o muerta? Como culminación de aquellos pensamientos, otro más apareció en su mente: las respuestas que había dado al Consejo Ejecutivo hacía apenas unas semanas. ¿Quién tiene derecho a juzgar a los demás?

«Nadie», había dicho ella misma.

Y sin embargo, eso era lo que estaba haciendo entonces.

«Estoy a favor de las armas de fuego», había afirmado.

¿Se revelaba ahora como una hipócrita? ¿O simplemente era una buena madre?

Alex vio cómo Lacy se arrodillaba junto a su hijo, y ello fue suficiente para activar el disparador: de pronto, la absoluta lealtad de Josie hacia Peter se le apareció como un lastre que arrastraba a su hija hacia el fondo. Quizá a Josie le conviniera hacer nuevos amigos. Amigos en cuya compañía no acabara en el despacho del director, y que no le pusieran rifles en las manos.

Alex retuvo a Josie a su lado.

—Creo que deberíamos marcharnos.

—Sí —convino Lacy con frialdad—. Creo que será lo mejor.

Estaban en el pasillo de los productos congelados cuando Josie empezó a ponerse difícil.

—No me gustan las arvejas —gimoteaba.

—Pues no te las comas. —Alex abrió la puerta del congelador, notando la caricia del aire frío en las mejillas mientras alcanzaba una bolsa de arvejas.

—Quiero galletas Oreo.

—No vamos a comprar más galletas, ya tenemos galletitas saladas con forma de animales.

Josie llevaba una semana así de protestona, desde el episodio en casa de Lacy. Alex sabía que no podía evitar que Josie se juntara con Peter durante el día en la escuela, pero eso no significaba que ella cultivara la relación permitiendo que Josie lo invitara a jugar en casa por las tardes.

Alex metió a pulso una garrafa de agua mineral en el carrito; luego agarró una botella de vino. Después de pensárselo mejor, alcanzó una segunda botella.

—¿Qué prefieres para cenar? ¿Hamburguesa o pollo?

—Quiero tofurkey.

Alex se echó a reír.

—¿De qué conoces tú el tofurkey?*

—Lacy nos lo hizo para comer. Parece un hot dog pero es mejor para la salud.

Alex dio un paso al frente cuando dijeron su número en el mostrador de la carne.

—¿Puede ponerme un cuarto de kilo de pechuga de pollo en filetes?

—¿Cómo es que tú siempre tienes lo que quieres y yo nunca tengo lo que quiero? —la acusó Josie.

—Créeme, no eres una niña tan carente de cosas como te gustaría pensar.

—Quiero una manzana —declaró Josie.

Alex suspiró.

—¿No podemos ir a un supermercado sin que tengas que estar repitiendo quiero esto, quiero lo otro?

Antes de que Alex se diera cuenta de sus intenciones, Josie le propinó una patada desde su asiento del carrito del súper que alcanzó a Alex de pleno.

—Pero qué...

—¡Te odio! —chilló Josie—. ¡Eres la peor madre que existe en el mundo!

Alex se sintió violenta al ver que la gente se volvía a mirarlas; la señora mayor que estaba eligiendo un melón, la empleada de alimentación, con las manos cargadas de brócoli fresco. ¿Cómo se las arreglaban los niños para darte una buena en lugares públicos donde la gente iba a juzgarte por tus reacciones?

* Alimento vegetariano, sustitutivo de la carne, cuyo ingrediente principal es el seitán o el tofu. Suele ir relleno y puede prepararse al horno, de ahí que entre los vegetarianos y los defensores en general de cierta comida sana sea muy popular como alternativa al pavo del Día de Acción de Gracias, de ahí su nombre, amalgama de las voces tofu y *turkey* (pavo). *(N. del t.)*

—Josie —dijo, sonriendo entre dientes—. Cálmate.

—¡Ojalá fueras como la madre de Peter! ¡Ojalá pudiera irme a vivir con ellos!

Alex la agarró por los hombros, lo bastante fuerte como para hacer que Josie se echara a llorar.

—Escúchame bien... —dijo en voz baja y acalorada, pero se interrumpió al oír un murmullo, y la palabra juez.

En el periódico local había aparecido un artículo sobre su reciente nombramiento para el tribunal del distrito, acompañado de una fotografía. Alex había sentido el calor del reconocimiento público al pasar junto a la gente que estaba en el pasillo de la panadería y los cereales: Oh, es ella. Pero ahora sentía igualmente sus miradas críticas y ponderativas al advertir el problema que había surgido con Josie y esperando que actuara... en fin, con buen juicio.

Soltó el apretón.

—Ya sé que estás cansada —dijo Alex, lo bastante alto para que la oyeran todos los que estaban allí—. Ya sé que quieres ir a casa. Pero tienes que aprender a comportarte cuando estamos en público.

Josie parpadeó en medio de las lágrimas, mientras escuchaba la Voz de la Razón y se preguntaba qué era lo que aquella criatura alienígena había hecho con su verdadera madre, que en otras circunstancias le habría gritado diciéndole que cerrara la boca.

Un juez, comprendía Alex de repente, no sólo tenía que serlo cuando estaba en el estrado. Ella seguía siendo una jueza, tanto cuando salía a comer a un restaurante, como cuando iba a bailar a una fiesta, o cuando quería estrangular a su hija en medio del pasillo de las verduras. A Alex le habían dado una ilustre capa con la que engalanarse, y ella no se había dado cuenta de que tenía una pega: que nunca iba a poder quitársela.

Si uno se pasaba la vida pendiente de lo que pudieran pensar los demás, ¿acababa olvidándose de quién era en realidad? ¿Y si el rostro que se enseñaba al mundo acababa convirtiéndose en una máscara... sin nada debajo?

Alex empujó el carrito en dirección a las filas para pagar. Para entonces, su hija enrabietada volvía a ser una niña arrepentida. Oía los hipidos de Josie, cada vez más espaciados.

—Vamos, vamos... —dijo, tratando de consolar a su hija tanto como a sí misma—. ¿No es mejor así?

El primer día de Alex en el estrado lo pasó en Keene. Nadie salvo su asistente sabía que se trataba de su primer día. Los abogados habían oído que era nueva, pero no sabían a ciencia cierta cuándo había comenzado en el puesto. Aun así, estaba aterrorizada. Se había cambiado de ropa tres veces, aunque nadie iba a saber cómo vestía por debajo de la toga. Vomitó dos veces antes de salir de casa hacia la sede del tribunal.

Ya conocía el camino a los despachos judiciales, no en vano había defendido cientos de casos allí mismo, al otro lado del banquillo. Su asistente era un hombrecillo delgado, llamado Ishmael, que recordaba a Alex de anteriores encuentros y al que ella no le había gustado particularmente: se le había escapado la risa cuando él se presentó diciendo «Puede llamarme Ishmael».* Hoy, en cambio, el hombre se había lanzado prácticamente a sus pies, o a sus altos tacones por mejor decir.

—Bienvenida, Su Señoría —le dijo—. Aquí tiene la relación de casos pendientes. La acompañaré a su despacho, y ya le enviaremos a un ujier para avisarla cuando esté todo preparado. ¿Hay alguna cosa más que pueda hacer por usted?

—No —dijo Alex—. Estoy lista.

La dejó en su despacho, que estaba congelado. Alex ajustó el termostato y sacó la toga de la cartera para ponérsela. Había un baño anexo en el que entró para examinar su aspecto. Estaba impecable. Imponente.

Aunque al mismo tiempo parecía un poco una chica de coro, quizá.

Se sentó al escritorio y pensó de inmediato en su padre. «Mírame, papá», pensó, aunque él estaba ya en un lugar desde donde no podía

* «Pueden ustedes llamarme Ishmael», es la frase inicial de la novela *Moby Dick*, de H. Melville. *(N. del t.)*

oírla. Recordaba decenas de casos juzgados por su padre; cuando volvía a casa se los explicaba mientras cenaban. Lo que no recordaba eran momentos en los que dejara de ser juez para ser simplemente padre.

Alex examinó los expedientes que necesitaba para el total de actas de acusación de aquella mañana. Luego miró el reloj. Aún faltaban cuarenta y cinco minutos antes del comienzo de la sesión del tribunal; era sólo culpa suya estar tan nerviosa como para haber llegado tan temprano. Se levantó, se estiró. Hubiera podido hacer un doble mortal en aquel despacho, tan grande era.

Pero no lo haría, los jueces no hacían esas cosas.

Abrió con timidez la puerta que daba al vestíbulo, e Ishmael se presentó al instante.

—¿Su Señoría? ¿Qué puedo hacer por usted?

—Café —dijo Alex—. Sería fantástico.

Ishmael dio tal salto para ir a cumplir su petición, que Alex pensó que si le pedía que fuera a comprarle un regalo a Josie para su cumpleaños, antes del mediodía lo habría tenido encima del escritorio, envuelto y con lacito. Lo siguió a una sala de descanso, compartida por jueces y abogados, y se dirigió a la máquina de café. Una joven abogada le cedió el paso al instante.

—Pase usted delante, Su Señoría —dijo, haciéndose a un lado.

Alex agarró un vaso de cartón. Tenía que acordarse de llevarse un termo de casa para tenerlo en su despacho. Aunque, puesto que se trataba de un puesto rotatorio que, según el día de la semana, la haría pasar por Laconia, Concord, Keene, Nashua, Rochester, Milford, Jaffrey, Peterborough, Grafton y Coos, tendría que proveerse de una buena cantidad de termos. Apretó el botón de la máquina de café, pero sólo para oír el silbido del vapor al salir: estaba vacía. Sin pensarlo siquiera, decidió prescindir de la máquina y preparar una cafetera, para lo cual buscó un filtro.

—Su Señoría, no hace falta que lo haga usted —dijo la abogada, cuyo embarazo ante el comportamiento de Alex era evidente. Le sacó el filtro de las manos y se puso a preparar ella el café.

Alex se quedó mirando a la abogada. Se preguntaba si alguien volvería a llamarla Alex alguna vez, o si, por el contrario, su nombre había quedado transformado de forma oficial y para siempre en el de Su Señoría. Se preguntaba si alguien tendría valor para avisarla de que se le había quedado un pedazo de papel higiénico enganchado en el zapato o un trocito de espinaca entre los dientes. Era una sensación extraña: que, por un lado, todo el mundo te escrutara con tal detenimiento y, por otro, nadie fuera a atreverse a decirte a la cara si algo estaba mal.

La abogada le ofreció una taza de café recién hecho.

—No sabía cómo le gusta, Su Señoría —dijo, pasándole el azúcar y los potecitos de nata líquida.

—Así está bien —dijo Alex, pero al alargar la mano para tomar el vaso, la ancha manga de la toga se le enganchó en el borde del vaso de polietileno derramando el café.

«Tranquilidad, Alex», pensó.

—Oh, cielos —dijo la abogada—. ¡Lo siento!

«¿Por qué habrías de sentirlo tú —le preguntó Alex mentalmente—, si ha sido culpa mía?». La joven se había puesto en seguida a limpiar el desaguisado con ayuda de unas servilletas de papel, así que Alex se dedicó a limpiar su toga. Se despojó de ella y, en un momento de debilidad, pensó en no parar ahí y seguir desnudándose hasta quedarse en bragas y sostén, y entrar de esa forma a la sala del tribunal como el emperador del cuento. «¿Verdad que es hermosa mi toga?», preguntaría, y oiría a todos los presentes responder: «Oh, sí, Su Señoría».

Lavó la manga en el baño y la escurrió bien. Luego, con la toga en las manos, se encaminó a su despacho. Pero la idea de permanecer media hora sentada allí sola, sin hacer nada, le pareció tan deprimente que en lugar de eso decidió pasear por los pasillos del juzgado de Keene. Se metió por rincones por los que nunca antes había estado, y fue a parar a la puerta de un sótano que daba a una zona de carga.

Fuera se encontró con una mujer vestida con el traje verde de los empleados de mantenimiento fumando un cigarrillo. En el aire se respiraba el invierno y la escarcha brillaba en el asfalto como cristales rotos. Alex se abrazó a sí misma, era muy posible que allí fuera hiciera más frío aún que en su despacho, y le hizo un gesto con la cabeza a la desconocida.

—Hola —saludó.

—Eh. —La mujer dejó escapar una bocanada de humo—. No te había visto nunca por aquí. ¿Cómo te llamas?

—Alex.

—Yo Liz, y soy el departamento de mantenimiento del edificio al completo. —Sonrió—. ¿Y tú en qué sección trabajas?

Alex se metió la mano en el bolsillo buscando una cajita de Tic-Tacs, no porque necesitara una bolita de menta, sino porque quería ganar un poco más de tiempo antes de que aquella conversación diera un brusco frenazo.

—Bueno —dijo—, yo soy la jueza.

Al instante, el rostro de Liz se tornó serio, y ella retrocedió, incómoda.

—Vaya, es un fastidio habértelo dicho, porque me ha encantado que hayas entablado conversación conmigo, así tan fácil y tan amable. No creo que haya nadie más por aquí dispuesto a hacerlo y... bueno, eso hace que te sientas un poco sola. —Alex dudó unos segundos—. ¿Crees que serías capaz de olvidar que soy la jueza?

Liz aplastó la colilla de su cigarrillo con la bota.

—Depende.

Alex asintió con la cabeza. Hizo girar la pequeña caja de plástico de bolitas de menta en la palma de la mano. Hicieron un ruido de sonajero.

—¿Quieres una?

Tras pensárselo un segundo, Liz alargó la mano con la palma hacia arriba.

—Gracias, Alex —dijo, y sonrió.

Peter había tomado la costumbre de merodear como un fantasma por su propia casa. Estaba allí, enclaustrado, lo cual tenía algo que ver con el hecho de que Josie ya no fuese nunca, cuando antes solían quedar tres o cuatro veces por semana después del colegio. Joey no quería jugar con él, pues su hermano siempre estaba ocupado, o bien entrenando a fútbol, o bien jugando con un juego de computadora en el que tenías que conducir como una exhalación por una pista de carreras con unas curvas retorcidas como un clip de sujetar papeles. Todo ello significaba que, a la práctica, Peter no tenía nada que hacer.

Una noche, después de cenar, oyó ruidos en el sótano. No había vuelto a bajar allí desde la tarde en que su madre lo había encontrado con Josie con el rifle en las manos, pero en aquellos momentos se sintió atraído hacia el banco de trabajo de su padre como una mariposa hacia la luz. Bajó y vio a su padre sentado en una silla, delante de la mesa y sosteniendo la mismísima arma que tantos problemas le había ocasionado a él.

—¿No tendrías que estar preparándote para irte a la cama? —le preguntó su padre.

—No tengo sueño. —Observaba cómo las manos de su padre acariciaban el largo cañón del rifle.

—Es precioso, ¿verdad? Es un Remington 721. Un 30-06. —El padre de Peter se volvió hacia él—. ¿Quieres ayudarme a limpiarlo?

Peter miró instintivamente hacia la escalera que subía a la planta baja, donde su madre estaba fregando los platos de la cena.

—Si te gustan las armas como me imagino, Peter, lo primero que tienes que hacer es aprender a respetarlas. Es mejor prevenir que lamentar, ¿estamos? Esto sí que no lo discute ni tu madre. —Acunaba el arma en el regazo—. Un arma de fuego es una cosa muy, muy peligrosa, pero lo que la hace tan peligrosa es que la mayoría de la gente no entiende su funcionamiento. Sin embargo, una vez que sabes cómo se maneja, no lo es más que cualquier otra herramienta, como un martillo, o un destornillador, y no funcionará a menos que sepas cómo sostenerla y utilizarla correctamente. ¿Lo has entendido?

Peter no lo había entendido, pero no iba a decírselo a su padre. ¡Lo que quería era aprender a usar un rifle de verdad! Ninguno de aquellos idiotas de su clase, aquellos auténticos imbéciles, podía decir lo mismo.

—Lo primero que hay que hacer es abrirla, así, para asegurarnos de que no han quedado balas en el interior. Hay que mirar en la recámara, aquí abajo. ¿Ves alguna? —Peter sacudió la cabeza—. Pues vuelve a comprobarlo. Nunca lo habrás comprobado demasiadas veces. Fíjate bien en este botoncito de debajo del cajón del mecanismo, justo delante del guardamontes. Apretándolo, se abre del todo.

Peter observó cómo su padre quitaba el gran trinquete plateado que unía la culata al cañón del rifle, con toda facilidad. Luego agarró una botella de disolvente de la mesa de trabajo, «Hoppes #9», leyó Peter, y derramó un poco del mismo en un trapo.

—No hay nada como ir a cazar, Peter —le dijo su padre—. Ir al bosque mientras el resto del mundo está durmiendo... ver ese venado que levanta la vista y te mira directamente a los ojos... —Sostuvo unos segundos el trapo en alto, y Peter sintió que la cabeza le daba vueltas debido al olor; luego se puso a frotar el metal con el trapo empapado de disolvente—. Ven, ¿por qué no lo haces tú?

Peter se quedó boquiabierto. ¿Le estaba pidiendo que tomara el rifle, después de lo que había pasado con Josie? Puede que fuera porque su padre estaba delante, vigilando, pero también podía ser una trampa para castigarlo por querer tomarlo de nuevo. Lo hizo con timidez, y una vez más le sorprendió su increíble peso. En un videojuego de Joey llamado Big Buck Hunter, los personajes manejaban sus rifles como si fueran ligeros como una pluma.

No era ninguna trampa. Su padre quería que lo ayudara de verdad. Peter vio cómo levantaba otra pequeña lata, con un aceite para engrasar armas, y vertía unas gotas de su contenido en un trapo limpio.

—Ahora lo secamos bien y echamos una gota en el martillo percutor... ¿Quieres saber cómo funciona un arma de fuego, Peter? Ven aquí. —Le señaló el martillo percutor, un diminuto círculo dentro de otro círculo mayor—. Aquí dentro, donde no puedes verlo, hay un resorte muy grande en forma de muelle. Cuando aprietas el gatillo, ese resorte se suelta, lo que hace que el martillo percutor avance con fuerza... —Apuntó una fracción de segundo con el índice y el pulgar extendidos, a modo de ilustración—. La punta del martillo percutor golpea en el centro de la chapa de la bala... haciendo mella en un pequeño botón plateado llamado iniciador. Al producirse la muesca en la chapa, se incendia la carga de pólvora que hay dentro del casquillo de metal, que es el cartucho de la bala. Tú ya has visto cómo es, ¿verdad? Cuando la pólvora prende y explota, crea una presión tal dentro del cartucho que la bala que hay dentro de éste sale disparada.

El padre de Peter le quitó la pieza desmontada de las manos, la engrasó con el paño y la dejó a un lado.

—Y ahora fíjate en el cañón. —Apuntó con el rifle como si fuera a dispararle a una bombilla que colgaba del techo—. ¿Qué ves?

Peter miró dentro del tubo del cañón, desde la parte de detrás.

—Es como los macarrones que hace mamá.

—Sí, algo así. ¿Rotini? ¿No se llaman así? El interior del cañón es como las vueltas de una tuerca. Al salir la bala propulsada y pasar por esas estrías, sale al exterior girando sobre sí misma. Es como cuando lanzas una pelota de fútbol americano y, además de ir impulsada hacia adelante, va rodando de lado.

Alguna vez, cuando jugaba en el patio de atrás con su padre y con Joey, Peter había intentado lanzar la pelota aplicándole ese tipo de giro, pero tenía la mano demasiado pequeña, o la pelota era demasiado grande, y la mayoría de las veces acababa cayéndole sobre los pies.

—Gracias al giro que las estrías del cañón le imprimen a la bala, ésta va recta, sin desviarse ni zigzaguear. —Su padre tomó una baqueta con un lazo de alambre en el extremo. Enganchó un parche en el lazo y lo empapó en disolvente—. Lo malo es que la pólvora ensucia el cañón por dentro —prosiguió—, por eso tenemos que limpiarlo.

Peter observó cómo su padre introducía con dificultad la baqueta en el cañón del rifle, empujando y tirando repetidamente, como si batiera mantequilla. Cambió el parche impregnado por otro seco y lo pasó también por el cañón. Luego repitió la operación una vez más con otro parche limpio, hasta que ya no salió manchado de negro.

—Cuando yo tenía tu edad, también mi padre me enseñó a hacer esto. —Tiró el parche a un cubo de basura—. Algún día, tú y yo iremos juntos a cazar.

Peter apenas podía contenerse sólo de pensarlo. Él, que era incapaz de lanzar una pelota, o de regatear jugando al fútbol, y ni siquiera sabía nadar muy bien, ¿iba a ir a cazar con su padre? Le encantó la idea de dejar a Joey en casa. Se preguntaba cuánto tiempo tendría que esperar, cómo sería la sensación de hacer algo con su padre que fuera sólo cosa de ellos.

—Ah —exclamó su padre—. Mira el cañón ahora.

Peter tomó el rifle por la punta, y miró por la abertura, con el cañón apoyado en el ojo.

—¡Por Dios, Peter! —exclamó su padre, arrebatándole el arma de las manos—. ¡Así no! ¡Lo agarraste al revés! —Le dio la vuelta al rifle de forma que apuntara hacia otro lado—. Aunque esté descargado, y sea completamente seguro, nunca jamás mires por el orificio del cañón. Y no apuntes nunca un arma hacia nada que no quieras matar.

Peter entornó los ojos, mirando en el interior del cañón por el lado correcto. Lucía un destello plateado brillante, cegador. Perfecto.

Su padre engrasó también con un paño la parte exterior del cañón.

—Ahora, aprieta el gatillo.

Peter se quedó mirándolo. Hasta él sabía que eso no tenía que hacerlo.

—No hay peligro —lo tranquilizó su padre—. Hay que hacerlo para poder volver a montar el arma.

Peter, dubitativo, dobló el dedo apretando el apéndice metálico en forma de media luna, y disparó. Se liberó un fiador, de forma que su padre pudo cerrar el rifle. Observó cómo lo guardaba de nuevo en el armero.

—Hay mucha gente que se pone nerviosa con las armas de fuego, pero es porque no las conocen —dijo su padre—. Si sabes cómo funcionan, las puedes manejar sin peligro alguno.

Peter vio cómo su padre cerraba con llave el armario donde estaba el rifle, y comprendió lo que trataba de decirle: el misterio del rifle, eso que a él lo había movido a sustraer la llave del armero del cajón de la ropa interior de su padre para enseñarle a Josie el arma, ya no era una cosa tan fascinante e irresistible. Ahora que lo había visto desmontado en piezas y vuelto a montar, lo veía como lo que era: un montón de fragmentos de metal que encajaban unos con otros; la suma de sus partes.

En realidad, un arma no era nada si no había una persona detrás.

El hecho de creer o no creer en el Destino se reduce a una cosa: a quién echarle la culpa cuando algo va mal. ¿Crees que tú eres responsable, que si lo hubieras hecho mejor o te hubieras esforzado más no habría sucedido? ¿O lo achacas simplemente a las circunstancias?

Conozco a personas que, al enterarse de la muerte de alguien, dirían que ha sido la voluntad de Dios. Conozco a otras personas que dirían que ha sido la mala suerte. Y luego está la opción que yo prefiero: que estaba en el lugar equivocado, en el momento inoportuno.

Pero claro, también podrían decir eso mismo de mí, ¿verdad?

Al día siguiente

Para la sexta Navidad de Peter le habían regalado un pez. Era uno de esos peces luchadores japoneses, un beta con una cola hecha de jirones, fina como la seda, que se ondulaba como el vestido de una estrella de cine. Peter le puso por nombre *Wolverine*, y se pasaba horas contemplando sus escamas de destellos lunares, sus ojos de lentejuelas. Pero al cabo de unos días le dio por pensar en lo triste que debía de ser no tener más que una pecera que explorar. Se preguntaba si el pez se detenía cada vez que pasaba junto a su planta de plástico porque había descubierto algo nuevo y asombroso en relación con su forma y tamaño, o porque era una forma de saber que había dado otra vuelta más.

Peter se levantaba en mitad de la noche para ver si el pez dormía alguna vez, pero fuese la hora que fuese, *Wolverine* siempre estaba nadando. Se preguntaba qué era lo que el pez veía: un ojo magnificado, que se elevaba como un sol por la gruesa pared de cristal de la pecera. En la iglesia, había escuchado al pastor Ron decir que Dios lo veía todo, y se preguntaba si no sería eso lo que él era para *Wolverine*.

Sentado en una celda de la prisión del condado de Grafton, Peter intentaba recordar qué había sido de su pez. Se murió, supuso. Seguramente él lo había observado hasta que se murió.

Levantó la vista hacia la cámara ubicada en un rincón de la celda, que lo escrutaba impasible. Ellos, quienesquiera que fuesen, querían cerciorarse de que no se suicidara antes de que lo crucificaran públicamente. Por tal motivo su celda estaba desprovista hasta de un simple camastro, y de almohada o alfombra alguna: tan sólo un duro banco, y aquella estúpida cámara.

Aunque, pensándolo bien, quizá fuera algo bueno. Por lo que había podido deducir, estaba solo en aquel corredor de celdas individuales. Se había quedado aterrorizado cuando el coche del sheriff se había detenido delante de la cárcel. Lo había visto muchas veces en la tele, sabía lo que sucedía en lugares como aquél. Durante todo el tiempo que habían durado los trámites de su ingreso había mantenido la boca cerrada, no porque fuera un tipo duro sino porque tenía miedo de echarse a llorar si la abría, y de no poder parar.

Oyó un ruido de metal contra metal, como de espadas entrechocando, y luego unos pasos. Peter no se movió, siguió con las manos juntas entre las rodillas, los hombros encorvados. No quería parecer ansioso, ni demasiado patético. La verdad es que era bastante bueno haciéndose invisible. Era una técnica que había perfeccionado durante los últimos doce años.

Un funcionario de prisiones se detuvo delante de la celda.

—Tienes visita —dijo, abriendo la puerta.

Peter se puso de pie lentamente. Miró a la cámara junto al techo, y siguió al funcionario por un pasillo gris desconchado.

¿Sería muy difícil salir de allí? ¿Y si le propinaba una patada de kung-fu, como en los videojuegos, y tumbaba a aquel guardián, y luego a otro, y a otro, hasta salir corriendo por la puerta y saborear el aire fresco, cuyo gusto había empezado ya a olvidar?

¿Y si tenía que quedarse allí para siempre?

Entonces se acordó de lo que le había pasado a su pez. En un arrebato arrollador de sentimiento humanitario a favor de los derechos de los animales, Peter había agarrado a *Wolverine* y lo había tirado por el inodoro. Se había imaginado que las cañerías acababan en algún inmenso océano, como aquel junto al que había pasado las últimas vacaciones con su familia, y que a lo mejor *Wolverine* encontraría el camino de vuelta a Japón, junto con el resto de sus parientes. Hasta que Peter no le confió lo que había hecho a su hermano Joey, no había oído hablar de las alcantarillas, y no supo que, en lugar de darle la libertad a su mascota, la había matado.

El funcionario se detuvo delante de una puerta que decía: VISITAS PRIVADAS. Era incapaz de imaginar quién podía ir a visitarle, a excepción de sus padres, y él aún no tenía ganas de verlos. Le preguntarían cosas que él no era capaz de contestar, cosas acerca de cómo es posible arropar a un hijo por la noche, y no reconocerle a la mañana siguiente. Quizá lo más sencillo fuera volver ante la cámara de su celda, que lo miraba fijamente pero no lo juzgaba.

—Entra —le dijo el guardián, abriendo la puerta.

Peter respiró hondo, con un estremecimiento. Se preguntó qué debió de pensar su pez después de esperar encontrarse con el frío azul del mar y acabar nadando en mierda.

Jordan entró en la prisión del condado de Grafton y se detuvo en el puesto de control. Tenía que firmar en el registro antes de poder visitar a Peter Houghton. Un funcionario de prisiones, al otro lado de una mampara de plexiglás transparente, le proporcionó un distintivo de visitante. Jordan tomó la tablilla con el formulario y garabateó su nombre, para devolverla por la pequeña ventanilla de la mampara, aunque no había nadie para recogerla. Los dos funcionarios del otro lado estaban pendientes de un pequeño televisor en blanco y negro en el que daban, como en todas las demás televisiones del planeta, un informativo acerca del tiroteo en el instituto.

—Disculpen —dijo Jordan, pero ninguno de los dos hombres se volvió.

—Al oír los disparos —decía el reportero—, Ed McCabe asomó la cabeza por la puerta del aula de noveno curso, donde estaba dando clase, interponiéndose entre el asaltante y sus alumnos.

La pantalla pasó a mostrar a una mujer llorando, identificada en grandes letras blancas al pie de su imagen como JOAN MCCABE, HERMANA DE LA VÍCTIMA.

—Se preocupaba mucho por sus chicos —decía entre sollozos—. Durante los siete años en que fue profesor en Sterling siempre se preocupó por ellos, ¿por qué iba a ser diferente el último minuto de su vida?

Jordan cambió el peso de la pierna de apoyo.

—¿Hola?

—Un segundo, amigo —dijo uno de los funcionarios de prisiones, haciéndole un gesto ausente con la mano.

El informador apareció de nuevo en la granulada pantalla, con el pelo levantado como la vela de un barco inflada por la brisa. Tras él se veía una de las paredes de ladrillo monocolor del instituto.

—Sus compañeros docentes recuerdan a Ed McCabe como un profesor entregado a su trabajo, siempre dispuesto a hacer cuanto fuera necesario cuando se trataba de ayudar a un alumno, y también como un amante de la vida al aire libre, que solía hablar de su sueño de recorrer Alaska. Un sueño —decía el periodista con tono grave— que ahora ya nunca se hará realidad.

Jordan recuperó la tablilla con el formulario y la empujó con fuerza por la abertura, de modo que cayera al suelo. Los dos guardias se volvieron a la vez.

—He venido a ver a mi cliente —dijo.

Lewis Houghton nunca había dejado de impartir una sola clase en los diecinueve años en que había sido profesor en la Universidad de Sterling, hasta ese día. Cuando lo llamó Lacy, se marchó de forma tan precipitada que ni siquiera colgó una nota en la puerta del aula. Se imaginaba a los estudiantes esperando a que él llegara para tomar nota de cada una de las palabras que salían de su boca, como si todo lo que él decía fuera irreprochable.

¿Cuál era la palabra, la obviedad, el comentario suyo que había llevado a Peter a cometer aquel acto?

¿Qué palabra, qué obviedad, qué comentario podrían haberlo evitado?

Él y Lacy estaban sentados en el patio de atrás, a la espera de que la policía abandonara la casa. Uno de los policías se había marchado, pero probablemente en busca de una ampliación de la orden de registro. A Lewis y a Lacy no les estaba permitido quedarse en su propia casa mientras durara la inspección. Durante un rato, se habían quedado en el camino de entrada, viendo cómo de vez en cuando salía un agente cargado con cajas y bolsas llenas de cosas que Lewis había encontrado lógico que se llevaran, como la computadora, o libros de la habitación de Peter, pero también de otras que nunca se le hubiesen ocurrido, como una raqueta de tenis, o una caja gigante de fósforos impermeables.

—¿Qué hacemos? —murmuró Lacy.

Él sacudió la cabeza, con la mirada perdida. Para uno de sus artículos periodísticos sobre el valor de la felicidad, había entrevistado a personas mayores que habían intentado suicidarse. «¿Qué nos queda?», le decían. Entonces, Lewis había sido incapaz de comprender aquella falta absoluta de esperanza. En aquella época no podía imaginar que el mundo pudiera volverse tan amargo que no se fuera capaz de ver una solución.

—No podemos hacer nada —repuso Lewis, y lo decía convencido. Miró a un agente que salía con un montón de cómics viejos de Peter.

Cuando llegó a casa se encontró a Lacy paseando de un lado a otro del camino de entrada. Al verlo, ella se le había arrojado a los brazos.

—¿Por qué? —le había dicho entre sollozos—. ¿Por qué?

Había miles de preguntas encerradas en aquel simple por qué, pero Lewis no hubiera podido responder a una sola de ellas. Se había agarrado a su esposa como si ésta fuera una madera a la deriva en medio de la riada, hasta que había advertido los ojos escrutadores de un vecino al otro lado de la calle, que les observaban desde detrás de una cortina.

Por eso se habían ido al patio de atrás. Se sentaron en el balancín del porche, rodeados por las ramas desnudas y la nieve que se derretía. Lewis permanecía en completa quietud, con los dedos y los labios insensibles por el frío y la conmoción.

—¿Crees que tenemos la culpa? —preguntó Lacy en un susurro.

Él se quedó mirándola con fijeza, sorprendido por su valentía: acababa de expresar con palabras aquello que él ni siquiera se había atrevido a pensar. Pero nada de lo que dijesen les serviría: los disparos habían sido reales, y su hijo era quien había apretado el gatillo. No podían contradecir los hechos, como mucho podían observarlos desde un prisma diferente.

Lewis agachó la cabeza.

—No lo sé.

¿Por dónde comenzar a revisar aquellas estadísticas? ¿Había sucedido porque Lacy había tenido demasiado a Peter en brazos cuando era pequeño? ¿O porque Lewis fingía reírse cuando Peter se caía, con la esperanza de que el pequeño que daba sus primeros pasos viera que caerse no tenía importancia? ¿Tenían que haber vigilado más de cerca lo que leía, lo que veía, lo que escuchaba? ¿O con ello sólo habrían conseguido asfixiarlo y abocarlo a un resultado similar? ¿O quizá todo era culpa de la combinación de Lacy y Lewis, del hecho de haberse unido ellos dos? Si los hijos de una pareja era lo que contaba a la hora de evaluar su historial, entonces ellos habían fracasado lamentablemente.

Dos veces.

Lacy se quedó mirando el intrincado enladrillado bajo sus pies. Lewis se acordó de cuando había pavimentado aquel trozo del patio; de cuando había nivelado la arena y colocado los ladrillos él mismo. Peter había querido ayudarle, pero él no le había dejado. Los ladrillos pesaban demasiado. «Podrías hacerte daño», le había dicho.

Si Lewis no lo hubiera protegido tanto, si Peter hubiera experimentado dolor de verdad en sí mismo, ¿habría sido menos propenso a infligirlo a los demás?

—¿Cómo se llamaba la madre de Hitler? —preguntó Lacy.

Lewis la miró pestañeando.

—¿Cómo?

—¿Era mala?

Lewis rodeó a Lacy con el brazo.

—No te tortures —dijo en voz baja.

Ella hundió el rostro en el hombro de su marido.

—Los demás lo harán —dijo.

Por un breve instante, Lewis se permitió el pensamiento de creer que todo el mundo estaba en un error, que Peter no podía ser el autor de los disparos que acababan de producirse aquel mismo día. En cierto sentido era verdad. Aunque hubiera cientos de testigos: el chico al que habían visto no era el mismo muchacho con el que Lewis había hablado la noche anterior, al irse a la cama. Habían mantenido una conversación acerca del coche de Peter.

Ya sabes que tienes que pasarle la inspección antes de final de mes —le había dicho Lewis.

—Sí, ya —le había contestado Peter—. Ya me han dado hora.

¿Le había mentido también sobre eso?

—El abogado...

—Me ha dicho que nos llamará —repuso Lewis.

—¿Le has dicho que Peter es alérgico al marisco? Si le dan algo que...

—Se lo he dicho —la tranquilizó Lewis, aunque no lo había hecho. Se imaginó a Peter solo en una celda de la cárcel por delante de la cual pasaban todos los veranos, de camino hacia el parque de atracciones de Haverhill. Se acordó de cuando Peter llamaba la segunda noche que pasaba fuera de casa, durante las colonias, para suplicar que fueran a buscarlo. Pensó en su hijo, que seguía siendo su hijo, aunque hubiera hecho algo tan horrible que Lewis no podía cerrar los ojos sin imaginar lo peor, y entonces sintió tal opresión en las costillas que no pudo respirar.

—¿Lewis? —exclamó Lacy, apartándose al notar que él jadeaba—. ¿Estás bien?

Él asintió con la cabeza, sonrió, pero se ahogaba al enfrentarse a la verdad.

—¿Señor Houghton?

Ambos levantaron la mirada y se encontraron con un agente de pie ante ellos.

—Señor, ¿podría acompañarme un segundo?

Lacy se levantó con él, pero su marido le hizo un gesto para que esperara. No sabía adónde lo llevaba aquel policía, qué era lo que estaba a punto de ver. No quería que Lacy lo viera si no había necesidad.

Siguió al policía al interior de su propia casa, momentáneamente tomada por los agentes que, provistos de guantes de látex, registraban la cocina, el ropero. Nada más llegar a la puerta que conducía al sótano, empezó a sudar. Sabía adónde se dirigían, era algo en lo que cuidadosamente había evitado pensar desde que había recibido la llamada de Lacy.

En el sótano había otro agente esperando, que obstaculizaba la vista de Lewis. Allí abajo estaban a diez grados menos de temperatura, pero Lewis seguía sudando. Se secó la frente con la manga.

—Estos rifles —dijo el agente—, ¿son de su propiedad?

Lewis tragó saliva.

—Sí. Suelo ir a cazar.

—Señor Houghton, ¿puede decirnos si está aquí todo su armamento? —Entonces el agente se hizo a un lado para dejarle ver el armero con la puerta de cristal.

Lewis sintió que le flaqueaban las rodillas. Tres de sus cinco rifles de caza estaban allí bien guardados, como las chicas feas del baile. Pero dos faltaban.

Hasta aquel momento, Lewis se había permitido creer que aquello tan horroroso que había sucedido con Peter era algo que escapaba a todo lo esperable y predecible; que su hijo se había convertido en una persona que él no habría podido imaginar jamás. Hasta aquel momento, todo había sido un trágico accidente.

Ahora, Lewis empezaba a culparse a sí mismo.

Se volvió hacia el agente, mirándolo a los ojos sin revelar sus sentimientos. Una expresión, se dio cuenta, que había aprendido de su propio hijo.

—No —dijo—. Aquí no está todo.

La primera regla no escrita de la defensa legal es actuar como si se supiera todo, cuando en realidad no se sabe absolutamente nada. El abogado se encuentra cara a cara con un cliente al que no conoce, y que puede tener o no una remota posibilidad de salir absuelto; el truco consiste en permanecer tan impasible como firme. De inmediato hay que sentar los parámetros de la relación: «Aquí el jefe soy yo; tú dime sólo lo que yo necesito escuchar».

Jordan se había visto en una situación como aquélla cientos de veces, en una sala de visitas privadas de aquella misma prisión dispuesto a escuchar lo que le contara su cliente, y estaba convencido de haberlo visto todo. Por eso se quedó pasmado al darse cuenta de que Peter Houghton lo había sorprendido. Dada la magnitud de la matanza, el mal causado y las caras de terror que Jordan acababa de ver en la pantalla del televisor, aquel cuatro ojos, aquel muchacho flaco y pecoso, le pareció completamente incapaz de ser el responsable de una cosa como aquélla.

Ése fue su primer pensamiento. El segundo fue: «Eso me favorecerá en la defensa».

—Peter —dijo—, me llamo Jordan McAfee, y soy abogado. Tus padres me han contratado para que te represente.

Esperó oír alguna respuesta. Nada.

—Siéntate —prosiguió, pero el chico seguía de pie—. O no —añadió Jordan. Se colocó la máscara profesional y miró a Peter—. Mañana te leerán el acta de acusación. No tendrás opción a fianza. Intentaré averiguar los cargos que se van a presentar contra ti por la mañana, antes de que tengas que presentarte en el tribunal. —Le dio unos segundos a Peter para que asimilara la información—. A partir de ese momento, ya no estarás solo. Me tendrás a mí.

¿Era cosa de la imaginación de Jordan, o por los ojos de Peter había cruzado algo al escuchar aquellas palabras? Tan rápido como había aparecido se había esfumado. Peter miraba fijamente al suelo, sin expresión.

—Bien —dijo Jordan, poniéndose en pie—. ¿Tienes alguna pregunta?

Tal como esperaba, no obtuvo respuesta alguna. Demonios, a juzgar por la actitud de Peter durante aquella breve entrevista, Jordan podría haber estado hablando con alguna de las infortunadas víctimas de los disparos.

«A lo mejor lo es», pensó; y la voz sonó en su cabeza muy parecida a la de su mujer.

—De acuerdo, entonces. Nos veremos mañana.

Golpeó en la puerta con los nudillos, y estaba esperando que acudiera el guardián que había de acompañar a Peter de regreso a la celda, cuando de pronto el chico habló.

—¿A cuántos acerté?

Jordan dudó unos segundos, con la mano en el pomo. No se volvió a mirar a su cliente.

—Nos veremos mañana —repitió.

El doctor Ervin Peabody vivía al otro lado del río, en Norwich, Vermont, y colaboraba con la facultad de psicología de la Universidad de Sterling. Seis años atrás había escrito, junto con otros seis autores, un artículo sobre la violencia escolar; un trabajo académico que casi había olvidado. Ahora había sido requerido por la agencia filial de la NBC en Burlington, para un programa de noticias matutino que él mismo había visto a veces, mientras se tomaba un tazón de cereales, por la mera diversión de ver la ineptitud de los locutores.

—Buscamos a alguien que pueda hablar del suceso del Instituto Sterling desde un punto de vista psicológico —le había dicho el productor.

Y Ervin le había contestado:

—Yo soy el que buscan.

—¿Señales de advertencia? —dijo, en respuesta a la pregunta del presentador—. Bien, estos jóvenes suelen apartarse de los demás. Tienden a ser solitarios. Hablan de lastimarse a sí mismos, o a los demás. Son incapaces de integrarse en la escuela o reciben frecuentes castigos. Les falta estar en comunicación con alguien, quienquiera que sea, que les haga sentirse importantes.

Ervin sabía que la cadena no había ido a buscarle por sus conocimientos, sino para procurar consuelo. El resto de Sterling, el resto del mundo, quería saber que los chicos como Peter Houghton son reconocibles; como si la capacidad para convertirse en un asesino de la noche a la mañana fuese una marca de nacimiento.

—Entonces podríamos decir que existe un perfil general que define a un asesino escolar —instó el presentador.

Ervin Peabody miró a la cámara. Él sabía la verdad: que decir que tales chicos visten de negro, o les gusta escuchar música extravagante, o que se irritan con facilidad, era aplicable a la mayor parte de la población adolescente masculina, al menos durante un período de tiempo de la adolescencia. Sabía que si un individuo profundamente perturbado tenía intención de causar daño, era muy probable que lo consiguiera. Pero también sabía que todos los ojos del valle de Connecticut estaban puestos en él, tal vez todos los ojos del nordeste del país, y que él era profesor en Sterling. Un pequeño prestigio, una etiqueta de experto, no podía hacer daño.

—Podría decirse, sí —corroboró.

Lewis se encargaba de las últimas tareas domésticas antes de acostarse. Empezaba por la cocina, poniendo el lavavajillas, y terminaba cerrando con llave la puerta principal y apagando las luces. Luego subía al piso de arriba, donde Lacy solía estar ya metida en la cama, leyendo (si es que no la habían llamado para asistir a algún parto), y se detenía unos momentos en la habitación de su hijo, al que le decía que apagara la computadora y se fuera a dormir.

Aquella noche se quedó delante de la habitación de Peter, contemplando el desorden que había dejado tras de sí el registro policial. Su primera intención fue volver a colocar en las estanterías los libros que habían dejado, y guardar en su sitio el contenido de los cajones del escritorio, desparramado por la alfombra. Pero después de pensarlo mejor, cerró la puerta con suavidad.

Lacy no estaba en el dormitorio, ni cepillándose los dientes. Dudó unos segundos mientras aguzaba el oído. Se oía el bisbiseo de una charla, como si fuera una conversación furtiva, procedente de la estancia que tenía justo debajo.

Volvió sobre sus pasos en dirección a las voces. ¿Con quién estaría hablando Lacy, casi a medianoche?

En la oscuridad del estudio, el resplandor verdoso de la pantalla del televisor tenía un destello sobrenatural. Lewis había olvidado que allí hubiera un aparato, tan poco uso se hacía de él. Vio el logotipo de la CNN y la familiar franja inferior con los teletipos de última hora desplazándose hacia la izquierda. Pensó que aquella forma de dar las últimas noticias, aquella franja móvil, se utilizó por primera vez cuando el 11-S; cuando la gente empezó a tener tanto miedo que necesitaba saber sin demora los hechos que acontecían en el mundo que habitaban.

Lacy estaba de rodillas sobre la alfombra, mirando la pantalla.

—*Aún no se sabe a ciencia cierta cómo obtuvo el autor de los disparos las armas que llevaba encima, ni cuáles eran éstas con exactitud...*

—Lacy —dijo, tragando saliva—. Lacy, ven a la cama.

Lacy no se movió ni dio señales de haberle oído. Lewis le posó la mano en el hombro al pasar junto a ella y apagó el televisor.

—*Las primeras informaciones barajan la posibilidad de que llevara dos pistolas* —estaba diciendo el presentador justo antes de que la imagen desapareciera.

Lacy se volvió hacia él. Sus ojos le hicieron pensar a Lewis en el cielo que se ve desde un avión: un gris ilimitado que podría estar en todas partes y en ninguna, todo a la vez.

—Todo el rato dicen que es un hombre —comentó ella—, y no es más que un muchacho.

—Lacy —repitió él. Ella se levantó y se dejó tomar entre sus brazos, como si la hubiese invitado a bailar.

Si se escucha con atención cuanto se dice en un hospital, es posible enterarse de la verdad. Las enfermeras cuchichean entre sí mientras tú finges dormir; los policías intercambian secretos en los pasillos; los médicos entran en tu habitación hablando todavía del estado de salud del paciente al que acaban de visitar.

Josie se había ido haciendo mentalmente una lista de los heridos. La había ido confeccionando haciendo un esfuerzo por recordar cuándo los había visto por última vez; cuándo se habían cruzado con ellos por el pasillo; cuán cerca o lejos estaban de ella en el momento de recibir el disparo. Estaba Drew Girard, que había tomado del brazo a Matt y a Josie para decirles que Peter Houghton estaba disparando dentro del instituto. Emma, que estaba sentada a unas sillas de distancia de Josie en el comedor. Y Trey MacKenzie, un jugador de fútbol conocido por las fiestas que montaba en su casa. John Eberhard, que había comido de las patatas fritas de Josie aquella mañana. Min Horuka, de Tokio, un alumno de un programa de intercambio estudiantil, que el año pasado se había emborrachado en la zona de actividades al aire libre, detrás de la pista de atletismo, y luego había vomitado dentro del coche del director metiendo la cabeza por la ventanilla abierta. Natalie Zlenko, que estaba delante de Josie en la cola del comedor. El entrenador Spears y la señorita Ritolli, ex profesores ambos de Josie. Brady Pryce y Haley Weaver, la parejita del año de los de último curso.

Había otros a los que Josie sólo conocía de nombre: Michael Beach, Steve Babourias, Natalie Phlug, Austin Prokiov, Alyssa Carr, Jared Weiner, Richard Hicks, Jada Knight, Zoe Patterson... extraños con los que a partir de ahora iba a estar vinculada para siempre.

Más difícil era averiguar el nombre de los que habían muerto, pronunciados en voz aún más baja, como si su estado fuera contagioso para todas las almas que ocupaban los lechos del hospital. Josie había oído rumores: que el señor McCabe había resultado muerto, y también Topher McPhee, el traficante de marihuana del instituto. Con el fin de ir almacenando retazos de información, Josie intentaba ver la televisión, que cubría durante las veinticuatro horas el suceso del Instituto Sterling, pero al final siempre aparecía su madre y la apagaba. Lo único que había podido entresacar de sus incursiones prohibidas en la información de los medios de comunicación era que había habido diez víctimas mortales.

Matt era una.

Cada vez que Josie pensaba en ello, su cuerpo experimentaba algún tipo de reacción. Se le cortaba la respiración. Todas las palabras que conocía se le quedaban petrificadas en el fondo de la garganta, como una roca que tapara la salida de una gruta.

Gracias a los sedantes, gran parte de todo aquello le parecía irreal, como si caminara sobre el suelo esponjoso de un sueño, pero en el momento en que pensaba en Matt, todo se volvía real y crudo.

Nunca más volvería a besar a Matt.

Nunca más volvería a oírle reír.

Nunca más volvería a sentir la presión de su mano en su cintura, ni a leer una nota que él le hubiera colado por la rejilla de la casilla, ni a percibir los latidos de su propio corazón en su mano cuando él le desabrochaba la camisa.

Sólo recordaba la mitad de las cosas, como si aquellos disparos no sólo hubieran dividido su vida en un antes y un después, sino que la hubieran despojado también de ciertas facultades: la capacidad de estar una hora sin verter lágrimas; la capacidad de ver el color rojo sin que se le revolviera el estómago; la capacidad para formar un esqueleto completo de la verdad a partir de los huesos desnudos de la memoria. Después de lo sucedido, recordarlo todo sería casi una obscenidad.

Josie se sorprendió a sí misma pasando, como en un estado de ebriedad, de imágenes tiernas con Matt, a pensamientos macabros. No dejaba de recordar un verso de *Romeo y Julieta* que la había impresionado cuando habían estudiado la obra en noveno: «Con los gusanos que son tus doncellas». Lo había dicho Romeo ante el cuerpo de Julieta, que parecía muerta, en la cripta de los Capuleto. Polvo eres y en polvo te convertirás. Pero antes de eso había un montón de etapas intermedias de las que nadie hablaba nunca, y cuando las enfermeras se marcharon, Josie se encontró preguntándose en plena noche cuánto tiempo tardaba la carne en desaparecer por completo de los huesos pelados; qué pasaba con la materia gelatinosa del globo ocular; si Matt ya había dejado de parecerse a Matt. Luego se despertó gritando, rodeada de una docena de médicos y enfermeras que la sujetaban.

Si le das el corazón a alguien y luego se muere, ¿se lo lleva consigo? ¿Te pasas el resto de la vida con un agujero en el interior que no puede llenarse?

Se abrió la puerta de la habitación y entró su madre.

—Bueno —dijo, con una sonrisa postiza tan amplia que le dividía la cara en dos como una línea del ecuador—. ¿Preparada?

Eran sólo las siete de la mañana, pero a Josie ya le habían dado el alta. Asintió con la cabeza. En aquellos momentos, Josie casi la odiaba. Ella actuaba con gran entrega y preocupación, pero era demasiado tarde; como si hubieran hecho falta aquellos disparos para despertar a la realidad de que ya no tenían absolutamente ninguna relación. No dejaba de repetirle a Josie que si necesitaba hablar allí estaba ella, lo cual era ridículo. Aunque Josie hubiera querido, que no quería, su madre era la última persona en la tierra en la que habría confiado. Ella no lo entendería, nadie entendería, salvo quizá los demás chicos que estaban en cama en las diferentes habitaciones de aquel hospital. Aquello no había sido un asesinato en una calle cualquiera, que ya habría sido bastante malo. Aquello era lo peor que podía suceder: se había producido en un lugar al que Josie debería volver, lo quisiera o no.

Josie iba vestida con una ropa diferente a la que llevaba puesta al llegar allí, y que había desaparecido de forma misteriosa. Nadie estaba dispuesto a decirle nada, pero Josie supuso que estaba manchada con la sangre de Matt. Habían hecho bien en tirarla: por mucho blanqueador que usaran y por muchos lavados que le dieran, Josie sabía que siempre vería las manchas.

Aún le dolía la cabeza en el punto donde se la había golpeado contra el suelo al desmayarse. Se había hecho un corte, y por muy poco no había necesitado puntos de sutura, aunque los médicos habían preferido tenerla allí en observación durante toda la noche. «¿Para qué? —se había preguntado Josie—. ¿Un derrame? ¿Una embolia? ¿Por si me suicidaba?». Al hacer Josie el gesto de levantarse, su madre acudió a su lado de inmediato, pasándole el brazo alrededor de la cintura para ayudarla. Eso le hizo pensar a Josie en cuando ella y Matt caminaban a veces por la calle en verano, con la mano del uno metida en el bolsillo trasero de los vaqueros del otro.

—Oh, Josie —dijo su madre, y así fue como se dio cuenta de que había empezado a llorar de nuevo. Le pasaba de una manera tan continua, que había perdido la capacidad de percibir cuándo comenzaba y cuándo terminaba. Su madre le ofreció un pañuelo de papel—. ¿Sabes qué?, en cuanto llegues a casa empezarás a sentirte mejor. Ya lo verás.

Bueno... Desde luego peor seguro que no.

Consiguió esbozar una mueca, que podía considerarse una sonrisa si uno no se fijaba mucho, porque sabía que eso era lo que su madre necesitaba en aquellos momentos. Caminó los quince pasos que la separaban de la puerta de la habitación del hospital.

—Cuídate, tesoro —le dijo una enfermera a Josie al pasar ésta por delante de los mostradores.

Otra, la que era la preferida de Josie, la que le llevaba el hielo picado, le sonrió.

—No se te ocurra volver por aquí, ¿me oyes?

Josie se dirigió a paso lento al ascensor, que cada vez que levantaba la vista parecía más lejos. Al pasar por delante de una de las habitaciones, se fijó en un nombre que le resultaba familiar en el rótulo del exterior: HALEY WEAVER.

Haley era alumna de último año, reina de la fiesta de final de curso de los últimos dos años. Ella y su novio Brady eran los Brad Pitt y Angelina Jolie del Instituto Sterling, papel que Josie había creído que ella y Matt tenían grandes posibilidades de heredar una vez que Haley y Brady se hubieran graduado. Hasta las ilusas que suspiraban por la etérea sonrisa y el escultural cuerpo de Brady se habían visto obligadas a reconocer que constituía un acto de justicia poética el hecho de que saliera con Haley, la chica más guapa del instituto. Con su rubia melena en cascada y sus claros ojos azules, a Josie siempre le había recordado a una hada mágica, la celestial y serena criatura que desciende flotando desde las alturas para conceder los deseos de alguien.

Circulaban todo tipo de historias sobre ellos: que Brady había renunciado a becas para jugar a fútbol en varias universidades que no ofrecían estudios artísticos para Haley; que Haley se había hecho un tatuaje con las iniciales de Brady en un sitio que nadie podía ver; que en su primera cita él había esparcido pétalos de rosa en el asiento del acompañante de su Honda. Josie, que se movía en los mismos círculos que Haley, sabía que la mayor parte de aquellas historias eran tonterías. La propia Haley había explicado que, en primer lugar, se trataba de un tatuaje provisional, y en segundo lugar, que no habían sido pétalos de rosa, sino un ramo de lilas que él había robado del jardín de un vecino.

—¿Josie? —llamó Haley en un susurro desde dentro de la habitación—. ¿Eres tú?

Josie notó la mano de su madre que la retenía por el brazo. Pero entonces los padres de Haley, que le tapaban la visión de la cama, se apartaron.

Haley tenía la mitad derecha del rostro cubierta de vendajes, y la parte correspondiente de la cabeza afeitada al cero. Tenía la nariz rota, y el ojo visible enrojecido. La madre de Josie respiró hondo, sin hacer ruido.

Josie entró en la habitación, forzándose a sonreír.

—Josie —dijo Haley—. Las mató a los dos. A Courtney y a Maddie. Y luego me apuntó a mí, pero Brady se puso delante. —Le cayó una lágrima por la mejilla que no estaba vendada—. Ya sabes, la gente siempre dice que haría eso por ti...

Josie se puso a temblar. Le quería hacer a Haley un montón de preguntas, pero le castañeteaban tanto los dientes, que no consiguió emitir una sola palabra. Haley la tomó de la mano, y Josie se sobresaltó. Quería que la soltara. Quería hacer como si nunca hubiera visto así a Haley Weaver.

—Si te pregunto una cosa —prosiguió Haley—, ¿me prometes que me dirás la verdad?

Josie asintió con la cabeza.

—Mi cara —susurró—. Está destrozada, ¿verdad?

Josie miró a Haley al ojo sano.

—No —dijo—. Está bien.

Ambas sabían que no estaba diciendo la verdad.

Josie dijo adiós a Haley y a sus padres, agarró la mano de su madre y salió a toda prisa hacia el ascensor, aunque cada paso que daba le retumbaba en el fondo de las retinas como un trueno. De repente se acordó de cuando habían estudiado el cerebro en clase de ciencias naturales. Les contaron que un hombre cuyo cerebro había sido atravesado por una barra de acero se había puesto a hablar en portugués, una lengua que no había estudiado jamás. Tal vez así sería en el caso de Josie a partir de aquel momento. Tal vez, a partir de entonces, su lengua materna sería una sarta de mentiras.

* * *

Cuando Patrick volvió al Instituto Sterling a la mañana siguiente, los detectives que se encargaban de examinar la escena del crimen habían convertido las paredes del centro en una enorme tela de araña. A partir del lugar en el que habían sido halladas las víctimas, un cúmulo de líneas irradiaban del punto en el que Peter Houghton había hecho un alto lo suficientemente prolongado como para disparar, antes de seguir adelante. Las cuerdas se entrecruzaban en determinados puntos: la cuadrícula del pánico, la gráfica del caos.

Se quedó unos momentos de pie, en el centro de toda aquella confusión, observando cómo los técnicos tejían la cuerda a través de los pasillos y entre bancos y casilleros, hasta entrar por diferentes puertas. Imaginó lo que debía de haber sido correr ante el sonido de los disparos, notar los empellones de los demás detrás de ti como una marea humana, saber que tú no corres más que una bala. Darte cuenta demasiado tarde de que estás atrapado, de que eres la presa de la araña.

Patrick se abrió paso con tiento a través de la tela, procurando no molestar a los técnicos en su trabajo. Después él utilizaría lo que ellos estaban haciendo para corroborar las versiones de los testigos. De los mil veintiséis testigos.

A la hora del desayuno, la programación de las tres emisoras locales de noticias estaba dedicada a la lectura del acta de acusación de Peter Houghton que tenía lugar aquella mañana. Alex estaba de pie delante del televisor de su dormitorio, con una taza de café entre las manos, observando la imagen de fondo que aparecía por detrás de los ansiosos reporteros: su antiguo lugar de trabajo, la sala del tribunal del distrito.

Josie estaba durmiendo el sueño sin interrupciones ni sueños de los sedados. Para ser del todo sincera, Alex también necesitaba un espacio de tiempo a solas consigo misma. ¿Quién habría podido imaginar que una mujer que había adquirido tal maestría en el arte de adoptar un rostro público encontraría tan agotador, desde un punto de vista emocional, mantener la compostura tanto rato delante de su propia hija?

Tenía ganas de sentarse y beber hasta emborracharse. De cubrirse la cara con las manos y echarse a llorar por su buena suerte: tenía a su hija allí mismo, a dos puertas de distancia. Al cabo de un rato podrían desayunar juntas. ¿Cuántos padres en aquella ciudad, al despertar aquella mañana, comprenderían que eso ya no iba a ser posible para ellos?

Alex apagó el televisor. No quería poner en riesgo su objetividad como futura jueza del caso escuchando lo que dijeran los medios de comunicación.

Sabía que habría críticas, personas que dirían que, dado que su hija iba al Instituto Sterling, Alex debía ser apartada del caso. Si Josie hubiera recibido algún disparo, habría sido del mismo parecer. Si Josie hubiera seguido siendo amiga de Peter Houghton, Alex habría sido la primera en recusarse a sí misma. Pero tal como estaban las cosas, el juicio de Alex no era menos objetivo que el de cualquier otro juez que viviera en la zona, o que conociera a algún alumno del centro, o que tuviera un hijo adolescente. Era algo que sucedía de continuo con los letrados de la región: al final, siempre había algún conocido que acababa en el tribunal donde trabajaban. Cuando Alex era jueza de tribunal de distrito y la ubicación física de su trabajo era rotatoria, se veía frente a frente con personas a las que había conocido en su vida personal: el cartero al que habían sorprendido con marihuana en el coche; un altercado doméstico entre su mecánico y su esposa. Siempre que la disputa no involucrara a Alex de una forma personal, era perfectamente legal, e incluso preceptivo, que fuera ella la que llevara el caso. Lo único que había que hacer en tales circunstancias era mantenerse al margen. Se era el juez, y nada más. Tal como lo veía Alex, el caso de los disparos en el instituto pertenecía a la misma categoría, sólo que elevada un grado. Es más, hubiera argumentado Alex, en un caso con una cobertura mediática como aquélla, para garantizar una máxima imparcialidad con respecto al agresor, lo mejor era alguien con un pasado de abogada defensora como el suyo. Y cuanto más lo pensaba, con mayor firmeza se convencía Alex de que no podría hacerse justicia sin su participación, y más absurdo le parecía que alguien pudiera sugerir que ella no era la mejor jueza posible para el caso.

Dio otro sorbo de café y fue de puntillas desde su dormitorio hasta el de Josie. Pero la puerta estaba abierta, y su hija no estaba en la cama.

—¿Josie? —llamó Alex, presa del pánico—. Josie, ¿dónde estás?

—Aquí abajo —respondió Josie, y Alex notó que se deshacía el nudo que se había hecho en su interior. Bajó la escalera y encontró a Josie sentada a la mesa de la cocina.

Llevaba falda, panties y un suéter negro. Tenía el pelo aún mojado de la ducha, y había intentado protegerse el vendaje de la frente con una cinta para el flequillo. Levantó la vista hacia Alex.

—¿Tengo buen aspecto?

—¿Para qué? —preguntó Alex, atónita. ¿No pretendería ir a clase? Los médicos le habían dicho a Alex que era posible que Josie no llegara a recuperar la memoria de los minutos en que se habían producido los disparos, pero ¿era posible que hubiese borrado también de su mente el hecho de que hubieran sucedido?

—Para la sesión en el juzgado —dijo Josie.

—Cielo, ni hablar siquiera de acercarte hoy por allí.

—Tengo que ir.

—No vas a ir —dijo Alex de modo terminante.

Josie murmuró en voz baja:.

—¿Por qué no?

Alex abrió la boca para contestar, pero no pudo decir nada. No era una cuestión de lógica, era puro instinto visceral: no quería que su hija volviera a revivir toda aquella experiencia.

—Porque lo digo yo —replicó por fin.

—Eso no es ninguna respuesta —la acusó Josie.

—Sé muy bien lo que harán los medios de comunicación si te ven hoy por los juzgados —dijo Alex—. Durante la lectura del acta de acusación no va a suceder nada que vaya a suponer una sorpresa para nadie, y en estos momentos no quiero perderte de vista.

—Pues entonces ven conmigo.

Alex sacudió la cabeza en señal de negación.

—No puedo, Josie —dijo con suavidad—. A mí me tocará juzgar el caso.

Vio que Josie se ponía pálida, y comprendió que hasta ese momento Josie no había pensado en ello. El juicio, por sí mismo, iba a levantar un muro aún más alto entre ambas. Como jueza habría información que no podría compartir con su hija, y para ésta supondría una falta de confianza. Mientras Josie estuviera luchando por superar aquella tragedia, Alex estaría metida en ella hasta el cuello. ¿Por qué había pensado tanto en el hecho de ser la jueza de aquel caso, y tan poco en lo mucho que podía afectar a su hija? En aquellos momentos, lo que menos le importaba a Josie era que su madre fuese una jueza justa. Lo único que quería, lo único que necesitaba, era una madre. Y la maternidad, a diferencia del derecho, nunca se le había dado muy bien a Alex.

De repente, pensó en Lacy Houghton, una madre que en aquellos momentos estaba en un círculo del infierno por completo diferente. Ella habría agarrado de la mano a Josie con toda sencillez y se habría sentado con ella. Habría sabido mostrarse accesible y compasiva en lugar de artificiosa. Pero Alex, que nunca había sido una madre de estilo matriarcal, tuvo que retrotraerse años en su memoria para recordar algún momento de especial comunicación, algo que Josie y ella hubieran hecho alguna vez y que pudiera funcionar otra vez para mantenerlas unidas.

—¿Por qué no vas arriba a cambiarte, y luego nos ponemos a hacer crepes? A ti te gustaban mucho.

—Sí, cuando tenía cinco años...

—¿Galletas de chocolate, entonces?

Josie se quedó mirando a Alex, pestañeando.

—¿Has fumado algo?

Alex se sintió ridícula, pero estaba desesperada por demostrarle a Josie que podía cuidar de ella y lo haría, y que el trabajo era una cuestión secundaria. Se levantó y abrió varios armarios, hasta dar con un juego de Scrabble.

—Bueno, ¿y qué me dices de esto? —dijo Alex, sosteniendo la caja entre las manos—. Apuesto a que eres incapaz de derrotarme.

Josie pasó junto a ella, empujándola ligeramente.

—Tú ganas —dijo con voz opaca, y salió de la cocina.

* * *

El estudiante al que estaba entrevistando la cadena afiliada a la CBS de Nashua recordaba a Peter Houghton de la clase de inglés de noveno curso.

—Teníamos que inventarnos una historia narrada en primera persona. Tenías que elegir un personaje, el que quisieras —explicaba el chico—. Peter escogió el de John Hinckley.* Por las cosas que decía, parecía que hablaba desde el infierno, pero al final resultaba que estaba en el cielo. La profesora se quedó helada. Le enseñó la redacción al director y todo. —El chico vacilaba, mientras se rascaba con el pulgar la costura lateral de los vaqueros—. Peter les dijo que se trataba de una licencia poética, y de un narrador con disfraz... Eran cosas que habíamos estudiado en clase. —Miró a la cámara—. Me parece que le pusieron sobresaliente.

Patrick se quedó dormido detenido en un semáforo en rojo. Soñó que corría por los pasillos del instituto, y que oía disparos, pero cada vez que doblaba una esquina se encontraba suspendido en mitad del aire y el suelo había desaparecido bajo sus pies.

Despertó sobresaltado por un bocinazo.

Hizo un gesto de disculpa con la mano hacia el vehículo que le adelantó y él dirigió el suyo al laboratorio de criminalística del Estado, donde se había dado prioridad a las pruebas balísticas. Al igual que Patrick, los técnicos del laboratorio llevaban trabajando día y noche.

Su técnico preferida, y en la que más confiaba, era una mujer llamada Selma Abernathy, una abuela de cuatro nietos que conocía mejor los últimos adelantos que cualquier maniático de la tecnología. Levantó la vista cuando Patrick entró en el laboratorio y arqueó una ceja.

—Tú te has echado una siesta —le acusó.

Patrick movió la cabeza en señal de negación.

—Palabra de boy scout.

* John Hinckley atentó contra el presidente de los EE.UU., Ronald Reagan, el 30 de marzo de 1981. *(N. del t.)*

—Tienes demasiado buen aspecto para alguien que está agotado.
Él sonrió con una mueca.

—Selma, de verdad, ya sé que estás loca por mí, pero tienes que superarlo.

Ella se ajustó los lentes sobre la nariz.

—Tesoro, soy lo bastante inteligente como para no perder la cabeza por alguien que convertiría mi vida en un infierno. ¿Quieres tus resultados, sí o no?

Patrick la siguió hasta una mesa sobre la que había cuatro armas de fuego: dos pistolas y dos escopetas de cañones recortados. Cada una llevaba su etiqueta: arma A, arma B (las dos pistolas); arma C y arma D (las escopetas). Reconoció las pistolas, eran las que habían encontrado en el vestuario, una de ellas en manos de Peter Houghton y la otra a corta distancia de él, sobre el suelo de baldosas.

—Primero he buscado huellas ocultas —dijo Selma, mostrándole los resultados a Patrick—. El arma A tiene una huella que encaja con las de tu sospechoso. Las armas C y D estaban limpias. En el arma B he encontrado una huella parcial que no permite ninguna conclusión.

Selma señaló con la cabeza hacia el fondo del laboratorio, donde había unos enormes barriles de agua que eran utilizados para las pruebas balísticas. Patrick sabía que Selma debía de haber efectuado en ellos las pruebas pertinentes con cada una de las armas. Cuando se dispara una bala, ésta describe un movimiento giratorio al atravesar el interior del cañón, cuyas estrías dejan marcas características en el metal de la bala. Es así como se sabe con qué arma se ha disparado. A Patrick le serviría de gran ayuda para reconstruir los movimientos de Peter Houghton: en qué puntos se había detenido para disparar, cuál era el arma que había utilizado en cada caso.

—El arma A fue la que utilizó primordialmente. Las armas C y D estaban en la mochila que se encontró en la escena del crimen. Lo cual no deja de ser una buena noticia, porque seguramente habrían causado mucho más daño. Todas las balas recuperadas de los cuerpos de las víctimas se dispararon con el arma A, la primera pistola.

Patrick se preguntó de dónde habría sacado Peter Houghton todo aquel armamento. Pero al mismo tiempo reparó en que en Sterling no era difícil encontrar a alguien que fuera a cazar o a disparar al blanco en un viejo estanque en el bosque.

—Por los restos de pólvora, se puede asegurar que el arma B fue disparada. Sin embargo, de momento no hemos encontrado ninguna bala que lo corrobore.

—Aún se está trabajando...

—Déjame que acabe —dijo Selma—. Hay otra cosa interesante con respecto al arma B, y es que se encasquilló después del disparo. Al examinarla, encontramos dos balas cargadas.

Patrick se cruzó de brazos.

—¿No hay ninguna huella en el arma? —insistió.

—Hay una huella en el gatillo, pero no es concluyente... Es posible que se borrara a medias al soltarla el sospechoso, pero no podría asegurarlo a ciencia cierta.

Patrick asintió y señaló hacia el arma A.

—Ésta es la que soltó cuando lo encontré en el vestuario. De modo que, presumiblemente, es la última que disparó.

Selma alzó una bala con unas pinzas.

—Es probable. Esta bala se extrajo del cerebro de Matthew Royston —dijo—. Y las marcas de las estrías concuerdan con las del arma A.

El chico del vestuario, el que habían encontrado con Josie Cormier.

La única víctima que había recibido dos disparos.

—¿Y el balazo en el estómago? —preguntó Patrick.

Selma meneó la cabeza.

—Lo atravesó, con orificio de entrada y de salida. Hasta que no me traigas los restos de bala, no sabremos si fue disparada con el arma A o con la B.

Patrick se quedó mirando las armas.

—Había utilizado el arma A todo el tiempo que fue disparando por el instituto. No alcanzo a imaginar qué le hizo cambiar de pistola.

Selma lo miró. Él se fijó en los círculos oscuros bajo sus ojos, el precio de aquella noche sin dormir.

—Yo más bien no alcanzo a imaginar qué le hizo utilizar ni la una ni la otra.

Meredith Vieira miraba con gravedad, sin apartar los ojos de la cámara. Había perfeccionado el gesto a adoptar con ocasión de una tragedia nacional.

—Siguen acumulándose detalles en el caso del asalto con disparos al Instituto Sterling —decía—. Para conocerlos, recuperamos la conexión con Ann Curry, en el estudio. ¿Ann?

La presentadora de noticias asintió con un gesto.

—Hoy, los investigadores han sabido que fueron cuatro las armas que entraron en el Instituto Sterling, aunque el autor de los disparos sólo utilizó dos de ellas. Asimismo, hay pruebas de que Peter Houghton, el sospechoso, es un fan de un grupo de punk extremo llamado Death Wish, y que solía enviar correos a las páginas de fans del grupo en Internet, y bajarse las letras de las canciones a su computadora personal. Unas letras que, después de lo sucedido, hacen que algunas personas se pregunten qué cosas deberían o no deberían escuchar los muchachos.

En la pantalla verde situada por detrás de sus hombros apareció el texto:

Cae la nieve negra
Camina el cadáver de piedra
Ríen esos bastardos
Los voy a matar a todos, el día de mi Juicio Final.

Los bastardos no ven
La sangrienta bestia que hay en mí
El segador cabalga libre
Los voy a matar a todos, el día de mi Juicio Final.

—La canción *Juicio Final*, de Death Wish, encierra un augurio sobrecogedor de un suceso que se convirtió en una amarga realidad en Sterling, New Hampshire, en la mañana de ayer —decía Curry—.

Raven Napalm, solista de Death Wish, ofreció una conferencia de prensa la pasada noche.

En la pantalla apareció de pronto un joven con una cresta negra, sombra de ojos dorada y cinco piercings en forma de aro en el labio inferior, delante de un grupo de micrófonos.

—Vivimos en un país en el que los chicos americanos están muriendo porque los enviamos al otro lado del mar a matar a la gente por petróleo. Y, en cambio, cuando un pobre chaval alterado que es incapaz de apreciar la belleza de la vida va y actúa erróneamente, dejándose llevar por la rabia y disparando en un colegio, la gente se pone a señalar con el dedo a la música heavy-metal. El problema no está en la letra de las canciones, sino en el tejido social.

El rostro de Ann Curry volvió a ocupar por entero la pantalla.

—Iremos sabiendo más cosas de la tragedia de Sterling a medida que vayan produciéndose las noticias. Por lo que respecta a la información nacional, el pasado miércoles el Senado no aprobó el proyecto de ley sobre control de armas, aunque el senador Roman Nelson apunta a que no se trata del capítulo final en esta lucha. Hoy le tenemos con nosotros desde Dakota del Sur. ¿Senador?

A Peter le pareció que no había pegado ojo en toda la noche, pero en cualquier caso no oyó al funcionario de prisiones cuando se acercó hasta su celda, y se sobresaltó al oír el chirrido de la puerta de metal al abrirse.

—Eh —dijo el guardián, que le tiró algo a Peter—. Ponte esto.

Él sabía que aquel día iban a llevarlo al juzgado, así se lo había dicho Jordan McAfee. Pensó que le daban un traje, o algo así. ¿Acaso la gente no iba siempre vestida con traje cuando se presentaban ante el tribunal, aunque vinieran directamente de la cárcel? Se suponía que era para granjearse la simpatía pública. Así lo había visto él en la televisión.

Pero lo que le dieron no era ningún traje. Era un chaleco antibalas.

* * *

En la celda de espera, ubicada bajo los juzgados, Jordan encontró a su cliente tumbado de espaldas en el suelo, protegiéndose los ojos con el brazo. Peter llevaba puesto un chaleco antibalas, un mensaje mudo que decía que todos cuantos atestaban la sala aquella mañana tenían deseos de matarle.

—Buenos días —dijo Jordan, y Peter se incorporó.

—O no —masculló.

Jordan no replicó. Se inclinó acercándose un poco más a los barrotes.

—Te cuento el plan. Te han imputado diez cargos de asesinato en primer grado y diecinueve cargos de intento de asesinato en primer grado. Voy a renunciar a la lectura de las reclamaciones, ya iremos con eso de forma individual en algún momento. Lo que tenemos que hacer ahora es entrar ahí y presentar una declaración de no culpabilidad. No quiero que digas ni una palabra. Si tienes alguna pregunta que hacerme, me la dices en voz baja. Durante la próxima hora, y a todos los efectos, eres mudo. ¿Lo has entendido?

Peter lo miraba con fijeza.

—Perfectamente —dijo con hosquedad.

Pero Jordan miraba las manos de su cliente. Le temblaban.

Entre el cúmulo de cosas que se llevaron de la habitación de Peter Houghton había:

1. Una computadora portátil Dell.
2. CD de juegos: Mortal Kombat; Grand Theft Auto 2.
3. Tres pósters de fabricantes de armas.
4. Tubos de diferentes medidas.
5. Libros: *El guardián entre el centeno*, de Salinger; *El arte de la guerra*, de Clausewitz; cómics novelados de Frank Miller y Neil Gaiman.
6. DVD: *Bowling for Columbine*.
7. Un anuario del Instituto Sterling con algunos de los rostros señalados con un círculo en negro. Junto a uno de los rostros, marcado con una X, las palabras: DEJAR QUE VIVA bajo la foto. El pie de foto identificaba a la chica como Josie Cormier.

La chica habló en voz tan baja que el micrófono que colgaba sobre su cabeza como una piña apenas era capaz de recoger los hilos enmarañados de su voz.

—La clase de la señora Edgar estaba justo al lado de la del señor McCabe, y a veces podíamos oírles cuando movían las sillas o respondían en voz alta —decía—. Pero aquella vez oímos gritos. La señora Edgar empujó su mesa hasta ponerla contra la puerta y nos dijo a todos que nos fuéramos a la otra punta del aula, junto a las ventanas, y que nos sentáramos en el suelo. Los disparos sonaban como palomitas. Y entonces... —Se detuvo y se secó los ojos—. Y entonces dejaron de oírse los gritos.

Diana Leven no esperaba que el autor de los disparos fuera tan joven. Peter Houghton estaba esposado y encadenado, y llevaba el traje naranja de los reclusos y un chaleco antibalas, pero aún tenía la afrutada piel de las mejillas propia de un chico que todavía no ha llegado al final de la pubertad, y habría apostado algo a que todavía no se afeitaba. También los anteojos la inquietaron. La defensa trataría de sacarle todo el partido posible a esa baza, de eso estaba segura, alegando que un miope no podía ser buen tirador.

Las cuatro cámaras que el juez del tribunal del distrito había aceptado como representantes de las cadenas televisivas (ABC, CBS, NBC y CNN) cobraron vida con un zumbido, cual cuarteto *a cappella*, tan pronto como el acusado entró en la sala. Dado que se había hecho tal silencio que habría sido posible oír los propios pensamientos, Peter se volvió de inmediato hacia los objetivos. Diana advirtió que sus ojos no eran muy diferentes de los de las cámaras: oscuros, ciegos, vacíos más allá de las lentes.

Jordan McAfee, un abogado que a Diana no le gustaba mucho desde un punto de vista personal pero que reconocía de mala gana que era condenadamente bueno haciendo su trabajo, se inclinó hacia su cliente en el momento en que Peter llegó a la mesa de la defensa. El alguacil se levantó:

—En pie —proclamó—: Su Señoría el juez Charles Albert.

El juez Albert entró de prisa en la sala, en medio del frufrú de la toga.

—Pueden sentarse —dijo—. Peter Houghton —añadió, volviéndose hacia el acusado.

Jordan McAfee se puso de pie.

—Su Señoría, renunciamos a la lectura de los cargos. Es nuestra intención solicitar la no culpabilidad para todos ellos. Pedimos que la probable vista de la causa se aplace hasta dentro de diez días.

Diana no se llevó ninguna sorpresa: ¿por qué iba a querer Jordan que el mundo entero escuchara cómo se acusaba a su cliente de diez cargos individuales de asesinato en primer grado? El juez se volvió hacia ella.

—Señora Leven, el código dictamina que un acusado sobre el que pesa alguna acusación de asesinato en primer grado, de varias en este caso, sea retenido sin posibilidad de fianza. Supongo que no verá ningún problema en ello.

Diana reprimió una sonrisa. El juez Albert, Dios le bendijera, se las había arreglado para aludir a los cargos de una forma u otra.

—Me parece correcto, Su Señoría.

El juez asintió con un gesto de cabeza.

—Bien, señor Houghton. Deberá usted seguir en prisión preventiva.

El proceso entero había durado menos de cinco minutos, por lo que el público no debía de estar muy satisfecho. Querían sangre, venganza. Diana vio que Peter Houghton daba un traspié entre los dos ayudantes del sheriff que le llevaban; luego se volvió hacia su abogado una última vez con una pregunta en los labios, que no llegó a proferir. La puerta se cerró tras él, y Diana tomó su maletín y salió de la sala, para encontrarse con las cámaras de televisión.

Se plantó delante de un ramillete de micrófonos.

—Peter Houghton ha sido acusado de diez cargos de asesinato en primer grado y de diecinueve cargos de intento de asesinato en primer grado, así como de otros cargos relacionados con la tragedia y que tienen que ver con la posesión ilegal de explosivos y armas de fuego. Las normas de la profesión judicial nos impiden hablar de las pruebas en estos momentos, pero la comunidad puede estar segura de que estamos llevando este caso con toda energía, de que hemos estado trabajando noche y día en colaboración con nuestros investigadores para garantizar la obtención de las pruebas necesarias, así como de su custodia y gestión adecuadas para que esta incalificable tragedia no quede sin respuesta.

Abrió la boca para continuar, pero se dio cuenta de que se oía otra voz, justo al otro lado del pasillo, y que los periodistas iban desertando de su conferencia de prensa improvisada para escuchar la de Jordan McAfee.

Éste tenía una actitud sobria y una expresión de arrepentimiento, con las manos en los bolsillos de los pantalones, mientras miraba fijamente hacia Diana.

—Me sumo al pesar general de la comunidad por las irreparables pérdidas sufridas, y representaré a mi cliente hasta el final. El señor Houghton es un muchacho de diecisiete años de edad, y está muy asustado. Les pido por favor que respeten en todo momento a su familia y que recuerden que este asunto debe dirimirse en los tribunales. —Jordan dudó unos segundos, con un gran sentido del espectáculo, y acto seguido dirigió la mirada a la multitud—. Les pido que recuerden que lo que se ve no siempre es lo que parece.

Diana sonrió satisfecha. Los periodistas, al igual que el resto del mundo que estuviese escuchando el medido discurso de Jordan, pensarían que al final de todas aquellas reservas tendría una verdad fabulosa para extraerse de la manga, algo que demostrara que su cliente no era un monstruo. Diana, sin embargo, sabía lo que significaba. Ella estaba más capacitada para traducir la jerga legal, porque la hablaba con fluidez. Cuando un abogado recurría a toda aquella retórica misteriosa, era porque no contaba con nada más con que defender a su cliente.

A mediodía, el gobernador de New Hampshire dio una rueda de prensa en la escalinata del edificio del Capitolio, en Concord. Llevaba en la solapa un lazo blanco y marrón, los colores del Instituto Sterling, cuya venta se había disparado, a un dólar el lazo, en las cajas registradoras de las gasolineras y en los mostradores de los Wal-Mart. La recaudación estaba destinada a dar apoyo a la Fundación de Víctimas de Sterling. Uno de sus hombres había conducido casi cincuenta kilómetros para hacerse con uno, porque el gobernador tenía planeado lanzarse al gran ruedo en las primarias del Partido Demócrata en 2008 y sabía que aquél era un momento ideal desde el punto de vista mediático para mostrar su compasión y establecer vínculos emocionales. Sí, no cabía duda de que sus sentimientos hacia los ciudadanos de Sterling eran sinceros, en especial hacia aquellos pobres padres de las víctimas, pero había también en él una parte de cálculo que le decía que un hombre capaz de conducir a todo un Estado y acompañarle en el incidente de ataque escolar más trágico de Norteamérica transmitiría una imagen de líder fuerte.

—Hoy todo el país está de duelo por New Hampshire —decía—. Hoy todos sentimos el mismo dolor que siente Sterling. Todos son hijos nuestros. —Tras una pausa alzó la mirada—. He estado en Sterling y he hablado con los investigadores, que están trabajando las veinticuatro horas del día para entender lo sucedido en el día de ayer. He estado con algunas de las familias de las víctimas, y en el hospital, con los sobrevivientes. Parte de nuestro pasado y parte de nuestro futuro ha desaparecido en esta tragedia —dijo el gobernador, mientras se volvía con mirada solemne hacia las cámaras—. Lo que todos necesitamos, en estos momentos, es centrarnos en el futuro.

Josie tardó menos de una mañana en aprender las palabras mágicas: cuando quería que su madre la dejara en paz, cuando se hartaba de que no le quitara ojo, lo único que tenía que hacer era decir que necesitaba dormir un poco. Entonces su madre se retiraba, completamente inconsciente de que, en el instante en que Josie la dejaba escapar, sus facciones se relajaban, y de que sólo entonces Josie podía reconocerla.

Ésta estaba en el piso de arriba, en su habitación, sentada en la oscuridad, con las persianas bajadas y las manos cruzadas en el regazo. Era pleno día, pero allí dentro no se notaba. La gente se ha inventado todo tipo de formas de hacer que las cosas parezcan diferentes de lo que son en realidad. Una habitación puede sumirse en una noche artificial. El Botox transforma los rostros de las personas en algo que no son. El TiVo te hace creer que eres capaz de congelar el tiempo, o al menos de reordenarlo a tu antojo. Una lectura del acta de acusación en el tribunal es como una tirita en una herida que lo que necesita es un torniquete.

A tientas en la oscuridad, Josie alargó el brazo por debajo del cabezal de la cama en busca de la bolsa de plástico que tenía allí escondida, con su stock de píldoras para dormir. No era mejor que el resto de personas estúpidas de este mundo, que creían que si fingían lo bastante, podían convertir en realidad su falsificación. Ella había creído que la muerte podía ser una respuesta, porque era demasiado inmadura para comprender que en realidad era la mayor pregunta.

Hasta el día anterior no sabía qué dibujos podía formar la sangre cuando salpicaba sobre una pared blanca. No sabía que la vida abandona primero los pulmones de la persona, y en último lugar los ojos. Se había imaginado el suicidio como una declaración final, un «a la mierda» dirigido a la gente que no había entendido lo difícil que era para ella ser la Josie que querían que fuera. Había creído vagamente que, si se quitaba la vida, sería capaz de ver la reacción de los demás; y que eso sería una forma de reír la última. Hasta ese momento, no lo había comprendido en realidad: los muertos estaban muertos. Cuando uno moría, no regresaba para ver lo que pasaba. Ya no se podía pedir perdón. No se tenía una segunda oportunidad.

La muerte no era algo que se pudiera controlar. En realidad, la muerte llevaba las de ganar.

Rasgó la bolsa de plástico y vació el contenido en la palma de su mano. Se metió cinco pastillas en la boca. Fue al lavatorio y dejó correr el agua. Bebió un buen trago, notando las píldoras nadar en la pecera formada por sus mejillas hinchadas.

«Traga», se dijo.

Pero en lugar de tragar, Josie se dejó caer delante del inodoro y escupió las pastillas. Tiró el resto, que todavía llevaba en el puño cerrado. Tiró de la cadena antes de darse tiempo a pensarlo mejor.

Su madre subió a oír el llanto, que se había filtrado a través de las paredes. En realidad, iba a formar parte de aquel hogar tanto o más que los ladrillos y la argamasa, aunque ninguna de las dos mujeres se había dado cuenta aún. La madre de Josie irrumpió en el dormitorio y se dejó caer junto a su hija en el cuarto de baño.

—¿Qué podría hacer yo, cariño? —le susurró, pasando las manos por los hombros y la espalda de Josie, como si la respuesta fuera un daño visible, en lugar de una cicatriz en el corazón.

Yvette Harvey estaba sentada en un sofá, con la foto de graduación de octavo grado de su hija en la mano, tomada dos años, seis meses y cuatro días antes de que ésta muriese. A Kaitlyn le había crecido el pelo desde entonces, pero aún se reconocía la misma sonrisa de medio lado, y la cara achatada característica de las personas con síndrome de Down.

¿Qué habría pasado si no hubiera optado por integrar a Kaitlyn en la enseñanza media, si la hubiese matriculado en una escuela para discapacitados? ¿Eran esos chicos menos agresivos, menos susceptibles de haber albergado a un asesino?

La productora del programa televisivo «El show de Oprah Winfrey» le había devuelto el montón de fotografías que Yvette le había facilitado. Hasta aquel día, no había sabido que existían diferentes niveles de tragedia; que aunque te llamaran del show de Oprah para pedirte que contaras tu triste historia, querrían asegurarse de que ésta era lo bastante triste antes de dejarte hablar ante las cámaras. Yvette no tenía previsto exponer su dolor en la televisión, de hecho, su marido estaba tan en contra que se había negado a acercarse allí cuando la productora los había llamado; pero ahora estaba decidida a hacerlo. Había escuchado las noticias. Y ahora tenía algo que decir.

—Kaitlyn tenía una sonrisa muy bonita —dijo la productora con dulzura.

—Sí, es muy alegre —repuso Yvette, que en seguida sacudió la cabeza—. Era.

—¿Ella conocía a Peter Houghton?

—No. No eran del mismo curso. No podían haber coincidido en ninguna clase. Las de Kaitlyn se impartían en el centro de aprendizaje. —Apretó con el pulgar el borde del marco de plata del retrato hasta que le dolió—. Toda esa gente que ahora dice que Peter Houghton no tenía amigos, que todos se burlaban de él... No es cierto —dijo—. Mi hija no tenía amigos. De mi hija sí se rieron todos cada uno de los días de su vida. Mi hija sí se sentía marginada, porque lo estaba. Peter Houghton no era ningún inadaptado, como se lo quiere presentar ahora. Peter Houghton era malo, y nada más.

Yvette bajó los ojos y se quedó mirando el cristal que recubría el retrato de Kaitlyn.

—La psicóloga de la policía que me atendió me dijo que Kaitlyn fue la primera en morir. Quería que supiera que Kaitie no sabía lo que estaba pasando... que no sufrió.

—Eso debe de haberle proporcionado un cierto consuelo —le dijo la productora.

—Sí, al principio sí. Hasta que los padres hablamos entre nosotros y nos dimos cuenta de que la psicóloga nos había dicho lo mismo a todos los que habíamos perdido un hijo. —Yvette alzó la vista con lágrimas en los ojos—. No es posible que todos fueran el primero.

Durante los días que siguieron a la matanza en el instituto, las familias de las víctimas recibieron una lluvia de cosas: dinero, platos cocinados, asistencia para el cuidado de los hijos, simpatía. El padre de Kaitlyn Harvey, al despertar una mañana después de la última y ligera nevada de la primavera, descubrió que algún buen samaritano había limpiado con una pala la nieve del camino de entrada. La familia de Courtney Ignatio fueron los beneficiarios de su iglesia local, cuyos miembros se pusieron de acuerdo para aportar comida o servicios de limpieza para cada uno de los días de la semana, siguiendo un turno rotatorio que iba a durar hasta junio. La madre de John Eberhard fue obsequiada con una furgoneta adaptada para discapacitados, cortesía de Sterling Ford, para facilitarle las cosas a su hijo en su nuevo estado parapléjico. Todos los heridos del Instituto Sterling recibieron una carta del presidente de Estados Unidos, con el pulcro membrete de la Casa Blanca, felicitándoles por su valor.

Los medios de comunicación, recibidos en un principio como un tsunami, acabaron convirtiéndose en un elemento cotidiano en las calles de Sterling. Después de varios días viendo cómo sus botas negras de tacón alto se hundían en el blando barro de un mes de marzo de Nueva Inglaterra, hicieron una visita a una tienda de equipos para granjeros y se compraron zuecos y botas de goma. En el mostrador de la hospedería Sterling Inn dejaron de preguntar por qué no funcionaban sus teléfonos móviles y, en lugar de ello, se reunían en el estacionamiento de la estación de servicio Mobil, el punto más elevado de la ciudad, donde tenían una mínima cobertura. Deambulaban enfrente de la comisaría de policía, de los juzgados y de la cafetería local, a la espera de alguna migaja de información que enviar a los teletipos.

En Sterling, cada día había un funeral diferente.

El servicio religioso en memoria de Matthew Royston tuvo lugar en una iglesia que se quedó pequeña para albergar a cuantos quisieron acompañar a la familia. Compañeros de clase, parientes y amigos atestaban la nave, sentados en los bancos, de pie en los laterales, fuera de las puertas. Una representación de alumnos del Instituto Sterling habían acudido vestidos con sendas camisetas verdes con el número 19 en el pecho, el mismo que luciera la camiseta de hockey de Matt.

Josie y su madre estaban sentadas en el fondo, pero a pesar de ello, Josie no podía sustraerse al sentimiento de que todo el mundo la miraba. No estaba segura si ello se debía a que todos sabían que había sido la novia de Matt, o a que intentaban ver qué sentía.

—Bienaventurados los que lloran —leía el sacerdote—, porque serán consolados.

Josie se estremeció. ¿Estaba ella llorando en su interior? ¿Llorar era notar un agujero por dentro que se hacía más grande cada vez que querías taparlo? ¿O acaso era incapaz de llorar, porque era incapaz de recordar?

Su madre se inclinó sobre ella.

—Podemos marcharnos si quieres. No tienes más que decirlo.

Josie no tenía ni idea de quién era ella misma, pero allí, en el funeral, le pareció que, además, no tenía ni idea de quién era nadie. Gente que la había ignorado durante toda la vida ahora la conocían por el nombre. Todos parecían enternecerse cuando la miraban. Y su madre le parecía la más extraña de todos, como una de esas adictas a los grupos de terapia que ha pasado por una experiencia próxima a la muerte y después ama a todo el mundo y se abraza a los árboles. Josie pensaba que tendría que discutir con su madre para que la dejara asistir al funeral de Matt, pero para su sorpresa, había sido ella quien se lo había propuesto. El estúpido psiquiatra al que Josie tenía que ir entonces, y probablemente durante el resto de su vida, no dejaba de hablar acerca de cerrar. Por lo visto, cerrar significaba que una pérdida podía calificarse de normal si la superabas, como cuando pierdes un partido de fútbol, o una camiseta. Cerrar también significaba que su madre se había transformado en una loca máquina de emotividad ultracompensadora que no paraba de preguntarle si necesitaba algo (¿cuántas tazas de infusión podía beber una persona sin licuarse?) y de intentar comportarse como una madre corriente, o al menos como lo que ella imaginaba que debía de ser una madre corriente. «Si de verdad quieres que me sienta mejor —le daban ganas de decir a Josie—, vuelve al trabajo». Entonces podrían fingir que todo iba como siempre. Después de todo, para empezar, era su madre la que la había enseñado a fingir.

En la parte delantera de la iglesia había un ataúd. Josie sabía que no estaba abierto. Habían circulado rumores. Era difícil de imaginar que Matt estuviera dentro de aquella caja negra barnizada. Que no respirara, que sus venas se hubieran quedado sin una gota de sangre y las hubieran rellenado con productos químicos.

—Amigos, mientras nos hallamos aquí reunidos para honrar la memoria de Matthew Carlton Royston, nos encontramos bajo el cobijo protector del amor sanador de Dios —decía el sacerdote—. Somos libres para dar rienda suelta a nuestro dolor, liberar nuestra rabia, enfrentarnos a nuestro vacío, sabiendo que a Dios le importa.

El año anterior, en historia universal antigua, habían estudiado el modo que tenían los egipcios de embalsamar a los muertos. Matt, que sólo estudiaba cuando Josie le obligaba, se había mostrado verdaderamente fascinado. Le había impresionado en particular la técnica de extraer el cerebro succionándolo por la nariz; las posesiones que acompañaban al faraón en su tumba; las mascotas que se enterraban con él. Josie había leído el capítulo del libro de texto en voz alta, con la cabeza apoyada en el regazo de Matt. Él la había interrumpido poniéndole la mano en la frente.

—Cuando yo me muera —le dijo—, pienso llevarte conmigo.

El sacerdote paseó la mirada por la multitud.

—La muerte de un ser querido es algo capaz de sacudir los fundamentos mismos sobre los que nos apoyamos. Cuando la persona es tan joven y tan llena de capacidades y proyectos, los sentimientos de dolor y desamparo son aún más abrumadores si cabe. En momentos así es cuando nos volvemos hacia nuestros amigos y familiares en busca de apoyo, de un hombro sobre el que llorar, de alguien que nos acompañe en este camino de dolor y de angustia. No podemos hacer que Matt vuelva, pero sí podemos sentirnos más confortados si sabemos que él ha encontrado en la muerte la paz que se le negó en la tierra.

Matt no iba a misa. Sus padres sí, e intentaban que él fuera, pero Josie sabía que era algo que él aborrecía. Opinaba que era una forma de perder el domingo, y que si Dios creía que valía la pena estar con él, podía encontrarlo conduciendo su jeep sin capota o jugando a hockey sobre hielo, y no sentado en una sala sofocante y leyendo sensiblerías.

El sacerdote se hizo a un lado, y el padre de Matt se puso en pie. Josie lo conocía, naturalmente, siempre contaba unos chistes de pena, hacía juegos de palabras sin ninguna gracia. Había sido jugador de hockey con el equipo de la Universidad de Vermont hasta que se destrozó la rodilla, y había puesto grandes esperanzas en Matt. De la noche a la mañana se había vuelto un hombre cargado de espaldas y hosco, como si se hubiera convertido sólo en una cáscara. Al dirigirse a la congregación, habló de la primera vez que había llevado a Matt a patinar; le había dado un palo de hockey, tirando él de la punta del mismo y arrastrando al chico sobre el hielo, para advertir al cabo de poco que ya patinaba sin agarrarse del palo. En la primera fila, la madre de Matt se echó a llorar. Los sollozos, fuertes y ruidosos, se derramaban por las paredes de la iglesia como pintura.

Antes de darse cuenta de lo que hacía, Josie se puso de pie.

—¡Josie! —le susurró su madre, con irritación; una reacción instintiva propia de la madre que solía ser antes, siempre temerosa de ponerse en evidencia. Josie temblaba con tal fuerza que le parecía que sus pies no tocaban el suelo, mientras se dirigía por el pasillo, vestida de negro con ropa de su madre, en dirección al ataúd de Matt, como atraída por su magnetismo.

Sentía los ojos del padre de Matt clavados en ella, al tiempo que oía los murmullos de los asistentes. Llegó hasta el féretro, tan pulido y brillante que pudo ver su propio rostro reflejado en él, una impostora.

—Josie —dijo el señor Royston, bajando del altar para abrazarla—. ¿Estás bien?

Josie tenía la garganta apretada como el capullo de una rosa. ¿Cómo podía aquel hombre, cuyo hijo estaba muerto, preguntarle eso a ella? Se sentía como si se evaporara en el aire, y se preguntó si era posible volverse uno un fantasma sin haber muerto; y si esa parte del proceso no sería más que un tecnicismo.

—¿Querías decir algo? —la invitó el señor Royston—. ¿Algo sobre Matt?

Antes de darse cuenta siquiera de lo que sucedía, el padre de Matt la ayudó a subir al altar. Era levemente consciente de la presencia de su madre, que se había levantado de su lugar en el banco y avanzaba poco a poco hacia el frente de la iglesia. ¿Para qué? ¿Para evitar que cometiera otro error?

Josie tenía la mirada fija en un paisaje de rostros que reconocía sin conocerlos. «Cuánto le quería —pensaban todos—. Estaba con él cuando murió». Su respiración estaba aprisionada como una mariposa nocturna en la jaula de sus pulmones.

Pero ¿qué iba a decir ella ahora? ¿La verdad?

Josie sintió que se le retorcían los labios y que se le arrugaba la cara. Se echó a llorar tan fuerte que notó cómo vibraban las tablas de madera de la tarima de la iglesia; tanto, que estaba segura de que hasta Matt podía oírla desde el interior de aquel ataúd sellado.

—Lo siento —dijo con voz ahogada, dirigiéndose a él, al señor Royston, a cualquiera que quisiera escucharla—. Oh, Dios mío, cuánto lo siento.

No se dio cuenta de que su madre había subido los escalones del altar, le había pasado un brazo alrededor de los hombros y se la llevaba hacia la parte de atrás, hasta una pequeña antesala utilizada por el organista. No protestó cuando su madre le ofreció un Kleenex y le pasó la mano por la espalda. Ni siquiera le importó que su madre le colocara el pelo por detrás de las orejas, como hacía cuando Josie era pequeña, aunque apenas recordaba el gesto.

—Todos deben de pensar que soy una idiota —dijo Josie.

—Nada de eso. Lo que creen es que lloras la pérdida de Matt. —Su madre dudó unos segundos—. Sé que crees que tú tuviste la culpa.

El corazón de Josie latía con tal fuerza que movía la fina tela de gasa del vestido.

—Tesoro —le dijo su madre—, tú no podías salvarle.

Josie agarró otro pañuelo de papel, y fingió que su madre lo había entendido.

El régimen penitenciario de máxima seguridad suponía que Peter no tenía compañero de celda. Tampoco un tiempo de recreo porque no podía salir al patio. Le llevaban la comida a la celda tres veces al día. Sus lecturas pasaban la censura de los funcionarios. Y, dado que el personal de la prisión seguía considerándolo un potencial suicida, en el espacio de su celda había solamente un inodoro y un banco: ni sábanas, ni colchón, nada que pudiera servir para confeccionar algo con lo que liberarse de este mundo.

En la pared que ocupaba el fondo de su celda había cuatrocientos quince ladrillos; los había contado. Dos veces. Después había pasado el rato mirando fijamente a la cámara que lo vigilaba. Peter se preguntaba quién habría al otro lado de aquella cámara. Se imaginó un montón de guardianes arremolinados en torno a un miserable monitor de televisión, dándose codazos y desmontándose de risa cada vez que Peter tenía que ir al retrete. En otras palabras, una vez más, un grupo de gente que se reía a su costa.

La cámara tenía una luz roja, el indicador de encendido, y un simple objetivo que rielaba como el arco iris. El objetivo estaba ceñido por una circunferencia de plástico que parecía su párpado. A Peter le asaltó el pensamiento de que, aunque él no fuera un suicida, unas semanas más en aquellas condiciones y lo sería.

En la cárcel no llegaba a hacerse nunca la completa oscuridad, tan sólo una penumbra. Tampoco le importaba mucho, de todos modos, poca cosa había que hacer salvo dormir. Peter se tumbaba en el banco, preguntándose si la capacidad auditiva se perdería al no usarla; si la facultad de hablar seguiría su mismo camino. Recordaba haber estudiado en clase de ciencias sociales que en el antiguo Oeste, cuando encerraban en la cárcel a los nativos americanos, a veces caían fulminados, muertos. Como explicación se había impuesto la teoría de que una persona tan acostumbrada a la libertad de los espacios al aire libre no podía soportar el confinamiento. Pero Peter tenía otra. Cuando la única compañía que tenías eras tú mismo, y no querías entablar relaciones sociales, sólo había una forma de salir de allí.

Acababa de pasar por delante de la celda uno de los guardianes que realizaba la ronda de seguridad, consistente en darse una vuelta por las celdas pisando fuerte con sus pesadas botas, cuando Peter oyó:

—Sé lo que hiciste.

«Mierda —pensó—. Ya he empezado a volverme loco».

Y luego:

—Todo el mundo lo sabe.

Peter bajó los pies hasta tocar el suelo de cemento, se sentó y miró a la cámara, pero ésta no le reveló secreto alguno.

La voz sonaba como el viento que pasa rozando la nieve: un susurro lúgubre.

—A tu derecha —dijo, y Peter se puso lentamente en pie y se acercó a un rincón de la celda.

—¿Quién... quién está ahí? —preguntó.

—Maldición, ya era hora. Creí que nunca ibas a dejar de gimotear.

Peter intentó mirar por entre los barrotes, pero no pudo ver nada.

—¿Me has oído llorar?

—Puto bebé —dijo la voz—. A ver si creces de una puta vez.

—¿Quién eres?

—Puedes llamarme Carnívoro, como todos.

Peter tragó saliva.

—¿Por qué estás aquí?

—Por nada de lo que ellos dicen —replicó Carnívoro—. ¿Cuánto tiempo?

—¿Cuánto tiempo qué?

—¿Cuánto tiempo te falta para el juicio?

Peter no lo sabía. Era la pregunta que había olvidado hacerle a Jordan McAfee, seguramente porque tenía miedo de oír la respuesta.

—El mío es la semana que viene —dijo Carnívoro, sin darle tiempo a Peter a contestar.

La puerta metálica de la celda le parecía de hielo al contacto de la sien.

—¿Cuánto llevas aquí? —preguntó Peter.

—Diez meses —repuso Carnívoro.

Peter se imaginó sentado allí, en aquella celda, diez meses seguidos. Pensó en todas las veces que había contado aquellos estúpidos ladrillos, en todas las veces que los guardias, a través de su pequeño aparato de televisión, lo verían orinar.

—Tú has matado a niños, ¿verdad? ¿Sabes lo que les pasa en la cárcel a los tipos que han matado a niños?

Peter no respondió. Él era más o menos de la misma edad que todos los demás alumnos del Instituto Sterling. No se había puesto a disparar en una guardería. Y no le habían faltado sus razones.

No quiso seguir hablando sobre aquel tema.

—¿Cómo es que no estás fuera bajo fianza?

Carnívoro se mofó:

—Porque dicen que violé a no sé qué camarera, y que luego la apuñalé.

171

¿Todos los que estaban en aquella prisión se considerarían inocentes? Peter se había pasado todo el tiempo que había estado tumbado en el banco convenciéndose de que él era totalmente diferente a todos los demás presos que pudiera haber en la prisión del condado de Grafton... y ahora resultaba que era mentira.

¿Lo mismo le habría parecido a Jordan?

—¿Sigues ahí? —preguntó Carnívoro.

Peter volvió a tumbarse en el banco sin decir nada más. Volvió la cara hacia la pared, e hizo como que no oía nada mientras el tipo de la celda de al lado intentaba una y otra vez reanudar la comunicación.

Lo que más sorprendió a Patrick era lo joven que parecía la jueza Cormier cuando no estaba en el estrado. Abrió la puerta en vaqueros, con el pelo recogido en forma de coleta y secándose las manos en un paño de cocina. Josie apareció tras ella con el mismo rostro inexpresivo y la mirada fija que había visto en todas las demás víctimas a las que había entrevistado. Josie era una pieza vital del rompecabezas, la única testigo que había visto a Peter matar a Matthew Royston. Pero a diferencia de todas aquellas otras víctimas, Josie tenía una madre que conocía todos los entresijos del sistema judicial.

—Jueza Cormier —dijo Patrick—. Josie. Gracias por permitirme venir a su casa.

La jueza le miró a los ojos.

—Pierde el tiempo. Josie no recuerda nada.

—Con el debido respeto, señora jueza, mi trabajo es pedirle a Josie que me lo diga ella misma.

Se preparó para una discusión, pero ella retrocedió invitándole a entrar. Los ojos de Patrick recorrieron el vestíbulo de arriba abajo: la mesa de anticuario con una planta cuyas largas hojas caían sobre la superficie, los paisajes de buen gusto colgados de las paredes. De modo que así era como vivía un juez. Su casa, en cambio, era un sitio de paso, un refugio en el que se amontonaba ropa sucia, periódicos viejos y comida con fecha de caducidad más que cumplida, donde ponía los pies apenas unas horas entre turno y turno en la oficina.

Se volvió hacia Josie.

—¿Cómo va la cabeza?

—Aún me duele —dijo ella en voz tan baja que Patrick tuvo que esforzarse para oírla.

Se volvió de nuevo hacia la jueza.

—¿Hay algún sitio donde podamos hablar con calma unos minutos?

Los acompañó a la cocina, que era justo el tipo de cocina en la que Patrick pensaba a veces, cuando imaginaba dónde debería estar a aquellas alturas. Los armarios eran de madera de cerezo y por la ventana en saledizo la luz del sol entraba a raudales; encima del mármol había una fuente con bananas. Se sentó delante de Josie pensando que la jueza se sentaría en una silla al lado de su hija, pero para su sorpresa se quedó de pie.

—Si me necesita —dijo—, estoy en el piso de arriba.

Josie la miró con aflicción.

—¿Por qué no te quedas?

Por un momento, Patrick vio brillar algo en los ojos de la jueza. ¿Pena? ¿Remordimiento? Pero se desvaneció antes de que pudiera definirlo.

—No puedo, ya lo sabes —dijo con dulzura.

Patrick no tenía hijos, pero estaba más que seguro de que si una hija suya hubiera estado tan cerca de la muerte, le habría costado mucho dejarla sola. No sabía a ciencia cierta cómo era la relación entre la madre y la hija, y se cuidaría mucho de entrometerse entre ellas.

—Estoy segura de que el detective Ducharme no te hará pasar un mal rato —dijo la jueza.

Aquello sonó en parte a deseo, en parte a advertencia. Patrick le hizo un gesto afirmativo con la cabeza. Un buen policía estaba dispuesto a hacer lo que fuera con tal de proteger y servir, pero cuando era alguien al que se conocía el que sufría el robo, las amenazas o las heridas, lo que estaba en juego era otra cosa. Se hacían algunas llamadas telefónicas extra, se trastocaban las responsabilidades de modo que una de ellas tuviera la prioridad. Esta experiencia la había vivido hacía unos años de forma mucho más intensa con su amiga Nina y el hijo de ésta. No conocía a Josie Cormier personalmente, pero su madre estaba en el bando de quienes aplicaban la ley, en lo más alto por cierto, y por eso mismo su hija requería un tratamiento de lo más delicado.

Vio a Alex subir al piso de arriba, y sacó un bloc y un lápiz del bolsillo del abrigo.

—Bueno —dijo—. ¿Cómo estás?

—Mire, no hace falta que finja que le importa.

—No estoy fingiendo —contestó Patrick.

—Ni siquiera entiendo por qué ha venido. No creo que nada de lo que pueda decirle nadie sirva para que esos chicos estén menos muertos.

—Eso es verdad —convino Patrick—, pero para poder juzgar a Peter Houghton, antes tenemos que saber qué es lo que pasó exactamente. Y, por desgracia, yo no estaba allí.

—¿Por desgracia?

El policía bajó la mirada a la mesa.

—A veces pienso que es más fácil formar parte de los heridos que de los que no han podido hacer nada por evitarlo.

—Yo sí estaba allí —dijo Josie, con un estremecimiento—. Y no pude evitar nada.

—Eh —dijo Patrick—, pero tú no tuviste la culpa.

Ella levantó la vista hacia él, como si deseara desesperadamente poder creer lo que le decía, pero Patrick sabía que estaba equivocado. ¿Y quién era él para decirle lo contrario? Cada vez que éste repasaba mentalmente su precipitada llegada al Instituto Sterling, trataba de imaginar qué habría pasado si hubiera estado allí cuando llegó el asaltante. Si hubiera podido desarmar al joven antes de que nadie resultara lastimado.

—No recuerdo nada de los disparos —dijo Josie.

—¿Recuerdas que estabas en el gimnasio?

Josie negó con la cabeza.

—¿Y cuando corrías hacia allí con Matt?

—No. Para empezar, no recuerdo ni siquiera cuando me levanté y fui al instituto ese día. Es como si tuviera un agujero en la cabeza.

Patrick sabía, por haber hablado con los psiquiatras que habían atendido a las víctimas, que eso era perfectamente normal. La amnesia era una forma que tenía la mente de protegerse para no tener que revivir algo que podía destrozarlo a uno. En cierto modo, hubiera deseado ser tan afortunado como Josie, hacer que lo que había visto se desvaneciera.

—¿Qué puedes contarme acerca de Peter Houghton? ¿Le conocías?

—Todo el mundo sabía quién era.

—¿Qué quieres decir?

Josie se encogió de hombros.

—Destacaba.

—¿Porque era diferente de los demás?

Josie reflexionó unos instantes.

—Porque no intentaba encajar.

—¿Matthew Royston y tú salían juntos?

Los ojos de Josie se llenaron de inmediato de lágrimas.

—A él le gustaba que le llamaran Matt.

Patrick tomó un pañuelo de papel y se lo pasó a Josie.

—Siento mucho lo que le pasó, Josie.

Ella agachó la cabeza.

—Yo también.

Esperó a que la muchacha se secara los ojos y se sonara.

—¿Tienes idea de por qué Peter podía sentir antipatía hacia Matt?

—La gente se reía de él —dijo Josie—. No era sólo Matt.

«¿Y tú?», pensó Patrick. Había visto el anuario que se habían llevado tras el registro de la habitación de Peter, los círculos trazados en torno a algunos chicos que luego habían resultado ser víctimas, y otros que no. Podía haber muchas razones para ello, desde el hecho de que Peter no hubiese tenido tiempo para más, hasta la constatación de que dar caza a treinta personas en un instituto de mil alumnos era más difícil de lo que él mismo había imaginado. Pero de todos los objetivos que Peter había señalado en el anuario, sólo la foto de Josie estaba tachada, como si hubiera cambiado de opinión. Su rostro era el único bajo el cual había escrito algo, en letras mayúsculas: DEJAR QUE VIVA.

—¿Lo conocías personalmente? ¿Coincidías con él en alguna clase o algo?

Ella alzó la vista.

—Había trabajado con él.

—¿Dónde?

—En la copistería del centro.

—¿Se llevaban bien?

—A veces sí —dijo Josie—. No siempre.

—¿Por qué no?

—Una vez encendió fuego dentro de la tienda, y yo me enojé. Perdió el empleo por culpa de eso.

Patrick hizo una anotación en la libreta. ¿Por qué Peter había decidido perdonarle la vida, cuando tenía motivos para guardarle rencor?

—Antes de que sucediera eso —preguntó Patrick—, ¿dirías que eran amigos?

Josie dobló el pañuelo de papel que había utilizado para secarse las lágrimas en forma de triángulo, y luego en otro más pequeño, y en otro más pequeño aún.

—No —dijo—. No éramos amigos.

La mujer que estaba junto a Lacy llevaba una camisa de franela a cuadros, apestaba a tabaco y le faltaba la mayor parte de los dientes. Lanzó una mirada a la falda y la blusa de Lacy.

—¿Primera vez que está aquí? —le preguntó.

Lacy asintió con un gesto. Esperaban en una sala alargada, sentadas en dos sillas contiguas de una fila de ellas. Ante los pies tenían una línea roja divisoria, tras la cual había otra fila de sillas encaradas a las suyas. Reclusos y visitantes se sentaban uno enfrente de otro, como ante un espejo, y hablaban en plan taquigráfico. La mujer sentada junto a Lacy le sonrió.

—Se acostumbrará —le dijo.

Cada dos semanas, los padres de Peter, uno de ellos por vez, disponían de una hora para visitar a su hijo. Lacy llevaba una cesta llena de bollos y tartas hechos en casa, revistas, libros... todo cuanto había pensado que podía servirle de algo a Peter. Pero el funcionario penitenciario que le había hecho firmar en el libro de registro de las visitas le había confiscado todo lo que llevaba. No podía darle cosas cocinadas. Ni tampoco material de lectura; no hasta que lo hubiera examinado el personal de la cárcel.

Un tipo con la cabeza rapada y los brazos recubiertos de tatuajes en toda su extensión se dirigió hacia la mujer del lado de Lacy. Se estremeció. ¿Era una esvástica lo que llevaba grabado en la frente?

—Hola, mamá —masculló el hombre, y Lacy pudo comprobar cómo los ojos de la mujer que tenía a su lado penetraban más allá de los tatuajes, la cabeza rapada y el traje naranja y veían al niño pequeño que atrapaba renacuajos en una charca detrás de su casa. «Todo el mundo —pensó Lacy— es hijo de alguien».

Apartó la mirada de aquel encuentro y vio que conducían a Peter hacia ella. Durante un instante se le encogió el corazón. El chico estaba extremadamente delgado, y sus ojos tras los lentes parecían vacíos. Pero arrinconó sus sentimientos y le ofreció una espléndida sonrisa. Haría como si no le importara lo más mínimo ver a su hijo ataviado con el atuendo penitenciario; como si no hubiera tenido que quedarse un rato sentada en el coche para luchar contra un ataque de pánico después de llegar al estacionamiento de la prisión; como si fuera lo más normal del mundo estar rodeada de traficantes de droga y de violadores mientras le preguntaba a su hijo si le daban bastante de comer.

—Peter —dijo, estrechándolo entre sus brazos.

A él le costó unos segundos, pero acabó devolviéndole el abrazo. Ella hundió el rostro en su cuello, como solía hacer cuando era un bebé y le entraban ganas de comérselo. Pero aquél no era el olor de su hijo. Por un momento, alimentó el sueño imposible de que todo aquello fuera un error, «¡Peter no está en la cárcel! ¡Éste es el desgraciado hijo de otra!», pero entonces se dio cuenta de cuál era la diferencia. El champú y el desodorante que le proporcionaban allí no eran los mismos que los que utilizaba en casa. Aquel Peter tenía un olor más fuerte, más basto.

De pronto, notó una palmada en el hombro.

—Señora —dijo el vigilante—, será mejor que lo suelte ya.

«Si fuese así de sencillo», pensó Lacy.

Se sentaron uno a cada lado de la línea roja.

—¿Estás bien? —le preguntó.

—Aún sigo aquí.

El modo en que lo dijo, como si hubiera esperado que para entonces hubiera tenido que ser totalmente diferente, hizo que Lacy se estremeciera. Le pareció como si no estuviera refiriéndose a salir bajo fianza, y la alternativa, la idea de que Peter pudiera suicidarse, era algo que no le cabía en la cabeza. Notó que se le hacía un nudo en la garganta, y de pronto se vio haciendo precisamente aquello que se había prometido a sí misma que no haría: se echó a llorar.

—Peter —dijo en un susurro—. ¿Por qué?

—¿Estuvo la policía en casa? —preguntó Peter.

Lacy asintió con un gesto. Parecía como si eso hubiera sucedido hacía mucho tiempo.

—¿Entraron en mi habitación?

—Traían una orden de registro...

—¿Se llevaron mis cosas? —exclamó Peter; la primera emoción que veía en él—. ¿Les dejaste que se llevaran mis cosas?

—¿Qué querías hacer con todo aquello? —musitó—. Con aquellas bombas. Aquellas armas...

—Tú no lo entenderías.

—Pues explícamelo, Peter —dijo con voz quebrada—. Explícamelo.

—No he podido hacer que lo entendieras en diecisiete años, mamá. ¿Por qué iba a ser diferente ahora? —Se le torció el gesto—. No sé ni siquiera por qué te has molestado en venir.

—Para verte...

—Pues mírame —gritó Peter—. ¿Por qué no me miras de una puta vez?

El chico se llevó las manos a la cara, mientras los estrechos hombros se le arqueaban al sonido de un sollozo.

Así que todo se reducía a eso, pensó Lacy: veías al extraño que tenías delante y decidías, categóricamente, que aquél ya no era tu hijo. O bien procurabas encontrar los restos de tu hijo que todavía pudieran quedar en aquel en que se había convertido.

¿Había posibilidad de elección, realmente, si eras una madre?

La gente podía decir que los monstruos no nacían, sino que se hacían. La gente podía criticarle sus dotes de madre, señalar con el dedo algunos momentos en los que Lacy le había fallado a Peter siendo demasiado laxa o demasiado estricta, por exceso o por defecto. La ciudad de Sterling podía analizar hasta el mínimo detalle lo que ella había hecho con su hijo, pero ¿y lo que había hecho por él? Era muy fácil sentirse orgulloso del chico que le salía a uno bien. Que sacaba sobresalientes y era bueno jugando a baloncesto. Un chico al que todo el mundo quería sin esfuerzo. Pero cuando la naturaleza del afecto se ponía a prueba era cuando se era capaz de encontrar algo que amar en un chico al que todos odiaban. ¿Y si las cosas que ella había hecho o dejado de hacer con respecto a Peter eran un criterio de medida erróneo? ¿No era como ponerle una prueba a su maternidad y ver cómo se comportaba ella a partir de aquel espantoso momento?

Se inclinó por encima de la línea roja hasta que pudo abrazar a Peter. No le importaba si estaba permitido o no. Que vinieran los guardias a separarla, pero mientras tanto, Lacy no tenía la menor intención de soltar a su hijo.

En el vídeo captado por la cámara de vigilancia del comedor del instituto, se veía a los alumnos llevando bandejas, haciendo los deberes y charlando, y a Peter que entraba en la gran sala con una pistola en la mano. Se producía una sucesión de disparos y un gran griterío. Saltaba una alarma antiincendios. Cuando todo el mundo empezaba a correr, él volvía a disparar, y esta vez caían abatidas dos chicas. En su afán por escapar, otros alumnos pasaban por encima de ellas.

Cuando los únicos que quedaban en el comedor eran Peter y las víctimas, él se paseaba por entre las mesas, supervisando su obra. Pasaba de largo junto a uno de los chicos a los que acababa de disparar y que yacía en medio de un charco de sangre encima de un libro, pero en cambio se entretenía en recoger un iPod que alguien se había dejado encima de una mesa y se ponía los auriculares en las orejas, para, acto seguido, apagarlo y volver a dejarlo donde estaba. Pasaba la página de un cuaderno abierto y luego se sentaba delante de una bandeja intacta y depositaba la pistola en ella. Abría una caja de cereales y vertía el contenido en un tazón de plástico. Añadía leche de un envase abierto y se comía el tazón entero antes de levantarse otra vez, volver a empuñar la pistola y salir del comedor.

Era la cosa más escalofriante y premeditada que Patrick había visto en su vida.

Miró el plato con la cena que se había preparado, y se dio cuenta de que había perdido el apetito. Dejándolo a un lado, encima de un montón de periódicos viejos, rebobinó el vídeo y se obligó a verlo una vez más.

Cuando sonó el teléfono, descolgó, distraído por la visión de Peter en la pantalla de su televisor.

—¡Sí!

—Bueno, saludos para ti también —dijo Nina Frost.

Se ablandó nada más oír su voz. Cuesta desprenderse de los hábitos adquiridos.

—Perdona. Es que estaba ocupado.

—Ya me imagino. No se habla de otra cosa. ¿Cómo lo llevas?

—Bueno, ya sabes, como siempre —dijo, cuando lo que en realidad habría querido decir era que no podía dormir por las noches, que veía las caras de las víctimas cada vez que cerraba los ojos, que tenía en la punta de la lengua montones de preguntas que estaba seguro de que había olvidado formular.

—Patrick —dijo ella, porque era su mejor amiga y porque era la persona que mejor conocía, incluido él mismo—, no te culpes.

Él agachó la cabeza.

—Ha pasado en mi ciudad, ¿cómo quieres que no lo haga?

—Si tuvieras videoteléfono, podría saber si llevas un cilicio, o la capa y las botas —dijo Nina.

—No tiene gracia.

—No, no la tiene —convino ella—. Pero al menos sabes que el juicio será pan comido. ¿Cuántos testigos tienes? ¿Mil?

—Más o menos.

Nina se quedó callada. A una mujer que vivía con el remordimiento como compañero inseparable, Patrick no necesitaba explicarle que no bastaba con condenar a Peter Houghton. Patrick sólo se quedaría satisfecho si llegaba a entender por qué Peter había hecho aquello.

Para poder evitar que volviera a pasar.

De un informe del FBI, redactado por agentes especiales encargados de estudiar casos de tiroteos en centros escolares en todo el mundo:

Hemos apreciado semejanzas en la dinámica familiar de los asaltantes a escuelas con armas de fuego. Es frecuente que el agresor mantenga una relación turbulenta con sus padres, o que tenga unos padres que acepten su conducta patológica. En el seno de la familia hay una carencia de confianza. El transgresor no ha tenido límites en el uso de la televisión o de la computadora, y a veces ha tenido acceso a armas.

En cuanto al entorno escolar, encontramos, por parte de quien acabará cometiendo un asalto con disparos, una tendencia a distanciarse del proceso de aprendizaje. El propio centro escolar puede haber mostrado asimismo tendencia a aceptar conductas irrespetuosas, lo mismo que falta de equidad en la aplicación de la disciplina y una cultura muy rígida; algunos alumnos gozan de un gran prestigio, tanto por parte de los profesores como del personal.

Es muy posible que este tipo de agresores tengan acceso fácil a películas violentas, así como a programas de televisión y videojuegos del mismo género; al consumo de drogas y de alcohol; que frecuenten un grupo de personas afines, al margen del centro escolar, que dé apoyo a su comportamiento.

Cabe añadir que, con anterioridad a la perpetración del acto violento, suele haber filtraciones, indicios o pistas de que algo se avecina. Estos indicios pueden darse en forma de poemas, escritos, dibujos, mensajes vía Internet, o amenazas tanto en su presencia o como en su ausencia.

A pesar de los rasgos comunes aquí descritos, prevenimos del empleo de este informe para la confección de listas de control con la finalidad de predecir futuros casos similares. En manos de los medios de comunicación, eso podría dar como resultado calificar de peligrosos a muchos alumnos no violentos. De hecho, hay un gran número de adolescentes que jamás cometerán acto violento alguno y que en cambio muestran algunas de las características de la lista.

Lewis Houghton era un animal de costumbres. Todas las mañanas se despertaba a las cinco y treinta y cinco y bajaba al sótano a correr unos minutos en la cinta rodante. Se duchaba y desayunaba un tazón de cereales mientras repasaba los titulares del periódico. Llevaba siempre el mismo chaquetón, hiciera frío o calor, y estacionaba siempre en el mismo sitio en el parking de la facultad.

En una ocasión, había intentado realizar un cálculo matemático de los efectos de la rutina en la felicidad, pero había descubierto una variable muy interesante que afectaba al resultado final: la cantidad de felicidad aportada por los elementos con los que la persona estaba familiarizada podían verse aumentados o reducidos según fuera la resistencia del individuo a los cambios. O en lenguaje llano, como habría dicho Lacy: por cada persona a la que le gusta la rutina sin variaciones, hay otra que la encuentra sofocante. En tales casos, el coeficiente de rutina se convertía en un valor negativo, y hacer lo que dictaba la costumbre restaba valor a la felicidad.

Tal debía de ser el caso de Lacy, suponía, porque no dejaba de dar vueltas por toda la casa como si no la hubiera visto nunca, incapaz, según todos los indicios de volver a su trabajo.

—¿Cómo puedes esperar que en estos momentos piense en los hijos de las demás? —le había dicho a Lewis.

Ella seguía insistiendo en que tenían que hacer algo, pero a él no se le ocurría qué podía ser. Y como no podía consolar ni a su esposa ni a su hijo, Lewis decidió que sólo le quedaba la opción de consolarse a sí mismo. Tras la sesión del acta de acusación, y después de haber pasado cinco días sentado en su casa de brazos cruzados, una buena mañana se preparó el maletín, desayunó los cereales, leyó el periódico y se fue al trabajo.

Camino de su despacho, iba pensando en la ecuación de la felicidad. Uno de los principios de su gran aportación ($F=R/E$ o, lo que es lo mismo, Felicidad es igual a Realidad dividido por Expectativas), se basaba en el hecho, aceptado como una verdad universal, de que siempre se tiene alguna expectativa en relación con el porvenir. En otras palabras, E siempre era un número real, puesto que la división entre cero no es posible. Pero últimamente se preguntaba acerca de la veracidad de este supuesto. Las matemáticas no daban más de sí. En plena noche, mientras permanecía acostado, completamente despierto y mirando al techo, y sabiendo que su mujer, a su lado, fingía dormir pero estaba haciendo exactamente lo mismo que él, Lewis había llegado a creer que uno se puede ver condicionado a no esperar absolutamente nada de la vida. De esta forma, al perder a tu hijo mayor no tenías por qué sentir pesadumbre. Y cuando encerraban a tu segundo hijo en la cárcel por haber cometido una masacre, no te quedabas destrozado. Sí se podía dividir entre cero. Era como si tuvieras un agujero donde antes tenías el corazón.

Nada más poner los pies en el campus, Lewis se sintió mejor. Allí no era el padre del joven asesino de sus compañeros de instituto ni nunca lo había sido. Allí era Lewis Houghton, profesor de economía.

Allí, sus escritos no habían perdido un ápice de su valor; no tenía por qué contemplar el corpus de sus investigaciones, preguntándose en qué punto fallaban.

Lewis acababa de sacar unos papeles del maletín, cuando el catedrático del departamento de economía asomó la cabeza por la puerta entreabierta. Hugh Macquarie era un hombre grandullón (los estudiantes le llamaban Huge Andhairy a sus espaldas),* que había asumido el puesto con entusiasmo.

—¿Houghton? ¿Qué haces aquí?

—La última vez que lo comprobé, la universidad seguía pagándome por mi trabajo —dijo Lewis, intentando responder con una broma. Él no sabía hacer bromas, nunca había sabido. Decía cosas fuera de lugar, daba palos de ciego.

Hugh entró en el despacho.

—Cielo santo, Lewis, no sé qué decir. —Dudó unos segundos.

Lewis no se lo reprochaba. Él tampoco sabía qué decir. Podía haber fórmulas verbales para expresar el pésame, o la pérdida de una mascota adorada, o para la pérdida de un trabajo, pero nadie parecía conocer las palabras apropiadas para consolar a alguien cuyo hijo había matado a diez personas.

—Pensé en llamarte a casa. Lisa hasta quería llevarles algo de comer, o cualquier cosa. ¿Cómo está Lacy?

Lewis se subió los anteojos sobre la nariz.

—Oh —dijo—. En fin, intentamos que todo siga con la mayor normalidad posible.

Al decirlo, se imaginó su vida como una gráfica. La normalidad era una raya que se prolongaba y se prolongaba, acercándose cada vez más al eje, pero sin llegar a alcanzarlo nunca.

Hugh se sentó en la silla situada delante del escritorio de Lewis. La misma silla en la que solía sentarse de vez en cuando algún estudiante que necesitaba una aclaración sobre microeconomía.

* Juego de palabras basado en la pronunciación cómica de su nombre. *Huge and hairy*: «gigantesco y peludo». *(N. del t.)*

—Lewis, tómate un tiempo prudencial —le dijo.

—Gracias, Hugh. Te lo agradezco de veras. —Lewis echó una ojeada a una ecuación escrita en la pizarra, que había tratado de descifrar—. Pero lo que más necesito en este momento es estar aquí. Es una manera de sustraerme a todo aquello. —Tomó una tiza y se puso a escribir una larga serie de números que le tranquilizaran.

Sabía que no era lo mismo algo que te hiciera feliz o algo que no te hiciera desgraciado. El truco estaba en autoconvencerse de que eran una sola cosa.

Hugh le puso la mano en el brazo, interrumpiéndolo en mitad de la ecuación.

—Quizá no me he expresado bien. Necesitamos un tiempo prudencial.

Lewis se quedó mirándolo.

—Oh. Vaya, ya veo —balbuceó, aunque no lo veía. Si Lewis estaba dispuesto a separar su trabajo de su vida personal, ¿por qué no hacía lo mismo la Universidad de Sterling?

A menos que...

¿Había habido un error de base? Si uno no estaba seguro en las decisiones que tomaba como padre, ¿podía tapar sus inseguridades con la confianza demostrada como profesional? ¿O lo que uno daba por seguro siempre sería algo inconsistente, como una pared de papel sobre la que no podía colgarse ningún peso?

—Es sólo por un tiempo —dijo Hugh—. Es lo mejor.

«¿Para quién?», pensó Lewis, pero guardó silencio hasta que oyó que Hugh cerraba la puerta tras él al salir.

Una vez se hubo marchado el catedrático, Lewis levantó de nuevo la tiza. Se quedó mirando las ecuaciones hasta que se le superpusieron unas sobre otras en la visión, y entonces empezó a hacer garabatos con furia, como un compositor ante una sinfonía que avanzara demasiado de prisa para sus dedos. ¿Cómo era que no se había dado cuenta antes? Todo el mundo sabía que si divides la realidad entre las expectativas, obtienes el coeficiente de felicidad. Pero que cuando inviertes la ecuación, las expectativas divididas entre la realidad, no obtienes lo opuesto a la felicidad. El resultado obtenido, comprendió Lewis, era esperanza.

Pura lógica: tomando la realidad como una constante, las expectativas tenían que ser mayores que la realidad para generar optimismo. Por otra parte, un pesimista era una persona cuyas expectativas estaban por debajo de la realidad, una fracción de resultado cada vez más pequeño. De acuerdo con la condición humana, este número se aproximaba a cero sin llegar a alcanzarlo nunca: nunca se renunciaba por completo a la esperanza, que podía volver a subir como la marea a la menor provocación.

Lewis se retiró unos pasos de la pizarra, repasando su obra. Alguien que fuera feliz tendría poca necesidad de esperar un cambio. Pero a la inversa, una persona optimista lo era porque quería creer en algo que fuera mejor de lo que era su realidad.

Se preguntó si habría excepciones a la regla: si las personas felices podían ser personas esperanzadas; si la gente desgraciada habría renunciado a toda expectativa de que las cosas pudieran ser mejores.

Y ello llevó a Lewis a pensar en su hijo.

Allí, de pie delante de la pizarra, se echó a llorar, con las manos y las mangas cubiertas del fino polvo blanco de la tiza, como si se hubiera convertido en un fantasma.

Las oficinas de la Brigada de Locos Informáticos, como Patrick llamaba en tono afectuoso a los técnicos que se introducían en la Red en busca de pornografía o temas relacionados con la actitud antisistema, estaban llenas de computadoras. No sólo el que habían incautado de la habitación de Peter Houghton, sino de unos cuantos más del Instituto Sterling, incluido el de la secretaría general y una remesa de la biblioteca.

—Es un hacha —dijo Orestes, un técnico informático al que Patrick no le habría echado edad suficiente como para haberse acabado la secundaria—. Y no hablamos sólo de programación HTML. El tipo conocía la mierda que tocaba.

Extrajo algunos archivos de las tripas de la computadora de Peter, unos ficheros gráficos que no tenían mucho sentido para Patrick, hasta que el informático pulsó varias combinaciones de teclas y de repente en la pantalla apareció un dragón en tres dimensiones, exhalando fuego.

—¡Vaya! —exclamó Patrick.

—Ya te digo... Por lo que se ve, el tipo hasta ideó él solito algún que otro videojuego, y los colgó en un par de páginas de Internet, de donde pueden bajárselos otros usuarios e intercambiar opiniones.

—¿Y en esas páginas no hay registro de mensajes enviados?

—Un respiro, amigo, confía y verás —dijo Orestes, que buscó una de las páginas que tenía ya archivada en Favoritos—. Peter entraba con el alias de DeathWish. Se trata de un...

—... de un grupo de música —concluyó Patrick la frase—. Ya sé comó es el asunto.

—No son sólo un grupo de música —dijo Orestes con tono reverencial, mientras sus dedos volaban sobre el teclado—. Son la voz actual de la conciencia colectiva humana moderna.

—Eso díselo a Tipper Gore.

—¿A quién?

Patrick se rió.

—Supongo que ya no es de tu época.

—¿Tú qué solías escuchar cuando eras pequeño?

—A los trogloditas haciendo entrechocar las piedras —contestó Patrick con sarcasmo.

La pantalla se llenó de mensajes de DeathWish. La mayoría de ellos eran opiniones acerca de cómo mejorar determinado diseño, o bien opiniones sobre otros juegos que habían sido subidos a la página. Dos eran citas de letras de canciones de Death Wish.

—Éste es mi favorito —dijo Orestes, que seleccionó el mensaje.

De: DeathWish
A: Hades1991
Esta ciudad está a punto de reventar. Este fin de semana hay una muestra de artesanía. Esto se va a llenar de viejas brujas que vendrán a enseñar las mamarrachadas que han hecho.

Una muestra de mierdería, tendrían que decir. Pienso esconderme entre los arbustos de los jardines de fuera de la iglesia: prácticas de tiro al blanco mientras crucen la calle... ¡Diez puntos por cada vieja! ¡Yu-huuu!

Patrick se recostó en el respaldo de la silla.

—Bueno, eso no prueba nada.

—Ya —dijo Orestes—. Las muestras de artesanía son una angustia, la verdad. Pero mira esto. —Se desplazó sin levantarse de la silla hasta otra terminal, instalada en una mesa—. Se coló en el sistema de seguridad de la red informática del instituto.

—¿Con qué objeto? ¿Falsificar sus notas?

—Qué va. El programa que configuró atravesó la protección del sistema informático del instituto a las nueve y cincuenta y ocho de la mañana.

—Fue cuando estalló la bomba del coche —murmuró Patrick.

Orestes giró el monitor para que Patrick pudiera verlo.

—Esto es lo que apareció a esa hora en todas y cada una de las pantallas de las computadoras del instituto.

Patrick miró el fondo morado, sobre el que se desplazaban unas letras de color rojo: PREPARADO O NO... ALLÁ VOY.

Jordan estaba sentado ya a la mesa de la sala de entrevistas de la prisión cuando uno de los funcionarios acompañó allí a Peter Houghton.

—Gracias —le dijo al guardián, con los ojos puestos en Peter, quien escudriñó al instante la estancia. Su mirada se detuvo en la única ventana. Era algo que Jordan había visto una y otra vez en los reclusos a los que había representado. Un ser humano podía convertirse muy fácilmente en un animal enjaulado. Era como la cuestión del huevo y la gallina: ¿se volvían animales porque estaban enjaulados... o estaban enjaulados porque eran animales?

—Siéntate —dijo, pero Peter permaneció de pie.

Jordan comenzó a hablar, haciendo caso omiso de ello.

—Quiero exponerte las normas básicas, Peter —dijo—. Todo lo

que yo te diga es confidencial. Todo lo que tú me digas a mí también lo es. Yo no puedo decirle a nadie lo que tú me cuentes. Lo que yo te diga es sólo para ti, pero no para los medios de comunicación, la policía, o quien sea. Si alguien intenta ponerse en contacto contigo, llámame inmediatamente, puedes hacerlo a cobro revertido. Como abogado tuyo, soy yo el que habla por ti. De ahora en adelante, yo seré tu mejor amigo, tu madre, tu padre, tu sacerdote. ¿Ha quedado claro?

Peter lo miraba con expresión de ferocidad.

—Como el cristal.

—Muy bien. Entonces —Jordan sacó del maletín una libreta con membrete y un lápiz—, supongo que tendrás algunas preguntas que hacerme. Podemos empezar por ahí.

—No aguanto esto —espetó Peter—. No entiendo por qué tengo que estar aquí.

La mayoría de los clientes de Jordan iniciaban su estancia en la prisión silenciosos y aterrorizados, para muy pronto dar paso a la ira y la indignación. Sin embargo, en aquel momento Peter hablaba como cualquier otro muchacho normal de su edad, como Thomas lo había hecho cuando parecía que el mundo girase a su alrededor y Jordan simplemente daba la casualidad de que vivía en el mismo mundo que él. Sin embargo, el abogado triunfó sobre el padre que había en Jordan, y comenzó a preguntarse si era posible que Peter Houghton no supiera por qué estaba en la cárcel. Jordan era el primero en reconocer que las defensas basadas en alegaciones de demencia raramente salían bien y estaban en exceso sobrevaloradas, pero tal vez el caso de Peter fuera ése en realidad, y por tanto la clave para asegurarle la absolución.

—¿Qué quieres decir? —le instó a explicarse.

—Son ellos los que me hicieron daño a mí, y ahora me toca cargar con el castigo.

Jordan se recostó en el asiento y se cruzó de brazos. Peter no sentía remordimiento por lo que había hecho, eso estaba claro. En realidad, él se consideraba la víctima.

Y esto era lo más sorprendente de ser abogado defensor: a Jordan no le importaba. En su línea de trabajo no había lugar para los sentimientos personales. Había trabajado con la escoria de la sociedad, con asesinos y violadores que fantaseaban creyéndose mártires. Su trabajo no consistía en creerles o no, ni en juzgarlos. Simplemente, tenía que hacer y decir todo aquello que contribuyera a liberarlos. A pesar de lo que acababa de decirle a Peter, él no era un clérigo, ni un psiquiatra, ni un amigo para su cliente. Él no era nada más que un asesor político.

—Bien —dijo Jordan con voz inalterable—, es preciso que entiendas la postura de las autoridades de la prisión. Para ellos, eres un asesino.

—Pues entonces son todos unos hipócritas —dijo Peter—. Si vieran una cucaracha, la aplastarían, ¿no es verdad?

—¿Es así como definirías lo sucedido en el instituto?

Peter desvió la mirada.

—¿Sabe que no me dejan leer revistas? —dijo—. Ni siquiera puedo salir al patio exterior como los demás.

—No estoy aquí para que me des cuenta de tus quejas.

—¿Para qué está aquí?

—Para ayudarte a salir —dijo Jordan—. Y si quieres que eso suceda, tienes que hablar conmigo.

Peter se cruzó de brazos y pasó la vista de la camisa de Jordan a su corbata y a sus lustrosos zapatos negros.

—¿Por qué? En realidad le importo un carajo.

Jordan se levantó y guardó la libreta de notas en el maletín.

—¿Sabes una cosa?, tienes razón. En realidad me importas un carajo. Lo único que intento es hacer mi trabajo, porque, a diferencia de a ti, a mí el Estado no me va a pagar el alojamiento ni la comida todo el resto de mi vida.

Dio un paso en dirección a la puerta, pero lo retuvo el sonido de la voz de Peter.

—¿Por qué a todo el mundo le afecta tanto que esos imbéciles estén muertos?

Jordan se volvió lentamente, tomando buena nota de que la amabilidad no había servido de mucho con Peter; ni tampoco la voz de la autoridad. Lo único que lo había hecho reaccionar había sido la pura y simple rabia.

—Lo que quiero decir es que todo el mundo les llora... y eran unos imbéciles. Ahora todos dicen que les he arruinado la vida, pero a nadie parecía importarle cuando era mi vida la que estaban arruinando.

Jordan se sentó en el borde de la mesa.

—¿Cómo te arruinaban la vida?

—¿Por dónde quiere que empiece? —replicó Peter con amargura—. ¿Por el jardín de infantes, cuando la maestra nos traía el desayuno, y alguno de ellos me apartaba la silla para que me cayera al suelo y los demás se partieran de risa? ¿O en segundo curso, cuando me metían la cabeza en el inodoro y tiraban de la cadena una y otra vez, porque sabían que podían hacerlo sin que les dijeran nada? ¿O aquella vez que me dieron una paliza cuando volvía a casa del colegio y tuvieron que darme puntos?

Jordan tomó la libreta y anotó: PUNTOS.

—¿A quiénes te refieres cuando dices ellos?

—A un montón de chicos —dijo Peter.

«¿Esos a los que querías matar?», pensó Jordan, pero no lo preguntó.

—¿Por qué crees que la tomaban contigo?

—¿Porque son unos imbéciles? Yo qué sé. Son como una jauría de perros. Tienen que hacer que otro se sienta una mierda para poder sentirse ellos bien.

—¿Qué hacías tú para intentar cambiar las cosas?

Peter resopló.

—Por si no se ha dado cuenta, Sterling no es precisamente una metrópolis. Aquí todo el mundo se conoce. En el instituto te acabas encontrando a los mismos chicos que te encontrabas en los columpios del patio cuando ibas a preescolar.

—¿Y no podías apartarte de su camino?

—Yo tenía que ir al colegio —dijo Peter—. Le sorprendería lo pequeño que es un instituto cuando pasas allí dentro ocho horas al día.

—Entonces, ¿se metían contigo también fuera de la escuela?

—Cuando me encontraban —dijo Peter—. Si estaba solo.

—¿Te hostigaban? —le preguntó Jordan—. Me refiero a llamadas telefónicas, cartas, amenazas...

—Sí, a través de la computadora —dijo Peter—. Me mandaban mensajes instantáneos, diciéndome que no era nadie, cosas así. Interceptaron un correo electrónico que yo había mandado y lo reenviaron a todo el instituto... burlándose... —Miró hacia otro lado y guardó silencio.

—¿Por qué?

—Era... —Sacudió la cabeza en señal de negación—. No quiero hablar de eso.

Jordan anotó algo en la libreta.

—¿Le contaste alguna vez a alguien lo que pasaba? ¿A tus padres? ¿A los profesores?

—A nadie le importaba una mierda —dijo Peter—. Te dicen que no hagas caso. Te dicen que estarán vigilando para que no vuelva a suceder, pero luego no vigilaban. —Fue hasta la ventana y colocó las palmas de las manos contra el cristal—. En primer curso había una chica que tenía esa cosa, esa enfermedad que se te sale la columna por fuera del cuerpo...

—¿Espina bífida?

—Eso. Iba en silla de ruedas y no podía levantarse ni hacer nada, y antes de que entrara en clase, el profesor nos dijo que teníamos que tratarla como si fuera como el resto de nosotros. Pero no era como el resto de nosotros, y todos lo sabíamos, y ella lo sabía. ¿Teníamos que mentirle a la cara, entonces? —Peter sacudió la cabeza—. Todo el mundo dice que está muy bien ser diferente, y se supone que Estados Unidos tiene que ser esa mezcla de todo, pero eso ¿qué cuernos significa? Si tiene que ser una mezcla de todo, entonces es que todo el mundo tiene que acabar siendo igual, ¿no?

Jordan se sorprendió pensando en su hijo Thomas, en su adaptación a la escuela secundaria. Ellos se habían trasladado de Bainbridge a Salem Falls, donde había una población escolar lo bastante reducida como para que las camarillas hubieran desarrollado ya sus gruesas paredes celulares a prueba de intrusos. Durante un tiempo, Thomas se convirtió en un camaleón. Cuando volvía del instituto se refugiaba en su habitación, y salía de allí convertido en jugador de fútbol, en actor o en loco por las mates. Tardó varias mudas de su piel de adolescente en encontrar un grupo de amigos que le dejara ser la persona que él era. A partir de entonces, el resto del paso de Thomas por la enseñanza secundaria fue bastante tranquilo. Pero ¿y si no hubiera encontrado a aquel grupo de amigos? ¿Y si hubiera seguido desprendiéndose de capas de sí mismo hasta quedarse sin nada dentro?

Como si le hubiera leído el pensamiento, Peter se quedó mirándolo fijamente:

—¿Tiene hijos?

Jordan no hablaba de su vida personal con los clientes. Su relación con ellos se reducía a los límites de los tribunales, y nada más. En las contadas ocasiones en que, durante su carrera, había roto esta regla no escrita, había estado a punto de hundirse, tanto personal como profesionalmente. Sin embargo, miró a Peter a los ojos y dijo:

—Dos. Un bebé de seis meses y el mayor, que está en Yale.

—Entonces lo ha conseguido —dijo Peter—. Todo el mundo quiere que su hijo vaya a Harvard, o que sea *quarterback* de los Patriots. No hay nadie que mire a su bebé y piense: «Oh, cuánto me gustaría que cuando mi hijo se haga mayor sea un *freak*. Que entre cada día en el instituto rezando para que nadie se fije en él». Pero ¿sabe una cosa?, todos los días hay chicos a los que les pasa eso.

Jordan se encontró sin respuesta. Una línea muy delgada separaba ser único de ser raro, en aquello que hacía que un niño, al crecer, fuera adaptándose, como Thomas, o se convirtiera en una persona inestable, como Peter. ¿Todo adolescente caía inevitablemente a uno u otro lado de esta cuerda floja; y era posible darse cuenta antes de que perdiera el equilibrio?

Pensó de pronto en Sam, cuando Jordan le había cambiado el pañal aquella misma mañana. El bebé se había agarrado los dedos del pie, fascinado de haberlos encontrado, y al instante se había metido el pie en la boca.

—Míralo —había bromeado Selena por encima de su hombro—, de tal palo tal astilla.

Al acabar de vestir a Sam, Jordan se había quedado maravillado al pensar en el misterio que debía de constituir la vida para alguien tan pequeño. Se imaginó un mundo enormemente grande en comparación consigo mismo. Se imaginó despertándose una mañana y descubriendo una parte de él que ni siquiera sabía que existía.

Cuando no encajas, te vuelves sobrehumano. Puedes sentir los ojos de todos los demás clavados en ti, como el Velcro. Eres capaz de oír una murmuración sobre ti a un kilómetro de distancia. Eres capaz de desaparecer, aun cuando parezca que sigues ahí. Eres capaz de gritar, sin que nadie oiga nada.

Eres el mutante caído en el barril de ácido, el bufón que ya no puede quitarse la máscara, el hombre biónico que ha perdido todos sus miembros y nada de su corazón.

Eres esa criatura que una vez fue normal, pero que de eso hace tanto tiempo, que ya no recuerdas cómo era.

Seis años antes

Peter comprendió que estaba sentenciado el primer día de clase de sexto, cuando su madre le dio un regalo mientras estaba desayunando.

—Sabía cuánto lo deseabas —le dijo, y esperó a que él lo desenvolviera.

Dentro del paquete había una carpeta de tres anillas con un dibujo de Superman en la tapa. Era verdad que él había deseado una carpeta así. Hacía tres años, cuando estaba de moda tener una.

Consiguió esbozar una sonrisa.

—Gracias, mamá —dijo, y ella le sonrió de oreja a oreja, mientras él pensaba ya en todas las consecuencias que podía acarrearle presentarse en clase con una estúpida carpeta como aquélla.

Josie, como de costumbre, acudió en su ayuda. Le dijo al vigilante de la escuela que se le habían roto las asas del manubrio de la bici y que necesitaba cinta aislante para poder hacer un apaño hasta volver a casa. En realidad no iba en bici a la escuela, iba caminando con Peter, que vivía un poco más a las afueras de la ciudad y que pasaba a recogerla de camino hacia el colegio. Aunque ya nunca quedaban fuera del horario escolar —de hecho, hacía años que no quedaban por culpa de una acalorada discusión entre sus respectivas madres cuyos detalles ninguno de los dos recordaba con exactitud—, Josie seguía juntándose con Peter. Gracias a Dios, por cierto, porque era la única. Se sentaban juntos a la hora de comer, se leían el uno al otro los borradores de las redacciones de lengua, siempre formaban pareja en el laboratorio. Los veranos solían ser una época difícil. Podían comunicarse por correo electrónico y, de vez en cuando, se encontraban en el estanque del parque de la ciudad, pero eso era todo. Luego, cuando llegaba septiembre, volvían a ponerse al día como la cosa más normal del mundo. Aquello debía de ser lo que se entendía por mejor amiga, suponía Peter.

Aquel día, gracias a la carpeta de Superman, el curso empezaba con una situación crítica. Con la ayuda de Josie, Peter se confeccionó una especie de funda de quita y pon con la cinta adhesiva y un periódico viejo que habían sustraído del laboratorio de ciencias naturales. Así podría quitarla al llegar a casa, argumentó ella, para que su madre no se sintiera ofendida.

Los alumnos de sexto tenían el cuarto turno del almuerzo poco antes de las once de la mañana, pero parecía que llevaran meses sin comer. Josie no se llevaba el almuerzo de casa, sino que se lo compraba en la cafetería, y es que, como decía ella, las dotes culinarias de su madre se limitaban a extender un cheque para el comedor. Peter estaba con ella en la cola, esperando para agarrar un envase de leche. Su madre le ponía un sándwich sin las puntas del pan, una bolsa de zanahoria rallada y una fruta orgánica.

Peter mantenía la carpeta oculta bajo la bandeja, avergonzado a pesar de llevarla tapada con el forro de papel de periódico. Clavó una pajita en el envase de leche.

—¿Sabes qué? —le dijo Josie—, no debería importarte tanto la carpeta que llevas. ¿Y a ti qué lo que piensen los demás?

Mientras se dirigían a la zona de almuerzo, Drew Girard chocó contra Peter.

—Mira por dónde andas, subnormal —dijo Drew, pero ya era demasiado tarde, a Peter se le había caído la bandeja.

La leche se desparramó sobre la carpeta, y el papel de periódico se empapó y reveló el dibujo de Superman que había debajo.

Drew se echó a reír.

—¿También llevas los calzoncillos de Superman, Houghton?

—Cállate, Drew.

—Y si no, ¿qué? ¿Me lanzarás rayos X por los ojos?

La señora McDonald, la profesora de expresión artística que vigilaba el comedor, y a la que Josie juraba haber visto una vez aspirando cola del armario de material, dio un tímido paso hacia ellos. En séptimo curso ya había chicos como Drew y Matt Royston que eran más altos que las maestras, a los que les había cambiado la voz, y que se afeitaban. Pero también había chicos como Peter, que rogaban cada noche que les llegara la pubertad, de la cual no había manera que descubrieran signo visible alguno todavía.

—Peter, ¿por qué no buscas un sitio y te sientas tranquilamente...? —suspiró la señora McDonald—. Drew te traerá otro envase de leche.

«Envenenado, probablemente», pensó Peter. Se puso a secar la carpeta con unas servilletas de papel. Pero aunque la secara, no se le iría el olor. A lo mejor podría decirle a su madre que se le había caído la leche encima cuando estaba almorzando. Después de todo, era la verdad, aunque le hubieran dado una pequeña ayuda. Y, con un poco de suerte, podía ser estímulo suficiente para que le comprara una carpeta nueva, una carpeta normal, como todo el mundo.

Peter se reía por dentro: Drew Girard le había hecho un favor.

—Drew —dijo la profesora—. Quería decir ahora.

Mientras Drew se volvía hacia el interior de la cafetería y se dirigía a la pirámide de envases de leche, Josie, furtivamente, le puso una ladina zancadilla que dio con él de bruces en el suelo. En la zona de comedor, algunos chicos habían empezado a reírse. Tal era la dinámica de aquella sociedad: a ti te tocaba el palo más bajo del gallinero, mientras no encontraras a alguien que ocupara tu lugar.

—Ten cuidado con la kriptonita —le dijo Josie en voz baja, pero lo bastante audible para que Peter lo oyera.

A Alex, las dos cosas que más le gustaban de ser juez de tribunal de distrito eran, en primer lugar, ser capaz de abordar los problemas de la gente y hacer que sintieran que alguien les escuchaba, y en segundo lugar, el reto intelectual que representaba. Había tantos factores que sopesar cuando tenías que tomar decisiones: las víctimas, la policía, la aplicación de la ley, la sociedad. Y todos ellos había que considerarlos dentro del contexto de los precedentes.

Lo peor de aquel trabajo era que, cuando las personas llegaban al tribunal, no podías darles lo que realmente necesitaban: en el caso del acusado, una sentencia que fuera más un tratamiento que un castigo; en el caso de la víctima, una disculpa.

Aquel día tenía a una chica delante que no era mucho mayor que Josie. Llevaba una campera Nascar y una minifalda negra plisada, era rubia y tenía acné. Alex había visto chicas como aquélla merodeando por los estacionamientos después de la hora de cierre nocturna de los comercios del Mall de New Hampshire, dando giros de trescientos sesenta grados en el interior de los I-Rocs de sus novios. Se preguntó cómo se habría criado aquella jovencita de haber tenido una jueza por madre. Se preguntó si en algún momento de su infancia aquella chica había jugado con muñecos de peluche bajo la mesa de la cocina, o si leía libros tapada con las sábanas hasta la cabeza y con una linterna cuando los demás la creían dormida. A Alex nunca dejaba de asombrarla el hecho de que, apenas con el roce de una mano, el camino de la vida de una persona pudiera tomar un derrotero por completo diferente.

La joven estaba acusada de aceptar mercancía robada: un collar de oro de quinientos dólares que le había regalado su novio. Alex la contemplaba desde lo alto del estrado. Algún motivo había para que un caso como aquél hubiera llegado hasta la sala de justicia, y no era un motivo que tuviera que ver con la logística procesal, sino más bien con la intimidación por parte de terceros.

—¿Estás renunciando a tus derechos de forma consciente, voluntaria y sabiendo lo que haces? ¿Comprendes perfectamente que declarándote culpable estás reconociendo la veracidad de la acusación?

La chica pestañeó.

—Yo no sabía que fuera robado. Creía que era un regalo de Hap.

—Si lees lo que dice la denuncia, verás que se te acusa de haber aceptado el collar, sabiendo que era robado. Si no sabías que era robado, tienes derecho a ir a juicio. Tienes derecho a preparar una defensa. Tienes derecho a exigirme que te asigne un abogado para que te represente, porque estás acusada de un delito clasificado A, y ello supone que puedes recibir una condena de hasta un año de cárcel y se te puede aplicar una multa de hasta dos mil dólares. Tienes derecho a que la acusación demuestre que eres culpable más allá de toda duda razonable. Tienes derecho a ver, oír y preguntar a todos los testigos que declaren en tu contra. Tienes derecho a pedirme que presente cualquier prueba y que cite a declarar a cualquier testigo a tu favor. Tienes derecho a recurrir la sentencia ante el Tribunal Supremo, o ante el Tribunal Superior de Justicia para que se repita un juicio con jurado de novo si yo hubiera cometido algún error de ley o si tú no estás de acuerdo con mi decisión. Declarándote culpable, renuncias a estos derechos.

La chica tragó saliva.

—Bueno —insistió—, pero es que lo empeñé.

—Ése no es el fundamento de la acusación —le explicó Alex—. De lo que se te acusa es de haber aceptado el collar aun después de saber que era robado.

—Pero yo quiero declararme culpable —dijo la chica.

—Estás diciéndome que no hiciste lo que la acusación dice que hiciste, por tanto no puedes declararte culpable de algo que no has hecho.

Una mujer se levantó en el fondo de la sala. Parecía una mala copia de la acusada.

—Yo ya le dije que se declarara no culpable —dijo la madre de la joven—. Es lo que pensaba hacer cuando venía hoy hacia aquí, pero luego el fiscal le dijo que saldría ganando si decía que era culpable.

El fiscal dio un salto de la silla como un muñeco de resorte.

—Yo en ningún momento le he dicho eso, Su Señoría. Lo que yo le he dicho es que si se declaraba culpable, tenía la decisión en sus manos, simple y llanamente. Y que si en lugar de eso se declaraba no culpable e iba a juicio, entonces la decisión del caso ya no estaba en sus manos, sino que sería Su Señoría la que optaría por lo que considerara oportuno.

Alex trató de ponerse en el lugar de aquella chica, totalmente abrumada por la gigantesca mole del sistema jurídico, incapaz de hablar su lenguaje. Al mirar al fiscal debía de ver un concurso de la tele. «¿Te quedas con el dinero? ¿O prefieres ver lo que hay detrás de la Puerta Número Uno, que puede ser un descapotable, pero también un pollo?»

La chica había escogido el dinero.

Alex le hizo una señal al fiscal para que se acercara al estrado.

—¿Tiene alguna prueba, de acuerdo con su investigación, de que ella supiera que era robado?

—Sí, Su Señoría.

Sacó el informe policial y se lo entregó. Alex lo examinó. Teniendo en cuenta lo que les había dicho a los agentes y lo que ellos habían dejado consignado, era imposible que ella no supiera que el collar era robado.

Alex se volvió hacia la joven.

—Según los hechos recogidos en el informe policial, contrastados con las pruebas, considero que ha lugar a tu declaración. Hay base suficiente para refrendar el hecho de que sabías que el collar era robado y que lo aceptaste de todos modos.

—Yo no... no la entiendo —dijo la chica.

—Significa que acepto tu declaración de culpabilidad, si es que sigues manteniéndola. Pero —añadió Alex— primero tienes que decirme que eres culpable.

Alex vio cómo a la chica se le crispaba la expresión y le temblaban los labios.

—Está bien —dijo en un susurro—, lo soy.

Era uno de esos días de otoño de una belleza increíble, de esos en que vas al colegio por la mañana arrastrándote por la acera porque no puedes creer que tengas que perder ocho horas ahí dentro. Josie estaba sentada en clase de matemáticas, contemplando el azul del cielo: «cerúleo», una palabra que habían aprendido en repaso de vocabulario aquella semana, y con sólo decirla, a Josie le pareció como si la boca se le llenara de cristales de hielo. Podía oír a los alumnos de séptimo jugando al juego del pañuelo en el patio, durante la clase de gimnasia, y el zumbido del cortacésped al pasar el cuidador bajo su ventana. Le tiraron un papel que fue a caerle en el regazo. Josie lo desdobló, y leyó la nota de Peter.

¿Por qué tenemos siempre que calcular lo que vale la x? ¿¿¿Por qué no lo hace ella misma y nos ahorra la TORTURA???

Se volvió y lo miró con media sonrisa. A ella en realidad le gustaban las mates. Le encantaba el hecho de saber que, si se esforzaba de verdad, al final siempre había una respuesta que lo explicaba todo.

Si ella no encajaba con la masa de la escuela era por ser una estudiante de sobresalientes. El caso de Peter era diferente, él sacaba notables y suficientes, y una vez un insuficiente. Él tampoco encajaba, pero no porque fuera más inteligente que la media, sino porque era Peter.

En una hipotética clasificación que midiese la popularidad y la impopularidad de la clase, Josie sabía que ella aún hubiera estado por encima de unos cuantos. A veces se preguntaba si se juntaba con Peter porque le gustaba su compañía, o porque así se sentía mejor consigo misma.

Mientras la clase estaba ocupada con la prueba de repaso, la señora Rasmussin navegaba por Internet. Era una broma que se había extendido por toda la escuela: a ver quién la sorprendía comprándose unas bragas en la tienda online de Gap, o visitando sitios de fans de series de televisión. Había un chico que juraba que un día la había sorprendido mirando una página porno al acercarse a su mesa a hacerle una pregunta.

Josie había acabado en seguida, como de costumbre, y miró a la señora Rasmussin enfrascada en su computadora... Distinguió lágrimas en las mejillas de la profesora, como cuando una persona no se da cuenta siquiera de que está llorando.

La mujer se levantó y salió del aula sin decir una palabra, sin advertir siquiera a la clase que permanecieran en silencio durante su ausencia.

Al minuto de salir la profesora, Peter llamó la atención de Josie dándole una palmada en el hombro.

—¿Qué le pasa?

Antes de que ella pudiera contestarle, la señora Rasmussin volvió a entrar en el aula. Tenía la cara blanca como el papel, y los labios tensos y apretados.

—Atención todos —dijo—. Ha sucedido algo terrible.

En la sala de comunicaciones, donde se había reunido a los estudiantes de secundaria, el director les explicó lo que sabía: dos aviones se habían estrellado contra el World Trade Center. Otro más acababa de caer sobre el Pentágono. La torre sur del World Trade Center se había desplomado.

El bibliotecario había dispuesto un receptor de televisión para que todos pudieran ver la cobertura informativa de los medios de comunicación. Aunque los habían sacado de clase, por lo general motivo de celebración, había tal silencio en aquella sala que Peter podía oír los latidos de su propio corazón. Miró alrededor de las paredes de la estancia, al pedazo de cielo que se veía por las ventanas. Aquella escuela no constituía una zona de seguridad. Nada lo era, a despecho de lo que les hubieran dicho.

¿Era eso estar en guerra?

Peter se quedó mirando la pantalla. En Nueva York, la gente lloraba y gritaba aunque casi no se les veía a causa del polvo y el humo que llenaban el aire. Había fuego por todas partes, y se oía el ulular de las sirenas de los camiones de bomberos y ambulancias, así como las alarmas de los coches. No se parecía en nada a la Nueva York que recordaba de la vez que había ido de vacaciones con sus padres. Habían subido a lo alto del Empire State Building y pensaban tomar una cena de lujo en Windows on the World, pero Joey se puso malo por comer demasiadas palomitas, así que tuvieron que volverse al hotel.

La señora Rasmussin se había marchado del colegio y ya no volvería aquel día. Su hermano era agente de aduanas en el World Trade Center.

Ya no.

Josie estaba sentada junto a Peter. A pesar de los centímetros que los separaban, él podía notar que ella estaba temblando.

—Peter —le dijo en susurro, horrorizada—, hay gente que está saltando.

Él no tenía la vista tan aguda, ni siquiera con lentes, pero entornó los ojos y vio que Josie tenía razón. Le dolía el pecho al mirar, como si las costillas le fueran una talla pequeñas de repente. ¿Qué tipo de persona era capaz de hacer una cosa así?

Él mismo respondió a su propia pregunta: «Una persona que ya no ve otra salida».

—¿Tú crees que podrían llegar hasta aquí? —murmuró Josie.

Peter se volvió hacia ella. Hubiera deseado saber qué decir para hacer que ella se sintiera mejor, pero la verdad era que tampoco él se sentía muy bien, y ni siquiera sabía si existían palabras en su lengua capaces de sacar a alguien de aquella especie de estado de shock, de aquella repentina toma de conciencia de que el mundo ya no era el lugar que tú creías.

Se volvió de nuevo hacia la pantalla para no tener que responder a Josie. Seguían saltando personas al vacío por las ventanas de la torre norte. Hasta que de pronto se oyó un estruendo ensordecedor como si el mismo suelo abriera sus fauces. Al derrumbarse el segundo edificio, Peter dejó escapar el aire que tenía retenido en los pulmones... sintiendo alivio, porque ahora ya no podía ver nada más.

Las líneas de los colegios estaban totalmente colapsadas por las llamadas de los padres, divididos en dos categorías: aquellos que no querían asustar a sus hijos de forma innecesaria presentándose en el centro y llevándoselos a un búnker en el sótano, y quienes querían sobrevivir a aquella tragedia con sus hijos al alcance de la mano.

Tanto Lacy Houghton como Alex Cormier pertenecían a esta última categoría, y ambas llegaron al colegio simultáneamente. Estacionaron una al lado de la otra en la parada del autobús y se apearon de sus respectivos vehículos. Sólo entonces se reconocieron la una a la otra. No habían vuelto a verse desde el día en que Alex se había llevado a su hija con gesto airado del sótano de Lacy, donde guardaban las armas de fuego.

—¿Sabes si Peter...? —dijo Alex.

—No lo sé. ¿Y Josie?

—Vengo a llevármela.

Llegaron juntas a la oficina principal, donde les indicaron que fueran hasta el final del pasillo, la sala de comunicaciones.

—No puedo creer que les estén dejando ver las noticias —dijo Lacy, corriendo junto a Alex.

—Son lo bastante mayores como para entender lo que está pasando —contestó ésta.

Lacy sacudió la cabeza en señal de negación.

—Yo misma no soy lo bastante mayor como para entender lo que está pasando.

La sala de comunicaciones estaba repleta de alumnos, unos sentados en sillas, otros en las mesas, otros diseminados por el suelo. Alex tardó unos segundos en comprender qué era lo que le parecía tan poco natural en todo aquel tropel: nadie hacía el menor ruido. Hasta las profesoras estaban de pie, tapándose la boca con la mano, como si temieran dejar escapar alguna emoción; porque si se abrían las compuertas, la inundación lo barrería todo a su paso.

En la parte delantera de la estancia había un único televisor, sobre el que estaban fijas todas las miradas. Alex distinguió a Josie porque ésta llevaba una de las cintas de Alex para el pelo, una con un diseño de piel de leopardo.

—Josie —llamó, y su hija se volvió en redondo, para acto seguido dirigirse hacia ella, pasando casi por encima de los demás chicos en su esfuerzo por llegar hasta su madre.

Josie se abalanzó sobre ella como un huracán de emoción y de furia, pero Alex sabía que dentro, en algún lugar, estaba el ojo de aquella tempestad, por lo que, como con cualquier otra fuerza de la naturaleza, habría que prepararse para otra arremetida antes de que las cosas volvieran a la normalidad.

—Mamá —sollozó—, ¿ya se ha acabado?

Alex no sabía qué decirle. Como madre, se suponía que debía tener todas las respuestas, pero no las tenía. Se suponía que era capaz de proteger a su hija y mantenerla a salvo, pero tampoco eso podía prometérselo. Tenía que poner al mal tiempo buena cara y decirle a Josie que todo iría bien, cuando ella ni siquiera sabía si eso era verdad. Incluso en el trayecto desde los juzgados hasta allí, había tomado conciencia de la fragilidad de las carreteras por las que transitaban; de la brecha que con tanta facilidad podía abrirse en la divisoria del cielo. Al pasar junto a varias fuentes había pensado en la posibilidad de una contaminación del agua potable; se había preguntado a qué distancia estaba la planta nuclear más cercana.

Y sin embargo se había pasado años siendo la jueza que otras personas esperaban que fuera: fría y sosegada, capaz de llegar a conclusiones sin ponerse histérica. Sin duda, podría adoptar aquella actitud también ante su hija.

—Aquí todos estamos bien —dijo Alex con calma—. Ya ha pasado.

No sabía que, mientras decía aquello, un cuarto avión se estrellaba en el campo, en Pennsylvania. No se dio cuenta de que la crispación con que agarraba el brazo de Josie contradecía sus palabras.

Alex hizo un gesto afirmativo con la cabeza por encima del hombro de Josie, dirigido a Lacy Houghton, que se marchaba llevándose consigo a Peter. No sin asombro, vio lo alto que estaba el chico, casi tan alto como un hombre.

¿Cuántos años habían pasado desde la última vez que lo había visto?

«En un abrir y cerrar de ojos le pierdes la pista a la gente», pensó Alex. Se prometió que no dejaría que eso sucediera entre ella y su hija. Porque, si se pensaba bien, ser juez no tenía la menor importancia en comparación con ser madre. Cuando el asistente de Alex le había dado la noticia de lo sucedido en el World Trade Center, su primer pensamiento no había sido para sus administrados... sino sólo para Josie.

Durante unas semanas, Alex se mantuvo fiel a su promesa. Reorganizó su agenda para estar en casa cuando llegara Josie; dejó los documentos legales en la oficina en lugar de llevárselos a casa para leerlos durante el fin de semana; todas las noches a la hora de la cena, hablaban, pero no una mera charla, sino que sostenían conversaciones de verdad, por ejemplo acerca de por qué *Matar a un ruiseñor* era posiblemente el mejor libro que se había escrito nunca, o acerca de cuándo una podía decir que se había enamorado, o incluso acerca del padre de Josie. Pero entonces, una semana, hubo un caso particularmente espinoso que la tuvo hasta tarde en la oficina. Y Josie empezó a ser capaz de dormir de nuevo toda la noche de un tirón en lugar de despertarse gritando. Volver a la normalidad significaba en parte borrar los límites de lo que era anormal, y al cabo de unos meses, las emociones suscitadas en Alex con motivo del 11-S habían ido quedando olvidadas poco a poco, como una marea que borrara un mensaje escrito en la arena.

Peter odiaba el fútbol, aunque a pesar de ello formaba parte del equipo del instituto, donde seguían una política de «todo el mundo vale»; de modo que los chicos que en condiciones normales no hubieran entrado en el equipo como titulares, ni como de suplentes, ni ¿a quién pretendían engañar?, ni siquiera en el equipo, incluso éstos eran aceptados. Era este motivo, además de la convicción de su madre de que encajar pasaba por unirse a la multitud, el que lo había llevado a apuntarse a los entrenamientos que se hacían por la tarde, y en los que se vio practicando el pase de pelota, que Peter tenía que ir corriendo a buscar más veces de las que conseguía devolvérsela al compañero. Y también se encontró en los partidos, que tenían lugar dos veces por semana, calentando los banquillos de los campos de las escuelas de secundaria de todo el condado de Grafton.

Sólo había una cosa que Peter odiara más que jugar a fútbol, y era vestirse de futbolista. Después de clase, siempre encontraba algo que hacer en su casillero, o una pregunta que plantear a la maestra, de modo que, cuando él llegara al vestuario, sus compañeros estuvieran ya fuera calentando y haciendo estiramientos. Entonces, en un rincón, Peter se desnudaba sin necesidad de tener que oír a nadie burlándose de su pecho hundido, ni que nadie le estirara de la goma de los calzoncillos para darle un chasquido. Le llamaban Peter Homo, en lugar de Peter Houghton, e incluso cuando se quedaba último y no había nadie más en el vestuario, aún les seguía oyendo chocar las palmas de las manos, y sus risas llegaban hasta él como la mancha de una marea negra.

Cuando acababa el entrenamiento, por lo general solía encontrar algo que hacer y que le permitiera ser el último en el vestuario: recoger las pelotas utilizadas en el entrenamiento, hacerle al entrenador alguna pregunta relativa al siguiente partido, o volver a atarse las botas. Si tenía mucha suerte, para cuando llegaba a las duchas todos estaban ya camino de casa. Pero aquel día, nada más acabar el entrenamiento, se había desencadenado una tormenta. El entrenador se llevó a todos los chicos del campo de deportes y los hizo entrar en el vestuario.

Peter se dirigió a paso lento hacia el grupo de casilleros de su rincón. Había ya varios chicos camino de las duchas, con una toalla alrededor de la cintura. Drew, sin ir más lejos, junto con su amigo Matt Royston. Iban riéndose, dándose puñetazos el uno al otro a la altura del hombro para ver cuál de los dos era capaz de encajar el golpe más fuerte.

Peter se volvió de espaldas al resto de secciones del vestuario y se despojó del equipo, para taparse rápidamente con una toalla. El corazón le latía con fuerza. Podía imaginar lo que todos veían al mirarlo, entre otras cosas porque también él lo veía al observarse en el espejo: una piel blanca como el vientre de un pescado; los bultos nudosos que le sobresalían de la columna y de las clavículas. Unos brazos sin una fibra de músculo.

Lo último que hizo Peter fue quitarse los anteojos y dejarlos en el estante de su casillero abierto. Todo se volvió felizmente borroso.

Se fue hacia la ducha con la cabeza gacha, esperando al último segundo para desprenderse de la toalla. Matt y Drew ya se estaban enjabonando. Peter dejó que el chorro de agua le diera en la frente. Imaginó que era un aventurero en un río salvaje y espumoso, recibiendo el embate de una gran cascada mientras era succionado por un remolino.

Al quitarse el agua de los ojos y darse la vuelta, vio los contornos borrosos de dos cuerpos, eran Matt y Drew. Y la mancha oscura entre sus piernas: el vello púbico.

Peter aún no tenía.

Matt se volvió de lado con gesto brusco.

—Por Cristo, deja de mirarme la verga.

—Maricón de mierda —dijo Drew.

Peter se dio la vuelta de inmediato. ¿Y si resultaba que tenían razón? ¿Y si ésa era la razón de que su mirada se hubiera dirigido hacia allí en ese momento? Peor aún, ¿y si se le ponía dura justo entonces, cosa que últimamente le pasaba cada vez más a menudo?

Eso significaría que era gay, ¿o no?

—No te estaba mirando —soltó Peter—. No veo nada.

La risotada de Drew resonó contra las paredes embaldosadas de la ducha.

—A lo mejor es porque tienes la verga chiquita, Mattie.

De pronto Matt había agarrado a Peter por el cuello.

—No llevo anteojos —dijo Peter ahogándose—. Por eso...

Matt le soltó, empujando a Peter contra la pared, y luego salió de la ducha dando una zancada. Agarró la toalla de Peter que estaba colgada de un gancho, y la tiró bajo el chorro de agua. Fue a caer, completamente mojada, encima del desagüe central.

Peter la recogió y se la puso alrededor de la cintura. La tela de algodón estaba empapada, y él estaba llorando, pero pensó que a lo mejor los demás no se daban cuenta, pues todo él estaba chorreando. Todos lo miraban.

Cuando estaba con Josie no sentía nunca nada; no le entraban ganas de darle un beso, ni de tomarla de la mano, ni cosas así. Pero le parecía que tampoco sentía nada de eso por los chicos. Aunque no había duda de que tenías que ser o gay, o hetero. No podías no ser ninguna de las dos cosas.

Se apresuró a volver al grupo de casilleros del rincón y se encontró a Matt de pie delante de la suya. Peter entornó los ojos, intentando ver qué era lo que Matt sostenía en la mano, y entonces lo oyó: Matt tomó sus anteojos y cerró de golpe la puerta del casillero aplastándolos. Luego dejó caer al suelo la montura retorcida.

—Ahora ya no puedes mirarme —dijo, y se marchó.

Peter se arrodilló en el suelo, intentando recoger los fragmentos rotos de cristal. Como no veía bien, se cortó la mano. Se quedó sentado en el suelo, con las piernas cruzadas y la toalla ahuecada en el regazo. Se acercó la palma de la mano al rostro, hasta que lo vio todo claro.

Alex soñó que caminaba por la calle Mayor completamente desnuda. Entraba en el banco y depositaba un cheque.

—Su Señoría —le dijo el cajero, sonriente—, ¿verdad que hace un día radiante?

Al cabo de cinco minutos, entró en la cafetería y pidió un café con leche descremada. La camarera era una chica con el cabello de un improbable color púrpura y un piercing que le atravesaba el puente de la nariz a la altura de las cejas. Cuando Josie era pequeña y entraban en aquella cafetería, Alex le decía que no se quedara mirando.

—¿Tomará también *biscotti*, Su Señoría? —le preguntó la camarera.

Fue a la librería, a la farmacia y a la gasolinera, y en todas partes notó que la gente la miraba. Ella sabía que iba desnuda, ellos sabían que ella iba desnuda, pero nadie le dijo nada hasta que fue a la oficina de correos. El empleado de la oficina era un viejo que trabajaba allí probablemente desde que abandonaron el Pony Express. Al darle a Alex una tira de sellos, puso furtivamente la mano sobre la suya.

—Señora, puede que yo no sea la persona indicada para decírselo...

Alex lo miró a los ojos, a la expectativa.

Las arrugas de preocupación de la frente del empleado se suavizaron.

—... pero lleva usted un vestido precioso —concluyó.

Era su paciente la que gritaba. Lacy podía oír su llanto desde el otro extremo del pasillo. Corrió todo lo aprisa que pudo, hasta que dobló la esquina y se metió en la habitación.

Kelly Gamboni tenía veintiún años, era huérfana y tenía un coeficiente intelectual de 79. La habían violado en grupo, uno tras otro, tres alumnos del instituto que ahora esperaban ser juzgados en el centro de detención de menores de Concord. Kelly vivía en una residencia católica, donde, como era natural, no se contemplaba la posibilidad de abortar. Pero ahora el médico de guardia del servicio de urgencias había considerado necesario, por motivos médicos, provocar un aborto en la trigésimo sexta semana de embarazo. Kelly estaba tumbada en la cama del hospital, con una enfermera al lado que trataba en vano de consolarla, mientras ella se abrazaba a un osito de peluche.

—¡Papá! —gritaba, a un padre que hacía años que había muerto—. ¡Llévame a casa, papá! ¡Me duele mucho!

El médico entró en la habitación, y Lacy se le encaró.

—¿Cómo se atreve? —dijo—. ¡Es mi paciente!

—Bueno, la han traído a urgencias estando yo de guardia, así que ahora es mi paciente —replicó el médico.

Lacy miró a Kelly y salió al pasillo. A Kelly no le haría ningún bien que los dos se pelearan delante de ella.

—Ha ingresado quejándose de que llevaba dos días mojando la ropa interior. Se le ha hecho una exploración y, según todas las apariencias, ha sufrido una ruptura prematura de membranas —dijo el médico—. No tiene fiebre, y la traza del monitor fetal es reactiva. Un aborto inducido es totalmente razonable. Y además ella ha firmado la hoja dando su consentimiento.

—Puede que sea razonable, pero no es aconsejable. Es retrasada mental. Ahora mismo no entiende lo que le está pasando, está aterrorizada. Y, por descontado, no tiene capacidad para dar su consentimiento. —Lacy giró en redondo—. Voy a llamar al psiquiatra.

—Eso ya lo veremos —dijo el médico, agarrándola por el brazo.

—¡Suélteme!

Aún seguían increpándose mutuamente cuando, al cabo de cinco minutos, se presentó un médico del servicio de psiquiatría. El joven que se plantó delante de Lacy aparentaba la edad aproximada de Joey.

—Debe de ser una broma —dijo el médico; era el primer comentario que hacía con el que Lacy estaba de acuerdo.

Ambos siguieron al psiquiatra a la habitación de Kelly. Para entonces, la joven se abrazaba el vientre, hecha un ovillo, sin dejar de gemir.

—Necesita que le pongan la epidural —murmuró Lacy.

—No es seguro ponerla con dos centímetros —replicó el médico.

—Me da igual, necesita que se la pongan.

—¿Kelly? —dijo el psiquiatra, agachándose delante de ella—. ¿Sabes lo que es una cesárea?

—Ajá... —gruñó Kelly.

El psiquiatra se puso de pie.

—Tiene capacidad para dar su consentimiento, mientras un juez no dictamine lo contrario.

Lacy se quedó boquiabierta.

—¿Ya está?

—Tengo otras seis consultas esperando —le espetó el psiquiatra—. Lamento haberla decepcionado.

Mientras él se marchaba, Lacy le soltó:

—¡No es a mí a quien ha decepcionado! —Se agachó junto a Kelly y le apretó la mano—. Bueno, bueno. Yo cuidaré de ti. —Improvisó una oración dirigida a quienquiera que fuera capaz de mover las montañas en que podían convertirse los corazones de los hombres. Luego alzó la mirada hacia el médico—. Sobre todo, no le haga daño —dijo con suavidad.

El médico se pellizcó en el arco de la nariz.

—Diré que le pongan la epidural —suspiró.

Y sólo entonces Lacy se dio cuenta de que había estado aguantando la respiración.

Lo último que tenía ganas de hacer Josie era salir a cenar con su madre y pasarse tres horas viendo cómo maîtres, cocineros y otros comensales la adulaban. Era la celebración del cumpleaños de Josie, así que, la verdad, no entendía por qué no podían pedir comida china por teléfono y alquilar un vídeo. Pero su madre no dejaba de insistir en que, si se quedaban en casa sin salir, aquello no sería una celebración ni sería nada. Así que allí estaba ella, detrás de su madre como una dama de honor.

Lo había ido contando todo: cuatro veces «Encantado de verlas, Su Señoría»; tres veces «Sí, Su Señoría»; dos «Es un verdadero placer, Su Señoría». Y una vez: «Para Su Señoría, tenemos la mejor mesa de la casa». Josie había leído a veces en la revista *People* que había famosas a las que siempre les hacían regalos las marcas de bolsos y las zapaterías, y les daban entradas gratis para primeras representaciones en Broadway o para el Yankee Stadium... A fin de cuentas, su madre era una famosa de la ciudad de Sterling.

—No puedo creer —decía su madre— que tenga una hija de doce años.

—¿Ahora es cuando yo debería decir que debiste de ser una niña muy precoz?

Su madre se rió.

—Bueno, estaría bien.

—Dentro de tres años y medio ya podré conducir —señaló Josie.

Su madre golpeó con el tenedor en el plato.

—Gracias por recordármelo.

El camarero se acercó a la mesa.

—Su Señoría —dijo, depositando una bandeja con caviar delante de la madre de Josie—, el chef desearía obsequiarlas con este aperitivo.

—Qué asco, ¿huevas de pescado?

—¡Josie! —Su madre dirigió al camarero una sonrisa de apuro—. Por favor, dele las gracias al chef.

Podía sentir la mirada de su madre fija en ella.

—Bueno, ¿qué? —soltó al fin desafiante.

—Nada, sólo que le habrás parecido una mocosa malcriada, nada más.

—¿Por qué? ¿Porque no me gusta tener un montón de embriones de pez delante de las narices? Tú tampoco te los comes. Yo al menos he sido sincera.

—Y yo he sido discreta —dijo su madre—. ¿No te parece que es posible que ahora el camarero vaya y le diga al chef que menuda hija tiene la jueza Cormier?

—¿Y eso debería importarme?

—A mí me importa. Lo que tú haces repercute en mí, y yo tengo una reputación que proteger.

—¿Reputación de qué? ¿De alguien a quien le gusta que le hagan la corte?

—De alguien que está fuera del alcance de las críticas tanto dentro como fuera del tribunal.

Josie ladeó la cabeza.

—¿Y si yo hiciera algo malo?

—¿Malo? ¿Cómo de malo?

—Digamos... que fumara droga, por ejemplo —dijo Josie.

Su madre se quedó petrificada.

—¿Hay algo que quieras contarme, Josie?

—Por Dios, mamá, no fumo droga. Lo decía en sentido hipotético.

—Porque ya sabrás que ahora que estás en la secundaria te encontrarás con chicos y chicas que hacen cosas peligrosas... o simplemente estúpidas... Y espero que tú seas...

—... lo bastante fuerte como para saber decir que no —concluyó Josie, imitándola con burla—. Ya. Captado. Pero ¿y si no fuera así, mamá? ¿Y si llegas un día a casa y me encuentras colocada en la sala de estar? ¿Me entregarías?

—¿Qué quieres decir con, si te entregaría?

—A la poli. Si llamarías a la policía y les enseñarías... —Josie sonrió de medio lado—... ¡mi montoncito de hachís!

—No —dijo su madre—. No te denunciaría.

Cuando era más pequeña, Josie pensaba que al crecer se parecería a su madre: huesos delicados, pelo oscuro, ojos claros. En sus rasgos había todos esos elementos, pero al ir haciéndose mayor había empezado a parecerse a otra persona totalmente diferente, alguien a quien ella no había llegado a conocer. A su padre.

Se preguntaba si su padre, al igual que la propia Josie, era capaz de memorizar las cosas en un instante, y de imaginarlas en la página simplemente cerrando los ojos. Se preguntaba si su padre desafinaba al cantar y si le gustaban las películas de miedo. Se preguntaba si tenía las cejas en línea recta, tan diferentes de los delicados arcos de las cejas de su madre.

Se preguntaba, punto.

—Si no me denuncias porque soy tu hija —insistió Josie—, entonces no estarías siendo justa, ¿no?

—En ese caso estaría actuando como madre, no como jueza. —Su madre pasó la mano por encima de la mesa y le tocó en el brazo, lo cual le resultó raro, pues en general no era de esas personas toconas—. Josie, siempre que quieras puedes acudir a mí, ya lo sabes, ¿verdad? Cuando necesites hablar, yo te escucho. No te vas a meter en un lío con la justicia por decírmelo... no si tú eres la implicada, ni siquiera si lo fueran tus amigos.

Para ser del todo sincera, Josie no tenía muchos. Estaba Peter, a quien conocía desde siempre... A pesar de que Peter ya no iba a su casa ni viceversa, seguían juntándose en el colegio, y era la última persona en el mundo a la que Josie imaginaría haciendo algo ilegal. Sabía de sobra que una de las razones por las que las demás chicas excluían a Josie del grupo era porque ella siempre salía en defensa de Peter, pero se decía a sí misma que eso le daba igual. No era lo que quería, estar rodeada de gente a la que lo único que le importaba era lo que pasaba en las series de televisión tipo «One Life to Live», y que ahorraban el dinero que ganaban como niñeras para ir al Limited. A veces le parecían personas tan vacías que a Josie le daba por pensar que, si hurgaba en ellas con con un lápiz afilado, explotarían como un globo.

Así que, ¿por qué preocuparse si ella y Peter no eran populares? Siempre le estaba diciendo a Peter que eso no importaba, de modo que ya podía empezar a creérselo ella misma.

Josie se deshizo del contacto de la mano de su madre y fingió que estaba maravillada con la sopa de crema de espárragos. No sabía qué tenían los espárragos que a ella y a Peter les hacían mucha gracia. Una vez habían hecho un experimento consistente en comprobar cuántos tenías que comerte para que el pipí te oliera raro. Por Dios que no habían necesitado ni dos mordiscos.

—Y deja ya de poner tu voz de juez —dijo Josie.

—¿Mi qué?

—Tu voz de juez. La que pones cuando contestas al teléfono. O cuando estás en público. Como ahora.

Su madre frunció el entrecejo.

—Qué tontería, es la misma voz que...

El camarero se presentó como deslizándose, como si fuera patinando por todo el comedor.

—No pretendía interrumpirlas... ¿Está todo a su gusto, Su Señoría?

Sin alterarse en lo más mínimo, su madre se volvió hacia el camarero.

—Está todo delicioso —dijo, congelando la sonrisa hasta que se marchó; entonces se volvió de nuevo hacia Josie—. Es mi voz de siempre.

Josie la observó, y luego miró hacia la espalda del camarero.

—Ya, puede que sí —dijo.

El otro integrante del equipo de fútbol que hubiera estado más a gusto en cualquier otro sitio se llamaba Derek Markowitz. Se presentó a Peter un día en que estaban los dos sentados en el banquillo, durante un partido con North Haverhill.

—¿A ti quién te ha obligado a anotarte? —le preguntó Derek, y cuando Peter le dijo que su madre, respondió—: A mí también la mía. Es nutricionista, y está que no caga con el fitness.

Durante la cena, Peter les decía a sus padres que el entreno había ido de primera. Les contaba cosas inventadas a partir de los partidos que había visto jugar a los demás: proezas deportivas que él jamás podría haber realizado. Lo hacía para ver a su madre volverse hacia Joey y decir cosas tales como:

—Ya lo ves, no eres el único deportista de la familia.

Cuando en alguna ocasión habían ido a animarle en algún partido, y Peter no había abandonado el banquillo, les decía que era porque el entrenador sólo ponía a sus preferidos. Cosa que, en cierto modo, era verdad.

Derek compartía con Peter la condición de ser uno de los peores jugadores de fútbol del planeta. Era tan blanco que las venas parecían un mapa de carreteras bajo su piel, y tenía el pelo tan claro que era muy difícil distinguirle las cejas. Ahora, siempre que había partido se sentaban juntos en el banquillo. A Peter le gustaba, porque pasaba de contrabando barras de Snickers en los entrenamientos y se las comía cuando el entrenador no miraba; y también porque sabía contar chistes. La cosa llegó al punto de que Peter estaba deseando que llegara otro entrenamiento de fútbol, sólo por oír las cosas que decía Derek... Aunque al cabo de poco, Peter empezó a preocuparse una vez más por la duda de si le gustaba Derek por ser quien era, o porque él era gay; y entonces se apartaba un poco de su lado, o se decía que, por encima de todo, no miraría a Derek a los ojos en todo el entrenamiento, no fuera a ser que se hiciera una idea equivocada.

Un viernes por la tarde estaban sentados en el banquillo, viendo cómo los demás jugaban contra Rivendell. Todo el mundo sabía que Sterling podía propinarle una paliza a Rivendell con los ojos cerrados, pero eso no era motivo suficiente para que el entrenador sacara a Peter o a Derek en un partido de liga de verdad. En el último minuto del partido, el marcador señalaba algo tan humillante como Sterling 24, Rivendell 2, y Derek le estaba contando a Peter otro chiste de los suyos.

—Un pirata entra en un bar con la pata de palo, el parche en el ojo y el loro en la hebilla del cinturón. El camarero le dice: «Eh, amigo, llevas el loro en el cinturón». Y el pirata le contesta: «Sí, ya lo sé, arrrrgh. Ya me está rompiendo los huevos».

—Buen partido —dijo el entrenador, felicitando a cada uno de los jugadores con un apretón de manos—. Buen partido, chico. Buen partido.

—¿Vienes? —preguntó Derek, poniéndose de pie.

—Sí, ve tú, ahora voy —dijo Peter, y mientras estaba agachado atándose las botas, vio pararse un par de zapatos de mujer delante de él. Unos zapatos que conocía bien, porque siempre los pisaba sin querer cuando pasaba por el vestidor de la entrada de su casa.

—Hola, cielo —dijo su madre con una sonrisa.

Peter se quedó helado. ¿A qué chico de secundaria su madre lo iba a buscar a la cancha de juego, como si saliera del jardín de infantes y necesitara que le dieran la mano para cruzar la calle?

—Déjame a mí, Peter —le dijo su madre.

Tuvo tiempo de ver cómo el equipo, en lugar de meterse en el vestuario, como de costumbre, se quedaba para presenciar su última humillación. Cuando ya pensaba que las cosas no podían ir peor, su madre se fue derecho hacia el entrenador.

—Señor Yarbrowski —le dijo—, ¿podría hablar con usted?

«Tierra, trágame», pensó Peter.

—Soy la madre de Peter. Me preguntaba por qué no hace salir a mi hijo en los partidos.

—Son motivos tácticos, señora Houghton. Además, estoy dándole tiempo a Peter para que se ponga al nivel de algunos de los otros...

—Estamos a mitad de temporada, y mi hijo tiene el mismo derecho que cualquier otro a jugar en este equipo de fútbol.

—Mamá —la interrumpió Peter, preguntándose por qué no había terremotos en New Hampshire, por qué no se abría una grieta bajo sus pies y se la tragaba a media frase—. Déjalo ya.

—Tranquilo, Peter, yo me encargo de esto.

El entrenador se pellizcó el arco de la nariz, entre los ojos.

—Haré salir a Peter en el partido del lunes, señora Houghton, pero no va a ser muy bonito.

—No tiene por qué ser bonito, basta con que sea divertido. —Se volvió hacia Peter sonriente; no tenía ni idea—. ¿Está bien?

Peter casi no podía ni oírla. La vergüenza le zumbaba con tal fuerza en los oídos, que sólo era capaz de distinguir el murmullo sordo de sus compañeros. Su madre se agachó delante de él. Nunca antes había comprendido lo que era amar y odiar a alguien al mismo tiempo, pero ahora estaba empezando a captarlo.

—En cuanto te vea en acción, te pondrá de titular. —Le dio unas palmaditas en la rodilla—. Te espero en el estacionamiento.

Los demás jugadores se reían mientras él pasaba junto a ellos.

—Es el niñito de mamá —le decían—. ¿Siempre te saca las casta-
ñas del fuego, marica?

Una vez en el vestuario, se sentó y se quitó las botas. Se le había
hecho un agujero en el calcetín, por el que le salía el dedo gordo, y
se quedó mirándoselo como si ese hecho fuese algo verdaderamente
asombroso, y no porque estuviera haciendo un esfuerzo sobrehumano por no llorar.

Casi se le salió el corazón del pecho cuando notó que alguien se
sentaba a su lado.

—Peter —dijo Derek—, ¿estás bien?

Peter intentó decir que sí, pero era incapaz de hacer que aquella
mentira le saliera de la garganta.

—¿En qué se diferencia este equipo de un ramo de rosas? —le
preguntó Derek.

Peter sacudió la cabeza.

—En el ramo sólo hay capullos a veces. —Derek sonrió de medio
lado—. Nos vemos el lunes.

Para Josie, Courtney Ignatio era una de esas chicas que siempre parecen ir vestidas con una camiseta de tirantes de las que dejan el ombli-
go al aire. De las que en los recitales organizados por los estudiantes
se inventaba bailes al son de canciones como *Bootylicious* o *Lady
Marmalade*. Courtney había sido la primera alumna de séptimo curso
en tener teléfono móvil. Era de color rosa, y a veces sonaba en mitad
de la clase, aunque los profesores no se enojaban nunca con ella.

Cuando la emparejaron con Courtney en la clase de ciencias sociales para hacer un cuadro cronológico de la guerra de la independencia,
Josie refunfuñó, porque estaba segura de que le iba a tocar hacer todo el
trabajo. Pero Courtney la invitó a su casa para organizarse, y la madre
de Josie le dijo que, si no iba, entonces sí cargaría con el peso de todo.
Así que allí estaba, sentada en la cama de Courtney, comiendo galletas
de chocolate y organizando fichas de anotaciones.

—¿Qué? —dijo Courtney, poniéndose en jarras delante de ella.

—¿Qué de qué?

—¿Por qué pones esa cara?

Josie se encogió de hombros.

—Por nada. Es que tu habitación es muy diferente de la mía.

Courtney echó una ojeada a su alrededor, como si viera su habitación por primera vez.

—¿Diferente en qué?

En la habitación de Courtney había una alfombra de un color púrpura chillón y lámparas bordadas con cuentas que colgaban envueltas en vaporosos pañuelos de seda, para crear ambiente. Tenía la parte superior de un tocador dedicada por entero a productos de maquillaje; un póster de Johnny Depp colgado de la parte de atrás de la puerta y un equipo estéreo a la última en un estante. Tenía también su propio reproductor de DVD.

En comparación, la habitación de Josie era de lo más espartano. Había en ella una estantería de libros, un escritorio, un tocador y una cama. Su edredón parecía la colcha de una vieja dama comparada con la de satén de Courtney. Si Josie tenía algún estilo, sería algo así como Soso Americano Primitivo.

—Pues diferente, sólo eso —dijo Josie.

—Mi mamá es decoradora. A ella le parece que esto es con lo que soñaría cualquier quinceañera.

—¿Y a ti también te parece?

Courtney se encogió de hombros.

—No lo sé. A mí más bien me parece como un burdel o algo así, pero no quiero estropearle el capricho. Deja que vaya a buscar mi carpeta y nos ponemos...

Cuando se fue escalera abajo, Josie se quedó mirándose al espejo. Inclinada hacia el tocador, con todos los potes de maquillaje encima, se puso a agarrar y mirar frasquitos y tubos que le eran completamente desconocidos, como un arqueólogo que examinara sus hallazgos. Su madre raramente se maquillaba; se pintaba los labios tal vez, pero eso era todo. Josie levantó un tubito de rímel y desenroscó el tapón, pasando el dedo por el negro cepillo. Destapó un botellín de perfume y lo olió.

En la imagen reflejada en el espejo, vio a una chica idéntica a ella que agarraba una barra de lápiz de labios («¡Absolutamente arrebatador!», se leía en la etiqueta), y se la aplicaba. Su rostro se iluminó de color, como si hubiera cobrado vida.

¿Tan fácil era convertirse en otra persona?

—¿Qué haces?

Josie se sobresaltó al oír la voz de Courtney. Vio por el espejo cómo ésta se acercaba a ella y le quitaba el lápiz de labios de las manos.

—Yo... yo... lo siento —balbuceó Josie.

Ante su sorpresa, Courtney Ignatio la miró con una sonrisa ladeada.

—La verdad es que te favorece.

Joey sacaba mejores notas que su hermano pequeño; también era mejor deportista que Peter. Era más gracioso; más sensato; más imaginativo; era el centro de atención en las fiestas. Sólo había una cosa, que Peter supiera (y las había contado todas), de la que Joey no fuera capaz: no podía soportar la visión de la sangre.

Cuando Joey tenía siete años y su mejor amigo se cayó de la bicicleta saltando por encima del manubrio y abriéndose una brecha en la frente, fue Joey el que se desmayó. Siempre que daban un reportaje de medicina por televisión, tenía que salir de la sala. Por esta causa no había ido nunca a cazar con su padre, a pesar de que Lewis les había prometido a sus hijos que en cuanto cumplieran doce años podrían salir con él al bosque y aprender a disparar.

A Peter le parecía que había estado esperando todo el otoño la llegada de aquel fin de semana. Se había informado leyendo cosas sobre el rifle que su padre le iba a dejar utilizar, un Winchester modelo 94 de palanca 30-30 que había sido de su padre antes de comprar el Remington 721 de cerrojo 30.06 que usaba ahora para cazar venados. A las cuatro y media de la mañana, Peter apenas podía creer que estuviera sosteniéndolo en sus manos, con el seguro puesto. Avanzaba entre los árboles, detrás de su padre, mientras el vaho de su respiración se cristalizaba en el aire.

Había nevado durante la noche, razón por la cual las condiciones eran perfectas para la caza del venado. Habían salido el día anterior para buscar marcas frescas, señales dejadas en los árboles que indicaran que algún macho se había frotado en ellos la cornamenta repetidamente para marcar su territorio. Ahora era cuestión de encontrar esos lugares y rastrear las huellas frescas, para comprobar si el ciervo había pasado ya por allí o aún no.

El mundo era muy diferente cuando no había nadie en él. Peter intentaba seguir las pisadas que iba dejando su padre, pisando en las mismas huellas. Se imaginaba que estaba en el ejército, enfrascado en una misión guerrillera. El enemigo podía estar detrás de cualquier árbol. De un momento a otro podía verse envuelto en un tiroteo.

—Peter —susurró su padre por encima del hombro—. ¡Mantén el rifle apuntado!

Se acercaban al círculo de árboles en los que el día anterior habían visto las marcas de cuernos. En esos momentos, las señales de cornamenta eran frescas; la blanca madera del árbol y las pálidas tiras verdes del tronco pelado estaban al desnudo. Peter miró a sus pies. Había tres tipos de huellas diferentes, unas mucho mayores que las otras dos.

—Ya ha pasado por aquí —dijo el padre de Peter en voz baja—. Seguramente va siguiendo a las ciervas.

Los ciervos en celo perdían instinto de conservación. Estaban tan concentrados en las hembras que perseguían, que se olvidaban de los seres humanos que pudieran ir a su caza.

Peter y su padre caminaban con paso quedo a través del bosque, siguiendo las huellas que les llevaban hacia la zona pantanosa. De pronto, su padre levantó la mano para señalarle que se detuviera. Al levantar la vista, Peter pudo distinguir dos ciervas, una adulta, la otra primal. Su padre se volvió hacia él y, moviendo los labios, articuló: «Quédate quieto».

Cuando el macho salió de detrás de un árbol, a Peter se le cortó la respiración. Era imponente, majestuoso. Su recio cuello sostenía el peso de una cornamenta de seis puntas. El padre de Peter le hizo un imperceptible gesto con la cabeza, señalándole el rifle. «Dispárale».

Peter maniobró a duras penas con el rifle, que parecía como si le pesase veinte kilos. Lo elevó hasta apoyárselo en el hombro y apuntó al ciervo. El pulso le latía con tal fuerza, que el arma le temblaba.

Aún le parecía estar oyendo las instrucciones de su padre, como si se las estuviera repitiendo en voz alta: «Dispara a la parte baja del cuerpo, por debajo de las piernas delanteras. Si le aciertas en el corazón, lo matarás al instante. Y si no le das al corazón, entonces lo habrás herido en los pulmones, de modo que quizá pueda correr cien metros o poco más, antes de caer abatido».

Entonces el ciervo se volvió y le miró, clavando los ojos en el rostro de Peter.

Peter apretó el gatillo. El disparo salió desviado.

A propósito.

Los tres ciervos se agacharon al unísono, sin saber a ciencia cierta de dónde les llegaba el peligro. Mientras Peter se preguntaba si su padre se habría dado cuenta de que se había arredrado, o si habría pensado que era un pésimo tirador, restalló un segundo disparo procedente del rifle de su padre. Las ciervas salieron en estampida, en tanto el macho caía a plomo en el suelo.

Peter se acercó al venado, contemplando cómo le salía sangre del corazón.

—No ha sido por robarte la pieza —le dijo su padre—, pero si esperaba a que volvieras a cargar el rifle, hubieran oído el ruido y se habrían escapado.

—No —dijo Peter, que no podía apartar los ojos del ciervo—. Si no pasa nada.

Se dio la vuelta y se puso a vomitar entre unos arbustos.

Oía a su padre hacer algo detrás de él, pero no se volvió. Peter se quedó mirando una porción de nieve que había empezado ya a derretirse. Notó que su padre se acercaba. Peter podía oler la sangre en sus manos, y su decepción.

El padre de Peter le dio unas palmadas en el hombro.

—La próxima vez será —suspiró.

A Dolores Keating la habían trasladado a la escuela de secundaria aquel curso, en el mes de enero. Era una de esas alumnas que pasa desapercibida, ni muy guapa, ni muy inteligente, ni problemática.

Se sentaba delante de Peter en clase de francés, y su pelo recogido en una cola se movía arriba y abajo mientras conjugaba verbos en voz alta.

Un día, mientras Peter hacía esfuerzos desesperados por no dormirse mientras Madame recitaba la conjugación del verbo *avoir*, advirtió que Dolores se había sentado justo encima de una mancha de tinta. Le pareció una cosa muy graciosa, dado que la chica llevaba unos pantalones blancos, pero entonces se dio cuenta de que aquello no era una mancha de tinta.

—¡Dolores tiene la regla! —gritó en voz alta, verdaderamente conmocionado. En un hogar de hombres, con la excepción de su madre, claro está, la menstruación era uno de esos grandes misterios relacionados con las mujeres; como también lo era cómo conseguían ponerse rímel sin arrancarse los ojos, o cómo eran capaces de abrocharse ellas solas el sujetador a la espalda; ese tipo de cosas.

Todos se volvieron hacia Dolores, que se puso tan roja como sus pantalones. Madame la acompañó al pasillo y le aconsejó que fuera a la enfermería. En la silla de delante de Peter había quedado una pequeña mancha de sangre. Madame llamó al encargado, pero para entonces la clase estaba ya fuera de control. Los cuchicheos corrían como la pólvora acerca de la gran cantidad de sangre que había, de que ahora Dolores era otra de las chicas de las que todo el mundo sabía que ya le había venido la menstruación.

—A Keating le ha venido la regla —le dijo Peter al chico sentado a su lado, cuyos ojos se iluminaron.

—A Keating le ha venido la regla —repitió el chico, y la cantinela se difundió por toda el aula. «A Keating le ha venido. A Keating le ha venido». Peter se encontró al otro lado de la clase con la mirada de Josie. Josie, que últimamente había empezado a ponerse maquillaje. Ella también repetía el estribillo junto con el resto de la clase.

Formar parte del grupo tenía un efecto euforizante. Peter sintió como si lo inflaran por dentro con helio. Había sido él quien había iniciado todo aquello. Al señalar a Dolores, él había pasado a formar parte del círculo cerrado.

Aquel día, durante el almuerzo, estaba sentado con Josie cuando Drew Girard y Matt Royston se acercaron con sus bandejas.

—Dicen que tú lo has visto todo —le dijo Drew, y se sentaron para que Peter les contara los detalles. Él exageró la cosa. Lo que había sido un poco de sangre se convirtió en un charco; la pequeña mancha en sus pantalones blancos pasó a ser una de enormes proporciones propia de un test de Rorschach. Llamaron a sus amigos, algunos de ellos compañeros de Peter en el equipo de fútbol, pero que no le habían dirigido la palabra en todo el año.

—Explícaselo a ellos también, es para partirse el pecho —dijo Matt, sonriéndole a Peter como si éste fuera uno de ellos.

Aquel día, Dolores no volvió a clase. Peter sabía que lo mismo daría que se quedara un mes entero en casa, o más. La memoria de los alumnos de séptimo era como una caja hermética de acero, y durante el resto de su carrera escolar en el instituto, a Dolores se la recordaría siempre como la chica a la que le vino la regla en clase de francés y dejó la silla perdida de sangre.

La mañana en que la chica volvió al instituto, nada más bajarse del autobús, Matt y Drew la flanquearon de inmediato.

—Para ser una mujer —le dijeron, alargando las palabras—, no es que tengas muchas tetas.

Ella se alejó de ellos, y Peter no volvió a verla hasta la hora de francés.

A alguien, Peter no sabía a quién, se le había ocurrido un plan. Madame llegaba siempre a clase con retraso, pues venía del otro extremo del edificio. Así que, antes de que entrara, todo el mundo tenía que acercarse al pupitre de Dolores y ofrecerle un tampón, que les había proporcionado Courtney Ignatio, la cual le había sustraído una caja a su madre.

El primero fue Drew. Al depositar el tampón encima del pupitre de la chica, dijo:

—Me parece que se te ha caído.

Seis tampones más tarde, Madame no había aparecido todavía en el aula. Peter se levantó, con el tubito en el puño, dispuesto a dejarlo sobre el pupitre... cuando vio que Dolores estaba llorando.

Lo hacía en silencio, y apenas era perceptible. Pero cuando Peter alargó el brazo con el tampón en la mano, repentinamente cayó en la cuenta de que así era como se había sentido él cuando estaba al otro lado, del lado del infierno.

Peter estrujó el tampón cerrando el puño.

—Ya está bien —dijo en voz baja, y se volvió hacia los siguientes tres alumnos que hacían cola para humillar a Dolores—. Basta ya.

—¿Qué pasa contigo, marica? —preguntó Drew.

—Que ya no tiene gracia.

Tal vez no la había tenido nunca. Aunque esta vez no le había tocado a él, y eso ya era mucho.

El chico que venía detrás de él empujó a Peter apartándolo a un lado y tiró el tampón de forma que rebotó en la cabeza de Dolores y rodó bajo la silla de Peter. Entonces llegó el turno de Josie.

Primero miró a Dolores, y luego a Peter.

—No —musitó él.

Josie apretó los labios y abrió los dedos, dejando caer el tampón encima del pupitre de Dolores.

—Ups —exclamó, y cuando Matt Royston se rió, se fue hacia él y se quedó a su lado.

Peter estaba al acecho. Aunque hacía varias semanas que Josie ya no volvía a casa caminando con él, sabía lo que hacía después del colegio. Por lo general, se iba a pasear al centro, donde se tomaba un té helado con Courtney y compañía, y luego se iban a mirar escaparates. A veces él se mantenía a una distancia prudencial y la observaba, como quien contempla una mariposa a la que sólo conociera bajo el aspecto de oruga, preguntándose cómo demonios podían darse cambios tan drásticos.

Esperó hasta que Josie se despidió de las demás chicas, y entonces la siguió por la calle que llevaba hasta su casa. Cuando llegó a su altura y la agarró del brazo, ella chilló.

—¡Por Dios! —exclamó—. ¿Es que quieres matarme de un susto, Peter? Había estado repasando mentalmente lo que quería preguntarle, porque le costaba mucho expresarse. Pero cuando tuvo a Josie tan cerca, después de todo lo que había sucedido, las palabras no le salieron. Y en lugar de preguntarle lo que había ensayado, se dejó caer en el bordillo, mesándose los cabellos.

—¿Por qué? —preguntó.

Ella se sentó a su lado, cruzando los brazos sobre las rodillas.

—No lo hago para hacerte daño a ti.

—Eres tan falsa cuando estás con ellos.

—Es sólo que soy diferente de cuando estoy contigo —dijo Josie.

—Pues eso: falsa.

—Hay maneras diferentes de ser uno mismo.

Peter se mofó.

—Si eso es lo que te enseñan esos imbéciles, entérate de que es una idiotez.

—Ellos no me están enseñando nada —replicó Josie—. Voy con ellos porque me gustan. Se divierten y son divertidos, y cuando estoy con ellos... —se calló de repente.

—¿Qué? —la instó Peter.

Josie le miró a los ojos.

—Cuando estoy con ellos —dijo—, yo gusto a la gente.

Peter supuso que sí, qué los cambios podían ser así de drásticos: en un instante, podías pasar de querer matar a alguien, a querer suicidarte.

—No permitiré que vuelvan a burlarse de ti nunca más —le prometió Josie—. Eso es algo bueno también para ti, ¿no te parece?

Peter no respondió. No se trataba de él.

—Es que... es que ahora mismo no puedo salir contigo, de verdad —se justificó Josie.

Él levantó la cara.

—¿No puedes?

Josie se puso de pie, retrocediendo y alejándose de él.

—Nos vemos, Peter —dijo, y salió de su vida.

Uno nota cuando la gente lo mira. Es como el calor que despide el asfalto en verano, como la punta de un atizador en la espalda. No se necesita oír ni siquiera un solo cuchicheo para saber que se trata de ti.

Antes solía mirarme en el espejo del baño para ver qué era lo que ellos tanto miraban. Quería saber qué era lo que les hacía volver la cabeza; qué había en mí que fuera tan increíblemente diferente. Al principio no lo entendía. Quiero decir que era yo, y ya está.

Hasta que un día al verme reflejado lo entendí. Miré mis propios ojos y sentí aversión hacia mí mismo, quizá tanta como la que ellos sentían.

Aquel día empecé a creer que ellos tenían razón.

DIEZ DÍAS DESPUÉS

Josie esperó hasta que dejó de oír la televisión en el dormitorio de su madre y se volvió de costado en la cama para poder ver las acrobacias del diodo luminoso del reloj digital. Cuando los dígitos señalaron las 2:00 de la madrugada, decidió que ya no había peligro y, tras retirar las sábanas, se levantó de la cama.

Sabía muy bien cómo bajar la escalera sin hacer ruido. Ya lo había hecho un par de veces con anterioridad, para encontrarse con Matt en el patio de atrás. Una noche él le había enviado un mensaje de móvil: «Quiero verte ahora». Ella había salido a encontrarse con él vestida con un camisón blanco de algodón, como un fantasma, y cuando él la tocó, por un momento le pareció que iba a escurrírsele entre los dedos.

Sólo había un peldaño que crujía y Josie sabía perfectamente cuál era, por lo que no era ningún problema pasar por encima sin pisarlo. Una vez en la planta baja, rebuscó en la estantería de los DVD hasta encontrar el que quería ver sin que nadie la sorprendiera haciéndolo. Luego encendió el televisor, y bajó tanto el volumen que tuvo que ponerse casi encima de la pantalla para poder oír.

La primera persona que aparecía era Courtney. Levantaba la mano para impedir que la persona que llevaba la cámara la filmara. No obstante, se reía, mientras su largo pelo le caía por delante del rostro como un velo de seda. Se oía la voz en off de Brady Price: «Enséñanos algo para "Girls Gone Wild", Court». La imagen se difuminó unos segundos, y luego apareció un primer plano de un pastel de cumpleaños. FELICES DIECISÉIS AÑOS, JOSIE. Una rápida sucesión de rostros, incluido el de Haley Weaver, cantándole a ella.

Josie pulsó el botón de pausa del DVD. Ahí estaban, Courtney, Haley, Maddie, John, Drew. Tocó la frente de cada uno de ellos, con la yema de los dedos, recibiendo una minúscula descarga eléctrica cada vez.

Para celebrar su cumpleaños habían ido a hacer una barbacoa al lago Sunapee. Comieron hot dogs, hamburguesas, mazorcas de maíz. Se habían olvidado el ketchup, y alguien tuvo que volver en coche a la ciudad para ir al súper a comprarlo. Courtney había firmado su tarjeta de felicitación con las iniciales PMMA, «Para Mi Mejor Amiga», aunque Josie sabía que un mes antes le había puesto lo mismo a Maddie.

Para cuando la imagen volvió a difuminarse y surgió su propio rostro, Josie estaba llorando. Sabía lo que venía a continuación, lo recordaba perfectamente. La cámara fue ampliando el plano, y allí estaba Matt, rodeándola con el brazo mientras ella estaba sentada en su regazo sobre la arena. Él se había quitado la camisa, y Josie aún recordaba el calor de su piel al contacto con la suya.

Cómo puede alguien estar tan vivo en un determinado momento para luego quedar inmovil para siempre, y no sólo el corazón o los pulmones, sino la forma despaciosa de esbozar una sonrisa, la parte izquierda de la boca antes que la derecha; y el tono de la voz; y la forma de atusarse el pelo después de haber acabado los ejercicios de matemáticas.

—No puedo vivir sin ti —solía decirle Matt. Ya no tendría que hacerlo, pensó Josie.

No podía parar de llorar, y se llevó el puño a la boca para no hacer ruido. Contemplaba a Matt en la pantalla, de la misma forma que uno observaría a un animal al que no había visto antes, como si tuviera que memorizarlo para contarle al mundo entero más tarde lo que había encontrado. La mano de Matt se abrió sobre el vientre desnudo de ella, rozándole el borde de la parte superior del biquini. Se veía a ella misma rechazándolo, ruborizada.

—Aquí no —decía su voz, una voz alegre y divertida que ni siquiera a Josie le sonaba como la suya propia. Uno nunca reconoce su voz cuando la oye en una grabación.

—Pues vamos a otro sitio —decía Matt.

Josie se levantó la camisa del pijama y metió la mano por debajo. Se aplicó la palma de la mano en el vientre. Levantó el dedo pulgar, como lo había hecho Matt, hasta la curva de uno de los senos. Trató de fingir que era él.

Matt le había regalado un colgante de oro para aquel cumpleaños, una joya de la que no se había desprendido desde aquel día, hacía casi seis meses. Josie lo llevaba en la filmación. Recordó que cuando lo había mirado en el espejo, vio la huella del pulgar de Matt en él; había quedado impresa cuando se lo había colgado del cuello. Le pareció algo tan íntimo, que durante varios días había evitado con todo cuidado frotarla para no borrarla.

La noche en que Josie había salido para encontrarse con Matt en el patio trasero, a la luz de la luna, él se había echado a reír al ver su camisón, estampado con imágenes de muñequitos.

—¿Qué estabas haciendo cuando te he enviado el mensaje? —le preguntó.

—Estaba durmiendo. ¿Para qué querías verme en plena noche?

—Para estar seguro de que soñabas conmigo —le dijo él.

En el DVD, alguien pronunciaba el nombre de Matt en voz alta. Él se volvía, sonriente. Tenía dientes de lobo, pensó Josie. Afilados, de una blancura inverosímil. Le daba a Josie un beso en la boca.

—Vuelvo en seguida —le decía.

«Vuelvo en seguida».

Le dio a la pausa justo en el momento en que Matt se levantaba. Luego se pasó la mano por el cuello y arrancó de un tirón el colgante junto con la fina cadenita de oro que lo sostenía. Abrió el cierre de uno de los cojines del sofá y metió el colgante dentro del relleno.

Apagó el televisor. Dejó a Matt suspendido así, para siempre; a apenas unos centímetros de ella, para poder acercarse a él cuando quisiera. Aunque sabía que el DVD volvería a su posición de inicio antes de que ella hubiera salido de la habitación.

A Lacy y a Lewis se les había acabado la leche. Aquella mañana, mientras ella y su marido estaban sentados como zombis a la mesa de la cocina, lo había sacado a colación:

«Dicen que va a llover otra vez».

«Se ha terminado la leche».

«¿Hay noticias del abogado de Peter?».

Lacy estaba desolada por el hecho de no poder volver a visitar a Peter hasta al cabo de otra semana más. Normas de la prisión. La atormentaba pensar que Lewis ni siquiera había ido aún a verle. ¿Cómo podía llevar a cabo con normalidad los quehaceres de la vida cotidiana, sabiendo que su hijo estaba sentado en una celda a menos de treinta kilómetros de distancia?

Había un punto crítico en el que los acontecimientos de tu vida se convertían en un tsunami. Era algo que Lacy conocía bien, porque el torrente del dolor la había arrastrado ya una vez. Y cuando eso sucedía, uno se encontraba, al cabo de unos días en medio de un terreno inhóspito, sin raíces. La única alternativa era intentar llegar hasta un nivel más alto mientras aún se podía.

Por ese motivo, Lacy estaba en una estación de servicio, comprando un cartón de leche, cuando su instinto más primario le pedía meterse debajo de las sábanas y dormir. Aquello no había sido tan sencillo como parecía: para conseguir la leche, primero había tenido que salir marcha atrás del garaje de su casa mientras los periodistas golpeaban los cristales de las ventanillas y le obstaculizaban el paso; luego había tenido que despistar a la furgoneta de la tele que la seguía por la autovía. Como resultado, de repente se veía comprando un cartón de leche en una estación de servicio en Purmort, New Hampshire, que raramente frecuentaba.

—Son dos dólares con cincuenta y nueve centavos —dijo la cajera.

Lacy abrió la cartera y sacó tres dólares. Entonces se fijó en el pequeño letrero escrito a mano junto a la caja registradora. RECAUDACIÓN DE FONDOS PARA LAS VÍCTIMAS DEL INSTITUTO STERLING, leyó; y había una lata de café para recoger los donativos.

Empezó a temblar.

—No se preocupe —dijo la cajera, comprensiva—. Una tragedia, ¿verdad?

El corazón le latía con tál fuerza, que Lacy estaba segura que la empleada tenía que oírlo.

—Aunque quieras, no puedes dejar de preguntarte por esos padres, ¿eh? ¿Cómo pudieron no darse cuenta de nada?

Lacy asentía con la cabeza, por miedo a que el mero sonido de su voz pudiera dar al traste con su anonimato. Era casi demasiado fácil estar de acuerdo: ¿podía haber un hijo más espantoso, una madre peor?

Era fácil decir que detrás de un hijo terrible había siempre un padre terrible, pero ¿y los padres que lo habían hecho lo mejor que habían sabido? ¿Y los padres, como Lacy, que habían amado de una forma incondicional, que habían protegido a su hijo con ferocidad, que lo habían querido al máximo... y que aun así habían criado a un asesino?

«Yo no me di cuenta de nada —hubiera deseado decir Lacy—. No ha sido culpa mía».

Pero guardó silencio, porque, para ser sincera, no estaba del todo segura de creerlo así.

Lacy vació el contenido de su monedero en la lata de café, tanto billetes como monedas. Salió de la tienda de la gasolinera casi sin darse cuenta, olvidándose el cartón de leche en el mostrador.

Dentro de sí no había quedado nada. Se lo había dado todo a su hijo. Y ése era el mayor sufrimiento de todos: por muy fantásticos que queramos que sean nuestros hijos, por muy perfectos que finjamos que son, están condenados a defraudarnos. Los hijos acaban siempre pareciéndose a nosotros mucho más de lo que habíamos pensado: imperfectos hasta la médula.

*   *   *

Ervin Peabody, el profesor de psiquiatría en la facultad, se ofreció para conducir una sesión de duelo colectivo dirigida a toda la población de Sterling en la blanca iglesia de madera del centro de la ciudad. En el diario local se había publicado un minúsculo aviso de una sola línea, y en la cafetería y en el banco se habían colgado unos carteles de color morado, pero eso había sido suficiente para difundir la convocatoria. A la hora del evento, las siete de la tarde, había coches estacionados hasta a casi un kilómetro de distancia. El gentío desbordaba las puertas de la iglesia y se desparramaba por la calle. Los representantes de la prensa, que habían acudido en masa para cubrir la noticia, eran rechazados por un batallón de policías de Sterling.

Selena abrazó al bebé contra su pecho al pasar junto a ella otra oleada de ciudadanos.

—¿Te habías imaginado una cosa así? —le preguntó en voz baja a Jordan.

Éste negó con la cabeza, mientras sus ojos vagaban por encima de la multitud. Reconoció a varias personas que habían estado presentes en la lectura del acta de acusación, pero distinguió también muchas otras caras nuevas que no estaban relacionadas de forma personal con el instituto: personas mayores, estudiantes de la facultad, parejas con hijos pequeños. Habían acudido por una especie de efecto dominó; porque el trauma de una persona provoca una pérdida de inocencia en otra.

Ervin Peabody ocupaba un asiento delante de todo de la gran sala, junto al jefe de policía y el director del Instituto Sterling.

—Hola a todos —dijo, poniéndose en pie—. Hemos convocado esta velada de hoy porque todos seguimos aún bajo los efectos de la conmoción. Casi de la noche a la mañana, el paisaje se ha transformado a nuestro alrededor. Es posible que no tengamos respuesta para todas las preguntas, pero hemos pensado que podría ser beneficioso empezar a hablar acerca de lo sucedido. Y lo que quizá es más importante, escucharnos unos a otros.

Un hombre se levantó en la segunda fila, con el saco en la mano.

—Nosotros nos trasladamos aquí hace cinco años, porque mi esposa y yo queríamos huir de la locura de Nueva York. Acabábamos de formar una familia y buscábamos un lugar que fuera... en fin, un poco más amable y acogedor, nada más. No sé si saben a lo que me refiero: cuando vas en coche por las calles de Sterling, las personas que te conocen te saludan con la bocina... Y cuando vas al banco, el cajero te llama por tu nombre. Ya no quedan muchos sitios así en Norteamérica, y ahora... —Se le quebró la voz.

—Y ahora Sterling tampoco es ya uno de esos sitios —concluyó Ervin—. Sé lo difícil que resulta que la imagen que uno se ha forjado de algo ya no se corresponda con la realidad, que la persona pacífica con la que te cruzabas se convierta en un monstruo.

—¿Un monstruo? —le dijo Jordan a Selena en un susurro.

—Bueno, ¿y qué quieres que diga? ¿Que Peter era una bomba de relojería? Llamarlo monstruo hará que todos se sientan más seguros.

El psiquiatra paseó la mirada por la concurrencia.

—Yo pienso que el hecho mismo de que todos ustedes estén aquí esta noche demuestra que Sterling no ha cambiado. Es posible que ya nunca vuelva a ser como antes, o al menos tal como la habíamos conocido... Entonces tendremos que crear un nuevo tipo de normalidad.

Una mujer levantó la mano.

—¿Y qué pasará con el instituto? ¿Nuestros hijos tendrán que volver a entrar en ese sitio?

Ervin lanzó una ojeada hacia el jefe de policía y hacia el director.

—Es aún el escenario de una investigación en curso —dijo el policía.

—Esperamos poder acabar el trimestre en una ubicación diferente —añadió el director—. Estamos en conversaciones con el municipio de Lebanon, para ver si tienen alguna escuela desocupada que podamos utilizar.

Se oyó la voz de otra mujer:

—Pero tarde o temprano tendrán que regresar. Mi hija sólo tiene diez años, y la mera idea de tener que entrar alguna vez en ese edificio la aterroriza. Tiene pesadillas y se despierta a media noche gritando. Cree que hay alguien con un arma al acecho, esperándola.

—Alégrese de que aún pueda tener pesadillas —replicó un hombre junto a Jordan. Se había puesto de pie, con los brazos cruzados y los ojos enrojecidos—. Acuda a su lado por la noche cuando grite, y abrácela; dígale que no le pasará nada. Miéntale, como hice yo.

Un murmullo se extendió por la multitud como un ovillo que entre todos desenmarañaran. «Es Mark Ignatio. El padre de una de las víctimas».

Eso bastó para que una falla se abriera en Sterling, una sima tan profunda y siniestra que tendrían que pasar años para poder tender un puente sobre ella. Se había instaurado ya una diferencia en el seno de aquella comunidad: entre quienes habían perdido a algún hijo y quienes aún tenían de quién preocuparse.

—Algunos de ustedes conocían a mi hija Courtney —prosiguió el hombre—. Es posible que hiciera de niñera para alguno de sus hijos. O les sirviera una hamburguesa en el Steak Shack en verano. A lo mejor la conocían de vista, porque era una chica preciosa, preciosa. —Se volvió hacia el frente de la sala—. ¿Quiere decirme cómo se supone que puedo inventarme yo un nuevo tipo de normalidad, doctor? No pretenderá sugerirme que algún día todo será más fácil. Que seré capaz de superar esto. Que olvidaré que mi hija yace en una tumba, mientras hay por ahí un psicópata vivito y coleando. —El hombre se volvió inesperadamente hacia Jordan—. ¿Cómo es capaz de vivir consigo mismo? —le acusó—. ¿Cómo demonios puede dormir por las noches, sabiendo que está defendiendo a ese hijo de puta?

Todas las miradas de la sala se clavaron en Jordan. A su lado, percibió cómo Selena hundía la cara del bebé contra su pecho, como si quisiera protegerlo. Jordan abrió la boca para hablar, pero no llegó a hacerlo.

El sonido de los pasos de unas botas acercándose por el pasillo distrajo su atención. Patrick Ducharme avanzaba directamente hacia Mark Ignatio.

—No soy capaz de imaginar el dolor que siente, Mark —le dijo Patrick, con los ojos fijos en los del afligido padre—. Y sé que tiene todo el derecho del mundo a estar aquí, y a mostrarse como quiera. Pero así es como funcionan las leyes en nuestro país: una persona es inocente mientras no se demuestre su culpabilidad. El señor McAfee sólo hace su trabajo. —Posó la mano sobre el hombro de Mark y bajó el tono de voz—. ¿Por qué no vamos usted y yo a tomar una taza de café?

Mientras Patrick se llevaba a Mark Ignatio hacia la salida, Jordan recordó lo que había querido decir.

—Yo también vivo aquí —comenzó.

Mark se volvió en redondo.

—No por mucho tiempo.

Alex no era el diminutivo de Alexandra, como todo el mundo pensaba. Sencillamente, su padre le había puesto el nombre del hijo que habría preferido tener.

La había criado él, después de que su esposa muriese de cáncer de mama cuando Alex tenía cinco años. No era la clase de padre que enseña a su hija a montar en bicicleta, o a brincar por encima de las rocas; él le había explicado la procedencia latina de palabras como «halcón», «águila» o «puercoespín», o la Declaración de Derechos Humanos. Alex se esforzaba por destacar en los estudios para atraer su atención: ganando certámenes de ortografía y pruebas de geografía; encadenando sobresalientes; siendo aceptada en todas las facultades a las que pedía acceso.

Ella quería ser como su padre, el tipo de hombre al que, cuando caminaba por la calle, los tenderos saludaban con un reverencial asentimiento de cabeza: «Buenas tardes, jueza Cormier». Quería percibir el cambio en el tono de voz de una recepcionista cuando oía que era la jueza Cormier la que estaba al aparato.

Si su padre no la había tenido nunca en el regazo, si nunca le había dado un beso de buenas noches, si nunca le había dicho que la quería... en fin, todo eso formaba parte de su personaje, nada más. De su padre, Alex aprendió que todas las cosas podían destilarse en hechos. La comodidad, la paternidad, el amor... todo eso podía reducirse por cocción a su forma más sencilla, y explicarse más que experimentarse. Y la ley... bueno, la ley era el sostén del sistema de creencias de su padre. Cualquier sentimiento que uno tuviera, en el contexto de la sala de un tribunal encontraba una explicación. Se podía ser emotivo, pero dentro de unos límites. Lo que se le demostraba a un cliente no era necesariamente lo que se sentía, o al menos se podía fingir así, de modo que nadie pudiera acercarse lo bastante como para hacernos daño.

El padre de Alex había sufrido un derrame cerebral cuando ella estaba en segundo de derecho. Alex se había sentado en el borde de la cama del hospital y le había dicho que lo quería.

—Oh, Alex —suspiró él—. No nos preocupemos por esas cosas.

Ella no lloró en su funeral, porque sabía que así le habría gustado a él.

¿Habría deseado su padre, tal como ella lo deseaba ahora, que la base de su relación hubiera sido diferente? El hecho de convertir en una relación de profesor y alumna lo que en un principio debía ser una relación de padre e hija ¿había sido una forma de renunciar a sus esperanzas personales? ¿Durante cuánto tiempo puedes seguir un camino paralelo al de tu hija antes de perder toda opción a interactuar con ella?

Había leído incontables páginas de Internet dedicadas al dolor y la tristeza y a sus etapas; había estudiado las secuelas de otros casos similares de tiroteos en centros escolares. Se sentía capacitada para realizar ese tipo de investigación, pero cuando se trataba de conectar con Josie, su hija la miraba como si no la reconociera. En otras ocasiones, Josie se echaba a llorar. Alex no sabía cómo enfrentarse a ninguna de las dos reacciones. Se sentía incompetente, entonces se recordaba a sí misma que la cuestión no era ella, sino Josie, y ello le producía un mayor sentimiento de fracaso.

A Alex no se le escapaba la gran ironía que había en todo aquello: se parecía a su padre mucho más de lo que jamás hubiera sospechado. Se sentía muy cómoda en su sala del tribunal, y en cambio parecía no reconocerse dentro de los límites de su propio hogar. Sabía muy bien qué decirle a un imputado que se presentara ante ella por tercera vez por conducir bajo los efectos del alcohol, pero era incapaz de sostener una conversación de cinco minutos con su hija.

Diez días después de la tragedia del Instituto Sterling, Alex entró en la habitación de Josie. Era media tarde, y las cortinas estaban corridas. Su hija se había refugiado en el nido hecho con el edredón de su cama. Aunque su primer instinto fue subir las persianas y dejar que entrara la luz del sol, Alex optó por tumbarse en la cama, abrazando el bulto bajo el que se ocultaba Josie.

—Cuando eras pequeña —le dijo Alex—, a veces me metía en esta cama a dormir contigo.

Se produjo un movimiento, y las sábanas se apartaron del rostro de Josie. Tenía los ojos enrojecidos, la cara hinchada.

—¿Por qué?

Ella se encogió de hombros.

—Nunca me han entusiasmado los truenos y las tormentas.

—¿Y cómo es que yo nunca me desperté? No recuerdo haberte encontrado nunca aquí metida.

—Siempre me volvía a mi cama antes de que tú te despertaras. Se suponía que la fuerte era yo... No quería que supieras que había algo que me asustaba.

—Supermamá —susurró Josie.

—Pero hay cosas que me asustan, como perderte —dijo Alex—. Me asusta pensar que ya te he perdido.

Josie la miró unos segundos.

—Yo también tengo miedo de perderme.

Alex se incorporó y le colocó a Josie el pelo por detrás de la oreja.

—Vamos, salgamos de aquí —propuso.

Josie se quedó inmóvil.

—No quiero salir.

—Cielo, es por tu bien. Es como una terapia física, pero para el cerebro. Hay que ponerse en marcha, seguir la rutina diaria, aunque sea por inercia. Al final volverás a hacerlo todo de una forma natural.

—Tú no lo entiendes...

—Jo, si no lo intentas —le dijo—, es como concederle la victoria a él.

Josie levantó la cabeza con brusquedad. Alex no necesitaba explicarle a quién se refería con él.

—¿Llegaste a imaginarlo? —preguntó Alex sin pensar.

—Imaginar... ¿el qué?

—Que pudiera hacer algo así.

—Mamá, no tengo ganas de...

—No puedo dejar de pensar en él cuando era un niño pequeño —prosiguió Alex.

Josie sacudió la cabeza a un lado y a otro.

—De eso hace mucho tiempo —murmuró—. La gente cambia.

—Ya lo sé. Pero a veces aún lo veo colocándote aquel rifle en las manos...

—Éramos pequeños —la interrumpió Josie con los ojos llenos de lágrimas—. Pequeños y tontos. —Apartó las sábanas con repentina premura—. ¿No querías que fuéramos a algún sitio?

Alex se quedó mirándola. Un abogado habría seguido hurgando en aquel punto débil. Una madre, sin embargo, no debía.

Al cabo de unos minutos, Josie estaba sentada en el asiento del pasajero del coche, junto a Alex. Se abrochó el cinturón de seguridad, se lo soltó y volvió a ajustárselo. Alex observó cómo daba un tirón del cinturón para comprobar que se bloqueaba.

Iban comentando obviedades durante el trayecto. Que si los primeros narcisos asomaban sus valientes yemas por entre la nieve de la mediana de la avenida. Que si los regatistas del equipo universitario de Sterling estaban entrenando en el río Connecticut, las proas de sus barcas abriéndose paso a través del hielo residual. Que si el indicador de temperatura del coche señalaba que estaban a más de diez grados. Alex dio un rodeo intencionado por la carretera que no pasaba junto al instituto. Josie sólo giró la cabeza una vez para mirar por la ventanilla, y fue cuando pasaron a la altura de la comisaría de policía.

Alex dejó el coche en un estacionamiento, enfrente del bar-restaurante. La calle estaba repleta de personas que aprovechaban la hora de la comida para ir a comprar y de transeúntes atareados, cargados con cajas destinadas a la oficina de correos, o hablando por el teléfono móvil mientras miraban los escaparates de las tiendas. Para alguien no avisado, era un día más en Sterling.

—Bueno —dijo Alex, volviéndose hacia Josie—. ¿Cómo lo llevas?

Josie bajó los ojos, mirándose las manos en el regazo.

—Bien.

—No es tan terrible como creías...

—De momento no.

—Mi hija la optimista. —Alex le sonrió—. ¿Nos partimos un sándwich de tocino, lechuga y tomate y una ensalada?

—Si ni siquiera has mirado el menú —dijo Josie, y ambas se apearon del coche.

De súbito, un desvencijado Dodge Dart se saltó un semáforo de la avenida y aceleró con un petardeo estruendoso.

—Imbécil —masculló Alex—. Debería haberle tomado la matrícula... —Se calló de pronto al ver que Josie había desaparecido—. ¡Josie!

Alex no tardó en ver a su hija tumbada boca abajo en la acera, temblando y con la cara blanca.

Alex se arrodilló junto a ella.

—Sólo era un coche. Nada más. —Ayudó a Josie a ponerse de rodillas. Alrededor de ambas, la gente las miraba fingiendo no verlas.

Alex cubrió a Josie, protegiéndola de las miradas. Había fallado una vez más. Para ser alguien conocida por su buen juicio, parecía como si de repente lo hubiera perdido. Recordó algo que había leído en Internet... Que a veces, cuando uno luchaba contra la tristeza, por cada paso que avanzaba, retrocedía tres. Se preguntó por qué Internet no decía nada de que, cuando una persona a la que amas sufre algún daño, a ti también te duele hasta el tuétano.

—Está bien —dijo Alex, con el brazo rodeando los hombros de Josie—. Te llevaré a casa.

Patrick vivía, comía y dormía con aquel caso. En la comisaría actuaba con serenidad y no soltaba las riendas, pues a fin de cuentas era la persona de referencia para todos los demás investigadores; pero a solas en su casa, se cuestionaba a sí mismo todos y cada uno de los movimientos que hacía. Tenía colgadas en la puerta del refrigerador las fotos de las víctimas; en el espejo del baño había confeccionado una lista horaria, con un rotulador borrable, de las actividades de

Peter. Se despertaba en plena noche y se sentaba haciéndose una lista de preguntas: ¿Qué estaría haciendo Peter en su casa antes de salir para el colegio? ¿Qué más habría en su computadora? ¿Dónde había aprendido a disparar? ¿Cómo había conseguido las armas? ¿De dónde procedía tanta rabia?

Durante el día, sin embargo, el problema era la gran cantidad de información a procesar, y la aún mayor cantidad de datos que había que filtrar. En aquellos momentos, tenía a Joan McCabe sentada delante de él. La mujer se había desahogado llorando con la ayuda de la última caja de Kleenex que quedaba en toda la comisaría, y ahora había hecho una bola de pañuelos de papel en el puño.

—Lo siento —le decía a Patrick—. Yo creía que sería más fácil cuanto más hablara de ello.

—Me temo que no es tan sencillo —dijo él con amabilidad—. De verdad que le agradezco que se haya tomado la molestia de venir a hablar de su hermano.

Ed McCabe era el único profesor que había resultado muerto en el tiroteo. Su clase estaba al final de la escalera, en el camino de paso hacia el gimnasio. Había tenido la mala suerte de salir del aula para intentar detener al agresor. Según datos del instituto, Peter había tenido a McCabe como profesor de matemáticas en décimo curso. Había sacado notables con él. Nadie recordaba que no se hubiera entendido con McCabe aquel año; la mayoría del resto de los alumnos ni siquiera recordaba la presencia de Peter en clase.

—La verdad es que yo no puedo decirle más —concluyó Joan—. Puede que Philip recuerde algo.

—¿Su esposo?

Joan alzó los ojos hacia él.

—No. Era la pareja de Ed.

Patrick se recostó en su asiento.

—¿La... pareja?

—Ed era gay —explicó Joan.

Aquello podía significar algo. O no, como todo lo demás. Por lo que ahora sabía Patrick, Ed McCabe, que hacía media hora no era más que una infortunada víctima, podría haber sido la causa que había desencadenado la matanza de Peter.

—En el instituto no lo sabía nadie —dijo Joan—. Supongo que tenía miedo de suscitar reacciones en contra. A la gente de la ciudad le decía que Philip era su antiguo compañero de habitación de la facultad.

Otra víctima, de las que aún seguían con vida, era Natalie Zlenko. Había resultado herida en el costado, y habían tenido que extirparle parcialmente el hígado. Patrick creía recordar haber visto que era presidenta del GLAAD* del Instituto Sterling. Era una de las primeras personas a las que habían disparado; McCabe había sido una de las últimas.

Quizá Peter Houghton era homófobo.

Patrick le entregó a Joan su tarjeta.

—Me gustaría mucho hablar con Philip —dijo.

Lacy Houghton depositó una tetera y un plato con apio delante de Selena.

—No tengo leche. Salí a comprar, pero... —Su voz se fue apagando, y Selena trató de completar la frase.

—Le agradezco de verdad que haya aceptado hablar conmigo —le dijo Selena—. Todo lo que pueda decirme lo usaremos para ayudar a Peter.

Lacy asintió moviendo la cabeza.

—Todo... —dijo—. Cualquier cosa que quiera saber...

—Bueno, empecemos por lo más sencillo. ¿Dónde nació?

—Aquí mismo, en la clínica Dartmouth-Hitchcock —dijo Lacy.

—¿Fue un parto normal?

—Totalmente normal. Sin ninguna complicación. —Esbozó una leve sonrisa—. Cuando estaba embarazada, caminaba casi cinco kilómetros todos los días. Lewis decía que acabaría pariendo en cualquier portal.

* *Gay & Lesbian Alliance Against Defamation*, una asociación a favor de los homosexuales. *(N. del t.)*

—¿Le dio el pecho? ¿Era de buen comer?

—Lo siento, no veo por qué...

—Porque tenemos que comprobar si podría existir algún tipo de desorden mental —dijo Selena sin rodeos—. Un problema somático.

—Oh —dijo Lacy con voz débil—. Sí, le di el pecho. Siempre fue un niño muy sano. Quizá un poco más pequeño de talla que otros chicos de su edad, pero tampoco Lewis ni yo somos personas muy corpulentas.

—¿Qué puede decirme del desarrollo de sus habilidades sociales cuando era pequeño?

—Nunca tuvo muchos amigos —dijo Lacy—. No tantos como Joey.

—¿Joey?

—El hermano mayor de Peter. Dos años mayor. Peter siempre fue menos movido. Se burlaban de él por su talla y porque no era tan buen deportista como Joey...

—¿Cómo es la relación entre Peter y Joey?

Lacy bajó los ojos, mirándose las nudosas manos.

—Joey murió hace un año. En un accidente de tráfico, por culpa de un conductor borracho.

Selena dejó de escribir.

—Cuánto lo siento.

—Sí —dijo Lacy—. Yo también.

Selena se inclinó ligeramente hacia atrás en su silla. Sabía muy bien que era una tontería, pero por si la desgracia fuera un mal contagioso, no quería acercarse mucho. Pensó en Sam, al que había dejado durmiendo aquella mañana en su cuna. Durante la noche se había quitado un calcetín a patadas; tenía los dedos de los pies gorditos como arvejas tempranas; a Selena le daban ganas de comérselo a besos. Así era gran parte de la terminología del lenguaje del amor: devorar a alguien con los ojos, beber los vientos por alguien, comérselo a besos. El amor era sustento que se deshacía y circulaba por el torrente sanguíneo.

Se volvió hacia Lacy.

—¿Peter se llevaba bien con Joey?

—Oh, Peter adoraba a su hermano mayor.

—¿Eso se lo dijo él?

Lacy se encogió de hombros.

—No tenía que decírmelo. Iba a ver todos los partidos de fútbol de Joey, y gritaba y animaba igual que nosotros. Cuando entró en el instituto, todos esperaban grandes cosas de él, porque era el hermano pequeño de Joey.

Lo cual, como sabía Selena, podía constituir tanto un motivo de orgullo como de frustración.

—¿Cómo reaccionó Peter a la muerte de Joey?

—Se quedó destrozado, como nosotros. Lloró mucho. No salía de su habitación.

—¿Cambió su relación con Peter después de que Joey muriera?

—Yo creo que se hizo más estrecha —dijo Lacy—. Yo estaba tan abrumada... Peter... dejó que nos apoyáramos en él.

—¿Y él? ¿Buscó apoyarse en otra persona? ¿Tenía una relación íntima con alguien?

—¿Se refiere a si salía con chicas?

—O con chicos —dijo Selena.

—Bueno, estaba en la edad difícil, ya sabe. Sé que le pidió para salir a algunas chicas, pero no creo que nunca consiguiera nada.

—¿Qué notas tenía?

—No era un alumno de sobresalientes, como su hermano —dijo Lacy—, pero sacaba notables, y a veces suficientes. Nosotros siempre le decíamos que lo hiciera lo mejor que pudiera.

—¿Tenía problemas de aprendizaje?

—No.

—¿Y fuera de la escuela? ¿Qué le gustaba hacer? —preguntó Selena.

—Le gustaba oír música. Jugar a videojuegos. Como cualquier otro adolescente.

—¿Alguna vez escuchaba usted su música, o jugaba a sus juegos?

Lacy esbozó un atisbo de sonrisa.

—Procuraba expresamente no hacerlo.

—¿Vigilaba el uso que hacía de Internet?

—Se supone que sólo lo debía utilizar para sus trabajos escolares.

Habíamos hablado largo y tendido sobre los chats y sobre lo inseguro que podía ser Internet, pero Peter tenía la cabeza muy bien puesta en su sitio. Yo... —Calló unos instantes, apartando la mirada—. Nosotros confiábamos en él.

—¿Sabían las cosas que él se descargaba de Internet?

—No.

—¿Qué sabe de las armas? ¿Tiene idea de dónde las sacó?

Lacy respiró hondo.

—Lewis es aficionado a la caza. Una vez se llevó a Peter a cazar con él, pero a Peter no le gustó mucho. Los rifles de caza estaban siempre guardados en un armero, bajo llave...

—Cuyo paradero Peter conocía.

—Sí —dijo Lacy en un murmullo.

—¿Y las pistolas?

—Nunca las tuvimos en casa. No tengo ni idea de dónde las obtuvo.

—¿Alguna vez registraron su habitación? ¿Nunca miraron debajo de su cama, en los armarios...?

Lacy la miró a los ojos.

—Siempre respetamos su intimidad. Creo que para un chico es importante tener su espacio personal propio, y... —Apretó los labios con fuerza.

—¿Y...?

—Y a veces, si te pones a mirar —dijo Lacy con suavidad—, es posible que encuentres cosas que hubieras preferido no ver.

Selena se inclinó hacia adelante, apoyando los codos en las rodillas.

—¿Cuándo sucedió tal cosa, Lacy?

Lacy dio unos pasos hasta la ventana, descorriendo la cortina.

—Tendría que haber conocido a Joey para entenderlo. Era estudiante de último curso, de los mejores, y deportista. Y entonces, una semana antes de la graduación, un borracho lo mató. —Acariciaba el borde de la cortina con la mano—. Alguien tenía que entrar en su habitación... empaquetar sus cosas, tirar las que no quisiéramos conservar. Me costó decidirme, pero al final lo hice yo. Estaba vaciando los cajones cuando encontré la droga. Apenas un poco de polvo blanco en un envoltorio de plástico, una cucharilla y una aguja. No supe que era heroína hasta que lo busqué en Internet. La tiré por el inodoro, y me deshice de la aguja hipodérmica en el trabajo. —Se volvió hacia Selena, con la cara roja—. No puedo creer que esté contándole esto. No se lo había contado a nadie, ni siquiera a Lewis. No quería que él, ni nadie, pensara nada malo de Joey.

Lacy volvió a sentarse en el sillón.

—Si no me metía en la habitación de Peter era a propósito, porque tenía miedo de lo que pudiera encontrar —confesó—. No imaginaba que pudiera ser aún peor.

—¿Nunca le interrumpió cuando estaba en su habitación? ¿Llamando a la puerta, asomando la cabeza?

—Sí, claro. Entraba a darle las buenas noches.

—¿Qué solía estar haciendo?

—Estaba en la computadora —contestó Lacy—. Casi siempre.

—¿Veía lo que había en la pantalla?

—No, él cerraba el archivo.

—¿Cómo reaccionaba si lo interrumpía de forma inesperada? ¿Se ponía nervioso? ¿Le molestaba? ¿Parecía culpable?

—¿Por qué parece como si lo estuviera juzgando? —dijo Lacy—. ¿No se supone que está de su lado?

Selena la miró a los ojos con seguridad.

—La única forma en que puedo investigar a fondo este caso es preguntándole por los hechos, señora Houghton. Eso es lo único que hago.

—Era como cualquier otro adolescente —dijo Lacy—. Se aguantaba mientras le daba un beso de buenas noches. No parecía incomodado. No reaccionaba como si estuviera ocultándome algo. ¿Era eso lo que quería saber?

Selena dejó el bolígrafo a un lado. Cuando el sujeto se ponía a la defensiva, había llegado el momento de concluir la entrevista. Pero Lacy siguió hablando de forma espontánea.

—Nunca pensé que hubiera ningún problema —reconoció—. No sabía que hubiera algo que perturbara a Peter. Ni que hubiera querido suicidarse. No sabía nada de todo eso. —Se echó a llorar—. Y todas esas familias... Yo no sé qué decirles. Quisiera poder decirles que yo también he perdido a mi hijo... que lo perdí hace mucho tiempo en realidad.

Selena estrechó a la menuda mujer entre sus brazos.

—Usted no tiene la culpa de nada —le dijo.

Unas palabras que sabía que Lacy Houghton necesitaba escuchar.

En un gesto de ironía institucional, el director del Instituto Sterling había colocado la Asociación de Estudios Bíblicos en el aula contigua a la de la Alianza de Gays y Lesbianas. Ambos grupos se reunían los martes, a las tres y media, en las aulas 233 y 234 del instituto. El aula 233 era, durante el día, la clase de Ed McCabe. Uno de los miembros de la Asociación de Estudios Bíblicos era la hija de un ministro de la iglesia local, llamada Grace Murtaugh. Había muerto, abatida por los disparos, en el pasillo que llevaba hasta el gimnasio, delante de un dispensador de agua. La presidenta de la Alianza de Gays y Lesbianas seguía en el hospital: Natalie Zlenko, fotógrafa del anuario escolar, había revelado su condición de lesbiana después de su primer año en el instituto, cuando había asistido a una reunión del GLAAD, en el aula 233, con el fin de comprobar si había alguien como ella en este planeta.

—No podemos dar nombres.

La voz de Natalie era tan débil que Patrick se veía obligado a inclinarse sobre la cama del hospital para poder oírla. La madre de Natalie lo vigilaba por encima del hombro. Cuando había entrado en la habitación para hacerle a Natalie algunas preguntas, la madre le había dicho que sería mejor que se largara si no quería que llamara a la policía. Él le había recordado que él era la policía.

—No te estoy pidiendo que me des ningún nombre —le dijo Patrick—, sólo te pido que me ayudes para que yo pueda ayudar a un jurado a entender lo que pasó.

Natalie asintió con la cabeza. Cerró los ojos.

—Peter Houghton —dijo Patrick—. ¿Asistió alguna vez a alguna de sus reuniones?

—Una vez —dijo Natalie.

—¿Dijo o hizo algo que se te quedara grabado en la memoria?

—No dijo ni hizo nada en absoluto. Se presentó esa vez y no volvió más.

—¿Es algo que suceda con frecuencia?

—A veces pasa —dijo Natalie—. La gente no está preparada para reconocerse como gay públicamente. Y otras veces vienen idiotas que sólo quieren saber quién lo es para luego hacernos la vida imposible en el instituto.

—En tu opinión, ¿Peter entraba en alguna de esas dos categorías?

Se quedó pensativa largo rato, con los ojos cerrados. Patrick se retiró, creyendo que la chica se había quedado dormida.

—Gracias —le dijo a su madre, justo en el momento en que Natalie hablaba de nuevo.

—La gente ya se metía con Peter mucho antes de que se dejara ver en la reunión de aquel día —dijo.

Mientras Selena entrevistaba a Lacy Houghton, Jordan estaba cambiando a Sam e intentando dormirlo. Pero éste no se mostró nada dispuesto a colaborar. Una vueltecita en coche de diez minutos solía dejar al niño K.O., de modo que Jordan abrigó al bebé, lo ató en la sillita del asiento del coche y puso el vehículo en marcha. Al arrancar el Saab marcha atrás se dio cuenta de que las llantas chirriaban contra el pavimento del camino de entrada. Tenía las cuatro ruedas reventadas.

—Mierda —exclamó Jordan, mientras Sam comenzaba a gimotear de nuevo en el asiento trasero.

Sacó al bebé de un tirón, lo llevó de nuevo dentro de casa y se lo sujetó a la mochila portabebés que Selena solía ponerse para moverse por la casa. Luego llamó a la policía para denunciar la gamberrada.

Jordan comprendió que tenía un problema cuando el agente no le pidió que deletreara su apellido: ya lo conocía.

—Nos ocuparemos de ello —le dijo—. Pero antes tenemos que ayudar a bajar a una ardilla que se ha subido hasta lo más alto de un árbol. —Y colgó.

¿Podías denunciar a un poli por comportarse como un cretino sin entrañas?

Por algún milagro, o probablemente por las feromonas generadas por el estrés, Sam se había quedado dormido, pero se despertó sobresaltado y empezó a berrear al sonar el timbre. Jordan abrió la puerta de un tirón. Era Selena.

—Has despertado al bebé —la acusó, mientras ella agarraba a Sam de la mochilita.

—Pues no hubieras cerrado por dentro. Oh, hola, mi bebé —lo arrulló Selena—. ¿Papá se ha portado como un monstruo todo el tiempo que he estado fuera?

—Alguien me ha reventado las ruedas del coche.

Selena lo miró por encima de la cabeza del bebé.

—Bueno, yo sé que tú sabes cómo hacer amigos e influir sobre las personas. Déjame que lo adivine... ¿La poli ha pasado bastante de la denuncia?

—Por completo.

—Gajes del oficio, supongo —dijo Selena—. Tú aceptaste el caso.

—¿Dónde está la esposa dulce y comprensiva?

Selena se encogió de hombros.

—Eso no estaba en los votos. Si quieres un festival de autocompasión, pon cubiertos para uno.

Jordan se pasó la mano por el pelo.

—Bueno, ¿has conseguido algo interesante de la madre al menos? ¿Como por ejemplo que Peter tiene ya un diagnóstico de algún psiquiatra?

Ella se despojó del abrigo mientras hacía juegos malabares para sostener a Sam con una mano y luego con la otra. Se desabrochó la blusa y se sentó en el sillón para darle el pecho.

—No. Pero resulta que tenía un hermano.

—Ah, ¿sí?

—Pues sí. Un hermano mayor que murió... y que, antes de que lo matara un conductor borracho, había sido el modelo de hijo del sueño americano.

Jordan se dejó caer junto a ella.

—Eso podría usarlo...

Selena puso los ojos en blanco.

—Aunque sólo fuera por una vez, ¿no podrías dejar de ser un abogado y comportarte como un ser humano? Jordan, esa familia estaba metida en tal agujero que no tenían dónde agarrarse. Ese chico era un polvorín que podía estallar por cualquier parte. Sus padres bastante tenían con su pena. Peter no tenía a quién recurrir.

Jordan levantó la mirada hacia ella, mientras se le dibujaba una sonrisa en el rostro.

—Excelente —dijo—. Tenemos un cliente digno de compasión.

Una semana después de la desgracia del Instituto Sterling, la escuela Mount Lebanon, un centro de enseñanza primaria reconvertido en edificio administrativo al disminuir la población escolar de Lebanon, se acondicionó para acoger temporalmente a los alumnos de instituto con el fin de que pudieran completar el curso escolar.

El mismo día en que se reiniciaban las clases, la madre de Josie entró en la habitación de ésta.

—No tienes que ir hoy si no quieres —le dijo—. Puedes tomarte unas semanas más de descanso si crees que lo necesitas.

Unos pocos días antes se había producido un frenesí de llamadas telefónicas; se había desencadenado un conato de pánico cuando los alumnos recibieron la notificación por escrito de que iban a reanudarse las clases. «¿Tú vas a volver? ¿Y tú?». Circulaban todo tipo de rumores, acerca de a quién su madre no iba a dejarle volver, a quién iban a cambiarlo al instituto de St. Mary, quién iba a hacerse cargo de las clases del señor McCabe. Josie no había llamado a ninguno de sus amigos. Tenía miedo de oír sus respuestas.

Josie no quería volver al colegio. No quería ni imaginarse cruzando el vestíbulo de un instituto, aunque fuera uno que no estuviera ubicado físicamente en Sterling. No sabía cuál era la actuación que esperaban de ellos el supervisor y el director. Porque desde luego no podía ser nada más que eso, una actuación. Si se comportaban de acuerdo con lo que sentían en realidad, podía ser calamitoso. Pero aun así, había algo en Josie que le decía que tenía que volver al colegio, pues era el lugar al que pertenecía. El resto de alumnos del Instituto Sterling eran los únicos que entendían de verdad lo que era despertarse por la mañana y ansiar que no transcurriesen nunca los tres segundos que tardabas en recordar que tu vida ya no era la de siempre; los únicos que habían olvidado lo natural que era confiar en que el suelo bajo tus pies era sólido.

Si vagabas a la deriva en compañía de otras mil personas, ¿hasta qué punto podías decir que estabas perdido?

—¿Josie? —le dijo su madre, apremiándola.

—Estoy bien —mintió.

Su madre salió, y Josie empezó a recoger los libros. De pronto recordó que no habían llegado a hacer el examen de ciencias naturales. Sobre catalizadores. Hubiera sido incapaz de decir una palabra sobre el tema. La señora Duplessiers no podía ser tan infame como para hacer la prueba el primer día de vuelta a las clases. El tiempo no se había detenido durante aquellas tres semanas sin más; las cosas habían cambiado por completo.

La última vez que había ido al colegio, no pensaba nada en particular. En aquel examen, en todo caso. En Matt. En los deberes que tendría para aquella noche. En otras palabras, cosas normales. Un día normal. No había habido nada que lo hiciera diferente a cualquier otra mañana en el instituto. ¿Cómo sabía pues Josie que hoy no pasaría también alguna desgracia?

Al entrar en la cocina, vio que su madre se había puesto un traje de oficina. Su ropa de trabajo. Aquello la tomó por sorpresa.

—¿Vas a volver hoy? —preguntó.

Su madre se volvió, con una espátula en la mano.

—Oh —repuso, titubeando—. Bueno, había pensado que, ya que tú también volvías... Si necesitas algo siempre puedes llamar; el asistente me dará el recado en seguida. Te juro Josie que, en menos de diez minutos, estaré contigo...

Josie se dejó caer en una silla y cerró los ojos. No sabría explicarlo, pero lo de menos era que ella, Josie, no fuera a estar en casa en todo el día... Se había imaginado sin embargo que su madre sí estaría, sentada, esperándola, por si acaso. Y ahora se daba cuenta de que eso era una tontería. ¿O no? Si nunca había sido así, ¿por qué iba a ser ahora diferente?

«Porque lo es —susurró una voz en la cabeza de Josie—. Todo lo demás es diferente».

—He reorganizado mi agenda para poder ir a buscarte a la salida del colegio. Y si hubiera algún problema...

—Sí, ya. Llamo a tu asistente. O lo que sea.

Alex se sentó enfrente de ella.

—Cariño, ¿qué esperabas?

Josie levantó la vista.

—Nada. Hace mucho que dejé de esperar nada. —Se levantó—. Se te están quemando los crepes —dijo, y se volvió arriba, a su habitación.

Hundió la cara en la almohada. No sabía qué demonios le pasaba. Era como si, después de aquello, hubiera dos Josies, la niña pequeña que seguía aferrándose a la esperanza de que todo fuera una pesadilla, que pudiera no haber sucedido nunca, y la persona realista que se sentía tan mal que arremetía contra quien estuviera a su alcance. El problema era que Josie no sabía cuál de las dos se impondría a la otra en un momento determinado. Y encima ahí estaba su madre, por el amor de Dios; incapaz de freír un huevo y poniéndose ahora a hacerle crepes a Josie antes de que se fuera al colegio. Cuando era más pequeña, a veces se imaginaba viviendo en un hogar en el que tu madre, el primer día de escuela, te ha preparado una mesa con un despliegue de huevos con tocino y jugo de naranja, para comenzar el día como es debido... en lugar de un elenco de cajas de cereales y una servilleta de papel. Bueno, pues ahora ya tenía lo que deseaba, ¿no? Una madre que se sentaba en el borde de su cama cuando Josie tenía ganas de llorar, una madre que había abandonado temporalmente el trabajo que era su vida para velar por ella. ¿Y cómo respondía Josie? Apartándola de un empujón. Haciendo todas las pausas entre palabra y palabra le dijo mentalmente: «Nunca te importó lo más mínimo nada de lo que pasaba en mi vida cuando no había nadie mirando, así que no creas que ahora te va a ser tan fácil».

Josie oyó de pronto el ruido del motor de un coche que se detenía en el camino de entrada. «Matt», pensó, antes de poder darse cuenta; y para entonces todos los nervios del cuerpo se le habían tensado hasta alcanzar el límite del dolor. Ahora se daba cuenta de que no había pensado en cómo iba a llegar hasta el colegio... Matt siempre la recogía de camino allá. Su madre la llevaría, claro. Pero Josie se preguntaba cómo era que no había pensado antes en todas aquellas cuestiones logísticas. ¿Porque no se atrevía? ¿Porque no quería?

Desde la ventana de su habitación vio a Drew Girard apearse de su maltratado Volvo. Para cuando bajó a abrirle la puerta, su madre había salido también de la cocina. Llevaba el detector de humos en la mano, sacado de su enclave de plástico en el techo.

A Drew le daba el sol, y se protegía los ojos haciéndose visera con la mano libre. El otro brazo lo llevaba todavía en cabestrillo.

—Debería haber llamado.

—Da igual —dijo Josie, que se sentía mareada. Se dio cuenta de que los pájaros habían regresado del lugar, cualquiera que fuera, al que se habían marchado en invierno.

Drew pasó la mirada de Josie a su madre.

—Se me ocurrió que, bueno, yo qué sé, que igual necesitaba que la llevasen.

De repente Matt estaba allí con ellos. Josie podía sentir sus dedos en la espalda.

—Gracias —dijo su madre—, pero yo la acompañaré hoy.

El monstruo se desenroscó en el interior de Josie.

—Prefiero ir con Drew —dijo, recogiendo la mochila que había dejado colgada del poste de la barandilla de la escalera—. Nos vemos a la salida.

Sin volverse siquiera a ver la expresión de su madre, Josie corrió a meterse en el coche, que refulgía como un santuario.

Dentro, esperó a que Drew le diera al contacto y saliera del camino de entrada.

—¿Tus padres también están así? —le preguntó Josie, cerrando los ojos mientras el coche ganaba velocidad, calle abajo—. ¿Sin dejarte respirar?

Drew la miró.

—Psé.

—¿Has hablado con alguien?

—¿De la policía?

Josie negó con la cabeza.

—De nosotros.

Él redujo la velocidad.

—He ido al hospital a ver a John un par de veces —dijo Drew—. No recordaba mi nombre. No recuerda palabras como «tenedor», o «cepillo» o «escalera». Yo no sabía qué hacer, me sentaba allí con él, le contaba idioteces, como quién había ganado los últimos partidos de los Bruins de Boston, cosas así... Pero mientras, no podía dejar de preguntarme si él ya sabe que no podrá volver a andar. —En un semáforo en rojo, Drew se volvió hacia ella—. ¿Por qué él y no yo?

—¿Qué?

—¿Por qué habremos sido los afortunados?

Josie no supo qué contestarle. Miró por la ventanilla, haciendo como que se sentía fascinada por un perro que tiraba de su dueño en lugar de ser al contrario.

Drew detuvo el coche en el estacionamiento del colegio Mount Lebanon. Junto al edificio estaba el patio de recreo. Después de todo, había sido una escuela de enseñanza primaria, e incluso después de reconvertirse en centro administrativo, los chicos del vecindario aún seguían yendo a jugar con las barras y los columpios. Delante de la puerta principal del colegio estaban el director del instituto y una fila de padres, llamando en voz alta a los alumnos y dándoles ánimos al entrar en el edificio.

—Tengo algo para ti —dijo Drew, que buscó detrás del asiento y sacó una gorra de béisbol que Josie reconoció. Si alguna vez había tenido alguna inscripción bordada, hacía tiempo que se había deshilachado. El borde estaba desgastado y enrollado como un zarcillo. Se la dio a Josie, que pasó el dedo con suavidad por la costura interior.

—Se la dejó en mi coche —le explicó Drew—. Se la iba a dar a sus padres, pero después se me ocurrió que a lo mejor tú la querrías.

Josie asintió con la cabeza, mientras las lágrimas resbalaban por sus mejillas.

Drew apoyó la frente contra el volante. Josie tardó unos segundos en comprender que él también estaba llorando.

Le puso la mano en el hombro.

—Gracias —consiguió articular, y se encasquetó la gorra de Matt en la cabeza. Abrió la puerta del coche y sacó la mochila del asiento trasero, pero en lugar de dirigirse a la entrada principal del colegio, cruzó la verja oxidada que rodeaba el patio de recreo. Se metió en el cajón de arena y se quedó mirando las huellas de sus zapatos, preguntándose cuánto tardarían el viento o las inclemencias del tiempo en hacerlas desaparecer.

Alex se había disculpado dos veces para ausentarse de la sala del tribunal y llamar al móvil de Josie, a pesar de saber que ésta lo tenía apagado durante las horas de clase. El mensaje que había dejado era el mismo en ambas ocasiones: «Soy yo. Sólo quería saber si todo va bien».

Alex le dijo a su asistente, Eleanor, que si llamaba Josie la avisara. Llamara para lo que llamase.

Se sentía aliviada de volver al trabajo, aunque tenía que hacer grandes esfuerzos para prestar la debida atención al caso que se le presentaba. Había una demandada en el estrado que alegaba no tener ni idea del funcionamiento del sistema jurídico.

—No comprendo el proceso del tribunal —dijo la mujer, volviéndose hacia Alex—. ¿Puedo marcharme ya?

El fiscal estaba a mitad de su contrainterrogatorio.

—En primer lugar, ¿por qué no le cuenta a la jueza Cormier la razón por la que visitó el tribunal la última vez?

La mujer dudó.

—Puede que fuera por una multa por exceso de velocidad.

—¿Y por qué más?

—No me acuerdo —dijo ella.

—¿No está usted en libertad provisional? —le preguntó el fiscal.

—Ah —replicó la mujer—, eso.

—¿Por qué motivo está en libertad condicional?

—No me acuerdo. —Miró al techo, frunciendo el entrecejo, como si reflexionara arduamente—. Empieza por F. F... F... F... ¡Falta! ¡Eso es! ¡Por una falta!

El fiscal suspiró.

—¿No fue por algo relacionado con un cheque?

Alex se miró el reloj, pensando que si aquella mujer se hubiera largado ya del estrado, podría ir a ver si Josie había contestado a sus mensajes.

—¿No podría ser por falsificación? —intervino—. Empieza por F.

—Y también fraude —señaló el fiscal.

La mujer miraba a Alex de forma inexpresiva.

—No me acuerdo.

—Se suspende la sesión durante una hora —anunció Alex—. La sesión se reanudará a las once.

Tan pronto como cruzó la puerta que llevaba a su despacho, se despojó de la toga, que aquel día le parecía que la sofocaba. Eso era algo nuevo para Alex, y no acababa de entenderlo, pues con ella puesta era como se había sentido siempre cómoda. La ley consistía en un conjunto de reglas que ella era capaz de comprender, un código de conducta por el cual a determinadas acciones les correspondían determinadas consecuencias. No podía decir lo mismo de su vida personal, en la cual un colegio que se suponía un lugar seguro se había convertido en un matadero, y una hija salida de su propio seno se había convertido en alguien a quien Alex ya no comprendía.

Bueno, para ser sincera, a la que nunca había comprendido.

Frustrada, se levantó y se dirigió hacia las oficinas. Antes del comienzo de la sesión, había llamado dos veces a Eleanor para preguntarle cosas triviales, con la esperanza de que, en lugar de escuchar: «Sí, Su Señoría», su asistente bajara la guardia y le preguntara a Alex cómo estaba; o cómo estaba Josie. Que por un segundo hubiera una persona para la que dejara de ser jueza y fuera una madre más a la que habían metido el miedo en el cuerpo.

—Necesito un cigarrillo —dijo Alex—. Voy abajo.

Eleanor levantó los ojos.

—Muy bien, Su Señoría.

«Alex —pensó—. Alex, Alex, Alex».

Fuera, Alex se sentó en el bloque de cemento de cerca de la zona de carga y descarga, y encendió un cigarrillo. Aspiró profundamente, cerrando los ojos.

—Eso acabará matándola, ¿ya lo sabe?

—También la vejez —replicó Alex, y se volvió para encontrarse con Patrick Ducharme.

Éste giró el rostro hacia el sol, entornando los ojos.

—Nunca hubiera dicho que un juez tuviera vicios.

—Quizá crea también que dormimos bajo el banquillo.

Patrick sonrió de medio lado.

—Bueno, no sería muy buena idea. Allí no hay sitio ni para un colchón.

Ella le ofreció el paquete.

—Sírvase.

—Si quiere usted corromperme, hay maneras más interesantes.

Alex sintió que se le encendía el rostro. No era posible que le hubiera dicho lo que acababa de oír. ¿A una jueza?

—Si no fuma, ¿por qué sale?

—Por la fotosíntesis. Estar todo el día metido en los juzgados le cae fatal a mi feng shui.

—Las personas no tienen feng shui, sólo los lugares.

—¿Lo ha comprobado usted?

Alex dudó unos instantes.

—Bueno, no.

—Ahí lo tiene. —Se volvió hacia ella y, por primera vez, Alex se fijó en que tenía un mechón blanco en el pelo, justo en el pico de viuda—. ¿Qué mira?

Alex apartó de inmediato la mirada.

—No pasa nada —dijo Patrick, riendo—. Es cosa del albinismo.

—¿Albinismo?

—Sí. Ya sabe, piel muy pálida, pelo blanco. Es recesivo, por eso yo sólo tengo un mechón. Como un zorrino, por un gen no soy como un conejito blanco. —La miró, poniéndose serio—. ¿Cómo está Josie?

Alex estuvo a punto de levantar un telón de acero entre ambos diciéndole que no quería hablar de nada que pudiera comprometer su posición en el caso. Pero Patrick Ducharme acababa de hacer justo lo que Alex tanto deseaba, tratarla como a una persona, y no sólo como a un personaje público.

—Hoy ha vuelto al colegio —le confió Alex.

—Ya lo sé. La he visto.

—Ah, ¿sí...? ¿Ha estado allí?

Patrick se encogió de hombros.

—Sí. Por si acaso.

—¿Ha pasado algo?

—No —dijo él—. Era... como siempre.

Aquellas palabras quedaron como suspendidas en el aire. Nada volvería a ser ya como siempre, y ambos lo sabían. Podía remendarse lo que se había roto, pero cuando era uno el que lo había arreglado, siempre sabría de memoria dónde estaba el remiendo.

—Eh —dijo Patrick, tocándola en el hombro—, ¿está usted bien?

Ella se dio cuenta, horrorizada, de que estaba llorando. Enjugándose los ojos, se desprendió de aquel contacto.

—No me pasa nada —respondió, desafiando a Patrick a contradecirla.

Él abrió la boca como si fuera a decir algo, pero la cerró de golpe.

—La dejo con sus vicios, entonces —dijo, y se volvió adentro.

Hasta que Alex volvió a sus dependencias no se dio cuenta de que el detective había dicho «vicio» en plural. En efecto, no sólo la había sorprendido fumando, sino también mintiendo.

Había nuevas reglas. Todas las puertas, a excepción de la entrada principal, se cerrarían con llave después del inicio de la jornada escolar; aunque siempre cabía la posibilidad de que el asesino estuviera ya dentro, un alumno de la propia escuela con armas. No se permitía la entrada a las aulas con mochilas; aunque alguien siempre podía introducir una pistola oculta en el abrigo, o en un bolso, o incluso dentro de una carpeta de anillas. Todos, alumnos y miembros del personal, llevarían colgadas del cuello tarjetas identificativas. Esto debía servir para hacer que todo el mundo se responsabilizara, pero Josie no pudo dejar de preguntarse si para lo único que serviría sería para que, la próxima vez, fuera más fácil decir a quién habían matado.

El director habló a todos por el altavoz a la hora de la entrada en las aulas y les dio la bienvenida de nuevo al Instituto Sterling, aunque aquél no fuera el Instituto Sterling. Propuso un minuto de silencio.

Mientras los demás chicos agachaban la cabeza, Josie miró a su alrededor. No era la única que no estaba rezando. Algunos se pasaban apuntes. Un par de ellos escuchaban sus iPods. Había un chico que copiaba algo de la libreta de un compañero.

Josie se preguntaba si también ellos tenían miedo de recordar a los muertos, porque eso les hacía sentirse más culpables.

Josie se movió y se dio un golpe en la rodilla contra el pupitre. Las sillas y los pupitres que habían devuelto a su improvisada escuela eran para niños pequeños, no para refugiados del instituto. En consecuencia, en ellos no cabía nadie. Algunos chicos ni siquiera cabían, y tenían que escribir con la carpeta apoyada en las piernas.

«Soy Alicia en el País de las Maravillas —pensó Josie—. Miren cómo caigo».

Jordan esperó a que su cliente se sentara enfrente de él en la sala de entrevistas de la prisión.

—Háblame de tu hermano, Peter —le dijo.

Escrutó el rostro de Peter, en el que vislumbró una expresión de contrariedad al ver que Jordan desenterraba algo que esperaba que permaneciera oculto.

—¿Qué quiere saber de mi hermano? —replicó Peter.

—¿Se llevaban bien?

—Yo no lo maté, si es eso lo que me pregunta.

—No, no es eso lo que pregunto. —Jordan se encogió de hombros—. Es sólo que me sorprende que no lo hubieras mencionado.

Peter le miró con fijeza.

—¿Cuándo quería que lo mencionara? ¿Cuando me mandó que tuviera la boca cerrada, en el tribunal? ¿O después, cuando vino aquí y me dijo que iba a hablar usted y que yo sólo debía escuchar?

—¿Cómo era?

—Mire, Joey está muerto, cosa que usted ya sabe, evidentemente. Así que no veo en qué puede ayudarme hablar de él ahora.

—¿Qué le sucedió? —insistió Jordan.

Peter frotó el pulgar contra el borde de metal de la mesa.

—Un conductor borracho se llevó por delante su linda y perfecta persona.

—Debe de costar de digerir —dijo Jordan con tiento.

—¿A qué se refiere?

—Bueno, si ya debe de ser difícil convivir con el hermano perfecto... una vez muerto quedaría convertido en un santo.

Jordan desempeñaba el papel de abogado del diablo para ver si Peter mordía el anzuelo, y desde luego la expresión del chico se transformó.

—No se puede digerir —dijo con fiereza—, no tiene ni idea.

Jordan daba golpecitos con el lápiz en su maletín. ¿De dónde nacía la rabia de Peter, de los celos o de la soledad? ¿La masacre que había cometido había sido en última instancia una forma de llamar la atención para que se fijaran en él y no en Joey? ¿Cómo podía montar una defensa basándose en que Peter había actuado movido por la desesperación, y no por el afán de superar en notoriedad a su hermano?

—¿Le echas de menos? —preguntó Jordan.

Peter dibujó una sonrisa satisfecha.

—Mi hermano —dijo—, mi hermano el capitán del equipo de béisbol, mi hermano, que quedó primero en una competencia de francés a nivel del Estado, mi hermano, que era amigo del director del instituto... Mi hermano, mi fabuloso hermano, me hacía bajar del coche a medio kilómetro de la verja del instituto para que no lo vieran llegar conmigo.

—¿Y eso por qué?

—No resulta muy beneficioso ir conmigo, ¿o no se había dado cuenta todavía?

A Jordan le vino una imagen fugaz de las ruedas de su coche, reventadas hasta la llanta metálica.

—¿Joey no te defendía si algún abusador se metía contigo?

—¿Bromea? Joey era el que empezaba.

—¿Qué hacía?

Peter se encaminó hacia la ventana de la pequeña habitación. Por el cuello le ascendió una hilera de puntos de luz, como si los recuerdos le afloraran a la carne.

—Les decía a los demás que yo era adoptado. Que mi madre era una puta adicta al crack y que eso era lo que me había jodido el cerebro. A veces decía esas cosas delante de mí, y cuando me hartaba y arremetía contra él, se reía y me daba una patada en el culo volviéndose hacia sus amigos, como si aquello fuera la prueba que demostrara todo lo que había dicho antes. ¿Le parece que lo echo de menos? —repitió Peter, encarándose con Jordan—. Me alegro de que esté muerto.

Jordan no se sorprendía fácilmente, pero en cambio Peter Houghton lo había conseguido ya varias veces. Peter tenía el aspecto que tendría cualquier persona después de cocer las más crudas emociones y filtrarlas extrayéndoles los restos de cualquier contrato social. Si te duele, lloras. Si te enfureces, golpeas.

Si albergas esperanza, te preparas para una desilusión.

—Peter —murmuró Jordan—, ¿deseabas matarlos?

Jordan se maldijo de inmediato. Acababa de hacerle la única pregunta que un abogado defensor no debía formular jamás, colocando a Peter en la tesitura de tener que reconocer que había actuado con premeditación. Pero en lugar de contestar, Peter respondió con otra pregunta cuya respuesta era igualmente perturbadora.

—Bueno —dijo—, ¿qué hubiera hecho usted?

Jordan le metió otro poco de papilla a Sam en la boca y luego chupó él la cucharilla.

—No es para ti —dijo Selena.

—Está bueno. No como esa porquería de arvejas que sueles darle.

—Perdóname por ser una buena madre.

Selena agarró una manopla húmeda y le limpió a Sam la boca; acto seguido fue a hacer lo propio con Jordan, quien hizo un gesto de rechazo.

—Estoy en un lío —dijo—. No puedo presentar a Peter como a una persona digna de compasión por haber perdido a su hermano, porque odiaba a Joey. Ni siquiera cuento con una defensa legal válida para él, a menos que alegue demencia, y eso será imposible de demostrar, con la montaña de pruebas que puede obtener la acusación de que hubo premeditación.

Selena se volvió hacia él.

—Tú ya sabes cuál es el problema, ¿no?

—¿Cuál?

—Que tú crees que es culpable.

—Pero bueno, por el amor de Dios, también lo son el noventa y nueve por ciento de mis clientes, y eso nunca ha sido un obstáculo para obtener la absolución. —Jordan frunció el cejo—. Eso es una estupidez.

—Es una estupidez pero es verdad. Te asusta una persona como él.

—Es sólo un chico...

—... que te tiene alucinado, aunque sólo sea un poco. Porque no estaba dispuesto a cruzarse de brazos y dejar que el mundo siguiera cubriéndolo de mierda; y eso no era lo que el mundo esperaba.

Jordan la miró.

—Matar a diez estudiantes no es ninguna heroicidad, Selena.

—Lo es para los millones de chicos como él que desearían haber tenido las agallas de hacer lo mismo —replicó ella sin inmutarse.

—Fantástico. Podrías ser la presidenta del club de fans de Peter Houghton.

—No justifico lo que hizo, Jordan, pero sí veo de dónde viene ese chico. A lo mejor tú naciste con la flor en el culo. Vamos, en serio, lo que quiero decir es que tú has pertenecido siempre a la élite. En el colegio, en los tribunales, donde sea. La gente te conoce, te respeta. Tienes todas las puertas abiertas. Quizá eso hace que no te des cuenta de que hay otras personas que las han tenido todas cerradas.

Jordan se cruzó de brazos.

—¿Me vas a salir otra vez con ese orgullo tuyo africano o lo que sea? Porque si quieres que te lo diga...

—Tú nunca has ido por la calle y has visto que alguien se cambiaba de vereda sólo porque eres negro. Tú nunca has visto que alguien te miraba con desprecio porque llevas un bebé en brazos y se te ha olvidado ponerte el anillo de casada. Te entran ganas de hacer algo, lo que sea, gritarles, decirles que son unos cretinos, pero no puedes. Vivir en la marginación es el sentimiento más desalentador que existe, Jordan. Te acostumbras de tal forma a que el mundo sea de una determinada manera, que te parece que no hay escapatoria.

Jordan sonrió con satisfacción.

—Eso último lo has tomado de mi discurso final en el caso de Katie Riccobono.

—¿La mujer maltratada? —Selena se encogió de hombros—. Bueno, pues aunque así fuera, viene al caso.

De improviso, Jordan parpadeó. Se levantó, agarró por los brazos a su mujer y la besó.

—Eres un genio.

—No te lo discutiré, pero dime por qué.

—El síndrome de la mujer maltratada. Es una figura válida de defensa legal. Las mujeres maltratadas no reaccionan ante un mundo que las aplasta, hasta que al final se sienten tan amenazadas, que contraatacan, y llegan a creer de verdad que actúan en defensa propia, aunque sus maridos estén profundamente dormidos cuando los matan. Eso encaja con Peter Houghton. Le va que ni pintado.

—Lejos de mi intención quitártelo de la cabeza, Jordan —dijo Selena—, pero Peter no es una mujer, ni está casado.

—Eso es lo de menos. Se trata de un desorden por estrés postraumático. Cuando una de esas mujeres no puede más y le pega cuatro tiros a su marido o le corta el pene a rebanadas, no piensa en las consecuencias... sino sólo en detener la agresión que sufre. Eso es lo que Peter dice una y otra vez, que lo único que quería era que parara. Y en este caso es aún mejor, porque no tengo que enfrentarme a la refutación habitual del fiscal basada en que una mujer adulta es lo bastante mayor como para saber lo que hace cuando toma un cuchillo o un arma de fuego. Peter es un muchacho. Por definición, no sabe lo que hace.

Los monstruos no surgían de la nada. Una ama de casa no se convertía en una asesina si alguien no lo propiciaba. Su doctor Frankenstein particular era un marido dictatorial. Y, en el caso de Peter, el Instituto Sterling al completo. Los intimidadores hurgaban, pinchaban, herían y zaherían, comportamientos todos ellos tendentes a amilanar y a coartar al otro. Estaba en las manos de sus torturadores que Peter aprendiera a contraatacar.

Sam comenzó a alborotar en su silla. Selena lo levantó de ella y lo alzó en brazos.

—Nadie lo ha hecho antes —dijo—. No existe el síndrome del alumno apabullado.

Jordan tomó la papilla de Sam y rebañó los restos con el dedo.

—Ahora ya existe —concluyó, saboreando el último dulzor.

Patrick estaba sentado delante de la computadora de su despacho, a oscuras, moviendo el cursor por el juego creado por Peter Houghton.

Se trataba de elegir un personaje de entre tres chicos: el campeón de los certámenes de ortografía, el genio de las matemáticas y el loco por las computadoras. Uno de ellos era pequeño y delgaducho, y tenía acné. Otro llevaba anteojos. El otro era sumamente obeso.

El personaje elegido de entrada no llevaba arma alguna. Había que pasar por varios espacios de la escuela e ingeniárselas para conseguir alguna. Así, en la sala de profesores había vodka, con la que podían hacerse cócteles Molotov. En la sala de calderas había un bazuca. En el laboratorio de ciencias naturales había ácido corrosivo. En el aula de inglés, libros muy pesados. En la clase de matemáticas había compases que servían de puñales y reglas de metal que cortaban como un machete. En la sala de informática cables, para estrangular.

En el taller de marquetería, sierras eléctricas. En el aula de labores domésticas había licuadoras y agujas de tejer. En la clase de bellas artes había un horno. Podían combinarse diversos materiales para crear armas de asalto múltiples: balas incendiarias a partir del bazuca y del vodka; puñales con ácido mezclando los productos químicos y los compases; trampas con lazo montadas con los alambres de la sala de informática y con los libros pesados.

Patrick llevó el cursor a través de pasillos y escaleras, desde los vestuarios hasta la conserjería. Mientras giraba por esquinas virtuales, lo asaltó la impresión de haber reseguido ya antes aquel mapa. Era la planta baja del Instituto Sterling.

El objetivo del juego era ir eliminando a deportistas, matones y chicos populares. Cada uno de ellos tenía un determinado valor en puntos. Si matabas dos a la vez, obtenías el triple de puntos. De todas formas, a ti también te podían herir. Podían aporrearte a traición, o aplastarte contra una pared, o encerrarte en un casillero.

Si conseguías acumular 100.000 puntos, obtenías un rifle. Al llegar a 500.000, una ametralladora. Si lograbas sobrepasar el millón de puntos, aparecías montado sobre un misil nuclear.

Patrick vio abrirse una puerta virtual. «¡No se mueva!», gritaron los altavoces, y acto seguido surgió un pelotón de policías con traje de operaciones especiales. Volvió a colocar las manos sobre el teclado, dispuesto a defenderse. Ya había llegado dos veces a aquella pantalla, y lo habían matado o se había matado a sí mismo, lo que significaba perder el juego.

Esta vez, sin embargo, apuntó con destreza la ametralladora virtual y fue abatiendo uno a uno a los policías, en medio de un charco de sangre.

¡FELICITACIONES! ¡HA VENCIDO EN EL JUEGO DE ESCÓNDETE Y CHILLA!, leyó en la pantalla. ¿VOLVER A EMPEZAR?

Diez días después de lo sucedido en el Instituto Sterling, Jordan estaba sentado en su coche en el estacionamiento del tribunal del distrito. Tal como había imaginado, por todas partes había furgonetas blancas de los informativos de televisión, con sus parabólicas orientadas hacia el cielo como girasoles. Tableteaba con los dedos en el volante siguiendo el ritmo del CD de los Wiggles, que cumplía sin ningún esfuerzo su cometido de evitar que Sam empezara un berrinche en el asiento de atrás.

Selena se había colado ya en el edificio sin dejarse intimidar. Los medios de comunicación no le conocían relación alguna con el caso. Cuando regresó de nuevo al coche, Jordan tomó el papel que le entregó.

—Estupendo —dijo.

—Nos vemos luego. —Ella se inclinó para desabrochar el cinturón de Sam en el asiento trasero del vehículo mientras Jordan se dirigía hacia el edificio del tribunal. En cuanto lo vio el primer periodista, se produjo una reacción en cadena, los flashes de las cámaras se dispararon como fuegos artificiales; por todas partes aparecían micrófonos a su paso, que apartaba con el brazo extendido; consiguió articular: «Sin comentarios», y se apresuró a entrar.

Peter había sido conducido ya a la celda de detención de la oficina del sheriff, a la espera de su comparecencia en el tribunal. Cuando acompañaron a Jordan a la celda, estaba paseando en círculo y hablando consigo mismo.

—Así que hoy es el gran día —dijo Peter, un poco nervioso y con un leve jadeo.

—Es curioso que digas eso —comentó Jordan—. ¿Recuerdas para qué estamos hoy aquí?

—¿Qué es esto? ¿Un examen? —replicó Peter; Jordan se limitó a mirarle—. Para la vista preliminar para determinar si hay causa probable —prosiguió Peter—. Eso fue lo que me dijo la semana pasada.

—Bien. Lo que no te dije es que vamos a renunciar a ella.

—¿Renunciar? —repitió Peter—. ¿Y eso qué significa?

—Significa que arrojamos las cartas antes de que las repartan —repuso Jordan. Le entregó a Peter la hoja de papel que Selena le había llevado al coche—. Firma.

Peter movió la cabeza en señal de negación.

—Quiero otro abogado.

—Cualquiera que sepa lo que se lleva entre manos te dirá lo mismo...

—¿Qué? ¿Rendirse sin ni siquiera haberlo intentado? Usted dijo...

—Te dije que te proporcionaría la mejor defensa posible —le interrumpió Jordan—. Ya existe causa probable para creer que cometiste un crimen, puesto que hay cientos de testigos que aseguran haberte visto disparando aquel día en el instituto. La cuestión no es si lo hiciste o no, Peter, sino por qué lo hiciste. Celebrar hoy una vista preliminar de determinación de causa probable significaría darles a ellos un montón de tantos de ventaja y quedarnos nosotros a cero. Sería, además, darle a la acusación la oportunidad de dar a conocer las pruebas al público y a los medios de comunicación antes de que pudieran oír nuestra versión de la historia. —Puso el papel de nuevo delante de Peter—. Fírmalo.

Peter lo miraba, furioso. Finalmente tomó el papel que le ofrecía Jordan y un bolígrafo.

—Vaya mierda —dijo mientras garabateaba su firma.

—Más lo sería si no renunciáramos a la vista preliminar. —Jordan agarró el papel y salió de la celda para ir a llevarle la renuncia al escribiente—. Nos veremos ahí dentro.

Cuando llegó a la sala de tribunal, estaba hasta arriba de público. Los periodistas a los que se había permitido la entrada estaban de pie en la última fila, con las cámaras en ristre. Jordan buscó con la mirada a Selena, que estaba en la tercera fila detrás de la mesa de la acusación, entreteniendo como podía a Sam. «¿Cómo ha ido?», le preguntó ella con un taquigráfico arqueamiento de cejas.

Jordan respondió con un imperceptible asentimiento de cabeza. «Misión cumplida».

Consideraba intrascendente cuál fuera el juez que presidiera la sesión: aprobaría maquinalmente el proceso y lo traspasaría al tribunal en el que, allí sí, Jordan debería montar su numerito. Era el Honorable David Iannucci: lo que Jordan recordaba de él era que tenía injertos en el pelo, y que, cuando te presentabas ante él, tenías que poner todo tu empeño en mantener los ojos disciplinados para que miraran su cara de hurón en lugar de su línea de trasplantes capilares.

El escribano anunció la vista para el caso de Peter Houghton, y dos alguaciles condujeron a éste a través de una puerta. El público, el rumor de cuya conversación había llenado hasta entonces la sala, enmudeció. Peter no levantó los ojos al entrar. Permaneció con la vista fija en el suelo incluso cuando le hicieron sentar en su lugar junto a Jordan.

El juez Iannucci examinó el papel que acababan de ponerle delante.

—Veo, señor Houghton, que desea usted renunciar a la vista preliminar para la determinación de causa probable.

Ante la noticia, tal como Jordan había previsto, se produjo un suspiro colectivo por parte de los representantes de los medios de comunicación, los cuales habían albergado la esperanza de asistir a un espectáculo.

—¿Entiende usted que mi obligación hoy debería haber sido la de determinar si hay o no una causa probable para creer que usted cometió los actos que se le imputan, y que renunciando a la vista preliminar para la determinación de causa probable usted declina su derecho a que yo encuentre dicha causa probable, y que por ello deberá comparecer ante el gran jurado, y yo me veré obligado a traspasar el caso al Tribunal Superior?

Peter se volvió hacia Jordan.

—¿Ha hablado en nuestro idioma?

—Tú di que sí —le instó Jordan.

—Sí —repitió Peter.

El juez Iannucci lo miró fijamente:

—Sí, Su Señoría —lo corrigió.

—Sí, Su Señoría. —Peter se volvió de nuevo hacia Jordan, mascullando entre dientes—: Vaya mierda.

—Puede retirarse —dijo el juez, y los alguaciles se llevaron de nuevo a Peter tras hacerle levantar del asiento.

Jordan se puso de pie también, para dar paso al abogado defensor del siguiente caso del día. Se acercó a la mesa de la acusación, ocupada por Diana Leven, que seguía organizando los expedientes que no iba a tener ocasión de utilizar.

—Bueno —dijo ella sin molestarse en levantar los ojos de sus papeles—, no puedo decir que haya sido una sorpresa.

—¿Cuándo piensa llamarme para el intercambio de pruebas? —le preguntó Jordan.

—No recuerdo haber recibido su carta requisitoria.

Y pasó junto a él apartándolo a su paso y precipitándose hacia el pasillo. Jordan se dijo que tenía que pedirle a Selena que enviara una nota por escrito a la oficina del fiscal. Un formalismo, pero al que sabía que Diana respondería. En un caso tan importante como aquél, el fiscal del distrito seguía toda la normativa al pie de la letra, para que si alguna vez llegaba a producirse una apelación, el veredicto original no quedara anulado por culpa de un error de trámite.

Nada más cruzar la doble puerta de la sala del tribunal, se vio abordado por los Houghton.

—Pero ¿qué demonios pasa aquí? —le increpó Lewis—. ¿Es que no le pagamos para que haga su trabajo?

Jordan contó hasta cinco antes de contestar.

—Lo había hablado antes con mi cliente, con Peter. Él me dio su permiso para renunciar a la vista preliminar.

—Pero usted no ha dicho nada —protestó Lacy—. Ni siquiera le ha dado una oportunidad.

—La vista de hoy no habría beneficiado en nada a Peter. Y por el contrario habría puesto a su familia en el punto de mira de todas las cámaras que hay ahí fuera del tribunal. Eso es algo que pasará de todas formas, antes o después. ¿De verdad prefieren que sea antes? —Pasó la mirada de Lacy Houghton a su marido, y a ella de nuevo—. Les he hecho un favor —dijo Jordan, y se marchó dejando la verdad en el espacio entre ambos, una piedra que se hacía más pesada a cada momento que pasaba.

Patrick se dirigía hacia la sala del tribunal donde debía celebrarse la vista preliminar de determinación de causa probable para el caso de Peter Houghton, cuando recibió una llamada en el móvil que le hizo dar media vuelta en dirección opuesta, hacia la tienda de armas Smyth, en Plainfield. El propietario del establecimiento, un hombre rechoncho y de baja estatura con una barba manchada de tabaco, estaba sentado en el bordillo, sollozando, cuando llegó Patrick. Junto a él había un agente de la policía, quien hizo un gesto con la barbilla señalando la puerta abierta.

Patrick se sentó junto al propietario.

—Soy el detective de policía Ducharme —dijo—. ¿Podría explicarme qué ha sucedido?

El hombre sacudió la cabeza.

—Ha sido todo tan rápido. La mujer me pidió que le enseñara una pistola, una Smith and Wesson. Me dijo que la quería para tenerla en casa, como protección. Me preguntó si tenía folletos o catálogos de información sobre el modelo, y cuando yo me volví para buscarle algunos... ella... —Meneó la cabeza de un lado para otro.

—¿De dónde sacó las balas? —preguntó Patrick.

—De la tienda, no. Yo no se las vendí —dijo el propietario—. Debía de llevarlas en el bolso.

Patrick hizo un gesto de asentimiento.

—Quédese aquí con el agente Rodríguez. Puede que tenga que hacerle algunas preguntas más.

Dentro de la armería había sangre y materia encefálica desparramada por la pared de la derecha. El forense, el doctor Guenther Frankenstein, había llegado ya y estaba inclinado sobre el cadáver, que yacía de lado en el suelo.

—¿Cómo demonios has llegado tan pronto? —le preguntó Patrick.

Guenther se encogió de hombros.

—Estaba en la ciudad, en una muestra de coleccionismo de cartas de béisbol.

Patrick se agachó a su lado.

—¿Coleccionas cartas de béisbol?

—Bueno, no iba a coleccionar hígados, ¿no? —Miró a Patrick—. En serio, tenemos que dejar de encontrarnos en este tipo de circunstancias.

—Qué más quisiera yo.

—La cosa no tiene mucho misterio —dijo Guenther—. Se ha metido el cañón de la pistola en la boca y ha apretado el gatillo.

Patrick se fijó en el bolso, sobre el mostrador de cristal. Se puso a rebuscar dentro y encontró una caja de munición con su ticket de caja del Wal-Mart. Luego abrió el billetero de la mujer y sacó su carnet de identidad, en el momento en que Guenther hacía rodar el cuerpo para colocarlo boca arriba.

A pesar de las señales del disparo que le ennegrecían los rasgos, Patrick la reconoció antes de mirar su nombre. Había hablado con Yvette Harvey. Había sido él quien le había dicho que su única hija, una niña con síndrome de Down, había perecido en el asalto al Instituto Sterling.

Indirectamente, pensó Patrick, el cómputo de víctimas mortales de Peter Houghton seguía aumentando.

—Que alguien coleccione armas no significa que tenga intención de usarlas —dijo Peter, frunciendo el cejo.

Hacía un calor infrecuente para finales de marzo, unos desconcertantes treinta grados, y el aire acondicionado de la prisión estaba estropeado. Los reclusos se paseaban en bóxers, los guardianes tenían los nervios de punta. La brigada de mantenimiento trabajaba tan despacio que Jordan pensó que, con suerte, quizá acabaran su trabajo antes de que volviera a nevar. Llevaba dos horas sentado con Peter y sudando en una sala de entrevistas que era una cámara de torturas, y se notaba empapada hasta la última fibra del tejido de su traje.

Quería marcharse. Quería irse a casa y decirle a Selena que nunca debería haber aceptado aquel caso. Le entraron ganas de agarrar el coche y marcharse con su familia a los veinticinco kilómetros escasos de playa con los que había sido agraciado New Hampshire, y zambullirse vestido en las glaciales aguas del Atlántico. Morir de hipotermia no podía ser peor que el lento despellejamiento que le reservaban Diana Leven y la oficina del fiscal del distrito en el tribunal.

Fuera cual fuese la pequeña esperanza que había albergado Jordan al descubrir una defensa válida (aunque fuese una defensa que jamás se había presentado antes ante un juez), se había visto seriamente mermada durante las semanas posteriores a la vista preliminar por la documentación que había ido recibiendo de la oficina del fiscal del distrito: montones de papeles, fotos y pruebas. Después de ver toda aquella información, era difícil imaginar que a un jurado le importara mucho por qué Peter había matado a diez personas; sencillamente, lo había hecho.

Jordan se pellizcó el arco de la nariz, entre los ojos.

—O sea que coleccionabas armas —repitió—. Supongo que debías de almacenarlas debajo de la cama hasta que pudieras hacerte con una bonita vitrina para exponerlas.

—¿No me cree?

—La gente que colecciona armas no las esconde. La gente que colecciona armas no tiene listas negras con fotos marcadas con rotulador.

La transpiración perlaba de gotitas la frente de Peter, y alrededor del cuello de su uniforme penitenciario. Apretaba los labios.

Jordan se inclinó hacia adelante.

—¿Quién es la chica a la que tachaste de la lista?

—¿Qué chica?

—La de las fotos. Primero la señalaste con un círculo, pero luego anotaste: DEJAR QUE VIVA.

Peter miró hacia otro lado.

—Es sólo que la conocía.

—¿Cómo se llama?

—Josie Cormier. —Peter vaciló, y luego miró a Jordan de nuevo—. Está bien, ¿verdad?

«Cormier», pensó Jordan. La única Cormier a la que conocía era la jueza que tenía asignado el caso de Peter.

«No podía ser».

—¿Por qué? —preguntó—. ¿Es que la heriste?

Peter negó con la cabeza.

—Eso es una pregunta capciosa.

¿Había algo que Jordan desconociera?

—¿Era tu novia?

Peter sonrió, pero la sonrisa no se reflejó en su mirada.

—No.

Jordan había estado alguna que otra vez en el tribunal del distrito con la jueza Cormier. Le gustaba. Era dura, pero justa. En realidad, era la mejor jueza que Peter podía desear para su caso: la alternativa como juez supremo de Tribunal Superior era el juez Wagner, un hombre muy mayor, y que barría hacia la acusación. Josie Cormier no se contaba entre las víctimas del tiroteo, pero ése no era el único argumento que podía esgrimirse en contra de la designación de la jueza Cormier para presidir el juicio. De repente, Jordan pensó en una posible manipulación de los testigos, en las cien cosas que podían ir mal. Se preguntaba cómo enterarse de lo que Josie Cormier sabía sobre lo sucedido, sin que nadie descubriera que había estado indagando.

Se preguntaba qué sabría ella que pudiera favorecer a la causa de Peter.

—¿Has hablado con ella desde que estás aquí? —dijo Jordan.

—Si hubiera hablado con ella, ¿le habría preguntado si estaba bien?

—Bueno, no hables con ella —le instruyó Jordan—. No hables con nadie salvo conmigo.

—Que es como hablar con una pared —masculló Peter.

—Mira, te podría decir ahora mismo un millar de cosas que preferiría estar haciendo en lugar de estar aquí, sentado en esta sauna.

Peter entornó los ojos.

—¿Y por qué no se larga y se dedica a alguna de ellas? De todos modos no escucha ni una palabra de lo que digo.

—Escucho todas y cada una de tus palabras, Peter. Las escucho, pero luego pienso en las cajas de documentos con pruebas que me ha mandado la fiscal del distrito, cada una de las cuales te presenta como un asesino despiadado. Te he escuchado cuando me has dicho que coleccionabas armas como si fueras un entusiasta de la guerra de secesión, o algo así.

Peter se estremeció.

—Está bien. ¿Quiere saber si pretendía usar esas armas? Pues sí, pretendía usarlas. Lo planeé todo. Lo tenía todo en la cabeza. Calculé todos los detalles, hasta el último segundo. Quería matar a la persona a la que más odiaba. Pero luego no lo conseguí...

—Esas diez personas...

—Se cruzaron en mi camino, nada más —dijo Peter.

—Entonces, ¿a quién querías matar?

En el otro extremo de la habitación, el aparato de aire acondicionado cobró vida de pronto con un estertor. Peter apartó la mirada.

—A mí mismo —dijo.

Un año antes

—Sigo sin creer que haya sido una buena idea —dijo Lewis mientras abría la puerta trasera de la furgoneta. El perro, Dormilón, estaba tumbado de costado, respirando con gran esfuerzo.

—Ya oíste al veterinario —dijo Lacy, mientras acariciaba la cabeza del animal. Lo tenían desde que Peter tenía tres años; y ahora que tenía doce, los riñones del perro habían dejado de funcionar. Mantenerlo con vida mediante medicamentos era un bien en todo caso para ellos, no para el animal: se les hacía demasiado difícil imaginarse la casa sin el amortiguado ruido de sus patas por los pasillos.

—No me refería a lo de sacrificarlo —aclaró Lewis—. Sino a lo de venir todos.

Peter y Joey bajaron de la parte trasera de la furgoneta como dos piedras pesadas. Entornaron los ojos a la luz del sol, con los hombros encorvados. Sus espaldas le hicieron pensar a Lacy en árboles cuyo tronco se estrechara al penetrar en la tierra. Ambos torcían el pie izquierdo hacia dentro al caminar. Cuánto habría deseado que ellos hubieran sido capaces de ver lo mucho que se parecían.

—No puedo creer que nos hayan hecho venir —dijo Joey.

Peter dio una patada a la gravilla del estacionamiento.

—Vaya mierda.

—Eh, ese lenguaje —le riñó Lacy—. Y en cuanto a lo de venir todos, soy yo la que no puede creer que sean tan egoístas como para no querer despedirse de un miembro de la familia.

—Podríamos habernos despedido en casa —murmuró Joey.

Lacy se llevó las manos a las caderas.

—La muerte forma parte de la vida. Cuando llegue mi hora, a mí me gustaría estar rodeada de las personas a las que quiero. —Esperó a que Lewis tomara a Dormilón en brazos, y luego cerró la portezuela trasera de la furgoneta.

Lacy había pedido ser la última de las visitas del día, para que el veterinario no tuviera prisa. Se sentaron en la sala de espera, con el perro arropando como si fuera una manta los muslos de Lewis. Joey tomó un número de la revista *Sports Illustrated* de hacía tres años y se puso a leer. Peter se cruzó de brazos y se quedó mirando el techo.

—Que cada uno diga el mejor recuerdo que tiene de Dormilón —propuso Lacy.

Lewis suspiró.

—Por el amor de Dios...

—Esto es patético —añadió Joey.

—Para mí —continuó Lacy, como si ellos no hubieran abierto la boca—, fue cuando Dormilón era un cachorro, y me lo encontré subido a la mesa del comedor, con la cabeza metida dentro del pavo. —Acarició la cabeza del perro—. Ese año tuvimos que comer sopa el Día de Acción de Gracias.

Joey dejó con exasperación la revista sobre la mesita del rincón y suspiró.

Marcia, la ayudante del veterinario, era una mujer con una larga trenza que le llegaba hasta más abajo de las caderas. Lacy la había asistido en el parto de sus mellizos, cinco años atrás.

—Hola, Lacy —dijo, acercándose y dándole un abrazo—. ¿Todo bien?

Lo malo de lo relacionado con la muerte, como Lacy sabía, era que te priva de las palabras que normalmente son eficaces para tranquilizar.

Marcia fue hasta Dormilón y le acarició detrás de las orejas.

—¿Quieren esperar aquí?

—Sí —le dijo Joey a Peter sin sonido, articulando exageradamente con los labios.

—Entraremos todos —afirmó Lacy con firmeza.

Siguieron a Marcia hasta una de las salas de curas y depositaron a Dormilón sobre la mesa de reconocimiento. El animal pateó buscando un asidero, haciendo chasquear las pezuñas contra el metal.

—Buen chico —dijo Marcia.

Lewis y los chicos entraron en fila en la sala, colocándose uno tras otro contra la pared, como si se tratara de una rueda de reconocimiento policial. Cuando entró el veterinario blandiendo la aguja hipodérmica, se pegaron aún más a la pared.

—¿Podrían sujetarlo, por favor? —preguntó el veterinario.

Lacy dio un paso al frente, asintiendo con la cabeza, y unió sus brazos a los de Marcia.

—Bueno, Dormilón, has sido un buen combatiente —dijo el veterinario, y a continuación se volvió hacia los chicos—. No sentirá nada.

—¿Qué es? —preguntó Lewis, mirando la aguja.

—Una combinación de productos químicos que relajan la musculatura e interrumpen la transmisión nerviosa. Y sin transmisión nerviosa no hay pensamiento, ni sensibilidad, ni movimiento. Es un poco como quedarse dormido. —Buscó una vena en la pata del perro, mientras Marcia lo sujetaba con firmeza. El veterinario le inyectó la solución y acarició la cabeza del animal.

El perro dio un profundo suspiro y se quedó quieto. Marcia se retiró un paso, dejando a Dormilón entre los brazos de Lacy.

—Nos marchamos un minuto —dijo, y ella y el veterinario salieron de la sala.

Lacy estaba acostumbrada a sostener una nueva vida entre las manos, y no a sentir que la vida se escapaba del cuerpo que tenía entre ellas. Era tan sólo otro tipo de transmisión: del embarazo al nacimiento, de la infancia a la edad adulta, de la vida a la muerte... Pero había algo en el hecho de despedirse de la mascota familiar que resultaba más difícil, como si fuera un poco tonto albergar sentimientos tan fuertes hacia algo que no era humano. Como si admitir que uno amaba a un perro que estaba metiéndose siempre entre los pies, y arañando el cuero, y entrando barro en la casa, tanto como a los propios hijos biológicos fuera una idiotez.

Pero aun así...

Era el mismo perro que había dejado estoicamente y en silencio que Peter, un niño de tres años, cabalgara sobre él por el jardín como si fuera un poni. Era el perro que había alarmado a toda la casa con sus ladridos cuando Joey, entonces un adolescente, se había quedado dormido en el sofá mientras se preparaba la cena y el horno se había prendido fuego. Era el perro que se sentaba bajo el escritorio a los pies de Lacy, en pleno invierno mientras ella contestaba el correo electrónico, dejándola compartir el calor de su pálido y rosado vientre.

Lacy se inclinó sobre el cuerpo sin vida del perro y empezó a llorar, al principio en silencio, y luego con ruidosos sollozos que obligaron a Joey a mirar a otro lado y a Lewis a hacer muecas.

—Hagamos algo —oyó decir a Joey, con voz hueca y floja.

Notó una mano en el hombro, y dio por sentado que era la de Lewis, pero era Peter, que empezó a decir:

—Cuando era un cachorro, cuando fuimos a recogerlo de la camada, sus hermanos y hermanas intentaban trepar para salir de la jaula, pero él estaba en lo alto de los escalones, nos miró, se tropezó y se cayó encima de todos. —Lacy levantó la vista hacia él—. Ése es mi mejor recuerdo —dijo Peter.

Lacy siempre se había considerado afortunada porque le había tocado en suerte, por así decir, un niño que no era el típico chico americano; un niño sensible y emotivo, y que sabía captar de tal modo lo que los demás sentían y pensaban. Soltó el cuerpo del perro y abrió los brazos para acoger a Peter en ellos. A diferencia de Joey, que era ya más alto que ella y tenía más musculatura que Lewis, a Peter aún podía abarcarlo de un abrazo. Incluso la cuadrada envergadura de sus omoplatos, que se percibían tan fácilmente bajo la camiseta de algodón, parecía más delicada entre sus manos. Tallado aún en bruto y sin acabar, un hombre a la espera de su hombría.

Si se los pudiera mantener así: conservados en ámbar, sin acabar de crecer.

En todos los conciertos y representaciones en los que había participado en su vida, Josie sólo había contado con uno de sus padres entre el público. Su madre, cosa que había que ponerla en su haber, había reorganizado la agenda de sesiones del tribunal para poder ver a Josie haciendo de placa dental en la obra del colegio sobre higiene bucal, o para oír su solo de cinco notas en la coral de Navidad. Había también otros niños a cuyas funciones asistía sólo uno de sus padres, en los casos en que éstos estaban divorciados, por ejemplo, pero Josie era la única persona del colegio que no conocía a su padre. Cuando era pequeña, y toda la clase de segundo curso hacía tarjetas en forma de corbata para el Día del Padre, ella estaba en un rincón, con otra niña cuyo padre había muerto prematuramente de cáncer, con cuarenta y dos años.

Con la curiosidad connatural de cualquier niño, al crecer le había preguntado a su madre sobre la cuestión. Josie quería saber por qué sus padres ya no estaban casados; no se había imaginado siquiera que nunca lo hubieran estado.

—No es un tipo de hombre al que le guste el matrimonio —le dijo Alex, aunque Josie no entendía por qué eso implicaba que tampoco fuera el tipo de hombre al que le gustara enviar un regalo por el cumpleaños de su hija, o invitarla una semana a su casa en vacaciones, o incluso llamar para escuchar su voz.

Aquel año en el colegio tendrían la asignatura de biología, y Josie estaba nerviosa de antemano por la lección de genética. No sabía si su padre tenía los ojos castaños o azules; si tenía el pelo rizado, o pecas, o seis dedos. Su madre había contestado las preguntas de Josie con un encogimiento de hombros:

—Seguro que en tu clase habrá más de uno que sea adoptado —dijo—. Tú ya sabes el cincuenta por ciento de tu herencia genética más que ellos.

Esto era lo que Josie había ido coligiendo por cosas dichas aquí y allá acerca de su padre:

Su nombre era Logan Rourke. Era profesor de la facultad de derecho a la que había asistido su madre.

Se le había puesto el pelo blanco de forma prematura, pero, según aseguraba su madre, eso no le había restado atractivo.

Era diez años mayor que su madre, lo cual significaba que tenía cincuenta.

Tenía los dedos largos y tocaba el piano.

No sabía silbar.

Todo eso no daba para completar una biografía estándar, según el parecer de Josie, aunque tampoco nadie se había molestado en confeccionarla.

Estaba sentada con Courtney en el laboratorio de ciencias naturales. Por regla general no solía escoger a Courtney como compañera en el laboratorio, no era precisamente una lumbrera, pero no parecía importar mucho. La señora Aracort era la maestra-consejera de las animadoras, y Courtney era una de ellas. Por malos que fueran los trabajos de laboratorio de éstas, no se sabía cómo, se las arreglaban siempre para sacar sobresaliente.

En la mesa de delante, junto a la señora Aracort, había un cerebro de gato disecado. Olía a formol y parecía el de un gato atropellado en una cuneta. Por si no era suficiente, acababan de volver de la hora del almuerzo. («Esa cosa —había comentado Courtney con un escalofrío—, va a hacer que me vuelva aún más bulímica».) Josie intentaba no mirarlo mientras trabajaba en su proyecto para la clase: a cada alumno se le había proporcionado una computadora portátil Dell con conexión inalámbrica a Internet para que navegaran por la Red en busca de ejemplos de investigación animal humana. Hasta el momento, Josie había encontrado un estudio sobre primates llevado a cabo por un fabricante de pastillas contra la alergia, por el que se volvía asmáticos a los monos para luego curarlos; y otro estudio concerniente a cachorros y al síndrome de muerte súbita infantil.

Por error, le dio a otro botón del navegador y fue a parar a una página del periódico *Boston Globe*. En la pantalla apareció información electoral, sobre la pugna entre la titular de la plaza de fiscal del distrito y su oponente: el decano de la facultad de derecho de Harvard, un hombre llamado Logan Rourke.

Josie sintió como si se le encogiera el estómago. No podía haber más de un hombre con ese nombre y apellido. ¿O sí? Entornó los ojos, acercándose a la pantalla, pero la fotografía era granulosa, y el sol reflejaba.

—Pero ¿qué haces? —le susurró Courtney.

Josie sacudió la cabeza y cerró la tapa del portátil, como si así pudiera guardar su secreto.

Nunca lo hacía en uno de los urinarios. Aunque tuviera muchas ganas de orinar, a Peter no le gustaba ponerse de pie junto a algún gigantón de algún curso superior que pudiera hacer algún comentario acerca de, bueno, del hecho de que él fuera un canijo de noveno, en particular por lo que se refería a sus partes bajas. Prefería meterse en un retrete y cerrar la puerta para poder tener intimidad.

Le gustaba leer lo que había escrito en las paredes. En uno de los retretes había una retahíla de chistes breves. En otro aparecían nombres de chicas que supuestamente hacían mamadas. Había una inscripción hacia la que Peter se daba cuenta de que los ojos se le iban repetidamente: TREY WILKINS ES MARICÓN. No conocía a Trey Wilkins, ni creía que fuera ya alumno del Instituto Sterling, pero Peter se preguntaba si Trey había entrado en aquellos baños y había utilizado aquellos mismos inodoros para orinar.

Peter había salido de la clase de inglés en mitad de una prueba sorpresa de gramática. Sinceramente, no creía que en la gran trama de la vida importara mucho si un adjetivo modificaba o no un sustantivo o un verbo, o si desaparecía de la faz de la tierra, que era lo que de verdad esperaba que sucediera antes de volver a clase. Ya había hecho lo que tenía que hacer en el baño; ahora simplemente estaba dejando pasar el tiempo. Si suspendía aquel examen, sería el segundo seguido. No era el enojo de sus padres lo que preocupaba a Peter, sino la forma en que lo mirarían, defraudados por que no se pareciese más a Joey.

Oyó que se abría la puerta del baño, y el bullicio propio de los pasillos que traían consigo los dos chicos que entraron. Peter se agachó, mirando por debajo de la puerta de su cabina. Unas Nike.

—Estoy sudando como un cerdo —dijo una voz.

El segundo chico se rió.

—Eso te pasa por culo-gordo.

—Sí, ya. Podría darte una paliza en la pista de baloncesto con una mano atada a la espalda.

Peter oyó el agua que corría de un grifo abierto, y un chapoteo.

—¡Eh, que me mojas!

—¡Aaah, mucho mejor! —dijo la primera voz—. Así al menos ya no estoy mojado porque sude. Eh, mírame el pelo, parezco Alfalfa.

—¿Quién?

—¿No sabes, o qué? El tipo de la serie «Little Rascals», el que lleva una cola atada a la nuca.

—No sé, pero en serio, pareces marica total...

—Ya te digo...—Más risas—. Pero a que sí me parezco un poco a Peter.

En cuanto oyó su nombre, a Peter le dio un vuelco el corazón. Abrió el pestillo de la puerta del retrete y salió. Delante de los lavatorios había un jugador del equipo de fútbol al que conocía sólo de vista, junto con su propio hermano. Joey llevaba el pelo empapado, goteando, y se lo había levantado por la parte de atrás, como lo llevaba a veces Peter, por mucho que hubiera intentado aplastárselo con el gel para el pelo de su madre.

Joey le lanzó una mirada.

—Piérdete, pendejo —le ordenó, y Peter salió a toda prisa del servicio, preguntándose si era posible perderse cuando uno no se había encontrado en toda tu vida.

Los dos hombres que comparecían delante de Alex compartían un dúplex, pero se odiaban mutuamente. Arliss Undergroot era un instalador de pladur con los brazos tatuados de arriba abajo, la cabeza rapada y el suficiente número de *piercings* en la cara como para hacer saltar los detectores de metales del tribunal. Rodney Eakes era un cajero de banco vegetariano estricto que poseía una colección premiada de grabaciones originales de espectáculos de Broadway. Arliss vivía en el piso de abajo; Rodney, en el de arriba. Unos meses atrás, Rodney había comprado una bala de heno que pensaba utilizar para recubrir su jardín orgánico, pero no llegó a cumplir su propósito, dejando todo este tiempo la bala de heno en el porche de Arliss. Éste le pidió a Rodney que quitase el heno de allí pero Rodney le dio largas. Así que, una noche, Arliss y su novia cortaron el cordón del embalaje y esparcieron el heno por el césped.

Rodney llamó a la policía, que arrestó a Arliss por mala conducta criminal, una forma legal de decir: por destruir una bala de paja.

—Explíqueme por qué los contribuyentes de New Hampshire tienen que pagar con su dinero las costas de un juicio por un caso como éste —pidió Alex.

El fiscal se encogió de hombros.

—A mí se me ha pedido que siga adelante con el procedimiento —dijo, aunque poniendo los ojos en blanco.

Ya había demostrado que Arliss había agarrado la bala de heno y la había esparcido por el césped: el hecho estaba probado, pero la imposición de una condena le acarrearía a Arliss tener antecedentes penales para el resto de su vida.

Puede que hubiera sido un mal vecino, pero tampoco merecía eso. Alex se volvió hacia el fiscal.

—¿Cuál fue el precio que pagó la víctima por esa bala de heno?

—Cuatro dólares, Su Señoría.

Entonces se encaró con el demandado.

—¿Lleva encima cuatro dólares?

Arliss asintió con la cabeza.

—Bien. El caso se archivará sin fallo en el momento en que se indemnice a la víctima. Saque cuatro dólares de la cartera y entrégueselos a ese agente de policía, que a su vez se los dará al señor Eakes, en el fondo de la sala. —Lanzó una mirada a su escribiente—. Haremos un receso de quince minutos.

Una vez en su despacho, Alex se despojó de la toga y tomó una caja de cigarrillos. Bajó por la escalera de atrás hasta el piso inferior del edificio y encendió un cigarrillo, aspirando profundamente. Había días en que se sentía muy orgullosa de su trabajo, y otros, en cambio, como aquél, en que se preguntaba por qué se molestaba siquiera.

Encontró a Liz, la encargada de mantenimiento, pasando el rastrillo por el césped de entrada de los juzgados.

—Te invito a un cigarrillo —dijo Alex.

—¿Cuál es el problema?

—¿Cómo sabes que hay algún problema?

—Porque hace años que trabajas aquí, y nunca antes me habías invitado a un cigarrillo.

Alex se apoyó contra un árbol, mientras observaba las hojas, brillantes como joyas, atrapadas entre los dientes del rastrillo de Liz.

—Es que acabo de malgastar tres horas en un caso que jamás debería haber llegado a la sala de un tribunal. Tengo un dolor de cabeza terrible. Y además, se ha acabado el papel higiénico del baño de mi despacho y he tenido que llamar a la escribiente para que fuera a buscarme un rollo al servicio de mantenimiento.

Liz alzó la vista hacia la copa del árbol, mientras una ráfaga de viento enviaba un nuevo montón de hojas sobre la hierba por la que acababa de pasar el rastrillo.

—Alex —dijo—. ¿Puedo hacerte una pregunta?

—Claro.

—¿Cuándo fue la última vez que te echaron un polvo?

Alex se volvió, boquiabierta.

—¿Y eso qué tiene que ver con...?

—La mayor parte de la gente, cuando está en el trabajo se pasa el día pensando en el tiempo que les falta para volver a casa y hacer lo que de verdad tienen ganas de hacer. En tu caso es justo al revés.

—Eso no es verdad. Josie y yo...

—¿Qué hicieron este fin de semana para divertirse?

Alex apresó una hoja y tiró de ella. En los últimos tres años, la agenda social de Josie había estado repleta de llamadas telefónicas, de noches pasadas en casa de amigas y de grupos de chicos y chicas quedando para ir al cine o para reunirse en una guarida ubicada en el sótano de alguno de ellos. Aquel fin de semana, Josie había ido de compras con Haley Weaver, una estudiante de segundo de instituto que acababa de sacarse el carnet de conducir. Alex había redactado dos resoluciones y había limpiado los cajones de la fruta y de las verduras del refrigerador.

—Te voy a arreglar una cita a ciegas —dijo Liz.

Un buen número de establecimientos en Sterling contrataban adolescentes para trabajar después de las clases. Después de su primer verano en la copistería QuikCopy, Peter concluyó que ello se debía a que la mayoría de aquellos trabajos eran una mierda, y sus propietarios no encontraban a nadie más que quisiera hacerlos.

Él era el encargado de fotocopiar la mayor parte del material docente de la Universidad de Sterling, material que le traían los propios profesores. Sabía reducir un documento a un treintaidosavo de su tamaño original y reponer el tóner. Cuando los clientes se disponían a pagarle, a él le gustaba intentar adivinar de qué valor sería el billete que sacarían de la cartera, sólo por la forma de ir vestidos o peinados. Los estudiantes universitarios siempre llevaban billetes de veinte. Las mamás con cochecitos de bebés blandían tarjetas de crédito. Los profesores usaban billetes de un dólar arrugados.

La razón de que se hubiera puesto a trabajar era que necesitaba una computadora nueva con una tarjeta gráfica mejor, para poder poner en práctica algunos de los diseños para juegos que él y Derek habían estado configurando últimamente. A Peter nunca dejaba de asombrarle el modo en que una serie de comandos, en apariencia sin sentido, en la pantallas podían convertirse, como por arte de magia, en un caballero, o en una espada, o en un castillo. Le gustaba la idea misma: que algo que una persona corriente podía desestimar como un galimatías incomprensible pudiera ser en realidad algo llamativo y emocionante, si sabías cómo mirarlo.

La semana anterior, cuando su jefe le había dicho que iba a contratar a otro alumno del instituto, Peter se había puesto tan nervioso que había tenido que encerrarse veinte minutos en el baño antes de ser capaz de actuar como si no le importara en absoluto. Por estúpido y aburrido que fuera aquel trabajo, para él era un refugio. Allí, Peter estaba solo la mayor parte de la tarde, sin tener que preocuparse por encontrarse con los chicos más populares.

Pero si el señor Cargrew contrataba a alguien del Instituto Sterling, seguro que quien viniera sabría quién era Peter. Y aunque el chico no formara parte del grupo de alumnos más populares, la copistería dejaría de ser un lugar en el que pudiera sentirse a sus anchas. Peter tendría que pensar las cosas antes de decirlas o de hacerlas, si no quería convertirse en pasto para los rumores del colegio.

Sin embargo, para gran sorpresa de Peter, resultó que su compañera de trabajo iba a ser Josie Cormier.

Entró en el establecimiento detrás del señor Cargrew.

—Ésta es Josie —dijo a modo de introducción—. ¿Se conocían ya?

—Más o menos —repuso Josie, mientras Peter contestaba:

—Psé.

—Peter te enseñará los secretos —dijo el señor Cargrew, y los dejó para irse a jugar al golf.

A veces, cuando Peter iba por un pasillo del instituto y veía a Josie con su nuevo grupo de amigos, no la reconocía. Vestía de forma diferente, con pantalones vaqueros que le dejaban al aire su liso vientre, y varias camisetas de diferentes colores superpuestas una sobre otra. Y se maquillaba de un modo que le hacía unos ojos enormes, cosa que le daba un aspecto un poco triste, pensaba él a veces, pero dudaba que ella lo supiera.

La última conversación de verdad que había mantenido con Josie había sido hacía cinco años, cuando ambos estaban en sexto curso. Él estaba convencido de que la Josie de verdad lograría salir de aquella nube de popularidad y comprender que el brillo de aquellas personas con las que iba era como el del oropel. Estaba seguro de que, tan pronto como empezaran a despellejar a otras personas, ella volvería con él. «Dios mío», diría ella, y ambos se reirían de su periplo por el Lado Oscuro. «Pero ¿en qué estaría pensando?».

Pero eso no sucedió, y luego Peter empezó a frecuentar a Derek, a partir de su coincidencia en el equipo de fútbol, y en séptimo le costaba ya creer que alguna vez él y Josie se hubiesen pasado semanas saludándose con un apretón de manos secreto que nadie habría sido jamás capaz de imitar.

—Bueno —había dicho Josie aquel primer día, como si no lo conociera de nada—, ¿qué es lo que tenemos que hacer?

Ahora ya llevaban trabajando juntos una semana. Bueno, quizá no tanto como juntos; más bien era como si ambos llevaran a cabo una danza interrumpida por los suspiros o los roncos gruñidos de las fotocopiadoras y por el timbre agudo del teléfono. Cuando hablaban, la mayor parte de las veces se trataba de un mero intercambio de información: «¿Queda tóner para la fotocopiadora en color? ¿Cuánto tengo que cobrar por la recepción de un fax?».

Aquella tarde, Peter estaba fotocopiando artículos para un curso de psicología de la facultad. De vez en cuando, mientras las hojas se depositaban en las bandejas separadoras, veía imágenes escaneadas de cerebros de esquizofrénicos, unos círculos de un rosa brillante en los lóbulos frontales que se reproducían en diversas tonalidades de gris.

—¿Cómo se llama cuando dices el nombre de la marca de una cosa en lugar de lo que es en realidad?

Josie estaba grapando un trabajo. Se encogió de hombros.

—Como Xerox —insistió Peter—. O Kleenex.

—Jell-O —repuso Josie después de pensarlo.

—Google.

Josie levantó la vista de su trabajo.

—Band-Aid —dijo.

—Q-Tip.

Reflexionó unos segundos, mientras esbozaba una amplia sonrisa.

—Fed-Ex. Wiffle ball.

Peter sonrió a su vez.

—Rollerblade. Frisbee.

—Crock-Pot.

—Ésa no...

—Compruébalo si quieres —replicó Josie—. Jacuzzi. Post-it.

—Magic Marker.

—¡Ping-Pong!

Los dos habían dejado de trabajar y estaban riéndose, cuando repiqueteó la campanilla situada sobre la puerta.

Matt Royston entró en el establecimiento. Llevaba una gorra de hockey del equipo de Sterling: aunque la temporada no comenzaría hasta al cabo de un mes, todo el mundo sabía que iba a ser seleccionado para el equipo titular, a pesar de ser alumno de primer año. Peter, que se había dejado embelesar por el espejismo de haber recuperado a la Josie de antes, vio cómo ella se volvía hacia Matt. A la chica se le sonrojaron las mejillas, y los ojos le resplandecían como una llama.

—¿Qué haces tú aquí?

Matt se inclinó apoyando los brazos sobre el mostrador.

—¿Así es como tratas a tus clientes?

—¿Necesitas que te fotocopie algo?

La boca de Matt se torció formando una sonrisa.

—De eso nada. Soy puro original. —Lanzó una mirada alrededor de la tienda—. Así que aquí es donde trabajas.

—No, vengo porque dan caviar y champán gratis —bromeó Josie.

Peter asistía a la conversación desde detrás del mostrador. Esperaba que Josie le dijera a Matt que estaba ocupada, cosa que no tenía por qué ser necesariamente verdad, pero de hecho, cuando él entró, ellos también estaban teniendo una conversación. O algo así.

—¿A qué hora acabas? —preguntó Matt.

—A las cinco.

—Hemos quedado algunos del grupo en casa de Drew, esta noche.

—¿Eso es una invitación? —preguntó ella, y Peter se fijó en que, cuando sonreía, cuando sonreía mucho, se le formaba un hoyuelo que él no le conocía. O quizá fuera que con él nunca había sonreído así.

—¿Tú quieres que lo sea? —preguntó Matt.

Peter se acercó al mostrador.

—Tenemos que seguir con el trabajo —espetó.

Los ojos de Matt se clavaron en los de Peter.

—¿Quieres dejar de mirarme, marica?

Josie se interpuso entre ambos, de forma que Matt no pudiera ver a Peter.

—¿A qué hora?

—A las siete.

—Allí nos vemos —dijo ella.

Matt dio un golpe con ambas manos sobre el mostrador.

—Genial —repuso, y salió de la tienda.

—Saran Wrap —dijo Peter—. Vaseline.

Josie se volvió hacia él, confusa.

—¿Qué? Ah, sí.

Recogió los trabajos que había estado grapando y amontonó unas cuantas hojas más, unas sobre otras, alineando los bordes.

Peter cargó de papel la fotocopiadora con la que estaba trabajando.

—¿Te gusta? —preguntó.

—¿Matt? Supongo.

—¿No lo sabes? —dijo Peter. Apretó el botón de copia y se quedó mirando cómo la máquina comenzaba a parir un centenar de bebés idénticos.

Al ver que Josie no contestaba, se colocó a su lado junto a la mesa de clasificación. Formó un juego de hojas y lo grapó, y acto seguido se lo pasó a ella.

—¿Cómo se siente uno? —le preguntó.

—¿Cómo se siente uno cuándo?

Peter se lo pensó unos segundos.

—Cuando está en la cresta de la ola.

Josie tomó otro juego de hojas y lo metió en la grapadora. Repitió la operación tres veces, y cuando Peter ya estaba seguro de que ella iba a ignorar su pregunta, Josie dijo:

—Que al primer paso en falso, te caes.

Al decir aquello, Peter apreció en su voz un tono que le recordó a una canción de cuna. Le asaltó el vívido recuerdo de un caluroso día de julio, sentado con Josie en el camino de entrada de casa de ésta, mientras intentaban hacer fuego con virutas de madera, sus anteojos y la acción de los rayos del sol. Y aún podía escuchar los gritos de Josie por encima del hombro al volverse hacia él desafiándolo a que la atrapara en el trayecto de vuelta a casa desde el colegio. Vio aparecer un ligero rubor en sus mejillas, y comprendió que la Josie que había sido su amiga seguía allí, atrapada bajo varias capas, como esas muñecas rusas que cada una encierra a otra más pequeña.

Si al menos pudiera lograr que ella compartiera con él aquellos recuerdos. A lo mejor el ser popular no era lo que había hecho que Josie empezara a salir con Matt y compañía. A lo mejor sólo era que se había olvidado de que le gustaba ir con Peter.

Miró a Josie con el rabillo del ojo. Ella se mordía el labio inferior, concentrada en colocar recta la grapa. A Peter le habría gustado saber cómo hacía Matt para estar tan suelto y natural, en cambio él toda la vida le había parecido que siempre se reía demasiado fuerte, o a destiempo; que se daba cuenta demasiado tarde de que era de él de quien se reían los demás. No sabía cómo se hacía para ser diferente a como siempre se había sido, así que respiró hondo y se dijo que, no hacía tanto tiempo, a Josie le había parecido bien siendo como era.

—Ven —le dijo Peter—. Te enseñaré una cosa.

Se metió en el despacho adyacente, en el que el señor Cargrew tenía una foto con su mujer y sus hijos, y la computadora, a la que nadie podía tener acceso y que estaba protegido con una clave de seguridad.

Josie le siguió y se quedó de pie detrás de la silla en la que se sentó Peter. Éste apretó algunas teclas, y de pronto la pantalla se abrió.

—¿Cómo lo has hecho? —le preguntó Josie.

Peter se encogió de hombros.

—Últimamente me ha dado por jugar con computadoras. La semana pasada conseguí meterme en este de Cargrew.

—Creo que no deberíamos...

—Espera.

Peter fue abriendo carpetas hasta llegar a un archivo de descargas muy protegido, del que abrió la primera página.

—¿Qué es eso...? ¿Un... enano? —murmuró Josie—. ¿Y un burro?

Peter ladeó la cabeza.

—Yo creía que era un gato muy grande.

—Sea lo que sea, es de pésimo gusto —dijo Josie con un escalofrío—. Agh. ¿Cómo voy a aceptar ahora un cheque de la mano de ese tipo? —Miró a Peter—. ¿Qué más puedes hacer con esta computadora?

—Cualquier cosa —se jactó él.

—¿Como... meterte en otras computadoras, por ejemplo? ¿Del colegio y esas cosas?

—Pues claro —dijo Peter, aunque en realidad eso aún no sabía hacerlo. Estaba empezando a aprender cosas sobre codificaciones y cómo sortearlas.

—¿Serías capaz de encontrar una dirección?

—Pan comido —replicó Peter—. ¿De quién?

—De alguien totalmente al azar —dijo ella, inclinándose por encima de Peter para teclear. Le llegaba el aroma de su pelo, que olía a manzanas, y podía sentir la presión de su hombro contra el suyo. Peter cerró los ojos, esperando la caída del rayo. Josie era guapa, y era una chica, y aun así... él no sentía nada.

¿Se debería tal vez a que ella le resultaba demasiado familiar... como una hermana?

¿O porque ella no era él?

«¿Quieres dejar de mirarme, marica?».

A Josie no se lo había dicho, pero cuando encontró la página porno del señor Cargrew, se había sorprendido a sí mismo mirando a los chicos en lugar de a las chicas. ¿Quería eso decir que le atraían? Pero bueno, también había mirado a los animales. ¿No podía deberse a la curiosidad? ¿Incluso al deseo de compararse con los hombres que salían en esas imágenes?

¿Y si resultara que Matt, y todos los demás, tenían razón?

Josie buscó con el ratón hasta que en la pantalla apareció un artículo del *Boston Globe*.

—Por ejemplo —dijo ella, señalando con el dedo—. Ese tipo de ahí.

Peter entornó los ojos leyendo el titular.

—¿Quién es Logan Rourke?

—Y qué más da —contestó ella—. Alguien que tiene cara de tener una dirección que no sale en las guías.

Así era, en efecto, pero Peter imaginó que cualquiera que se dedicara a una carrera pública era lo bastante listo como para suprimir su información personal de la guía telefónica. Tardó diez minutos en averiguar que Logan Rourke era profesor en la facultad de derecho de Harvard, y otros quince en introducirse en los archivos de recursos humanos de la institución.

—¡Ta-chán! —exclamó Peter—. Vive en Lincoln. En la calle Conant.

Se volvió hacia Josie por encima del hombro y notó cómo se le dibujaba una sonrisa al ver el rostro de ella. Josie se quedó mirando largo rato la pantalla.

—Eres bueno —dijo.

Suele decirse que los economistas conocen el precio de todas las cosas y el valor de ninguna. Lewis pensaba en ello en su despacho mientras abría un enorme archivo en la computadora: el Estudio Mundial sobre Valores. Los datos, recogidos por expertos noruegos en ciencias sociales, se habían obtenido a partir de encuestas realizadas a cientos de miles de personas de todo el mundo, y constituían una serie interminable de detalles, algunos de ellos muy sencillos, como la edad, el sexo, el orden de nacimiento, el peso, la religión, el estado civil, el número de hijos; y también informes más complejos, como las opiniones políticas y la filiación religiosa. El informe había tenido en cuenta incluso la organización del tiempo: cuántas horas pasaba una persona en el trabajo, con cuánta frecuencia iba a misa, cuántas veces por semana tenía relaciones sexuales, y con cuántas parejas.

Lo que a la mayor parte de la gente le habría parecido tedioso, para Lewis era como un viaje en montaña rusa. Cuando uno se ponía a organizar los patrones que encerraban una cantidad de datos tan ingente, no sabía adónde lo iban a llevar, cuán profunda sería la caída o cuán elevada la subida. Había examinado aquellos números lo bastante a menudo como para saber que a duras penas era capaz de elaborar una ponencia para la conferencia de la semana siguiente. Pero bueno, no tenía por qué ser perfecta; la reunión era reducida, y sus colegas de mayor prestigio no estarían presentes. Siempre podía hacer ahora algo con lo que salir del paso y pulirlo más tarde para su publicación en una revista académica.

El artículo debía centrarse en el dilema de ponerle un precio a las variables de la felicidad. Todo el mundo decía que el dinero daba la felicidad, pero ¿qué cantidad de dinero? ¿Tenían los ingresos económicos un efecto directo o causal en la felicidad? La gente más feliz, ¿era también la que tenía más éxito en el trabajo, o bien obtenían un salario más alto precisamente porque eran personas más felices?

Sin embargo, la felicidad no podía reducirse a los ingresos monetarios. El matrimonio, ¿era más valioso en Norteamérica o en Europa? ¿Era el sexo importante? ¿Por qué las personas que frecuentaban la iglesia alcanzaban mayores niveles de felicidad que quienes no lo hacían? ¿Por qué los escandinavos, que estaban muy arriba en la escala de la felicidad, tenían uno de los mayores índices de suicidio del mundo?

Mientras Lewis empezaba a cotejar los diferentes elementos a través de un análisis de regresión multivariable con el programa Stata, reflexionó acerca del valor que daría a las variables de su propia felicidad. ¿Qué compensación monetaria habría sido necesaria a cambio de no tener en su vida a una mujer como Lacy? ¿O de no ocupar una plaza titular en la Universidad de Sterling? ¿O a cambio de su salud?

Al ciudadano medio no le haría demasiada gracia saber que su estado civil repercutía sólo en un 0,07% de aumento de nivel de felicidad (con un margen de error de un 0,02%). Es decir, que estar casado tenía sobre la felicidad en general el mismo efecto que una bonificación anual de cien mil dólares.

Éstas eran las conclusiones a las que había llegado por el momento:

1. A mayores ingresos económicos, mayor felicidad, pero no en progresión constante. Por ejemplo, una persona que ganaba cincuenta mil dólares manifestaba ser más feliz que otra con un salario de veinticinco mil dólares. Sin embargo el incremento adicional de felicidad que resultaba de un aumento de cincuenta mil dólares a cien mil dólares era mucho menor.

2. A pesar de la mejora de las condiciones materiales, la línea de la felicidad con el tiempo tiende a la horizontalidad. Los ingresos relativos pueden ser más importantes que las ganancias absolutas.

3. El grado de bienestar era mayor entre las mujeres, las personas casadas, las personas con educación elevada y aquellas cuyos padres no se habían divorciado.

4. La felicidad en la mujer ha ido disminuyendo a través del tiempo, posiblemente por haber logrado una mayor equiparación con los hombres en el mercado laboral.

5. En Estados Unidos, la población negra era mucho menos feliz que la blanca, pero su satisfacción iba incrementándose.

6. Según los cálculos, la «indemnización» necesaria para compensar ser un desempleado sería de sesenta mil dólares anuales; la «indemnización» por ser negro, treinta mil dólares por año; la «indemnización» por ser viudo o separado, cien mil dólares al año.

Había un juego al que Lewis solía jugar consigo mismo, cuando sus dos hijos habían nacido ya, y él se sentía tan ridículamente feliz que estaba seguro de que algo trágico tenía que pasar. Se tumbaba en la cama y se forzaba a escoger entre qué preferiría perder primero, su matrimonio, su trabajo o un hijo. Se preguntaba cuánto podía soportar un hombre antes de quedar reducido a nada.

Cerró la ventana de datos y se quedó mirando el fondo de pantalla de su computadora. Era una foto de cuando sus hijos tenían ocho y diez años, en un zoo infantil de Connecticut. Joey llevaba a su hermano a la espalda, y ambos sonreían, con una rosada puesta de sol como telón de fondo. Momentos después, un gamo (que debía de haber tomado esteroides, según dijo Lacy luego) había hecho perder el equilibrio a Joey dándole un topetazo, y los dos hermanos se habían caído al suelo, deshaciéndose en lágrimas... Pero no era así como a Lewis le gustaba recordarlo.

La felicidad no sólo era lo que podía consignarse con datos objetivos, sino también aquello que uno elegía recordar.

297

Había otra conclusión más que había incluido en su ponencia: la felicidad tenía forma de U. Las personas eran más felices cuando eran muy jóvenes y cuando eran muy mayores. El bajón se producía, más o menos, al cumplir los cuarenta.

O, en otras palabras, pensó Lewis con alivio, eso era lo peor que podía pasar.

Aunque sacaba sobresalientes y le gustaba la asignatura, la nota de matemáticas era por la que Josie más debía esforzarse. No tenía una facilidad extraordinaria para los números, si bien era capaz de razonar con lógica y de escribir un ensayo sin esfuerzo. En eso era como su madre, suponía.

O posiblemente como su padre.

El señor McCabe, el profesor de matemáticas, se paseaba por los pasillos entre las filas de pupitres, arrojando una pelota de tenis hacia el techo y cantando un remedo de una canción de Don McLean:

> *Bye-bye, ¿cuál es el valor de pi?*
> *Calculen los dígitos con los dedos.*
> *Hasta el final de clase, McCabe*
> *A los de noveno hace sudar y suspirar.*
> *Y ellos dicen: venga, McCabe, ¿por qué?*
> *Oh, señor McCabe, ¿por qué, por qué...?*

Josie borró una coordenada del papel milimetrado que tenía delante.

—Si hoy no entra el número pi —dijo un chico.

El profesor giró en redondo y lanzó la pelota de tenis, que botó sobre el pupitre del chico que había hablado.

—Andrew, estoy muy contento de que te hayas despertado a tiempo para darte cuenta de eso.

—¿Va a contar para nota?

—No. A lo mejor tendría que ir a la tele —reflexionó el señor McCabe—. ¿No hay ningún programa tipo «Quiere ser matemático»?

—Dios, espero que no —murmuró Matt, sentado detrás de Josie. Le dio un empujoncito en el hombro, y ella colocó su hoja en la esquina superior izquierda del pupitre, de forma que él pudiera ver mejor sus respuestas.

Aquella semana estaban trabajando con gráficas. Además de un millón de tareas a partir de las cuales había que obtener datos y encajarlos en gráficas de barras y tablas, cada uno de los alumnos había tenido que idear y presentar una gráfica de algo que les resultara familiar y estimado. El señor McCabe reservaba diez minutos al final de las clases para las presentaciones. El día anterior, Matt había mostrado con presunción una gráfica con la edad relativa de los jugadores de hockey sobre hielo de la NHL. Josie, que debía presentar la suya al día siguiente, había encuestado a sus amigos para comprobar si existía una relación proporcional entre el número de horas que empleaban para hacer los deberes y la media de las notas obtenidas.

Aquel día le tocaba el turno a Peter Houghton. Ella le había visto llevar su gráfica a clase, en forma de póster enrollado.

—Vaya, qué les parece —dijo el señor McCabe—. Resulta que hoy tenemos quesitos de postre.

Peter había optado por un diagrama circular, con sectores triangulares en forma de quesito. Resultaba muy claro y esquemático, con colores y etiquetas hechas con computadora que identificaban cada una de las secciones. El título de la parte superior del gráfico decía: POPULARIDAD.

—Cuando quieras, Peter —dijo el señor McCabe.

Peter parecía como si fuera a perder el conocimiento de un momento a otro pero, por otra parte, siempre tenía ese aspecto. Desde que Josie trabajaba en la copistería, volvían a hablar y relacionarse, aunque, siguiendo una norma tácita, sólo fuera fuera del ámbito escolar. Dentro del instituto era diferente, como una pecera en la que nada de lo que hicieran o dijeran era observado y tenido en cuenta por ninguno de ellos.

Cuando eran pequeños, Peter nunca parecía darse cuenta de si llamaba la atención. Como cuando le dio por hablar en marciano en el recreo, por ejemplo. Josie suponía que el reverso de la moneda de esa actitud, es decir, su lado positivo, era que Peter no intentaba imitar nunca a nadie, lo cual no era algo que ella pudiera decir de sí misma.

Peter se aclaró la garganta.

—Mi gráfica es sobre el estatus en este instituto. Mi muestra estadística está sacada de los veinticuatro alumnos de esta clase. Aquí se puede ver —continuó, señalando uno de los quesitos del círculo— que algo menos de un tercio de la clase son populares.

En violeta, el color de la popularidad, había siete quesitos, cada uno de ellos con el nombre de un alumno diferente de la clase. Estaban Matt y Drew, y algunas de las chicas que se sentaban con Josie a la hora del almuerzo. Pero también el payaso de la clase estaba incluido en el grupo, advirtió Josie, así como el chico nuevo, cuya familia se había trasladado procedente de Washington, D.C.

—Aquí están los fuera de serie —dijo Peter, y Josie pudo ver los nombres del cerebrín de la clase y de la chica que tocaba la tuba—. El grupo más amplio es el que yo llamo normal. Y apenas un cinco por ciento son los desclasados.

Todo el mundo se había quedado mudo. Josie pensó que aquél era uno de esos momentos en que podría llamarse a los asesores escolares para que administraran a todos una inyección de refuerzo de tolerancia hacia lo diferente. Pudo apreciar cómo el entrecejo del señor McCabe se arrugaba como una figurita de papel mientras se esforzaba por imaginar cómo podía reconvertir la presentación de Peter en una enseñanza asimilable. Vio a Drew y a Matt intercambiar una sonrisa. Y, sobre todo, observaba a Peter, feliz e ignorante como un bendito de haber destapado la caja de los truenos.

El señor McCabe carraspeó.

—Está bien, Peter, tal vez tú y yo podríamos...

Matt levantó la mano de pronto.

—Señor McCabe, tengo una pregunta.

—Matt...

—No, en serio. Desde aquí no leo esa porción pequeña de la gráfica. La de color naranja.

—Oh —dijo Peter—. Eso es un puente. Bueno, una persona que

puede encajar en más de una categoría, o que se relaciona con diferentes tipos de personas. Como Josie.

Se volvió hacia ella con una sonrisa de oreja a oreja, mientras Josie percibía que todas las miradas convergían en su persona, como una lluvia de flechas. Se encogió escondiéndose en su pupitre, como una flor nocturna, haciendo que el pelo le cubriera el rostro. Para ser sincera, estaba acostumbrada a que la miraran, como cualquiera que fuera a cualquier sitio con Courtney, pero era diferente que la gente te mirara porque quería ser como tú, a que la gente te mirara porque tu desgracia les hacía subir un peldaño.

Como mal menor, todos se acordarían de que hubo un tiempo en que Josie había sido una desclasada que se relacionaba con Peter. O bien todo el mundo pensaría que a Peter le gustaba, lo cual era aún peor, y el asunto podía traer cola. Un murmullo se extendió por la clase como una descarga eléctrica. «*Freak*», dijo alguien, y Josie rogó, rogó, rogó que no lo dijeran por ella.

Prueba de que hay Dios, sonó el timbre.

—Eh, Josie —dijo Drew—, ¿así que eres el Golden Gate?

Josie se puso a recoger los libros para guardarlos en la mochila, pero se le cayeron al suelo y se le desparramaron, abiertos por la mitad.

—Más bien el puente de Londres —intervino John Eberhard—. Mira cómo se derrumba.

Para entonces, seguro que alguien de su clase de matemáticas le habría contado ya a cualquier otra persona en los pasillos lo que había sucedido. Josie tendría que aguantar las risas a sus espaldas persiguiéndola como la cola de una cometa todo el día... si no más tiempo.

Se dio cuenta de que alguien intentaba ayudarla a recoger los libros del suelo, y en seguida, al cabo de un segundo, de que ese alguien era Peter.

—No —dijo Josie, con la mano en alto, a modo de campo de fuerza que detuvo en seco a Peter—. No vuelvas a dirigirme la palabra, ¿entendido?

Una vez fuera de la clase, fue recorriendo los pasillos a ciegas hasta llegar al pequeño corredor que conducía al taller de marquetería.

Qué ingenua había sido Josie al pensar que, una vez contabas, estabas ya consolidada. Pero dentro sólo existía porque alguien había trazado una línea en la arena, dejando a todos los demás fuera; y esa línea cambiaba constantemente. Era posible verte de repente, sin haber hecho nada para ello, en el lado malo de la línea.

Lo que Peter no había incluido en su gráfica era lo frágil que era la popularidad. Ahí estaba la ironía: ella no era ningún puente; ella ya lo había cruzado, y había pasado al otro lado para formar parte de su grupo. Ya había excluido a otras personas para estar allí donde con tanta ansia quería estar. ¿Por qué iban ellos a recibirla de vuelta con los brazos abiertos?

—Eh.

Al oír la voz de Matt, Josie dio un respingo.

—Oye, quiero que sepas... que yo ya no soy amiga suya.

—Bueno, la verdad es que no se ha equivocado en lo que ha dicho.

Josie se quedó mirándolo, pestañeando. Ella misma había sido testigo de primera mano de la crueldad de Matt. Le había visto disparar gomas elásticas a estudiantes de inglés como lengua extranjera, que pertenecían a minorías étnicas y que, por tanto, no conocían lo bastante bien el idioma como para denunciarlo a la dirección. Le había oído llamar Terremoto Ambulante a una chica con sobrepeso. O esconderle el libro de texto de matemáticas a un chico muy tímido, sólo por el placer de verlo ponerse nervioso al creer que lo había perdido. Todo eso había sido divertido en su momento porque no se lo había hecho a Josie. Pero si tú eras el objeto de su humillación, entonces era como si te hubieran dado una bofetada. Ella había creído, erróneamente, que si salías con el grupo adecuado obtenías la inmunidad, pero eso había resultado un chiste. Ellos la iban a rebajar de todos modos, con tal de sentirse más divertidos, más excepcionales, diferentes.

Ver a Matt con aquella sonrisa en la cara, como si ella fuese alguien de quien reírse, aún le dolía más, porque Josie lo había considerado un amigo. Bueno, para ser sincera, a veces incluso había deseado que fuera algo más: cuando le caía el flequillo sobre los ojos y se le dibujaba tan lentamente aquella sonrisa, ella se volvía por completo mo-

nosilábica. Pero Matt producía ese efecto en todas, hasta en Courtney, que había salido con él durante dos semanas en sexto curso.

—Nunca hubiera creído que algo de lo que pudiera decir el marica
fuera digno de escuchar. Pero los puentes te llevan de un sitio a otro
—dijo Matt—. Y eso es lo que tú haces conmigo. —Tomó la mano de
Josie y se la llevó al pecho.

El corazón del chico latía con tal fuerza, que ella podía percibirlo,
como si el anhelo de lo que pudiera pasar fuese algo que pudiera abar-
carse con la palma de la mano. Ella levantó los ojos hacia él, mantenién-
dolos abiertos mientras él se inclinaba para besarla, para no perderse un
solo detalle de aquel inesperado momento. Josie podía notar su sabor a
caramelo de canela, de esos que parece que te queman en la boca.

Por fin, cuando Josie se acordó de que tenía que respirar, se separó
de Matt. Nunca había sido tan consciente de cada centímetro de su
propia piel; hasta las zonas más ocultas bajo la camiseta y el suéter
habían cobrado vida.

—Por favor —dijo Matt, dando un paso atrás.

A ella le entró pánico. A lo mejor él acababa de darse cuenta de
que había besado a una chica que hacía apenas cinco minutos era una
paria social. O quizá ella había cometido algún error durante el beso.
Porque, que ella supiera, no había ningún manual que pudieras leer y
que te dijera cómo había que hacerlo.

—Me parece que no soy muy... buena en esto —balbuceó Josie.

Matt arqueó las cejas.

—Pues si lo fueras... podrías matarme.

Josie sintió aflorar una sonrisa en su interior como la llama de una vela.

—¿En serio?

Él asintió con la cabeza.

—Ha sido mi primer beso —confesó ella.

Cuando Matt le tocó el labio inferior con el pulgar, Josie pudo sentirlo en todo su cuerpo, de la punta de los dedos a la garganta, y hasta
en la zona cálida entre las piernas.

—Bueno —dijo él—. No va a ser el último.

* * *

Alex se estaba arreglando en el baño cuando entró Josie buscando una cuchilla nueva.

—¿Qué es eso? —preguntó Josie, escrutando el rostro de Alex en el espejo como si fuera el de una extraña.

—¿El rímel?

—Bueno, sé lo que es —dijo Josie—. Me refería a qué haces tú poniéndotelo.

—Nada, me apetecía maquillarme un poco.

Josie se sentó en el borde de la bañera, con una sonrisa irónica.

—Ya, y yo soy la reina de Inglaterra. ¿De qué va la cosa...? ¿Una foto para alguna revista de abogados? —Arqueó las cejas de golpe—. No tendrás, digamos, una cita o algo así, ¿no?

—Algo así, no —dijo Alex, ruborizada—. Es una cita en toda regla.

—Ay, Dios. Cuéntame, ¿quién es?

—No tengo ni idea. Lo ha preparado Liz.

—¿Liz? ¿La portera?

—Es la encargada de mantenimiento —dijo Alex.

—Lo que sea. Pero ha tenido que contarte algo de ese tipo. —Josie dudó unos segundos—. Porque es un tipo, ¿no?

—¡Josie!

—Bueno, es que hace tanto... La última vez que yo recuerde que saliste con alguien, fue con aquel tipo que no comía nada que fuera verde.

—No era eso —dijo Alex—. Lo que pasaba es que no dejaba que yo comiera nada que fuera verde.

Josie se levantó y fue a buscar un tubo de lápiz de labios.

—Este color te sienta muy bien —dijo, y se puso a aplicarle el cosmético en los labios.

Alex y Josie eran exactamente de la misma talla. En los ojos de su hija, Alex veía un diminuto reflejo de sí misma. Se preguntaba por qué nunca había hecho aquello mismo con Josie: sentarla en el cuarto de baño y jugar con ella a aplicarle sombra de ojos, pintarle las uñas de los pies, rizarle el pelo. Eran recuerdos que parecían tener todas las demás madres con hijas. Sólo ahora, Alex se daba cuenta de que siempre había estado en su mano crearlos.

—Ya está —dijo Josie, haciendo que Alex se volviera para que se mirara en el espejo—. ¿Qué tal?

Alex miraba al espejo, pero no su reflejo. Por encima de su hombro estaba Josie, y por vez primera, Alex pudo apreciar de verdad una parte de sí misma en ella. No era tanto la forma de su cara como el resplandor; no tanto el color de los ojos, cuanto el sueño encerrado en ellos como humo. No había cantidad suficiente del más caro de los maquillajes que pudiera proporcionarle un aspecto como el de Josie; eso era lo que el enamoramiento hacía con una persona.

¿Puede una madre sentir celos de su propia hija?

—Bien —dijo Josie, dándole a Alex unas palmaditas en los hombros—. Yo te pediría una segunda cita.

Sonó el timbre de la puerta.

—Pero si aún no estoy vestida —dijo Alex, presa del pánico.

—Yo le entretengo.

Josie bajó la escalera a toda prisa. Mientras Alex se retorcía para enfundarse un vestido negro y unos zapatos de tacón, podía oír un expectante intercambio de palabras procedente del piso de abajo.

Joe Urquhardt era un banquero canadiense que había sido compañero de habitación del primo de Liz, en Toronto. Era un buen tipo, le había prometido ella. Alex le había preguntado por qué entonces, siendo tan buen tipo, aún seguía soltero.

—¿Y tú? ¿Por qué no te preguntas eso mismo de ti? —le había replicado Liz, y Alex había tenido que pensarlo unos segundos.

—Yo no soy un buen tipo —había respondido.

Se llevó una agradable sorpresa al descubrir que Joe no tenía la envergadura de un troll, que tenía una mata de pelo castaño ondulado que no parecía enganchada con pegamento a la cabeza, y que tenía dientes. Dejó escapar un silbido cuando vio a Alex.

—Todos de pie —dijo—. Y por todos me refiero también al Señor Feliz.

A Alex se le heló la sonrisa en la cara.

—¿Querría disculparme un momento? —le pidió, y arrastró a Josie hasta la cocina—. Tierra trágame.

—Cierto, eso ha sido bastante lamentable, pero al menos come verdura. Se lo he preguntado.

—¿Por qué no sales y le dices que me he puesto malísima? —dijo Alex—. Podríamos salir tú y yo, ¿qué te parece? O alquilar un vídeo, qué sé yo.

A Josie se le borró la sonrisa de la cara.

—Pero mamá, yo ya tengo planes. —Espió por la puerta hacia donde estaba Joe esperando—. Podría decirle a Matt que...

—No, no —dijo Alex, forzando una sonrisa—. Por lo menos que una de las dos se lo pase bien.

Salió de la cocina y se encontró a Joe con un candelabro en la mano, examinándolo por debajo.

—Lo siento mucho, pero me ha pasado una cosa.

—Cuéntamelo, muñeca —dijo Joe con mirada lasciva.

—No, me refiero a que no puedo salir esta noche. Es por un caso urgente —mintió—, tengo que volver al tribunal.

Quizá el hecho de que fuera de Canadá impidió que Joe comprendiera lo increíble e improbable que era que un tribunal celebrara una sesión un sábado por la noche.

—Oh —dijo—. Bueno, lejos de mi intención impedir el buen funcionamiento de los engranajes de la justicia. ¿En otra ocasión, a lo mejor?

Alex asintió con la cabeza, mientras lo acompañaba al exterior. A continuación entró, se quitó los zapatos de tacón y corrió descalza escalera arriba para cambiarse y ponerse el chándal más viejo que encontrara. Se pondría hasta arriba de chocolate para cenar y vería dramones hasta hartarse de llorar. Al pasar junto a la puerta del cuarto de baño, oyó correr el agua de la ducha. Josie se estaba preparando para ir a su cita.

Por un momento, Alex se quedó con la mano apoyada en la puerta, preguntándose cómo la recibiría Josie si entraba y la ayudaba a maquillarse y a arreglarse el pelo, tal como Josie había hecho con ella hacía un momento. Pero para Josie aquello era natural, se había pasado la vida arañando minutos del tiempo de Alex, mientras ésta se preparaba para irse. De algún modo, Alex había dado por sentado que el tiempo era infinito, que siempre tendría a Josie allí esperándola. Nunca había imaginado que algún día sería a ella a la que su hija dejaría.

Por fin, Alex se alejó de la puerta sin llamar. Tenía demasiado miedo a oír que Josie le decía que no necesitaba la ayuda de su madre como para arriesgarse a dar aquel primer paso.

Lo único que había salvado a Josie de un total ostracismo social tras la exposición de Peter en clase de matemáticas había sido su designación simultánea como novia oficial de Matt Royston. A diferencia de casi todo el resto de estudiantes de segundo, que formaban uniones ocasionales (encuentros aleatorios en fiestas, amigos con derecho a roce, etc.), ella y Matt eran pareja. Matt la acompañaba hasta clase y muchas veces, al dejarla en la puerta, le daba un beso delante de todo el mundo. Cualquiera tan estúpido como para asociar el nombre de Peter Houghton con el de Josie habría tenido que rendirle cuentas a Matt.

Cualquiera salvo el propio Peter, se entiende. En el trabajo, parecía incapaz de captar las señales que Josie le enviaba, volviéndose de espaldas cuando él entraba en la misma habitación, ignorándole cuando le hacía una pregunta. Hasta que al final, una tarde, él la había arrinconado en el almacén de repuestos.

—¿Por qué te comportas así conmigo? —le había preguntado.

—Porque cuando era amable contigo, tú entendías que éramos amigos.

—Pero es que somos amigos —había replicado él.

Josie se le había encarado.

—Tú no eres quién para decidir eso —le había dicho.

Una tarde, en el trabajo, cuando Josie salió a tirar un montón de desechos al contenedor, se encontró a Peter allí. Eran sus quince minutos de descanso, durante los que solía cruzar la calle y comprarse un jugo de manzana. Pero aquel día allí estaba, subido sobre la tapa de metal del contenedor.

—Aparta —dijo ella, alzando las bolsas de desechos.

En cuanto cayeron al fondo del contenedor, saltó una lluvia de chispas.

Casi de inmediato, el fuego prendió en el cartón almacenado en el interior, crepitando al contacto con el metal.

—Peter, bájate de ahí —gritó Josie.

Peter no se movió. Las llamas danzaban delante de su rostro, cuyos rasgos parecían distorsionados por el calor.

—¡Peter! ¡Por favor!

Ella lo tomó del brazo y tiró de él hacia el suelo, mientras algo —¿tóner? ¿gasolina?— explotaba en el interior del contenedor.

—Tenemos que llamar a los bomberos —gritó Josie, mientras se ponía en pie con dificultad.

Los bomberos llegaron en cuestión de minutos, apagando el fuego. Josie llamó al busca del señor Cargrew, que estaba en el club de golf.

—Gracias a Dios que no les ha pasado nada —les dijo a los dos al llegar.

—Josie me ha salvado —replicó Peter.

Mientras el señor Cargrew hablaba con los bomberos, ella se volvió al interior de la copistería, seguida de Peter.

—Sabía que me salvarías —le dijo Peter—. Por eso lo he hecho.

—Hecho, ¿el qué?

Pero no necesitaba oír la respuesta de Peter, porque Josie ya sabía por qué se lo había encontrado subido en el contenedor cuando se suponía que estaba en su rato de descanso. Sabía quién había tirado el fósforo dentro en el momento en que la había oído salir por la puerta de atrás con las bolsas de basura.

En el momento en que le decía al señor Cargrew que tenía que hablar un momento con él a solas, Josie se dijo a sí misma que estaba haciendo lo que cualquier empleado responsable habría hecho: contarle al dueño quién era la persona que había atentado contra su propiedad. No reconoció estar asustada por lo que había dicho Peter; por el hecho de que fuera verdad. Y fingió no sentir aquella ligera vibración en el interior de su pecho, una versión reducida del fuego provocado por Peter, la cual identificó por primera vez en su vida como un deseo de venganza.

Cuando el señor Cargrew despidió a Peter, Josie no estuvo delante y no oyó la conversación. Luego sintió la mirada de Peter clavada en ella, intensa, acusadora, cuando se marchaba, aunque ella procuró concentrarse en el encargo que estaba haciendo para un banco local. Mientras observaba las páginas que salían de la fotocopiadora, reflexionaba acerca de la extraña naturaleza de aquel trabajo, cuyo éxito se medía en función de la similitud del producto con su original.

Después de clase, Josie esperaba a Matt junto al asta de la bandera. Él llegaba por detrás de ella, a escondidas, y ella hacía como que no lo había visto, hasta que la besaba. La gente los miraba, cosa que a Josie le encantaba. En cierto modo, pensaba en su posición en la pequeña sociedad del instituto como en una identidad secreta: ahora, si sacaba sobresalientes o decía que a ella le gustaba leer, ya no pensaban que fuera un bicho raro, y eso por el mero hecho de que cuando la gente la veía, antes que nada se fijaban en su popularidad. Se imaginaba que era un poco como lo que experimentaba su madre allá adonde fuera: si tú eras la jueza, las demás cosas pasaban a un segundo término.

A veces tenía pesadillas en las que Matt se daba cuenta de que lo suyo era una impostura, que no era guapa, ni excepcional, que no tenía nada que fuera digno de admiración. «¿En qué estaríamos pensando?», se lo imaginaba diciéndoles a sus amigos, y quizá por esa razón le fuera tan difícil pensar en ellos en términos de amistad aun despierta.

Ella y Matt tenían planes para aquel fin de semana... Planes importantes, que apenas era capaz de guardarse para ella. Mientras estaba sentada en los escalones de piedra de la base del asta de la bandera, esperándole, notó que alguien le daba unas palmadas en el hombro.

—Llegas tarde —dijo en tono acusatorio y sonriendo; pero al volverse se encontró con Peter.

Éste pareció tan sorprendido como ella, aunque hubiera sido él quien la había ido a buscar. Durante los meses posteriores al despido de Peter de la copistería, Josie había procurado que sus caminos no se cruzaran para evitar cualquier posible contacto con él. Cosa nada fácil, porque coincidían todos los días en clase de matemáticas y recorrían los pasillos varias veces entre clase y clase. En esas ocasiones,

Josie se aseguraba siempre de tener las narices metidas en un libro o la atención centrada en otra conversación.

—Josie —dijo Peter—, ¿podemos hablar un minuto?

Riadas de alumnos salían del instituto. Josie percibía sus miradas sobre ella como un látigo. ¿La miraban por ella, o por quien estaba con ella?

—No —dijo de forma tajante.

—Es que... necesito en serio que el señor Cargrew me acepte de nuevo en el trabajo. Sé que cometí un error. Pero había pensado que... a lo mejor... si tú hablabas con él... —Calló de pronto—. A él le gustas —concluyó.

Josie tenía ganas de decirle que se largara, que no quería volver a trabajar con él, y mucho menos que los vieran hablando. Pero algo había pasado durante los meses transcurridos desde que Peter prendiera aquel fuego en el contenedor. El pago que ella había pensado que él merecía después de su panegírico a favor de Josie en clase de matemáticas quemaba en su interior cada vez que lo recordaba. Y Josie había empezado a preguntarse si la causa de que Peter se hubiera hecho aquella idea errónea no era porque estaba loco, sino porque ella lo había inducido. Después de todo, cuando no había nadie en la copistería, hablaban y reían juntos. Era un chico apuesto... sólo que no era de esas personas con las que necesariamente quieres que te asocien en público. Pero las simpatías y antipatías que uno pudiera sentir por alguien no eran lo mismo que actuar contra esa persona, ¿no? Ella no era como Drew, y Matt, y John, que empujaban a Peter contra la pared cuando se cruzaban con él en los pasillos, y que le robaban la bolsa de papel de estraza del almuerzo y se ponían a jugar con ella en medio del vestíbulo hasta que se rasgaba y todo el contenido se caía por el suelo... ¿O sí?

No quería hablar con el señor Cargrew. No quería que Peter creyera que quería ser su amiga, ni siquiera una conocida.

Pero tampoco quería ser como Matt, cuyos comentarios hacia Peter a veces la hacían sentirse muy mal.

Peter se había sentado delante de ella, a la espera de una respuesta, hasta que de pronto se dio cuenta de que ya no estaba. Estaba caído al pie de los escalones mientras Matt lo miraba, de pie a su lado.

—Apártate de mi chica, maricón —dijo Matt—. Vete a buscar algún niñito lindo para jugar.

Peter había caído de bruces sobre el pavimento. Cuando levantó la cabeza, Josie vio que le sangraba el labio. Peter la miró y, para sorpresa de ella, no parecía alterado, ni siquiera enojado... sólo muy cansado, profundamente cansado.

—Matt —dijo Peter, incorporándose del suelo—. ¿Tienes el pito grande?

—¿Te gustaría saberlo? —preguntó Matt.

—La verdad es que no. —Peter acabó de ponerse de pie, tambaleándose—. Era porque si la tenías lo bastante larga, que te dieras por el culo a ti mismo.

Josie percibió cómo el aire a su alrededor se llenaba de carga eléctrica justo antes de que Matt se abalanzara sobre Peter como un huracán, y se pusiera a darle puñetazos en la cara derribándolo pesadamente contra el suelo.

—Eso es lo que a ti te gusta, ¿verdad? —le espetó Matt mientras sujetaba a Peter con furia.

Peter movió la cabeza a uno y otro lado, mientras las lágrimas le caían por las mejillas, mezcladas con la sangre.

—Suelta... me...

—Apuesto a que te gustaría —se mofó Matt.

Para entonces se había congregado ya una multitud. Josie miró con frenesí a su alrededor, buscando un profesor, pero ya habían acabado las clases y no había ninguno a la vista.

—¡Basta! —gritó, viendo cómo Peter lograba zafarse pero Matt lo agarraba de nuevo—. ¡Matt, basta ya!

Éste se disponía a asestarle un nuevo puñetazo, pero al oírla se levantó, dejando a Peter acurrucado de costado en el suelo, en posición fetal.

—Tienes razón, ¿para qué perder el tiempo? —dijo Matt, y dio unos pasos esperando a que Josie llegara a su lado.

Se encaminaron hacia el coche de Matt. Josie sabía que darían un rodeo para pasar por el centro a tomar un café antes de volver a casa. Una vez allí, Josie se concentraría en los deberes hasta que le fuera imposible ignorar las caricias de Matt en sus hombros o sus besos en el cuello, y luego retozarían hasta que oyeran el coche de su madre entrando en el garaje.

Matt, presa todavía de una ira desatada, caminaba con los puños cerrados a ambos lados del cuerpo. Josie le agarró uno, le desplegó la mano y entrelazó sus dedos con los de él.

—¿Puedo decir algo sin que te pongas furioso? —preguntó.

Josie sabía que era una pregunta retórica: Matt ya estaba furioso. Era la otra cara de la pasión que la hacía sentir como si por su interior pasara una corriente eléctrica, sólo que dirigida, con carga negativa, hacia alguien más débil.

Al ver que él no contestaba, Josie siguió adelante.

—No entiendo por qué tienes que meterte con Peter Houghton.

—Ha sido el marica el que ha empezado —arguyó Matt—. Tú misma has oído lo que ha dicho.

—Bueno, sí —dijo Josie—. Después de que tú le tiraras escaleras abajo.

Matt dejó de caminar.

—¿Desde cuándo eres su ángel de la guarda?

Le clavaba los ojos, con una mirada que la atravesaba hasta lo más vivo. Josie se estremeció.

—No lo soy —se apresuró a decir, respirando hondo—. Es que... no me gusta tu manera de tratar a los que no son como nosotros, ¿entiendes? Sólo porque no te gusten los fracasados no significa que tengas que torturarlos, ¿no?

—Pues sí —dijo Matt—. Porque sin ellos, no podríamos ser nosotros. —Entornó los ojos—. Tú deberías saber eso mejor que nadie.

Josie sentía crecer en su interior una confusión que la paralizaba. No sabía si Matt le estaba sacando a relucir el tonto gráfico de la clase de matemáticas de Peter, o peor aún, su historial como amiga de Peter en los primeros cursos... Pero tampoco tenía ningunas ganas de averiguarlo. A fin de cuentas, aquél era el mayor de sus temores: que la gente guapa que estaba dentro del círculo descubriera que ella estaba fuera, que siempre lo había estado.

No pensaba hablar con el señor Cargrew de Peter. Ni siquiera lo miraría, si él volvía a intentar acercársele. Y tampoco iba a seguir mintiéndose a sí misma, fingiendo ser mejor que Matt cuando éste se burlara de Peter o lo golpease. Cada cual hacía lo que tenía que hacer, que era cimentar su puesto en la jerarquía. Y la mejor forma de estar arriba era pasando por encima de otro para alcanzar ese lugar.

—Bueno —dijo Matt—, ¿vienes conmigo o no?

Ella se preguntó si Peter estaría todavía llorando. Si tendría la nariz rota. Si eso sería lo peor.

—Sí —dijo Josie, y siguió a Matt sin volver la vista atrás.

Lincoln, Massachusetts, era un suburbio de Boston que había sido tierra de labranza en tiempos pasados y que ahora era una mezcolanza de enormes casonas con unos precios ridículamente altos. Josie miraba por la ventanilla ese escenario de lo que podría haber sido el ambiente en el que se criara si las circunstancias hubieran sido otras: las paredes de piedra que serpenteaban entre las diferentes propiedades; las placas con la inscripción de «Propiedad Histórica» que ostentaban unas casas que debían de tener casi doscientos años; el pequeño puesto de helados que olía a leche fresca. Se preguntaba si Logan Rourke le propondría dar un paseo y tomarse un helado. A lo mejor se iba directo al mostrador y pedía un helado de nueces sin necesidad de preguntarle a ella cuál era su favorito; a lo mejor un padre era capaz de adivinar una cosa así por instinto.

Matt conducía con desgana, con la muñeca apoyada en el borde del volante. Nada más cumplir los dieciséis años se había sacado el carnet de conducir y estaba siempre listo y dispuesto para ir a donde fuera, a buscar un litro de leche por encargo de su madre, a dejar la ropa en la tintorería, a acompañar a Josie a casa después del colegio. Para él, lo importante no era el destino, sino el viaje mismo, razón por la cual Josie le había pedido que la llevara a ver a su padre.

Además, tampoco es que ella tuviera muchas alternativas. No podía pedírselo a su madre, dado que ésta ni siquiera sabía que Josie hubiera estado buscando el paradero de Logan Rourke. Seguramente podría haberse informado de algún autobús que fuera a Boston, pero encontrar una casa en los suburbios no era tan fácil. Así que al final se había decidido contarle a Matt toda la verdad: que no conocía a su padre y que había dado con su nombre en un periódico, porque optaba a un cargo público.

El camino de entrada a la casa de Logan Rourke no era tan grandioso como algunos de los otros por delante de los cuales habían pasado, pero era impecable. El césped estaba igualado a dos centímetros del suelo; un ramillete de flores silvestres estiraban el cuello alrededor de la base de hierro del buzón. De la rama de un árbol colgaba el número de la casa: el 59.

Josie sintió que se le erizaba el vello. Cuando el año anterior había formado parte del equipo de hockey sobre hierba, aquél había sido el número de su camiseta.

Aquello era una señal.

Matt torció por el camino de entrada. Había dos vehículos, un Lexus y un jeep, y también un camión de bomberos de niño pequeño, de esos para subirse. Josie no podía apartar los ojos de él. Sin saber por qué, no había imaginado que Logan Rourke pudiera tener otros hijos.

—¿Quieres que entre contigo? —le preguntó Matt.

Josie negó con la cabeza.

—Estoy bien.

Mientras se acercaba a la puerta principal, la asaltaron las dudas acerca de lo que había ido a hacer allí. No podías presentarte así como así delante de un tipo que era un personaje público. Seguro que habría por allí un agente del Servicio Secreto, o algo por el estilo; un perro de presa.

Como si lo hubiera invocado, se oyó un ladrido. Josie se volvió en dirección a él y se encontró con un diminuto cachorro de Yorkshire con un lazo rosa en la cabeza, que fue directo hacia sus pies.

Se abrió la puerta principal.

—*Tinkerbell*, deja al cartero en... —Logan Rourke se interrumpió al advertir la presencia de Josie—. Tú no eres el cartero.

Era más alto de lo que ella había imaginado, y tenía el mismo aspecto que en el *Boston Globe*... el pelo blanco, la nariz aguileña, el porte estirado. Pero los ojos eran del mismo color que los suyos, tan eléctricos que Josie no podía apartar la mirada. Se preguntó si habían sido también la perdición de su madre.

—Tú eres la hija de Alex —dijo.

—Bueno —replicó Josie—. Y la suya.

A través de la puerta abierta, Josie oyó los chillidos de un niño aún medio dormido y encantado de que lo persiguieran. Y también la voz de una mujer:

—Logan, ¿quién es?

Él echó la mano atrás y cerró la puerta para que Josie no pudiera seguir asomándose a su vida. Parecía terriblemente incómodo, aunque, para hacerle justicia, Josie pensó que debía de ser un poco chocante verse delante de la hija a la que habías abandonado antes de que naciera.

—¿Qué haces aquí?

¿No era evidente?

—Quería conocerle. Pensé que quizá usted también querría conocerme a mí.

Él respiró hondo.

—La verdad es que no es un buen momento.

Josie echó un vistazo hacia el camino de entrada, donde seguía el coche de Matt estacionado.

—Puedo esperar.

—Mira... es que... Estoy en plena campaña política. Ahora mismo sería una complicación que no puedo permitirme...

A Josie se le atragantó una palabra. ¿Ella era una complicación?

Vio cómo Logan Rourke se sacaba la cartera del bolsillo y separaba tres billetes de cien dólares del resto.

—Toma —dijo, metiéndoselos en la mano—. ¿Será suficiente?

Josie intentó recuperar la respiración, pero alguien le había clavado una estaca en el pecho. Comprendió que trataba de compensarla con dinero; que su propio padre creía que ella había ido allí a chantajearle.

—Cuando pase la elección —dijo—, a lo mejor podríamos comer juntos un día.

Los billetes le crujían en la palma de la mano, acababan de entrar en circulación. A Josie la asaltó un recuerdo repentino de una ocasión, cuando era pequeña, en que había ido con su madre al banco; ésta le había dejado que contara los billetes para comprobar que el cajero le había dado la cantidad correcta; el dinero fresco olía siempre a tinta y a buena fortuna.

Logan Rourke no era su padre, no tenía más que ver con ella que el tipo que recibe las monedas en la cabina de un peaje, o que cualquier otro extraño. Puedes compartir el mismo ADN de alguien y no tener nada en común con él.

Josie cayó en la cuenta, de un modo fugaz, de que ya había aprendido aquella lección de su madre.

—Bueno —dijo Logan Rourke, e hizo ademán de volver a meterse en casa; se quedó dudando, con la mano en el pomo—. Yo... no sé cómo te llamas.

Josie tragó saliva.

—Margaret —dijo, para igualarse con él en cuanto a falsedad.

—Margaret —repitió él, y entró en la casa.

Mientras iba hacia el coche, Josie abrió los dedos como los pétalos de una flor. Se quedó mirando los billetes caer al suelo junto a una planta que, como todo lo demás a su alrededor, parecía crecer por momentos.

Para ser sinceros, la idea entera del juego le había venido a Peter estando dormido.

Ya había ideado juegos de computadora antes —reproducciones de ping-pong, carreras de coches, e incluso un guión de ciencia ficción que permitía jugar online con otro jugador de otro país si todos se conectaban a la página—, pero aquélla era la mayor idea que había concebido hasta el momento. El origen había que buscarlo en una tarde, después de uno de los partidos de fútbol de Joey, en que se habían parado en una pizzería en la que Peter se había atiborrado de albóndigas y pizza de salchichas, y había estado observando una consola de juegos llamada «Caza del ciervo». Te metías en tu cabina y te ponías a disparar con un rifle simulado a los ciervos macho que iban asomando la cabeza desde detrás de unos árboles. Si le dabas a una hembra, perdías.

Por la noche, Peter había tenido un sueño en el que iba a cazar con su padre, pero en vez de perseguir ciervos, perseguían a personas.

Se había despertado sudoroso, con un calambre en la mano como si hubiera estado sosteniendo un rifle.

Tampoco debía de ser tan difícil crear avatares, personajes virtuales. Había hecho ya varios experimentos, y aunque el tono de la piel no era muy logrado y los grafismos no eran perfectos, sabía representar las diferencias propias entre razas, así como colores de pelo diferentes, y manejarse con el lenguaje de programación. Le parecía algo genial, idear un juego en el que las presas fueran humanas.

Pero los juegos bélicos estaban muy vistos, y los juegos con pandilleros habían llegado al extremo gracias a Grand Theft Auto. Lo que necesitaba, pensaba Peter, era un nuevo personaje malvado, alguien a quien los demás también quisieran abatir. Ésa era la gracia de un videojuego: poder darle su merecido a alguien que se lo había buscado.

Trató de imaginar otros microcosmos del universo que pudieran constituirse en campos de batalla: invasiones alienígenas, tiroteos en el Salvaje Oeste, misiones de espías. Hasta que se le ocurrió pensar en la primera línea de fuego a la que debía enfrentarse él cada día.

¿Y si tomabas a las presas... y las convertías en cazadores?

Peter se levantó de la cama y se sentó en su escritorio. Sacó el anuario escolar de octavo curso del cajón en el que lo había confinado hacía meses. Diseñaría un videojuego que sería como una *Revancha de los novatos* actualizada para el siglo XXI. Un mundo de fantasía cuyo equilibrio de poder fuera a la inversa, en el que el más desvalido tuviera finalmente la oportunidad de vencer a los matones.

Tomó un rotulador y se puso a hojear el anuario escolar, señalando con un círculo las fotografías.

Drew Girard.

Matt Royston.

John Eberhard.

Peter volvió la página, y se quedó inmóvil unos segundos. Luego trazó un círculo también alrededor del retrato de Josie Cormier.

—¿Puedes parar ahí? —dijo Josie, cuando pensó que ya no era capaz de soportar un minuto más en aquel coche fingiendo que el encuentro con su padre había sido un éxito. Matt apenas había detenido el vehículo y Josie ya abría la puerta y salía disparada, corriendo sobre la alta hierba hacia el bosque que bordeaba la carretera.

Se dejó caer sobre el manto de hojas de pino y se echó a llorar. Qué era lo que había esperado, no habría podido decirlo en realidad... salvo que no era aquello. Una aceptación incondicional, quizá. Curiosidad al menos.

—¿Josie? —dijo Matt, acercándose por detrás—. ¿Estás bien?

Ella trató de decir que sí, pero ya no podía seguir mintiendo. Sintió la mano de Matt acariciándole el pelo, lo cual sólo hizo que llorara con mayor sentimiento; la ternura podía ser tan cortante como cualquier otro cuchillo.

—No le importo una mierda.

—Entonces por qué tiene que importarte una mierda él a ti —replicó Matt.

Josie levantó los ojos hacia él.

—No es tan sencillo.

Él la atrajo hacia sus brazos.

—Ay, Jo.

Matt era la única persona que le había dado un apodo. No recordaba que su madre la hubiera llamado nunca con algún tonto mote familiar, como Calabacita o Bichito, tal como hacían otros padres. Cuando Matt la llamaba Jo, a ella le recordaba *Mujercitas,* y aunque estaba más que convencida de que Matt jamás había leído la novela de Alcott, la complacía secretamente que la asociaran con un personaje tan fuerte y seguro de sí mismo.

—Soy idiota. Ni siquiera sé por qué estoy llorando. Es que... es sólo que hubiera querido gustarle.

—Yo estoy loco por ti —le dijo Matt—. ¿Eso vale algo?

Se inclinó y la besó, en medio del rastro de sus lágrimas.

—Vale un montón.

Notó los labios de Matt yendo de su mejilla al cuello, hasta aquel punto detrás de la oreja que la hacía sentirse como si se derritiera. Era novata en cuanto a tontear con un chico, pero Matt se acaramelaba cada vez más cuando se quedaban a solas. «Es por tu culpa —le decía él, con aquella sonrisa suya—. Si no estuvieras tan buena, no me costaría tanto quitarte las manos de encima». Eso sólo ya era un afrodisíaco para Josie. ¿Ella? ¿Buena? Y además, tal como Matt le prometía siempre, le gustaba que él la tocara por todas partes, dejar que la saboreara. Cada paso adelante en el grado de intimidad con Matt la hacía sentir como si estuviera al borde de un precipicio... aquella falta de aire, aquella sensación en el estómago... Un paso más, y volaría. A Josie no se le ocurría pensar que, al saltar, en lugar de volar pudiera caer.

Ahora sintió las manos de él moverse por debajo de su camiseta, colándose bajo la blonda de su sujetador. Sus piernas se enredaron entre las de él. Matt restregó su cuerpo contra el suyo. Cuando él le levantó la camisa y el aire frío le acarició la piel, ella volvió de pronto a la realidad.

—No podemos —susurró.

Oyó sobre su hombro que a Matt le chirriaban los dientes.

—Estamos estacionados a un lado de la carretera.

Él la miró, ebrio, enfebrecido.

—Si supieras cuánto te deseo —le dijo, como le había dicho una docena de veces.

En esta ocasión, sin embargo, ella levantó la vista.

«Te deseo».

Josie podía haberle hecho parar, pero se daba cuenta de que no pensaba hacerlo. Él la deseaba, y en aquel momento eso era lo que ella necesitaba escuchar más que cualquier otra cosa.

Hubo un instante en que Matt se quedó quieto, preguntándose si el hecho de que ella no le apartara las manos significaba lo que él creía que significaba. Josie oyó rasgarse el envoltorio plateado de un condón... «¿Cuánto tiempo habrá estado llevando eso encima?» Luego se despojó de los vaqueros de un tirón y fue subiéndole a ella la falda, despacio, como si aún esperara que fuera a cambiar de idea. Josie notó cómo Matt le bajaba la ropa interior por la goma, sintió el ardor de su dedo al penetrar dentro de ella. Aquello no se parecía en nada a lo sucedido hasta entonces, cuando sus caricias le dejaban una estela como la de un cometa sobre la piel, cuando se sentía morir después decirle que ya era suficiente. Matt cambió el peso del cuerpo y se colocó de nuevo encima de ella, sólo que esta vez con más ardor, con mayor presión.

—Au —gimió ella, y Matt vaciló.

—No quiero hacerte daño —dijo.

Ella volvió la cabeza a un lado.

—Hazlo —le pidió Josie, y Matt hundió sus caderas entre las de ella. Fue un dolor que, aunque esperado, le arrancó un grito.

Matt lo interpretó erróneamente como pasión.

—Ya lo sé, nena —gruñó.

Ella podía sentir el corazón de él, pero como si estuviera dentro de ella, hasta que de pronto él comenzó a moverse más de prisa, retorciéndose contra ella como un pez liberado del anzuelo sobre la dársena.

Josie habría querido saber si a Matt también le había dolido la primera vez. No sabía si siempre le dolería. Tal vez el dolor era el precio que todo el mundo pagaba por el amor. Volvió la cara hacia el hombro de Matt y se preguntó, con él todavía dentro de ella, por qué se sentía vacía.

—Peter —dijo la señora Sandringham al finalizar la clase de lengua—. ¿Podría hablar contigo un momento?

Ante el requerimiento de la profesora, Peter se quedó hundido en su asiento. Empezó a pensar en alguna excusa que pudiera darles a sus padres cuando volviera a casa con otro suspenso.

La señora Sandringham le gustaba de verdad. Aún no había cumplido los treinta años... Si la mirabas mientras parloteaba cosas sobre gramática inglesa y Shakespeare, aún podías imaginártela no hacía tanto, cuando ella también debía de estar repanchigada en su asiento, como cualquier otro alumno, preguntándose por qué no había manera de que el reloj avanzara.

Peter esperó a que el resto de la clase se hubiera marchado, antes de acercarse a la mesa de la profesora.

—Sólo quería comentarte una cosa acerca de tu redacción —dijo la señora Sandringham—. Aún no he corregido las de todos, pero he tenido ocasión de leer la tuya y...

—Puedo rehacerla —la cortó Peter.

La señora Sandringham arqueó las cejas.

—Pero Peter... Lo que quería decirte es que te he puesto un sobresaliente.

Le devolvió el trabajo. Peter se quedó mirando la brillante nota en rojo, en el margen.

La tarea había consistido en escribir acerca de algún suceso relevante que les hubiera pasado y que hubiera supuesto un cambio en sus vidas. Aunque había sucedido hacía sólo una semana, Peter había explicado su despido del trabajo por haber prendido fuego en un contenedor. En la redacción no había la menor mención del nombre de Josie Cormier.

La señora Sandringham había subrayado una de las frases de la conclusión: «He aprendido que, al final, siempre te atrapan, así que es mejor pensar las cosas antes de obrar».

La profesora posó la mano sobre la muñeca de Peter.

—En verdad has obtenido una enseñanza de ese incidente —le dijo, sonriéndole—. Yo confiaría en ti sin pensarlo dos veces.

Peter asintió con la cabeza y tomó la hoja con su redacción de la mesa. Se fundió en el torrente de estudiantes del pasillo con ella en la mano. Imaginaba lo que le diría su madre si llegaba a casa con un trabajo suyo con un sobresaliente en letras rojas escrito en él; si, por una vez en la vida, era él el que hacía algo propio de Joey.

Pero para eso, habría tenido que explicarle a su madre lo del incidente del contenedor, para empezar. O confesar que le habían despedido, y que ahora se pasaba las tardes en la biblioteca, en lugar de en la copistería.

Peter estrujó la redacción y la tiró a la primera papelera que vio.

Tan pronto como Josie empezó a pasar la mayor parte de su tiempo libre casi exclusivamente en compañía de Matt, Maddie Shaw fue ocupando de forma paulatina el puesto de acólita de Courtney. En cierto modo, a esa chica le iba mejor el papel de lo que le había ido nunca a Josie: si se miraba a Courtney y Maddie de espaldas, era casi imposible decir quién era quién. Maddie había cultivado con tal fidelidad y perfección el estilo y los gestos de Courtney, que había elevado la imitación a la categoría de arte.

Aquella noche, el grupo se reunía en casa de Maddie, ya que los padres de ésta habían ido a visitar a su hijo mayor, alumno universitario de segundo año en Syracuse. No bebían; estaban en plena temporada de hockey y los jugadores habían firmado en este sentido un acuerdo previo con el entrenador, pero Drew Girard había alquilado la versión íntegra de una comedia sexual de adolescentes, y los chicos se habían puesto a discutir acerca de quién estaba más buena, si Elisha Cuthbert o Shannon Elizabeth.

—Si las tuviera a las dos en la cama, no le haría ascos a ninguna —dijo Drew.

—¿Y qué te hace pensar que ninguna de ellas iba a meterse en tu cama? —rió John Eberhard.

—Tengo la reputación muy larga...

Courtney sonrió de medio lado.

—Debe de ser lo único.

—Eh, Court, a lo mejor te gustaría comprobarlo.

—A lo mejor no...

Josie estaba sentada en el suelo, con Maddie, intentando activar un tablero de Ouija. Lo habían encontrado en un armario del sótano, junto con un Trivial Pursuit y otros juegos. Josie apoyaba ligeramente la punta de los dedos en la tablilla móvil.

—¿La estás moviendo?

—Te juro por Dios que no —dijo Maddie—. ¿Y tú?

Josie negó con la cabeza. Se preguntaba qué tipo de espíritu podía acudir a una fiesta de adolescentes. El de alguien que hubiera tenido una muerte trágica, sin duda, y a una edad muy joven, en un accidente de coche tal vez.

—¿Cómo te llamas? —dijo Josie en voz alta.

La tablilla giró señalando la letra A y luego la B, y se detuvo.

—Abe —pronunció Maddie—. Podría ser un nombre.

—O Abby.

—¿Eres hombre o mujer? —preguntó Maddie.

La tablilla se salió entera del tablero. Drew soltó una risotada.

—A lo mejor es gay.

—A lo mejor hay que serlo para reconocerlo —dijo John.

Matt bostezó y se estiró, subiéndosele la camisa. Aunque Josie estaba de espaldas a él, había podido casi sentirlo, tan sincronizados estaban sus cuerpos.

—Es apasionante y divertido, chicos, pero nosotros nos abrimos. Vamos, Jo.

Josie miró cómo la tablilla deletreaba una palabra: N-O.

—Yo no quiero irme —dijo—. Lo estoy pasando bien.

—Oh-oh —dijo Drew.

Desde que habían empezado a salir, Matt pasaba más tiempo con Josie que con sus amigos. Y aunque le había dicho que prefería tontear con ella a estar rodeado de tontos, Josie sabía que para él seguía siendo importante contar con el respeto de Drew y John. Pero eso no quería decir que tuviera que tratarla como a una esclava, ¿no?

—He dicho que nos vamos —insistió Matt.

Josie levantó la mirada hacia él.

—Y yo digo que no. ¿Por qué tengo que irme ahora corriendo?

Matt sonrió a sus amigos, con engreimiento.

—Pero si tú no sabías lo que era correrse antes de salir conmigo —dijo.

Drew y John soltaron una carcajada, mientras Josie notaba cómo se ruborizaba de vergüenza. Se puso de pie desviando la mirada, y subió a toda prisa la escalera del sótano.

En el vestíbulo de la casa de Maddie recogió su abrigo, sin volverse siquiera al oír pasos tras ella.

—Yo lo estaba pasando bien...

Se interrumpió lanzando un pequeño grito cuando Matt la agarró con fuerza del brazo y la hizo darse la vuelta, sujetándola contra la pared por los hombros.

—Me haces daño...

—Ni se te ocurra volver a hacerme esto.

—Eres tú el que...

—Me has hecho quedar como un idiota —dijo Matt—. Te he dicho que era hora de irnos.

Le estaba dejando marcas allí donde la agarraba, como si ella fuera un lienzo y él estuviera dispuesto a dejar su firma. Hasta que al final se sintió flojear bajo sus manos, como si el instinto la llevara a rendirse.

—Yo... lo siento —dijo en un susurro.

Aquellas palabras funcionaron como un código de acceso, y Matt relajó el apretón.

—Jo —suspiró, apoyando su frente contra la de ella—. No me gusta compartirte. No puedes culparme por ello.

Josie negó con la cabeza, pero aún no había recuperado la suficiente confianza en sí misma como para hablar.

—Es por lo mucho que te quiero.

Ella pestañeó.

—¿En serio?

Él aún no le había dicho nunca aquellas palabras, ni ella tampoco, aunque había estado a punto; pero temía que si él no le respondía lo mismo, se evaporaría en el aire de pura humillación. Y ahora resultaba que era Matt el que le decía que la quería, primero.

—¿Es que no se nota? —dijo él, y le tomó la mano. Se la llevó a los labios y le besó los nudillos con tal suavidad, que Josie casi olvidó lo que acababa de pasar, y lo que los había llevado a aquella situación.

* * *

—*Kentucky Fried People* —dijo Peter, dándole vueltas a la idea de Derek mientras se sentaban junto a la línea de banda en la clase de gimnasia y se formaban los equipos para el partido de baloncesto—. No sé... ¿no parece un poco demasiado...?

—¿Explícito? —dijo Derek—. ¿Desde cuándo te preocupa lo políticamente correcto? Mira, imagínate que llegas hasta el aula de bellas artes con los puntos suficientes como para poder usar el horno como arma.

Derek había estado probando el nuevo videojuego de Peter, señalando las cosas que podían mejorarse y los fallos de diseño. Sabían que aún podían hablar un buen rato, porque estaban destinados a ser los últimos elegidos para formar equipo.

Spears, el preparador de educación física, había designado a Drew Girard y Matt Royston como capitanes, lo cual no era ninguna sorpresa, pues aunque novatos en el instituto, ya eran deportistas de élite.

—Eh, métanle ganas, chicos —les espoleaba el preparador—. Que sus capitanes vean que se mueren de ganas por jugar. Háganles creer que van a ser el nuevo Michael Jordan.

Drew señaló a un chico de la parte de atrás del grupo.

—Noah.

Matt hizo un gesto con la cabeza hacia el muchacho que estaba sentado junto a él.

—Charlie.

Peter se volvió hacia Derek.

—Dicen que, aunque esté retirado, Michael Jordan gana cuarenta millones de dólares al año en bonificaciones.

—Eso son casi ciento diez mil dólares al día por no trabajar —calculó Derek.

—Ash —llamó Drew.

—Robbie —dijo Matt.

Peter se inclinó, acercándose más a Derek.

—Si fuera al cine, la entrada le costaría siete pavos, pero ganaría más de nueve mil mientras veía la película.

Derek sonrió.

—Si se pone a cocer un huevo duro y lo hierve durante cinco minutos, gana trescientos ochenta dólares.

—Stu.

—Freddie.

—El Niño.

—Walt.

Al final sólo quedaban tres chicos a elegir para los dos equipos: Derek, Peter y Royce, que tenía problemas de agresividad y venía con tutor incluido.

—Royce —escogió Matt.

—Gana cuatro mil quinientos sesenta dólares más que si trabajara en un McDonald's —añadió Derek.

Drew examinó a Peter y Derek.

—Mientras ve la reposición de un capítulo de *Friends,* gana dos mil doscientos ochenta y tres dólares —dijo Peter.

—Si quisiera ahorrar para comprarse un Maserati, tardaría veintiuna horas —prosiguió Derek—. Vaya, cómo me gustaría saber jugar al baloncesto.

—Derek —se decidió Drew.

Derek se levantó lentamente.

—Sí —dijo Peter—, pero aunque ahorrara el cien por cien de sus ingresos durante los próximos cuatrocientos cincuenta años, Michael Jordan no llegaría a lo que tiene Bill Gates en este mismo segundo.

—Está bien —dijo Matt—, me quedo con el marica.

Peter fue, arrastrando los pies, hasta la cola del equipo de Matt.

—Esto se te debe dar bien, ¿no, Peter? —le dijo Matt, en voz lo bastante alta para que todos lo oyeran—. No tienes más que no apartar las manos de las pelotas.

Peter se apoyó contra una colchoneta que alguien había colgado de la pared, como si se tratara de la habitación de un manicomio, con las paredes protegidas con cosas mullidas en previsión de que allí pudieran desatarse todas las iras del infierno.

A él le habría gustado estar tan seguro de quién era como todo el mundo parecía estarlo.

—Está bien —dijo el entrenador Spears—, ¡empecemos!

La primera tormenta de nieve de la temporada llegó antes del Día de Acción de Gracias. Se desencadenó pasada la medianoche, con el viento sacudiendo el viejo esqueleto de la casa y el granizo tamborileando contra las ventanas. Se fue la luz, pero Alex ya había imaginado que podía pasar. Se despertó sobresaltada, en mitad del absoluto silencio que siguió a la pérdida de energía eléctrica, y buscó a tientas la linterna que había dejado preparada junto a la cama.

También tenía velas. Alex encendió dos de ellas y observó su propia sombra, extensa como la vida misma, deslizándose a lo largo de la pared. Se acordó de noches como aquélla, cuando Josie era pequeña, en que se metían juntas en la cama y su hija se quedaba dormida cruzando los dedos para que no hubiera colegio al día siguiente.

¿Cómo era que los adultos nunca tenían aquellos imprevistos días de asueto? Aunque se suspendieran las clases al día siguiente, cosa muy probable si Alex no se equivocaba, aunque el viento siguiera aullando como si la tierra sufriera un gran dolor, y los limpiaparabrisas se hubiesen congelado, Alex tendría que presentarse en el tribunal a la mañana siguiente. Las clases de yoga, los partidos de baloncesto y las representaciones teatrales se aplazarían, pero nadie podía cancelar la vida real.

La puerta del dormitorio se abrió de golpe. Josie apareció en el umbral, con una camiseta sin mangas y unos calzoncillos de chico que Alex no tenía ni la menor idea de dónde podían haber salido, aunque rogó por que no pertenecieran a Matt Royston. Por un momento, Alex apenas fue capaz de relacionar a aquella joven con curvas y pelo largo, con la hija que aún esperaba encontrarse, una niña pequeña, con la trenza deshecha y un pijama de muñequitos. Levantó las sábanas por un lado de la cama, a modo de invitación.

Josie se metió dentro, subiéndose las mantas hasta la barbilla.

—Qué noche más horrible —dijo—. Parece que se vaya a caer el cielo a pedazos.

—Yo temo más por las carreteras.

—¿Crees que mañana aún nevará?

Alex sonrió en la oscuridad. Por mayor que se hubiera hecho, las prioridades de Josie seguían siendo las mismas.

—Lo más probable.

Con un suspiro de satisfacción, Josie se dejó caer sobre la almohada.

—Tal vez Matt y yo podamos ir a esquiar a algún sitio.

—No saldrás de casa si las carreteras no están en condiciones.

—Tú saldrás.

—Yo no tengo más remedio —replicó Alex.

Josie se volvió hacia ella. En sus pupilas se reflejaba la llama de una de las velas.

—Todo el mundo lo tiene —dijo, apoyándose en el codo—. ¿Puedo hacerte una pregunta?

—Claro.

—¿Por qué no te casaste con Logan Rourke?

Alex se sintió como si de repente la hubieran sacado afuera, bajo la tormenta, desnuda; tan desprevenida la pilló la pregunta de Josie.

—¿A qué viene eso?

—¿Qué había en él que no te gustara? Me dijiste que era guapo e inteligente. Y tú debías de quererle, al menos en determinado momento...

—Josie, todo eso pertenece al pasado... Y no deberías preocuparte por ello porque no tiene nada que ver contigo.

—Tiene todo que ver conmigo —dijo Josie—. Soy mitad de él.

Alex se quedó mirando el techo. Puede que, después de todo, el cielo estuviera cayéndose a pedazos. Puede que eso fuera lo que pasaba cuando pensabas que tus cortinas de humo y tus juegos de espejos podían crear una ilusión duradera.

—Era todo eso que has dicho —continuó Alex con voz pausada—. No fue por él. Fue por mí.

—Ya. Y por lo de su matrimonio, eso también debió de pesar lo suyo.

Alex se incorporó en la cama.

—¿Cómo te has enterado?

—Se presenta a un cargo público, sale en todos los periódicos. No hay que ser un científico aeroespacial.

—¿Has hablado con él?

Josie la miró a los ojos.

—No.

Una parte de Alex habría deseado que Josie hubiera hablado con él... Para comprobar si había seguido su carrera como magistrada, incluso si había preguntado por ella. La decisión de abandonar a Logan, que le había parecido tan justa en su momento para con el bebé no nacido, se le antojaba ahora egoísta. ¿Por qué nunca antes había hablado con Josie de eso?

Porque había estado protegiendo a Logan. Puede que Josie se hubiera criado sin conocer a su padre, pero ¿no era eso mejor que enterarse de que él había querido que abortara? «Otra mentira más —pensó Alex—, sólo una pequeña mentira más. Para no lastimar a Josie».

—Él no quería separarse de su esposa. —Alex miró a Josie de reojo—. Y yo no podía hacerme tan pequeña como para caber en el espacio en el que él quería que yo cupiera, si deseaba formar parte de su vida. ¿Te parece una decisión lógica?

—Supongo.

Por debajo de las sábanas, Alex buscó la mano de Josie. Era el tipo de gesto que habría parecido algo forzado de haberlo hecho a la luz del día, algo demasiado emotivo y abierto como para reivindicarlo ninguna de las dos. Pero allí, en la oscuridad, con el mundo totalmente oculto a su alrededor, pareció perfectamente natural.

—Lo siento —dijo.

—¿Por qué?

—Por no haberte dado la oportunidad de tenerlo contigo mientras crecías.

Josie se encogió de hombros y retiró la mano.

—Hiciste lo que debías.

—No lo sé —suspiró Alex—. Hacer lo que uno debe, a veces te

329

deja en una soledad inconcebible. —Se volvió hacia Josie de repente, mientras en su boca se dibujaba una brillante sonrisa—. ¿Y por qué tenemos que hablar siquiera de todo esto? A diferencia de mí, tú eres afortunada en amores, ¿no?

Justo en ese momento, volvió la luz. En el piso de abajo, el microondas emitió un pitido al conectarse; la luz del cuarto de baño lanzó un resplandor amarillo hacia el pasillo.

—Supongo que es mejor que vuelva a mi cama —dijo Josie.

—Oh. Como quieras —repuso Alex, cuando lo que quería decir era que, si quería, podía quedarse donde estaba.

Mientras Josie se alejaba sin hacer ruido por el pasillo, Alex buscó a tientas el despertador para volver a programar la alarma. El diodo luminoso parpadeaba nervioso: 12:00 12:00 12:00, como un recordatorio que avisara a Cenicienta de que los finales felices sólo existen en los cuentos de hadas.

Para sorpresa de Peter, el gorila que estaba en la puerta del Front Runner ni siquiera miró su carnet de identidad falsificado, así que, antes de que tuviera tiempo de darse cuenta de que de verdad, por fin, estaba allí, se vio empujado dentro.

Una nube de humo lo envolvió, y hubo de pasar un minuto hasta que se acostumbró a la tenue luz del local. La música llenaba los espacios vacíos entre las personas, música tecno de discoteca, tan fuerte que Peter la notaba retumbar en los tímpanos. Dos mujeres muy altas flanqueaban la puerta de entrada por dentro, controlando con la mirada a los que entraban. Peter tuvo que mirarlas dos veces para darse cuenta de que a una de ellas se le apreciaba sombra de barba en el rostro. A uno de ellos, porque el otro tenía más aspecto de chica que la mayoría de las chicas que conocía; aunque, por supuesto, Peter nunca había visto a un travesti tan de cerca. A lo mejor eran muy perfeccionistas.

Los hombres estaban en grupos de dos o tres, salvo los solitarios, que, desde un balcón, observaban como halcones la pista de baile. Había tipos que llevaban chaparreras de cuero sin ropa interior debajo; otros hombres se besaban por los rincones, o bien se pasaban porros. Los espejos que recubrían las paredes hacían que el club pareciera mucho mayor, y sus cubículos interminables.

No había sido muy difícil conocer la existencia del Front Runner, gracias a los chats de Internet. Como Peter aún estaba sacándose el carnet de conducir, había tenido que tomar un autobús hasta Manchester y luego un taxi hasta la puerta del local. Aún no estaba muy seguro de por qué estaba allí, en su mente era algo así como un experimento antropológico. Ver si encajaba en aquella sociedad más que en la suya.

No es que tuviera ganas de que pasara algo con un tipo... aún no, en cualquier caso. Sólo quería saber cuál era la sensación de encontrarse rodeado de un montón de gays, que no tenían el menor problema en reconocerlo. Quería saber si ellos eran capaces de mirarle y saber al instante si Peter «entendía».

Se detuvo delante de una pareja que se encaminaba hacia un rincón oscuro. Ver a un hombre besando a otro hombre era raro en la vida real. Por supuesto, había programas de televisión en los que podían verse besos entre gays; eran programas que solían generar la suficiente polémica como para llegar a la prensa, de modo que Peter sabía cuándo iban a emitirlos. A veces los había visto, para saber si sentía algo al verlos. Pero los que salían en la tele actuaban, como en todo show programado... algo muy diferente al espectáculo que se ofrecía a sus ojos en aquellos momentos. Quería ver si el corazón empezaba a latirle con un poquitín más de fuerza, si todo aquello le decía algo.

Sin embargo no sintió una emoción particular. Curiosidad desde luego: ¿te picaba la barba si te besabas con un barbudo? Repulsión, no especialmente. Pero Peter tampoco hubiera podido asegurar que aquello fuera algo que deseara probar.

Los dos tipos se separaron, y uno de ellos entornó los ojos.

—Esto no es ningún *peep show* —dijo, apartando a Peter de un empujón.

Peter trastabilló, yendo a chocar contra alguien que estaba sentado a la barra.

—¡Eh, quieto! —dijo el tipo, al que se le iluminaron los ojos de repente—. Pero ¿qué tenemos aquí?

—Perdón...

—Perdonado. —Tenía poco más de veinte años, el pelo casi al rape, de un amarillo casi blanco, y manchas de nicotina en los dedos—. ¿Es la primera vez que vienes aquí?

Peter se volvió hacia él.

—¿Cómo lo sabes?

—Por tus ojos de cervatillo deslumbrado. —Apagó el cigarrillo que estaba fumando y llamó al camarero, que a Peter le pareció salido de las páginas de una revista—. Rico, ponle algo a mi amigo. ¿Qué te apetece tomar?

Peter tragó saliva.

—¿Una Pepsi?

El tipo mostró su reluciente dentadura.

—Bueno, está bien.

—Yo... no bebo.

—Oh —dijo el otro—. Toma, entonces.

Le ofreció a Peter un par de tubitos y luego sacó del bolsillo otros dos para él. No había ningún tipo de polvos en el interior... sólo aire. Peter observó cómo abría la tapa e inhalaba profundamente, y cómo, acto seguido, repetía la operación con el segundo frasquito en la otra ventana de la nariz. Después de imitarle paso por paso, Peter sintió que la cabeza le daba vueltas, como aquella vez que se había bebido un pack de seis cervezas aprovechando que sus padres habían ido a ver un partido de fútbol de Joey. Pero a diferencia de aquella ocasión, en que lo único que había pasado era que le habían entrado unas ganas enormes de dormir, Peter sentía ahora como si todas las células del cuerpo vibraran, completamente desveladas.

—Yo me llamo Kurt —dijo el tipo, dándole la mano.

—Peter.

—¿Debajo o encima?

Peter se encogió de hombros, tratando de fingir que sabía de qué estaba hablando aquel tipo, cuando en realidad no tenía la menor idea.

—Dios mío —dijo Kurt boquiabierto—. Savia nueva.

El camarero depositó una Pepsi en la barra, delante de Peter.

—Déjalo en paz, Kurt. Es un niño.

—Entonces a lo mejor podríamos jugar a algo —dijo Kurt—. ¿Te gusta el billar?

Una partida de billar era algo con lo que Peter se atrevía.

—Sí, genial.

Vio a Kurt sacarse un billete de veinte dólares de la cartera y dejarlo en la barra, para Rico.

—Quédate con el cambio —dijo.

La sala de billar estaba en un espacio contiguo a la parte principal del club, y en ella había cuatro mesas, con partidas ya comenzadas. Peter se sentó en un banco adosado a la pared, mientras estudiaba a los allí reunidos. Algunos se tocaban entre sí con frecuencia, un brazo en el hombro aquí, una palmadita en el trasero allí; pero la mayoría se comportaba como cualquier grupo de hombres. Como si fueran amigos sin más.

Kurt sacó un puñado de monedas de veinticinco centavos del bolsillo y las colocó en el borde de una mesa. Pensando que aquello era el bote por el que iban a jugar, Peter sacó a su vez dos billetes arrugados de dólar.

—No es ninguna apuesta —rió Kurt—. Es lo que vale la partida.

Se puso de pie cuando el grupo que les precedía colaba la última bola, y comenzó a introducir monedas en la mesa, hasta que cayó un torrente multicolor de bolas lisas y rayadas.

Peter agarró un taco de la pared y le frotó tiza en la punta. No era demasiado bueno jugando al billar, pero lo había hecho un par de veces sin cometer ninguna tontería de retrasado, como rasgar el tapete o arrojar la bola por el borde.

—Así que te gusta apostar —dijo Kurt—. Podría hacerlo más interesante.

—Pondré cinco pavos —dijo Peter, con la esperanza de así parecer mayor.

—A mí no me gusta apostar con dinero. A ver qué te parece: si gano yo, te llevo yo a casa; y si ganas tú, me llevas tú a mí.

Peter no veía qué podía ganar él en un caso ni en otro, puesto que no tenía ningún interés especial en ir con Kurt a su casa, y, desde luego, tan seguro como que hay Dios, no iba a llevarse a Kurt a su propia casa. Apoyó el taco en el borde de la mesa.

—Me parece que no tengo muchas ganas de jugar.

Kurt tomó a Peter por el brazo. Sus ojos brillaban en medio de aquel rostro, como dos pequeñas estrellas incandescentes.

—Yo ya he metido mis moneditas ahí dentro. Ahora ya no puedo sacarlas. Tú has querido empezar... así que ahora tienes que jugar hasta el final.

—Deja que me vaya —dijo Peter, con una voz que parecía ascender por la escalera del pánico.

Kurt sonrió.

—Pero si acabamos de empezar...

Peter oyó la voz de otro tipo a sus espaldas.

—Creo que ya has oído al chico.

Peter se dio la vuelta, asido todavía por Kurt, y vio detrás de él al señor McCabe, su profesor de matemáticas.

Fue uno de esos momentos de extrañeza, como cuando estás en el cine y te encuentras a la señora que trabaja en la oficina de correos, y sabes que la conoces de algo, pero sin las cajas de los apartados de correo, las balanzas ni los expendedores de sellos, no acabas de reconocer quién es. El señor McCabe llevaba una cerveza en la mano y una camisa de un tejido sedoso. Dejó la botella y se cruzó de brazos.

—Con éste no te acuestas, Kurt, o llamo a la poli para que te pongan de patitas en la calle.

Kurt se encogió de hombros.

—Lo que tú digas —dijo, y se marchó hacia el bar lleno de humo.

Peter se quedó mirando al suelo, esperando a que el señor McCabe hablara. Estaba seguro de que el profesor llamaría a sus padres, le rompería el carnet de identidad delante de las narices, o como mínimo le preguntaría qué demonios estaba haciendo en un local gay del centro de Manchester.

De pronto, Peter cayó en la cuenta de que él también podía hacerle al señor McCabe aquella misma pregunta. Mientras levantaba la vista, le vino a la mente un principio matemático que sin duda su profesor ya conocía: si dos personas comparten el mismo secreto, ya no es ningún secreto.

—Seguramente necesitas que alguien te lleve a casa —dijo el señor McCabe.

Josie levantaba la mano reteniendo la de Matt, una manaza de gigante.

—Mira qué pequeña eres en comparación conmigo —dijo Matt—. Es asombroso que no te mate.

Él cambió la posición de apoyo sin salir de ella, dejándola sentir todo el peso de su cuerpo. Entonces le puso la mano en el cuello.

—Porque podría —dijo—, ¿sabes?

Apretó un poco nada más, cerrándole el paso de la tráquea. No tanto como para dejarla sin aire, pero sí para impedirle hablar.

—No —logró decir Josie.

Matt se quedó mirándola, atónito.

—No, ¿qué? —preguntó. Y cuando comenzó a moverse de nuevo, Josie estaba segura de haber oído mal.

Durante la mayor parte del trayecto en coche de una hora desde Manchester, la conversación entre Peter y el señor McCabe fue tan superficial como el vuelo rasante de una libélula sobre un lago. Ambos se dedicaron a probar someramente temas sobre los que ninguno de los dos se interesaba de un modo particular: entradas para ver al equipo de hockey de los Bruins, el inminente baile oficial de invierno, cuáles eran las buenas facultades universitarias que buscaban por entonces los alumnos.

Hasta después de dejar la carretera 89 en la salida de Sterling, y mientras recorrían oscuras carreteras secundarias en dirección a la casa de Peter, el señor McCabe no hizo mención del motivo por el que ambos estaban en aquel coche.

—Sobre lo de esta noche... —empezó—. No hay mucha gente en el instituto que lo sepa. No he salido del armario, todavía.

El pequeño rectángulo de luz reflejada por el espejo retrovisor le dibujaba un antifaz en los ojos, como un mapache.

—¿Por qué no? —se oyó Peter preguntar a sí mismo.

—No es que crea que el resto del profesorado no me apoyaría... Es sólo que me parece que no es de la incumbencia de nadie. ¿Entiendes?

Peter no sabía qué contestar, hasta que comprendió que el señor McCabe no estaba pidiéndole su opinión, sino que estaba dándole instrucciones.

—Claro —dijo Peter—. Gire por aquí, y luego es la tercera casa a la izquierda.

El señor McCabe aparcó delante del camino de entrada de la casa de Peter, sin entrar el coche.

—Si te cuento todo esto es porque confío en ti, Peter. Y porque si necesitas a alguien con quien hablar, quiero que sepas que conmigo puedes hacerlo con total libertad.

Peter se desabrochó el cinturón de seguridad.

—Yo no soy gay.

—Entendido —replicó el señor McCabe, aunque con un destello de dulce comprensión en los ojos.

—Yo no soy gay —repitió Peter con mayor firmeza, y tras abrir la portezuela del coche, corrió lo más de prisa que pudo hacia su casa.

Josie agitó el botellín de esmalte de uñas OPI y miró la etiqueta de la parte inferior. «No Soy Rojo Camarera».

—¿A ustedes a quién les parece que se le ocurren estas cosas? ¿Serán un grupo de mujeres reunidas en torno a una mesa de ejecutivos?

—No —dijo Maddie—. Seguramente son viejas amigas que se juntan para emborracharse una vez al año y apuntar todos los sabores que se les ocurren.

—No son sabores, puesto que no te los comes —señaló Emma.

Courtney se dio la vuelta rodando sobre sí misma, de forma que el pelo le cayó por uno de los lados de la cama como una cascada.

—Esto es un rollo —manifestó, aunque era su casa y se habían reunido para dormir juntas—. Tiene que haber algo emocionante que hacer.

—¿Por qué no llamamos a alguien? —propuso Emma.

Courtney consideró la posibilidad.

—¿Una travesura?

—Podríamos encargar pizzas y hacer que se las llevaran a alguien —dijo Maddie.

—Eso ya se lo hicimos la última vez a Drew —suspiró Courtney, que esbozó una repentina sonrisa y fue a tomar el teléfono—. Tengo otra cosa mejor.

Conectó el manos libres y marcó. Se oyó un tintineo musical que a Josie le resultó terriblemente familiar.

—Diga —contestó una voz brusca en el otro extremo de la línea.

—¿Matt? —dijo Courtney, llevándose el dedo a los labios para que las demás guardaran silencio—. Hola.

—Oye, Court, son las tres de la mañana.

—Ya lo sé. Es que... llevo mucho tiempo queriéndote decir algo, pero no sé cómo hacerlo, porque Josie es mi amiga y todo eso y...

Josie quiso hablar, para que Matt supiera que le estaban tendiendo una trampa, pero Emma le tapó la boca con la mano y la tumbó sobre la cama.

—Me gustas —dijo Courtney.

—Tú a mí también.

—No, escucha... me gustas en serio...

—Uau, Courtney. Si llego a saberlo, creo que me habría acostado contigo en plan salvaje. Lástima que quiera a Josie, y que lo más probable es que ella esté a menos de un metro de ti en este mismo momento.

El silencio se hizo añicos, roto por las risas hasta entonces contenidas.

—¡Puta madre! ¿Cómo lo has sabido? —dijo Courtney.

—Porque Josie me lo cuenta todo, incluso cuando va a quedarse a dormir en tu casa. Y ahora desconecta el altavoz y pásamela para que le dé las buenas noches.

Courtney le pasó el teléfono a Josie.

—Muy buena —dijo Josie.

La voz de Matt sonaba brumosa por el sueño.

—¿Lo habías dudado?

—No —replicó Josie con una sonrisa.

—Bueno, que te diviertas. Pero no a mi costa.

Oyó que Matt bostezaba.

—Vete a la cama.

—Me gustaría que estuvieras aquí —dijo él.

Josie les dio la espalda a las demás chicas.

—A mí también.

—Te quiero, Jo.

—Yo también te quiero.

—Y yo —dijo Courtney en voz alta— creo que voy a vomitar.

Alargó la mano y pulsó el botón de colgar.

Josie arrojó el teléfono sobre la cama.

—Ha sido idea tuya llamarle.

—Te has puesto celosa —dijo Emma—. Ya me gustaría a mí tener a alguien que no pudiera vivir sin mí.

—Eres muy afortunada, Josie —convino Maddie.

Josie volvió a abrir el botellín de esmalte de uñas y, al hacerlo, una gota del pequeño pincel fue a aterrizar sobre su muslo, como una perla de sangre. Cualquiera de sus amigas, quizá Courtney no, pero la mayoría de ellas, mataría por estar en su lugar.

«Pero morirían si lo estuvieran», susurró una voz en su interior.

Levantó la vista hacia Maddie y Emma y se forzó a sonreír.

—Díganmelo a mí —dijo Josie.

En diciembre, Peter encontró trabajo en la biblioteca del instituto. Le pusieron a cargo del equipamiento audiovisual, lo que significaba que cada día, durante una hora después de las clases, tenía que rebobinar microfilms y organizar DVD alfabéticamente. Tenía que llevar retroproyectores y TV/VCR a las aulas para que estuvieran preparados cuando los profesores que los necesitaban llegaran por la mañana al instituto. Lo que más le gustaba era que en la biblioteca nadie le molestaba. Los chicos populares no iban por allí ni muertos una vez acabadas las clases; era más probable que Peter encontrara sólo a los alumnos especiales, con sus tutores, haciendo los deberes.

Había conseguido el trabajo después de ayudar a la señora Wahl, la bibliotecaria, a arreglar su vieja computadora para que la pantalla no se le pusiera azul. Ahora Peter era su alumno favorito del Instituto Sterling. Cuando ella se marchaba a su casa, dejaba que fuera él el que cerrara, y le hizo una copia de su llave del ascensor de mantenimiento, para que pudiera transportar los diferentes equipos de un piso a otro del instituto.

La última tarea que le quedaba a Peter aquella tarde era trasladar un proyector desde el laboratorio de ciencias naturales del segundo piso y guardarlo en su lugar en la sala de audiovisuales de la planta baja. Había entrado en el ascensor y girado la llave para cerrar la puerta cuando oyó que alguien lo llamaba, pidiéndole que esperase.

Al cabo de un momento entró Josie Cormier cojeando.

Iba con muletas, con una pierna enyesada. Miró a Peter mientras se cerraban las puertas del ascensor, y bajó rápidamente la vista hacia el suelo de linóleo.

Aunque habían pasado meses desde que lo habían despedido por su chivatazo, Peter aún sentía una oleada de rabia cada vez que veía a Josie. Casi podía oírla contar mentalmente los segundos hasta que volvieran a abrirse las puertas del ascensor. «Como si a mí me entusiasmara estar metido aquí dentro contigo», pensó para sí, y justo en ese momento el ascensor dio un traqueteo y se quedó atorado con un chirrido.

—¿Qué pasa ahora? —Josie pulsó el botón del primer piso.

—Eso no servirá de nada —dijo Peter. Alargó el brazo por delante de ella, advirtiendo que por poco pierde el equilibrio al echarse hacia atrás, como si él tuviera una enfermedad contagiosa, y apretó el botón rojo de Emergencia.

No sucedió nada.

—Vaya mierda —dijo Peter.

Miró arriba, hacia el techo del ascensor. En el cine, los héroes de acción siempre se encaramaban al techo de la cabina para llegar a los conductos de aireación a través del hueco del ascensor, pero aunque utilizara el proyector que llevaba para subirse a él, no veía cómo iba a poder abrir la trampilla sin un destornillador.

Josie apretó de nuevo el botón.

—¿Oiga?

—No te oirá nadie —dijo Peter—. Los profesores se han ido, y el vigilante ve el show de Oprah de cinco a seis, en el sótano. —La miró—. ¿Qué estás haciendo aquí, por cierto?

—Un trabajo personal.

—¿Y eso qué es?

Ella levantó una muleta.

—Una actividad suplementaria a cambio de la clase de gimnasia. ¿Y tú, por cierto?

—Yo trabajo aquí —dijo Peter, y ambos guardaron silencio.

Por una mera cuestión de logística, pensó Peter, tarde o temprano acabarían encontrándolos. Seguramente los descubriría el vigilante cuando tuviera que subir el pulidor de superficies al siguiente piso y, si no, lo peor que podría suceder sería que tuvieran que esperar a la mañana siguiente, cuando todo el mundo volviera de nuevo al instituto. No pudo evitar una ligera sonrisa, al pensar en lo que podría decirle a Derek sin mentir un ápice: «¿Sabes qué? He dormido con Josie Cormier».

Abrió un iBook y pulsó una tecla, inicializando una presentación en Power Point en la pantalla. Amebas, blastosferas. División celular. Un embrión. Era asombroso pensar que todos habíamos empezado igual, microscópicos, indistinguibles.

—¿Cuánto pueden tardar en encontrarnos?

—No sé.

—¿Y el personal de la biblioteca no te echará en falta?

—A mí no me echan en falta ni mis propios padres.

—Oh, santo cielo... ¿y si se nos acaba el aire? —Josie aporreó la puerta con una de las muletas—. ¡Socorro!

—Eso no puede pasar —dijo Peter.

—¿Cómo estás tan seguro?

No lo estaba. Pero ¿qué otra cosa podía decir?

—Me agobian los espacios cerrados —dijo Josie—. No puedo soportarlo.

—¿Tienes claustrofobia?

Se preguntó cómo era que no sabía eso de Josie. Pero bien pensado, ¿por qué iba a saberlo? Tampoco es que hubiera formado parte activa de su vida durante los últimos seis años.

—Me parece que voy a vomitar —gimió Josie.

—Vaya mierda —dijo Peter—. No, espera. Cierra los ojos, así no te darás cuenta de que estás en un ascensor.

Josie cerró los ojos, pero al hacerlo se tambaleó sobre las muletas.

—Espera.

Peter sostuvo las muletas de forma que ella se quedó guardando el equilibrio sobre una sola pierna. Luego la agarró por las manos mientras ella se dejaba caer en el suelo, estirando la pierna lastimada.

—¿Cómo te lo hiciste? —le preguntó él, señalando la escayola con un gesto con la cabeza.

—Me resbalé en el hielo.

Josie se echó a llorar, y a jadear... Hiperventilación, supuso Peter, aunque sólo había visto esa palabra escrita, no en la vida real. Lo que había que hacer era respirar dentro de una bolsa de papel, ¿no era eso? Peter examinó el ascensor en busca de algo que pudiera servirle. En el carrito de audiovisuales había una bolsa de plástico con documentos dentro, pero no sabía por qué no le pareció una idea muy brillante taparse la cara con una bolsa de plástico.

—Está bien —lanzó la sugerencia—, hagamos algo para mantener tu pensamiento alejado de aquí.

—¿Como qué?

—A lo mejor podríamos jugar a algo —propuso Peter, cuyas palabras le retumbaron en la cabeza, repetidas, con la voz de Kurt, del Front Runner; sacudió la cabeza para liberarse de ellas—. ¿A las veinte preguntas?

Josie dudó unos segundos.

—¿Animal, vegetal o mineral?

Después de seis rondas de veinte preguntas, y de una hora de geografía, a Peter le estaba entrando sed. También tenía ganas de orinar, y eso sí que le preocupaba, porque no creía que fuera capaz de aguantar hasta la mañana siguiente, y desde luego, de ningún modo pensaba echar una meada con Josie delante. Josie había enmudecido, pero al menos había dejado de temblar. Peter pensó que a lo mejor se había dormido.

Pero entonces habló.

—¿Verdad o prenda? —dijo Josie.

Peter se volvió hacia ella.

—Verdad.

—¿Me odias?

Él agachó la cabeza.

—A veces.

—Deberías —dijo Josie.

—¿Verdad o prenda?

—Verdad —dijo Josie.

—¿Me odias tú?

—No.

—Entonces, ¿por qué te comportas así conmigo? —le preguntó Peter.

Ella movió la cabeza a ambos lados.

—Yo tengo que comportarme como la gente espera que me comporte. Forma parte de todo el... embrollo. Si no lo hiciera así... —Tamborileó con los dedos en el asidero de plástico de la muleta—. Es muy complicado. No lo entenderías.

—¿Verdad o prenda? —dijo Peter.

Josie sonrió.

—Prenda.

—Chúpate la planta del pie.

Ella se echó a reír.

—Si ni siquiera puedo sostenerme sobre la planta del pie —dijo, pero se agachó hacia delante y se quitó el mocasín, sacando la lengua—. ¿Verdad o prenda?

—Verdad.

—Ninguna prenda, ¿eh? —dijo Josie—. ¿Has estado enamorado alguna vez?

Peter miró a Josie, y se acordó de aquella vez en que ambos habían atado un papel con sus direcciones a un globo de helio, que habían soltado en el patio trasero de la casa de Josie, convencidos de que llegaría hasta Marte. En lugar de eso, habían recibido una carta de una viuda que vivía dos calles más arriba.

—Psé —dijo él—. Supongo que sí.

A ella se le abrieron los ojos.

—¿De quién?

—Eso ya es otra pregunta. ¿Verdad o prenda?

—Verdad —dijo Josie.

—¿Cuál ha sido la última mentira que has dicho?

A Josie se le borró la sonrisa de la cara.

—Cuando te he dicho que me resbalé en el hielo. Matt y yo nos peleamos, y él me pegó.

—¿Que te pegó?

—Bueno, no es eso... Yo le dije algo que no debí decirle, y cuando él... bueno, el caso es que perdí el equilibrio y me torcí el tobillo.

—Josie...

Ella agachó la cabeza.

—No lo sabe nadie. No se lo cuentes a nadie, ¿de acuerdo?

—No. —Peter vaciló unos instantes—. ¿Y tú por qué no se lo has contado a nadie?

—Eso ya es otra pregunta —dijo Josie, remedándole.

—Pues te la hago ahora.

—Entonces elijo prenda.

Peter apretó los puños contra los costados.

—Dame un beso —dijo.

Ella se inclinó hacia él poco a poco, hasta que su cara estaba demasiado cerca como para verla. El pelo le caía sobre el hombro de Peter como una cortina, y tenía los ojos cerrados. Olía a otoño y a sidra, al sol que declina y a las primeras señales del frío que se acerca. Él sentía forcejear su corazón, atrapado en los confines de su propio cuerpo.

Los labios de Josie tocaron la comisuras de los suyos, casi en la mejilla más que en la boca.

—Me alegro de no haberme quedado aquí sola encerrada —dijo

ella con timidez, y él saboreó aquellas palabras, dulces como su aliento mentolado.

Peter se miró la entrepierna, rogando para que Josie no se diera cuenta que se le había puesto dura como una piedra. Empezó a sonreír con tal intensidad que le dolían las mejillas. No era que no le gustaran las chicas, era que sólo había una que era la adecuada.

En ese momento, se oyó un golpe en la puerta metálica, por fuera.

—¿Hay alguien ahí dentro?

—¡Sí! —gritó Josie, intentando ponerse en pie con las muletas—. ¡Ayúdenos a salir!

Se oyó un fuerte golpe y una percusión, y luego el ruido de una palanca al intentar abrir brecha. La doble puerta se abrió por fin, y Josie se precipitó fuera del ascensor. Matt Royston la esperaba junto al conserje.

—Me preocupé al ver que no habías llegado a casa —dijo Matt, sosteniendo a Josie entre sus brazos.

«Pero le pegaste», pensó Peter, que recordó de inmediato que le había hecho una promesa a Josie. Oyó sorprendido los gritos de júbilo de ella al tomarla Matt en brazos, llevándola así para que no tuviera que utilizar las muletas.

Peter se llevó el iBook y el proyector en el carrito para volver a guardarlos en la sala de audiovisuales. Se había hecho tarde, y tenía que volver andando a casa, pero casi no le importaba. Decidió que lo primero que haría sería borrar el círculo alrededor de la foto de Josie en el anuario escolar; y suprimir sus características de la lista de los malos de su videojuego.

Estaba repasando mentalmente los retoques que debería hacer en el programa, cuando llegó por fin a casa. Peter tardó unos segundos en darse cuenta de que algo pasaba... Las luces estaban apagadas, aunque los coches estaban allí.

—¿Hola? —dijo en voz alta, mientras iba de la sala del estar al comedor y luego a la cocina—. ¿Hay alguien?

Encontró a sus padres sentados a la mesa de la cocina, a oscuras. Su madre se levantó, aturdida. Era evidente que había estado llorando.

Peter sintió una calidez liberándose en el interior de su pecho. Le había dicho a Josie que sus padres ni siquiera se enterarían de su ausencia, pero estaba claro que eso no era verdad: sus padres estaban angustiados.

—Estoy bien —les dijo Peter—. De verdad.

Su padre se puso en pie, parpadeando con los ojos humedecidos, y tiró de Peter hacia sus brazos. Peter no podía recordar cuándo había sido la última vez que le habían abrazado así. A pesar de que él quería ser un tipo duro, y de que ya tenía quince años y medio, se fundió en el cuerpo de su padre y apretó con fuerza. Primero Josie, ¿y ahora aquello? Aquél acabaría resultando el mejor día en la vida de Peter.

—Es Joey —dijo su padre entre sollozos—. Ha muerto.

Pregúntenle a cualquier chica de hoy al azar si quiere ser popular y les dirá que no. Pero la verdad es que, si estuviera en medio del desierto muriéndose de sed y tuviera que elegir entre un vaso de agua y la popularidad instantánea, probablemente escogería lo segundo. Lo que pasa es que no puedes reconocer que lo deseas, porque eso te hace parecer menos interesante. Para ser popular de verdad, ha de parecer que eres así, cuando en realidad es algo por lo que te esfuerzas.

No sé si hay nadie que ponga tanto esfuerzo en conseguir algo como los jóvenes en ser populares. Quiero decir que hasta los controladores aéreos y el presidente de los Estados Unidos de América se toman vacaciones, pero si echan una ojeada al alumno medio de instituto, verán a alguien que se dedica a buscar la popularidad en cuerpo y alma, las veinticuatro horas del día, durante todo lo que dura el año escolar.

Entonces, ¿cómo entrar a formar parte de ese sanctasanctórum? Bueno, ésa es la cuestión: no depende de ti. Lo que cuenta es lo que los demás piensan de tu forma de vestir, de lo que comes para almorzar, de los programas de la tele que grabas, de la música que llevas en el iPod.

Pero yo siempre me pregunto cosas como: si lo que cuenta es la opinión de los demás, entonces, ¿tú tienes una opinión que sea tuya de verdad?

Un mes después

A pesar de que el informe de la investigación de Patrick Ducharme había estado en la mesa del despacho de Diana desde diez días después del tiroteo, la fiscal no lo había mirado. Primero había tenido que coordinar la audiencia de una probable causa, y después había estado frente a un gran jurado, intentando que condenaran a un acusado. Así que acababa de empezar a mirar los análisis de las huellas dactilares, de balística y de manchas de sangre, y todos los informes policiales originales.

Pasó toda la mañana repasando el tiroteo y organizando mentalmente su discurso de forma paralela al camino destructivo que había recorrido Peter Houghton, siguiendo los movimientos de una víctima a otra. La primera a quien disparó fue Zoe Patterson, en la escalera de la escuela. Alyssa Carr, Angela Phlug, Maddie Shaw. Courtney Ignatio. Haley Weaver y Brady Price. Lucia Ritolli, Grace Murtaugh.

Drew Girard.

Matt Royston.

Más.

Diana se quitó los anteojos y se frotó los ojos. Un libro de muertos, un mapa de heridos. Y éstos sólo aquellos cuyas heridas habían sido lo suficientemente graves como para dejarlos ingresados en el hospital. Había docenas de alumnos a los que se había curado y mandado a casa. Cientos cuyas cicatrices estaban enterradas demasiado profundamente como para que se vieran.

Diana no tenía hijos; en su posición, los hombres que conocía, o bien eran criminales, lo cual era repugnante, o abogados defensores, aún peores. Sin embargo, tenía un sobrino de tres años a quien habían llamado la atención en la guardería por apuntar con el dedo a un compañero y decirle «¡Pum! Estás muerto». Cuando su hermana la llamó indignada, contándoselo, ¿pensó Diana que su sobrino se convertiría de mayor en un psicópata? Ni por un momento. Era sólo un niño que tenía ganas de jugar.

¿Pensaron lo mismo los Houghton?

Diana miró la lista de nombres que tenía delante. Su trabajo consistía en buscar una relación entre todos ellos, pero lo que tenía que hacer de verdad era trazar antes una línea: el momento clave en que la mente de Peter Houghton había cambiado, lentamente, del ¿y si? al cuándo.

Su mirada se dirigió a otra lista, una del hospital. Cormier, Josie. Según el expediente médico, la chica —de diecisiete años— había ingresado durante la noche en observación, después de sufrir un desvanecimiento; tenía una laceración en la cabeza. La firma de su madre estaba al final del formulario de consentimiento para los análisis de sangre: Alex Cormier.

«No podía ser».

Diana se hundió en su silla. Nunca se desea ser quien le diga a un juez que se recuse a sí mismo. Es decirle que se duda de su imparcialidad, y como Diana tendría pasar por el juzgado de la jueza Cormier unas cuantas veces más en el futuro, quizá obrar así no fuera lo mejor para su carrera. Pero la jueza Cormier sabía que no podría dirigir el caso con imparcialidad. No con una hija que era uno de los testigos. Aunque no hubieran disparado a Josie, había resultado herida durante el tiroteo. La jueza Cormier se recusaría, seguro. Así que no había de qué preocuparse.

Diana volvió su atención a la documentación que tenía sobre la mesa, leyendo hasta que las letras se le volvieron borrosas. Hasta que Josie Cormier fue sólo otro nombre.

De regreso a casa desde el juzgado, Alex pasó por el memorial improvisado que habían erigido en memoria de las víctimas del Instituto Sterling. Había cruces blancas de madera, aunque uno de los chicos muertos —Justin Friedman— era judío. Las cruces no estaban cerca de la escuela, sino en un recodo de la carretera 10, en una zona encharcada del río Connecticut. En los días posteriores al tiroteo, algunos de los que habían ido a llorar allí a los muertos, a las cruces habían añadido fotografías, ositos de peluche y ramos de flores.

Alex paró el coche a un lado de la carretera. No sabía por qué lo hacía entonces, por qué no había parado antes. Sus talones se hundieron en la hierba esponjosa. Se cruzó de brazos y se acercó al lugar.

No estaban en un orden concreto, y el nombre de cada estudiante muerto estaba inscrito en la cruceta de madera. Courtney Ignatio y Maddie Shaw tenían las cruces juntas. Las flores que había junto a las señales se habían marchitado y los envoltorios verdes se estaban pudriendo en el suelo. Alex se arrodilló y acarició un poema desvaído que estaba clavado en la cruz de Courtney.

Courtney y Maddie habían ido a pasar la noche a su casa varias veces. Alex recordaba haber encontrado a las chicas en la cocina, comiendo masa de galletas cruda en lugar de cocinarla, y con cuerpos tan fluidos como olas al moverse. Recordó lo celosa que se sintió al verlas, tan jóvenes, sabiendo que aún no habían cometido ningún error que pudiera cambiar sus vidas. Alex se ruborizó, disgustada: al menos ella aún tenía una vida que cambiar.

Sin embargo, se echó a llorar al ver la cruz de Matt Royston. Apoyada sobre la base blanca de madera había una foto enmarcada, que habían puesto dentro de una bolsa de plástico para que las inclemencias del tiempo no la estropearan. En ella se veía a Matt, con aquellos ojos tan brillantes que tenía, y un brazo alrededor del cuello de Josie.

Josie no miraba a la cámara, sino a Matt. Como si no pudiera ver nada más.

Parecía más seguro llorar frente al memorial improvisado que en casa, donde Josie podría oírla. No importaba lo calmada que hubiese estado —por el bien de Josie—, la única persona a quien no podía engañar era a sí misma. Podía regresar a su rutina diaria, se podía decir a sí misma que Josie era una de las personas con suerte, pero cuando estaba sola en la ducha, o en estado de vigilia antes de dormirse profundamente, Alex se sobresaltaba; del mismo modo que ocurre cuando evitas un accidente y paras en la cuneta para ver si aún estás entera.

La vida era lo que ocurría cuando todos los ¿y si? no ocurrían, cuando lo que soñabas, esperabas o —en este caso— temías que pudiera ocurrir, no ocurría, es decir, pasaba de largo. Alex ya había pasado muchas noches pensando en la buena fortuna, en por qué era tan fina como un velo, en cómo se puede pasar perfectamente de un lado al otro. La cruz que tenía ante las rodillas podría ser perfectamente la de Josie, y el memorial de Josie el que tuviera esa foto. Un tic de la mano de la persona que disparó, un paso mal dado, una bala rebotada, y todo habría sido diferente.

Alex se irguió y respiró profundamente. Mientras volvía al coche, vio el pequeño agujero donde había habido una undécima cruz. Después de colocar las diez primeras cruces, alguien puso otra con el nombre de Peter Houghton. Noche tras noche habían arrancado o destrozado la cruz. Se habían publicado editoriales en el periódico local. ¿Merecía Peter Houghton una cruz estando vivo? Hacer un memorial con su nombre, ¿era símbolo de tragedia o de comedia? Finalmente, quien ponía la cruz por Peter Houghton decidió dejarlo correr y ya no la volvió a clavar.

Mientras Alex volvía a sentarse en el coche se preguntó cómo —antes de parar allí— podía haber olvidado que alguien, en algún momento, consideró que Peter Houghton también era una víctima.

Desde el día fatal, Lacy, como ella misma solía decir, había parido tres niños. Cada vez, aunque el parto hubiese ido bien, había habido algún problema. No por parte de la madre, sino de la partera. Cuando Lacy entraba en la sala de partos, se sentía envenenada, demasiado negativa como para ser la persona que tenía que ayudar a nacer a un nuevo ser. Sabía lo que era parir y había ayudado a esas madres en ese trance y posteriormente, pero en el momento de la verdad, el momento de cortar el cordón umbilical con el hospital y volver al hogar, Lacy siempre daba el consejo equivocado. En lugar de decirles tópicos como «Deja que mame tanto como quiera» o «No lo tengas mucho en brazos», les había dicho la verdad: «Este niño que tanto han estado esperando no es como lo imaginan. Son mutuamente unos extraños, y seguirán siéndolo durante años a partir de ahora».

Tiempo atrás, Lacy solía tumbarse en la cama y fantasear sobre cómo habría sido su vida si no hubiese sido madre. Entonces recordaba a Joey trayéndole un ramo de dientes de león y tréboles; a Peter durmiéndose sobre su pecho con la cola de su trenza entre las manos. Revivía lo duro de la tarea, el cansancio, y recordaba aquel mantra que tanto le había funcionado: «Cuando esté hecho, estará hecho». La maternidad había pintado de colores más brillantes el mundo de Lacy. Le había proporcionado la grata satisfacción de creer que su vida no podía ser más completa. De lo que no se había dado cuenta era de que, a veces, cuando tu visión es tan clara y aguda, te puede cortar. De que la contrapartida de tanta plenitud puede ser el vacío más absoluto.

No se lo había dicho a sus pacientes —cielos, ni siquiera a Lewis—, pero aquellas veces, cuando estaba tumbada en la cama pensando cómo habría sido su vida de no haber sido madre, se vio bloqueada de repente por un par de amargas palabras: «más fácil».

Lacy estaba en su consulta. Ya había visitado a cinco pacientes e iba por la sexta. Janet Isinghoff, ponía en el expediente. Aunque la llevaba otra partera, la política del grupo era que todas las mujeres debían conocer a todas las parteras, porque nunca sabías cuál te iba a tocar en el momento del parto.

Janet Isinghoff tenía treinta y tres años. Estaba embarazada de pocos meses y tenía un historial familiar de diabetes. Había sido hospitalizada una vez por una apendicitis, tenía un poco de asma y, en general, estaba bien de salud. Estaba de pie, frente a la puerta de la sala de reconocimiento hablando acaloradamente con la enfermera de obstetricia:

—No importa —decía Janet—. Si tiene que ser así, me voy a otro hospital.

—Ésa es nuestra manera de trabajar —le explicaba Priscilla.

Lacy sonrió.

—¿Puedo ayudarle en algo?

Priscilla se volvió, poniéndose entre Lacy y la paciente.

—No pasa nada.

—Pues no lo parecía —respondió.

—No quiero que mi bebé sea traído al mundo por una mujer cuyo hijo es un asesino —espetó Janet.

Lacy sintió cómo se le caía el alma a los pies. Se quedó casi sin aliento.

Priscilla se puso colorada.

—Señora Isinghoff, creo que puedo hablar en nombre de todo el equipo de obstetricia, y le puedo asegurar que Lacy es...

—Está bien —murmuró Lacy—. Lo entiendo.

Las otras enfermeras y parteras miraban sorprendidas lo que estaba ocurriendo. Lacy sabía que la defenderían. Le dirían a Janet Isinghoff que si quería podía buscar otra partera, y le explicarían que Lacy era una de las mejores y más veteranas de todo New Hampshire. Pero en realidad eso era lo que menos importaba. El problema no era que Janet Isinghoff quisiera a otra partera para traer a su hijo al mundo, era que, cuando Janet se marchara, al día siguiente o al otro otra mujer sacaría la misma incómoda historia. ¿Quién querría que las primeras manos que tocaran a su hijo fuesen las mismas que habían ayudado a cruzar la calle a un asesino, las mismas que lo habían cuidado cuando estaba enfermo, las que le habían mecido para que se durmiese?

Lacy atravesó por el vestíbulo hacia la puerta de incendios y subió los peldaños de dos en dos. A veces, cuando tenía un día difícil, se refugiaba en la azotea del hospital. Se tumbaba en el suelo y miraba hacia el cielo, imaginando que estaba en algún otro lugar de la Tierra.

El juicio era una pura formalidad. Peter sería declarado culpable. Por otro lado, no importaba lo que dijera para convencerse a sí misma, o a Peter. Lo sucedido estaba allí, entre ellos, y luego estaban aquellas terribles visitas a la cárcel, indescriptibles. A Lacy le parecía que era como encontrarse con alguien a quien no hubiera visto durante un tiempo, y ver que había perdido el pelo y que no tenía cejas: sabría que estaba sufriendo la agonía de la quimioterapia, pero intentaría creer que no era así, porque de esa manera todo sería más fácil para los dos.

Lo que le habría gustado decir a Lacy, si hubiese tenido la oportunidad de hacerlo, era que la acción de Peter había sido tan sorprendente para ella —tan devastadora para ella— como para todo el mundo. Ella también había perdido a su hijo ese día. No sólo físicamente, en el correccional, sino también personalmente, porque el chico que ella conocía había desaparecido, tragado por aquella bestia a la que no reconocía; capaz de unos actos que su mente no podía concebir.

Pero ¿y si Janet Isinghoff tuviera razón? ¿Y si Lacy hubiera dicho o hecho algo... o dejado de decir o hacer... que llevara a Peter a cometer esa acción? ¿Se puede odiar a un hijo por lo que ha hecho, y aun así, quererlo por quien ha sido?

La puerta se abrió, y Lacy se dio la vuelta. Nadie acostumbraba a subir hasta allí, pero pocas veces había dejado a sus compañeras tan preocupadas. No era Priscilla ni ninguna de sus colegas: Jordan McAfee apareció en el umbral con un montón de papeles en la mano. Lacy cerró los ojos.

—Perfecto.

—Sí, eso es lo que me dice mi mujer —dijo acercándosele con una amplia sonrisa en su cara—. O quizá es lo que me gustaría que me dijera... Su secretaria me dijo que la encontraría aquí, y... Lacy, ¿está bien?

Lacy asintió, y después movió la cabeza. Jordan la tomó por el brazo y la acompañó hasta una silla plegable que alguien había dejado allí.

—¿Un mal día?

—Se puede decir que sí —contestó Lacy.

Intentó que Jordan no notara que había llorado. Era estúpido, lo reconocía, pero no quería que el abogado de Peter pensara que era de ese tipo de personas a las que había que tratar con guantes. Si no, no le contaría la verdad sobre Peter, y eso era precisamente lo que ella quería oír.

—Necesito que firme unos papeles... pero puedo pasar más tarde...

—Nó —dijo Lacy—. Está... bien.

Mejor que bien, pensó. Era agradable estar sentada junto a alguien que creía en Peter, incluso si le estaba pagando para que así fuera.

—¿Puedo hacerle una pregunta profesional?

—Por supuesto.

—¿Por qué es tan fácil para la gente culpabilizar a alguien?

Jordan se sentó frente a ella, en uno de los bajos bordes de la azotea. Eso la puso nerviosa. Pero no quiso exteriorizarlo, porque no quería que pensara que era una persona frágil.

—La gente necesita un chivo expiatorio —dijo—. Forma parte de la naturaleza humana. Eso es lo más complicado que tenemos que afrontar los abogados defensores, porque, a pesar de la presunción de inocencia, el hecho de detener a alguien hace que la gente crea que es culpable. ¿Sabe usted cuántas veces la policía ha tenido que liberar a un presunto culpable que ha resultado ser inocente? Lo sé, es de locos. Pero ¿cree usted que se disculpan ante la familia, amigos y compañeros de trabajo por el error? En absoluto, sólo dicen: «Nos hemos equivocado».

La miró a los ojos.

—Sé que es duro leer todas esas noticias que culpan a Peter incluso antes de que empiece el juicio, pero...

—No es a Peter —dijo Lacy en voz baja—. Me culpan a mí.

Jordan asintió con la cabeza, como si hubiera estado esperando el comentario.

—No ha sido culpa de la educación que le hemos dado. Lo hizo a pesar de ello —dijo Lacy—. Usted tiene un hijo, ¿verdad?

—Sí. Sam.

—¿Qué ocurriría si su hijo se convirtiera en alguien que usted nunca pensó que pudiera llegar ser?

—Lacy...

—¿Qué pasaría si un día le dice que es gay?

Jordan se encogió de hombros.

—¿Y qué?

—¿Y si decidiera convertirse al islam?

—Sería su elección.

—¿Y si se convirtiera en un suicida?

Jordan la interrumpió.

—No quiero pensar en nada de eso, Lacy.

—No —contestó ella mirándolo fijamente—. Yo tampoco quería.

Philip O'Shea y Ed McCabe llevaban juntos casi dos años. Patrick miraba las fotografías que había en la repisa de la chimenea con los dos hombres abrazados, y al fondo las Canadian Rockies, o un palacio hecho de maíz, o la Torre Eiffel.

—Nos gustaba escaparnos —dijo Philip mientras le servía a Patrick un vaso de té helado—. A veces, para Ed era más fácil escapar que quedarse aquí.

—¿Y eso por qué?

Philip se encogió de hombros. Era un hombre alto y delgado, con unas pecas que aparecían cuando se ruborizaba.

—Ed no le contaba a nadie... nada de su vida. Y, para ser honestos, tener secretos en un pueblo pequeño es lo peor.

—Señor O'Shea...

—Philip, por favor.

Patrick asintió.

—Me pregunto si Ed te mencionó alguna vez el nombre de Peter Houghton.

—Fue profesor suyo, ya sabes.

—Sí, bueno... más que eso.

Philip lo llevó a un porche cubierto donde había unas sillas de mimbre. Cada una de las estancias de la casa que había visto parecía sacada de una revista: las almohadas reposaban en un ángulo de cuarenta y cinco grados; había unos jarrones con unas perlas de vidrio en su interior; las plantas estaban todas en flor. Patrick pensó en su salón, en la tostada que había metida entre los cojines del sofá y que seguramente se estaba pudriendo. Quizá estaba mitificando aquella casa comparándola con la suya, que era un desastre, pero la verdad es que la firma de Martha Stewart estaba por todos lados.

—Ed habló con Peter —dijo Philip—. Al menos, lo intentó.

—¿Acerca de qué?

—Sobre lo de ser una alma perdida, creo. Los adolescentes siempre están intentando adaptarse al mundo. Si no te adaptas al mundo normal, lo intentas en el mundo de los deportes. Si eso tampoco funciona, pasas al drama... y de ahí, a las drogas —dijo—. Ed creyó que Peter estaba intentando adaptarse al mundo de los gays y las lesbianas.

—¿Y le dijo si era gay?

—No. Ed no le quiso sonsacar nada. Todos sabemos lo difícil que era entender según qué cosas cuando teníamos su edad. Muertos de miedo de que un día apareciera otro chico gay que revelara el secreto.

—¿Crees que Peter podía estar preocupado por si Ed descubría algo?

—Sinceramente, lo dudo, en especial en el caso de Peter.

—¿Por qué?

Philip sonrió.

—¿Has oído algo sobre la habilidad que tienen algunos de distinguir si un chico es gay o no?

Patrick se sonrojó. Se sintió como si un afroamericano le hubiese explicado un chiste racista simplemente porque le apetecía.

—Me lo imagino.

—Un gay no lo lleva escrito en la frente. No es como tener un color de piel diferente o una incapacidad física. Puedes ver un amaneramiento en su forma de hacer. Llegas a captar si alguien te mira porque es gay o porque eres gay.

Sin darse cuenta de lo que estaba haciendo, Patrick se había apartado ligeramente de Philip, quien empezó a reír.

—Relájate. Ya veo por tus vibraciones cuáles son tus gustos —dijo, mirando a Patrick—. Igual que Peter Houghton.

—No te entiendo...

—Peter podía estar confundido con su sexualidad, pero Ed lo tenía muy claro —dijo Philip—. Ese chico es heterosexual.

Peter entró por la puerta de la sala de entrevistas, inquieto.

—¿Por qué no ha venido a verme?

Jordan levantó la vista del cuaderno en el que estaba escribiendo unas notas. Observó, de manera distraída, que Peter había puesto kilos, y músculos.

—He estado ocupado.

—Pues yo ya ve. No me he movido de aquí.

—Sí, y me estoy dejando la piel para que no sea así para siempre —contestó Jordan—. Siéntate.

Peter frunció el cejo y se sentó.

—¿Y qué pasa si hoy no tengo ganas de hablar? Al parecer a usted no le apetece mucho hablar conmigo.

—Peter, ¿por qué no paras de decir tonterías y me dejas hacer mi trabajo?

—Como si me importara si puede hacer su trabajo o no.

—Pues debería importarte —contestó Jordan—. Es en beneficio tuyo.

«Cuando todo esto acabe —pensó Jordan—, o me satanizan o me santifican».

—Quiero que hablemos sobre los explosivos —dijo—. ¿Dónde pueden conseguirse?

—www.boom.com —contestó Peter.

Jordan se lo quedó mirando.

—Bueno, tampoco he exagerado tanto —dijo Peter—. Quiero decir que *El libro de cocina del anarquista* se puede encontrar en la Red. Explica unas cien maneras de hacer cócteles molotov.

—No encontraron ningún cóctel molotov en la escuela. Encontraron explosivos plásticos con una cabeza detonadora y un temporizador.

—Sí —dijo Peter—. Exacto.

—Digamos que quiero elaborar una bomba con cosas que tengo por casa. ¿Qué utilizaría?

Peter se encogió de hombros.

—Periódicos. Cualquier fertilizante de plantas, algodón, y algo de combustible diésel, pero probablemente tendrías que ir a la gasolinera para conseguirlo, de manera que, técnicamente, no lo tendrías en casa.

Jordan le observaba mientras contaba los componentes. Había algo en la voz de Peter que asustaba, pero lo peor era su tono: Peter estaba orgulloso.

—Ya lo has hecho antes, ¿verdad?

—La primera vez que me puse a construir una, lo hice por probar. La voz de Peter era cada vez más animada.

—Después hice unas cuantas más. De esas que tiras y sales corriendo.

—¿Y qué tenía la que encontraron de diferente?

—Los componentes. Tienes que obtener el clorato de potasio de los blanqueadores, lo cual no es tarea fácil, pero es como estar en clase de química. Mi padre entró en la cocina cuando estaba filtrando los cristales —explicó Peter—. Y le dije que estaba haciendo los deberes de una clase optativa.

—Dios mío.

—De todas formas, después de hacer eso aún necesitaba vaselina; la guardábamos en el cuarto de baño, bajo el lavatorio. Y el gas lo saqué de una pequeña cocina de *camping*. Y la cera, de esa que se utiliza para envasar conservas. Estaba un poco asustado por lo de la cabeza detonadora —dijo Peter—. Nunca había hecho algo tan grande antes. Pero, ya sabe, cuando empecé a preparar el plan...

—Basta —lo interrumpió Jordan—. No me cuentes nada más.

—Usted ha preguntado —dijo Peter, contrariado.

—Pero eso es algo que no puedo oír. Yo tengo que intentar que te absuelvan, y no puedo mentirle al jurado. En cambio, tampoco puedo mentir sobre algo que desconozco. Y, ahora mismo, todavía puedo decir honestamente que no planeaste nada de lo que ocurrió ese día. Me gustaría dejarlo así, y si tienes algún instinto de supervivencia tú también lo harás.

Peter se acercó a la ventana. El cristal estaba sucio, y lleno de rasguños por el paso de los años. «¿De qué serán esos rasguños? —se preguntó Jordan—. ¿De algún recluso que quería salir de aquí?». Peter no podía ver que la nieve ya se había fundido, que las primeras plantas habían encontrado su camino para asomar la cabeza. Quizá fuese mejor así.

—He estado yendo a la iglesia —dijo Peter.

Jordan no era muy religioso, pero aceptaba las creencias de los demás.

—Me parece una buena idea.

—Lo hago porque así me dejan salir de mi celda y puedo ir al baño —puntualizó Peter—. No porque quiera hablar con Jesucristo o algo así.

—De acuerdo.

Se preguntó qué tenía que ver todo aquello con los explosivos o con cualquier otra cosa relacionada con la defensa de Peter. Francamente, Jordan no tenía tiempo para discutir filosóficamente con él sobre la naturaleza de Dios —había quedado con Selena en dos horas para repasar algunos testigos de la defensa—, pero había algo que le hacía resistirse a cortar su conversación con Peter.

Éste se volvió hacia él.

—¿Crees en el infierno?

—Sí. Está plagado de abogados defensores. Pregunta a cualquier fiscal.

—No, hablo en serio —dijo Peter—. Apuesto a que iré de cabeza.

Jordan forzó una sonrisa.

—No apuesto a nada que no pueda ganar.

—El padre Moreno, creo que así se llama el cura que está a cargo de la iglesia, dice que si aceptas a Jesús y te arrepientes, estás perdonado... La religión es algo gratuito y gigantesco que te absuelve de todo. Pero eso no puede ser cierto... porque el padre Moreno también dice que la vida de todos nosotros sirve para algo... ¿y qué hay de los diez chicos que murieron?

Jordan lo sabía mejor que él, pero aún le quedaba una pregunta por hacerle a Peter.

—¿Por qué lo dices de ese modo?

—¿De qué modo?

—«Los diez chicos que murieron». Como si se tratara de un proceso natural.

Peter frunció el cejo.

—Porque lo fue.

—¿Cómo?

—Imagino que como los explosivos. Una vez enciendes la mecha, o bien destruyes la bomba... o la bomba lo destruye todo.

Jordan se levantó y dio un paso hacia adelante en dirección a su cliente.

—¿Quién encendió la mecha, Peter?

Peter alzó la mirada.

—¿Quién no?

Josie pensaba en sus amigos que se habían quedado atrás. A Haley Weaver la habían enviado a Boston para una intervención de cirugía plástica. John Eberhard estaba en rehabilitación, leyendo libros infantiles y aprendiendo a beber con una paja. Matt, Courtney y Maddie se habían ido para siempre. Eso dejaba a Josie, Drew, Emma y Brady: una pandilla disminuida hasta tal punto que difícilmente se la podía seguir llamando así.

Estaban en el sótano de Emma, mirando un DVD. A eso se limitaba su vida social aquellos días, porque Drew y Brady seguían con vendas y escayolas y, además, aunque ninguno de ellos quisiera reconocerlo en voz alta, ir a donde solían ir les recordaba a los que faltaban.

Brady había traído la película. Josie no podía ni recordar el título, pero era una de esas en la estela de *American Pie*, con la esperanza de llenar los cines presentando chicas desnudas, chicos atrevidos y lo que fuera que Hollywood imaginase acerca de los adolescentes, y mezclándolo todo en una especie de ensalada universal. En ese momento, una persecución de coches ocupaba la pantalla. El personaje principal estaba gritando sobre un puente levadizo que se iba abriendo lentamente.

Josie sabía que conseguiría pasar. En primer lugar, era una comedia. En segundo lugar, nadie se atreve a matar al protagonista antes de que la historia termine. En tercer lugar, su profesor de física había usado esa misma película para demostrar científicamente que, dada la velocidad del coche y la trayectoria de los vectores, el actor podía saltar el puente de verdad, a menos que soplara viento.

Josie también sabía que la persona del coche no era el actor de verdad, sino un doble que había hecho eso miles de veces. Pero aun así, a medida que veía desarrollarse la acción en la pantalla del televisor, vio algo completamente diferente: el parachoques del coche golpeando el lado opuesto del puente que se abría, y el giro del vehículo en el aire para luego golpear el agua y hundirse.

Los adultos siempre estaban diciendo que los adolescentes conducían muy rápido, o se emborrachaban, o no usaban condones porque se creían intocables. Pero la verdad era que podías morir en cualquier momento. Brady podía sufrir una apoplejía en el campo de fútbol, como esos jóvenes atletas de instituto que, de pronto, se desploman muertos. A Emma le podía caer un rayo. Drew podía entrar en un instituto normal un día anormal.

Josie se levantó

—Tengo que tomar aire —murmuró, y se apresuró por la escalera del sótano hasta salir por la puerta delantera de la casa de Emma. Se sentó en el porche y miró al cielo, a dos estrellas gemelas. Cuando eres adolescente no eres intocable. Eres estúpido.

Oyó que la puerta se abría y se cerraba.

—Eh —dijo Drew sentándose junto a ella—, ¿estás bien?

—Sí, estoy bien.

Josie forzó una sonrisa. No muy lograda, como papel de pared que no se hubiese alisado bien. Pero lo había perfeccionado tanto —fingir una sonrisa— que era su segunda naturaleza. ¿Quién lo iba a decir? Al fin y al cabo, había heredado algo de su madre.

Drew tomó una hoja de hierba y se puso a henderla en hilos con el pulgar.

—Eso es lo que yo le digo al loquero del instituto cuando me llama para preguntarme cómo estoy.

—No sabía que también te llamara.

—Creo que llama a todos los que estuvimos, ya sabes, cerca...

Él dejó la frase por terminar. ¿Cerca de los que no salieron con vida? ¿Cerca del que disparó? ¿Cerca de palmarla?

—¿Crees que hay alguien que le diga al loquero algo que sea verdad? —preguntó Josie.

—Lo dudo. Él no estuvo allí ese día. No puede entenderlo.

—¿Lo entiende alguien?

—Tú. Yo. Las del piso de abajo —dijo Drew—. Bienvenida al club en el cual nadie quiere ingresar. Eres miembro de por vida.

Josie no quería, pero entre las palabras de Drew, el chico estúpido de la película que intentaba saltar el puente y la manera en que las estrellas le punteaban la piel, como inyecciones de una enfermedad terminal, la hicieron llorar. Drew la abrazó con el brazo bueno y ella se apoyó en él. Cerró los ojos y apretó la cara contra la franela de su camisa. Le resultaba familiar, como si hubiera vuelto a su cama tras años de circunnavegar en globo y encontrarse con que el colchón todavía se adaptaba a su cuerpo. Aun así, la tela de esa camisa no olía como la otra. El chico que la sostenía no era del mismo tamaño, ni tenía la misma forma, ni era el mismo chico.

—No creo que pueda —susurró Josie.

Inmediatamente, Drew se apartó de ella. Se había ruborizado y no podía mirar a Josie a los ojos.

—No era mi intención. Tú y Matt... —Se le apagó la voz—. Bueno, sé que todavía le perteneces.

Josie miró al cielo y asintió a sus palabras; como si eso fuera lo que ella hubiera querido decir en realidad.

Todo empezó cuando la estación de servicio dejó un mensaje en el contestador automático. Peter se había saltado la cita para poner a punto el coche. ¿Quería otra fecha?

Lewis estaba solo en casa, oyendo el mensaje. Había marcado el número sin darse cuenta de lo que hacía y dijo que sí a la nueva cita. Al llegar, salió del coche y le dio las llaves al encargado de la gasolinera.

—Puede esperar dentro —dijo el hombre—. Hay café.

Lewis se sirvió una taza, poniéndose tres azúcares y mucha leche, tal como Peter habría hecho. Se sentó y, en lugar de agarrar una copia desgastada del *Newsweek*, se puso a hojear el *PC Gamer*.

«Uno —pensó—. Dos, tres».

No tuvo que esperar más. El encargado de la gasolinera entró en la sala de espera.

—Señor Houghton —dijo—, su coche no necesita ninguna revisión hasta julio.

—Lo sé.

—Pero usted... ha decidido esta cita.

Lewis asintió.

—El coche para el que la fijé ahora mismo no es mío.

Estaba incautado. Como también los libros de Peter, la computadora, las revistas y Dios sabía qué más.

El hombre se lo quedó mirando, consciente de lo absurdo de la conversación.

—Señor —dijo—, no podemos inspeccionar un coche que no está aquí.

—No —dijo Lewis—, por supuesto que no.

Dejó la revista en la mesa del café y alisó la portada arrugada. Luego se pasó la mano por la frente.

—Es que... mi hijo acordó esta cita —dijo—. Yo quería mantenerla por él.

El encargado asintió, retrocediendo lentamente.

—Claro... así, dejo el coche estacionado fuera.

—Es para que sepa —dijo Lewis con suavidad— que él habría pasado la inspección.

Una vez, cuando Peter era pequeño, Lacy lo había enviado al mismo campamento al cual había ido Joey y que tanto le había gustado. Estaba más allá del río, en Vermont, y los campistas hacían esquí acuático en el lago Fairlee, recibían clases de vela y navegaban en canoa de noche. Peter había llamado la primera tarde, pidiendo volver a casa. Aunque Lacy estuvo a punto de agarrar el coche e ir a buscarlo, Lewis se lo quitó de la cabeza.

—Si no lo supera —dijo—, ¿cómo sabrá si es capaz?

Al cabo de dos semanas, cuando Lacy volvió a ver a Peter, él había cambiado. Estaba más alto y había ganado unos kilos, pero también había algo distinto en su mirada; una luz que se había convertido en ceniza. Cuando Peter la miraba, parecía recelar, como si supiera que ella ya no era una aliada.

Ahora la estaba mirando del mismo modo, incluso mientras Lacy le sonreía, fingiendo que el fluorescente sobre sus cabezas no existía, y que ella podía alargar la mano y tocarlo en lugar de mirarlo desde el otro lado de la línea roja pintada en el suelo de la sala.

—¿Sabes lo que encontré ayer en el desván? El dinosaurio que te gustaba tanto, el que rugía cuando le tirabas de la cola. Me daba risa pensar que lo llevarías por el pasillo el día de tu boda...

Lacy se vino abajo al darse cuenta de que Peter nunca se casaría, ni habría nunca un pasillo que lo sacase de la cárcel.

—Bueno —dijo ella devolviendo a su sitio la sonrisa—. Lo he puesto en tu cama.

Peter se la quedó mirando.

—Está bien.

—Creo que la fiesta de cumpleaños que más me gustó fue la del dinosaurio, cuando enterramos los huesos de plástico en la caja de arena y tuviste que cavar para sacarlos —dijo Lacy—. ¿Te acuerdas?

—Me acuerdo de que nadie vino.

—Claro que vinieron.

—Cinco chicos, quizá, cuyas madres los obligaron —replicó Peter—. Por Dios, tenía seis años. ¿Por qué estamos hablando de eso?

«Porque no sé de qué otra cosa hablar», pensó Lacy. Echó un vistazo a la sala de visitas. Sólo había un puñado de internos y los pocos devotos que todavía creían en ellos, atrapados en el lado opuesto de la línea roja. Lacy se dio cuenta de que, en realidad, esa línea divisoria entre ella y Peter llevaba años allí. Si levantaba la cabeza, podría llegar a convencerse de que no había separación. Sólo al intentar cruzarla, como entonces, entendía lo real que era la barrera.

—Peter —le soltó Lacy de repente—, lamento no haberte sacado del campamento aquella vez.

Él la miró como si estuviera loca.

—Bueno, gracias, pero lo superé hace unos mil años.

—Lo sé. Pero yo aún lo lamento.

De pronto, ella lamentaba mil cosas: no haber prestado más atención cuando Peter le enseñaba lo que había aprendido en programación, no haberle comprado otro perro tras la muerte de Dormilón, no haber vuelto al Caribe las últimas vacaciones de invierno por suponer erróneamente que tendrían todo el tiempo del mundo para ir.

—Que lo lamentes no cambia nada.

—Sí para la persona que se disculpa.

Peter gruñó.

—¿Qué mierda es esto? *¿Sopa de pollo para el chico sin alma?*

Lacy se sobresaltó.

—No hace falta que digas palabrotas para...

—Mierda —dijo Peter—. Mierda mierda mierda mierda mierda.

—No voy a quedarme aquí mientras...

—Pues sí te vas a quedar —dijo Peter—. ¿Sabes por qué? Porque si me dejas, será otra cosa que lamentarás.

Lacy casi se había levantado, pero la verdad de lo que había dicho Peter hizo que se sentara otra vez. Por lo visto, él la conocía mucho mejor de lo que ella lo había conocido nunca.

—Mamá —dijo con una voz suave que se balanceaba sobre la línea roja—, lo siento.

Ella lo miró, con un nudo en la garganta.

—Lo sé, Peter.

—Estoy contento de que hayas venido —dijo tragando saliva—. Quiero decir que eres la única.

—Tu padre...

Peter rebufó.

—No sé lo que te ha estado diciendo, pero no lo he visto desde la primera vez que vino.

¿Lewis no visitaba a Peter? Lacy no lo sabía. ¿Adónde iba pues al salir de casa, cuando le decía que iba a la prisión?

Se imaginó a Peter sentado en la celda una semana tras otra, esperando una visita que no llegaba. Lacy forzó una sonrisa —ya se disgustaría luego, no delante de Peter—, y cambió de tema inmediatamente.

—Para la comparecencia... te he traído un lindo saco.

—Jordan dice que no lo necesito. Para la comparecencia llevaré esta ropa. No necesitaré el saco hasta el juicio —dijo Peter sonriendo un poco—. Espero que aún no hayas quitado las etiquetas.

—No lo he comprado. Es el saco de las entrevistas de Joey.

Sus miradas se cruzaron.

—Oh —murmuró Peter—. O sea que eso era lo que hacías en el desván.

Se hizo el silencio mientras ambos recordaban a Joey bajando la escalera con la americana Brooks Brothers que Lacy le había comprado en el Filene's Basement de Boston, con un buen descuento. La habían comprado para las entrevistas con las facultades. Joey estaba haciéndolas cuando tuvo el accidente.

—¿Alguna vez has deseado que muriera yo en lugar de Joey? —preguntó Peter.

A Lacy se le encogió el corazón.

—Por supuesto que no.

—Pero entonces aún tendrías a Joey —dijo Peter—. Y nada de esto habría sucedido.

Ella pensó en Janet Isinghoff, la mujer que no la había querido como partera. Una parte de ser adulto implicaba aprender a no ser tan directa, aprender cuándo era mejor mentir en lugar de herir a alguien con la verdad. Por eso Lacy iba a visitar a Peter con una sonrisa de Halloween en la cara, cuando lo que quería en realidad era echarse a llorar cada vez que veía entrar a Peter acompañado por el guardián. Por eso hablaba del campamento y de animales de juguete, cosas del hijo que recordaba, en lugar de descubrir en qué se había convertido. Pero Peter nunca había aprendido a decir una cosa cuando lo que pensaba era otra. Era una de las razones por las que le habían hecho daño tantas veces.

—Sería un final feliz —dijo Peter.

Lacy tomó aire.

—No si tú no estuvieras aquí.

Peter se la quedó mirando un buen rato.

—Estás mintiendo —dijo, aunque sin enojarse ni acusarla. Simplemente como si tuviera una opinión distinta a la de ella.

—Yo no...

—Puedes decirlo de mil maneras, pero eso no lo hace más verdadero.

Entonces Peter sonrió, de manera tan inocente que Lacy se dio cuenta de lo listo que era.

—Puedes engañar a papá y a los policías, y a todos los que te escuchen —dijo él—. Pero no puedes engañar a otro mentiroso.

Cuando Diana llegó al tablón de anuncios para mirar qué juez presidiría la comparecencia de Houghton, Jordan McAfee ya estaba allí. Diana lo odiaba. En primer lugar porque él no se había cargado dos pares de medias intentando ponérselas; porque no tenía el pelo mal ese día y porque no parecía nada preocupado por que la mitad de Sterling estuviera en la escalera del juzgado, pidiendo sangre.

—Buenos días —dijo él sin mirarla siquiera.

Diana no contestó, pero se quedó boquiabierta al leer el nombre de la jueza que se ocuparía del caso.

—Creo que hay un error —le dijo a la oficinista.

Ésta echó un vistazo al tablón de anuncios por encima del hombro de ella.

—La jueza Cormier es la que presidirá esta mañana.

—¿En el caso Houghton? ¿Está de broma?

La oficinista negó con la cabeza.

—No.

—Pero su hija... —titubeó Diana, confundida—. Debemos reunirnos en las oficinas con la jueza antes de la comparecencia.

Cuando la oficinista desapareció, Diana se dirigió a Jordan.

—¿En qué demonios está pensando Cormier?

Jordan no veía sudar muy a menudo a Diana Leven y, francamente, era entretenido. De hecho, Jordan se había quedado tan sorprendido como la fiscal al ver el nombre de Cormier en el tablón de anuncios, pero no iba a decírselo a Diana. En ese momento, su única ventaja era no mostrar sus cartas, porque la verdad era que el caso no podía pintar peor.

Diana frunció el cejo.

—¿Esperabas que ella...?

La oficinista reapareció. A Jordan le encantaba Eleanor. Ella le dejaba hacer el Tribunal Superior e incluso se reía con los chistes de rubias tontas que él le contaba, cuando la mayoría de empleados de allí se lo tenían muy creído.

—Su Señoría los verá ahora —dijo Eleanor.

Mientras Jordan seguía a la oficinista hacia el despacho, se inclinó y le susurró la parte final del chiste que Leven había interrumpido con tan poca educación al llegar.

—Así que el marido echa un vistazo a la caja y dice: «Cariño, eso no es un puzzle... son copos azucarados».

Eleanor se rió por lo bajo y Diana frunció el cejo.

—¿Qué es eso, un código secreto?

—Sí, Diana. Es el lenguaje secreto del abogado defensor para decir: «Pase lo que pase, no le digas a la fiscal lo que te estoy diciendo».

—No me sorprendería —murmuró Diana. Pero entonces llegaron al despacho.

La jueza Cormier ya llevaba la toga puesta, lista para empezar la comparecencia. Estaba con los brazos cruzados, apoyada en la mesa.

—Bien, hay mucha gente esperando en la sala. ¿Cuál es el problema?

Diana miró a Jordan, pero éste se limitó a arquear las cejas. Si ella quería encararse con la jueza, de acuerdo, pero él se mantendría al margen. Mejor dejar que Cormier se molestara con la acusación, no con la defensa.

—Jueza —dijo Diana, dubitativa—, por lo que sé, su hija estaba en la escuela durante el tiroteo. De hecho, la hemos entrevistado.

Jordan le reconocía el mérito a Cormier. Ésta conseguía mantener a la fiscal con la vista baja, como si hubiera dicho algo totalmente absurdo —como el final de un chiste de rubias tontas— en lugar de haber presentado un hecho irregular e incontrovertible.

—Estoy al tanto de eso —dijo la jueza—. Había mil alumnos en la escuela durante el tiroteo.

—Por supuesto, Su Señoría. Pero... quisiera preguntar, antes de que nos presentemos ante toda esa gente, si usted tiene intención de asumir sólo la comparecencia o piensa presidir todo el caso.

Jordan miró a Diana, preguntándose por qué estaba tan segura de que Cormier no debería presidir el caso. ¿Qué sabía ella acerca de Josie Cormier que él ignorase?

—Como he dicho, había miles de chicos en la escuela. Algunos de los padres son oficiales de policía, otros trabajan aquí, en el palacio de justicia. Incluso hay uno en su oficina, señora Leven.

—Sí, Su Señoría... pero ese abogado, concretamente, no lleva el caso.

La jueza se la quedó mirando tranquilamente.

—¿Va a llamar a mi hija como testigo, señora Leven?

Diana dudó.

—No, Su Señoría.

—Bien, he visto la declaración de mi hija, abogada, y no veo ninguna razón por la cual no podamos proceder.

Jordan empezó a revisar lo que sabía hasta el momento:

Peter había preguntado por el estado de Josie.

Josie estuvo presente durante el tiroteo.

La foto de Josie en el libro escolar que había visto durante la presentación de pruebas era la única marcada con DEJAR VIVIR.

Pero según su madre, lo que le había dicho a la policía no afectaría al caso. Según Diana, nada de lo que sabía Josie era suficientemente importante como para llamarla como testigo de la acusación.

Bajó la mirada mientras su mente repasaba los hechos una y otra vez, como el rebobinado de una cinta.

Una cinta que no tenía sentido.

La antigua escuela elemental que alojaba ahora al Instituto Sterling no tenía cafetería. Los niños comían en las clases, en sus mesas. Pero eso no se consideraba sano para adolescentes, de manera que la biblioteca se había convertido en una cafetería improvisada. Ya no había libros ni estanterías, pero en la alfombra todavía se veía el abecedario impreso, y un cartel del Gato con Botas colgado junto a las puertas dobles.

En la cafetería, Josie ya no se sentaba con sus amigos. No le parecía bien. Era como si faltara masa crítica y fueran a partirse, como un átomo sometido a presión. Se aislaba voluntariamente en una esquina de la biblioteca donde había unos salientes alfombrados en los que le gustaba imaginar a una maestra leyendo en voz alta a sus niños.

Ese día, al llegar a clase, las cámaras de televisión y los periodistas ya estaban esperando. Había que caminar entre ellos para llegar a la puerta principal. Durante la última semana habían desaparecido —sin duda habían tenido que cubrir alguna otra tragedia en algún otro lugar—, pero ahora acababan de regresar con redobladas fuerzas para informar sobre la comparecencia. Josie se preguntaba cómo iban a llegar a tiempo desde la escuela hacia el norte, hasta el juzgado. Se preguntaba cuántas veces más volverían a aparecer. ¿En el último día de clase? ¿En el aniversario del tiroteo? ¿En la graduación? Se imaginó el artículo que la revista *People* escribiría acerca de los sobrevivientes de la masacre del Instituto Sterling diez años después. ¿Dónde están ahora? ¿Estaría John Eberhard jugando al hockey otra vez, o siquiera caminando? ¿Los padres de Courtney se habrían ido de Sterling? ¿Dónde estaría Josie?

¿Y Peter?

Su madre era la jueza del caso. Aun sin hablar de ello con Josie —legalmente no podía—, no era algo que se pudiera obviar. Josie estaba atrapada entre el alivio de saber que su madre era la encargada del proceso, y un terror absoluto. Por un lado, sabía que su madre reconstruiría lo sucedido ese día, y eso quería decir que Josie no tendría que hablar de ello. Por otro lado, una vez que su madre hubiese empezado a reconstruir lo sucedido, ¿qué llegaría a descubrir?

Drew entró en la biblioteca. Lanzaba una naranja al aire y la atrapaba con la mano, una vez tras otra. Echó un vistazo a los estudiantes, que formaban pequeños grupos sobre la alfombra, con las bandejas de comida balanceándose sobre sus rodillas dobladas, y entonces localizó a Josie.

—¿Qué hay de nuevo? —preguntó, sentándose junto a ella.

—Nada.

—¿Te han atrapado los chacales?

Se refería a los periodistas de televisión.

—Conseguí dejarlos atrás.

—Ojalá se fueran todos a la mierda —dijo Drew.

Josie reclinó la cabeza contra la pared.

—Ojalá todo volviera a ser como antes.

—Quizá tras el juicio —dijo él mirándola—. Supongo que es extraño, ¿no?, quiero decir con tu madre y todo eso.

—No hablamos de ello. En realidad, no hablamos de nada.

Alcanzó la botella de agua y tomó un trago para que Drew no se diera cuenta de que le temblaba la mano.

—No está loco.

—¿Quién?

—Peter Houghton. Vi sus ojos ese día. Sabía exactamente lo que estaba haciendo.

—Drew, cállate —suspiró Josie.

—Bueno, es verdad. No importa lo que un abogado engreído diga para salvarlo.

—Creo que eso es algo que tendrá que decidir el jurado, no tú.

—Por el amor de Dios, Josie —replicó él—. No creo que justamente tú quieras defenderlo.

—No lo estoy defendiendo. Sólo te estoy diciendo cómo funciona el sistema legal.

—Bien, gracias, Marcia Clark. Pero eso no te importa cuando te están sacando una bala del hombro. O cuando tu mejor amigo, o tu novio, está desangrándose delante de...

Se calló de pronto porque a Josie se le cayó la botella de agua, mojándolos a los dos.

—Lo siento —dijo enjugando el estropicio con una servilleta.

Drew suspiró.

—Y yo. Estoy un poco nervioso con las cámaras y todo eso.

Arrancó un trozo de la servilleta mojada, se la metió en la boca y la escupió contra la espalda del chico obeso que tocaba la tuba en la banda de la escuela.

«Dios mío —pensó Josie—. No ha cambiado nada en absoluto».

Drew arrancó otro trozo de servilleta e hizo una bola con la mano.

—Para ya —dijo Josie.

—¿Por qué? —preguntó Drew encogiéndose de hombros—. Tú eras la que quería que todo volviera a ser como antes.

Había cuatro cámaras de televisión en la sala: de la ABC, la NBC, la CBS y la CNN. Y además, periodistas del *Time*, el *Newsweek*, el *New York Times*, el *Boston Globe* y de Associated Press. Los medios de comunicación se habían reunido con Alex en las oficinas la semana anterior, para que decidiese quién estaría representado en la sala mientras los demás esperaban fuera, en la escalera del palacio de justicia. Miraba las pequeñas luces rojas de las cámaras, que indicaban que estaban grabando, y oía el ruido de los bolígrafos sobre el papel a medida que los periodistas anotaban literalmente sus palabras. Peter Houghton se había convertido en un personaje, y, en consecuencia, Alex tendría sus quince minutos de fama. Quizá dieciséis, pensó. Ése sería el tiempo que le llevaría leer todos los cargos.

—Señor Houghton —dijo Alex—, con fecha 6 de marzo de 2007, se lo acusa de asesinato en primer grado, artículo 631:1-A, por causar la muerte intencionada de otro, verbi gratia, Courtney Ignatio. En fecha 6 de marzo de 2007, se lo acusa de asesinato en primer grado, artículo 631:1-A, por causar la muerte intencionada de otro, verbi gratia...

Se quedó mirando el nombre.

—Matthew Royston.

Aunque leer esas palabras fuera pura rutina, algo que Alex podía hacer con los ojos cerrados, se centró en ellas, intentando mantener la voz equilibrada e igualada, dando énfasis al nombre de cada muerto. La sala estaba llena. Alex reconocía a los padres de los estudiantes y a algunos de los propios estudiantes. Una madre, una mujer a quien Alex no conocía ni de vista ni de nombre, estaba sentada en primera fila, detrás de la mesa de la defensa, sujetando una foto enmarcada de una chica sonriente.

Jordan McAfee estaba sentado al lado de su cliente, quien llevaba un traje naranja de presidiario y grilletes, y hacía todo lo posible por evitar la mirada de Alex, mientras ella leía los cargos.

—En fecha 6 de marzo de 2007, se lo acusa de asesinato en primer grado, artículo 631:1-A, por causar la muerte intencionada de otro, verbi gratia, Justin Friedman...

—En fecha 6 de marzo de 2007, se lo acusa de asesinato en primer grado, artículo 631:1-A, por causar la muerte intencionada de otro, verbi gratia, Christopher McPhee...

—En fecha 6 de marzo de 2007, se lo acusa de asesinato en primer grado, artículo 631:1-A, por causar la muerte intencionada de otro, verbi gratia, Grace Murtaugh...

La mujer de la foto se puso en pie mientras Alex leía los cargos. Se inclinó sobre la barra que la separaba de Peter Houghton y su abogado, y le dio tal golpe a la fotografía que rompió el cristal.

—¿La recuerdas? —gritó la mujer con voz ahogada—. ¿Recuerdas a Grace?

McAfee se volvió sobresaltado, mientras Peter agachaba la cabeza, manteniendo los ojos fijos en la mesa.

Alex ya había tenido gente problemática en la sala, pero no recordaba que la hubiesen dejado sin respiración. El dolor de aquella madre parecía llenar todo el espacio de la sala y calentar al máximo las emociones de los demás espectadores.

Le empezaron a temblar las manos. Las deslizó bajo el banco para que nadie las viese.

—Señora —dijo—, voy a tener que pedirle que se siente...

—¿La miraste a la cara cuando le disparaste, bastardo?

«¿Lo hiciste?», pensó Alex.

—Señoría —exclamó McAfee.

La acusación ya había puesto en duda la capacidad de Alex para llevar el proceso de manera imparcial. Aunque no tenía que justificar sus decisiones ante nadie, acababa de decirles a los abogados que podía separar su implicación personal y profesional en ese caso. Había pensado que sería cuestión de no ver a Josie como a su hija, sino como a una de los centenares de chicos y chicas presentes durante el tiroteo.

No se había dado cuenta de que, en realidad, era a sí misma a la que, en lugar de ver como juez, vería como otra madre.

«Puedes hacerlo —se dijo—. Sólo recuerda por qué estás aquí».

—Alguaciles —murmuró Alex, y dos fornidos guardas aferraron a la mujer por los brazos para acompañarla fuera de la sala.

—¡Te quemarás en el infierno! —gritó la mujer, mientras las cámaras de televisión la seguían por el pasillo.

Alex no la miró. Mantenía los ojos en Peter Houghton mientras su abogado estaba distraído.

—Señor McAfee —dijo ella.

—¿Sí, Señoría?

—Por favor, pida a su cliente que abra la mano.

—Lo siento, juez, pero creo que ya ha habido suficiente...

—Hágalo, abogado.

McAfee hizo un gesto a Peter, que levantó las muñecas esposadas y abrió los puños. En la palma de la mano de Peter brillaba un fragmento del cristal roto de la foto. Pálido, el abogado se lo quitó.

—Gracias, Señoría —murmuró.

—De nada.

Alex miró a la sala y se aclaró la garganta.

—Confío en que no habrá más arrebatos como ése, o me veré forzada a hacer desalojar al público.

Continuó leyendo los cargos en una sala tan silenciosa que podían oírse los latidos. Se percibía que la esperanza llenaba la sala.

—En fecha 6 de marzo de 2007, se lo acusa de asesinato en primer grado, artículo 631:1-A, por causar la muerte intencionada de otro, verbi gratia, Madeleine Shaw. En fecha 6 de marzo de 2007, se lo acusa de asesinato en primer grado, artículo 631:1-A, por causar la muerte intencionada de otro, verbi gratia, Edward McCabe. Se lo acusa de intento de asesinato en primer grado, artículo 631:1-A y 629:1, por planear con premeditación un asesinato en primer grado, verbi gratia, disparando a Emma Alexis. Se lo acusa de posesión de armas de fuego en instalaciones escolares. Posesión de artefactos explosivos. Uso ilegal de un artefacto explosivo. Aceptar bienes robados, verbi gratia, armas de fuego.

Cuando Alex terminó, tenía la voz ronca.

—Señor McAfee —dijo—, ¿cómo se declara su cliente?

—Inocente de todos los cargos, Su Señoría.

Un murmullo se extendió por la sala como un virus, algo que siempre sucedía al oírse un alegato de no culpabilidad, y que a Alex siempre le parecía ridículo. ¿Qué se suponía que tenía que hacer el acusado? ¿Declararse culpable?

—Dada la naturaleza de los cargos, no tiene derecho a libertad bajo fianza. Permanecerá bajo custodia del sheriff.

Alex disolvió la audiencia y se dirigió a su despacho. Una vez dentro, con la puerta cerrada, avanzó como una atleta que hubiese acabado una carrera a vida o muerte. Si estaba segura de algo era de su habilidad para juzgar con justicia. Pero si le había resultado tan duro en la comparecencia, ¿cómo reaccionaría cuando la acusación comenzase a detallar los sucesos de ese día?

—Eleanor —dijo Alex, apretando el botón del intercomunicador de su secretaria—, anule mis citas durante dos horas.

—Pero usted...

—Anúlelas —la cortó con sequedad.

Todavía veía las caras de los padres en la sala. Llevaban escrito en la cara lo que habían perdido, como una cicatriz colectiva.

Alex se quitó la toga y bajó la escalera trasera hasta el garaje. En lugar de detenerse a fumar, se metió en el coche. Condujo hasta la escuela elemental y aparcó en el carril de incendios. Había una furgoneta de televisión en el estacionamiento de los profesores. Alex se asustó al principio, pero luego se dio cuenta de que la matrícula era de Nueva York, y de que era improbable que alguien la reconociera sin la toga de juez.

La única persona con derecho a pedirle a Alex que se recusase a sí misma era Josie, pero Alex sabía que su hija lo entendería. Era el primer gran caso de Alex en el Tribunal Superior, el que podría cimentar su reputación allí. Además, era un modelo de comportamiento para la propia Josie, para que retomara su vida. Alex había intentado ignorar la razón oculta por la que estaba luchando por permanecer en ese caso, la que llevaba clavada como una espina, como una astilla, causándole dolor hiciera lo que hiciese: le resultaría más fácil enterarse de lo que había pasado su hija por la acusación y la defensa que por la propia Josie.

Entró en la oficina principal.

—Vengo a buscar a mi hija —dijo Alex.

La secretaria sacó un formulario para que lo llenase. Alex leyó ESTUDIANTE, HORA DE SALIDA, MOTIVO, HORA DE ENTRADA.

Josie Cormier, escribió. 10:45. *Dentista*.

Sentía la mirada de la secretaria. Era evidente que la mujer se estaba preguntando por qué la jueza Cormier estaba delante de ella en lugar de estar en la sala, presidiendo la comparecencia de la cual todos querían noticias.

—Por favor, dígale a Josie que la espero en el coche —dijo Alex antes de salir de la oficina.

A los cinco minutos, su hija abrió la puerta del pasajero y se sentó en el coche.

—No llevo hierros.

—Tenía que pensar una excusa con rapidez —contestó Alex—. Ha sido lo primero que se me ha ocurrido.

—Entonces, ¿para qué has venido?

Alex se quedó mirando a Josie mientras ésta daba potencia al ventilador.

—¿Necesito una razón para almorzar con mi hija?

—Bueno, son las 10:30.

—Entonces estamos huyendo de clase.

—Como quieras —dijo Josie.

Alex puso el coche en marcha. Josie estaba junto a ella, pero era como si estuviesen en continentes distintos. Su hija se limitaba a mirar por la ventana, viendo cómo pasaba el mundo.

—¿Ya has terminado?

—¿La comparecencia? Sí.

—¿Por eso has venido?

¿Cómo podía contarle a Josie lo que había sentido al ver en la sala a todos esos padres y madres sin nombre, sin un hijo entre ellos? Si pierdes a tu hijo, ¿puedes seguir llamándote padre?

¿Y si, sencillamente, hubieses sido lo bastante estúpido como para dejarlo escapar?

Alex condujo hasta el final de una calle que daba al río. Bajaba crecido, como siempre en primavera. Si no lo supieses, si estuvieses mirando una foto, podrías querer tomar un baño. Sólo viéndolo no te darías cuenta de que el agua te quitaría la respiración, de que se te llevaría.

—Quería verte —confesó Alex—. Hoy había personas en la sala, personas que probablemente se despierten ahora cada día deseando haber hecho algo así, haberlo dejado todo de pronto para almorzar con sus hijas, en lugar de decirse a sí mismos que podrían hacerlo otro día. —Miró a Josie—. Esas personas no van a tener más días.

Josie tomó un hilo blanco que estaba suelto, y permaneció en silencio lo suficiente como para que Alex comenzara a torturarse mentalmente. Demasiado para su espontánea incursión en la maternidad básica. Alex se había dejado llevar por sus emociones durante la comparecencia. En lugar de decirse a sí misma que estaba haciendo el ridículo, se había apoyado en ellas. Pero ¿no es exactamente eso lo que sucede cuando empiezas a remover las arenas movedizas de los sentimientos en lugar de presentar los hechos con rapidez? Al diablo con hablar con el corazón en la mano. Lo más probable es que te lo rompan.

—Escape —dijo Josie con calma—. No almuerzo.

Alex se relajó, aliviada.

—Lo que sea —bromeó.

Se la quedó mirando hasta que Josie la miró a su vez.

—Quiero hablar del caso contigo.

—Pensaba que no podías.

—De eso quiero hablar. Incluso si ésta fuera la mayor oportunidad de mi carrera, la dejaría pasar si creyera que a ti te lo iba a hacer más difícil. Puedes acudir a mí para preguntarme lo que quieras y cuando quieras.

Ambas fingieron, por un momento, que Josie se confiaba a su madre con regularidad, cuando de hecho habían pasado años desde que había compartido alguna confidencia con ella.

Josie miró a su madre de reojo.

—¿Incluso acerca de la comparecencia?

—Incluso acerca de la comparecencia.

—¿Qué ha dicho Peter en la sala?

—Nada. Sólo ha hablado el abogado.

—¿Qué aspecto tenía?

Alex se quedó pensativa. Se había sorprendido de lo muy crecido que le había parecido Peter al verlo por primera vez con su traje de presidiario. Aunque lo conocía desde hacía años y últimamente lo había ido viendo al final de los eventos escolares; en la tienda de fotocopias, donde él y Josie habían trabajado juntos un tiempo; o incluso conduciendo por la avenida, había esperado encontrarse al mismo chico que había jugado en la guardería con Josie. Alex pensó en el atuendo naranja, en las zapatillas de goma, en los grilletes.

—Tenía el aspecto de un acusado —dijo.

—Si se lo declara culpable, nunca saldrá de prisión, ¿verdad? —preguntó Josie.

A Alex se le encogió el corazón. Josie intentaba disimularlo, pero ¿cómo no iba a estar asustada de que algo así pudiese suceder? Pero, como jueza, ¿cómo iba Alex a darle esperanzas sobre Peter antes de juzgarlo? Alex se vio balanceándose en la cuerda floja, entre la responsabilidad personal y la ética profesional, intentando con todas sus fuerzas no caer.

—No tienes por qué preocuparte de nada...

—Eso no es una respuesta —dijo Josie.

—Sí, lo más probable es que pase el resto de su vida allí.

—Si así es, ¿se le podrá visitar?

De pronto, Alex ya no podía seguir la lógica de Josie.

—¿Por qué? ¿Quieres hablar con él?

—No lo sé.

—No puedo imaginar por qué querrías algo así, después de...

—Era su amiga —la cortó Josie.

—Fueron amigos hace años —contestó Alex.

Entonces entendió por qué su hija, que aparentemente estaba aterrorizada por la posible salida de Peter de la cárcel, podía querer, aun así, comunicarse con él tras la condena: remordimiento. Quizá Josie pensara que algo que ella hubiese hecho —o dejado de hacer— podría haber llevado a Peter al punto de empezar a disparar a discreción en el Instituto Sterling.

Si Alex no entendía el concepto de una conciencia culpable, ¿quién lo haría?

—Cariño, hay gente que se ocupa de Peter, gente cuyo trabajo es ocuparse de él. No tienes que ser tú quien lo haga —dijo Alex con media sonrisa—. Tú tienes que ocuparte de ti, ¿de acuerdo?

Josie apartó la mirada.

—Tengo un examen en la próxima clase —dijo—. ¿Volvemos a la escuela?

Alex condujo en silencio, porque ya era demasiado tarde para alterar lo dicho, para decirle a su hija que también había alguien que se ocupaba de ella, que Josie no estaba sola en todo aquello.

A las dos de la madrugada, después de cinco horas acunando en sus brazos a su hijo enfermo que no paraba de llorar, Jordan se volvió hacia Selena.

—Recuérdamelo, ¿por qué hemos tenido un hijo?

Selena estaba sentada a la mesa de la cocina —bueno, no, en realidad estaba recostada sobre ella—, con la cabeza apoyada en los brazos cruzados.

—Porque querías una afinada copia genética de mi línea sanguínea.

—Francamente, creo que esto es alguna mierda viral.

De pronto, Selena se incorporó.

—Eh —susurró—. Se ha dormido.

—Gracias a Dios. Quítamelo de encima.

—Que piensas de eso. No ha estado así de tranquilo en todo el día.

Jordan la miró con el cejo fruncido y se hundió en la silla que había frente a ella, con su hijo todavía en los brazos.

—Y no es el único.

—¿Estamos hablando de tu caso otra vez? Porque, para serte franca, Jordan, estoy tan cansada que necesito pistas para orientarme...

—Es que no consigo imaginar por qué no se ha recusado a sí misma. Cuando la acusación mencionó a su hija, Cormier la descartó... y lo más importante es que Leven hizo lo mismo.

Selena bostezó y se puso en pie.

—A caballo regalado no le mires el dentado, cariño. Cormier va a ser para ti mejor juez que Wagner.

—Pero algo me está dando mala espina en todo esto.

Selena le dedicó una sonrisa indulgente.

—Te irrita el pañal, ¿eh?

—Que su hija no recuerde nada ahora no quiere decir que no vaya a hacerlo. ¿Y cómo va a permanecer imparcial Cormier, sabiendo que mi cliente disparó al novio de su hija mientras ésta estaba allí mirando?

—Bueno, podrías presentar una moción para sacarla del caso —dijo Selena—. O puedes esperar a que Diana lo haga en tu lugar.

Jordan se la quedó mirando.

—Yo en tu lugar mantendría la boca cerrada —le aconsejó ella.

Él extendió el brazo para agarrarle el cinturón de la bata y acercarla.

—¿Cuándo he mantenido la boca cerrada? —le preguntó.

Selena rió.

—Siempre hay una primera vez —le dijo.

Cada sección de máxima seguridad tenía cuatro celdas, de uno ochenta por dos cuarenta metros. En la celda había una litera y un lavatorio, Peter había tardado tres días en cagar, ya que los oficiales del correccional pasaban por delante, pero —y ésta era la señal de que se estaba acostumbrando a estar allí— ya era capaz de controlarlo e impedir que se le agarrotasen los intestinos.

En un extremo del pasillo de la sección había un televisor pequeño. Dado que frente a éste sólo había espacio para una silla, el interno que llevaba más tiempo allí era el que se sentaba. Los demás se quedaban detrás de él, como vagabundos en la cola para recibir sopa, mirando. No había muchos programas acerca de los cuales los presos se pusieran de acuerdo. Lo común era la MTV, aunque siempre terminaban con Jerry Springer. Peter se imaginaba que era porque, aunque la propia vida estuviese muy jodida, gustaba ver que había gente aún más estúpida.

Si alguno de ellos hacía algo mal, no exactamente Peter, sino por ejemplo un capullo como Satán Jones —cuyo nombre real no era Satán, sino Gaylord, aunque si lo mencionabas ni que fuera en susurros se te lanzaba a la yugular—, que había dibujado una caricatura de dos de los oficiales bailando la danza horizontal en la pared de su celda, todos perdían el privilegio de la televisión durante una semana. Lo que dejaba el otro extremo del pasillo para pasear, donde había una ducha con una cortina de plástico y el teléfono, desde el cual se podía llamar por un dólar el minuto, y cada pocos segundos se oía «Esta llamada es desde el Correccional del Condado de Grafton», por si se te había olvidado.

Peter estaba haciendo abdominales, cosa que odiaba. En realidad, odiaba cualquier forma de ejercicio, pero las alternativas eran abandonarse y reblandecerse tanto que cualquiera pensase que podía meterse contigo, o salir afuera durante la hora al aire libre. Fue un par de veces, no a jugar a baloncesto, ni a correr, ni a hacer intercambios clandestinos cerca de la valla para conseguir drogas o cigarros introducidos en el correccional, sino sólo para estar fuera y respirar aire que no hubiesen respirado los otros presos del lugar. Desafortunadamente, desde el patio se veía el río. Parecía una ventaja, pero de hecho era la peor tomadura de pelo. A veces, el viento soplaba de tal manera que Peter lo olía, la tierra de la orilla y el agua fría, y lo destrozaba saber que no podía ir allí, sacarse los zapatos y los calcetines, meterse en el agua, nadar y ahogarse si le daba la gana. Después, dejó de salir.

Peter terminó sus cien abdominales —lo irónico era que, después de un mes, estaba tan fuerte que probablemente podría patear al mismo tiempo los culos de Matt Royston y Drew Girard—, y se sentó en su litera con el formulario de peticiones. Una vez a la semana, podías comprar cosas como elixir bucal y papel, a precios absurdamente hinchados. Peter recordó haber ido a St. John un año con su familia. En el supermercado, los cereales costaban algo así como diez dólares, porque eran un lujo. Allí, el champú no era de lujo, pero en la cárcel estabas a merced de la administración, lo que quería decir que te podían pedir tres dólares con veinticinco centavos por una botella o dieciséis dolares por un ventilador. Tu otra alternativa era esperar que un preso que se fuese a la prisión estatal te dejase sus pertenencias, pero a Peter eso le parecía propio de un buitre.

—Houghton —dijo un oficial del correccional de botas pesadas que resonaban en el suelo de metal del pasillo—, tienes correo.

Dos sobres se deslizaron a toda velocidad bajo la litera de Peter. Los agarró, rascando con las uñas el suelo de cemento. La primera carta, que él casi daba por supuesta, era de su madre. Peter recibía correo de su madre al menos tres o cuatro veces por semana. Las cartas solían tratar de estupideces como editoriales en el periódico local o lo bien que estaban sus plantas. Por un momento había pensado que ella quizá le escribía en código algo que él necesitaba saber, algo trascendente e inspirador, pero luego comenzó a darse cuenta de que lo único que hacía era llenar espacio. Entonces dejó de abrir el correo de su madre. En realidad no se sentía mal por eso. Peter sabía que la razón por la cual su madre le escribía no era para que él leyera las cartas, sino para poder decirse a sí misma que le había escrito.

Él no culpaba a sus padres por ser torpes. En primer lugar, él tenía mucha práctica en eso y, en segundo, los únicos que en realidad podían entenderlo eran los que habían estado en el instituto ese día; y ésos no le estaban llenando el buzón con misivas precisamente.

Peter tiró la carta de su madre al suelo y se quedó mirando la dirección del segundo sobre. No la reconoció. No era de Sterling, ni siquiera de New Hampshire. Elena Battista, leyó. Elena de Ridgewood, New Jersey.

Abrió el sobre y leyó la carta.

Peter:

Siento que ya te conozco, porque he estado siguiendo lo que ha sucedido en el instituto. Estoy en la universidad, pero creo que sé por lo que has pasado... porque también yo lo pasé. De hecho, estoy escribiendo mi tesis acerca del acoso escolar. Sé que no puedo esperar que quieras hablar conmigo... pero creo que si hubiese conocido a alguien como tú cuando estaba en el instituto, mi vida habría sido diferente. Quizá no sea tarde...

Sinceramente,

ELENA BATTISTA

Peter golpeó el sobre contra su muslo. Jordan le había dicho específicamente que no podía hablar con nadie; es decir, a excepción de sus padres y del propio Jordan. Pero sus padres eran inútiles y Jordan no había mantenido su parte del trato, que implicaba estar físicamente presente el tiempo necesario para que Peter le contase lo que le pasara por la cabeza.

Además, ella era una universitaria. Era divertido pensar que una universitaria quisiera hablar con él. Por otra parte no iba a decirle nada que ella no supiera ya.

Peter volvió a tomar el formulario de peticiones y marcó la casilla de la tarjeta de saludo estándar.

Un juicio se puede dividir en dos partes distintas: qué ocurrió el día del suceso, que es el tesoro de la acusación; y todo lo que llevó a eso, que es lo que la defensa tiene que presentar. En ese sentido, Selena estaba intentando entrevistar a gente que hubiese estado en contacto con su cliente durante los últimos diecisiete años de su vida. Dos días después de la comparecencia de Peter en el Tribunal Superior, Selena se sentó con el director del Instituto Sterling en su oficina de la escuela de primaria. Arthur McAllister tenía la barba rojiza, la barriga rechoncha y dientes que no mostraba al sonreír. A Selena le recordaba a uno de aquellos horribles osos parlantes de cuando ella era pequeña —Teddy

Ruxpin—, y eso empeoró cuando él comenzó a contestar sus preguntas acerca de políticas contra el acoso en el instituto.

—No lo toleramos —dijo McAllister; Selena ya había esperado tal declaración—. Lo controlamos absolutamente.

—De manera que si un chico se dirige a usted para quejarse de que lo molestan, ¿cuáles son las consecuencias para el acosador?

—Una de las cosas que hemos descubierto, Selena, ¿puedo llamarla Selena?, es que si la administración interviene, la situación del chico acosado empeora. —Hizo una pausa—. Sé lo que la gente está diciendo acerca del tiroteo. Que lo están comparando con los de Columbine y Paducah, y los que vinieron luego. Pero yo creo honestamente que no fue el acoso lo que llevó a Peter a hacer lo que hizo.

—Lo que supuestamente hizo —lo corrigió automáticamente Selena—. ¿Guarda usted registros de incidentes de acoso?

—Si va a más, y los chicos terminan en mi despacho, sí.

—¿Mandaron a alguien a su despacho por haber acosado a Peter Houghton?

McAllister se levantó y sacó una carpeta de un fichero. Se puso a hojearla y se detuvo en una página.

—En realidad, fue Peter el que vino dos veces este año. Por pelearse en el vestíbulo.

—¿Pelearse? —preguntó Selena—. ¿O defenderse?

Cuando Katie Riccobono hundió cuarenta y seis veces un cuchillo en el pecho de su marido mientras éste dormía, Jordan recurrió al doctor King Wah, un psiquiatra forense especializado en el síndrome de mujeres maltratadas. Se trata de una derivación específica del trastorno de estrés postraumático, según la cual una mujer que haya sido repetidamente maltratada, tanto mental como físicamente, puede temer por su vida de modo tan constante, que la línea entre la realidad y la fantasía se difumine hasta el punto de que se sienta amenazada incluso cuando la amenaza esté inactiva o, en el caso de Joe Riccobono, mientras él dormía la mona de una juerga de tres días.

King les ganó el caso. En los años siguientes, se convirtió en uno

de los expertos más destacados en el síndrome de mujeres maltratadas, y apareció como testigo en multitud de procesos por parte de los
abogados defensores de todo el país. Sus honorarios se dispararon.
Estaba muy solicitado.

Jordan se dirigió a la oficina de King en Boston sin cita previa,
imaginando que su encanto lo ayudaría a ganarse a cualquier secretaria que tuviese el doctor. Pero no contaba con una bruja casi jubilada
llamada Ruth.

—El doctor está ocupado hasta dentro de seis meses —dijo ella sin
molestarse siquiera en mirar a Jordan.

—Pero es una visita personal, no profesional.

—Lo tendré en cuenta —replicó ella con un tono que sugería claramente lo contrario.

Jordan se imaginó que no serviría de nada decirle a Ruth que tenía
un aspecto magnífico ese día, ni hacerla reír con un chiste de rubias tontas, ni dar la lata con su brillante currículo como abogado defensor.

—Es una emergencia familiar —dijo.

—Su familia tiene una emergencia psicológica —repitió Ruth con
énfasis.

—Nuestra familia —improvisó Jordan—. Soy el hermano del doctor Wah.

Cuando Ruth se lo quedó mirando, Jordan añadió:

—El hermano adoptado del doctor Wah.

Ella arqueó una fina ceja y apretó un botón del intercomunicador.
Un momento después dijo:

—Doctor, un hombre que dice ser su hermano ha venido a verlo.

Colgó el teléfono.

—Dice que puede pasar.

Jordan abrió la pesada puerta de caoba y se encontró a King comiendo un sándwich, con los pies sobre la mesa.

—Jordan McAfee —dijo sonriendo—. Debería habérmelo imaginado. Dime, ¿cómo está mamá?

—¿Cómo voy a saberlo? Siempre te prefirió a ti —bromeó Jordan
mientras se acercaba a darle la mano a King—. Gracias por recibirme.

—Tenía que averiguar quién era el jeta que se atrevía a hacerse pasar por mi hermano.

—«Jeta» —repitió Jordan—. ¿Lo aprendiste en la universidad china?

—Exacto.

Hizo un ademán a Jordan para que se sentase.

—¿Cómo va todo?

—Bien —contestó Jordan—. Bueno, quizá no tan bien como te va a ti. No puedo poner «Juzgado TV» sin ver tu cara en la pantalla.

—Desde luego tengo mucho trabajo. De hecho, faltan diez minutos para mi siguiente cita.

—Lo sé. Por eso me la he jugado. Quiero que evalúes a mi cliente.

—Jordan, óyeme, sabes que lo haría, pero estoy dando cita para dentro de seis meses.

—Éste es diferente, King. Se lo acusa de varios asesinatos.

—¿Asesinatos? —dijo King—. ¿A cuántos maridos ha matado?

—A ninguno, y no es una mujer. Es un hombre. Un chico. Lo acosaron durante años, hasta que perdió el control y entró disparando en el Instituto Sterling.

King le ofreció la mitad de su sándwich de atún a Jordan.

—De acuerdo, hermanito —dijo—. Hablemos durante el almuerzo.

Josie observó desde el desnudo suelo de baldosas grises hasta las paredes de color ceniza, desde las barras de hierro que aislaban a los policías de guardia del área de descanso hasta la puerta pesada, con su cerradura automática. Era como una celda, y se preguntó si el policía que estaba dentro había pensado alguna vez en la ironía. Entonces, tan pronto como la imagen de la cárcel apareció en su mente, Josie pensó en Peter y volvió a asustarse.

—No quiero estar aquí —dijo volviéndose hacia su madre.

—Lo sé.

—¿Por qué sigue queriendo hablar conmigo? Ya le he dicho que no recuerdo nada.

Habían encontrado su carta en el buzón. El detective Ducharme tenía «más preguntas» que hacerle. Para Josie, eso significaba que ahora el hombre debía de saber algo que no sabía la primera vez que la interrogó. Su madre le explicó que una segunda entrevista era sólo la manera que tenía la acusación de comprobar que el testigo era coherente, no significaba nada, pero que tenía que ir a la comisaría de todos modos. Dios no permitiera que Josie fuera la que diese al traste con la investigación.

—Lo único que tienes que hacer es volver a decirle que no recuerdas nada... y ya está —dijo su madre poniendo con suavidad la mano en la rodilla de Josie, que estaba temblando.

Lo que Josie quería era levantarse, salir por la puerta de la comisaría y echar a correr. Quería correr sin parar, atravesar el garaje, la calle, los campos de juego de la escuela y meterse en el bosque que lindaba con el estanque del pueblo, hacia las montañas que a veces veía desde su habitación si las hojas de los árboles se habían caído; llegar tan alto como pudiera. Y luego...

Y luego quizá extendiese los brazos y saltase por el borde del mundo.

¿Y si todo aquello estuviera preparado?

¿Y si el detective Ducharme ya lo supiese... todo?

—Josie —dijo una voz—. Muchas gracias por venir.

Ella levantó la mirada y vio al detective frente a ella. Su madre se puso en pie. Josie lo intentó, lo intentó de veras, pero no encontró el coraje para hacerlo.

—Jueza, le agradezco que haya acompañado a su hija.

—Josie está muy disgustada por esto —dijo su madre—. Sigue sin poder recordar nada de ese día.

—Eso tengo que oírlo de la propia Josie.

El detective se arrodilló para poder mirarla a los ojos. Josie se dio cuenta de que tenía unos ojos bonitos. Un poco tristes, como los de un perro basset. Eso hizo que se preguntara cómo sería oír todas esas historias de boca de las víctimas y no poder evitar absorberlas por ósmosis.

—Te prometo que no nos llevará mucho —le dijo amablemente.

Josie comenzó a imaginar cómo sería cuando la puerta a la sala de entrevistas se cerrase, si las preguntas se acumularían como la presión en una botella de champán. Se preguntó qué le dolía más, no recordar lo que había pasado, por más que intentase llevarlo a su mente, o recordar cada pequeño y horrible detalle.

Con el rabillo del ojo, Josie vio que su madre se volvía a sentar.

—¿No vienes conmigo?

La última vez que el detective había hablado con ella, su madre había puesto la misma excusa; era jueza, no podía estar presente en el interrogatorio policial. Pero luego habían tenido aquella conversación tras la comparecencia. Su madre se había desvivido para que Josie comprendiera que actuar como jueza en aquel caso no excluía actuar como madre. O, en otras palabras, Josie había sido lo suficientemente estúpida como para pensar que las cosas entre ellas habían empezado a cambiar.

La boca de su madre se abría y cerraba como la de un pez fuera del agua. «¿Te sientes incómoda? —pensó Josie con palabras que le golpeaban la mente—, bienvenida al club».

—¿Quieres una taza de café? —preguntó el detective.

Entonces ella negó con la cabeza.

—O una Coca-Cola. No sé, ¿las chicas de tu edad ya beben café o te lo estoy ofreciendo porque soy tan tonto que no tengo ni idea?

—Me gusta el café —dijo Josie.

Ella evitó la mirada de su madre mientras el detective Ducharme la guiaba hacia el centro sagrado de la comisaría de policía.

Entraron en una sala de entrevistas y el detective le sirvió una taza de café.

—¿Leche? ¿Azúcar?

—Azúcar —dijo Josie, tomando dos terrones del cuenco para añadirlos a la taza.

Entonces miró alrededor: la mesa de formica, las luces fluorescentes, la normalidad de la habitación.

—¿Qué?

—¿Qué qué? —dijo Josie.

—¿Qué pasa?

—Estaba pensando que no parece el lugar adecuado para sacarle una confesión a alguien.

—Depende de si tienes una que sacar —dijo el detective.

Josie palideció, pero él se rió.

—Estoy bromeando. Para ser sincero, sólo extraigo confesiones de la gente cuando hago de policía en la televisión.

—¿Usted hace de policía en la televisión?

Él suspiró.

—Olvídalo.

Cogió una grabadora del centro de la mesa.

—Voy a grabar la conversación, como la otra vez... principalmente porque no soy capaz de recordarlo todo punto por punto.

El detective apretó el botón y se sentó frente a Josie.

—¿Te han dicho que te pareces a tu madre?

—No, nunca —dijo ladeando la cabeza—. ¿Me ha traído aquí para preguntarme eso?

Él sonrió.

—No.

—De todos modos, no me parezco a ella.

—Te aseguro que sí. Sobre todo los ojos.

Josie miró la mesa.

—Los míos son de un color totalmente distinto a los suyos.

—No estaba hablando del color —dijo el detective—. Josie, vuelve a decirme lo que viste el día de los disparos en el Instituto Sterling.

Bajo la mesa, Josie se agarró las manos. Se hundió las uñas en la palma para que algo le doliese más que las palabras que iba a decir.

—Tenía un examen de química. Había estudiado hasta muy tarde, y estaba pensando en eso cuando me levanté por la mañana. Eso es todo. Ya se lo he dicho, no recuerdo siquiera haber estado en la escuela ese día.

—¿Recuerdas qué te hizo entrar en el vestuario?

Josie cerró los ojos. Le venía a la mente el vestuario, el suelo de baldosas, los casilleros grises, el calcetín desparejado en una esquina de la ducha. Y luego, todo se volvía rojo de rabia. Rojo de sangre.

—No —dijo Josie con las lágrimas formándole un nudo en la garganta—. Ni siquiera sé por qué pensar en ello me hace llorar.

391

Odiaba que la vieran así. Odiaba ser así. Más que nada, odiaba no saber cuándo sucedería: un cambio de viento, un ciclo de la marea. Josie aceptó el pañuelo que el detective le ofrecía.

—Por favor —susurró—, ¿puedo irme ya?

Hubo un momento de silencio en que Josie sintió el peso de la pena del detective cayendo sobre ella como una red, una que sólo atrapaba sus palabras, mientras el resto —la vergüenza, la rabia, el miedo— pasaban a través.

—Claro, Josie —dijo—. Puedes irte.

Alex fingía estar leyendo el Informe Anual de la Ciudad de Sterling cuando Josie irrumpió por la puerta de seguridad en la sala de espera de la comisaría. Estaba llorando, y Patrick Ducharme no estaba a la vista. «Lo mataré —pensó Alex de forma racional y tranquila—, en cuanto haya calmado a mi hija».

—Josie —la llamó mientras ésta pasaba por delante de ella hacia la salida del edificio, hacia el garaje.

Alex corrió detrás, atrapándola frente al coche. La abrazó por la cintura.

—Déjame sola —dijo Josie sollozando.

—Josie, cariño, ¿qué te ha dicho? Dímelo.

—¡No te lo puedo decir! No lo entiendes. Nadie lo entiende —dijo apartándose—. Los únicos que lo entenderían están muertos.

Alex dudó. No sabía qué hacer. Podía abrazar con fuerza a Josie y dejarla llorar. O podía hacerle ver que, por más apenada que estuviese, tenía recursos para manejar la situación. Una especie de responsabilidad de Allen, pensó Alex, las instrucciones que un juez daba a un jurado que no estuviera llegando a ninguna parte con sus deliberaciones, recordándoles su deber como ciudadanos americanos y asegurándoles que podían y debían llegar a un consenso.

En el juzgado siempre le había funcionado.

—Sé que es duro, Josie, pero eres más fuerte de lo que crees, y...

Josie sacudió la mano, apartándose de ella.

—¡Deja de hablarme así!

—¿Cómo te hablo?

—¡Como si fuera algún testigo o abogado a quien intentases impresionar!

—Su Señoría. Siento interrumpir.

Alex se volvió y vio a Patrick Ducharme justo detrás de ellas, oyéndolo todo. Se ruborizó. Aquél era exactamente el tipo de comportamiento que no se muestra en público cuando se es juez. Lo más seguro era que él volviese a las oficinas de la comisaría para enviar un correo electrónico general a todo el cuerpo: «Adivinen qué acabo de oír».

—Su hija —dijo— se ha dejado la camiseta.

De color rosa y con capucha, la sostenía bien doblada sobre el brazo. Se la dio a Josie. Y entonces, en lugar de irse, le puso la mano en la espalda.

—No te preocupes, Josie —dijo mirándola como si ellos dos fuesen las únicas personas en el mundo—. Todo va a salir bien.

Alex esperaba que le contestara bruscamente, pero en lugar de eso Josie se calmó. Asintió como si, por primera vez desde el día del tiroteo, así lo creyera.

Alex sintió que algo crecía en su interior. Se dio cuenta de que era alivio porque su hija había conseguido al fin tener cierta esperanza. Pero también una amarga pena por no haber sido ella quien devolviera la paz al rostro de Josie.

Ésta se enjugó los ojos con la manga de la sudadera.

—¿Estás mejor? —preguntó Ducharme.

—Creo que sí.

—Bien.

El detective hizo un gesto hacia Alex.

—Jueza.

—Gracias —murmuró, mientras él daba media vuelta y regresaba a comisaría.

Alex oyó que Josie cerraba la puerta del coche tras sentarse en el asiento del pasajero, sin dejar de mirar a Patrick Ducharme hasta que éste desapareció de su vista. «Ojalá hubiera sido yo», pensó Alex, evitando a propósito terminar la frase.

* * *

Como Peter, Derek Markowitz era un genio de la informática. Como Peter, no había sido bendecido con músculos, altura o, para el caso, cualquier otro regalo de la pubertad. El pelo le quedaba de punta en mechones pequeños, como si se lo hubiesen plantado. Siempre llevaba la camisa por dentro de los pantalones, y nunca había sido popular.

Pero a diferencia de Peter, nunca había ido a la escuela y matado a diez personas.

Selena se sentó a la mesa de la cocina de los Markowitz, mientras Dee Dee Markowitz la observaba como un halcón. Ella había ido a entrevistar a Derek con la esperanza de que pudiera ser un testigo de la defensa, pero a decir verdad, la información que Derek le había dado hasta el momento lo hacía mucho mejor candidato para la acusación.

—¿Y si todo es culpa mía? —dijo Derek—. Quiero decir que soy el único a quien se le dio una pista. Si hubiera escuchado mejor, quizá habría podido detenerlo. Podría habérselo dicho a alguien más. En cambio, pensé que estaba bromeando.

—No creo que nadie hubiera actuado de otro modo en tu caso —dijo Selena con amabilidad y totalmente en serio—. El Peter que conocías no es el que fue al instituto ese día.

—Sí —dijo Derek asintiendo para sí.

—¿Ha terminado? —preguntó Dee Dee interrumpiendo—. Derek tiene clase de violín.

—Casi, señora Markowitz. Sólo quiero preguntarle a Derek acerca del Peter que conocía. ¿Cómo se conocieron?

—Ambos estábamos en el equipo de fútbol de sexto —dijo Derek—, y éramos unos desgraciados.

—¡Derek!

—Perdona, mamá, pero es cierto. —Miró a Selena—. Por supuesto, ninguno de esos atletas podrían escribir un código HTML aunque sus vidas dependieran de ello.

Selena sonrió.

—Bueno, a mí inclúyeme en la categoría de los inútiles tecnológicos. ¿De manera que se hicieron amigos mientras estaban en el equipo?

—Permanecíamos juntos en el banquillo porque nunca nos hacían jugar —explicó Derek—. Pero no, no nos hicimos amigos hasta que dejó de verse con Josie.

Selena jugaba con el bolígrafo.

—¿Josie?

—Sí, Josie Cormier. También va a la escuela.

—¿Y ella era amiga Peter?

—Era la única con quien él se relacionaba —respondió Derek—, pero luego ella se convirtió en una chica popular, y lo plantó. —Se quedó mirando a Selena—. A Peter en realidad le dio igual. Dijo que se había vuelto una puta.

—¡Derek!

—Lo siento, mamá —dijo—. Pero es cierto.

—¿Me perdonan un momento? —preguntó Selena.

Salió de la cocina y entró en el baño, donde sacó el móvil del bolsillo y marcó el número de su casa.

—Soy yo —dijo cuando Jordan contestó. Entonces se extrañó—. ¿Por qué hay tanto silencio?

—Sam está durmiendo.

—¿No le habrás puesto otro vídeo de dibujos sólo para leer con tranquilidad tu revista?

—¿Me has llamado para acusarme de ser un mal padre?

—No —dijo Selena—. He llamado para decirte que Peter y Josie eran buenos amigos.

En máxima seguridad, Peter tenía permitida una sola visita por semana, pero algunas personas no contaban. Por ejemplo, su abogado podía ir a verlo tantas veces como fuera necesario. Y, esto era lo raro, también los periodistas. Lo único que Peter tenía que hacer era firmar una pequeña nota diciendo que deseaba hablar con la prensa para que Elena Battista pudiera reunirse con él.

Estaba buena. Peter se dio cuenta de inmediato. En lugar de llevar un suéter informe de talla grande, se había puesto una ajustada blusa de botones. Si se inclinaba hacia adelante, incluso podía verle el escote.

Tenía el pelo espeso, largo y rizado, y ojos marrones. A Peter le costaba creer que alguien se hubiese burlado de ella en el instituto. Pero estaba sentada frente a él, eso seguro, y a duras penas podía mirarlo a los ojos.

—No puedo creerlo —dijo, acercando la punta de los pies hasta la línea roja que los separaba—. No puedo creer que esté aquí contigo.

Peter hizo como si no fuera la primera vez que oía eso.

—Sí —dijo—, está bien que hayas venido.

—Por Dios, era lo mínimo que podía hacer —dijo Elena.

Peter pensó en las historias que había oído acerca de admiradoras que se habían comenzado a cartear con presos y que, a la larga, se habían casado con ellos en una ceremonia en la prisión. Pensó en el oficial del correccional que había acompañado a Elena, y se preguntó si estaría contándoles a los demás que una que estaba buena estaba visitando a Peter Houghton.

—No te importa que tome notas, ¿verdad? —preguntó Elena—. Es para mi trabajo.

—Está bien.

La vio sacar un lápiz y aguantarlo con la boca mientras abría un cuaderno de notas por una página en blanco.

—Bueno, como te dije, estoy escribiendo acerca de los efectos del acoso.

—¿Por qué?

—Bueno, a veces, cuando estaba en el instituto, pensaba que lo mejor sería matarme en lugar de volver a clase al día siguiente, me parecía más fácil. Imaginé que si a mí se me ocurría, tenía que haber más gente que también lo pensase... y así fue como tuve la idea.

Ella se inclinó hacia adelante —alerta de escote— y miró a Peter fijamente.

—Espero poder publicarlo en una revista de psicología o algo así.

—Eso está bien.

Él hizo una mueca. Demonios, ¿cuántas veces iba a decir que algo estaba bien? Seguramente estaba quedando como un retrasado mental.

—Bueno, quizá pudieras comenzar diciéndome cuán a menudo te sucedía. El acoso, quiero decir.

—Cada día, supongo.

—¿Qué tipo de cosas te hacían?

—Lo usual —dijo Peter—. Meterme dentro de un casillero. Tirarme los libros por la ventanilla del autobús.

Le contó la letanía que ya le había contado a Jordan miles de veces: cómo le daban codazos mientras subía la escalera, cómo le quitaban los anteojos y se los rompían, cómo lo insultaban constantemente.

A Elena se le humedecieron los ojos.

—Eso tiene que haber sido muy duro.

Peter no sabía qué decir. Quería mantenerla interesada en su historia, pero no al precio de hacerle creer que era un debilucho. Se encogió de hombros, esperando que fuera respuesta suficiente.

Ella dejó de escribir.

—Peter, ¿puedo preguntarte algo?

—Claro.

—¿Incluso si está fuera de lugar?

Peter asintió.

—¿Planeaste matarlos?

Ella volvió a inclinarse hacia adelante, con los labios abiertos, como si lo que Peter iba a decir fuera una hostia, una comunión que llevase toda la vida esperando. Peter oía los pasos de un guardia que pasaba por la puerta que tenía detrás, casi podía saborear el aliento de Elena. Quería darle la respuesta correcta, una que sonase lo suficientemente peligrosa como para que se quedase intrigada y quisiera volver.

Él sonrió de una manera que fuera algo seductora.

—Digamos que aquello tenía que terminar —contestó.

Las revistas de la consulta del dentista de Jordan llevaban allí una eternidad. Eran tan viejas, que la famosa que se casaba en la portada ya se había divorciado de ese marido; tanto, que el presidente nombrado Hombre del Año ya había dejado la presidencia. En ese momento, al toparse con el último número de *Time* mientras esperaba su cita para un empaste, Jordan se dio cuenta de que se hallaba ante un hecho extraordinario.

INSTITUTO: ¿EL NUEVO FRENTE DE BATALLA?, decía la portada, y había una imagen del de Sterling tomada desde un helicóptero, con los chicos saliendo disparados por todas las salidas posibles del edificio. Hojeó distraídamente el artículo y las secciones, sin esperar encontrar nada que no supiera ya o que no hubiera leído en los informes, pero un subtítulo le llamó la atención.

«En la mente del asesino», leyó, y vio aquella fotografía tan usada de Peter, sacada del libro escolar de octavo.

Empezó a leer.

—Maldición —dijo poniéndose en pie y dirigiéndose hacia la puerta.

—Señor McAfee —dijo la enfermera—, es su turno.

—Tengo que cambiarlo...

—De acuerdo, pero no puede llevarse nuestra revista.

—Añádala a mi cuenta —le soltó Jordan antes de echar a correr hacia el coche.

El móvil sonó justo al encender el motor. Esperaba que fuera Diana Leven, pavoneándose de su buena suerte, pero era Selena.

—Oye, ¿has terminado con el dentista? Necesito que te pases por CVS y que compres pañales de regreso a casa. Me voy.

—No voy a casa. Tengo un asunto serio ahora.

—Cariño —dijo Selena—, no hay asuntos más serios.

—Te lo explicaré luego —dijo Jordan.

Apagó el móvil, de manera que, aunque Diana llamara, no pudiera encontrarlo.

Llegó a la cárcel en veintiséis minutos, un récord personal, y se dirigió raudo hacia la entrada. Una vez allí, pegó la revista que llevaba contra el plástico que lo separaba del policía que lo estaba registrando.

—Necesito entrar esta publicación para enseñársela a mi cliente —dijo Jordan.

—No puede ser —dijo el oficial—. No puede entrar nada que tenga grapas.

Irritado, Jordan se apoyó la revista en la pierna y le arrancó las grapas.

—Ya está. ¿Puedo ver ahora a mi cliente?

Lo acompañaron a la misma sala de siempre, y se quedó dando vueltas mientras esperaba a Peter. Cuando llegó, Jordan golpeó la mesa con la revista abierta por la página del artículo.

—¿Qué carajo estabas haciendo?

Peter se quedó con la boca abierta.

—Ella... ¡Nunca dijo que escribía para *Time*! —dijo con la mirada clavada en la página—. No puedo creerlo —murmuró.

Jordan sentía que la sangre se le subía a la cabeza. Con toda seguridad, así era como la gente sufría apoplejías.

—¿Te das cuenta de lo serias que son las acusaciones contra ti? ¿De lo mal que lo tienes? ¿De las pruebas que hay en contra? —Golpeó la página del artículo con la mano abierta—. ¿Crees que esto te hace parecer más simpático?

Peter frunció el cejo.

—Bueno, gracias por la lectura. Quizá si hubiese estado aquí para ahorrármelo hace unas semanas, no estaríamos discutiendo ahora.

—Oh, perfecto —replicó Jordan—. Consideras que no vengo lo suficiente, de manera que decides vengarte de mí hablando con la prensa.

—No era de la prensa. Era mi amiga.

—¿Sabes? —dijo Jordan—, tú no tienes amigos.

—Dígame algo que no sepa —contestó Peter.

Jordan abrió la boca para gritarle de nuevo, pero no pudo. La sinceridad de su frase lo golpeó, ya que recordó la entrevista que Selena había mantenido esa misma semana con Derek Markowitz. Los amigos de Peter lo habían abandonado, o traicionado, o habían difundido sus secretos por todas partes.

Si de verdad quería hacer bien aquel trabajo, no podía limitarse a ser su abogado. Tenía que ser su confidente, y hasta la fecha lo único que había hecho era darle falsas esperanzas, como todos los demás en su vida.

Jordan se sentó cerca de Peter.

—Mira —dijo en voz baja—, no puedes volver a hacer algo así. Si alguien se pone en contacto contigo otra vez, por cualquier motivo, tienes que decírmelo. Por mi parte, vendré a verte más a menudo. ¿De acuerdo?

Peter se encogió de hombros como señal de asentimiento. Durante un momento muy largo permanecieron sentados el uno junto al otro sin decir nada, sin saber qué hacer.

—¿Y ahora qué? —preguntó Peter—. ¿Tengo que volver a hablar de Joey? ¿O me preparo para esa entrevista psiquiátrica?

Jordan dudó. El único motivo por el que había ido a ver a Peter era para reprocharle que hubiese hablado con una periodista. De no ser por eso, no se habría dirigido a la cárcel. Supuso que podría pedirle a Peter que le contase su infancia, su vida escolar o sus sentimientos cuando lo acosaban, pero en ese momento no le parecía bien.

—Pues necesito un consejo —dijo—. Mi mujer me compró en Navidad ese juego, *Agentes de Incógnito*. Lo que pasa es que no consigo superar el primer nivel sin que me liquiden.

Peter se lo quedó mirando de reojo.

—Bueno, ¿está registrado como Droide o como Real?

¿Y él qué sabía? No había sacado el CD de la caja.

—Como Droide.

—Ése es su primer error. Mire, no se puede enrolar en la Legión de Pyrhphorus, tienen que citarle para que lo haga. La manera es comenzando en la Academia en lugar de en las Minas. ¿Lo entiende?

Jordan bajó la mirada al artículo, todavía sobre la mesa. El caso acababa de volverse mucho más complicado, pero quizá eso se compensara con el hecho de que la relación con su cliente se había vuelto mucho más fácil.

—Sí —dijo Jordan—. Comienzo a entenderlo.

—Esto no te va a gustar —dijo Eleanor dándole un documento a Alex.

—¿Por qué no?

—Es una moción para que te recuses a ti misma en el caso Houghton. La acusación pide una audiencia.

Una audiencia quería decir que la prensa estaría presente, las víctimas estarían presentes, las familias estarían presentes. Quería decir que Alex estaría bajo la mirada pública antes de que el caso avanzase lo más mínimo.

—Pues no se la voy a conceder —dijo Alex desdeñosamente.

Su asistente dudó.

—Yo me lo pensaría dos veces.

Alex la miró a los ojos.

—Ya puedes irte.

Esperó a que Eleanor cerrase la puerta tras ella, y entonces cerró los ojos. No sabía qué hacer. Era cierto que durante la comparecencia había estado más nerviosa de lo que esperaba. También era cierto que la distancia entre ella y Josie se podía medir con los parámetros de su papel como jueza. Y todo eso porque Alex había asumido firmemente que era infalible, porque había estado tan segura de que podría ser justa que había llegado a un callejón sin salida. Podría recusarse antes de que el proceso comenzara. Pero si se hiciera a un lado sin más, podría parecer caprichosa, en el mejor de los casos, o inepta, en el peor. Y ella no quería que ninguno de esos adjetivos quedase asociado a su carrera judicial.

Si no le daba a Diana Leven la audiencia que estaba solicitando, parecería que Alex se estuviera escondiendo. Lo mejor sería dejarles definir sus posiciones y ser buena chica. Alex apretó el botón del intercomunicador.

—Eleanor —dijo—, prográmala.

Se pasó los dedos por el pelo y volvió a alisarlo. Necesitaba un cigarrillo. Rebuscó por los cajones de su mesa pero sólo pudo encontrar un paquete vacío de Merits.

—Mierda —murmuró, pero entonces recordó el paquete de emergencia escondido en el maletero del coche.

Alex tomó las llaves, se levantó y salió del despacho, apresurándose por la escalera trasera hacia el garaje.

Abrió de golpe la puerta de emergencia y notó cómo golpeaba con fuerza a alguien.

—¡Dios mío! —gritó acercándose al hombre a quien acababa de golpear—. ¿Está usted bien?

Patrick Ducharme levantó la cabeza con una mueca de dolor.

—Su Señoría —dijo—, tengo de dejar de chocar con usted. Literalmente.

Ella frunció el cejo.

—No debería estar de pie junto a una salida de emergencia.

—Y usted no debería abrirla. ¿Y dónde está hoy? —preguntó Patrick.

—¿Dónde está qué?

—El fuego.

Hizo un gesto de saludo a otro policía, que se estaba metiendo en un coche patrulla estacionado en el garaje.

Alex dio un paso atrás y se cruzó de brazos.

—Creo que ya tuvimos una conversación acerca de, bueno, de la conversación.

—En primer lugar, no estamos hablando del caso, a menos que haya algo metafórico de lo que yo no me entere. En segundo lugar, su posición en este proceso parece estar siendo cuestionada, a juzgar por el editorial de hoy del *Sterling News*.

—¿Hoy hay un editorial sobre mí? —preguntó Alex, confusa—. ¿Qué dice?

—Bueno, se lo diría, pero eso sería hablar del caso, ¿no? —dijo sonriendo y marchándose.

—Espere —dijo Alex al detective.

Cuando él se dio la vuelta, ella miró alrededor para asegurarse de que estaban solos.

—¿Puedo preguntarle algo? ¿Confidencialmente?

Él asintió despacio.

—¿Le pareció que Josie estaba... no sé... bien, cuando habló con ella el otro día?

El detective se apoyó contra la pared de ladrillos del juzgado.

—Usted la conoce mucho mejor que yo.

—Bueno... claro —dijo Alex—. Es que he pensado que quizá, como desconocido, le dijera algo que no me diría a mí. —Fijó la mirada en el suelo que los separaba—. A veces es más fácil.

Sentía los ojos de Patrick sobre ella, pero no tenía el coraje de mirarlo.

—¿Puedo decirle algo? ¿Confidencialmente? —preguntó él.

Alex asintió.

—Antes de obtener este trabajo, trabajaba en Maine. Y tuve un caso que era más que un caso, si sabe a lo que me refiero.

Alex lo sabía. Se dio cuenta de que estaba oyendo un tono de voz que no había escuchado antes en él, uno bajo, que resonaba con angustia, como un diapasón que nunca dejase de vibrar.

—Había una mujer que lo era todo para mí, y ella tenía un hijo que lo era todo para ella. Y cuando a él le hicieron daño como nunca deberían hacérselo a un niño, yo removí cielo y tierra para ocuparme del asunto, porque pensé que probablemente nadie podría hacerlo mejor que yo. Nadie podría preocuparse más por el resultado —dijo, mirando fijamente a Alex—. Estaba totalmente seguro de que podría separar cómo me sentía por lo sucedido de cómo tenía que hacer mi trabajo.

Alex intentó tragar saliva, pero tenía la boca seca.

—¿Y pudo?

—No. Porque cuando se ama a alguien, por más cosas que te digas a ti mismo, aquello deja de ser un trabajo.

—¿Y en qué se convirtió?

Patrick se quedó pensativo un momento.

—En una venganza.

Una mañana, cuando Lewis le dijo a Lacy que iba a visitar a Peter en la cárcel, ella tomó su coche y lo siguió. Desde que Peter le había dicho que su padre no lo había visitado ni antes ni después de la comparecencia, Lacy lo había guardado en secreto. Cada vez hablaba menos con Lewis, ya que temía que, en caso de abrir la boca, se le escapase de inmediato.

Lacy tuvo cuidado de mantener un coche entre el suyo y el de Lewis. Le hacía pensar en el pasado, cuando salían juntos y ella seguía a Lewis a su apartamento o él la seguía a ella. Jugaban el uno con el otro accionando el limpiaparabrisas trasero, como un perro que mueve la cola, o haciéndose señales luminosas en código Morse.

Él condujo hacia el norte, como si fuese a la cárcel, y por un momento Lacy dudó: ¿Le habría mentido Peter por alguna razón? No lo creía. Pero tampoco había pensado que Lewis lo hiciera hasta que Peter se lo dijo.

Justo cuando llegaron al semáforo de Lyme Center empezó a llover. Lewis puso el intermitente y se metió en el pequeño parking de un banco, el estudio de un artista y una floristería. Ella no podía entrar detrás de él —la reconocería de inmediato—, de manera que se metió en el estacionamiento de la tienda de informática contigua, y aparcó tras el edificio.

Lacy salió del coche y se ocultó detrás de una boca de incendios desde donde vio que Lewis entraba en la tienda de flores para salir cinco minutos después con un ramo de rosas.

Se quedó sin respiración. ¿Tenía una amante? Nunca había considerado la posibilidad de que las cosas pudieran empeorar, que su pequeña familia se pudiera romper todavía más.

Lacy se metió en el coche y siguió a Lewis de nuevo. Era indudable que ella había estado obsesionada con el juicio de Peter. Y quizá fuera responsable, por no haber escuchado a su marido cuando él necesitaba hablar; porque ya no parecía importar nada de lo que él pudiera contar acerca de los seminarios de economía, publicaciones o eventos del momento, no cuando su hijo estaba en la cárcel. Pero ¿Lewis? Ella siempre se había creído el espíritu libre de la relación, y lo veía a él como el ancla. La seguridad era un espejismo. Estar atada a duras penas contaba cuando el otro extremo de la cuerda estaba desatado.

Se secó las lágrimas con la manga. Por supuesto, Lewis le diría que sólo era sexo, no amor. Que no significaba nada. Le diría que hay muchas maneras de superar el dolor, de llenar un agujero en el corazón.

Lewis volvió a poner el intermitente y giró a la derecha, esta vez para entrar en el cementerio.

Lacy comenzó a sentir una quemazón lenta en el pecho. Bueno, eso ya era enfermizo. ¿Allí se encontraban?

Lewis salió del coche, con las rosas pero sin paraguas. La lluvia arreciaba, pero Lacy estaba decidida a quedarse hasta el final. Permanecía detrás, suficientemente lejos, siguiéndolo hacia una nueva sección del cementerio, la que tenía las tumbas más recientes. Ni siquiera había lápidas. El terreno parecía un mosaico: tierra marrón frente al verde del césped cortado.

Lewis se arrodilló y dejó una rosa en la primera tumba. Luego fue hacia otra e hizo lo mismo. Y otra vez, y otra vez, hasta que el pelo ya le goteaba sobre la cara; hasta que tuvo la camisa empapada; hasta que hubo dejado diez flores.

Lacy se le acercó por detrás mientras él depositaba la última rosa.

—Sé que estás ahí —dijo Lewis sin volverse.

Ella enmudeció. Enterarse de lo que Lewis estaba haciendo esos días compensó el saber que no la estaba engañando. Ya no sabía si estaba llorando o si el cielo lo hacía por ella.

—¿Cómo te atreves a venir aquí —le espetó— en lugar de visitar a tu hijo?

Él levantó la cara para mirarla.

—¿Sabes qué es la teoría del caos?

—La teoría del caos me importa una mierda, Lewis. Lo que me importa es Peter. Que es más de lo que puedes decir...

—La idea —la interrumpió él— es que solo puedes explicar linealmente el último momento en el tiempo... pero que todo lo que te ha llevado a él puede haber llegado en cualquier secuencia de acontecimientos. Así, un chico lanza una piedra al agua en la playa, y en otro lugar del planeta hay un tsunami. —Lewis estaba de pie, con las manos en los bolsillos—. Me lo llevé de caza, Lacy. Le dije que hiciera deporte, aunque no le gustara. Le dije mil cosas. ¿Y si una de ellas fuera la que le hizo hacer eso?

Se inclinó, sollozando. Lacy se le acercó mientras la lluvia le caía en los hombros y la espalda.

—Lo hicimos lo mejor que pudimos —dijo Lacy.

—No fue suficiente.

Lewis señaló hacia las tumbas con la cabeza.

—Mira eso. Mira eso.

Lacy miró. A través del aguacero, con el pelo y la ropa pegados al cuerpo, se fijó en el cementerio y vio las caras de los chicos que seguirían vivos si su propio hijo no hubiera nacido.

Lacy se tocó el abdomen con la mano. El dolor la partía en dos como en un truco de magia; sabía que nunca volvería a sentirse unida.

Uno de sus hijos tomaba drogas. El otro era un asesino. ¿Habían sido ella y Lewis los padres equivocados para los hijos que habían tenido? ¿O acaso nunca deberían haber sido padres?

Los niños no cometen errores. Caen en agujeros guiados por sus padres. Ella y Lewis habían creído de verdad que iban por buen camino, pero quizá deberían haberse detenido para orientarse. Quizá entonces nunca habrían tenido que ver cómo Joey, y luego Peter, tomaban ese camino hacia la caída libre.

Lacy recordaba haber comparado las notas de Joey con las de Peter, o haberle dicho a Peter que quizá debería probar con el fútbol, porque a Joey le había gustado mucho. La aceptación empieza en casa, pero también la intolerancia. Lacy se dio cuenta de que, cuando comenzaron a acosarlo en la escuela, Peter ya se sentía un marginado en su propia familia.

Lacy cerró los ojos con fuerza. Se la conocería como la madre de Peter Houghton durante el resto de su vida. En determinado momento, eso la habría emocionado. Pero hay que tener cuidado con lo que se desea. Obtener reconocimiento por lo que un hijo hace bien comporta aceptar la responsabilidad por lo que hace mal. Y, para Lacy, eso quería decir que, en lugar de compensar a las víctimas, ella y Lewis tenían que comenzar más cerca de su casa, con Peter.

—Nos necesita —dijo Lacy—. Más que nunca.

Lewis sacudió la cabeza.

—No puedo ir a ver a Peter.

Ella se apartó.

—¿Por qué?

—Porque todavía pienso cada día en el borracho que se estrelló contra el coche de Joey. Pienso en lo mucho que deseé que hubiese muerto él en lugar de Joey. En cuánto merecía morir. Los padres de cada uno de esos chicos están pensando lo mismo de Peter —concluyó Lewis—. Y, Lacy..., no los culpo.

Lacy se apartó, temblando. Lewis arrugó el cono de papel que había contenido las flores y se lo guardó en el bolsillo. La lluvia caía entre ellos como una cortina, haciéndoles muy difícil verse el uno al otro.

Jordan estaba en una pizzería cercana a la cárcel, esperando que llegara King Wah tras su entrevista psiquiátrica con Peter. Se retrasaba diez minutos, y Jordan no estaba seguro de si eso era algo bueno o malo.

La puerta se abrió y King entró junto con una ráfaga de viento que le hizo ondular la gabardina. Se sentó a la mesa donde estaba Jordan y le robó un pedazo de pizza del plato.

—Lo que tienes es lo siguiente —le dijo antes de morder la pizza—. Psicológicamente, no hay una diferencia significativa entre el tratamiento de una víctima de acoso y el tratamiento de una mujer adulta que sufra malos tratos. La consecuencia para ambos es un trastorno de estrés postraumático.

Devolvió el pedazo al plato de Jordan.

—¿Sabes lo que me ha dicho Peter?

Jordan pensó en su cliente un momento.

—¿Que estar en la cárcel es una mierda?

—Bueno, eso lo dicen todos. Me ha dicho que prefería estar muerto a pasar otro día enfrentándose a lo que le podía suceder en la escuela. ¿A quién te suena eso?

—A Katie Riccobono —dijo Jordan—. Después de que decidiera hacerle a su marido un triple puente coronario con un cuchillo de cocina.

—Katie Riccobono —confirmó King—, el estandarte del síndrome de las mujeres maltratadas.

—De manera que Peter se convierte en el primer ejemplo de síndrome de víctima acosada —dijo Jordan—. Sé honesto conmigo, King. ¿Crees que el jurado se va a identificar con un síndrome que ni siquiera existe en realidad?

—Un jurado no está formado por mujeres maltratadas, y sin embargo a veces han absuelto a alguna. Por otra parte, todos los miembros del jurado habrán pasado por el instituto.

Alcanzó la Coca-Cola de Jordan y tomó un sorbo.

—¿Sabías que, con el tiempo, un solo incidente de acoso en la infancia puede ser tan traumático para una persona como un solo incidente de abuso sexual?

—Me estás tomando el pelo.

—Piénsalo. El denominador común es la humillación. ¿Cuál es el recuerdo más vívido que tienes del instituto?

Jordan tuvo que pararse a pensar un momento para que algún recuerdo del instituto acudiera a su mente, especialmente alguno destacable. Entonces sonrió.

—Estaba en clase de educación física, haciendo un examen. Una parte consistía en subir por una cuerda que colgaba del techo. En el instituto no tenía la forma física que tengo ahora.

King suspiró.

—Naturalmente.

—De manera que me preocupaba no llegar hasta arriba. Al final, ése no fue el problema. El problema fue bajar, porque al haber subido con la cuerda entre las piernas se me había puesto dura.

—Pues ahí lo tienes —dijo King—. Pregunta a diez personas, y la mitad no será capaz de recordar nada concreto del instituto, lo habrán bloqueado. La otra mitad recordará un momento doloroso o embarazoso. Se te queda para toda la vida.

—Eso es increíblemente deprimente —comentó Jordan.

—Bueno, la mayoría de nosotros crece y se da cuenta de que, en el gran esquema de la vida, esos incidentes son sólo una parte pequeña del puzzle.

—¿Y los que no se dan cuenta?

King miró a Jordan.

—Se convierten en Peter.

El motivo por el cual Alex estaba rebuscando en el armario de Josie era, en primer lugar, porque Josie le había agarrado la falda negra y no se la había devuelto, y Alex la necesitaba para esa noche. Tenía una cena con Whit Hobart, su antiguo jefe, que se había jubilado de la oficina de abogados de oficio. Tras la audiencia del día, en que la acusación había presentado la moción para recusarla, necesitaba un consejo.

Encontró la falda, pero encontró también un tesoro oculto. Alex se sentó en el suelo, con una caja abierta en el regazo. El fleco de un antiguo vestido de Josie de las clases de jazz que había tomado cuando tenía seis o siete años le cayó en la mano como un susurro. La seda era fría al tacto. Estaba sobre la falsa piel de un disfraz de tigre que Josie había llevado un Halloween y que había guardado para disfrazarse, la primera y única incursión de Alex en la costura. A mitad de la tarea, se había dado por vencida y lo había enganchado a la tela con pegamento. Alex tenía previsto llevarse a Josie casa por casa para la petición de caramelos de ese año, pero por aquel entonces era abogada de oficio y habían arrestado a uno de sus clientes. Josie terminó saliendo con los vecinos y sus hijos, y aquella noche, cuando Alex llegó a casa, Josie vació en la cama la funda de almohada llena de caramelos. «Coge la mitad —le dijo Josie—, porque te lo has perdido todo».

Hojeó el atlas que Josie había hecho en primero, coloreando los continentes y laminando las páginas. Leyó las fichas informativas. Encontró una goma para el pelo y se la puso en la muñeca. En el fondo de la caja había una nota, escrita con la caligrafía redondeada de una niña pequeña: Mamá te quiero mucho.

Alex recorrió las letras con los dedos. Se preguntó por qué Josie la había guardado. Por qué no se la había dado nunca a su destinataria. ¿Acaso Josie había esperado tanto que se le había olvidado? ¿Se había enfadado por algo con Alex y había decidido no dársela?

Alex se puso en pie y dejó con cuidado la caja donde la había encontrado. Dobló la falda negra sobre el brazo y se fue a su habitación. Sabía que la mayoría de los padres rebuscaban entre las cosas de sus hijos por si guardaban condones o bolsitas de marihuana, intentando agarrarlos por sorpresa. Para Alex era distinto. Para ella, rebuscar entre las cosas de Josie era la manera de aferrarse a lo que había perdido.

* * *

La triste verdad de estar soltero era que Patrick no podía justificar molestarse en cocinar. Tomaba la mayor parte de las comidas de pie frente al fregadero, así que ¿de qué servía llenarlo todo con docenas de tarros, cazuelas e ingredientes frescos? No iba a decirse a sí mismo «Patrick, gran receta, ¿de dónde la has sacado?».

De modo que lo tenía perfectamente organizado. El lunes era la noche de la pizza. El martes, Subway. El miércoles, chino. El jueves, sopa. Y el viernes se comía una hamburguesa en el bar donde solía tomarse una cerveza antes de ir a casa. Los fines de semana eran para las sobras, y siempre había muchas. A veces se limitaba a encargar comida —¿hay alguna frase más triste que «Arroz con camarones y cerdo agridulce para uno»?—, pero en realidad esa rutina le había permitido hacer muchos amigos. Sal, de la pizzería, le daba pan de ajo gratis porque iba cada semana. El tipo del Subway, cuyo nombre Patrick ignoraba, lo señalaba y sonreía. «Una buena pechuga de pavo italiano con extra de queso-mayonesa-olivas y pepinillos-sal-y-pimienta», solía exclamar, el equivalente verbal de su apretón de manos secreto.

Al ser miércoles, estaba en el Dragón Dorado, esperando a que le preparasen lo que había encargado en la hoja del pedido. Vio que May movía la sartén en la cocina —siempre se preguntaba dónde demonios podría comprar alguien un wok tan grande—, y prestó atención a la televisión que había en la barra, donde la partida de los Sox acababa de comenzar. Una mujer estaba sentada sola, rompiendo el borde del posavasos mientras esperaba a que el camarero le trajera la bebida.

Ella le daba la espalda, pero Patrick era un detective, y podía deducir algunas cosas de lo que veía. Como que tenía un buen culo, por un lado, y que debería deshacerse el moño de bibliotecaria que llevaba y dejar que el pelo le cayera por los hombros. Vio que el camarero —un coreano llamado Spike, nombre que a Patrick siempre le sonaba divertido— abría una botella de Pinot Noir, de manera que archivó también ese detalle: ella tenía clase. Nada con una pequeña sombrilla de papel dentro.

Se deslizó por detrás de la mujer y le dio a Spike uno de veinte.

—La invito —dijo Patrick.

Ella se dio la vuelta, y por un momento Patrick se quedó inmóvil, preguntándose cómo era posible que aquella mujer misteriosa tuviese la cara de la jueza Cormier.

A Patrick le vino un recuerdo de haber estado en el instituto, con quince o dieciséis años, y haber catalogado de Nena Sexy en Potencia a la madre de un amigo antes de darse cuenta de quién era en realidad. La jueza le quitó a Spike el billete de veinte dólares de las manos y se lo devolvió a Patrick.

—No puede pagarme una bebida —dijo, y sacó algo de dinero del monedero para dárselo al camarero.

Patrick se sentó en el taburete junto a ella.

—Bueno, pero usted sí puede pagarme una a mí —dijo.

—No creo —contestó ella mirando alrededor—. No creo que deban vernos hablando juntos.

—El único testigo es la carpa de la pecera, junto a la caja registradora. Creo que está a salvo —replicó Patrick—. Además, sólo estamos hablando. No estamos hablando del caso. Todavía se acuerda de cómo hablar fuera de un juzgado, ¿verdad?

Ella agarró el vaso de vino.

—Por cierto, ¿qué hace aquí?

Patrick bajó la voz.

—Llevo un caso de drogas de la mafia china. Importan opio sin refinar en los paquetes de azúcar.

Ella abrió los ojos desorbitadamente.

—¿En serio?

—No. Además, ¿se lo diría si fuera verdad? —preguntó él sonriendo—. Estoy esperando mi pedido. ¿Y usted?

—Espero a alguien.

Cuando ella dijo eso, él se dio cuenta de que estaba disfrutando de su compañía. Le encantaba ponerla nerviosa, algo que, la verdad, no era tan difícil. La jueza Cormier le recordaba al Gran y Poderoso Oz: todo voces, campanas y silbidos, pero cuando retirabas la cortina no era más que una mujer normal.

Y tenía un buen culo.

Él sintió que el calor se le subía a la cabeza.

—Familia feliz —dijo Patrick.

—¿Perdón?

—Es lo que he pedido. Sólo intentaba ayudarla en nuestra conversación casual.

—¿Sólo ha pedido un plato? Nadie va a un restaurante chino y pide un único plato.

—Bueno, no todos tenemos chicos en edad escolar en casa.

Ella pasó el dedo por el borde de la copa de vino.

—¿No tiene hijos?

—Nunca me he casado.

—¿Por qué?

Patrick sacudió la cabeza, esbozando una sonrisa.

—No he tenido ocasión.

—Deben de habérsela jugado —dijo la jueza.

Se quedó sorprendido. ¿Acaso era como un libro abierto?

—Supongo que no tiene el monopolio de las facultades detectivescas asombrosas —comentó ella, riendo—. Nosotras lo llamamos intuición femenina.

—Sí, eso le daría de inmediato la placa de policía —dijo observando su mano sin anillo—. Y ¿por qué no está usted casada?

La juez repitió su respuesta.

—No he tenido ocasión.

Sorbió algo de vino en silencio durante un momento mientras Patrick golpeaba la barra con los dedos.

—Ella ya estaba casada —admitió.

La jueza dejó la copa en la mesa, vacía.

—Él también —confesó, y cuando Patrick se dio la vuelta, ella lo miró a los ojos.

Los de ella eran de un gris pálido que evocaba el crepúsculo, el brillo de balas de plata y la llegada del invierno. El color del cielo antes de que un relámpago lo rasgue.

Patrick nunca se había dado cuenta, y pronto supo por qué.

—No lleva anteojos.

—Me encanta saber que Sterling tiene a alguien tan agudo como usted como protector y servidor.

—Usualmente lleva anteojos.

—Sólo cuando trabajo. Las necesito para leer.

«Y cuando yo suelo verla, está trabajando».

Por eso no se había dado cuenta de que Alex Cormier era atractiva. Antes, cuando se encontraban, ella iba a vestida de jueza, con la toga totalmente abotonada. No la había visto inclinada sobre la barra de un bar, como una flor en un invernadero. Nunca le había parecido tan... humana.

—¡Alex!

La voz les llegó desde atrás. El hombre iba muy elegante, con un buen traje y zapatos de calidad, con las suficientes canas en las sienes como para parecer interesante. Llevaba escrito en la cara que era abogado. Sin duda era rico y estaba divorciado. El tipo de hombre que se pasaría la noche hablando del código penal antes de hacer el amor. El tipo de hombre que duerme en su lado de la cama en lugar de abrazado a ella con tanta fuerza que, incluso aunque se cayesen de la cama seguirían pegados.

«Dios mío —pensó Patrick mirando al suelo—. ¿A qué viene esto?».

¿Qué le importaba con quién se viera Alex Cormier, aunque el tipo fuera lo suficientemente mayor como para ser su padre?

—Whit —dijo ella—, estoy tan contenta de que hayas venido.

Lo besó en la mejilla y luego, dándole aún la mano, se dirigió a Patrick.

—Whit, éste es el detective Patrick Ducharme. Patrick, Whit Hobart.

El hombre tenía un buen apretón de manos, lo que todavía cabreaba más a Patrick. Éste esperó a ver qué más decía la jueza acerca de él, pero de hecho, ¿qué iba a decir? Patrick no era un viejo amigo y tampoco era alguien a quien hubiera conocido en el bar; y no podía mencionar que ambos estaban en el caso Houghton, porque entonces no deberían estar hablando.

Patrick se dio cuenta de que eso era lo que ella había estado intentando decirle todo el rato.

May salió de la cocina con una bolsa de papel doblada y bien cerrada.

—Aquí lo tienes, Pat —dijo—. Te vemos la semana que viene, ¿de acuerdo?

Él sabía que la jueza lo estaba mirando.

—Familia feliz —dijo ella, ofreciéndole como premio de consolación la más pequeña de las sonrisas.

—Ha sido un placer verla, Su Señoría —dijo Patrick con educación.

Abrió la puerta del restaurante con tanta fuerza que golpeó la puerta exterior. Cuando estaba a medio camino del coche, se dio cuenta de que ya no tenía hambre.

La noticia principal en los informativos locales de las 11:00 de la noche era la audiencia en el Tribunal Superior para apartar a la jueza Cormier del caso. Jordan y Selena estaban sentados en la cama, a oscuras, con un tazón de cereales cada uno sobre la barriga, viendo llorar a la madre de una chica parapléjica en la pantalla.

—«Nadie tiene en cuenta a nuestros hijos —decía—. Si el caso se complica por algún asunto legal... bueno, no son lo suficientemente fuertes como para pasar por lo mismo dos veces».

—Ni tampoco Peter —señaló Jordan.

Selena dejó la cuchara.

—Cormier va a quedarse en el caso aunque tuviera que arrastrarse hasta su silla.

—Bueno, tampoco voy a contratar a alguien que le rompa las rodillas, ¿no?

—Vamos a mirar la parte positiva —dijo Selena—. Nada de lo que diga Josie puede perjudicar a Peter.

—¡Dios mío, tienes razón!

Jordan se incorporó tan rápido que salpicó con leche el edredón. Dejó el tazón en la mesita de noche.

—Es brillante.

—¿El qué?

—Diana no va a llamar a Josie como testigo de la acusación porque no puede declarar nada que les sea útil. Pero nada me impide llamarla a mí como testigo de la defensa.

—¿Estás bromeando? ¿Vas a poner a la hija de la jueza en tu lista de testigos?

—¿Por qué no? Era amiga de Peter y él ha tenido contados amigos. Lo hago de buena fe.

—Pero no puedes...

—No creo que tenga que llamarla. Pero la acusación no va a saberlo —dijo sonriendo a Diana—. Y, a propósito, tampoco la jueza.

Selena también dejó el tazón.

—Si incluyes a Josie en tu lista de testigos... Cormier tiene que abandonar.

—Exactamente.

Selena se abalanzó para tomarle la cara con las manos y darle un beso en los labios.

—Eres diabólicamente bueno.

—¿Cómo?

—Ya me has oído.

—Sí —dijo Jordan sonriendo—, pero no me importaría nada oírlo de nuevo.

El edredón se deslizó hacia abajo mientras él la abrazaba.

—Mi pequeño glotón —murmuró Selena.

—¿No fue eso lo que te hizo enamorarte de mí?

Selena se echó a reír.

—Bueno, desde luego no fueron ni tu encanto ni tu gracia, cariño.

Jordan se inclinó sobre Selena, besándola hasta que dejara de burlarse de él, o al menos eso esperaba.

—Vamos a hacer otro niño —susurró él.

—¡Aún estoy amamantando al primero!

—Entonces vamos a practicar cómo tener otro.

Para Jordan no había nadie en el mundo como su mujer. Escultural e impresionante, la más lista de los dos —aunque nunca lo hubiese admitido ante ella— y tan perfectamente compenetrada con él que casi se veía obligado a abandonar su escepticismo y a creer que los telépatas existían. Enterró la cara en la parte de Selena que más le gustaba: donde la nuca daba paso al hombro, donde su piel tenía el color del jarabe de arce y era incluso más dulce.

—Jordan —dijo—, ¿nunca te preocupas por nuestros hijos? Quiero decir... ya sabes. Haciendo lo que haces... y viendo lo que ves...

—Bueno —dijo poniéndose boca arriba—, acabas de matar el momento.

—Lo digo en serio.

Jordan suspiró.

—Por supuesto que pienso en eso. Me preocupo por Thomas. Y por Sam. Y por cualquier otro que pueda venir.

Se apoyó en un codo para verle los ojos en la oscuridad.

—Pero luego me imagino que los hemos tenido para eso.

—¿Qué quieres decir?

Él miró por encima del hombro de Selena, hacia la luz verde que parpadeaba en el monitor del bebé.

—Quizá —dijo Jordan— ellos sean los que cambien el mundo.

Whit no había hecho cambiar a Alex de opinión. Ella ya pensaba así cuando se vieron para cenar. No obstante, él fue el ungüento que ella necesitaba para sus heridas, la justificación que temía darse a sí misma.

—A la larga tendrás otro gran caso —le había dicho él—. Pero no recuperarás este momento con Josie.

Alex entró en la oficina con energía, principalmente porque sabía que eso era lo más fácil. Apartarse del caso y escribir la moción para recusarse a sí misma no sería ni con mucho tan terrible como lo que sucedería al día siguiente, cuando ya no fuera la jueza del caso Houghton.

Cuando, en lugar de eso, tuviera que comportarse como una madre.

Eleanor no aparecía por ninguna parte, pero había dejado el papeleo sobre la mesa de Alex. Ésta se sentó y lo estudió.

Jordan McAfee, quien el día anterior ni siquiera había abierto la boca durante la audiencia, estaba pensando llamar a Josie como testigo.

Notó un cosquilleo en la barriga. Era una emoción para la cual

Alex no tenía palabras, el instinto animal que aparece cuando te das cuenta de que alguien a quien amas está atrapado.

McAfee había cometido el pecado imperdonable de involucrar a Josie, y a Alex le daba vueltas la cabeza preguntándose qué podría hacer para hacer que se fuera o incluso expulsarlo. Pensando en ello, ni siquiera le importaba si la venganza estaba dentro o fuera de la ley. Entonces Alex se detuvo de pronto. No sería de Jordan McAfee de quien se ocuparía, sino de Josie. Haría lo que fuera para evitar que volvieran a herir a su hija.

Quizá debería agradecerle a Jordan McAfee que le hubiera hecho darse cuenta de que ya tenía en su interior la materia prima para ser una buena madre.

Alex se sentó frente al portátil y empezó a escribir. El corazón le palpitaba con fuerza cuando se dirigió a la mesa de Eleanor y le entregó la hoja de papel. Es lo normal cuando se está a punto de saltar por el precipicio.

—Tienes que llamar al juez Wagner —dijo Alex.

La orden de búsqueda no estaba a cargo de Patrick, pero cuando oyó que otro oficial decía que iba a pasarse por el juzgado, intervino.

—Yo voy hacia allí —le dijo—. Déjamelo a mí.

En realidad, no tenía que ir hacia el juzgado; y tampoco era tan buen samaritano como para conducir de buena gana sesenta kilómetros en lugar de que lo hiciera otro. Si Patrick quería ir allí era por una única razón: tener una excusa para ver a Alex Cormier.

Estacionó en una plaza vacía y salió del coche, localizando de inmediato el Honda de ella. Eso era bueno. Por lo que sabía, ella no tenía por qué estar en el juzgado ese día. Y entonces se dio cuenta de que había alguien en el coche... y que ese alguien era la jueza.

Estaba quieta, con la mirada fija en el parabrisas. Los limpiaparabrisas estaban conectados, pero no llovía. Ella misma no parecía darse cuenta de que estuviera llorando.

Patrick sintió en la boca del estómago el mismo movimiento desagradable que tenía cuando llegaba a la escena de un crimen y veía las lágrimas de las víctimas. «Llego tarde —pensó—. Otra vez».

Patrick se acercó al coche, pero la jueza no lo vio hacerlo. Cuando golpeó la ventanilla, ella dio un respingo y se enjugó los ojos apresuradamente. Él le pidió con señas que bajase la ventanilla.

—¿Está bien? —le preguntó.

—Sí, estoy bien.

—No lo parece.

—Entonces deje de mirar —le espetó.

Él se aferró a la puerta del coche con las manos.

—Oiga, ¿quiere que vayamos a hablar a alguna parte? La invito a un café.

La jueza suspiró.

—No puede invitarme a un café.

—Bueno, aun así podemos tomarnos uno.

Rodeó el coche, abrió la puerta del pasajero y se sentó junto a ella.

—Está de servicio —observó Alex.

—Estoy en mi descanso para comer.

—¿A las diez de la mañana?

Él agarró la llave del tablero, la introdujo y puso el motor en marcha.

—Salga del garaje y gire a la izquierda, ¿está bien?

—¿Y si no qué?

—Por Dios, ¿no se le ocurre nada mejor que discutir con alguien que lleva una pistola Glock?

Ella se lo quedó mirando un buen rato.

—Tal vez esto pueda ser considerado un asalto —comentó ella empezando a conducir.

—Recuérdeme que luego me arreste a mí mismo —dijo Patrick.

El padre de Alex la educó desde pequeña para que hiciera todo lo mejor posible, y aparentemente ella lo aplicaba también a enojarse. ¿Por qué no apartarse de forma voluntaria del mayor juicio de su carrera, solicitar la baja administrativa y salir a tomar un café con el detective del caso, todo de golpe?

Pero si no hubiera salido con Patrick Ducharme, se dijo a sí misma, no se habría enterado de que el restaurante chino Dragón Dorado abría a las diez de la mañana.

Si no hubiese salido con él, tendría que haberse ido a casa y comenzar su vida de nuevo.

Parecía que todos en el restaurante conocieran al detective, y que no les importase que entrara en la cocina para servirle a Alex una taza de café.

—Lo que ha visto antes —dijo Alex dubitativa—, no...

—No le diré a nadie que se lo estaba pasando bien llorando en el coche.

Ella se quedó mirando la taza que le acababa de servir sin saber cómo responder. Según su experiencia, cuando muestras a los demás que eres débil lo usan contra ti.

—A veces es difícil ser jueza. La gente espera que actúes como tal, incluso cuando estás enferma y lo único que quieres es esconderte en algún sitio para morir, o poner verde a la cajera que te ha devuelto mal el cambio a propósito. No hay mucho margen para errores.

—Su secreto está a salvo —dijo Patrick—. Por mí, nadie de la comunidad policial sabrá que usted tiene emociones.

Alex tomó un sorbo de café y volvió a mirarlo.

—En serio, no pasa nada. Todos tenemos malos días en el trabajo.

—¿Usted llora en su coche?

—No recientemente, pero se me conocía por volcar los armarios de pruebas en mis ataques de frustración.

Puso un poco de leche en un recipiente y se sentó.

—En realidad no son mutuamente excluyentes.

—¿El qué?

—Ser un juez y ser humano.

Alex echó un poco de leche.

—Dígaselo a todos los que quieren que me recuse a mí misma.

—¿No es éste el momento en que me dice que no podemos hablar del caso?

—Sí —dijo Alex—. Sólo que ya no estoy en el caso. Al mediodía se hará público.

Él se puso serio.

—¿Por eso estaba disgustada?

—No. Ya había tomado la decisión de dejarlo, pero entonces me enteré de que Josie está en la lista de testigos de la defensa.

—¿Por qué? —preguntó Patrick—. No se acuerda de nada. ¿De qué les puede servir?

—No lo sé —dijo Alex mirándolo—. Pero ¿y si es por mi culpa? ¿Y si el abogado sólo lo ha hecho para sacarme del caso, porque yo era demasiado cabezota para recusarme cuando el asunto se trató por primera vez? —Se avergonzó al darse cuenta de que estaba llorando otra vez. Agachó la cabeza y miró hacia la barra, esperando que Patrick no se diera cuenta—. ¿Y si tiene que ponerse en pie delante de todo el juzgado y revivir ese día?

Patrick le pasó una servilleta para que se enjugase los ojos.

—Lo siento. No suelo ser así.

—Cualquier madre cuya hija haya estado tan cerca de morir tiene derecho a desahogarse —dijo Patrick—. Mire. He hablado dos veces con Josie. Me sé su declaración de memoria. No importa que McAfee la llame a declarar. Nada de lo que pueda decir la perjudicará. Consuélese pensando que ya no tiene que preocuparse por un conflicto de intereses. Lo que Josie necesita ahora mismo es una buena madre, no una buena jueza.

Alex esbozó una sonrisa.

—Me duele que me evite.

—No diga eso.

—Es verdad. Toda mi vida con Josie se ha basado en la pérdida de comunicación.

—Bueno —señaló Patrick—, eso significa que en cierto momento estuvieron conectadas.

—Ninguna de nosotras lo recuerda. Últimamente usted ha tenido mejores conversaciones con Josie que yo —comentó Alex mirando la taza de café—. Todo lo que le digo a Josie le parece mal. Me mira como si yo fuera de otro planeta. Como si ahora no tuviera derecho a actuar como una madre preocupada porque no actuaba como tal antes de que todo esto sucediera.

—¿Por qué no lo hacía?

—Estaba trabajando. Mucho —dijo Alex.

—Muchos padres trabajan duro...

—Pero soy buena como jueza y un desastre como madre.

Aunque Alex se tapó la boca con la mano, era demasiado tarde, la verdad se deslizó por la barra como una serpiente venenosa. ¿En qué estaría pensando para confesar eso a otra persona cuando apenas lo podía admitir ante sí misma? Para el caso, lo mismo podría haberse pintado una marca en el talón de Aquiles.

—Quizá debería hablar con Josie de la misma manera en que habla a los que van al juzgado —sugirió Patrick.

—Odia que actúe como abogada. Además, en el juzgado apenas hablo. Normalmente escucho.

—Bien, Su Señoría —dijo Patrick—, eso puede funcionar también.

Una vez, cuando Josie era pequeña, Alex la dejó sola un momento, y la niña aprovechó para subirse a un taburete. Desde el otro lado de la habitación, Alex vio aterrorizada cómo el ligero peso de Josie lo desequilibraba. No podría llegar con suficiente rapidez para evitar que Josie cayera, y tampoco quería gritar, porque temía que eso la asustase y la hiciera caer. De manera que se quedó quieta, esperando el accidente.

Pero Josie consiguió encaramarse a él, ponerse en pie sobre el pequeño asiento circular y accionar el interruptor de la luz, como quería. Alex la vio encender y apagar las luces, la vio sonreír cada vez que se daba cuenta de que sus acciones podían transformar el mundo.

—Dado que no estamos en el juzgado —dijo ella con indecisión—, me gustaría que me llamara Alex.

Patrick sonrió.

—Y a mí me gustaría que me llamara Su Majestad el rey Kamehameha.

Alex no pudo evitar echarse a reír.

—Pero si eso es demasiado difícil de recordar, Patrick está bien.

Tomó la cafetera para servirse más, y le echó también a ella.

—Repetir es gratis —dijo.

Vio que él le ponía azúcar y leche en la misma proporción en que ella se había echado en su primera taza. Era un detective. Su cometido era percibir detalles. Pero Alex pensó que no era eso lo que lo hacía ser bueno en su trabajo, sino que tenía la capacidad de usar la fuerza, como cualquier otro policía, pero en realidad te atrapaba con su educación.

Y Alex sabía que eso era lo más letal.

No era algo que pudiera poner en su currículo, pero Jordan estaba especialmente dotado para bailar a ritmo de salsa. La que más le gustaba era *Patata caliente*, pero la que de verdad volvía loco a Sam era *Ensalada de frutas*. Mientras Selena estaba en el piso de arriba tomando un baño caliente, Jordan puso el DVD. Ella se oponía a bombardear a Sam con la tele. Ella quería que Jordan hiciera otras cosas con el bebé, como descubrirle a Shakespeare o enseñarle a resolver ecuaciones diferenciales, mientras Jordan quería dejar que la televisión hiciera su trabajo convirtiendo el cerebro de uno en puré... al menos el tiempo suficiente para ver una sesión de baile tan buena como infantil.

Los bebés siempre pesan bastante, de manera que cuando los dejas en el suelo te parece que te falta algo.

—Ensalada de frutas... ¡Qué bueno! —dijo Jordan canturreando y girando mientras Sam abría la boca y dejaba escapar una risa infantil.

El timbre sonó, y Jordan, recogiendo a su pequeño compañero, se dirigió a la puerta bailoteando. Más o menos sincronizado con la canción de fondo, Jordan abrió la puerta.

—Hoy vamos a hacer un poco de ensalada de frutas —canturreaba.

Entonces vio quién había en el porche.

—¡Jueza Cormier!

—Siento interrumpir.

Él ya sabía que ella se había retirado del caso. La feliz noticia le había llegado por la tarde.

—No pasa nada. Entre...

Jordan echó un vistazo a la estela de juguetes que él y Sam habían dejado tras de sí. Tendría que ordenarlo todo antes de que Selena bajara. Metió a patadas tantos como pudo bajo el sofá, hizo entrar a la jueza en el salón y apagó el DVD.

—Éste debe de ser su hijo.

—Sí —dijo Jordan echando un vistazo a Sam, que estaba decidiendo si se echaba o no a llorar porque se había acabado la música—. Sam.

Ella alargó la mano hacia él, dejando que el bebé le aferrara el índice. Probablemente, Sam ablandaría incluso a Hitler, pero la jueza Cormier parecía incómoda en su presencia.

—¿Por qué ha puesto a mi hija en su lista de testigos?

«Ah».

—Porque —contestó Jordan— Josie y Peter eran amigos, y puede que necesite su declaración.

—Eran amigos hace diez años. Sea honesto. Lo ha hecho para sacarme del caso.

Jordan se acomodó a Sam sobre la cintura.

—Su Señoría, con todo mi respeto, no voy a permitir que nadie me diga cómo debo llevar este caso. Y menos una jueza que ya no está en él.

Él vio cómo le brillaban los ojos.

—Por supuesto que no —contestó ella, tensa.

Entonces se dio la vuelta y se fue.

Pregúntenle a cualquier chica de hoy al azar si quiere ser popular y les dirá que no. Pero la verdad es que, si estuviera en medio del desierto muriéndose de sed y tuviera que elegir entre un vaso de agua y la popularidad instantánea, probablemente escogería lo segundo.

Cuando oyó que llamaban a la puerta, Josie tomó el cuaderno y lo ocultó entre el colchón y el somier, en el lugar más obvio del mundo.

Su madre entró en la habitación y, por un segundo, Josie no supo decir con exactitud qué no era normal. Entonces se dio cuenta: aún no era de noche. Normalmente, cuando su madre regresaba del juzgado era ya la hora de cenar. Pero entonces eran las 3:45. Josie acababa de llegar de la escuela.

—Tenemos que hablar —dijo su madre, sentándose a su lado sobre el edredón—. He dejado el caso.

Josie se la quedó mirando. Su madre nunca se había retirado de un caso en toda su vida. Además, ¿no acababan de tener una conversación acerca de que ella no iba a recusarse a sí misma?

Sintió el mismo malestar que notaba cuando el profesor la llamaba y ella no había prestado atención. ¿Qué había descubierto su madre que no supiera ya unos días antes?

—¿Qué ha sucedido? —preguntó Josie, esperando que su madre percibiera el temblor de su voz.

—Bueno, ése es el otro asunto del cual tenemos que hablar —contestó Alex—. La defensa te ha puesto en la lista de testigos. Puede que te pidan que asistas al juzgado.

—¡¿Qué?! —exclamó Josie.

Por un momento se le paró todo: la respiración, el corazón, el coraje.

—No puedo ir al juzgado, mamá —dijo—. No me hagas eso. Por favor...

Su madre la abrazó, afortunadamente, porque Josie estaba segura de que se desmayaría de un momento a otro. «Sublimación —pensó—, el acto de pasar de sólido a gaseoso». Y entonces se dio cuenta de que había estudiado esa palabra para el examen de química que nunca se hizo por culpa de lo que había sucedido.

—He hablado con el detective, y sé que no recuerdas nada. La única razón por la cual estás en esa lista es porque fuiste amiga de Peter hace mucho, mucho tiempo.

Josie se hizo apartar.

—¿Me juras que no voy a tener que ir al juzgado?

Su madre se sorprendió.

—Cariño, no puedo...

—¡Tienes que hacerlo!

—¿Y si vamos a hablar con el abogado defensor? —dijo su madre.

—¿De qué serviría?

—Bueno, si ve cuánto te disgusta todo esto, puede que lo piense dos veces antes de llamarte como testigo.

Josie se tumbó en la cama. Su madre le acarició la cabeza un rato. A Josie le pareció oírla susurrar «Lo siento», y luego levantarse y cerrar la puerta al salir.

—Matt —susurró Josie, como si él pudiese oírla, como si él pudiese responder.

«Matt». Inspiró su nombre como oxígeno y lo imaginó rompiéndose en mil pedacitos, introduciéndose en sus glóbulos rojos, atravesándole el corazón.

Peter partió en dos un lápiz y luego clavó la parte de la goma de borrar en el pan.

—Cumpleaños feliz —cantó en voz baja.

No terminó la canción. ¿Para qué, si ya sabía cómo acababa?

—Eh, Houghton —dijo un funcionario del correccional—, tenemos un regalo para ti.

Detrás de él había un chico no mucho mayor que Peter. Se balanceaba adelante y atrás y llevaba los mocos colgando. El guardián lo metió en la celda.

—Asegúrense de compartir el pastel —dijo antes de irse.

Peter se sentó en la litera de abajo para que el chico entendiera quién mandaba. El otro seguía de pie, con los brazos cruzados, sosteniendo la manta que le habían dado y mirando al suelo. Levantó una mano para ponerse bien los anteojos, y entonces Peter se dio cuenta de que tenía algo raro. Tenía la mirada vidriosa y los labios caídos que tienen algunos retrasados mentales.

Se dio cuenta de por qué lo habían metido en su celda: habían pensado que a él no se le ocurriría cogérselo.

Peter apretó los puños.

—Eh, tú —dijo.

El chico levantó la cabeza hacia Peter.

—Tengo un perro —dijo—. ¿Tienes un perro?

Peter se imaginó a los funcionarios del correccional observando el numerito por el circuito cerrado de vídeo, para ver cómo se las apañaba.

Para ver algo, y punto.

Alargó la mano y le quitó los lentes de la nariz. Eran tan gruesos como el culo de una botella, con montura negra de plástico. El chico comenzó a chillar, tomándose la cara. Sus gritos parecían una sirena.

Peter tiró los anteojos al suelo y los pisoteó, pero con las chancletas de goma apenas les hizo nada. Así que los tomó y los golpeó contra los barrotes de la celda, hasta que el cristal se hizo añicos.

Entonces llegaron los guardias para alejar a Peter del chico, aunque en realidad ni lo había tocado. Lo esposaron mientras los otros reclusos lo animaban, y se lo llevaron a rastras a la oficina del superintendente.

Se sentó encorvado en una silla, respirando aceleradamente. Un guarda lo vigiló hasta que llegó el superintendente.

—¿Qué ha pasado, Peter?

—Es mi cumpleaños —dijo Peter—. Quería estar solo.

Se dio cuenta de que lo curioso era que, antes del tiroteo, creía que lo mejor del mundo era estar solo, para que nadie pudiera decirle que era un inadaptado. Pero como terminó por ver —y no iba a decírselo al superintendente— tampoco le gustaba mucho su propia compañía.

El superintendente empezó a hablar de una acción disciplinaria. De cómo lo afectaría algo así en caso de condena. De los pocos privilegios que aún le quedaban. Peter dejó de prestarle atención a propósito.

Pensó en cómo se irritarían todos cuando se hablara de ese incidente por televisión durante una semana.

Pensó en el síndrome de víctima acosada del cual le había hablado Jordan y se preguntó si se lo creía, si alguien se lo creería.

Pensó en por qué ninguno de los que lo habían visitado en la cárcel —ni su madre ni su abogado— había dicho lo que pensaban: que Peter estaría encerrado de por vida, que moriría en una celda.

Pensó en que lo mejor sería terminar su vida con una bala.

Pensó en que, de noche, se oían las alas de los murciélagos golpear las esquinas de cemento de la cárcel, y los gritos. Nadie era tan tonto como para llorar.

* * *

A las 9:00 de la mañana del sábado, cuando Jordan abrió la puerta, todavía llevaba los pantalones del pijama.

—Tiene que ser una broma —dijo.

La jueza Cormier esbozó una sonrisa.

—Siento que hayamos empezado con mal pie —replicó—, pero ya sabe cómo son las cosas cuando es un hijo el que tiene problemas... No se piensa con claridad.

Ella estaba en pie, con su mini-yo al lado. «Josie Cormier», pensó Jordan mientras miraba a la chica, que temblaba como una hoja. El pelo castaño le caía por los hombros, y sus ojos azules no se atrevían a mirarlo a la cara.

—Josie está muy asustada —dijo la jueza—. Me preguntaba si podríamos sentarnos un momento... quizá usted pueda tranquilizarla acerca de prestar testimonio. Escuche si lo que ella sabe puede servir siquiera para el caso.

—¿Jordan? ¿Quién es?

Él se dio la vuelta y vio a Selena en el recibidor, con Sam en los brazos. Ella llevaba un pijama de franela que no podría haber sido más formal.

—La jueza Cormier se preguntaba si podríamos hablar con Josie acerca de su testimonio —dijo él detenidamente, intentado telegrafiarle con desesperación que se encontraba en un apuro, ya que todos sabían, quizá con la excepción de Josie, que la única razón por la cual él había hecho pública la intención de llamarla era para sacar a Cormier del caso.

Jordan volvió a dirigirse a la juez.

—Mire, aún no me he planteado ese punto.

—Estoy segura de que es porque si la llama como testigo sabe lo que quiere de ella... de otro modo, no la habría incluido en la lista —señaló Alex.

—¿Por qué no llama a mi secretaria y acuerda una cita?

—Pensaba resolverlo ahora —dijo la jueza Cormier—. Por favor. No estoy aquí como juez. Sólo como madre.

Selena dio un paso al frente.

—Venga, entren —dijo usando el brazo libre para rodear a Josie por los hombros—. Tú debes de ser Josie, ¿verdad? Éste es Sam.

Josie sonrió al bebé con timidez.

—Hola, Sam.

—Cariño, ¿por qué no traes un poco de café o jugo para la jueza?

Jordan se quedó mirando a su mujer, preguntándose qué demonios estaba haciendo.

—Vamos, entren.

Afortunadamente, la casa no tenía el mismo aspecto que la primera vez que Cormier se había presentado sin avisar. No había platos por lavar, las mesas no estaban llenas de papeles y los juguetes estaban misteriosamente desaparecidos. Jordan podía decir que su mujer era una obsesa del orden. Ofreció una de las sillas de la cocina a Josie, y luego le ofreció otra a la jueza.

—¿Cómo quiere el café? —preguntó él.

—No hace falta que nos prepare nada —dijo Alex tomando la mano de su hija por debajo de la mesa.

—Sam y yo nos vamos a jugar al salón —intervino Selena.

—¿Por qué no se quedan aquí? —preguntó Jordan con una mirada que suplicaba que no lo dejase solo para que lo destripasen.

—Es mejor que no te molestemos —insistió Selena llevándose al bebé.

Jordan se sentó con pesadez al otro lado de la mesa. Era bueno improvisando. Seguro que podría salir de aquello.

—Bueno —dijo—, no es nada de lo que tengas que asustarte. Sólo iba a hacerte unas preguntas básicas acerca de tu amistad con Peter.

—No somos amigos —dijo Josie.

—Sí, lo sé. Pero lo fueron. Me interesa la primera vez que se vieron.

Josie miró a Alex.

—En la guardería, o incluso antes.

—Bien. ¿Jugaban en tu casa? ¿En la suya?

—En las dos.

—¿Había otros amigos que salieran con ustedes?

—No —dijo Josie.

Alex escuchaba, pero no podía evitar prestar atención como abogada a las preguntas de McAfee. «No tiene nada —pensó—. Esto no es nada».

—¿Cuándo dejaron de verse?

—En sexto —contestó Josie—. Sencillamente, comenzamos a tener gustos distintos.

—¿Tuviste algún contacto con Peter tras eso?

Josie se acomodó en la silla.

—Sólo en los pasillos, cosas así.

—También trabajaste con él, ¿verdad?

Josie volvió a mirar a su madre.

—No mucho tiempo.

Tanto la madre como la hija se lo quedaron mirando, esperando, lo que era terriblemente divertido, porque Jordan estaba improvisándolo todo.

—¿Qué hay de la relación entre Matt y Peter?

—No tenían ninguna relación —dijo Josie ruborizándose.

—¿Matt le hizo algo a Peter que pudiese haberlo molestado?

—Quizá.

—¿Puedes ser más específica?

Sacudió la cabeza, apretando los labios con fuerza.

—¿Cuándo fue la última vez que viste a Matt y a Peter juntos?

—No me acuerdo —susurró Josie.

—¿Se pelearon?

Los ojos se le llenaron de lágrimas.

—No lo sé.

Miró a su madre, y entonces, se inclinó sobre la mesa lentamente, ocultando la cara en su propio brazo.

—Cariño, ¿por qué no me esperas en la otra habitación? —dijo la jueza con voz calma.

Observaron a Josie mientras se sentaba en una silla del salón, enjugándose los ojos e inclinándose hacia adelante, para ver jugar al bebé.

—Mire —dijo la jueza Cormier—, estoy fuera del caso. Sé que por eso la puso en la lista de testigos aun sin tener intención de llamarla a declarar. Pero ahora no le estoy hablando de eso. Le estoy hablando de madre a padre. Si le doy una declaración firmada por Josie, diciendo que no recuerda nada, ¿podría replantearse lo de llamarla a declarar?

Jordan echó un vistazo hacia el salón. Selena había hecho que Josie se sentara en el suelo, con ella. Estaba empujando un avión de juguete hacia los pies de Sam. Cuando él se echó a reír con ese sonido puro que sólo los bebés tienen, Josie también sonrió un poco. Selena miró a Jordan a los ojos y arqueó las cejas de forma interrogativa.

Él tenía lo que quería: la recusación de Cormier. Podía ser generoso con ella.

—De acuerdo —le dijo—. Deme esa declaración.

—Cuando te dicen que hiervas la leche —dijo Josie frotando con otro trapo el ennegrecido fondo del recipiente—, no creo que se refieran a esto.

Su madre agarró una servilleta.

—Bueno, ¿y cómo iba a saberlo?

—Quizá deberíamos empezar por algo más fácil que el budín —sugirió Josie.

—¿Como qué?

—¿Una tostada? —dijo sonriendo.

Con su madre en casa durante el día, Josie no tenía descanso. De momento, Alex se encargaba de la cocina, lo que era una buena idea sólo si se trabajaba para el departamento de bomberos y se quería un trabajo seguro. Ni siquiera cuando su madre seguía la receta el resultado era el esperado, de manera que Josie, inevitablemente, terminaba haciéndole confesar que había usado levadura en lugar de soda en polvo, o harina de trigo entero en lugar de harina de maíz; «No teníamos», se quejaba.

Al principio, Josie le sugirió clases de cocina nocturnas por motivos de supervivencia. Cuando su madre depositaba en la mesa un ladrillo de carne carbonizada con la misma reverencia sagrada que le habría dedicado al Santo Grial, ella se quedaba sin palabras. Aunque al final resultó divertido. Cuando su madre no actuaba como si lo supiera todo —porque de cocina no tenía ni idea—, era francamente divertido estar con ella. Josie se lo pasaba bien sintiendo que controlaba la situación. Cualquier situación, aunque estuvieran haciendo un budín de chocolate, o fregando los restos del fondo de la cacerola.

Esa noche hicieron pizza, y Josie lo consideró un éxito, hasta que su madre intentó sacarla del horno y, a medio camino, se le dobló sobre la rejilla, lo que quería decir que esa noche cenarían queso gratinado. Tomaron además ensalada preparada, algo que su madre no podía arruinar por más que lo intentase. Pero a causa del desastre con el budín se quedarían sin postre.

—¿Cómo conseguiste ser Julia Child? —preguntó su madre.

—Julia Child está muerta.

—Nigella Lawson, entonces. Emeril. Lo que sea.

Josie se encogió de hombros, cerró el grifo y se quitó los guantes amarillos de plástico.

—Estaba harta de sopa —dijo.

—¿No te dije que no encendieras el horno cuando no estuviera en casa?

—Sí, pero no te hice caso.

Una vez, cuando Josie estaba en quinto, los alumnos tuvieron que hacer un puente con palos de polos. La idea era elaborar un diseño que pudiera resistir mucha presión. Josie recordaba haber ido hasta el puente del río Connecticut para estudiar los arcos, las riostras y los soportes de los puentes reales, intentando reproducirlos luego lo mejor posible. Al final de la asignatura, vinieron dos miembros del Cuerpo de Ingenieros del Ejército con una máquina especialmente diseñada para someter los puentes a peso y presión, y dilucidar cuál era el más fuerte.

Los padres estaban invitados a la prueba. La madre de Josie estaba en el juzgado, la única madre que no estaba presente ese día. O eso era lo que había recordado Josie hasta ese momento, porque luego se acordó de que su madre sí había estado allí... durante los últimos diez minutos. Se había perdido la prueba de Josie, durante la cual los palos se astillaron y chirriaron antes de reventar de una manera catastrófica, pero había llegado a tiempo para ayudarla a recoger los pedazos.

La cacerola plateada brillaba. La botella de leche estaba medio llena.

—Podríamos comenzar de nuevo —sugirió Josie.

Al no obtener respuesta, Josie se dio la vuelta.

—Me gustaría —contestó su madre en voz baja, pero en ese momento ninguna de las dos estaba hablando ya de cocinar.

Alguien llamó a la puerta, y la conexión entre ellas, frágil como una mariposa que se posa en la mano, se rompió.

—¿Esperas a alguien? —preguntó la madre de Josie.

No esperaba a nadie, pero fue a ver de todos modos. Cuando Josie abrió la puerta, se encontró allí al detective que la había entrevistado.

¿No es cierto que los detectives se presentan sólo cuando tienes problemas serios?

«Respira, Josie», se dijo a sí misma. Pero cuando su madre se acercó a ver quién era, se dio cuenta de que él llevaba una botella de vino.

—Oh —dijo su madre—, Patrick.

«¿Patrick?»

Josie se dio la vuelta y vio que su madre se había ruborizado.

Él le dio la botella de vino.

—Ya que parece haber un muro de contención entre nosotros...

—Bueno —dijo Josie, incómoda—, voy a... estudiar arriba.

Dejó a su madre preguntándose cómo iba a hacerlo, dado que había terminado los deberes antes de la hora de cenar.

Subió la escalera de prisa, pisando con fuerza para no oír lo que su madre estaba diciendo. En su habitación, subió la música del reproductor de CD al máximo, se tumbó en la cama y se quedó mirando el techo.

El toque de queda de Josie era a medianoche, aunque en esos momentos ni siquiera saliese. Antes, el trato era así: Matt dejaba a Josie en casa a medianoche. En contrapartida, la madre de Josie desaparecía a partir del momento en que entraban en casa. Se iba al piso de arriba para que ella y Matt pudieran estar a sus anchas en el salón. Josie no tenía ni idea de cuál era el razonamiento de su madre para comportarse así, a menos que considerase que era más seguro para Josie hacer lo que fuera en su propio salón en lugar de en el coche o bajo las gradas.

Recordaba cómo Matt y ella se habían abrazado en la oscuridad, con sus cuerpos fundiéndose mientras medían el silencio. Saber que, en cualquier momento, su madre podría bajar por un vaso de agua o una aspirina sólo lo hacía mucho más excitante.

A las tres o las cuatro de la madrugada, con los ojos vidriosos y la barbilla enrojecida por el roce de la incipiente barba de él, Josie daba un beso de buenas noches a Matt en la puerta delantera. Se quedaba mirando las luces traseras del coche mientras desaparecían, como el brillo de un cigarro que se apaga. Subía de puntillas al piso de arriba y pasaba por delante de la habitación de su madre, pensando: «No tienes ni idea de lo que hago».

—Si no permito que me invites a una copa —dijo Alex—, ¿qué te hace pensar que aceptaré una botella de vino?

Patrick sonrió.

—No te la estoy dando. Voy a abrirla, y tú puedes beber si quieres.

Dicho eso entró en la casa, como si conociera el camino. Entró en la cocina, husmeó dos veces —todavía olía a cenizas de corteza de pizza y a leche quemada—, y empezó a abrir y cerrar cajones al azar hasta que encontró un sacacorchos.

Alex se cruzó de brazos, no porque tuviera frío sino porque no recordaba la última vez que había sentido esa luz interior, como si su cuerpo alojara un segundo sistema solar. Observó a Patrick sacar dos copas de vino de un armario y servirlo.

—Por ser una civil —dijo él brindando.

El vino era delicioso y tenía cuerpo. Era como el terciopelo. Como el otoño. Alex cerró los ojos. Le habría gustado aferrarse al momento, ensancharlo y completarlo hasta que cubriese todos los que había vivido antes.

—Y bien, ¿qué se siente al estar desempleada? —preguntó Patrick.

Ella permaneció pensativa un momento.

—Hoy he hecho un sándwich de queso gratinado sin quemar la sartén.

—Espero que lo hayas enmarcado.

Alex sonrió, sintiendo que se disolvía en la estela de sus pensamientos.

—¿Alguna vez te sientes culpable? —le preguntó a Patrick.

—¿Por qué?

—Por, durante un segundo, casi olvidar todo lo que sucedió.

Patrick dejó su copa.

—A veces, cuando repaso las pruebas y veo una huella, una foto o un zapato que pertenecieron a uno de los chicos que murieron, me tomo cierto tiempo para mirarlo. Parece una tontería, pero es como si alguien tuviera que hacerlo, de manera que se los recuerde uno o dos segundos más —dijo mirándola—. Cuando alguien muere, su vida no es la única que se detiene en ese momento, ¿sabes?

Alex vació de un trago su copa de vino.

—Dime cómo la encontraste.

—¿A quién?

—A Josie. Ese día.

Patrick la miró a los ojos, y Alex supo que él estaba sopesando su derecho a saber por lo que su hija había pasado, frente a su deseo de mantenerla al margen de una verdad que la heriría en lo más profundo.

—Ella estaba en los vestuarios —contestó en voz baja—. Y pensé... pensé que también estaba muerta, porque estaba cubierta de sangre, boca abajo, junto a Matt Royston. Pero entonces se movió y...
—Se le quebró la voz—. Fue lo más bonito que he visto nunca.

—Sabes que eres un héroe, ¿verdad?

Patrick sacudió la cabeza.

—Soy un cobarde. El único motivo por el cual entré en ese edificio fue porque, de no hacerlo, sabía que tendría pesadillas el resto de mi vida.

Alex se estremeció.

—Yo tengo pesadillas, y ni siquiera estuve allí.

Él le quitó la copa y le tomó la mano, como si fuera a leerle la palma de la mano.

—Quizá deberías dormir menos —dijo entonces Patrick.

De cerca, la piel de él olía a menta. Alex sentía los latidos de su propio corazón a través de las puntas de los dedos. Imaginó que él también los sentiría.

Alex no sabía qué sucedería, qué era lo que tenía que suceder, pero sería azaroso, impredecible, incómodo. Estaba preparándose para apartarse de él cuando las manos de Patrick la sujetaron.

—Deja de actuar como jueza, Alex —susurró, y la besó.

Cuando él se apartó, ella estaba en medio de una tormenta de colores, excitación y sensaciones. Lo único que podía hacer era permanecer allí y esperar a que la tormenta amainase. Alex cerró los ojos y se preparó para lo peor, pero eso no llegó. Simplemente fue algo distinto. Más confuso, más complicado. Ella dudó, y luego le devolvió el beso a Patrick, deseando reconocer que tienes que perder el control antes de darte cuenta de lo que te has perdido.

El mes anterior

Cuando se ama a alguien, hay un patrón en el modo en que uno se acerca al otro. Puede que ni siquiera se sea consciente de ello, pero los cuerpos ejecutan una coreografía: un toque en la cadera, un movimiento del cabello. Un beso en staccato, separación, un beso más largo, la mano que se desliza bajo la camisa. Es una rutina, pero no en el sentido aburrido de la palabra. Es la forma en que se ha aprendido a encajar mutuamente, y ésa es la razón por la que, cuando se ha estado con un chico mucho tiempo, los dientes no chocan en el beso, ni las narices ni los codos.

Matt y Josie tenían un patrón. Cuando comenzaron a salir, él se inclinó hacia ella y la miró como si no fuera capaz de ver ninguna otra cosa en el mundo. Era hipnotismo, Josie se dio cuenta, porque al cabo de un momento también ella se sintió así. Luego, él la besó, tan lentamente que ella apenas sintió presión en la boca, hasta que fue la propia Josie la que presionó contra él pidiendo más. Él la acarició, desde la boca hasta el cuello, del cuello a los pechos y luego sus dedos llevarían a cabo una incursión por debajo de la cintura de sus tejanos. Esa primera vez todo el asunto duró alrededor de diez minutos; luego Matt se dio la vuelta para agarrar el condón de su cartera para que pudieran tener sexo.

Las veces posteriores habían seguido un esquema muy parecido. No es que a Josie le molestase. Para ser franca, el patrón le gustaba. Se sentía como en una montaña rusa, subiendo, consciente de qué era lo que venía a continuación, la bajada; y sabiendo también que no podría hacer nada para detenerlo.

Estaban en el salón, a oscuras, con la televisión encendida para que hiciera ruido de fondo. Matt ya le había quitado la ropa, y ahora se inclinaba sobre ella como una ola marina, bajándose los calzoncillos. Se liberó de ellos y se metió entre las piernas de Josie.

—Eh —dijo ella, mientras él intentaba penetrarla—, ¿no estás olvidándote de algo?

—Oh, Jo. Sólo por una vez quiero que no haya nada entre nosotros.

Sus palabras podían hacer que ella se derritiese, casi tanto como cuando la besaba o la tocaba; a esas alturas lo sabía perfectamente. Por otra parte, odiaba el olor a goma que impregnaba el aire desde el momento en que él rasgaba el envoltorio del preservativo, y que permanecía en sus manos hasta que terminaban. Y, Dios, ¿había algo mejor que sentir a Matt dentro de ella? Josie se levantó sólo un poco, sintió su cuerpo adaptarse al de él y sus piernas temblaron.

Cuando Josie tuvo su primera regla, a los doce, su madre no le dio la típica charla íntima entre madre e hija. En lugar de eso, le entregó a Josie un libro sobre probabilidades y estadísticas.

—Cada vez que tienes sexo, puedes quedarte embarazada o puedes no quedarte embarazada —dijo su madre—. Eso es cincuenta y cincuenta. Así que no te engañes pensando que si lo haces una vez sin protección las probabilidades están a tu favor.

Josie empujó a Matt.

—Creo que no debemos hacer esto —susurró ella.

—¿Tener sexo?

—Tener sexo sin... ya sabes, nada.

Él estaba decepcionado, Josie lo sabía por el modo en que su cara se paralizó por un solo instante. Pero salió de ella y rebuscó en su cartera; encontró un condón. Josie se lo quitó de las manos, abrió el paquete y ayudó a que él se lo pusiera.

—Un día... —comenzó, luego él la besó y ella olvidó qué era lo que iba a decirle.

* * *

Lacy había comenzado a echar maíz en el patio trasero en noviembre, para ayudar a los ciervos durante el invierno. Había muchos vecinos que fruncían el cejo ante la actitud de echar una mano artificialmente durante el invierno —la mayoría era la misma gente cuyos jardines eran destrozados en verano por los ciervos que sobrevivían—, pero para Lacy, tenía que ver con el karma. Mientras Lewis insistiera en cazar, ella haría lo mínimo que pudiera para compensar sus acciones.

Se puso las pesadas botas —todavía había mucha nieve en el suelo, aunque ya hacía suficiente calor como para que la savia comenzara a fluir, lo que quería decir que, al menos en teoría, la primavera estaba llegando. Tan pronto como Lacy salió, pudo oler el jarabe de arce refinándose en la cabaña en la que lo hacían sus vecinos, como cristales de dulce en el aire. Cargó el cubo de maíz hacia el columpio que había en el patio de atrás; una estructura de madera en la que los muchachos se habían balanceado cuando eran pequeños y que Lewis nunca se había molestado en quitar.

—Eh, mamá.

Lacy se volvió y se encontró con Peter de pie, cerca de ella, con las manos metidas profundamente en los bolsillos de sus tejanos. Llevaba puesta una camiseta y otra debajo, y ella supuso que tenía que estar congelándose.

—Hola, cariño —dijo Lacy—, ¿qué sucede?

Se podrían contar con los dedos de una mano el número de veces que Peter había salido de su habitación últimamente, y mucho menos al exterior. Sabía que eso formaba parte de la pubertad; que los adolescentes se escondían en sus madrigueras y hacían lo que fuera que hicieran, con la puerta cerrada. En el caso de Peter, eso incluía la computadora. Estaba constantemente conectada —no tanto para navegar por la Red como para programar—, y ¿cómo podría criticar ella ese tipo de pasión?

—Nada. ¿Qué haces?

—Lo mismo que he hecho todo el invierno.

—¿En serio?

Ella lo miró. En la belleza del refrescante exterior, Peter parecía sumamente fuera de lugar. Sus rasgos eran demasiado delicados como para encajar con la escarpada línea de las montañas que había tras él como un de telón de fondo; su piel parecía tan blanca como la nieve. No encajaba, y Lacy se dio cuenta de que la mayor parte de las veces en que veía a Peter, fuera donde fuese, podría haber hecho la misma observación.

—Ven —dijo Lacy, pasándole el cubo—, ayúdame.

Peter tomó el cubo y comenzó a echar puñados de maíz en el suelo.

—¿Puedo preguntarte una cosa?

—Claro.

—¿Es verdad que fuiste tú quien invitó a salir a papá?

Lacy sonrió ampliamente.

—Bueno, si no lo hubiera hecho yo, probablemente habría tenido que esperar más o menos toda la vida. Tu padre es muchas cosas, pero perceptivo no es una de ellas.

Lacy había conocido a Lewis en un mitin a favor del aborto. Aunque Lacy hubiera sido la primera en decir que no había regalo más maravilloso que tener un bebé, era realista; había mandado a casa a suficientes madres demasiado jóvenes o demasiado pobres o demasiado sobrecargadas como para saber que las probabilidades de que esos niños tuvieran una buena vida eran escasas. Había ido con una amiga a manifestarse frente al ayuntamiento, en Concord, y estaba desfilando con un grupo de mujeres que portaban pancartas que decían: ESTOY A FAVOR DEL ABORTO Y VOTO SÍ. ¿ESTÁS EN CONTRA? NO ABORTES. Miró alrededor, a la multitud, y se dio cuenta de que había un solo hombre; bien vestido, con traje y corbata, exactamente en el lugar donde había más manifestantes. Lacy se quedó fascinada. Como manifestante, era completamente atípico.

—Guau —había dicho Lacy, dirigiéndose a él—, qué día.

—Dímelo...

—¿Habías estado aquí antes? —preguntó Lacy.

—Es mi primera vez —contestó Lewis.

—También para mí.

Fueron separados por un nuevo flujo de personas que marchaban y que habían bajado de los escalones de piedra. Un papel salió volando de la pila que llevaba Lewis pero, para cuando Lacy tuvo tiempo de recogerlo, él ya había sido tragado por la multitud. Era la primera página de un trabajo, Lacy lo supo por los agujeros de la grapa en el extremo, y tenía un título que casi la hizo dormir: «La asignación de los recursos de educación pública en New Hampshire: un análisis crítico». Pero figuraba también el nombre del autor: Lewis Houghton, Departamento de Ciencias Económicas de la Universidad de Sterling.

Cuando ella llamó a la universidad para decirle a Lewis que tenía un papel que le pertenecía, él dijo que no lo necesitaba. Podía imprimir otra copia.

—Sí —había dicho Lacy—, pero yo necesito devolverte éste.

—¿Por qué?

—Para que puedas explicármelo durante la cena.

Hasta que salieron a cenar sushi, Lacy no supo que la razón por la que Lewis había estado en la manifestación no tenía nada que ver con asistir a un mitin a favor del aborto, sino que tenía una cita concertada con el gobernador.

—Pero ¿cómo le dijiste —preguntó Peter— que te gustaba, ya sabes, de ese modo?

—Según recuerdo, después de nuestra tercera cita, me acerqué a él y lo besé. Luego otra vez, que debió de ser para hacerle callar, porque él estaba dale que te pego con el libre comercio. —Lacy echó un vistazo a su hijo por encima del hombro y de repente todas sus preguntas cobraron sentido—. Peter —dijo ella, con una sonrisa incipiente—, ¿hay alguien que te guste?

Peter ni siquiera necesitó contestar, su rostro se había vuelto carmesí.

—¿Puedo saber su nombre?

—No —contestó él categóricamente.

—Bueno, no importa. —Ella enganchó su brazo alrededor del brazo de Peter—. ¡Vaya por Dios! Te envidio. No hay nada comparable con esos pocos primeros meses en los que en lo único que piensas es en el otro. Quiero decir, el amor en cualquiera de sus formas es fabuloso... pero enamorarse... bueno...

—No es así —dijo Peter—, quiero decir, no es mutuo.

—Apuesto a que ella está tan nerviosa como lo estás tú.

Él hizo una mueca:

—Mamá, ella apenas sabe que existo. No soy... no ando con el tipo de gente con el que anda ella.

Lacy miró a su hijo:

—Bueno —dijo—, entonces lo primero que tienes que hacer es cambiar eso.

—¿Cómo?

—Encuentra formas de conectar con ella. Quizá en los lugares en los que sabes que sus amigos no estarán. E intentar mostrarle el lado de las cosas que ella no ve normalmente.

—¿Como qué?

—El interior. —Lacy dio un golpecito en el pecho de Peter—. Si le dijeras cómo te sientes, creo que podrías sorprenderte con su reacción.

Peter agachó la cabeza y pateó una pila de nieve. Luego levantó la vista hacia ella, tímidamente:

—¿En serio?

Lacy asintió con la cabeza:

—A mí me funcionó.

—Bueno —dijo Peter—, gracias.

Ella lo miró caminar pesadamente de regreso hacia la casa, y luego volvió a concentrar su atención en los ciervos. Lacy tendría que alimentarlos hasta que la nieve se derritiera. Una vez que comienzas a ocuparte de ellos, debes seguir adelante, o ellos solos no lo logran.

Estaban en el suelo del salón y estaban casi desnudos. Josie podía notar la cerveza en el aliento de Matt, pero ella también debía de tener ese sabor. Ambos habían bebido algunas en casa de Drew; no tanto como para emborracharse pero sí para estar un poco alegres. Lo suficiente como para que las manos de Matt parecieran estar por todo su cuerpo, de modo que la piel de él encendiera la de ella.

Josie había estado flotando placenteramente en la bruma de lo familiar. Sí, Matt la había besado; primero uno corto, luego uno más largo, un beso hambriento, mientras su mano maniobraba para abrir el broche de su sujetador. Ella permanecía indolente, tendida debajo de él como un banquete, mientras dejaba que le quitara las tejanas. Pero entonces, en lugar de hacer lo que normalmente venía a continuación, Matt se irguió sobre ella otra vez, y luego la besó tan fuerte que le dolió.

—Mmmm —dijo ella, empujándole.

—Relájate —murmuró Matt, y entonces hundió sus dientes en el hombro de ella. Le inmovilizó las manos sobre la cabeza y presionó sus caderas contra las de ella. Josie podía sentir su erección, caliente, contra su estómago.

No era la forma habitual, pero tenía que admitir que era excitante. Ella no podía recordar haberlo sentido antes tan cercano, como si su corazón le latiera entre las piernas. Arañó la espalda de Matt para atraerlo más hacia ella.

—Sí —gimió él, y empujó entre sus muslos. Entonces, de repente, Matt la penetró, arremetiendo con tal fuerza que ella procuraba escabullirse hacia atrás arrastrándose por la alfombra, quemándose la parte trasera de las piernas.

—Espera —dijo Josie, intentando salir de debajo de él, pero Matt le tapó la boca y empujó una y otra vez con más y más fuerza, hasta que Josie sintió cómo eyaculaba dentro de ella.

Semen, pegajoso y caliente, resbalando sobre la alfombra, debajo de ella. Matt le tomó la cara entre las manos.

—Dios, Josie —susurró, y ella se dio cuenta de que él tenía lágrimas en los ojos—, te amo tanto, maldición.

Josie volvió la cara hacia otro lado:

—Yo también te amo.

Permaneció diez minutos en los brazos de él y luego le dijo que estaba cansada y que necesitaba dormir. Después de despedirse de Matt con un beso en la puerta de entrada, fue a la cocina y tomó el limpiador de alfombras de debajo del fregadero. Lo echó sobre la mancha húmeda y restregó la alfombra; rogó para que no quedaran rastros.

```
# include <stdio.h>
main ( )
{
     int time;
     for (time=0 ; time<infinity (1) ; time
++)
     { printf ("Te amo") ; )
}
```

Peter seleccionó el texto en la pantalla de su computadora y luego lo borró. Aunque pensaba que debía estar bueno abrir un correo electrónico y que apareciera automáticamente un mensaje que dijera TE AMO repetido una y otra vez en la pantalla, podía entender que a otra persona —alguien a quien le importara una mierda el C++—* pensara que era algo muy extraño.

Se había decidido por un correo electrónico porque, de ese modo, si ella lo mandaba a paseo, pasaría la vergüenza en privado. El problema era que su madre le había dicho que mostrase lo que tenía en su interior, y él no era muy bueno poniendo nada en palabras.

Pensó que algunas veces, cuando la veía, se sentía como formando parte de ella: su brazo apoyado en la ventanilla del acompañante en el coche, su cabello volando por la ventanilla. Pensó en cuántas veces había fantaseado con ser él el que iba al volante.

«Mi viaje no tenía rumbo —escribió—. Hasta que tomé un cambio de sentido».**

Gruñendo, Peter borró también eso. Hacía que sonara como una tarjeta de Hallmark o, incluso peor, una que Hallmark ni siquiera querría.

Pensó en lo que le gustaría poderle decir, si tuviese agallas, y sus manos permanecieron suspendidas sobre el teclado.

---

* Lenguaje de programación creado como una extensión del lenguaje C. (*N. del t.*)

** Juego de palabras sin equivalente en español. Literalmente: «Until I took a YOU-turn». Es decir, juega con el significado de la señal de tráfico que indica un cambio de sentido, «U-turn», y la idea de que la vida del personaje cobra sentido cuando conoce a la chica. (*N. del t.*)

Sé que no piensas en mí.

Y que desde luego nunca nos has imaginado juntos.

Pero probablemente la mantequilla de cacahuete no fue más que mantequilla de cacahuete durante mucho tiempo, antes de que alguien alguna vez pensara en combinarla con jalea. Y había sal, pero comenzó a tener mejor sabor cuando hubo pimienta. ¿Y qué es la mantequilla sin pan?

«(¿¿¿Por qué me salen todos estos ejemplos de COMIDAS?!?!?!)»

Por mí mismo, no soy nada especial. Pero contigo, creo que podría serlo.

Lo pasó mal para encontrar un final.

Tu amigo, Peter Houghton.

Bueno, técnicamente eso no era cierto.

Sinceramente, Peter Houghton.

Eso era verdad, pero todavía era poco convincente. Claro, estaba la obvia:

Con amor, Peter Houghton.

Lo tecleó, lo leyó una vez más. Y luego, antes de que pudiera arrepentirse, apretó el botón de INTRO y, a través de la Ethernet, envió su corazón a Josie Cormier.

Courtney Ignatio estaba desesperadamente aburrida.

Josie era su amiga, pero era como si no hubiera nada que pudieran hacer. Ya habían visto tres películas de Paul Walker en DVD, revisado la página web de *Lost* para buscar la biografía del tipo bueno que hacía el personaje de Sawyer y leído todas las *Cosmo* que no habían sido recicladas, pero no había HBO, nada de chocolate en el refrigerador y ninguna fiesta en la Universidad de Sterling en la que colarse. Ésa era la segunda noche de Courtney en el hogar Cormier, gracias al cerebrito de su hermano, que había arrastrado a sus padres a una excursión tipo torbellino por las universidades de la Ivy League de la Costa Este. Courtney hizo un ruidito de satisfacción que salió de su estómago, y frunció el gesto con sus ojos como botones. Había intentado conseguir detalles de la última noche de Josie con Matt —cosas importantes, como cuán grande tenía la polla y si tenía idea acerca de cómo usarla—, pero Josie asumía una actitud mojigata ante ella y actuaba como si nunca antes hubiera oído la palabra «sexo».

Josie estaba en el baño, dándose una ducha; Courtney podía oír el agua corriendo. Se volvió de lado y escudriñó una fotografía enmarcada de Josie y Matt. Hubiera sido fácil odiar a Josie, porque Matt era el supernovio, siempre echando una mirada por ahí en la fiesta para asegurarse de que no se había alejado mucho de Josie; llamándola para darle las buenas noches, incluso si la había dejado en casa media hora antes (sí, Courtney había sido una espectadora privilegiada de ese tipo exacto de cosas la noche anterior). A diferencia de la mayoría de los chicos del equipo de hockey —con muchos de los cuales Courtney había salido—, Matt realmente parecía preferir la compañía de Josie a la de cualquier otra persona. Pero había algo de Josie que hacía que Courtney no tuviera celos. Era el modo en que su expresión cambiaba de vez en cuando permitiendo ver lo que había de verdad por debajo. Josie podía haber sido una mitad de la Pareja Más Fiel del Instituto Sterling, pero casi parecía que la razón más importante por la que ella se aferraba a esa etiqueta, era porque le permitía saber quién era.

—«Tienes un correo electrónico» —dijo el automático de la computadora de Josie.

Hasta ese momento, Courtney no se había dado cuenta de que habían dejado la computadora funcionando y, mucho menos, conectada. Se instaló en el escritorio, moviendo el ratón para que la pantalla volviera a iluminarse. Quizá Matt estuviera escribiendo algún tipo de ciberpornografía. Sería divertido coquetear con él un poco y hacerse pasar por Josie.

La dirección del destinatario, sin embargo, no era ninguna que Courtney pudiera reconocer; y ella y Josie tenían una Lista de Amigos casi idéntica. No había asunto. Courtney fue a abrirlo dando por sentado que era algún tipo de correo basura: alarga tu pene; agrupa tus deudas; verdaderos chollos en tinta para impresora.

El correo electrónico se abrió y Courtney comenzó a leer.

—Oh, Dios mío —murmuró—, puta madre, esto es demasiado bueno.

En un instante reenvió el correo electrónico.

Drew —escribió—, envía masivamente esto a todo el ancho mundo.

La puerta del baño se abrió y Josie regresó a la habitación con un albornoz y una toalla envolviéndole la cabeza. Courtney cerró la ventana del servidor.

—Adiós —dijo el automático.

—¿Qué pasa? —preguntó Josie.

Courtney se volvió en la silla, sonriendo:

—Sólo revisaba mi correo —contestó.

Josie no podía dormir; su mente daba vueltas como un remolino. Tenía exactamente la clase de problema que hubiera deseado poder hablar con alguien, pero ¿con quién? ¿Su madre? Sí, justo. Matt por supuesto estaba descartado. Y Courtney —o cualquier otra de las amigas que tenía—... bueno, tenía miedo de que si pronunciaba sus peores miedos en voz alta, quizá eso fuera suficiente como para que se convirtieran en realidad.

Josie esperó hasta escuchar la respiración regular de Courtney. Se deslizó desde la cama hasta el baño. Cerró la puerta y se bajó el pantalón del pijama.

Nada.

Tenía un retraso en la regla de tres días.

* * *

El martes por la tarde Josie estaba sentada en un sofá en el sótano de Matt, a punto de escribirle un trabajo de ciencias sociales sobre el histórico abuso de poder en América, mientras él y Drew levantaban pesas.

—Hay un millón de cosas de las que puedes hablar —dijo Josie—. Watergate. Abu Ghraib. Kent State.

Matt se dobló bajo el peso de la pesa cuando Drew se la pasó a él.

—Lo que sea más fácil, Jo —dijo él.

—Vamos, gatita —intervino Drew—. A este paso van a degradarte a categoría junior.

Matt sonrió ampliamente y extendió por completo los brazos.

—A ver si levantas esto —le gruñó a Drew.

Josie le miró los músculos, los imaginó lo suficientemente fuertes como para hacer eso y también lo bastante tiernos como para abrazarla. Matt se incorporó, limpiándose la frente y el banco de pesas, para que Drew pudiera ocuparlo.

—Podría hacer algo acerca del Patriot Act —sugirió Josie, mordiendo el extremo del lápiz.

—Sólo procuro por tus intereses —dijo Drew—. Quiero decir, que si no subes de peso muscular por el entrenador, al menos hazlo por Josie.

Ella levantó la mirada:

—Drew, ¿tú naciste idiota o te fuiste haciendo con el tiempo?

—Estoy diseñado inteligentemente —bromeó él—. Lo único que digo es que mejor que Matt se ande con ojo, ahora que tiene competencia.

—¿De qué hablas? —Josie le miró como si estuviera loco, pero en secreto estaba aterrada. En realidad no importaba si Josie había prestado atención a alguien más o no; sólo importaba que Matt lo creyera así.

—Era una broma, Josie —dijo Drew, recostándose en el banco y cerrando los puños alrededor de la barra de metal.

Matt se rió:

—Sí, ésa es una buena descripción de Peter Houghton.

—¿Vas a vengarte?

—Eso espero —dijo Matt—, sólo que todavía no he decidido cómo.

—Quizá necesites un poco de inspiración poética para que te surja un plan adecuado —dijo Drew—. Eh, Jo, toma mi carpeta. El correo electrónico está justo encima.

Josie se estiró sobre el sofá hasta la mochila de Drew y hurgó en su carpeta. Sacó una hoja de papel doblada y la abrió. Vio su propia dirección de correo electrónico justo arriba de todo y todo el cuerpo de estudiantes del Instituto Sterling como dirección del destinatario.

¿De dónde había salido aquello? ¿Y por qué nunca lo había visto?

—Léelo —dijo Drew, levantando las pesas.

Josie dudó.

—Sé que no piensas en mí. Y que desde luego nunca nos has imaginado juntos.

Sentía las palabras como piedras en la garganta. Dejó de leer en voz alta, pero eso no importó, porque Drew y Matt estaban recitando el mensaje palabra por palabra.

—Por mí mismo, no soy nada especial —dijo Matt.

—Pero contigo... creo... —Drew se partía de risa, las pesas cayeron de golpe otra vez en su horquilla—. Carajo, no puedo hacer esto cuando me río.

Matt se hundió en el sofá junto a Josie y deslizó su brazo alrededor de ella, con su pulgar posado en su pecho. Ella se movió un poco porque no quería que Drew lo viese, pero Matt sí y se movió con ella.

—Inspiras poesía —dijo él, sonriendo—. Mala poesía, pero incluso Helena de Troya probablemente comenzó con, por ejemplo, un Limerick,* ¿no?

La cara de Josie enrojeció. No podía creer que Peter hubiera escrito esas cosas para ella, que él hubiera pensado siquiera que pudiera ser receptiva a ellas. Josie no podía creer que toda la escuela supiera que le gustaba a Peter Houghton. Ahora no podía permitirse, por ellos, sentir nada por él.

Ni siquiera lástima.

---

* Forma poética popular inglesa, breve y humorística que consta de cinco versos rimados con la forma aabba, normalmente sin sentido y sobre algún personaje inventado o parodiado. *(N. del t.)*

Más devastador era el hecho de que alguien hubiera decidido hacerla pasar por tonta. No era una sorpresa que hubieran entrado en su cuenta de correo electrónico —todos conocían las contraseñas de todos—; podría haber sido cualquiera de las chicas, e incluso el propio Matt. Pero ¿por qué sus amigas harían algo así, algo tan absolutamente humillante?

Josie ya sabía la respuesta. La gente del grupo que ella consideraba el suyo, en realidad no eran sus amigos. Los chicos y chicas populares no tenían amigos, sólo tenían alianzas. Estabas a salvo únicamente mientras mantuvieras tu verdad escondida; en cualquier momento alguien podía convertirte en el hazmerreír, porque así sabrían que nadie se estaría riendo de ellos.

Josie estaba herida, pero también sabía que parte de la jugada consistía en ver el modo en que ella reaccionaría. Si ella se encaraba con sus amigos y los acusaba de entrar sin permiso en su correo electrónico, estaba condenada. Por encima de todo, se suponía que no debía mostrar emoción. Ella estaba socialmente tan por encima de Peter Houghton que un mensaje de correo electrónico como ése no era humillante, sino chistosísimo.

En otras palabras; ríe, no llores.

—Es un perdedor total —dijo Josie, como si no le molestara en absoluto; como si ella lo encontrara tan gracioso como Drew y Matt. Hizo una pelota con la hoja del correo y la lanzó detrás del sofá. Las manos le temblaban.

Matt apoyó su cabeza en la falda de ella, todavía sudando:

—¿Sobre qué he decidido escribir, finalmente?

—Pobladores nativos de América —respondió Josie ausente—. De qué forma el gobierno rompió todos los acuerdos y les quitó sus tierras.

Era, ella se dio cuenta, algo con lo que podría simpatizar: esa carencia de raíces, la comprensión de que nunca te sentirías en casa.

Drew se irguió, con una pierna a cada lado del banco

—Eh, ¿cómo me consigo una chica que pueda mejorar mi promedio?

—Pregúntale a Peter Houghton —respondió Matt con una amplia sonrisa—. Es un maestro del amor.

Mientras Drew se reía, Matt buscaba la mano de Josie, aquella en la que sostenía el lápiz. Le besó los nudillos:

—Eres demasiado buena para mí.

Los casilleros del Instituto Sterling estaban escalonadas, una hilera encima y una hilera debajo, lo que significaba que, si te tocaba un casillero de los de abajo, tenías que sacar tus libros, tu abrigo y tus cosas con alguien prácticamente de pie junto a tu cabeza. El casillero de Peter no sólo estaba en la hilera de abajo, sino que además estaba en una esquina; lo que quería decir que nunca podía reducirse lo suficiente como para sacar lo que necesitaba.

Peter disponía de cinco minutos para ir de una clase a la otra, pero tenía que ser el primero en llegar al vestíbulo cuando sonara el timbre. Era un plan cuidadosamente calculado: si salía lo más pronto posible, estaría en los pasillos durante la mayor aglomeración de tráfico y así era menos probable que alguno de los chicos populares lo distinguiera. Caminaba con la cabeza gacha, con la mirada en el suelo, hasta que alcanzaba su casillero.

Estaba de rodillas frente a ésta, cambiando su libro de matemáticas por el de ciencias sociales, cuando un par de tacones de cuña negros se detuvieron a su lado. Echó un vistazo a las medias caladas hasta la minifalda de tweed, el suéter asimétrico y una larga cascada de cabello rubio. Courtney Ignatio estaba allí de pie, con los brazos cruzados, impaciente, como si Peter estuviera haciéndole perder el tiempo.

—Levántate —dijo ella—. No llegaré tarde a clase.

Peter se levantó y cerró su casillero. Él no quería que Courtney viera lo que había dentro, había pegado una imagen de él y Josie cuando eran pequeños. Había tenido que subir al desván, donde su madre guardaba los viejos álbumes de fotos, porque Peter hacía dos años que se había pasado al formato digital, y ahora todo lo que tenía estaba en CD. En la foto, él y Josie estaban sentados en el borde de un cajón de arena de la guardería de la escuela. La mano de Josie estaba en el hombro de Peter. Ésa era la parte que más le gustaba.

—Mira, lo último que quiero es estar aquí y que me vean hablando contigo, pero Josie es mi amiga, y por eso me ofrecí voluntaria para hacer esto. —Courtney miró el vestíbulo, para asegurarse de que no venía nadie—. Le gustas.

Peter la miraba fijamente.

—Quiero decir que le gustas, retrasado. Ella ya no quiere a Matt, pero no quiere abandonarle hasta que sepa con seguridad que tú vas en serio. —Courtney miró de reojo a Peter—. Le dije que es el suicidio social, pero supongo que eso es lo que la gente hace por amor.

Peter sentía que toda la sangre le subía a la cabeza, un océano en sus oídos:

—¿Por qué debería creerte?

Courtney se apartó el cabello:

—Me importa un bledo si lo haces o no. Sólo estoy diciéndote lo que ella ha dicho. Lo que hagas depende de ti.

Courtney se fue pasillo adelante y desapareció al doblar la esquina en el mismo instante en que sonaba el timbre. Peter iba a llegar tarde; odiaba llegar tarde, porque entonces sentía los ojos de todo el mundo sobre él cuando entraba en clase, como miles de cuervos picoteándole la piel.

Pero eso apenas importaba, no en el gran plan de las cosas.

El mejor producto de la cafetería eran las Tater Tots,* empapadas de aceite. Prácticamente podías sentir cómo la cintura de los tejanos te apretaba al instante y la cara te explotaba; y así y todo, cuando la señora de la cafetería extendía el brazo para servirlas, Josie no podía resistirse. A veces se preguntaba: si fueran tan nutritivas como el brócoli, ¿las desearía tanto? ¿Sabrían así de bien si no fueran tan malas para la salud?

La mayoría de las amigas de Josie sólo bebían gaseosa dietética con sus comidas; comer algo sustancioso y con hidratos de carbono

* Pequeñas croquetas fritas de papas. *(N. del t.)*

451

te catalogaba prácticamente como una ballena o como una bulímica. Normalmente, Josie se limitaba a tres Tater Tots y después dejaba el resto para que lo devorasen los chicos. Pero ese día, ella había estado salivando durante las dos últimas clases sólo de pensar en las Tater Tots, y después de comerse una no podía parar. No tratándose de embutidos ni de helado, ¿podía calificarse igualmente de antojo?

Courtney se inclinó sobre la mesa y señaló con el dedo la grasa que cubría la bandeja con las Tater Tots:

—Asqueroso —dijo—. ¿Cómo puede la gasolina ser tan cara, cuando aquí hay aceite suficiente como para llenar el camión de Drew?

—Es un tipo diferente de aceite, Einstein —contestó Drew—. ¿Realmente creías que en la gasolinera cargabas grasa?

Josie se agachó para abrir el cierre de su mochila. Se había llevado una manzana; tenía que estar allí, en algún lado. Hurgaba entre papeles sueltos y maquillaje tan concentrada que no se dio cuenta de que las bromas entre Drew y Courtney —o cualquier otro— se habían silenciado.

Peter Houghton estaba de pie junto a su mesa, con una bolsa marrón en la mano y un cartón de leche abierto en la otra:

—Hola, Josie —dijo, como si ella estuviera escuchándolo, como si ella no estuviera muriéndose de miles de muertes en ese mismo segundo—. Pensé que quizá quisieras comer conmigo.

La palabra «humillada» quería decir convertirse en granito; no poder moverse aunque en ello fuese la vida. Josie imaginó que años más adelante, los estudiantes señalarían la gárgola congelada que sería ella, todavía sentada en la silla de plástico de la cafetería y dirían, «Oh, sí, he oído hablar de lo que le pasó a esta chica».

Josie oyó un crujido detrás, pero en ese momento era por completo incapaz de moverse. Levantó la mirada hacia Peter, deseando que hubiera algún tipo de lenguaje secreto mediante el cual lo que dijeras no fuera lo que querías decir y el que te escuchara automáticamente pudiera saber que tú estabas hablando esa lengua.

—Em... —comenzó Josie— Yo...

—Le encantaría —dijo Courtney—, cuando el infierno se congele.

Toda la mesa se disolvió en carcajadas, una reacción que Peter no entendió:

—¿Qué hay en la bolsa? —preguntó Drew—. ¿Mantequilla de cacahuete y jalea?

—¿Sal y pimienta? —intervino Courtney.

—¿Pan y mantequilla? —añadió Emma.

La sonrisa en el rostro de Peter se marchitaba a medida que se daba cuenta de cuán profundo era el foso en el que había caído, y cuánta gente lo había cavado. Desvió su mirada desde Drew a Courtney, a Emma y luego otra vez a Josie. Cuando lo hizo, ella tuvo que mirar hacia otro lado, de modo que nadie —ni siquiera Peter— pudiera ver cuánto le dolía lastimarle; y así se diera cuenta de que, en lugar de lo que él había creído, ella no era diferente del resto.

—Creo que Josie debería obtener por lo menos una muestra de la mercancía —dijo Matt y, al oírlo, Josie se dio cuenta de que él ya no estaba sentado a su lado, sino de pie; de hecho, detrás de Peter, y con un suave gesto enganchó los pulgares en las presillas de los pantalones de Peter y se los bajó hasta los tobillos.

La piel de Peter era blanca como la luna debajo de las chillonas lámparas fluorescentes de la cafetería; su pene, una minúscula espiral en un ralo nido de vello púbico. Él se cubrió inmediatamente los genitales con la bolsa de la comida y, al hacerlo, dejó caer el cartón de leche. El contenido se desparramó en el suelo, entre sus pies.

—Eh, mira eso —dijo Drew—, eyaculación precoz.

Toda la cafetería comenzó a dar vueltas como un tiovivo: luces brillantes y colores de arlequín. Josie podía oír las carcajadas, e intentaba hacer coincidir las suyas con las del resto. El señor Isles, el profesor de español, que no tenía cuello, se acercó presuroso a Peter mientras éste se subía los pantalones. Agarró a Matt con una mano y a Peter con la otra.

—Ustedes dos, ya está bien —ladró—. ¿O es que hace falta que vayamos a ver al director?

Peter escapó, pero, para ese momento, todos en la cafetería estaban ya reviviendo el glorioso momento en que le habían bajado los pantalones. Drew chocó los cinco con Matt:

—Óyeme, éste ha sido el maldito mejor entretenimiento que he visto nunca en un almuerzo.

Josie volvió a dedicarse a su mochila; hacía como si buscara aquella manzana, pero no tenía más hambre. Lo único que quería era no ver a todos los que la rodeaban en ese momento; no quería dejar que ellos la vieran.

La bolsa con la comida de Peter Houghton estaba junto a su pie, donde él la había dejado caer cuando huyó. Ella miró dentro. Un emparedado, quizá de pavo. Una bolsa de pretzels. Zanahorias, peladas y cortadas por alguien a quien él le importaba.

Josie deslizó la bolsa marrón dentro de su mochila, pensando si debería buscar a Peter y devolvérsela o dejársela cerca de su casillero, aun sabiendo que no haría ninguna de las dos cosas. Lo que haría, en cambio, sería llevarla por ahí hasta que comenzara a heder, hasta que tuviera que tirarla y pudiera fingir que le era fácil deshacerse de ella.

Peter salió disparado de la cafetería y corrió accidentadamente por los pasillos, como la bola de una máquina del millón, hasta que al final llegó a su casillero. Cayó de rodillas y reposó su cabeza contra el metal frío. ¿Cómo podía haber sido tan estúpido para confiar en Courtney, para creer que a Josie podía importarle lo más mínimo, para pensar que él era alguien de quien ella podía enamorarse?

Se golpeó la cabeza hasta que le dolió, luego marcó ciegamente los números de su casillero. La abrió y sacó la foto de él y de Josie. La hizo una pelota en su palma y caminó por el pasillo otra vez.

En el camino, lo detuvo un profesor. El señor McCabe frunció el cejo, con una mano en su hombro, cuando seguramente pudo ver que Peter no toleraba que le tocasen, que reaccionaba como si un millón de agujas se le clavaran en la piel:

—Peter —dijo el señor McCabe—, ¿te encuentras bien?

—Baño —rechinaron los dientes de Peter, y empujó al profesor apurando el paso por el pasillo.

Se encerró dentro de un retrete y lanzó la imagen de él y Josie a la taza del inodoro. Luego se bajó el cierre y le orinó encima:

—Púdrete —susurró, y entonces dijo lo suficientemente fuerte como para sacudir las paredes del compartimiento—: ¡Que se pudran todos!

Un minuto después de que su madre saliera de la habitación, Josie se sacó el termómetro de la boca y lo acercó a la lámpara de su mesilla de noche. Miró con los ojos entrecerrados para leer los diminutos números y luego, al oír los pasos de su madre, volvió a metérselo en la boca.

—Uh —dijo su madre, sosteniendo el termómetro contra la ventana para poder leer mejor—: Creo que estás enferma.

Josie soltó un gemido que esperaba fuera convincente y se volvió.

—¿Estás segura de que estarás bien aquí, sola?

—Sí.

—Puedes llamarme si me necesitas. Puedo suspender la sesión del juzgado y volver a casa.

—Está bien.

Se sentó en la cama y la besó en la frente:

—¿Quieres jugo? ¿Sopa?

Josie sacudió la cabeza:

—Creo que sólo necesito dormir un poco más. —Cerró los ojos para que su madre entendiera el mensaje.

Esperó hasta que oyó que el coche se alejaba, e incluso se quedó diez minutos más en la cama para asegurarse de que realmente estaba sola. Entonces salió de la cama y encendió la computadora. Buscó en Google «abortivo», la palabra que había buscado ya el día anterior, y que significaba «algo que interrumpe el embarazo».

Josie había estado pensando en ello. No era que no quisiera un bebé; ni tampoco que no quisiera un bebé de Matt. Lo único que sabía con certeza era que aún no quería tener que tomar esa decisión.

Si se lo dijera a su madre, ésta proferiría maldiciones y gritaría y luego encontraría la forma de llevarla a un programa de planificación familiar o a la consulta del médico. A decir verdad, no eran las maldiciones ni los gritos lo que preocupaba a Josie, sino darse cuenta de que si su propia madre hubiera hecho eso hacía diecisiete años, Josie ni siquiera estaría viva como para estar teniendo ese problema.

Incluso había contemplado la idea de ponerse en contacto con su padre otra vez, lo cual hubiera supuesto una enorme cuota de humildad. Él no había querido que Josie naciera, así que, en teoría, probablemente se tomaría la molestia de ayudarla a abortar.

Pero.

Había algo en el hecho de ir a un médico, o a una clínica, o siquiera acudir a uno de sus padres, con lo que no podía. Parecía tan... deliberado.

Así, antes de llegar a ese punto, Josie había decidido hacer un poquito de investigación. No podía arriesgarse a ser descubierta en una computadora de la escuela mirando esas cosas, de modo que decidió faltar a clase. Se hundió en la silla del escritorio, con una pierna doblada debajo de sí, y se maravilló de haber encontrado casi 99.000 resultados.

Algunos ya los conocía: meterse una aguja de tejer dentro, como en el viejo cuento de la esposa; tomar laxantes o aceite de castor. Pero otros nunca los hubiera imaginado: una ducha de potasio, tragar raíces de jengibre, comer piña verde. Y luego estaban los de hierbas: infusiones aceitosas de cálamo aromático, artemisa, salvia, gaulteria; cócteles hechos de cemicifuga racemosa y menta poleo. Josie se preguntaba dónde se comprarían, no eran cosas que estuvieran en el pasillo donde se encontraban las aspirinas.

Los remedios a base de hierbas, decía el sitio de Internet, funcionaban entre el 40 y el 45% de las veces. Lo cual, supuso ella, era al menos un comienzo.

Se acercó más, mientras leía.

No comenzar el tratamiento a base de hierbas después de la sexta semana de embarazo.

Tener en cuenta que éstos no son métodos seguros para interrumpir el embarazo.

Beber los tés de día y de noche, para que no se interrumpa el progreso logrado durante el día.

Recoger la sangre que salga y agregarle agua para diluirla, mirar bien los coágulos y tejidos para asegurarse de que la placenta ha sido expulsada.

Josie hizo una mueca.

Usar entre media y una cucharada de té de la hierba seca por cada taza de agua, tres o cuatro veces al día. No confundir tanaceto con hierba cana, que crecen juntas, lo cual ha resultado ser fatal para las vacas que lo habían comido.

Entonces encontró algo que parecía menos, bueno, medieval: vitamina C. Eso no podía ser demasiado malo para ella, ¿verdad? Josie tecleó en el vínculo. «Ácido ascórbico, ocho miligramos, durante cinco días. La menstruación debe comenzar en el sexto o séptimo día.»

Josie se levantó de la computadora y fue al botiquín de medicinas de su madre. Había una gran botella blanca de vitamina C, junto con otras más pequeñas de antiácidos, vitamina B12 y suplementos de calcio.

Abrió la botella y dudó. La otra precaución que todos los sitios de Internet recomendaban era que te aseguraras de que tenías motivos para someter tu cuerpo a esas hierbas, antes de comenzar.

Josie caminó cansinamente de regreso a su habitación y abrió su mochila. Dentro, todavía en la bolsa de plástico de la farmacia, estaba la prueba de embarazo que había comprado el día anterior antes de volver a casa. Leyó las instrucciones dos veces. ¿Cómo puede alguien hacer pis en una tirita durante tanto tiempo? Con el cejo fruncido, se sentó y orinó, sosteniendo la varita entre sus piernas. Después la colocó en su pequeño receptáculo y se lavó las manos.

Josie se sentó en el borde de la bañera y observó cómo la línea de control se volvía azul. Y luego, lentamente, observó cómo aparecía la segunda línea, perpendicular a ésta: un signo más, un positivo, una cruz con la que cargar.

Cuando el quitanieves se quedó sin gasolina en medio del camino, Peter fue a por la lata de repuesto que guardaba en el garaje, sólo para descubrir que estaba vacía. La volcó, una sola gota salpicó el suelo entre sus zapatillas.

Normalmente, sus padres tenían que pedírselo unas seis veces antes de lograr que saliera de casa y limpiara los caminos que llevaban a las puertas de delante y de atrás, pero ese día, Peter se había puesto con la labor sin que le insistieran; él quería —no, fuera eso—, necesitaba salir ahí fuera para sentir que sus pies podían moverse al mismo ritmo que su mente. Al entrecerrar los ojos a la luz del sol del ocaso, todavía podía ver la misma secuencia de imágenes en la parte interna de sus párpados: el aire frío golpeando su trasero mientras Matt Royston le bajaba los pantalones, la leche salpicando en sus zapatillas, la mirada de Josie desviándose a otro lado.

Peter recorrió con dificultad el camino hacia la casa de su vecino del otro lado de la calle. El señor Weatherhall era un policía retirado y su casa lo reflejaba. Había un gran mástil en medio del patio delantero; en verano, el césped estaba bien cuidado, como un corte de pelo a cepillo, en otoño nunca había hojas. Peter solía preguntarse si Weatherhall salía a media noche para rastrillarlas.

Hasta donde Peter sabía, el señor Weatherhall pasaba su tiempo mirando el «Game Show Network» y practicando la jardinería militar calzado con sandalias y calcetines negros. Dado que no dejaba que su césped creciera más de un centímetro de alto, normalmente tenía un galón de gasolina de sobra por ahí; Peter se lo había pedido prestado en nombre de su padre otras veces para la cortadora de césped o para el quitanieves.

Peter tocó el timbre —que sonaba como *Hail to the Chief*—, y el señor Weatherhall respondió.

—Hijo —dijo, aunque sabía que se llamaba Peter y lo había sabido durante años—, ¿cómo andas?

—Bien, señor Weatherhall. Me preguntaba si tendría un poco de gasolina que pudiera prestarme para el quitanieves. Bueno, gasolina que pudiera usar. Quiero decir, no puedo devolvérsela antes de comprar más.

—Pasa, pasa —sostuvo la puerta abierta para Peter, que entró a la casa. Olía a cigarros y a comida de gato. Sobre la mesa baja tenía un cuenco de Fritos; en la televisión, Vanna White soltaba unas vocales:

—Grandes esperanzas —gritó el señor Weatherhall a los concursantes al pasar—: ¿Qué son, unos imbéciles?

Acompañó a Peter hasta la cocina.

—Espera aquí. El sótano no es apto para compañía. —Lo cual, pensó Peter, probablemente significara que había una mota de polvo en un estante.

. Se inclinó sobre el mostrador y extendió las manos sobre la formica. A Peter le gustaba el señor Weatherhall, porque, incluso cuando intentaba ser rudo, entendías que en realidad sólo era que echaba de menos el hecho de ser un policía, y que no tenía otra persona con quien ponerlo en práctica. Cuando Peter era más pequeño, Joey y sus amigos siempre intentaban fastidiar a Weatherhall amontonando nieve en el extremo de su recién aseado camino, o dejando que sus perros usaran como váter su cuidado césped. Podía recordar que, cuando Joey tenía alrededor de once años, en Halloween había lanzado huevos a la casa de Weatherhall. Él y sus amigos habían sido cazados en el acto.

—El tipo está como una cabra —le había dicho Joey—. Tiene un arma en el tarro de la harina.

Peter aguzó el oído hacia el hueco de la escalera que llevaba al sótano. Podía oír al señor Weatherhall haciendo cosas allí abajo, buscando la lata de gasolina.

Se dirigió hacia el fregadero, sobre el cual había cuatro botes de acero inoxidable. SOSA, ponía en el más pequeñito, y luego en tamaño creciente: AZÚCAR MORENO, AZÚCAR, HARINA. Peter, cautelosamente, abrió el tarro de harina.

Un soplo de polvo blanco voló hacia su cara.

Tosió y sacudió la cabeza. Se lo tendría que haber imaginado: Joey había mentido.

Pero Peter destapó también el tarro de azúcar que estaba al lado y se encontró contemplando una nueve milímetros semiautomática.

Era una Glock 17, probablemente la misma que el señor Weatherhall había llevado como policía. Peter lo sabía porque entendía de armas, había crecido con ellas. Pero había una diferencia entre un rifle de caza o una escopeta y aquella arma limpia y compacta. Su padre decía que cualquiera que no estuviera ya activo en una fuerza del orden y tuviera un revólver, era un idiota; era más probable que te hiciera daño que te protegiera. El problema con un revólver era que el cañón era tan corto que olvidabas mantenerla a una distancia prudencial para tu propio bien; apuntar era tan simple e indiferente como señalar con el dedo.

Peter lo tocó. Frío, suave. Hipnótico. Rozó el gatillo, ajustando el arma a su mano casi sin darse cuenta, un peso reluciente.

Pasos.

Peter tapó corriendo el tarro y se movió rápidamente, cruzándose de brazos. El señor Weatherhall apareció en el extremo de la escalera, acunando una lata roja de gasolina.

—Hecho —dijo—. Devuélvela llena.

—Lo haré —respondió Peter. Salió de la cocina, y no miró en dirección al bote, aunque era lo que quería hacer por encima de todo.

Después de la escuela, Matt llegó con sopa de pollo de un restaurante local y libros de cómics:

—¿Qué haces fuera de la cama? —preguntó.

—Has llamado al timbre —contestó Josie—. Bien tenía que abrirte la puerta, ¿no?

Él la mimaba como si ella tuviera mononucleosis o cáncer, no sólo un virus, que era la mentira que le había dicho cuando la llamó al móvil desde la escuela esa mañana. Haciendo que se metiera otra vez en la cama, le colocó la sopa en el regazo.

—Esto se supone que cura algo, ¿verdad?

—¿Y los cómics?

Matt se encogió de hombros:

—Mi madre solía comprármelos cuando era pequeño y me quedaba en casa enfermo. No sé. Siempre me hacían sentir un poco mejor.

Mientras él se sentaba al lado de ella en la cama, Josie escogió una de las historietas. ¿Por qué Wonder Woman era siempre tan admirable? Si tuvieses un 36C, francamente, ¿irías a brincar entre edificios y a combatir el crimen sin un buen sostén de deporte?

Pensar en eso hizo que Josie recordara que ella apenas podía ponerse su propio sujetador en esos días, tan sensibles estaban sus pechos.

E hizo que recordara la prueba de embarazo que había envuelto en papel higiénico y había lanzado en el contenedor de basura que había fuera, para que su madre no pudiera encontrarla.

—Drew está planeando una fiesta este viernes por la noche —dijo Matt—. Sus padres se van a Foxwoods el fin de semana. —Matt frunció el cejo—. Espero que te sientas mejor para entonces, y que puedas ir. De todas formas, ¿qué crees que tienes?

Ella se volvió hacia él e inspiró hondo:

—Más bien es lo que no tengo: la regla. Se me ha retrasado dos semanas. Hoy me he hecho una prueba de embarazo.

—Ya ha hablado con un tipo de la Universidad de Sterling para comprar un par de barriles de cerveza de una fraternidad. Te lo aseguro, esa fiesta será algo fuera de serie.

—¿Me estás escuchando?

Matt le sonrió del modo en que lo haría ante un niño que acabara de decirle que el cielo está cayéndose:

—Creo que estás exagerando.

—Ha dado positivo.

—El estrés puede hacer eso.

Josie abrió la boca con desconcierto:

—¿Y qué pasa si no es estrés? ¿Y qué pasa si es real?

—Entonces estamos en esto juntos. —Matt se inclinó hacia ella y la besó la frente—. Cariño —dijo—, nunca podrás deshacerte de mí.

Unos días después, cuando volvió a nevar, Peter vació deliberadamente el tanque del quitanieves, y cruzó la calle en dirección a la casa del señor Weatherhall de nuevo.

—No me digas que te has vuelto a quedar sin gasolina —dijo, mientras abría la puerta.

—Supongo que mi padre no ha llenado todavía nuestro tanque —respondió Peter.

—Hay que encontrar el tiempo —gruñó el señor Weatherhall, pero ya estaba metiéndose en su casa, dejando la puerta abierta para que Peter lo siguiera—. Hay que ponerlo en la agenda, así es como se hace.

Cuando pasó junto al televisor, Peter echó un vistazo al reparto de «Match Game»:

—Big Bertha es tan grande —decía el presentador— que en lugar de lanzarse desde un avión con un paracaídas, usa una manta.

En el mismo instante en que el señor Weatherhall desapareció escalera abajo, Peter abrió el tarro de azúcar del estante de la cocina. El arma todavía estaba allí. Peter la sacó y se recordó a sí mismo que debía respirar.

Tapó el tarro y lo colocó exactamente donde estaba. Después, tomó el arma y la encajó por la fuerza, el cañón primero, dentro de la cintura de los tejanos. El abrigo se la tapaba de modo que no se podía ver el bulto para nada.

Cautelosamente, abrió el cajón de los cubiertos y echó una mirada a los armarios. Al pasar la mano por la polvorienta superficie de encima del refrigerador, sintió el suave cuerpo de un segundo revólver.

—¿Sabes?, conviene tener un tanque de repuesto... —La voz del señor Weaterhall desde el pie de la escalera del sótano, acompañada por la percusión de sus pasos, hizo que Peter dejase el arma, y dejara caer los brazos a los lados del cuerpo.

Cuando el señor Weatherhall entró en la cocina, Peter estaba sudando:

—¿Estás bien? —le preguntó el hombre, mirándolo fijamente—. Estás un poco blanco alrededor de los ganglios.

—Me he quedado estudiando hasta tarde. Gracias por la gasolina. Otra vez.

—Dile a tu padre que no lo sacaré de apuros la próxima vez —dijo el señor Weatherhall, y saludó a Peter con la mano desde el porche.

Peter esperó hasta que el señor Weatherhall hubo cerrado la puerta y luego comenzó a correr, pateando la nieve a su paso. Dejó la lata de gasolina junto al quitanieves e irrumpió en su casa. Cerró con llave la puerta de su habitación, sacó el arma de sus pantalones y se sentó.

Era negra y pesada. Parecía de plástico, pero en realidad estaba hecha de una aleación de acero. Lo que era absolutamente sorprendente era lo falsa que parecía —como el arma de juguete de un niño—, aunque Peter supuso que lo dejaría maravillado lo realistas que eran las armas de juguete. Movió el seguro y lo soltó. Expulsó el cargador.

Cerró los ojos y sostuvo el arma a la altura de su cabeza:

—Bang —susurró.

Luego lo dejó sobre su cama y sacó la funda de una de las almohadas. Envolvió el arma con ella, enrollándola como una venda. La deslizó entre el colchón y las varillas del somier y se recostó.

Sería como en el cuento aquel de la princesa que podía sentir una habichuela, una arveja o lo que fuera. Sólo que Peter no era un príncipe, y el bulto no lo mantendría despierto por la noche.

De hecho, quizá hiciera que durmiera mejor.

En el sueño de Josie, ella estaba en un hermosísimo tipi. Las paredes estaban hechas de brillante piel de ciervo, cosida tirante con hebras doradas. Había historias pintadas todo alrededor en tonos rojos, ocres, violeta y azules; relatos de cacerías, de amores y pérdidas. Mullidas pieles de búfalo estaban apiladas a modo de cojines; los carbones resplandecían como rubíes en el hoyo del fuego. Cuando alzó la vista, pudo ver las estrellas a través del agujero de salida del humo.

De repente, Josie se dio cuenta de que resbalaba; de que no había forma de detenerse. Echó un vistazo hacia abajo y sólo vio el cielo; se preguntaba si es que había sido tan tonta como para creer que podía caminar entre las nubes o si el suelo de debajo de sus pies había desaparecido cuando ella miraba hacia otro lado.

Comenzó a caer. Podía sentir cómo su cuerpo daba tumbos; sentía que la falda se hinchaba y el viento le corría entre las piernas. No quería abrir los ojos, pero no podía evitar hacerlo: se aproximaba al suelo a un ritmo alarmante, sellos de correos cuadrados de color verde, marrón y azul que se hacían cada vez más grandes, más detallados, más realistas.

Veía su escuela. Su casa. El techo de encima de su habitación. Josie sintió cómo se precipitaba hacia él y se preparó para el inevitable choque. Pero en los sueños nunca se choca contra el suelo; nunca se llega a ver cómo uno se muere. En cambio, Josie sintió salpicaduras; su ropa ondeando como partes de una medusa mientras pisaba agua tibia.

Se despertó, sin aliento, y se dio cuenta de que aún se sentía mojada. Se sentó, levantó las mantas y vio el charco de sangre debajo de sí.

Después de tres pruebas de embarazo positivas, después de un retraso de tres semanas, estaba abortando de forma espontánea.

«Graciasdiosgraciasdiosgracias». Josie enterró el rostro en las sábanas y comenzó a llorar.

Lewis estaba sentado a la mesa de la cocina el sábado por la mañana, leyendo el último número de *The Economist* y comiéndose metódicamente un gofre de trigo, cuando sonó el teléfono. Echó un vistazo a Lacy, la cual, en el fregadero, estaba técnicamente más cerca, pero ella levantó las manos, chorreando de agua y jabón:

—¿Podrías...?

Él se levantó y contestó:

—Hola.

—¿Señor Houghton?

—El mismo —dijo Lewis.

—Habla Tony, de Burnside's. Sus balas de punta hueca ya están aquí.

Burnside's era una tienda de armas; Lewis había estado allí en otoño, a buscar disolvente y municiones; una o dos veces había tenido la suerte de llevar un ciervo para que lo pesaran. Pero estaban en febrero; la veda de ciervos estaba cerrada.

—No las he pedido —dijo Lewis—. Debe de haber algún error.

Colgó el teléfono y volvió a sentarse frente a su gofre. Lacy sacó una gran sartén fuera del fregadero y la colocó en el escurridor para que se secase:

—¿Quién era?

Lewis pasó una página de su revista:

—Número equivocado —dijo.

Matt tenía un partido de hockey en Exeter. Josie solía ir a los partidos que se jugaban en Sterling, pero rara vez iba a aquellos en los que el equipo viajaba. Ese día, sin embargo, le había pedido prestado el coche

a su madre y había conducido hasta la costa, partiendo lo suficientemente temprano como para alcanzar a Matt en el vestuario. Asomó la
cabeza por la puerta del vestuario del equipo visitante y de inmediato
le dio en la cara el hedor de todo el equipo. Matt estaba de espaldas a
ella, con el protector del pecho, los pantalones acolchados y los patines
puestos. Todavía le faltaba la camiseta.

Alguno de los otros chicos la vieron primero:

—Eh, Royston —dijo un senior—, creo que la presidenta de tu
club de fans ha llegado.

A Matt no le gustaba que ella se presentara antes de un partido.
Después, bueno, era algo convenido, él necesitaba a alguien que celebrara su victoria. Pero le había dejado bien claro que no tenía tiempo
para ella cuando estaba preparándose. Los chicos no jugaban bien si
las chicas se les acercaban tanto; el entrenador quería que el equipo
estuviera a solas para concentrarse en el juego. Con todo, Josie pensó
que ésa podía ser la excepción.

El rostro de él se ensombreció mientras su equipo comenzaba con
los silbidos.

—Matt, ¿necesitas ayuda para ponerte el equipo?

—Eh, rápido, que le den al chico un palo más grande...

—Sí —disparó Matt en respuesta, mientras caminaba por las col-
chonetas de goma hacia Josie—. Ya quisieras tú tener a alguien que te
lamiera la verga.

Josie sintió que las mejillas se le encendían mientras todo el vestuario se partía de risa a expensas de ella. Entonces los comentarios
groseros pasaron de concentrarse en Matt a concentrarse en ella. To-
mándola por el brazo, Matt la sacó de allí de un tirón.

—Te he dicho que no quiero verte antes de un partido —dijo él.

—Lo sé. Pero era importante...

—Esto es importante —le corrigió Matt, señalando la pista.

—Estoy bien —soltó Josie.

—Bueno.

Ella lo miró fijamente:

—No, Matt. Quiero decir... Estoy bien. Tenías razón.

Cuando él se dio cuenta de lo que ella estaba intentando decirle en realidad, le pasó los brazos alrededor de la cintura y la levantó del suelo. El protector quedó atrapado como una armadura entre los dos mientras la besaba. Eso le hizo pensar a Josie en caballeros dirigiéndose a una batalla; y en las damas que dejaban atrás.

—Para que no te olvides —dijo Matt y sonrió.

Segunda parte

Cuando emprendes un viaje de venganza,
comienza por cavar dos tumbas:
una para tu enemigo y una para ti.

Proverbio chino

Sterling no es un lugar problemático. No encuentras vendedores de crack en la calle principal ni hogares por debajo del nivel de pobreza. El índice de criminalidad es prácticamente nulo.

Por eso la gente todavía está tan anonadada.

Preguntan, «¿cómo ha podido ocurrir esto aquí?».

Bueno. ¿Por qué no podía ocurrir aquí?

Lo único que hace falta es un chico con problemas con acceso a un arma.

No necesitas ir a un sitio problemático para encontrar a alguien que satisfaga este requisito. Sólo es preciso abrir los ojos. El siguiente candidato puede estar en el piso de arriba, o tumbado frente a tu televisor en este momento. Pero, eh, tú sigue haciendo como si eso no fuera a pasar aquí. Sigue diciéndote a ti mismo que eres inmune por vivir donde vives o por ser quien eres.

Es más fácil así, ¿no?

Cinco meses después

Se puede deducir muchas cosas acerca de la gente por los hábitos que tienen. Por ejemplo, Jordan se había encontrado con potenciales miembros del jurado que llevaban religiosamente sus tazas de café hasta sus computadoras y leían todo el *New York Times* online. Había otros cuyas pantallas de inicio de AOL ni siquiera incluían nuevas actualizaciones, porque les parecía demasiado deprimente. Había gente del campo que tenía televisión pero con un solo canal, el público, que se veía todo granulado porque no podían pagar el dinero que costaba llevar las líneas de cable por su sucia carretera; en cambio otros se habían abonado a complicados sistemas de satélite para poder ver telenovelas japonesas o «La hora de la oración de la hermana Mary Margaret» a las tres de la mañana. Estaban los que miraban la CNN y los que miraban Fox News.

Era la sexta hora de examen preliminar individual; el proceso mediante el cual se elegiría a los miembros del jurado para el juicio de Peter. Eso implicaba largos días en el tribunal con Diana Leven y el juez Wagner, mientras el conjunto de posibles miembros del jurado iban pasando de uno en uno por el asiento del testigo para que tanto la defensa como la acusación les hicieran una serie de preguntas. El objetivo era encontrar a doce personas del pueblo, más un suplente, no personalmente afectados por el tiroteo; un jurado que pudiera comprometerse con un juicio largo si fuera necesario, en lugar de preocuparse por sus asuntos domésticos u ocupándose de sus niños pequeños. Un grupo de gente que no hubiera estado viviendo y respirando las noticias acerca del juicio durante los últimos cinco meses; o, como Jordan estaba comenzando a pensar cariñosamente de ellos: los pocos afortunados que hubieran estado viviendo debajo de una piedra.

Era agosto, y durante la última semana, las temperaturas habían alcanzado casi los treinta y ocho grados durante el día. Para empeorar las cosas, el aire acondicionado del tribunal no funcionaba bien y el juez Wagner olía a bolas de naftalina y a pies cuando sudaba.

Jordan ya se había quitado el saco y se había desabrochado el botón superior de su camisa por debajo de la corbata. Incluso Diana —quien Jordan creía secretamente que debía de ser una especie de mujer-robot de Stepford— se había recogido el pelo haciéndose un moño asegurado con un lápiz:

—¿En qué estamos? —preguntó el juez Wagner.

—Miembro del jurado número seis millones setecientos treinta mil —murmuró Jordan.

—Miembro del jurado número ochenta y ocho —anunció a continuación el secretario.

Esa vez era un hombre, con pantalones color caqui y camiseta de manga corta. Tenía el cabello ralo, llevaba zapatillas de pesca y un anillo de matrimonio. Jordan tomó nota de todo eso en su bloc.

Diana se puso de pie y se presentó, luego comenzó con su letanía de preguntas. Las respuestas determinarían si un potencial miembro del jurado debía ser descartado para la causa; si por ejemplo tenía un hijo que hubiera sido asesinado en el Instituto Sterling, no podía ser imparcial. Si no, Diana podría elegirlo o no según sus corazonadas. Ambos, tanto Jordan como ella, contaban con quince oportunidades de descartar a un potencial miembro del jurado sólo por instinto visceral. Hasta el momento, Diana había utilizado una de sus posibilidades para no aceptar a un productor de software bajo, calvo, callado. Jordan había descartado a un antiguo oficial de los marines.

—¿A qué se dedica, señor Alstrop? —preguntó Diana.

—Soy arquitecto.

—¿Está casado?

—Este octubre hará veinte años.

—¿Tiene hijos?

—Dos, un varón de catorce años y una hija de diecinueve.

—¿Van a la escuela pública?

—Bueno, mi hijo sí. Mi hija está en la universidad. Princeton —dijo con orgullo.

—¿Sabe algo acerca de este caso?

Decir que sí, Jordan lo sabía, no lo excluiría. Era lo que él creyera o no creyera lo que lo haría, no lo que los medios hubiesen dicho.

—Bueno, sólo lo que he leído en los periódicos —contestó Alstrop; y Jordan cerró los ojos.

—¿Lee algún periódico en especial diariamente?

—Solía leer *Union Leader* —dijo él—, pero los editoriales me volvían loco. Ahora intento leer lo que puedo del *New York Times*.

Jordan consideró eso. El *Union Leader* era un periódico notoriamente conservador; el *New York Times*, uno liberal.

—¿Y la televisión? —preguntó Diana—. ¿Algún programa que le guste especialmente?

Probablemente no querrías a un miembro del jurado que mirara «Court TV» diez horas al día. Pero tampoco a uno que se deleitara con maratones de prensa rosa.

—«60 minutos» —respondió Alstrop—. Y «Los Simpson».

«Éste —pensó Jordan— es un tipo normal». Se puso de pie mientras Diana le cedía el turno de preguntas.

—¿Qué recuerda haber leído acerca de este caso?

Alstrop se encogió de hombros:

—Hubo un tiroteo en el instituto y uno de los estudiantes fue acusado.

—¿Conoce a alguno de los alumnos?

—No.

—¿Conoce a alguien que trabaje en el Instituto Sterling?

Alstrop sacudió la cabeza:

—No.

—¿Ha hablado con alguien que esté involucrado en el caso?

—No.

Jordan caminó hasta el estrado del testigo.

—En este Estado hay una regla que dice que se puede doblar a la derecha en rojo si uno se detiene antes en el semáforo rojo. ¿Le suena familiar?

—Claro —dijo Alstrop.

—¿Qué pasaría si el juez le dijera que no puede girar a la derecha en rojo, que debe quedarse detenido hasta que el semáforo se ponga en verde otra vez, aunque haya una señal delante de usted que diga, específicamente, GIRO A LA DERECHA EN ROJO? ¿Qué haría?

Alstrop miró al juez Wagner:

—Supongo que haría lo que él dijera.

Jordan sonrió para sí. A él no le importaban en absoluto los hábitos de conducción de Alstrop. Ese planteamiento y esa pregunta eran una forma de eliminar a la gente que no podía ver más allá de las convenciones. En aquel juicio habría información no necesariamente convencional, y él necesitaba gente en el jurado lo suficientemente predispuesta a entender que las reglas no siempre eran lo que uno creía que eran; que podía haber otras reglas susceptibles de ser acatadas.

Cuando terminó su interrogatorio, él y Diana caminaron hacia el estrado:

—¿Hay alguna razón por la que se descarte este miembro del jurado? —preguntó el juez Wagner.

—No, Su Señoría —dijo Diana, y Jordan negó también con la cabeza.

—¿Entonces?

Diana asintió. Jordan echó una ojeada al hombre, todavía sentado en la tribuna de los testigos.

—Por mí, bien —dijo.

Cuando Alex se despertó, fingió que seguía durmiendo. Con los ojos entrecerrados miró fijamente al hombre tumbado junto a ella. Esa relación —ahora de cuatro meses— todavía era un misterio, lo mismo que la constelación de pecas en los hombros de Patrick, el valle de su columna vertebral, el sobresaliente contraste de su pelo negro contra la sábana blanca. Parecía que él hubiese entrado en la vida de ella por ósmosis: había encontrado su camisa mezclada con su ropa de la lavandería; percibía el olor de su champú en la funda de su almohada; levantaba el teléfono pensando en llamarle y él ya estaba en la línea. Alex había estado sola tanto tiempo; ella era práctica, resuelta y tenía sus costumbres tan establecidas (oh, ¿a quién quería engañar?... Todo eso eran sólo eufemismos para lo que ella era en realidad: terca) que había pensado que semejante ataque repentino a su privacidad le resultaría desconcertante. En cambio se descubría desorientada cuando Patrick no estaba por allí, como el marinero que acaba de arribar después de meses en el mar y que todavía siente el océano moviéndose debajo de él cuando ya está en tierra.

—Sé que me estás mirando, ¿sabes? —murmuró Patrick. Una sonrisa perezosa dulcificó su rostro, pero sus ojos permanecían cerrados.

Alex se inclinó sobre él, deslizando su mano bajo las sábanas:

—¿Cómo lo sabes?

Con un movimiento rápido como la luz, él la tomó por la cintura y la colocó debajo de él. Sus ojos, todavía velados por el sueño, eran de un azul transparente que a Alex le recordaba los glaciares y los mares del norte. Él la besó y ella se abrazó a él.

Luego, repentinamente, sus ojos se abrieron de golpe:

—Oh, mierda —dijo ella.

—No era eso precisamente lo que esperaba lograr...

—¿Sabes la hora que es?

Habían bajado las persianas del dormitorio a causa de la luna llena de la noche anterior. Pero ahora el sol entraba por la finísima grieta de debajo del alféizar. Alex podía oír a Josie trasteando ollas y sartenes abajo, en la cocina.

Patrick tomó de la mano de Alex el reloj de pulsera que había dejado en la mesilla la noche anterior.

—Oh, mierda —repitió él, y apartó las mantas—. Ya llego una hora tarde al trabajo.

Agarró sus calzoncillos mientras Alex salía de la cama de un salto y se estiraba hacia su albornoz.

475

—¿Qué pasa con Josie?

No era que le escondieran su relación; Patrick pasaba por allí a menudo cuando salía de trabajar, para cenar o para guarecerse en las noches. Unas pocas veces, Alex había intentado hablar con Josie de él, para ver qué pensaba del milagro de que su madre saliera con alguien otra vez, pero Josie había hecho todo lo posible para no tener esa conversación. Alex no estaba segura de adónde llevaría todo aquello, pero ella y Josie habían sido una unidad durante tanto tiempo que agregar a Patrick a la combinación significaba que Josie se convertía en la solitaria; y justo cuando Alex estaba decidida a evitar que eso ocurriera. Estaba intentando muy en serio recuperar el tiempo perdido, poniendo a Josie por delante de cualquier otra cosa. Con ese fin, si Patrick pasaba la noche en casa, ella se aseguraba de que se fuera antes de que Josie se levantase y pudiera encontrárselo allí.

Excepto ese día, era un perezoso martes de verano casi a las diez en punto.

—Quizá sea un buen momento para decírselo —sugirió Patrick.

—¿Decirle qué?

—Que estamos... —Él la miró.

Alex lo miró a su vez, fijamente. No podría terminar su frase; ni ella misma sabía en realidad la continuación. Nunca se había imaginado que ésa sería la forma en que Patrick y ella tendrían esa conversación. ¿No estaba con Patrick porque él era bueno en eso: en acoger al desamparado que lo necesitaba? Cuando el juicio hubiera terminado, ¿él seguiría su camino? ¿Y ella?

—Que estamos juntos —dijo Patrick con decisión.

Alex le dio la espalda y se anudó resuelta el cinturón del albornoz. No era eso, parafraseando a Patrick un rato antes, lo que había esperado lograr. Pero ¿cómo podría saberlo él? Si ahora le preguntara exactamente qué quería ella de aquella relación... bueno, Alex sabría qué contestarle: quería amor. Quería tener a alguien a quien regresar como a un hogar. Quería soñar con las vacaciones que se tomarían a los sesenta, y saber que él estaría ahí el día que se subieran al avión. Pero nunca admitiría nada de eso. ¿Qué pasaría si lo hiciera y él sólo la mirara extrañado? ¿Qué pasaría si era demasiado pronto para pensar en cosas como ésas?

Si él le preguntara, en esos momentos, ella no respondería. Porque hacerlo era la forma más segura de que tu corazón te fuera devuelto.

Alex miró debajo de la cama, en busca de sus zapatillas. En cambio, encontró el cinturón de Patrick y se lo lanzó. Quizá la razón por la que no le había dicho abiertamente a Josie que estaba durmiendo con Patrick no tuviera nada que ver con proteger a su hija y fuera en realidad para protegerse a sí misma.

Patrick se pasó el cinturón por los tejanos.

—No tiene por qué ser un secreto de Estado —dijo—. Tienes permiso para... ya sabes.

Alex lo miró:

—¿Para tener sexo?

—Estaba intentando decir algo un poco menos brusco —admitió Patrick.

—También se me ha permitido mantener cosas en privado —señaló Alex.

—Supongo que debería irme al trabajo, entonces.

—Eso sería una buena idea.

—Sin embargo, supongo que también podría traerte, por ejemplo, alguna joya.

Alex bajó la mirada hacia la alfombra para que Patrick no pudiera ver que intentaba retener esa frase, escudriñar en busca del compromiso vinculado a esas palabras.

«Dios, ¿siempre era tan frustrante no tener el control de la situación?».

—Mamá —llamó Josie desde la escalera— Las crepes ya están listas, si quieres.

—Mira —suspiró Patrick—, podemos seguir intentando que Josie no lo descubra. Lo único que tienes que hacer es distraerla mientras salgo a hurtadillas.

Ella asintió con la cabeza:

—Procuraré retenerla en la cocina. Tú... —echó un vistazo a Patrick—, date prisa.

Cuando Alex salía de la habitación, Patrick le agarró la mano y la acercó de un tirón.

—Eh —dijo—, adiós. —Se inclinó y la besó.

—Mamá, ¡se enfrían!

—Nos vemos más tarde —dijo Alex, empujándola.

Bajó la escalera de prisa y encontró a Josie comiendo un plato de crepes de arándanos:

—Qué bien huelen... No puedo creer que haya dormido hasta tan tarde —comenzó Alex, y entonces se dio cuenta de que había tres cubiertos en la mesa de la cocina.

Josie se cruzó de brazos:

—Y, ¿cómo le gusta el café?

Alex se hundió en la silla.

—Se suponía que no tenías que descubrirlo.

—A: soy mayor. B: Entonces el brillante detective no debería haber dejado sus zapatos en el felpudo.

Alex resiguió un hilo del mantelito individual:

—Sin leche y con dos de azúcar.

—Bueno —dijo Josie—, supongo que lo recordaré la próxima vez.

—¿Cómo te sienta? —preguntó Alex en voz baja.

—¿El qué, prepararle café?

—No. Esa parte de la próxima vez.

Josie se puso un gran arándano encima de la crepe:

—En realidad no es algo en lo que tenga voto, ¿no?

—Desde luego que sí —respondió Alex—, porque si no estás de acuerdo con esto, Josie, dejaré de verle.

—¿A ti te gusta? —preguntó su hija, con la mirada fija en su plato.

—Sí.

—¿Y tú le gustas a él?

—Eso creo.

Josie levantó la mirada:

—Entonces no debes preocuparte por lo que piense ninguna otra persona.

—Me preocupo por lo que tú piensas —dijo Alex—. No quiero que sientas que eres menos importante para mí por su culpa.

—Sólo sé responsable —replicó Josie esbozando una lenta sonrisa—. Cada vez que tienes sexo puedes quedar embarazada o puedes no quedar embarazada. Es cincuenta y cincuenta.

Alex levantó las cejas:

—Guau. Nunca pensé que estuvieras escuchando cuando te di aquella charla.

Josie puso el dedo sobre una mancha de jarabe de arce que había caído en la mesa, con los ojos fijos en la madera:

—Entonces ¿tú... así... le amas?

Las palabras sonaron suaves, tiernas:

—No —contestó Alex rápidamente, porque si podía convencer a Josie, entonces seguramente también podría convencerse a sí misma de que lo que sentía por Patrick tenía todo que ver con la pasión y nada con... bueno... con aquello—. Sólo hace un mes.

—No creo que haya un período de gracia —dijo Josie.

Alex decidió que la mejor manera de atravesar aquel campo minado evitando que ambas salieran heridas era hacer como si aquella historia no fuera nada, una aventurilla, un capricho.

—No sabría cómo es eso de estar enamorada aunque me golpeara en la cara —replicó con ligereza.

—No es como en la televisión, donde de repente todo es perfecto. —La voz de Josie descendió hasta que fue apenas un murmullo—. Es más como, en cuanto ocurre, pasarte todo el tiempo consciente de cuántas cosas pueden salir mal.

Alex levantó la mirada hacia ella, petrificada:

—Oh, Josie.

—No pasa nada.

—No quería hacer que tú...

—Déjalo, ¿está bien? —Josie forzó una sonrisa—. No está nada mal, ¿sabes?, para alguien de su edad.

—Es un año más joven que yo —señaló Alex.

—Mi madre, la robabebés. —Josie levantó el plato de crepes y se lo pasó—: Se están enfriando.

Alex agarró el plato:

—Gracias —dijo, pero le sostuvo la mirada a Josie lo suficiente como para que ella se diera cuenta de qué le estaba agradeciendo en realidad.

Justo entonces, Patrick bajó deslizándose con sigilo por la escalera. Al llegar abajo, se volvió para hacerle a Alex una seña con el pulgar hacia arriba.

—Patrick —lo llamó ella—, Josie nos ha hecho crepes.

Selena sabía lo que era políticamente correcto: se supone que no hay diferencia entre los niños y las niñas, pero también sabía que si preguntabas a cualquier madre o maestra de la guardería, te dirían algo distinto, *off the record*. Esa mañana, ella estaba sentada en un banco de la plaza mirando a Sam intercambiar cubos de arena con un grupo de compañeros, niños tan pequeños como él. Dos niñas hacían como si hornearan pizzas hechas de arena y piedras. El niño al lado de Sam estaba intentando destrozar un camión volquete, golpeándolo con todas sus fuerzas repetidamente contra el marco de madera de la caja de arena.

«No hay diferencia —pensó Selena—. Sí, claro.»

Estaba pensando eso y observando con interés cuando Sam se alejó un poco del niño que tenía al lado y comenzó a imitar a las niñas, tamizando arena en un cubo para hacer un pastel.

Selena sonrió ampliamente, esperando que ése fuera un indicio de que su hijo se rebelaría contra los estereotipos y haría aquello con lo que se sintiera más cómodo. Pero ¿funcionaba así? ¿Podías mirar a un niño y ver en qué se convertiría? A veces, cuando observaba a Sam, podía vislumbrar el adulto que sería algún día: estaba allí, en sus ojos; la cáscara del hombre que crecería y lo habitaría al hacerse mayor. Pero había más que atributos físicos en lo que se podía intuir. ¿Se volverían aquellas niñas amas de casa y madres o empresarias de negocios? ¿El comportamiento destructivo de aquel niño derivaría en una adicción a las drogas o en alcoholismo? ¿Había Peter Houghton empujado a sus compañeros de juegos o pisoteado insectos o hecho algo como niño que hubiera permitido vislumbrar su futuro como asesino?

El niño del camión lo dejó y empezó a cavar, aparentemente hacia China. Sam abandonó lo que estaba horneando para agarrar el vehículo de plástico, pero entonces perdió el equilibrio y se cayó, dándose con la rodilla contra el marco de madera.

Selena se levantó del asiento de un salto, lista para agarrar a su hijo antes de que éste comenzara a berrear. Pero Sam miró a los niños que había a su alrededor, como si se diera cuenta de que tenía público. Y, aunque su carita se frunció y se puso colorada, con un asomo de dolor, no lloró.

Era más fácil para las niñas. Ellas podían decir «Esto duele» o «No me gusta esto» y que la queja fuera aceptable socialmente. Los niños, en cambio, no hablaban ese lenguaje. No lo aprendían de pequeños y tampoco se las arreglaban de adultos para adquirirlo. Selena se acordó del último verano, cuando Jordan había ido a pescar con un viejo amigo cuya esposa acababa de pedirle el divorcio.

—¿De qué hablaron? —le preguntó ella cuando Jordan regresó a casa.

—De nada —contestó él—. Estuvimos pescando.

Eso no tenía sentido para Selena. Habían estado fuera durante seis horas. Cómo era posible estar sentado junto a alguien en un pequeño bote durante todo ese tiempo y no tener una conversación íntima acerca de cómo estaba llevándolo; si estaba atascado después de semejante crisis; si le preocupaba el resto de su vida.

Selena miraba a Sam, quien ahora tenía el camión en la mano y lo hacía circular por encima de lo que había sido su pizza. El cambio podía llegar así de rápido, ella lo sabía. Pensó en cómo Sam la abrazaría con sus pequeños bracitos alrededor de su cuello y la besaría; cómo correría hacia ella si Selena le extendía los brazos. Pero tarde o temprano él se daría cuenta de que sus amigos no iban de la mano de su madre cuando cruzaban la calle; que no horneaban pizzas y pasteles en el cajón de arena; que, en cambio, ellos construían ciudades y cavaban cuevas. Un día —cuando fuera al instituto, o incluso antes—, Sam comenzaría a encerrarse en su habitación. Rehuiría el contacto con ella. Respondería gruñendo, actuaría con rudeza, sería un hombre.

«Quizá sea nuestra maldita culpa que los hombres sean como son», pensó Selena. Quizá la empatía, como un músculo sin usar, simplemente, se atrofiaba.

Josie le dijo a su madre que había conseguido un trabajo de verano como voluntaria de enseñanza, para ser tutora de chicos de escuela primaria y de matemáticas en el instituto. Le habló de Angie, cuyos padres se habían separado durante el año lectivo y que fallaba en álgebra como una consecuencia indirecta. Le describió a Joseph, un niño con leucemia que había faltado a la escuela a causa del tratamiento, y al que le resultaba difícil entender las fracciones. Cada día durante la cena, su madre le preguntaba por su trabajo y Josie le contaba una historia. El problema era que sólo era eso: una historia, una ficción. Joseph y Angie no existían; y ya puestos, tampoco su trabajo como tutora.

Esa mañana, como cada mañana, Josie se iba de casa. Se subía al autobús y saludaba a Rita, la conductora que venía haciendo esa ruta todo el verano. Cuando los otros pasajeros se bajaban en la parada que estaba más cerca de la escuela, Josie permanecía en su asiento. De hecho no se levantaba hasta la última parada, la que estaba a un kilómetro y medio del cementerio Whispering Pines.

A ella le gustaba estar allí. En el cementerio no tenía que hablar con nadie sin tener ganas. No tenía que hacerlo aunque no le apeteciera. Caminaba por la senda serpenteante, que para entonces le era tan familiar que podría decir, con los ojos cerrados, cuándo el pavimento bajaba un poco y cuándo había que girar hacia la izquierda. Sabía que la hortensia violentamente azul estaba a mitad de camino de la tumba de Matt; que, a unos pocos pasos de distancia de ésta, olía a madreselva.

Ahora había una lápida, un prístino bloque de mármol con el nombre de Matt cuidadosamente grabado. El césped comenzaba a crecer. Josie se sentaba sobre la tierra, que estaba tibia, como si el sol hubiera estado filtrándose y calentándola para cuando llegara ella. Buscó en su mochila y sacó una botella de agua, un emparedado de mantequilla de cacahuete y una bolsa de snacks salados.

—¿Puedes creer que las clases comienzan ya en un mes? —le dijo a Matt, porque a veces hacía eso. No era que esperara una respuesta de él; sólo que se sentía mejor hablándole después de tantos meses de no hacerlo—. Sin embargo, todavía no inaugurarán la verdadera escuela. Dicen que quizá para el Día de Acción de Gracias, cuando la reconstrucción esté terminada.

Lo que realmente estaban haciendo en la escuela era un misterio; Josie había pasado por delante lo suficiente como para saber que la biblioteca y el gimnasio habían sido demolidos, así como la cafetería. Ella se preguntaba si la administración era tan ingenua como para pensar que, si se deshacían de la escena del crimen, los estudiantes pensarían que el crimen nunca se había cometido.

Había leído en algún lado que los fantasmas dan vueltas alrededor de los emplazamientos físicos; que a veces, pueden aparecerse. Josie no daba demasiado crédito a lo paranormal, pero eso sí lo creía. Ella sabía que había algunos recuerdos de los que, aunque se intentara huir para siempre, nunca se debilitaban.

Josie se recostó, con el cabello desparramado sobre el césped recién crecido.

—¿Te gusta tenerme aquí? —susurró—. ¿O si pudieras hablar preferirías que me perdiera?

No quería escuchar la respuesta. En realidad, ni siquiera quería pensar en ello. De modo que abrió los ojos tanto como pudo y miró fijamente al cielo, hasta que el azul brillante le escoció en las retinas.

Lacy permaneció en la sección de hombres de Filene's, tocando trajes de tweed, otros de color azul oscuro y los tejidos de diversas texturas de los sacos *sport*. Había conducido dos horas hasta Boston para poder elegir la mejor ropa para que Peter la llevara en el juicio. Brooks

Brothers, Hugo Boss, Calvin Klein, Ermenegildo Zegna. Había sido fabricada en Italia, Francia, Inglaterra, California. Ella echaba una mirada a la etiqueta del precio, suspiraba, y luego se daba cuenta de que en realidad no importaba. Lo más probable era que ésa fuese la última vez que comprara ropa para su hijo.

Lacy se movía sistemáticamente por la sección masculina. Escogía unos calzoncillos cortos hechos del algodón egipcio más exquisito, un paquete de camisetas blancas Ralph Lauren, calcetines de hilo de Escocia. Encontró unos pantalones de color caqui. Sacó del perchero una camisa oxford azul con botones en el cuello, porque Peter siempre había odiado llevar el cuello asomando de un suéter de cuello cerrado. Y eligió una americana azul, tal como Jordan le había dicho. «Lo quiero vestido como si fuéramos a mandarlo a las entrevistas para la universidad», le había recalcado.

Recordó cómo, cuando Peter tenía alrededor de once años, había desarrollado una aversión a los botones. A priori parecía fácil lidiar con algo así, pero eso eliminaba la mayor parte de los pantalones. Lacy recordaba haber conducido hasta los confines de la tierra para encontrar pantalones de pijama de paño con elástico en la cintura, que pudiesen utilizarse como pantalones de diario. Ella recordaba haber visto a chicos yendo a la escuela con pantalones de pijama hacía tan poco como un año, y preguntándose si Peter habría impuesto la tendencia o si simplemente había ido un poco desincronizado.

Incluso después de que Lacy tuviera todo lo que necesitaba, continuó caminando por la sección de hombres. Tocó un arco iris de pañuelos de seda que se volcaban sobre sus dedos, eligiendo uno que era del color de los ojos de Peter. Revisó los cinturones de cuero —negros, marrones, moteados, de caimán—, y corbatas estampadas con lunares, con flores de lis, con rayas. Escogió un albornoz tan suave que casi la hizo llorar; zapatillas de lana de oveja; un traje de baño rojo cereza. Compró hasta que el peso en sus brazos fue tanto como el de un niño.

—Oh, déjeme ayudarla con eso —le dijo una vendedora, quitándole algunas de las prendas de los brazos y llevándolas al mostrador. Comenzó a doblarlas, una por una—. Sé cómo se siente —dijo, sonriendo comprensivamente—. Cuando mi hijo se fue de casa, pensé que iba a morirme.

Lacy la miró fijamente. ¿Era posible que no fuera la única mujer que hubiera pasado por algo tan horrible? Una vez que lo has pasado, como esa vendedora, ¿podías identificar a otras entre la multitud, como si se tratara de una sociedad secreta formada por las madres cuyos hijos las habían herido en lo más vivo?

—Crees que es para siempre —prosiguió la mujer—, pero hazme caso: cuando regresan a casa por Navidad o durante las vacaciones de verano, y empiezan a comerse todo lo que hay en el refrigerador otra vez, desearías que la universidad durase todo el año.

La cara de Lacy se petrificó:

—Exacto —dijo—. La universidad.

—Tengo una hija en la de New Hampshire, y mi hijo está en Rochester —explicó la vendedora.

—Harvard. Ahí es adonde irá mi hijo.

Habían hablado de eso una vez. A Peter le gustaba más el departamento de informática de Stanford, y Lacy le había tomado el pelo al respecto, diciéndole que ella había tirado todos los folletos de las universidades que estaban al oeste del Mississippi, porque en ellas Peter estaría demasiado lejos.

La prisión estatal estaba cien kilómetros al sur, en Concord.

—Harvard —repitió la vendedora—. Debe de ser un chico listo.

—Lo es —le confirmó Lacy y continuó contándole a la mujer sobre la ida ficticia de Peter a la universidad, hasta que la mentira dejó de saberle a regaliz en la lengua; hasta que casi se la creyó ella misma.

A las tres en punto, Josie se tumbó boca abajo, abrió los brazos y apretó la cara contra el césped. Parecía que estuviera intentando agarrarse a la tierra, lo cual suponía que no estaba muy lejos de la verdad. Inspiró intensamente; en general no olía más que a malas hierbas y a tierra, pero de vez en cuando, cuando había llovido, percibía la esencia de hielo y champú de Matt, como si éste todavía fuera él mismo y estuviera allí mismo, bajo la superficie.

Recogió el envoltorio del emparedado y la botella de agua vacía y los metió en la mochila, luego se dirigió al serpenteante camino que conducía hasta las puertas del cementerio. Un coche obstruía la entrada; sólo dos veces en ese verano Josie había coincidido con un cortejo fúnebre y le había dado una mala sensación en el estómago. Comenzó a caminar más de prisa, con la esperanza de que pasaran después de que ella se hubiese ido y estuviera ya sentada en el autobús cuando comenzara el servicio. Entonces se dio cuenta de que el coche de delante de las puertas no era un coche fúnebre; ni siquiera era negro. Era el mismo coche que estaba a veces en la entrada de su casa, y Patrick estaba apoyado contra él, con los brazos cruzados.

—¿Qué haces aquí? —preguntó Josie.

—Yo podría preguntar lo mismo.

Ella se encogió de hombros:

—Éste es un país libre.

Josie no tenía nada en realidad contra Patrick Ducharme. Sólo era que la ponía nerviosa; de muchas maneras. No podía mirarlo sin pensar en Aquel Día. Pero ahora tenía que hacerlo, porque él era el amante de su madre (era tan raro decir eso) y, de algún modo, eso era incluso más irritante. Su madre estaba en el séptimo cielo, enamorada, mientras Josie tenía que escabullirse a escondidas para visitar la tumba de su novio.

Patrick se apartó del coche y dio un paso hacia ella:

—Tu madre cree que en estos momentos estás enseñando a dividir.

—¿Ella te ha pedido que me espiaras? —preguntó Josie.

—Yo prefiero llamarlo vigilancia —corrigió Patrick.

Josie bufó. No quería sonar como una arrogante, pero no podía evitarlo. El sarcasmo era como un terreno obligado; Si Josie lo abanderaba, él podría darse cuenta de que ella estaba cerca de romperse en pedazos.

—Tu madre no sabe que estoy aquí —dijo Patrick—. Quería hablar contigo.

—Voy a perder el autobús.

—Luego te llevaré en coche a donde sea que quieras ir —dijo él, exasperado—. ¿Sabes?, cuando estoy haciendo mi trabajo, paso mucho tiempo deseando mover el reloj hacia atrás, llegar a la víctima de la violación antes de que ocurra, salvar la casa antes de que los ladrones entren. Y sé que es como levantarse en mitad de la noche reviviendo un momento una y otra vez tan vívidamente como si fuese verdad. De hecho, apuesto a que tú y yo revivimos el mismo momento.

Josie tragó. En todos aquellos meses, más allá de todas las conversaciones bienintencionadas que había tenido con médicos y psiquiatras, e incluso con otros chicos de la escuela, nadie había captado, tan sucintamente, cómo se sentía ella. Pero no podía dejar que Patrick supiera eso; no podía admitir su debilidad, incluso aunque tuviera la sensación de que él podía notarla de todos modos.

—No hagas como si tuviéramos algo en común —dijo Josie.

—Pero es que lo tenemos —respondió Patrick. Miró a Josie a los ojos—. Tu madre me gusta. Mucho. Y me encantaría saber que tú lo aceptas.

Josie sintió que la garganta se le cerraba. Intentó recordar a Matt diciéndole lo mucho que le gustaba ella; se preguntó si alguna vez alguien volvería a decirlo.

—Mi madre es mayor. Puede tomar sus propias decisiones acerca de con quién se acues...

—No —la interrumpió Patrick.

—¿No qué?

—No digas algo que desearás no haber dicho.

Josie dio un paso atrás, con los ojos relucientes.

—Si crees que haciéndote mi amigo vas a ganártela, estás muy equivocado. Más te valdría probar con flores y chocolate. Yo no podría importarle menos.

—Eso no es verdad.

—No has estado suficiente tiempo por aquí como para saberlo, ¿o sí?

—Josie —dijo Patrick—, ella te quiere con locura.

Josie sintió que se atragantaba con la verdad, más duro incluso que hablar era tragar.

—Pero no tanto como a ti. Ella es feliz. Es feliz y yo... Yo sé que debería sentirme feliz por ella.

—Pero en cambio estás aquí —dijo Patrick, señalando el cementerio—. Y estás sola.

Josie asintió con la cabeza y rompió a llorar. Se dio la vuelta, avergonzada, y entonces sintió cómo Patrick la abrazaba. Él no dijo nada y, durante ese momento, él incluso le gustó; ninguna palabra en absoluto, ni siquiera una bienintencionada, hubiera bastado ante la inmensidad de su dolor. Se limitó a dejarla llorar hasta que, finalmente, ella dejó de hacerlo, y descansó por un momento contra el hombro de él, preguntándose si aquello era sólo el ojo de la tormenta o su punto final.

—Soy una bruja —susurró—. Estoy celosa.

—Creo que ella lo entendería.

Josie se alejó de él y se enjugó los ojos.

—¿Vas a decirle que vengo aquí?

—No.

Josie levantó la mirada hacia él, sorprendida. Ella hubiera dicho que él estaría del lado de su madre.

—Te equivocas, ¿sabes? —dijo Patrick.

—¿Acerca de qué?

—De estar sola.

Josie echó un vistazo hacia la colina. Desde allí no podía verse la tumba de Matt, pero sin embargo estaba allí; exactamente como todo lo demás sobre Aquel Día.

—Los fantasmas no cuentan.

Patrick sonrió:

—Las madres sí.

Cuando le abrió la puerta del coche, Josie se zambulló adentro. Mientras Patrick daba la vuelta hacia el asiento del conductor, ella pensó en lo que había dicho acerca de su trabajo. Se preguntó cómo se sentiría si supiera que, esa vez, había llegado justo a tiempo.

Lo que Lewis más odiaba era el sonido de las puertas de metal cerrándose. Apenas importaba que, al cabo de treinta minutos, él pudiera irse de allí. Lo que importaba era que los presos no podían. Y uno de esos presos era el mismo chico al que había enseñado a montar en bicicleta sin las ruedas de equilibrio; el mismo cuyo pisapapeles de la guardería todavía estaba en su escritorio; el mismo de quien había presenciado su primera respiración.

Sabía que para Peter sería un impacto verle. ¿Cuántos meses había estado diciéndose a sí mismo que ésa sería la semana en que haría acopio de valor para ir a ver a su hijo a la cárcel, sólo para encontrar otro recado que hacer u otro artículo para leer? Pero en cuanto el funcionario abrió la puerta e hizo pasar a Peter a la sala de visitas, Lewis se dio cuenta de que había subestimado el impacto que sería para él ver a Peter.

Estaba más grande. Quizá no más alto pero sí más ancho. Sus hombros llenaban la camiseta; sus brazos habían ganado músculo. Su piel parecía translúcida, casi azul debajo de aquella luz poco natural. Sus manos no paraban de moverse, tenían como un tic nervioso cuando las tenía junto al cuerpo, y luego, cuando se sentó, a los lados de la silla.

—Bueno —dijo Peter—, qué cuentas.

Lewis había ensayado seis o siete discursos, explicaciones de por qué no había sido capaz de ir a ver a su hijo, pero cuando lo vio sentarse allí, sólo dos palabras salieron de su boca:

—Lo siento.

La boca de Peter hizo una mueca:

—¿Qué cosa? ¿Haberme fallado durante seis meses?

—Yo he estado pensando —admitió Lewis— que más bien han sido dieciocho años.

Peter se apoyó en el respaldo de la silla, mirando a Lewis fijamente. Éste se forzó a su vez para no apartar la vista. Sintió que los huesos se le aflojaban, que los músculos se le relajaban. Hasta ese momento no había sabido en realidad qué esperar de Peter. Él podía razonar consigo mismo todo lo que quisiera y asegurar que una disculpa siempre sería aceptada; podía recordarse a sí mismo que él era el padre, el que estaba a cargo; pero todo eso era demasiado duro de recordar cuando estabas sentado en la sala de visitas de una prisión, con una mujer a tu izquierda que intentaba jugar con los pies de su amante a través de la línea roja de separación y un hombre a tu derecha que estaba maldiciendo con una sarta de insultos.

La sonrisa en el rostro de Peter se hizo más tosca, se transformó en una mueca de desprecio:

—Que te den —le escupió—. Que te den por venir aquí. No te importo una mierda. No quieres decirme que lo sientes. Sólo quieres escucharte diciéndolo. Estás aquí por ti, no por mí.

Lewis sentía su cabeza como si la tuviera llena de piedras. Se inclinó hacia adelante, su cuello era incapaz de seguir sosteniendo el peso, hasta que apoyó la frente en las manos.

—No puedo hacer nada, Peter —susurró—. No puedo trabajar, no puedo comer, no puedo dormir. —Entonces levantó el rostro—. Los nuevos estudiantes están llegando al campus justo ahora. Los miro por mi ventana; señalan los edificios o van por la calle principal, o escuchando a las guías que los llevan a través del patio, y pienso en cuánto esperaba que hiciéramos eso mismo contigo.

Unos años atrás, después de que Joey naciera, Lewis había escrito un artículo sobre el aumento exponencial de la felicidad: los momentos en que el cociente cambiaba a saltos y brincos después de un incidente que lo estimulara. La conclusión a la que había llegado era que el resultado era variable, no basado en el evento que causaba la felicidad sino más bien en el estado en que uno estaba cuando ocurría. Por ejemplo, el nacimiento de un hijo era una cosa cuando estabas felizmente casado y planeabas formar una familia, y otra completamente distinta si tenías dieciséis años y habías dejado embarazada a una chica. El tiempo frío era perfecto si estabas de vacaciones esquiando, pero decepcionante si estabas disfrutando de una semana en la playa. Un hombre que hubiera sido rico una vez, en medio de una depresión económica se sentiría delirantemente feliz con un dólar; un cheff podría comer gusanos si estuviera encallado en una isla desierta. Un padre que había esperado que su hijo fuera estudioso, tuviera éxito y fuera independiente podría, en otras circunstancias, simplemente ser feliz con que estuviera sano y salvo, porque así podría decirle al chico que nunca había dejado de quererle.

—Pero ya sabes lo que se dice de la universidad —prosiguió Lewis, sentándose un poco más erguido—. Que está sobreestimada.

Sus palabras sorprendieron a Peter.

—Todos esos padres, aflojando más de cuarenta mil al año —dijo, sonriendo débilmente—, y yo aquí, sacándole el máximo provecho a nuestros impuestos.

—¿Qué más podría pedir un economista? —bromeó Lewis, aunque no era divertido; nunca sería divertido. Pero se dio cuenta de que también era una especie de felicidad: podía decir algo, hacer algo, para mantener a su hijo sonriendo de aquella manera, como si hubiera algo por lo que sonreír, incluso aunque cada palabra hiciera que él se sintiera como si tragara cristales.

Patrick estaba repantigado en la silla y con los pies cruzados ante la mesa de la fiscal, mientras Diana Leven examinaba los informes que habían llegado de balística días después del tiroteo, en preparación del testimonio de él en el juicio.

—Había dos escopetas que nunca fueron usadas —explicó Patrick—, y dos revólveres combinados, ambos Glock 17, que fueron registrados por un vecino de la casa de delante. Un policía retirado.

Diana le echó un vistazo por encima de los papeles.

—Adorable.

—Sí. Bueno, ya conoces a los policías. ¿Qué objetivo tiene poner el arma en un armario cerrado con llave si tienes que recurrir a ella rápidamente? De todos modos, el arma A es la que se usó para todos los disparos, las estrías de las balas que recuperamos coincidían con ésa. El arma B fue disparada, según balística, pero no se recuperaron balas que coincidieran con su cañón. Esa arma fue encontrada, atascada, en el suelo del vestuario. Houghton todavía empuñaba el arma A cuando fue detenido.

Diana se recostó sobre su silla, con los dedos cruzados delante del pecho.

—McAfee va a preguntarte por qué Houghton había sacado el arma B en el vestuario, si el arma A había funcionado tan espléndidamente hasta ese momento.

Patrick se encogió de hombros.

—Tal vez la usó para dispararle a Royston en el pecho y, cuando se atascó, volvió al arma A. O quizá más simple que eso. A partir del hecho de que la bala del arma B no fue recuperada, es posible que fuera el primer tiro disparado. Se atascó, el chico cambió al arma A y guardó el arma atascada en su bolsillo... y después, al final de su ronda asesina, o bien la descartó o se le cayó por accidente.

—O. Odio esa palabra. Una sola letra y tiene todos los requisitos de la duda razonable.

Se calló al oír que llamaban a la puerta; su secretaria asomó la cabeza.

—Su cita de las dos está aquí.

Diana se volvió hacia Patrick:

—Estoy preparando a Drew Girard para que testifique. ¿Por qué no te quedas?

Éste asintió y retiró su silla a uno de los lados de la sala para dejarle a Drew el lugar enfrente de la fiscal. El chico entró, llamando con un golpe suave.

—¿Señora Leven?

Diana salió de detrás de su escritorio.

—Drew. Gracias por venir. —Señaló a Patrick con un gesto—. ¿Recuerdas al detective Ducharme?

Drew asintió con la cabeza. Patrick observó los pantalones ceñidos del muchacho, su camiseta cerrada, sus modales. Aquél no era el impertinente muchachote, estrella de hockey, que había sido descrito por los estudiantes durante las investigaciones de Patrick, pero por otra parte, Drew había visto cómo asesinaron a su mejor amigo: él mismo había recibido un disparo en el hombro. Cualquiera que fuese el mundo sobre el que reinaba como amo y señor, ahora había desaparecido.

—Drew —dijo Diana—, te hemos pedido que vinieras porque tienes una citación, y eso significa que testificarás en algún momento de la semana que viene. Ya te diremos cuándo, cuando se acerque el momento... pero, por ahora, quería asegurarme de que no estuvieras nervioso por tener que ir a la corte. Hoy repasaremos algunas de las cosas acerca de las que se te preguntará y cómo funciona el procedimiento. Si tienes alguna pregunta, nos la haces, ¿de acuerdo?

—Sí, señora.

Patrick se inclinó hacia él:

—¿Cómo está el hombro?

Drew se volvió para mirarle a la cara, flexionando inconscientemente esa parte del cuerpo.

—Todavía tengo que hacer terapia física y esas cosas, pero está mucho mejor. Excepto... —su voz se apagó.

—¿Excepto qué? —preguntó Diana.

—Echaré de menos la temporada de hockey todo este año.

Diana se encontró con la mirada de Patrick; aquello era compasión por un testigo.

—¿Crees que podrás volver a jugar luego?

Drew resopló:

—Los médicos dicen que no, pero yo creo que se equivocan —dudó—. Este año soy senior, y contaba con una beca deportiva para ir a la universidad.

Hubo un silencio incómodo, en el que ninguno reconoció el coraje de Drew, ni la verdad.

—Entonces, Drew —prosiguió Diana—, cuando subas al estrado, comenzaré por preguntarte tu nombre, dónde vives y si estabas en la escuela ese día.

—Está bien.

—Vamos a ensayar un poquito, ¿de acuerdo? Cuando llegaste a la escuela esa mañana, ¿cuál fue tu primera clase?

Drew se sentó un poco más recto.

—Historia americana.

—¿Y la segunda?

—Inglés.

—¿Adónde fuiste después de la clase de inglés?

—Tenía la tercera hora libre y la mayoría de la gente con clases libres se va a la cafetería.

—¿Es allí adonde fuiste?

—Sí.

—¿Había alguien contigo? —continuó Diana.

—Fui solo, pero cuando llegué allí, me encontré con un grupo de gente. —Miró a Patrick—. Amigos.

—¿Cuánto tiempo estuviste en la cafetería?

—No lo sé, ¿media hora, quizá?

Diana asintió con la cabeza.

—¿Qué pasó luego?

Drew bajó la mirada hacia sus pantalones y siguió la raya con el pulgar.

Patrick se dio cuenta de que estaba temblando.

—Estábamos todos, ya sabe, hablando... y entonces oí un estruendo realmente grande.

—¿Podías decir de dónde venía el sonido?

—No. No sabía qué era.

—¿Viste algo?

—No.

—Entonces —preguntó Diana—, ¿qué hiciste al oírlo?

—Bromeé —dijo Drew—. Dije que probablemente fuera la comida de la escuela incendiándose. «Oh, finalmente, esa hamburguesa con queso radiactiva», algo así.

—¿Te quedaste en la cafetería después del estruendo?

—Sí.

—¿Y luego?

Drew bajó la mirada hacia sus manos.

—Se oyó un sonido como de petardos. Antes de que nadie pudiera imaginar qué era, Peter entró en la cafetería. Llevaba una mochila y sostenía un arma; comenzó a disparar.

Diana levantó la mano.

—Una pequeña pausa, Drew... Cuando estés en el estrado y digas eso, te pediré que mires al acusado y lo identifiques para el registro. ¿Entendido?

—Sí.

Patrick se dio cuenta de que no veía el tiroteo del modo en que habría visto cualquier otro crimen. Ni siquiera lo visualizaba, a pesar de la escalofriante cinta de vídeo de la cafetería que había visto. Se imaginaba a Josie —una de las amigas de Drew— sentada a una larga mesa, oyendo aquellos petardos, sin imaginarse en absoluto lo que vendría después.

—¿Cuánto tiempo hacía que conocías a Peter? —preguntó Diana.

—Ambos crecimos en Sterling. Habíamos ido a la misma escuela desde siempre.

—¿Eran amigos?

Drew sacudió la cabeza.

—¿Enemigos?

—No —contestó—. No éramos enemigos, en realidad.

—¿Alguna vez habías tenido problemas con él?

Drew levantó la mirada:

—No.

—¿Alguna vez te habías metido con él?

—No, señora.

Patrick sintió que sus manos se cerraban como puños. Él sabía, por las entrevistas que había hecho a cientos de chicos, que Drew Girard había encerrado a Peter Houghton en los casilleros; que le había hecho tropezar cuando bajaba la escalera; que le había escupido en el pelo. Ninguna de esas cosas justificaba lo que había hecho Peter, pero aun así... Había un chico pudriéndose en la cárcel; había diez personas descomponiéndose en sus tumbas, había docenas en rehabilitación y cirugía correctiva; había cientos —como Josie— que todavía no podían pasar un día sin romper a llorar; había padres —como Alex— que confiaban en que Diana hiciera justicia en su nombre. Y aquel pequeño imbécil estaba mintiendo con toda la boca.

Diana levantó la vista de sus notas y miró fijamente a Drew:

—Así, si se te pregunta bajo juramento si alguna vez te habías metido con Peter, ¿cuál sería tu respuesta?

Drew la miró, y su arrojo se desvaneció lo suficiente como para que Patrick se diera cuenta de que estaba muerto de miedo de que supieran más de lo que admitían ante él. Diana echó una mirada a Patrick y dejó caer su lápiz. Ésa era toda la invitación que él necesitaba; saltó de su asiento en un instante, agarrando a Drew Girard por la garganta.

—Escucha, pequeño imbécil —dijo Patrick—. No la cagues en esto. Sabemos lo que le hacías a Peter Houghton. Sabemos que eras uno de los principales. Hay diez víctimas muertas, dieciocho más cuyas vidas nunca serán como pensaban que serían y muchas familias en esta comunidad que nunca van a dejar de llorar tantas pérdidas que ni siquiera puedo contarlas. No sé cuál es tu plan aquí, si quieres jugar al niño del coro para proteger tu reputación o si sólo tienes miedo de decir la verdad, pero créeme, si subes a ese estrado a testificar y mientes sobre tus acciones del pasado, me aseguraré de que termines en la cárcel por obstrucción a la justicia. —Soltó a Drew, y se dio la vuelta, mirando fijamente por la ventana de la oficina de Diana.

Él no tenía autoridad para arrestar a Drew por nada, ni siquiera si cometía perjurio, ni mucho menos para mandarlo a la cárcel, pero el chico no lo sabía. Y quizá bastaba con asustarle para que se comportase. Con una profunda respiración, Patrick se inclinó y recogió el lápiz que Diana había dejado caer, alcanzándoselo.

—Ahora deja que te pregunte de nuevo, Drew —dijo suavemente ella—, ¿alguna vez te has metido con Peter Houghton?

Drew echó un vistazo a Patrick y tragó. Luego abrió la boca y comenzó a hablar.

—Es lasaña a las brasas —anunció Alex después de que Patrick y Josie hubieran dado cada uno su primer bocado—. ¿Qué les parece?

—No sabía que la lasaña pudiese asarse —dijo Josie con cautela. Y comenzó a separar la pasta del queso, como si estuviera diseccionándola.

—¿Cómo es eso, exactamente? —preguntó Patrick, alcanzando la jarra de agua para volverse a llenar el vaso.

—Era lasaña normal. Pero algunos de los rellenos se desparramaron por el horno y empezó a salir humo... Estaba a punto de comenzar de nuevo, pero entonces me di cuenta de que sólo agregando una cosa, carbón, cambiaría el sabor de la mezcla. —Esbozó una sonrisa—. Ingenioso, ¿verdad? Quiero decir, miré en todos los libros de cocina, Josie, y esto nunca se ha hecho antes, hasta donde puedo asegurar.

—¡Fíjate! —dijo Patrick y tosió en su servilleta.

—En realidad me gusta cocinar —dijo Alex—. Me gusta escoger una receta y, ya sabes, irme por la tangente para ver qué ocurre.

—Las recetas son un poco como las leyes —respondió Patrick—. Puede que sea mejor intentar ceñirse a ellas, antes de cometer una felonía...

—No tengo hambre —dijo Josie de repente. Alejó su plato, se puso de pie y subió corriendo la escalera.

—El juicio comienza mañana —dijo Alex, a modo de explicación, y fue detrás de Josie, sin ni siquiera excusarse. Sabía que Patrick lo entendería. Josie había cerrado la puerta de golpe y subido el volumen de la música; no tendría sentido golpear. Giró el pomo de la puerta y entró, se llegó al estéreo para bajar el volumen.

Josie estaba acostada boca abajo en su cama, con la almohada sobre la cabeza. Cuando Alex se sentó en el colchón a su lado, ella no se movió.

—¿Quieres hablar de eso? —preguntó Alex.

—No —dijo Josie, con la voz apagada.

Alex se tendió y le quitó la almohada de la cabeza.

—Inténtalo.

—Es sólo que, Dios, mamá, ¿qué pasa conmigo? Es como si el mundo hubiera comenzado a girar otra vez para todos los demás, pero yo ni siquiera pudiera volver a subirme a la calesita. Incluso ustedes dos. Ambos deben estar pensando en el juicio como locos, pero aquí están, riendo y sonriendo como si pudieran sacar lo que ocurrió y lo que pasará fuera de sus cabezas, mientras que yo no puedo no pensar en eso cada uno de los segundos que estoy despierta. —Josie levantó la mirada hacia Alex con los ojos llenos de lágrimas—: Todo el mundo ha salido adelante. Todo el mundo menos yo.

Alex puso la mano en el brazo de Josie y lo frotó. Podía recordar el

497

examen físico de neonatología de Josie, después de que naciera —de que de algún modo, de la nada, ella hubiera creado aquella minúscula, cálida, encogida, impecable criatura—. Había pasado horas en su cama, con Josie al lado de ella, tocándole su piel de bebé, sus deditos de los pies como saquitos, el pulso de su fontanela.

—Una vez —dijo Alex—, cuando estaba trabajando como defensora de oficio, el cuatro de julio, un tipo de la oficina organizó una fiesta para todos los abogados y sus familias. Yo te llevé, aunque sólo tenías unos tres años. Había fuegos artificiales y yo desvié la mirada un segundo para verlos; cuando volví a mirar, tú te habías ido. Comencé a gritar y alguien se dio cuenta de que yacías en el fondo de la piscina.

Josie se sentó, fascinada por una historia que nunca antes había oído.

—Me lancé y te saqué fuera; te hice la respiración boca a boca y tú escupiste. Ni siquiera podía hablar de lo asustada que estaba. Pero tú reviviste peleando y furiosa conmigo. Me dijiste que estabas buscando sirenas y que yo te había interrumpido.

Metiendo las rodillas debajo de su mentón, Josie sonrió un poco.

—¿En serio?

Alex asintió con la cabeza.

—Te dije que la próxima vez tenías que llevarme contigo.

—¿Hubo una próxima vez?

—Bueno, dímelo tú —replicó Alex, y ella dudó—. No necesitas agua para sentir que estás ahogándote, ¿o sí?

Cuando Josie sacudió la cabeza, las lágrimas se dispersaron. Se levantó, colocándose dentro del abrazo de su madre.

—No estás sola en esto —dijo Alex: una promesa para Josie, un voto para sí misma.

Aquello, Patrick lo sabía, sería su ruina. Por segunda vez en su vida, estaba acercándose tanto a una mujer y a su hija que se olvidaba de que realmente él no formaba parte de la familia. Miró la mesa, con los restos de la horrible cena de Alex y comenzó a vaciar los platos intactos.

La lasaña a las brasas se había enfriado en su fuente, un ladrillo ennegrecido. Apiló los platos en el fregadero y abrió el grifo del agua caliente; luego agarró un trapo y comenzó a fregar.

—Oh, Dios mío —dijo Alex detrás de él—: Realmente eres el hombre perfecto.

Patrick se dio la vuelta, con las manos todavía enjabonadas.

—Ni de lejos. —Siguió con los platos—. ¿Josie está...?

—Está bien. Estará bien. O al menos ambas seguiremos diciéndolo hasta que sea cierto.

—Lo siento, Alex.

—¿Y quién no? —Ella se sentó en una silla de la cocina, con una pierna a cada lado, y apoyó la mejilla en el respaldo—. Mañana iré al juicio.

—No esperaba menos.

—¿Realmente crees que McAfee puede conseguir que lo absuelvan?

Patrick dobló el paño de cocina y lo dejó junto al fregadero, luego se acercó a Alex. Se arrodilló frente a la silla y quedó mirándola desde el otro lado de las varillas verticales, como si ella estuviera atrapada en una celda de prisión.

—Alex —dijo—, ese chico entró a la escuela como si estuviera llevando a cabo el plan de una batalla. Comenzó en el estacionamiento, colocando una bomba para distraer. Dio la vuelta hasta la fachada de la escuela y le disparó a una chica en los escalones. Fue a la cafetería, disparó a un grupo de chicos, asesinó a algunos de ellos y luego se sentó a comer un maldito tazón de cereales antes de seguir con su excursión de asesinatos. No veo cómo, presentado con ese tipo de pruebas, un jurado podría sobreseer los cargos.

Alex lo miraba fijamente:

—Dime una cosa... ¿por qué Josie tuvo suerte?

—Porque está viva.

—No, quiero decir, ¿por qué está viva? Ella estaba en la cafetería y en el vestuario. Vio gente morir a su alrededor. ¿Por qué Peter no le disparó a ella?

—No lo sé. Hay en todo eso un montón de cosas que no entiendo.

Algunas de ellas... bueno, son como el tiroteo. Y otras... —Cubrió la mano de Alex con la suya y tomó una de las varillas de la silla—. Otras no lo son.

Alex lo miró y Patrick recordó otra vez que haberla conocido —estar con ella— era como el primer azafrán de primavera que veías en la nieve. Justo cuando te habías hecho a la idea de que el invierno duraría para siempre, aquella belleza inexplicable te tomaba por sorpresa; y si no apartabas los ojos de ella, si seguías mirándola, el resto de la nieve se derretiría de una u otra forma.

—Si te pregunto una cosa, ¿serás honesto conmigo? —preguntó Alex.

Patrick asintió con la cabeza.

—Mi lasaña no era muy buena, ¿verdad?

Él le sonrió a través de los listones de la silla.

—No menosprecies tu trabajo del día —dijo.

En mitad de la noche, Josie seguía sin poder dormir. Se levantó de la cama y fue a recostarse en el césped de delante de la casa. Miró fijamente al cielo, que en ese momento de la noche se veía tan bajo, que casi parecía que las estrellas fueran a pincharle la cara. Allí fuera, sin su habitación cayéndosele encima, casi era posible creer que cualesquiera que fuesen los problemas que tuviera, eran minúsculos en el gran esquema del universo.

Al día siguiente, Peter Houghton iba a ser juzgado por diez asesinatos. Tan sólo esa idea —la del último asesinato— hacía que Josie se descompusiera. Ella no podía acudir al juicio, por mucho que lo deseara, porque estaba en una estúpida lista de testigos. En cambio, estaba aislada, una extravagante palabra para definir el ser mantenido sin información.

Josie respiró profundamente y pensó en la clase de ciencias sociales en la que les habían enseñado que alguien —¿los esquimales, quizá?— creía que las estrellas eran huecos en el cielo por los que la gente que había muerto podía mirarte. Se suponía que era consolador, pero para Josie era un poco espeluznante, como si la estuvieran espiando.

Le hizo pensar también en un chiste realmente tonto sobre un tipo que va caminando junto a la valla de un manicomio y oye unas voces dentro que corean: «¡Diez ¡Diez! ¡Diez!» Va a espiar por un hueco que hay en la valla para ver de qué se trata y entonces le dan en el ojo con un palo. A continuación los pacientes gritan: «¡Once! ¡Once! ¡Once!»

Matt le había contado ese chiste.

Puede que ella incluso se hubiese reído.

Eso es lo que los esquimales no dicen: las personas que están del otro lado tienen que tomarse la molestia de observarte. Pero tú puedes verlos en cualquier momento. Lo único que tienes que hacer es cerrar los ojos.

La mañana del juicio de su hijo por asesinato, Lacy escogió una falda negra de su armario, a conjunto con una blusa negra y medias negras. Se vistió como si se dirigiera a un funeral, aunque quizá eso no fuera tan desacertado. Rasgó tres pares de medias porque las manos le temblaban y finalmente se decidió a salir sin ellas. Al final del día, los zapatos le habrían rozado tanto que tendría ampollas en los pies. Lacy pensó que quizá eso fuera algo bueno; quizá entonces podría concentrarse en ese dolor concreto y material.

No sabía dónde estaba Lewis; ni siquiera si iba a ir al juicio. En realidad, no habían hablado desde el día en que ella lo siguió hasta el cementerio. Después de eso, él dormía en la habitación de Joey. Ninguno de los dos había vuelto a entrar en la de Peter.

Pero esa mañana, Lacy se obligó a sí misma a girar a la izquierda en lugar de a la derecha en el rellano y abrió la puerta de esa habitación. Después de que la policía se fuera, ella había devuelto al lugar un orden aparente, diciéndose a sí misma que no quería que Peter volviera a casa y se encontrara con una habitación saqueada. Todavía había huecos: el escritorio parecía desnudo sin su computadora; los estantes de los libros se veían medio vacíos. Ella se dirigió a uno de ellos y agarró un libro en rústica. *El retrato de Dorian Gray*, de Oscar Wilde. Peter estaba leyéndolo para la clase de inglés cuando fue arrestado. Se preguntó si habría tenido tiempo de terminarlo.

Dorian Gray tenía un retrato que envejecía y se hacía desagradable mientras él permanecía joven y con apariencia inocente. Quizá la madre silenciosa y reservada que testificaría en el juicio de su hijo tendría un retrato en algún lado devastado por la culpa, con el color distorsionado. Quizá la mujer de ese retrato fuera capaz de llorar y gritar, de romperse, de agarrar a su hijo por los hombros y decirle «¿Qué has hecho?».

Se sobresaltó al oír que alguien abría la puerta. Lewis estaba en el umbral, con el traje que reservaba para conferencias y graduaciones universitarias. Sostenía una corbata de seda azul en la mano sin decir nada.

Lacy tomó la corbata y se la puso alrededor del cuello, tiró suavemente para colocarle el nudo en su lugar y le bajó el cuello de la camisa. Mientras lo hacía, Lewis le agarró la mano y ya no se la soltó.

En realidad, no había palabras para momentos como aquél; en los que te das cuenta de que has perdido a un hijo y el otro está fuera de tu alcance. Con la mano de Lacy todavía aferrada, Lewis la sacó de la habitación de Peter y cerró la puerta detrás de ellos.

A las seis de la mañana, cuando Jordan bajó sigilosamente la escalera para leer sus notas y prepararse para el juicio, encontró un cubierto puesto en la mesa: un tazón, una cuchara y una caja de cereales de coco; con lo que siempre empezaba la batalla. Con una amplia sonrisa —Selena debía de haberse levantado de madrugada para preparar aquello, ya que ambos se habían ido a dormir juntos por la noche—, tomó asiento y se sirvió una generosa cantidad; luego fue al refrigerador a por la leche.

Una nota en un post-it estaba pegada al envase. BUENA SUERTE.

En cuanto Jordan empezó a comer, sonó el teléfono. Lo atendió. Selena y el bebé todavía estaban dormidos.

—¿Hola?

—¿Papá?

—Thomas —dijo—, ¿qué haces levantado a esta hora?

—Bueno, es que no me he acostado todavía.

Jordan sonrió:

—Ah, ser joven y universitario otra vez.

—Sólo llamaba para desearte buena suerte. Comienza hoy, ¿no?

Bajó la mirada hacia sus cereales y de repente recordó la filmación tomada por la cámara de vídeo de la cafetería del Instituto Sterling: Peter sentado igual que él para comerse un tazón de cereales, con estudiantes muertos a sus pies. Jordan apartó el tazón.

—Sí —dijo—, así es.

El guardián abrió la celda de Peter y le extendió una pila de ropa doblada.

—Hora del baile, Cenicienta —dijo.

Peter esperó hasta que se hubiese ido. Sabía que su madre la había comprado para él; incluso había dejado las etiquetas, para que viese que no provenían del armario de Joey. Eran lujosas, el tipo de prendas que se llevaban en los partidos de polo; no es que hubiera visto nunca ninguno.

Peter se quitó el atuendo y se puso los calzoncillos y los calcetines. Se sentó en su litera para ponerse los pantalones, que eran un poco estrechos de cintura. Se abrochó mal la camisa la primera vez y tuvo que hacerlo de nuevo. No sabía cómo anudarse correctamente la corbata. La enrolló y se la metió en el bolsillo para que Jordan le ayudase.

En la celda no había espejo, pero Peter imaginó que ahora debía de parecer normal. Si se lo trasladara desde aquella prisión a una calle abarrotada de Nueva York o a las gradas de un campo de fútbol, la gente probablemente no lo miraría dos veces; no se darían cuenta de que, debajo de toda aquella lana fría y aquel algodón egipcio había alguien que nunca imaginarían. O, en otras palabras, nada había cambiado.

Estaba a punto de abandonar la celda cuando se dio cuenta de que no le habían dado un chaleco antibalas, como para la comparecencia. Probablemente no sería porque fuera menos odiado ahora; más bien habría sido un descuido. Abrió la boca para preguntarle al guardia por el chaleco, pero la cerró de golpe.

Quizá, por primera vez en su vida, Peter tuviera suerte.

* * *

Alex se vistió como si fuera a trabajar, cosa que era cierta, sólo que no como jueza. Se preguntó cómo sería sentarse en un tribunal como un civil. Se preguntó si la sufriente Lacy de la comparecencia estaría allí.

Sabía que sería duro asistir a ese juicio y se daría cuenta de nuevo de lo cerca que había estado de perder a Josie. Alex fingiría escuchar porque era su trabajo; cuando estaría escuchando porque tenía que hacerlo. Un día, Josie recordaría, y entonces necesitaría a alguien en quien apoyarse; y dado que Alex no había estado allí la primera vez para protegerla, tenía que resistir ahora como testigo.

Bajó de prisa la escalera y encontró a Josie sentada a la mesa de la cocina, vestida con una falda y una blusa.

—Voy a ir —anunció.

Era un *déjà vu*. Exactamente lo mismo que había pasado el día de la primera comparecencia, con la excepción de que parecía que de eso hacía mucho tiempo, y ella y Josie eran personas muy diferentes de las de entonces. Ahora, Josie estaba en la lista de testigos de la defensa, y no había recibido una citación, lo que significaba que no tenía que estar en el tribunal durante el juicio.

—Sé que no puedo estar en la sala, pero Patrick también está aislado, ¿no?

La última vez que Josie había pedido ir al tribunal, Alex se opuso de lleno. Esta vez, sin embargo, se sentó frente a su hija.

—¿Tienes idea de cómo va a ser? Habrá cámaras, muchas. Y chicos en sillas de ruedas. Y padres enojados. Y Peter.

La mirada de Josie cayó en su regazo como una piedra.

—Otra vez estás intentando evitar que vaya.

—No, estoy intentando evitar que salgas herida.

—No salí herida —dijo Josie—. Por eso es por lo que tengo que ir.

Cinco meses antes, Alex había tomado la decisión por su hija. Ahora, ella sabía que Josie merecía hablar por sí misma.

—Te veré en el coche —dijo con calma. Mantuvo esa máscara hasta que Josie cerró la puerta detrás de sí; luego se encerró en el baño de arriba y vomitó.

Tenía miedo de que revivir el tiroteo, incluso a distancia, hiciera que Josie se alterase y eso retrasara su recuperación. Pero lo que más le preocupaba era que, por segunda vez, ella fuera incapaz de proteger a su hija y evitar que saliera herida.

Alex apoyó la frente contra el frío borde de porcelana de la bañera. Luego se puso de pie, se lavó los dientes y se refrescó la cara con agua. Se dio prisa para llegar al coche, donde su hija ya estaba esperando.

Como la niñera había llegado tarde, Jordan y Selena se encontraron luchando contra la multitud en los escalones del tribunal. Selena sabía que sería así, pero todavía no estaba preparada para las hordas de periodistas, las camionetas de las televisiones, los curiosos sosteniendo las cámaras de sus teléfonos móviles para captar una toma rápida del tumulto.

Jordan era hoy el villano. La gran mayoría de los espectadores eran de Sterling y, dado que Peter era trasladado al tribunal por un túnel subterráneo, a Jordan le tocaba el papel de chivo expiatorio sustitutivo.

—¿Cómo duermes de noche? —le gritó una mujer mientras Jordan apuraba el paso por los escalones, junto a Selena. Otra sostenía un cartel que decía: «TODAVÍA HAY PENA DE MUERTE EN NEW HAMPSHIRE».

—Oh, Dios —dijo Jordan en un susurro—. Esto será divertido.

—Todo saldrá bien —respondió Selena.

Pero él se detuvo. Un hombre, de pie en los escalones, sostenía un póster con dos grandes fotos montadas una junto a otra: una de una chica y otra de una bella mujer. Kaitlyn Harvey. Selena la reconoció. Encima del cartel dos palabras: DIECINUEVE MINUTOS.

Jordan se encontró con la mirada del hombre. Selena sabía lo que él estaba pensando: que aquél podría ser él; que también él tenía mucho que perder.

—Lo siento —murmuró Jordan y Selena enroscó su brazo alrededor del de él y lo llevó otra vez a la escalera.

Sin embargo, allí había una multitud diferente. Llevaban camisetas amarillo fluorescente con las letras VAA y coreaban:

—Peter, no estás solo. Peter, no estás solo.

Jordan se acercó a ella.

—¿Qué cuernos es esto?

—Las Víctimas de Acoso de América.

Jordan sonrió por primera vez desde que comenzó a conducir hacia el tribunal.

—¿Y los has encontrado para nosotros?

Selena le apretó el brazo con firmeza.

—Puedes agradecérmelo después —dijo.

Su cliente parecía que fuera a desmayarse. Jordan asintió con la cabeza al asistente, que le dejó entrar en la celda en la que Peter era mantenido en el tribunal y entonces se sentó.

—Respira —le ordenó.

Peter asintió con la cabeza y se llenó de aire los pulmones. Estaba temblando. Jordan lo esperaba; lo había visto desde el comienzo en cada juicio en el que había participado. Incluso el criminal más endurecido, de repente era presa del pánico cuando se daba cuenta de que aquél era el día en que su vida estaba en la cuerda floja.

—Tengo algo para ti —dijo Jordan, y sacó un par de anteojos de su bolsillo.

Eran gruesas, con montura de carey y con un cristal de culo de botella; muy diferentes de las metálicas finitas como un cable que Peter usaba normalmente.

—No... —dijo Peter y luego su voz se quebró—: No necesito unas nuevas.

—Bueno, póntelas de todos modos.

—¿Por qué?

—Porque nadie dejará de notarlas —contestó Jordan—. Quiero que parezcas alguien que nunca, ni en un millón de años, vería lo bastante como para dispararle a diez personas.

Las manos de Peter se enroscaron alrededor del borde metálico del banco.

—Jordan, ¿qué va a ocurrirme?

Había algunos clientes a los que había que mentirles, sólo así lograrían soportar el juicio. Pero, llegados a ese punto, Jordan pensó que Peter merecía la verdad.

—No lo sé, Peter. No tenemos un gran caso, con todas las pruebas que hay en tu contra. La probabilidad de que seas sobreseído es escasa; pero así y todo, yo haré todo lo que pueda, ¿de acuerdo? —Peter asintió con la cabeza—. Lo que quiero es que intentes estar tranquilo ahí fuera. Que parezcas patético.

Peter bajó la cabeza, con la cara distorsionada. «Sí, exactamente así», pensó Jordan, y entonces se dio cuenta de que Peter estaba llorando.

Jordan se dirigió hacia la puerta de la celda. Aquél, también era un momento familiar para él como abogado defensor. Jordan normalmente dejaba que su cliente recibiera ese golpe final en privado, antes de entrar al tribunal. No formaba parte de su negocio y, a decir verdad, para Jordan, todo se reducía al negocio. Pero oía a Peter sollozando detrás de él, y en esa canción triste hubo una nota que alcanzó a tocar a Jordan en lo más profundo de su interior. Antes de que pudiera pensarlo mejor, se había dado la vuelta y estaba otra vez sentado en el banco. Pasó un brazo alrededor de Peter y sintió cómo el chico se relajaba contra él.

—Todo va a salir bien —dijo, y esperó no estar diciendo una mentira.

Diana Leven contempló la sala abarrotada y luego pidió al alguacil que apagase las luces. En la pantalla apareció un cielo azul y algunas nubes blancas, como algodón de azúcar. Una bandera flameaba al viento. Tres autobuses escolares estaban alineados en el centro de la imagen. Diana la dejó congelada, sin decir nada, durante quince segundos.

La sala estaba tan silenciosa que podía oírse el zumbido la computadora portátil del transcriptor.

«Oh, Dios —pensó Jordan—. Voy a tener que aguantar esto durante los próximos tres meses».

—Así se reía el Instituto Sterling el día seis de marzo del dos mil siete. Eran las siete cincuenta de la mañana y las clases acababan de comenzar. Courtney Ignatio estaba en clase de química, en un examen. Whit Obermeyer estaba en la oficina principal, para pedir un pase de retraso porque había tenido un problema con el coche esa mañana. Grace Murtaugh salía de la enfermería, donde había tomado un Tylenol para el dolor de cabeza. Matt Royston estaba en clase de historia con su mejor amigo, Drew Girard. Ed McCabe estaba anotando en la pizarra las tareas para la clase de matemáticas que iba a dar. A las siete cincuenta del seis de marzo, no había nada que sugiriese a ninguna de estas personas, ni a ningún otro miembro de la comunidad del Instituto Sterling, que aquél no fuera a ser sino otro típico día de escuela.

Diana presionó un botón y apareció una nueva foto: Ed McCabe, en el suelo, con los intestinos desbordándole del estómago mientras un chico lloroso apretaba con sus dos manos la herida abierta.

—Así era el Instituto Sterling a las diez y diecinueve de la mañana del seis de marzo del dos mil siete. Ed McCabe nunca llegó a dar a sus alumnos las tareas de matemáticas, porque diecinueve minutos antes, Peter Houghton, de diecisiete años, un estudiante de tercero del Instituto Sterling, irrumpió por las puertas con una mochila que contenía cuatro armas: dos escopetas recortadas, y dos pistolas semiautomáticas de nueve milímetros completamente cargadas.

Jordan sintió un tirón en el brazo.

—Jordan —susurró Peter.

—Ahora no.

—Es que voy a vomitar...

—Trágatelo —ordenó Jordan.

Diana volvió a la diapositiva anterior, la perfecta imagen de Instituto Sterling.

—Les he dicho, damas y caballeros, que nadie en el Instituto Sterling podía imaginarse que ese día fuera a ser distinto de cualquier otro día de escuela normal. Pero una persona sí sabía que iba a ser diferente. —Caminó hacia la mesa de la defensa y señaló directamente a Peter, que miró con firmeza su propio regazo—. En la mañana del seis de marzo de dos mil siete, Peter Houghton comenzó su día llenando una mochila azul con cuatro armas y los componentes de una bomba, suficiente munición como para matar potencialmente a cuatrocientas dieciséis personas. Las pruebas demostrarán que, cuando llegó a la escuela, colocó esa bomba en el coche de Matt Royston para desviar la atención de su persona.

»Mientras ésta explotaba, subió los escalones de la entrada de la escuela y disparó sobre Zoe Patterson. Luego, en el vestíbulo, disparó a Alyssa Carr. Se dirigió a la cafetería y disparó a Angela Phlug y Maddie Shaw, su primera baja, así como a Courtney Ignatio. Mientras los estudiantes comenzaban a huir, disparó a Haley Weaver, Brady Price, Natalie Zlenko, Emma Alexis, Jada Knigt y Richard Hicks. Luego, mientras los heridos sollozaban y morían a su alrededor, ¿saben qué hizo Peter Houghton? Tomó asiento en la cafetería y se tomó un tazón de cereales.

Diana dejó que esa información fuera asimilada.

—Cuando terminó —prosiguió—, tomó su arma y dejó la cafetería, disparando a Jared Weiner, Whit Obermeyer y Grace Murtaugh en el vestíbulo y a Lucia Ritolli, una profesora de francés que intentaba llevar a sus alumnos a algún lugar seguro. Pasó por el baño de hombres y disparó a Steven Babourias, Min Horuka y Topher McPhee; y luego fue al baño de chicas y disparó a Kaitlyn Harvey. Siguió escaleras arriba y disparó a Ed McCabe, su profesor de matemáticas, John Eberhard y Trey MacKenzie antes de llegar al gimnasio y abrir fuego contra Austin Prokiov, el entrenador Dusty Spears, Noah James, Justin Friedman y Drew Girard. Finalmente, en el vestuario, el acusado disparó a Matt Royston dos veces: una en el estómago y otra vez más en la cabeza. Puede que recuerden este nombre: es el propietario del coche que Peter Houghton hizo explotar al comienzo de sus desmanes.

Diana miró de frente al jurado.

—Toda esta excursión sólo duró diecinueve minutos de la vida de Peter Houghton, pero las pruebas demostrarán que sus consecuencias durarán para siempre. Y hay muchas pruebas, damas y caballeros. Hay muchos testigos, y hay muchos testimonios... Al final de este juicio, ustedes estarán convencidos, más allá de toda duda razonable, de que Peter Houghton, con determinación y a sabiendas, con premeditación, causó la muerte a diez personas e intentó causar la muerte a otras diecinueve en el Instituto Sterling.

Caminó hacia Peter.

—En diecinueve minutos se puede segar el césped del jardín, teñirse el cabello, mirar el tercer tiempo de un partido de hockey. Se pueden hornear galletas o el dentista puede colocarnos un empaste. Se puede doblar la ropa lavada de una familia de cinco miembros. O, como Peter Houghton sabe, en diecinueve minutos se puede detener el mundo.

Jordan caminó hacia el jurado con las manos en los bolsillos.

—La señora Leven ha dicho que esa mañana del seis de marzo de dos mil siete, Peter Houghton entró en el Instituto Sterling con una mochila llena de armas cargadas, y que disparó a un montón de gente. Bueno, eso es cierto. Las pruebas van a demostrarlo y no lo ponemos en duda. Sabemos que es una tragedia, tanto para la gente que murió como para aquellos que vivirán con las secuelas. Pero he aquí lo que la señora Leven no ha dicho. Cuando Peter Houghton entró en el Instituto Sterling esa mañana, no tenía intención de convertirse en un asesino masivo, sino que entró intentando defenderse del abuso que había sufrido durante los últimos doce años.

»El primer día de clase de Peter —continuó Jordan—, su madre lo había acompañado al autobús después de regalarle una fiambrera de Superman completamente nueva. Al final del recorrido, esa fiambrera había sido lanzada por la ventana. Todos nosotros tenemos recuerdos infantiles en los que otros niños nos atormentan o son crueles con nosotros, y la mayoría de nosotros somos capaces de superarlos; pero la vida de Peter Houghton no era una de esas en las que eso pasa ocasionalmente. Desde ese primer día de escuela, Peter experimentó un bombardeo diario de burlas, tormentos, amenazas e intimidaciones. Este chico ha sido encerrado en casilleros, le han metido la cabeza en inodoros, le han puesto zancadillas y ha sido golpeado y pateado. Uno de sus mensajes privados de correo electrónico fue reenviado a toda la escuela. Le bajaron sus pantalones en medio de la cafetería. La realidad de Peter era un mundo en el que, sin importar lo que hiciera, sin importar lo pequeño e insignificante que intentara ser, él seguía siendo siempre la víctima. Como resultado de esto, comenzó a volcarse en un mundo alternativo: uno creado por él mismo en la seguridad del código HTML. Peter construyó su propia página web, diseñaba videojuegos y los llenaba con el tipo de gente que desearía que le rodeara.

Jordan recorrió la baranda de la tribuna del jurado con la mano.

—Uno de los testigos que van a escuchar es el doctor King Wah. Es un médico psiquiatra que examinó a Peter y habló con él. Él les explicará que Peter era víctima de una enfermedad llamada síndrome de estrés postraumático. Es un complicado diagnóstico médico, pero es real: un niño que no puede distinguir entre una amenaza inmediata y una amenaza distante. Aunque ustedes y yo podamos caminar por el vestíbulo y mirar a un matón que no está prestándonos atención, Peter vería a esa misma persona y su pulso se aceleraría..., su cuerpo se acercaría, con sigilo, a la pared..., porque Peter estaría seguro de ser reconocido, amenazado, golpeado y herido. El doctor Wah no sólo les hablará acerca de los estudios que se han hecho en niños como Peter, les hablará de cómo Peter estaba directamente afectado por años y años de tormento en manos de la comunidad del Instituto Sterling.

Jordan miró de frente a los miembros del jurado otra vez.

—¿Recuerdan cuando, hace unos días, hablábamos acerca de si serían jurados adecuados para decidir sobre este caso? Una de las cosas que le pregunté a cada uno de ustedes durante ese proceso era si entendían que necesitaban escuchar las pruebas en el tribunal y aplicar la ley tal como el juez les instruyera. Más allá de cuanto hayamos aprendido de las clases de civismo en octavo grado o en «Ley y Orden» en la televisión... hasta que hayan escuchado las pruebas y las instrucciones del tribunal, en realidad no saben cuáles son las reglas.

Sostuvo la mirada de cada uno de los miembros del jurado por turno.

—Por ejemplo, cuando la mayoría de la gente oye las palabras «en defensa propia», asume que eso significa que alguien está sosteniendo un arma o un cuchillo ante nuestra garganta, que hay una amenaza física inmediata. Pero en este caso, «defensa propia» puede no significar lo que piensan. Y lo que las pruebas demostrarán, damas y caballeros, es que la persona que entró en el Instituto Sterling y disparó todos esos tiros no era un asesino a sangre fría que actuó con premeditación, como la fiscalía quiere hacerles creer. —Jordan caminó hasta detrás de la mesa y puso las manos en los hombros de Peter—. Era un chico muy asustado que había pedido protección... y nunca la había obtenido.

Zoe Patterson seguía mordiéndose las uñas, aunque su madre le había dicho que no lo hiciera; aunque una cantidad de pares de ojos y (¡Dios mío!) cámaras de televisión la enfocaban mientras estaba sentada en el estrado de los testigos.

—¿Qué tuviste después de la clase de francés? —preguntó la fiscal. Ya había pasado por la parte del nombre, la dirección y el comienzo de ese día horrible.

—Matemáticas, con el señor McCabe.

—¿Fuiste a clase?

—Sí.

—¿Y a qué hora comenzó esa clase?

—A las nueve cuarenta —contestó Zoe.

—¿Viste a Peter Houghton en algún momento antes de la clase de matemáticas?

Ella no pudo evitarlo, lanzó una mirada hacia Peter, sentado a la mesa de la defensa. Ahí estaba lo extraño: ella era una estudiante de primero y no le conocía en absoluto. E incluso ahora, incluso después de que él le disparara, si fuera caminando por la calle y se lo cruzara, pensaba que no lo reconocería.

—No —dijo Zoe.

—¿Ocurrió algo inusual en la clase de matemáticas?

—No.

—¿Permaneciste allí durante toda la clase?

—No —dijo Zoe—. Tenía una cita con el ortodoncista a las diez y cuarto, así que me fui un poco antes de las diez para firmar la salida en la oficina y esperar a mi madre.

—¿Dónde iba a encontrarse contigo?

—En los escalones de la entrada. Iba a conducir hasta allí.

—¿Firmaste la salida de la escuela?

—Sí.

—¿Fuiste a los escalones de la entrada?

—Sí.

—¿Había alguien más allí fuera?

—No. Todos estaban en clase.

Ella miró a la fiscal sacar una gran fotografía de la escuela y del estacionamiento, de cómo solía ser. Zoe había pasado por delante de la construcción y ahora había una gran valla alrededor de toda el área.

—¿Puedes mostrarme dónde estabas parada?

Zoe se lo señaló.

—Que quede registrado que la testigo señaló los escalones de entrada del Instituto Sterling —dijo la señora Leven—. Ahora bien, ¿qué ocurrió mientras estabas de pie y esperabas a tu madre?

—Hubo una explosión.

—¿Sabías de dónde venía?

—De algún lugar de detrás de la escuela —contestó Zoe, y echó un vistazo a la foto otra vez, como si la bomba pudiera detonar justo en esos momentos.

—¿Qué ocurrió a continuación?

Zoe comenzó a frotarse la pierna con la mano.

—Él... dio la vuelta alrededor de la escuela y luego vino hacia los escalones...

—¿Por «él» quieres decir el acusado, Peter Houghton?

Zoe asintió con la cabeza, tragando.

—Vino hacia los escalones, le miré y él... él me apuntó con una arma y me disparó. —Ahora parpadeaba muy rápido, intentando no llorar.

—¿Dónde te disparó, Zoe? —preguntó la fiscal suavemente.

—En la pierna.

—¿Te dijo Peter algo antes de dispararte?

—No.

—¿Sabías quién era él en ese momento?

Zoe sacudió la cabeza.

—No.

—¿Reconociste su rostro?

—Sí, de la escuela y eso...

La señora Leven dio la espalda al jurado e hizo un pequeño guiño a Zoe que hizo que se sintiera mejor.

—¿Qué tipo de arma llevaba, Zoe? ¿Era un arma pequeña sostenida con una sola mano o un arma grande que llevara con las dos manos?

—Una pequeña.

—¿Cuántas veces te disparó?

—Una.

—¿Dijo algo después de haberte disparado?

—No lo recuerdo —contestó Zoe.

—¿Qué hiciste tú?

—Quería huir de él, pero me sentía la pierna como si se hubiera prendido fuego. Intenté correr pero no podía hacerlo, me desplomé y me caí por la escalera, entonces tampoco podía mover el brazo.

—¿Qué hizo el acusado?

—Entró en la escuela.

—¿Viste en qué dirección fue?

—No.

—¿Cómo está tu pierna ahora? —preguntó la fiscal.

—Todavía necesito un bastón —respondió Zoe—. Tuve una infección porque la bala arrastró un fragmento de tela de los tejanos adentro de la pierna. El tendón está adherido al tejido de la cicatriz y esa parte todavía está muy sensible. Los médicos no saben si quieren hacer otra operación, porque eso podría causar más daño.

—Zoe, ¿estabas en un equipo deportivo el año pasado?

—Fútbol —contestó ella y bajó la mirada hacia su pierna—. Hoy comienzan los entrenamientos de la temporada.

La señora Leven se volvió hacia el jurado.

—Nada más —dijo—. Zoe, el señor McAfee quizá tenga algunas preguntas que hacerte.

El otro abogado se puso de pie. A Zoe la ponía nerviosa esa parte, porque aunque había practicado con la fiscal, no tenía ni idea de lo que el abogado de Peter le preguntaría. Era como un examen; y ella quería dar las respuestas correctas.

—Cuando Peter te disparó, ¿estaba a un metro de ti, más o menos? —preguntó el abogado.

—Sí.

—No parecía que estuviera dirigiéndose hacia ti, ¿verdad?

—Supongo que no.

—Parecía que estuviera intentando subir la escalera, ¿no?

—Sí.

—Y tú sólo estabas esperando en la escalera, ¿correcto?

—Sí.

—Entonces, ¿se podría decir que estabas en el lugar equivocado en el momento equivocado?

—Protesto —intervino la señora Leven.

El juez —un hombre grande con melena de pelo blanco que parecía asustar a Zoe— sacudió la cabeza.

—Denegada.

—No más preguntas —dijo el abogado, y entonces la señora Leven se levantó otra vez y le preguntó:

—Después de que Peter entrara en la escuela, ¿qué hiciste?

—Comencé a gritar para pedir ayuda. —Zoe miró hacia el público de la sala, intentando encontrar a su madre. Si miraba a su madre, entonces podría decir lo que tenía que decir a continuación, porque ya todo habría terminado y eso era lo que tenía que tener presente, sin importar hasta qué punto sintiera que no era así—. Al principio no vino nadie —murmuró Zoe—. Y luego... vino todo el mundo.

Michael Beach miró cómo Zoe Patterson se iba de la sala en la que estaban aislados los testigos. Era una extraña colección: había de todo, desde perdedores como él, hasta chicos populares, como Brady Price.

515

Más extraño todavía era que nadie pareciera inclinado a romper las reglas habituales: los antisociales en una esquina, los atletas en otra y así. En cambio, todos se habían sentado a una larga mesa de conferencias. Emma Alexis —que era una de las chicas populares, muy hermosa— ahora estaba paralizada de la cintura para abajo, sentada en una silla de ruedas al lado de Michael. Le había pedido a éste si podía comerse la mitad de su rosquilla glaseada.

—Cuando Peter entró en el gimnasio —preguntó la fiscal—, ¿qué hizo?

—Agitó un arma —dijo Michael.

—¿Pudiste ver qué tipo de arma era?

—Bueno, una pequeña.

—¿Un revólver?

—Sí.

—¿Dijo algo?

Michael echó un vistazo a la mesa de la defensa.

—Dijo: «Todos ustedes, atletas, adelante y al centro».

—¿Qué ocurrió?

—Un chico comenzó a correr hacia él, como si fuera a tumbarlo.

—¿Quién era?

—Noah James. Él es, era, un estudiante de último año. Peter le disparó y él cayó.

—¿Qué ocurrió luego? —preguntó la fiscal.

Michael respiró hondo.

—Peter dijo «¿Quién es el próximo?», y mi amigo Justin me agarró y comenzó a arrastrarme hacia la puerta.

—¿Desde cuándo eran amigos Justin y tú?

—Desde tercer grado —contetó Michael.

—¿Y entonces?

—Peter debió de ver que algo se movía, así que se dio la vuelta y comenzó a disparar.

—¿Te dio a ti?

Michael sacudió la cabeza y apretó los labios.

—Michael —insistió la fiscal amablemente—, ¿a quién le dio?

—Justin se puso delante de mí en cuanto comenzó el tiroteo. Y entonces él... él cayó. Había sangre por todas partes y yo intentaba detenerla, como hacen en la televisión, apretándole el estómago. No estaba prestando atención a nada más, sólo a Justin, y entonces, de repente, sentí un arma presionando contra mi cabeza.

—¿Qué ocurrió?

—Cerré los ojos —dijo Michael—. Pensé que me mataría.

—¿Y entonces?

—Oí un ruido, y cuando abrí los ojos, estaba sacando una de esas cosas que llevan balas y metiendo otra.

La fiscal caminó hacia la mesa y agarró un cargador. El solo hecho de verlo hizo que Michael se estremeciera. Entonces le preguntó:

—¿Era como esto lo que estaba metiendo dentro del arma?

—Sí.

—¿Y qué ocurrió después de eso?

—No me disparó —contestó Michael—. Tres personas pasaron corriendo por el gimnasio y él los siguió hasta el vestuario.

—¿Y Justin?

—Yo le miraba —susurró Michael—. Le miraba la cara mientras moría.

Era lo primero que veía cada mañana al despertar y lo último antes de dormirse: el momento en que el brillo de los ojos de Justin se apagaba. La vida no abandonaba a una persona de manera gradual. Lo hacía en un instante, como alguien que cierra de golpe la persiana de una ventana.

La fiscal se acercó a él.

—Michael —le dijo—, ¿estás bien?

Él asintió con la cabeza.

—¿Eran Justin y tú atletas?

—Ni de lejos —admitió.

—¿Formaban parte de los populares?

—No.

—¿Alguien se metió con ustedes en la escuela en alguna ocasión?

Por primera vez, Michael echó una mirada a Peter Houghton.

—¿Quién no lo hizo? —contestó.

* * *

517

Mientras Lacy esperaba su turno para testificar, recordó la primera vez que se dio cuenta de que podía odiar a su propio hijo.

Lewis iba a llevar a cenar a un pez gordo, un economista de Londres y, para prepararse, Lacy se había tomado el día libre en el trabajo para limpiar. Aunque no tenía dudas sobre su habilidad como partera, la naturaleza de su trabajo implicaba que, en cambio, los cuartos de baño de su casa no estuvieran regularmente limpios; que las bolas de polvo florecieran debajo de los muebles. En general, a ella no le importaba —pensaba que una casa en la que hubiera vida era preferible a una que fuera estéril—, a menos que hubiera invitados; entonces el orgullo hacía su aparición. Así que aquella mañana se levantó, preparó el desayuno, y ya había quitado el polvo del salón para cuando Peter —estudiante de segundo año, por entonces— se dejó caer con enfado en una de las sillas de la mesa de la cocina.

—No tengo ropa interior limpia —dijo irritado, aunque la regla de la casa era que cuando su cubo de ropa estuviese lleno, él debía hacer su propio lavado; era tan poco lo que Lacy le pedía que hiciera, que no creía que esa única tarea fuera poco razonable.

Lacy había sugerido que tomara prestada alguna prenda de su padre, pero eso a Peter le repugnaba, así que decidió dejar que lo resolviera por sí mismo. Ella ya tenía suficiente con lo suyo.

Lacy, normalmente, dejaba que la habitación de Peter fuera una pocilga en total desorden, pero cuando pasó por allí esa mañana, se fijó en su cubo de la ropa sucia. Bueno, ya que ella se había quedado en casa y él estaba en la escuela, por una vez podía echarle una mano. De modo que, cuando Peter llegó a casa ese día, Lacy no sólo había pasado el aspirador y fregado los suelos, cocinado una comida de cuatro platos y limpiado la cocina, sino que también había lavado, secado y doblado tres lavadoras con ropa de Peter. Estaba apilada en su cama, ropa limpia que cubría el espacio entero del colchón, separada en pantalones, camisas, calzoncillos. Lo único que él tenía que hacer era guardarlo todo en su armario y sus cajones.

Peter llegó, hosco y malhumorado, e inmediatamente subió la escalera aprisa hacia su habitación y su computadora, el lugar donde pasaba la mayor parte del tiempo. Lacy, con el brazo metido en la taza del váter en ese momento, fregando, esperó a que Peter se diera cuenta de lo que ella había hecho por él. Pero, en cambio, lo oyó gruñir:

—¡Dios! ¿Se supone que ahora tengo que sacar todo esto de aquí? —Y cerró la puerta de su habitación con un portazo tan fuerte que Lacy sintió cómo la casa temblaba alrededor de ella.

De repente, se ofuscó. Ella había hecho, por propia voluntad, algo bueno por su hijo, su hijo ridículamente consentido, y ¿así era como él se lo agradecía? Se quitó los guantes de fregar y los dejó en el baño. Luego subió la escalera dando fuertes pisadas hacia la habitación de Peter, y abrió la puerta de golpe.

—¿Cuál es tu problema?

Peter la miró enfurecido.

—¿Cuál es tu problema? Mira este desastre.

Algo dentro de Lacy se quebró encendiéndola por dentro.

—¿Desastre? —repitió—. Yo he limpiado el desastre. ¿Quieres ver un desastre? —Pasó al lado de Peter, golpeando una pila de camisetas cuidadosamente dobladas. Tiró los calzoncillos al suelo. Agarró los pantalones y los arrojó contra su computadora; la torre de CD-ROM se cayó y los discos plateados se desparramaron.

—¡Te odio! —gritó Peter.

Y, sin que pasara un segundo, Lacy le gritó como respuesta:

—¡Yo también te odio!

Justo entonces, Lacy se dio cuenta de que Peter y ella eran igual de altos; de que estaba discutiendo con un niño que la miraba a los ojos desde la misma altura.

Salió de la habitación de Peter dando un portazo. Casi inmediatamente, Lacy rompió a llorar. Ella no había querido decir lo que había dicho, por supuesto que no. Quería a Peter, sólo que, en ese momento, odió lo que él había dicho; cómo se había comportado. Cuando llamó a la puerta, él no respondió.

—Peter —dijo—, Peter, siento haberte dicho eso.

Mantuvo la oreja pegada a la puerta pero no salió ningún sonido del interior. Lacy bajó la escalera y terminó de limpiar el cuarto de baño. Durante la cena, se comportó como una zombi entablando conversación con el economista sin saber en realidad qué era lo que estaba diciendo. Peter no bajó a cenar. De hecho, Lacy no lo vio hasta la mañana siguiente, cuando fue a despertarlo. Él ya se había levantado y la habitación estaba ordenada e inmaculada. La ropa había sido doblada otra vez y guardada. La cama estaba hecha. Los CD organizados nuevamente, en su pila.

Peter estaba sentado a la mesa de la cocina, comiendo un tazón de cereales, cuando Lacy bajó la escalera. Los ojos de él no se encontraron con los de ella ni los de ella con los de él: el terreno entre los dos todavía era demasiado delicado como para eso, pero Lacy le preparó un vaso de jugo y se lo llevó a la mesa. Él le dio las gracias.

Nunca hablaron de lo que se habían dicho el uno al otro y Lacy se había jurado a sí misma que, sin importar cuán frustrante fuera ser padre de un adolescente, sin importar cuán egoísta y centrado en sí mismo se volviera Peter, ella nunca se permitiría alcanzar de nuevo un punto en el que verdadera, visceralmente, odiara a su propio hijo.

Pero mientras las víctimas del Instituto Sterling contaban sus historias en el tribunal debajo mismo del vestíbulo en el que Lacy estaba sentada, ella esperó que no fuera ya demasiado tarde.

Al principio, Peter no la reconoció. La chica a quien una enfermera acompañó por la rampa, la chica cuyo cabello había sido recortado para que cupiera debajo de los vendajes y cuyo rostro estaba recorrido por una cicatriz de tejido, con el hueso bajo el mismo roto y modelado, se acercó al estrado de los testigos de un modo que a él le hizo pensar en un pez introducido en una nueva pecera. Nadando alrededor del perímetro cautelosamente, como si tuviera que evaluar los peligros del nuevo lugar antes de poder comenzar a hacer nada.

—¿Puedes decir tu nombre para que conste en el registro? —preguntó la fiscal.

—Haley —dijo la chica suavemente—, Haley Weaver.

—El curso pasado, ¿eras estudiante de último año del Instituto Sterling?

Su boca se dobló, en una mueca. La cicatriz rosada, que formaba una curva parecida a la costura de una pelota de béisbol sobre su sien, se oscureció, poniéndose de un rojo furioso.

—Sí —contestó. Cerró los ojos y una lágrima resbaló por su mejilla hundida—. Era la reina anual. —Se inclinó hacia adelante, meciéndose ligeramente mientras lloraba.

A Peter le dolía el pecho, como si le fuera a explotar. Pensó que quizá se moriría allí mismo y le ahorraría a todo el mundo tener que pasar por aquello. Tenía miedo de levantar la mirada, porque si lo hacía tendría que ver otra vez a Haley Weaver.

Una vez, cuando era pequeño, jugando con una pelota de fútbol en la habitación de sus padres, tiró una botella antigua de perfume que había pertenecido a su bisabuela. Era de cristal, y se rompió en pedazos. Su madre le dijo que sabía que había sido un accidente y la pegó para recomponerla. La mantuvo en su tocador, y cada vez que Peter pasaba por allí, veía los defectos del pegamento. Durante años, él pensó que eso era peor que si lo hubieran castigado.

—Tomémonos un breve receso —dijo el juez Wagner, y Peter dejó que su cabeza se hundiera en la mesa de la defensa; era un peso demasiado grande para soportarlo.

Los testigos estaban aislados según para quién declarasen; los de la fiscal en una sala y los del defensor en otra. Los policías también tenían su propia sala. Se suponía que los testigos de defensa y fiscalía no podían verse entre ellos, pero en realidad nadie se daba cuenta de si iban a la cafetería a tomar un café o una rosquilla, y Josie estaba allí hacía rato. Ahí fue donde se topó con Haley, que bebía jugo de naranja con una pajita. Brady estaba con ella, sosteniéndole la taza para que ella pudiera alcanzarla.

Se alegraron de ver a Josie, pero ella se alegró cuando se fueron. Dolía, físicamente, tener que sonreír a Haley y hacer como si no estuvieras mirando los huecos y cicatrices de su cara. Le contó a Josie que ya la habían operado tres veces; un cirujano plástico de Nueva York que había donado sus servicios.

Brady no le soltaba la mano; a veces le pasaba los dedos por el pelo. Eso hacía que Josie tuviera ganas de llorar, porque sabía que, cuando él la miraba, todavía podía verla de un modo en el que nadie más volvería a verla nunca.

Allí también había otros que Josie no había visto desde el tiroteo. Profesores, como la señora Ritolli y el entrenador Spears, que habían pasado a saludar. El DJ que llevaba la emisora de radio en la escuela, estudiantes, algunos con un acné tremendo. Todos iban pasando por la cafetería mientras ella estaba allí sentada tomándose una taza de café.

Levantó la mirada cuando Drew acercó una silla para sentarse frente a ella.

—¿Cómo es que no estás en la sala con el resto de nosotros?

—Porque estoy en la lista de la defensa. —O, como estaba segura de que todos en la otra sala pensaban, en el lado del traidor.

—Ah —dijo Drew, como si entendiera, aunque Josie estaba segura de que no—, ¿estás lista para esto?

—No tengo que estar lista. En realidad, no van a llamarme.

—Entonces, ¿por qué estás aquí?

Antes de que ella pudiera responder, Drew saludó con la mano y entonces Josie vio que había llegado John Eberhard.

—Oye —dijo Drew, y John se dirigió hacia ellos. Caminaba cojeando, pero caminaba. Chocó los cinco con Drew y, cuando lo hizo, ella pudo ver en su cuero cabelludo el lugar por donde había entrado la bala.

—¿Dónde has estado? —preguntó Drew, haciendo sitio para que John se sentara a su lado—. Pensé que te vería por aquí en verano.

Él asintió con la cabeza.

—Soy... John.

La sonrisa de Drew se borró como si hubiese sido pintada.

—Esto... es... —prosiguió John.

—Esta mierda es increíble —murmuró Drew.

—Él puede oírte —reaccionó Josie, y se inclinó hacia John—. Hola John. Yo soy Josie.

—*Jooooz.*

—Exacto. Josie.

—Soy... John —dijo él.

John Eberhard había jugado de portero en el primer equipo de hockey del Estado desde que estaba en primer año. Cada vez que el equipo ganaba, el entrenador siempre elogiaba los reflejos de John.

—Shoooo —dijo él, y arrastró un pie.

Josie miró hacia abajo y vio la correa de velcro de su zapatilla suelta.

—Aquí vamos —dijo ella, abrochándosela.

De repente, no soportó más estar allí, viendo aquello.

—Tengo que volver —dijo Josie, levantándose. Mientras se alejaba, al doblar la esquina a ciegas, chocó contra alguien.

—Perdón —murmuró, y entonces oyó la voz de Patrick.

—¿Josie? ¿Estás bien?

Ella se encogió de hombros y luego sacudió la cabeza.

—Ya somos dos. —Patrick sostenía una taza de café y una rosquilla—. Lo sé —prosiguió—: soy un cliché andante. ¿Lo quieres? —Le dio la rosquilla y ella la aceptó aunque no tenía hambre—: ¿Vienes o vas?

—Voy a la cafetería —mintió, antes incluso de darse cuenta de que lo hacía.

—Entonces hazme compañía durante un par de minutos. —La llevó a una mesa en el otro extremo de donde se encontraban Drew y John; podía notar cómo la miraban, seguramente preguntándose por qué se sentaba allí con un policía—: Odio la parte en la que hay que esperar —dijo Patrick.

—Por lo menos tú no estás nervioso por tener que testificar.

—Claro que lo estoy.

—Pero ¿no lo haces todo el tiempo?

Patrick asintió con la cabeza.

—Pero eso no hace más fácil ponerse de pie frente a una sala llena de gente. No sé cómo lo hace tu madre.

—Entonces, ¿qué haces para superar el miedo escénico? ¿Te imaginas al juez en ropa interior?

—Bueno, no a este juez —contestó Patrick y luego, al darse cuenta de lo que había implícito en lo que había dicho, se sonrojó por completo.

—Eso probablemente sirva —comentó Josie.

Patrick tomó un pedazo de la rosquilla.

—Intento decirme a mí mismo que, si digo la verdad, no puedo meterme en problemas. Después dejo que Diana haga todo el trabajo. —Tomó un trago de su café—. ¿Necesitas algo? ¿Una bebida? ¿Más comida?

—Estoy bien.

—Entonces te acompaño de regreso. Vamos.

La sala de los testigos de la defensa era minúscula, porque éstos no eran muchos. Un hombre asiático al que Josie nunca había visto antes estaba sentado de espaldas a ella, escribiendo en su computadora portátil. Había una mujer dentro que tampoco estaba cuando Josie salió, pero no podía verle la cara.

Patrick se detuvo frente a la puerta.

—¿Cómo crees que van las cosas en el tribunal? —le preguntó ella.

Él dudó.

—Van.

Josie pasó junto al alguacil que les estaba haciendo de niñera, y se dirigió hacia el asiento que había al lado de la ventana, donde antes se había acurrucado para leer. Pero en el último minuto decidió sentarse a la mesa que había en medio de la sala. La mujer ya sentada allí tenía las manos cruzadas frente a ella y la mirada fija en la nada.

—Señora Houghton —murmuró Josie.

La madre de Peter se volvió.

—¿Josie? —la miró con los ojos entreabiertos, como si así pudiera enfocar mejor.

—Lo siento mucho —susurró Josie.

La señora Houghton asintió con la cabeza.

—Bueno —empezó, e inmediatamente se detuvo, como si la frase no fuera más que un acantilado desde el que saltar.

—¿Cómo va todo? —Josie deseó inmediatamente poder retirar la pregunta. ¿Cómo pensaba que le podía ir a la madre de Peter, por el amor de Dios? Probablemente, en esos momentos estuviera ejerciendo todo su autocontrol para no disolverse como la espuma e irse volando por la atmósfera. Lo cual, Josie se dio cuenta, significaba que tenían algo en común.

—No esperaba verte aquí —dijo la señora Houghton suavemente.

Por aquí no quería decir el tribunal, sino aquella sala. Con los escasos testigos que habían sido citados para defender a Peter.

Josie se aclaró la garganta para abrir paso a palabras que no había dicho en años, palabras que todavía tenía miedo de pronunciar delante de nadie por miedo a oír el eco.

—Él es mi amigo —dijo.

—Comenzamos a correr —dijo Drew—. Era como un éxodo en masa. Sólo quería alejarme de la cafetería tanto como pudiera, así que me dirigí hacia el gimnasio. Dos de mis amigos habían oído los disparos, pero no sabían de dónde venían, así que les dije que me siguieran.

—¿Quiénes eran? —preguntó Leven.

—Matt Royston y Josie Cormier —contestó Drew.

Al oír el nombre de su hija en voz alta, Alex se estremeció. Lo hacía tan... real. Tan inmediato. Drew había localizado a Alex entre el público de la sala y la miró directamente a ella al decir el nombre de Josie.

—¿Adónde fueron?

—Pensamos que, si llegábamos al vestuario, podríamos trepar por la ventana y alcanzar el arce y que entonces estaríamos a salvo.

—¿Llegaron al vestuario?

—Josie y Matt sí —dijo Drew—, pero a mí me alcanzó un disparo.

Alex escuchaba mientras la fiscal interrogaba a Drew sobre la gravedad de sus heridas y cómo éstas habían terminado con su carrera en el hockey. Luego lo miró directamente a la cara.

—¿Conocías a Peter de antes del día del tiroteo?

—Sí.

—¿De qué?

—Estábamos en el mismo curso. Todo el mundo se conoce.

—¿Eran amigos? —preguntó Leven.

Alex miró a través de la sala a Lewis Houghton. Estaba sentado directamente detrás de su hijo, sus ojos fijos en el banco. Alex tuvo una imagen fugaz de él, años atrás, abriendo la puerta de la casa cuando ella había ido a recoger a Josie tras una tarde de juegos. «Aquí viene la jueza», había dicho él, y se rió de su propio chiste.

—¿Eran amigos?

—No —dijo Drew.

—¿Tenías problemas con él?

Drew dudó.

—No.

—¿Alguna vez discutiste con él? —preguntó Leven.

—Probablemente intercambiamos un par de palabras —contestó Drew.

—¿Alguna vez te burlaste de é?

—A veces. Sólo estábamos bromeando.

—¿Alguna vez le atacaste físicamente?

—Cuando éramos pequeños, quizá le empujé un poquito.

Alex miró a Lewis Houghton. Tenía los ojos cerrados, apretados.

—¿Has hecho eso alguna vez en el instituto?

—Sí —admitió Drew.

—¿Alguna vez has amenazado a Peter con un arma?

—No.

—¿Alguna vez amenazaste con matarle?

—No... éramos, ya sabe, sólo éramos chicos.

—Gracias. —Diana Leven se sentó y Alex vio cómo McAfee se levantaba.

Era un buen abogado, mejor de lo que ella hubiera creído. Había montado una buena escenificación: susurrando con Peter, poniendo la mano en el brazo del chico cuando él se molestaba por algo, tomando copiosas notas en los interrogatorios y compartiéndolas con su cliente. Estaba humanizando a Peter, a pesar del hecho de que la fiscalía estaba haciendo de él un monstruo, a pesar del hecho de que la defensa aún no había comenzado su turno.

—No tenías problemas con Peter —repitió McAfee.

—No.

—Pero él sí tenía problemas contigo, ¿verdad?

Drew no contestó.

—Señor Girard, tendrá que responder —dijo el juez Wagner.

—A veces —concedió Drew.

—¿Alguna vez has clavado el codo en el pecho de Peter?

La mirada de Drew se deslizaba hacia los lados.

—Quizá. Por accidente.

—Ah, sí. Es muy fácil clavarle el codo a alguien cuando menos te lo esperas...

—Protesto...

McAfee sonrió.

—De hecho, no era un accidente, ¿o sí, señor Girard?

En la mesa de la fiscalía, Diana Leven levantó su lápiz y lo dejó caer al suelo. El ruido hizo que Drew mirara hacia allí y un músculo se tensionó en su mandíbula.

—Sólo estábamos bromeando —dijo.

—¿Alguna vez encerraste a Peter en un casillero?

—Quizá.

—¿Sólo bromeando? —preguntó McAfee.

—Sí.

—Muy bien —continuó—. ¿Alguna vez le pusiste la zancadilla?

—Supongo.

—Espera... déjame adivinar... una broma, ¿correcto?

Drew lo miró con odio.

—Sí.

—En realidad, le has estado haciendo este tipo de cosas a Peter desde que eran niños pequeños, ¿verdad?

—Nunca fuimos amigos —dijo Drew—. Él no era como nosotros.

—¿Quiénes son «nosotros»?

Drew se encogió de hombros.

—Matt Royston, Josie Cormier, John Eberhard, Courtney Ignatio. Gente así. Todos nosotros estuvimos juntos durante años.

—¿Conocía Peter a todos los de ese grupo?

—Es una escuela pequeña, claro.

—¿Conoce Peter a Josie Cormier?

A Alex se le aceleró la respiración.

—Sí.

—¿Alguna vez viste a Peter hablando con Josie?

—No lo sé.

—Bueno, más o menos un mes antes del tiroteo, cuando todos ustedes estaban juntos en la cafetería, Peter se acercó para hablarle a Josie. ¿Puedes decirnos algo sobre eso?

Alex se inclinó hacia adelante en su silla. Podía sentir las miradas convergiendo en ella, calientes como el sol en un desierto. Se dio cuenta de que ahora Lewis Houghton la estaba mirando a ella.

—No sé de qué estaban hablando.

—Pero estabas allí, ¿verdad?

—Sí.

—¿Y Josie es amiga tuya? ¿No una de las personas que anda con Peter?

—Sí —dijo Drew—, ella es una de nosotros.

—¿Recuerdas cómo terminó la conversación de la cafetería? —preguntó McAfee.

Drew bajó la mirada al suelo.

—Déjeme que le ayude, señor Girard. Terminó con que Matt Royston se colocó detrás de Peter y le bajó los pantalones mientras él estaba hablando con Josie Cormier. ¿Es correcto esto?

—Sí.

—La cafetería estaba atiborrada de chicos ese día, ¿verdad?

—Sí.

—Y Matt no sólo bajó los pantalones de Peter... le bajó también los calzoncillos, ¿es correcto?

La boca de Drew se torció.

—Sí.

—Y ustedes vieron todo eso.

—Sí.

McAfee se volvió hacia el jurado.

—A ver si lo adivino —dijo—. Otra broma, ¿verdad?

El tribunal permanecía en absoluto silencio. Drew miraba a Diana Leven, rogando que lo sacaran del banquillo de los testigos, le pareció a Alex. Drew era la primera persona, sin contar a Peter, ofrecida en sacrificio.

Jordan McAfee volvió a la mesa de la defensa y levantó un papel.

—¿Recuerdas qué día le bajaron los pantalones a Peter?

—No.

—Permíteme que te lo muestre, entonces, Prueba de la Defensa Número Uno. ¿Reconoces esto?

Extendió el papel a Drew, que lo agarró, encogiéndose de hombros inmediatamente después.

—Esto es una parte de un correo electrónico que recibiste el tres de febrero, dos días antes de que le bajasen los pantalones a Peter en la cafetería del Instituto Sterling. ¿Puedes decirnos quién te lo envió?

—Courtney Ignatio.

—¿Era una carta dirigida a ella?

—No —contestó Drew—. Había sido escrita para Josie.

—¿Quién la escribió? —lo presionó McAfee.

—Peter.

—¿Qué decía?

—Era sobre Josie. Y de cómo estaba por ella.

—Quieres decir que estaba enamorado.

—Supongo —dijo Drew.

—¿Qué hiciste tú con este correo electrónico?

Drew levantó la vista.

—Lo mandé a todos los estudiantes del instituto.

—A ver si lo entiendo bien —dijo McAfee—. ¿Tú tomaste una nota de contenido altamente privado que no te pertenecía, una carta que hablaba de los más profundos y secretos sentimientos de Peter, y la reenviaste a todos y cada uno de los chicos de tu escuela?

Drew permanecía callado.

Jordan McAfee dio un golpecito con el papel del correo electrónico contra la baranda de delante del estrado.

—Bueno, Drew —dijo—. ¿Fue una buena broma?

Drew Girard estaba sudando tanto que no podía creer que toda aquella gente no se diera cuenta. Podía sentir la transpiración corriéndole entre los omoplatos y formando círculos debajo de sus brazos. Aquella bruja de la fiscal lo había sentado en una silla caliente. Había dejado que aquel abogado despreciable le pinchara el trasero y ahora, durante el resto de su vida, todo el mundo pensaría de él que era un imbécil, cuando él —como todos los demás en el Instituto Sterling— sólo había estado divirtiéndose un poco.

Se puso de pie, listo para salir disparado del tribunal y posiblemente correr hasta los confines de Sterling, pero Diana Leven estaba caminando hacia él.

—Señor Girard —dijo ella—, todavía no he terminado.

Se hundió en el asiento, desinflado.

—¿Alguna vez pusiste motes a alguien que no fuera Peter Houghton?

—Sí —contestó él cautelosamente.

—Es lo que hacen los chicos, ¿no?

—A veces.

—¿Alguna vez alguien a quien hubieras puesto motes te ha disparado?

—No.

—¿Alguno de los chicos a los que le han bajado los pantalones alguna vez te ha disparado?

—No.

—¿Alguna vez has reenviado masivamente el correo electrónico de alguien a modo de broma?

—Una o dos veces.

Diana se cruzó de brazos.

—¿Alguno de esos chicos alguna vez te disparó?

—No, señora —respondió él.

Ella se dirigió de regreso a su asiento.

—Nada más.

Dusty Spears entendía a los chicos como Drew Girard, porque él mismo había sido uno de ellos una vez. Bajo su punto de vista, los matones eran lo suficientemente buenos como para tener una beca de fútbol para las diez Grandes Escuelas, donde podrían establecer contactos para jugar en campos de golf durante el resto de sus vidas, o si se rompían las rodillas, acabar dando clases de gimnasia en el instituto.

Llevaba camisa y corbata, cosa que le molestaba, porque su cuello todavía era tan musculoso como cuando era jugador de fútbol americano en Sterling, en 1988, aunque sus abdominales ya no lo fueran.

—Peter no era un verdadero atleta —dijo a la fiscal—. En realidad, nunca lo vi fuera de las clases.

—¿Alguna vez vio cómo otros chicos se metían con él?

Dusty se encogió de hombros.

—Lo normal en el vestuario, supongo.

—¿Usted intervino?

—Probablemente les dije a los chicos que terminaran con aquello. Pero eso forma parte del crecimiento, ¿no?

—¿Alguna vez oyó que Peter amenazara a alguien?

—Protesto —dijo Jordan McAfee—. Es una pregunta hipotética.

—Admitida —respondió el juez.

—Si hubiera oído eso, ¿habría intervenido?

—¡Protesto!

—Admitida. Otra vez.

La fiscal no perdió el ritmo.

—Pero Peter no pidió ayuda, ¿o sí?

—No.

Ella volvió a sentarse y el abogado de Houghton se puso de pie. Era uno de esos tipos zalameros que a Dusty caían inmediatamente mal. Seguro que había sido uno de esos chicos que apenas podían interceptar y devolver una pelota, pero sonreían con sorna cuando intentabas enseñarles cómo hacerlo, como si ya supieran que algún día ganarían el doble del dinero que ganaba Dusty.

—¿En el Instituto Sterling hay alguna política con respecto a la intimidación?

—No permitimos la intimidación.

—Ah —dijo McAfee secamente—. Bueno, es estimulante escuchar eso. Así pues, digamos que si usted presencia intimidaciones de un modo casi diario en los vestuarios, bajo sus narices..., de acuerdo con la política del centro, ¿qué se supone que tiene que hacer?

Dusty le miró fijamente.

—Puede leerlo en las directrices. Como es lógico no las tengo aquí delante.

—Afortunadamente, yo sí —dijo McAfee—. Permítame que le muestre lo que se presenta como Prueba de la Defensa Número Dos. ¿Es ésta la política contra la intimidación del Instituto Sterling?

Agarrándola, Dusty echó un vistazo a la página impresa.

—Sí —confirmó.

—Usted la recibe junto con su Manual del Profesor todos los años en agosto, ¿verdad?

—Sí.

—¿Y ésta es la versión más reciente, la que corresponde al año académico 2005-2006?

—Supongo que sí —contestó Dusty.

—Señor Spears, quiero que revise este texto muy cuidadosamente, las dos páginas enteras, y me muestre dónde dice qué debe hacer si, como profesor, presencia una intimidación.

Dusty suspiró y comenzó a examinar los papeles. Normalmente, cuando recibía el manual, lo metía en el cajón con los prospectos de comida para llevar. Se sabía lo más importante: no perderse un día de entrenamiento; presentar cambios en el currículo a los jefes de departamento; abstenerse de quedarse solo en una sala con una estudiante de sexo femenino.

—Aquí está —dijo, leyendo—: La Junta Escolar del Instituto Sterling se compromete a proveer un entorno de aprendizaje y trabajo que garantice la seguridad personal de sus miembros. La intimidación física o verbal, el hostigamiento, la agresión, persecución, abuso verbal y el acoso no serán tolerados —concluyó Dusty, levantando la vista—. ¿Eso responde a su pregunta?

—En realidad, no. ¿Qué se supone que usted, como profesor, tiene que hacer si un estudiante intimida a otro?

Dusty leyó un poco más adelante. Había una definición de intimidación, amenaza, abuso verbal. Luego se mencionaba que se recurriría a un profesor o administrador si el comportamiento era presenciado por otro estudiante. Pero no había reglas, ni indicaciones de lo que debería hacer ese profesor o administrador en sí.

—No puedo encontrarlo aquí —dijo.

—Gracias, señor Spears —respondió McAfee—. Eso es todo.

Era lógico que Jordan McAfee llamara a Derek Markowitz a declarar por el hecho de que era el único testigo amigo reconocido de Peter Houghton; pero para Diana tenía valor por lo que había visto y oído, no por sus lealtades. A lo largo de los años que llevaba en la abogacía había visto a muchísimos amigos declarar unos en contra de otros.

—Así que, Derek —dijo Diana, intentando hacer que él se sintiera cómodo—, tú eras amigo de Peter.

Ella lo vio mirar a Peter e intentar sonreírle.

—Sí.

—¿A veces salías con él después de la escuela?

—Sí.

—¿Qué tipo de cosas les gustaba hacer?

—Los dos estábamos muy metidos en computadoras. A veces jugábamos a videojuegos y estábamos aprendiendo a programar para crear algunos juegos nosotros mismos.

—¿Alguna vez Peter diseñó un videojuego sin ti? —preguntó Diana.

—Claro.

—¿Qué ocurría cuando lo terminaba?

—Lo probábamos. Pero también hay sitios de Internet en los que puedes colgar el juego para que otra gente lo valore.

Derek levantó la mirada y vio las cámaras de televisión en la parte trasera de la sala. Se quedó paralizado.

—Derek —dijo Diana—. ¿Derek? —Ella esperó a que él volviera a prestarle atención—. Permíteme que te entregue un CD-ROM. Es la Prueba del Estado Trescientos Dos... ¿Puedes decirme qué es?

—Es el juego más reciente de Peter.

—¿Cómo se llama?

—«Escóndete y chilla».

—¿De qué se trata?

—Es uno de esos juegos en los que vas por ahí disparándoles a los malos.

—¿Quiénes son los malos en este juego? —preguntó Diana.

Derek miró a Peter otra vez.

—Son atletas.

—¿Dónde tiene lugar el juego?

—En una escuela —contestó Derek.

Con el rabillo del ojo, Diana pudo ver a Jordan removiéndose en su silla.

—Derek, ¿estabas en la escuela la mañana del seis de marzo del dos mil siete?

—Sí.

—¿Cuál fue la primera clase que tuviste esa mañana?

—Trigonometría avanzada.

—¿Y la segunda? —preguntó Diana.

—Inglés.

—¿Adónde fuiste luego?

—Tenía gimnasia en la tercera hora, pero estaba muy mal del asma, así que tenía una nota del médico para librarme de la clase. Como había terminado pronto mi trabajo de inglés, le pregunté a la señora Eccles si podía ir a mi coche a buscar la nota.

Diana asintió.

—¿Dónde estaba estacionado tu coche?

—En el estacionamiento de estudiantes, detrás de la escuela.

—¿Puedes mostrarme en este diagrama qué puerta usaste para salir de la escuela al final de la segunda clase?

Derek se inclinó hacia el caballete y señaló una de las puertas traseras de la escuela.

—¿Qué viste, al salir? —prosiguió Diana.

—Mmm, muchos coches.

—¿Alguna persona?

—Sí —contestó Derek—, a Peter. Parecía como si estuviera sacando algo del asiento trasero de su coche.

—¿Qué hiciste?

—Me acerqué a saludarle. Le pregunté por qué llegaba tarde a la escuela, y él se quedó de pie y me miró de una manera extraña.

—¿Extraña? ¿Cómo quieres decir?

Derek sacudió la cabeza.

—No lo sé. Como si por un segundo no supiera quién era yo.

—¿Te dijo algo?

—Dijo «Vete a casa. Está a punto de pasar algo».

—¿Crees que eso era inusual?

—Bueno, era un poco como la «Dimensión desconocida»...

—¿Alguna vez Peter te había dicho algo así antes?

—Sí —respondió Derek quedamente.

—¿Cuándo?

Jordan protestó, como Diana esperaba que lo hiciera, y el juez Wagner denegó la protesta, como ella también esperaba.

—Unas semanas antes —dijo Derek—, la primera vez que estábamos jugando al «Escóndete y chilla».

—¿Qué dijo?

Derek bajó la mirada y musitó una respuesta.

—Derek —dijo Diana acercándose—, tengo que pedirte que hables más alto.

—Dijo «Cuando esto ocurra realmente, será impresionante».

Un zumbido recorrió el público de la sala, como un enjambre de abejas.

—¿Sabías lo que quería decir con eso?

—Pensé que... pensé que estaba bromeando —contestó Derek.

—El día del tiroteo, cuando encontraste a Peter en el estacionamiento, ¿te dijo qué era lo que estaba haciendo en el coche?

—No... —Derek hizo una pausa. A continuación carraspeó—. Yo me reí de lo que había dicho y le dije que tenía que volver a clase.

—¿Qué pasó a continuación?

—Volví a entrar a la escuela por la misma puerta por la que había salido y fui a la oficina a que la señora Whyte, la secretaria, me firmara la nota. Ella estaba hablando con otra chica, que tenía que salir de la escuela porque tenía cita con el ortodoncista.

—¿Y luego? —preguntó Diana.

—Una vez que ella se fue, la señora Whyte y yo oímos una explosión.

—¿Sabías dónde había sido?

—No.

—¿Qué pasó después de eso?

—Miré la pantalla de la computadora del escritorio de la señora Whyte —dijo Derek—. Salía una especie de mensaje.

—¿Qué decía?

—«Preparados o no... ahí voy» —Derek tragó—. Luego oímos unas pequeñas explosiones, como tapones de botellas de champán, y la señora Whyte me agarró del brazo y me arrastró a la oficina del director.

—¿Había una computadora en esa oficina?

—Sí.

—¿Qué había en la pantalla?

—«Preparados o no... ahí voy».

—¿Cuánto tiempo estuvieron en la oficina?

—No lo sé. Diez, veinte minutos. La señora Whyte intentó llamar a la policía, pero no pudo. Pasaba algo con el teléfono.

Diana miró de frente al estrado.

—Señoría, en este momento, la fiscalía quisiera que la Prueba del Estado Número Trescientos Tres sea mostrada al jurado. —Observó cómo el asistente instalaba un monitor de televisión conectado a una computadora, desde donde podría leerse el CD-ROM.

ESCÓNDETE Y CHILLA, proclamaba la pantalla. ¡ESCOGE TU PRIMER ARMA!

Un dibujo en tres dimensiones de un chico con anteojos de montura de pasta y un polo de golf cruzaba la pantalla y miraba una colección de ballestas, Uzis, AK-47 y armas biológicas. Elegía una y luego, con la otra mano, la cargaba con municiones. Había un zoom de su rostro: pecas; ortodoncia; ardor en la mirada.

Luego la pantalla se ponía azul y comenzaba a pasar un texto. «PREPARADOS O NO —se leía—, AHÍ VOY».

A Derek le gustaba el señor McAfee. Él no era gran cosa, pero su esposa era sexy. Además, era probablemente la única otra persona que, sin estar relacionado con Peter, sentía lástima por él.

—Derek —dijo el abogado—, Peter y tú han sido amigos desde sexto grado, ¿verdad?

—Sí.

—Y has pasado mucho tiempo con él en la escuela y fuera de ella.

—Sí.

—¿Alguna vez viste que otros chicos se metieran con Peter?

—Sí. Todo el tiempo —contestó Derek—. Nos llamaban maricones y homosexuales. Nos daban empujones. Cuando caminábamos por los pasillos, nos ponían la zancadilla o nos encerraban en los casilleros. Cosas como ésas.

—¿Alguna vez hablaste con algún maestro acerca de esto?

—Solía hacerlo, pero eso sólo empeoraba las cosas. Luego nos hacían puré por bocones.

—¿Peter y tú hablaron alguna vez de esa situación?

Derek sacudió la cabeza.

—No. Pero estaba bien poder tener a alguien que lo entendía.

—¿Con qué frecuencia se daban esos comportamientos de acoso? ¿Una vez por semana?

Él bufó.

—Más bien una vez al día.

—¿Sólo con Peter y contigo?

—No, también con otros.

—¿Quién era responsable de la mayor parte de las intimidaciones?

—Los atletas —contestó Derek—. Matt Royston, Drew Girard, John Eberhard...

—¿Alguna chica participaba en las intimidaciones?

—Sí, las que nos miraban como si fuéramos insectos en su parabrisas —respondió Derek—. Courtey Ignatio, Emma Alexis, Josie Cormier, Maddie Shaw.

—Entonces, ¿qué haces cuando alguien te encierra en un casillero? —preguntó el señor McAfee.

—No puedes hacerles frente, porque no eres tan fuerte como ellos, y no puedes impedirlo... así que te limitas a esperar que pase.

—¿Sería justo decir que este grupo que has nombrado, Matt, Drew, Courtney, Emma y el resto, iban tras una persona en especial?

—Sí —contestó Derek—, Peter.

Derek miró al abogado de Peter sentarse junto a éste, y a la fiscal levantarse y comenzar a preguntarle de nuevo.

—Derek, has dicho que también se metían contigo.

—Sí.

—Tú nunca ayudaste a Peter a poner juntos una bomba casera para hacer explotar el coche de alguien, ¿o sí?

—No.

—Nunca ayudaste a Peter a manipular las líneas telefónicas y las computadoras del Instituto Sterling para que, una vez que comenzara el tiroteo, nadie pudiera pedir ayuda, ¿o sí?

—No.

—Nunca has robado armas y las has ocultado en tu habitación, ¿o sí?

—No.

La fiscal se acercó un paso a él.

—Nunca has elaborado un plan, como Peter, para entrar en la escuela y matar sistemáticamente a las personas que más te han herido, ¿o sí, Derek?

Derek se volvió hacia Peter, para que pudiera verle los ojos cuando respondiera.

—No —dijo—. Pero a veces desearía haberlo hecho.

De vez en cuando, a lo largo de su carrera como partera, Lacy se había topado con antiguas pacientes en la tienda de comestibles, en el banco o en el sendero de bicicletas. Le habían presentado a sus bebés, que ya tenían tres, siete, quince años. «Mire qué gran trabajo hizo», decían, como si el hecho de traer el niño al mundo tuviera algo que ver con en quién se habían convertido.

Cuando se encontró con Josie Cormier, no supo exactamente cómo reaccionar. Se habían pasado el día jugando al ahorcado; la ironía de lo cual, dado el destino de su hijo, a Lacy no se le había pasado por alto. Conocía a Josie desde que nació; cuando era una niña pequeña y compañera de juegos de Peter. A causa de eso, hubo un momento en que había llegado a odiar a Josie de una manera visceral, cosa que no parecía haberle pasado a Peter; por ser lo suficientemente cruel como para dejar a su hijo atrás. Quizá Josie no hubiera sido responsable del tormento que Peter había sufrido en la escuela y en el instituto, pero tampoco había intervenido y, para Lacy, eso la hacía igualmente responsable.

Sin embargo, Josie Cormier había crecido y se había convertido en una joven despampanante, que permanecía en silencio y pensativa y que no se parecía en nada a esas chicas materialistas y vacuas, asiduas del centro comercial de New Hampshire, o que componían la élite social del Instituto Sterling; chicas que Lacy siempre había comparado mentalmente con las arañas viuda negra, a la constante búsqueda de algo que pudieran destruir. A Lacy la había sorprendido —por lo que sabía, Josie y su novio habían sido la pareja número uno del Instituto Sterling— que Josie la hubiera acribillado a preguntas sobre Peter: ¿Estaba nervioso por el juicio? ¿Era duro estar en la cárcel? ¿Le molestaban allí dentro?

—Deberías enviarle una carta —le había sugerido Lacy—, estoy segura de que le gustaría saber de ti.

Pero Josie había desviado la mirada, y entonces fue cuando Lacy se dio cuenta de que Josie en realidad no estaba interesada en Peter; sólo había intentado ser amable con Lacy.

Cuando la sesión finalizó por ese día, a los testigos se les dijo que podían irse a casa, con la condición de que no miraran las noticias ni leyeran los periódicos ni hablaran del caso. Lacy pidió permiso para ir al baño mientras esperaba a Lewis, que debía de estar luchando con la aglomeración de periodistas que seguramente ocupaban el vestíbulo del tribunal. Acababa de salir del retrete y estaba lavándose las manos, cuando entró Alex Cormier.

El alboroto del pasillo entró con ella, pero se cortó abruptamente cuando cerró la puerta. Sus ojos se encontraron en el largo espejo sobre la hilera de lavamanos.

—Lacy —murmuró Alex.

Lacy se enderezó y agarró una toalla de papel para secarse las manos. No sabía qué decirle a Alex Cormier. En ese momento, tampoco podía imaginar que ella tuviera algo que decirle.

Había una planta en la consulta de maternidad de Lacy que había ido muriéndose paulatinamente. Sin embargo, antes de marchitarse del todo, la mitad de los brotes se habían esforzado por desafiar su destino. Lacy y Alex eran como esa planta: Alex se había marchado con un rumbo diferente mientras que Lacy, bueno, Lacy no. Ella se había decaído, había marchitado, había sucumbido bajo el peso de sus buenas intenciones.

—Lo siento —dijo Alex—. Siento que tengas que pasar por esto.

—Yo también lo siento —respondió Lacy.

Parecía que Alex fuera a decir algo más, pero no lo hizo, y a Lacy se le había agotado la conversación. Fue a salir del baño para encontrarse con Lewis, pero entonces Alex la llamó:

—Lacy —dijo—. Yo recuerdo.

Lacy se volvió para mirarla de frente.

—A él solía gustarle la mantequilla de cacahuete en la mitad de arriba del pan y el dulce de malvavisco en la parte de abajo. —Alex sonrió un poco—. Y tenía las pestañas más largas que yo haya visto nunca en un niño pequeño. Podía encontrar cualquier cosa que se cayera, un pendiente, una lentilla, una aguja, antes de que se perdiera para siempre. —Dio un paso hacia Lacy—. Las cosas aún existen mientras haya alguien que las recuerda, ¿verdad?

Lacy miró fijamente a Alex a través de las lágrimas.

—Gracias —susurró, y salió antes de venirse abajo completamente frente a una mujer, una extraña en realidad, que podía hacer lo que Lacy no podía: agarrarse al pasado como si fuera algo que atesorar, en lugar de rastrillarlo para encontrar indicios de fracaso.

* * *

—Josie —dijo su madre, mientras conducía de regreso a casa—, hoy en el tribunal han leído un correo electrónico. Uno que Peter te había escrito a ti.

Josie la miró, angustiada. Debería haber caído en la cuenta de que eso saldría en el juicio; ¿cómo podía haber sido tan estúpida?

—No sabía que Courtney Ignatio lo había mandado. Ni siquiera lo vi hasta después de que lo vieron todos.

—Debió de ser algo humillante —dijo Alex.

—Desde luego. Toda la escuela se enteró de que Peter estaba enamorado de mí.

Su madre le echó un vistazo de reojo.

—Quería decir para Peter.

Josie pensó en Lacy Houghton. Habían pasado diez años, pero Josie todavía se sorprendía de lo delgada que estaba; cuán gris tenía casi todo el cabello. Se preguntaba si el dolor podía hacer que el tiempo se acelerase, como un desperfecto en el reloj. Era increíblemente deprimente, ya que Josie recordaba a la madre de Peter como una persona que nunca usaba reloj de pulsera, alguien a quien no le importaba el desastre si el resultado valía la pena. Cuando Josie era pequeña y jugaba en casa de Peter, Lacy les hacía galletas de lo que fuera que tuviera en su alacena: harina de avena, germen de trigo, ositos de gominola y dulce de malvavisco; harina de algarroba, maicena y arroz inflado. Una vez, vertió un montón de arena en el sótano para que ellos pudieran hacer castillos durante el invierno. Les dejaba dibujar en sus emparedados con colorante para comida y leche; así, cada comida era una obra maestra. A Josie le gustaba estar en casa de Peter; era lo que ella siempre había imaginado que se sentía siendo una familia.

Josie miraba por la ventanilla.

—Crees que fue mi culpa, ¿verdad?

—No...

—¿Eso es lo que los abogados han dicho hoy? ¿Que el tiroteo ocurrió porque a mí no me gustaba Peter... del modo en que yo le gustaba a él?

—No. Los abogados no han dicho eso en absoluto. La mayor parte del tiempo la defensa ha hablado del tormento que sufría Peter.

Que no tenía muchos amigos. —Su madre se detuvo en un semáforo en rojo y giró, con la muñeca ligeramente apoyada en el volante—. ¿Por qué dejaste de verte con él, de todos modos?

Ser impopular era una enfermedad contagiosa. Josie podía recordar a Peter en la escuela primaria, modelando el papel de aluminio de su sándwich del almuerzo y haciendo con él un sombrero con antenas, y llevándolo puesto por todo el patio para intentar recibir transmisiones de radio de los extraterrestres. No se daba cuenta de que la gente se reía de él. Nunca se dio cuenta.

Le vino la imagen de él en la cafetería, con los pantalones bajados hasta los tobillos, una estatua que intentaba cubrirse el bajo vientre con la bolsa de la comida. Ella recordaba la voz de Matt: «Los objetos en los espejos son mucho más pequeños de lo que parecen».

Quizá Peter finalmente hubiese entendido lo que la gente pensaba de él.

—No quería que me trataran como a él —dijo Josie, en respuesta a su madre, cuando lo que en realidad quería decir era «No fui lo suficientemente valiente».

Volver a la cárcel era como una capitulación. Tenías que renunciar a los símbolos de humanidad —los zapatos, el traje, la corbata— y agacharte desnudo para que te revisaran, para que uno de los guardias te palpara con un guante de goma. Te daban un traje carcelario, y chancletas demasiado grandes para tu pie; así volvías a ser de nuevo como cualquier otro preso y no podías creer que eras diferente ni mejor.

Peter se recostó en la litera con los brazos apoyados sobre los ojos. El interno de la celda de al lado, un tipo que esperaba juicio por la violación de una mujer de sesenta y seis años, le preguntó cómo le había ido en el tribunal, pero él no le contestó. Ésa era la única libertad que le quedaba y quería mantener en secreto esa verdad: que cuando lo metían de nuevo en su celda, se sentía aliviado de estar de regreso (¿podía decirlo?) en el hogar.

Allí , nadie lo miraba fijamente, como si fuera un tumor. En realidad, nadie lo miraba en absoluto.

Allí, nadie hablaba de él como si fuese un animal.

Allí, nadie lo culpaba, porque estaban todos en el mismo barco.

La cárcel no era tan diferente de la escuela, en realidad. Los funcionarios eran como los profesores: su trabajo era mantener a todos en su lugar, alimentarles y asegurarse de que nadie resultara gravemente herido. Más allá de eso, te abandonaban a tus propios recursos. Y, como en la escuela, la cárcel era una sociedad artificial, con sus propias reglas y jerarquías. Cualquier trabajo era inútil; limpiar los váteres cada mañana o llevar el carro de la biblioteca por la parte de mínima seguridad no era diferente, en realidad, de escribir un ensayo sobre la definición de *civitas* o memorizar los números primos, porque nada de eso servía para la vida real. Y, como el instituto, la única manera de pasar por la cárcel era aguantar y cumplir tu condena.

Huelga decirlo: Peter tampoco era popular en la prisión.

Pensó en los testigos que Diana había hecho desfilar o arrastrarse o deslizarse sobre sus ruedas hasta la tribuna. Jordan le había explicado que se trataba de buscar compasión; la fiscalía quería presentar todas esas vidas arruinadas antes de que ellos pasaran a las pruebas duras; que él pronto tendría oportunidad de mostrar cómo la vida de Peter también estaba arruinada. A Peter eso apenas le importaba. Después de volver a ver a todos esos estudiantes, él se había asombrado más de cuán poco había cambiado todo.

Peter miraba fijamente los muelles cruzados de la litera de arriba, parpadeando rápidamente. Luego se volvió hacia la pared y se metió la esquina de la funda de su almohada en la boca para que nadie pudiera oírlo llorar.

Aunque John Eberhard no pudiera llamarle maricón nunca más, no pudiera ni siquiera hablar...

Aunque Drew Girard nunca volviera a ser el atleta que había sido...

Aunque Haley Weaver no fuese ya la belleza que había sido...

... todavía formaban parte de un grupo en el que Peter no encajaba y nunca lo haría.

6:30 DE LA MAÑANA. EL DÍA

—Peter. ¡¿Peter?!

Se dio la vuelta y entonces vio a su padre de pie en el umbral de su habitación.

—¿Estás despierto?

¿Parecía que estuviera despierto? Peter gruñó y se tumbó sobre la espalda. Cerró los ojos otra vez por un momento y recorrió su día. «Inglésfrancésmatemáticahistoriaquímica». Una larga oración de corrido, una clase sangrando sobre la siguiente.

Se sentó, se pasó la mano por el pelo para aplacárselo. Abajo, podía oír a su padre sacando ollas y sartenes del lavavajillas, como una especie de sinfonía tecno. Agarraría su termo, lo llenaría de café y dejaría a Peter a merced de sus propios recursos.

Peter arrastró los bajos de los pantalones del pijama por el suelo mientras se trasladaba de la cama al escritorio y se sentaba en la silla. Se conectó a Internet, porque quería ver si alguien le había hecho más observaciones acerca de «Escóndete y chilla». Si era tan bueno como él creía que era, entraría en alguna especie de competición amateur. Había chicos como él en todo el país —en todo el mundo— que fácilmente pagarían 39,99 dólares por jugar a un videojuego en el que la historia estaba escrita por los perdedores. Peter imaginó lo rico que podría hacerse con los beneficios. Quizá hasta podía plantar la universidad, como Bill Gates. Quizá, un día, la gente lo llamaría, fingiéndose amigos.

544

Entornó los ojos para mirar, y luego se puso los lentes, que tenía junto al teclado. Pero eran las 6:30 de la mañana, una hora en la que no podía esperarse mucha conexión de nadie. Se le cayeron los anteojos justo sobre las teclas de funciones.

La ventana se minimizó y, en su lugar, se abrió la papelera de reciclaje.

Sé que no piensas en mí.
Y que desde luego nunca nos has imaginado juntos.

Peter sintió que la cabeza le daba vueltas. Clavó un dedo en el botón de borrado pero no pasó nada.

Por mí mismo, no soy nada especial. Pero contigo, creo que podría llegar a serlo.

Intentó reiniciar la computadora, pero estaba congelada. No podía respirar; no podía moverse. No podía hacer nada que no fuera mirar fijamente su propia estupidez, allí plantada, en blanco y negro.

Le dolía el pecho y pensó que quizá estaba teniendo un infarto, o quizá aquello era lo que se sentía cuando el músculo se volvía de piedra. Con movimientos torpes, Peter se inclinó para alcanzar el cable del enchufe múltiple pero, al hacerlo, se dio con la cabeza en el borde del escritorio. Por eso se le llenaron los ojos de lágrimas; o eso fue lo que se dijo a sí mismo.

Tiró del enchufe y el monitor se apagó.

Luego se sentó y se dio cuenta de que no había diferencia. Todavía podía leer aquellas palabras, claras como el día, escritas sobre la pantalla. Podía notar las teclas bajo sus dedos cuando las escribía:

Con amor, Peter.

Podía oírlos a todos, riéndose.

Peter echó otro vistazo a su computadora. Su madre siempre decía

545

que si pasaba algo malo, podías verlo como un fracaso o bien como la oportunidad de cambiar de rumbo.

Quizá aquello había sido una señal.

La respiración de Peter era superficial mientras vaciaba su mochila de la escuela de libros escolares, carpetas de tres aros, su calculadora, lápices y exámenes arrugados que le habían devuelto. Metió la mano por debajo del colchón y buscó a tientas las dos pistolas que había estado guardando sólo por si acaso.

Cuando era pequeño, solía poner sal en las babosas. Me gustaba ob-servar cómo se disolvían delante de mis ojos. La crueldad es divertida hasta que te das cuenta de que alguien sale herido.

Ser un perdedor podría ser algo llevadero, si eso sólo significara que nadie te prestaba atención, pero en la escuela significaba que eras buscado activamente. Tú eres la babosa y ellos tienen la sal. Y no han desarrollado una conciencia.

Hay una palabra que aprendimos en ciencias sociales: schadenfreu-de. Es cuando disfrutas viendo el sufrimiento de otro. La pregunta es, ¿por qué? Creo que forma parte del instinto de autoconservación: si quieres subir más arriba de la escalera, debes pisar a alguien más. Y en parte eso se debe a que un grupo se siente mucho más grupo cuando se une contra un enemigo. No importa si ese enemigo nunca ha hecho nada para lastimarte, sólo tienes que hacer como si odiaras a alguien más de lo que te odias a ti mismo.

¿Sabes por qué la sal les hace eso a las babosas? Porque se disuelve en el agua que forma parte de la piel de la babosa y el nivel de agua que hay dentro de su cuerpo comienza a descender. La babosa se des-hidrata. También funciona con los caracoles. Y con las sanguijuelas. Y con la gente como yo.

Con cualquier criatura, en realidad, con la piel demasiado delga-da como para existir por sí misma.

Cinco meses después

Durante cuatro horas, Patrick revivió como testigo el peor día de su vida. La señal que había llegado por radio mientras conducía; la oleada de estudiantes que huían de la escuela como una hemorragia; los resbalones en los charcos de sangre cuando corría por los pasillos. El cielorraso cayendo a su alrededor. Los gritos de auxilio. Los recuerdos impresos en su mente pero que no registraría hasta más tarde: un chico muriendo en brazos de su amigo debajo de la canasta de baloncesto del gimnasio; los dieciséis chicos encontrados apelotonados en un armario de mantenimiento tres horas después del arresto, porque no sabían que la amenaza había pasado; el olor a regaliz de los rotuladores utilizados para escribir números en las frentes de las víctimas mortales, para que pudieran ser identificadas más tarde.

Esa primera noche, cuando las únicas personas que quedaban en la escuela eran los técnicos de criminalística, Patrick había caminado por aulas y pasillos. A veces se sentía como el custodio de los recuerdos; aquel que tenía que facilitar la transición entre el modo en que solía ser y el modo en que sería a partir de entonces. Pasó por encima de las manchas de sangre para entrar en aulas en las que los estudiantes habían permanecido acurrucados con los profesores, a la espera de ser rescatados; sus abrigos todavía colgados en sus sillas, como si fueran a regresar en cualquier momento. Había agujeros de balas en los casilleros; en la biblioteca, algún estudiante aún había tenido tiempo y humor para acomodar las figuras de los mediáticos Gumby y Pokey en una posición comprometedora. Los extintores habían dejado un gran charco en uno de los pasillos, pero las paredes todavía estaban revestidas con carteles que anunciaban el baile de primavera.

Diana Leven levantó una cinta de vídeo, la Prueba del Estado Número Quinientos Veintidós:

—¿Puede identificar esto, detective?

—Sí, lo obtuve de la oficina principal del Instituto Sterling. Muestra la secuencia tomada por la cámara ubicada en la cafetería, el día seis de marzo del dos mil siete.

—¿Se ve algo en esta cinta?

—Sí.

—¿Cuándo fue la última vez que la miró?

—El día antes de que empezara este juicio.

—¿Ha sido alterada de algún modo?

—No.

Diana caminó hacia el juez.

—Pido que esta cinta sea mostrada al jurado —dijo, y un asistente dispuso el mismo televisor que habían utilizado días antes.

La grabación era granulosa, pero clara. En la parte de arriba, en el extremo derecho, estaban las mujeres que servían el almuerzo, echando comida en bandejas de plástico, mientras los estudiantes avanzaban en fila uno a uno, como gotas a través de una vía intravenosa. Había mesas llenas de estudiantes; el ojo de Patrick gravitaba hacia una del medio, donde Josie estaba sentada con su novio.

Él comía patatas fritas.

Por la puerta que había a la izquierda, entró un chico. Llevaba una mochila azul y, aunque no se le pudiera ver el rostro, tenía la complexión delgada y la espalda encorvada que alguien que conociera a Peter Houghton podría reconocer como las suyas. Se metió por debajo de la zona de alcance de la cámara. Sonó un disparo al tiempo que una chica se desplomaba de una de las sillas de la cafetería, una mancha de sangre florecía en su camisa blanca.

Alguien gritó, todos chillaron y se oyeron más disparos. Peter reapareció en pantalla, sosteniendo un arma. Los estudiantes comenzaron a huir en estampida, a esconderse por debajo de las mesas. La máquina de bebidas, acribillada a balazos, burbujeaba y rociaba todo el suelo de alrededor. Algunos estudiantes se doblaban sobre sí mismos en el lugar donde les habían disparado, otros, también heridos, intentaban huir gateando. Una chica que había caído, era pisoteada por el resto de los estudiantes, y finalmente yacía inmóvil. Cuando las únicas personas que quedaron en la cafetería no fueron más que cadáveres o heridos, Peter se volvió en redondo. Caminó hacia la mesa que había junto a aquella en la que había estado Josie y bajó su arma. Abrió una caja intacta de cereales que todavía estaba en la bandeja de la cafetería, los vertió en un tazón de plástico y agregó leche de un tetrabrick. Se llevó cinco cucharadas a la boca antes de dejar de comer; sacó un nuevo cargador de su mochila, lo colocó en su arma y salió de la cafetería.

Diana se acercó hasta la mesa de la defensa, tomó una pequeña bolsa de plástico y se la extendió a Patrick.

—¿Reconoce esto, detective Ducharme?

La caja de cereales.

—Sí.

—¿Dónde lo ha encontrado?

—En la cafetería —contestó él—. En la misma mesa en que acaba de verse en el vídeo.

Patrick se permitió mirar a Alex, sentada entre el público de la sala. Hasta entonces no había podido. No creía que pudiera hacer bien su trabajo si se preocupaba en exceso por cómo le estuviera afectando a Alex toda aquella información y el nivel de detalle. Ahora, mirándola, podía ver lo pálida que se la veía, lo rígida que estaba en su silla. Tuvo que esforzarse mucho para no caminar hacia el público, cruzar de un salto la barra que los separaba y arrodillarse a su lado. «Está todo bien —quería decirle—. Ya casi hemos terminado».

—Detective —dijo Diana—, cuando acorraló al acusado en el vestuario, ¿qué tenía en la mano?

—Una pistola.

—¿Vio alguna otra arma alrededor?

—Sí, una segunda pistola, a más o menos tres metros de distancia.

Diana levantó una imagen que había sido ampliada.

—¿Reconoce esto?

—Es el vestuario donde Peter Houghton fue detenido. —Señaló un revólver en el suelo, cerca de los casilleros, y luego otro a corta distancia—. Ésta es el arma que dejó caer, el arma A —dijo Patrick— y ésta, el arma B, es la otra que estaba en el suelo.

Unos tres metros más allá, en la misma trayectoria lineal, estaba el cuerpo de Matt Royston. Un amplio charco de sangre se extendía debajo de sus caderas. Le faltaba la mitad superior de la cabeza.

Se oyeron exclamaciones sofocadas entre el jurado, pero Patrick no prestaba atención a eso. Él miraba fijamente a Alex, que no tenía la vista dirigida hacia el cuerpo de Matt, sino hacia el lugar que había a su lado: una mancha de sangre de la frente de Josie, donde la chica había sido encontrada.

La vida era una serie de si..., si hubieras ganado la lotería anoche; si hubieras elegido una universidad diferente; si hubieras invertido en valores en lugar de hacerlo en bonos; si no hubieras llevado a tu hijo al jardín de infantes en su primer día de clase el 11 de septiembre. Si un solo profesor hubiera frenado al niño que atormentaba a Peter en la escuela. Si Peter se hubiera puesto el arma en la boca, en lugar de apuntar a otra persona. Si Josie hubiera estado delante de Matt, podría ser ella la que estuviera enterrada. Si Patrick hubiera llegado un segundo más tarde, quizá Peter todavía podría haberle disparado. Si él no hubiera sido el detective en ese caso, no habría conocido a Alex.

—Detective, ¿recogió usted estas armas?

—Sí.

—¿Se buscaron huellas dactilares?

—Sí, en el laboratorio de criminalística del Estado.

—¿Encontró el laboratorio alguna huella de valor en el arma A?

—Sí, una, en la empuñadura.

—¿De dónde obtuvieron las huellas dactilares de Peter Houghton?

—De la comisaría de policía, cuando lo detuvimos.

Patrick condujo al jurado a través de la mecánica de las pruebas de huellas dactilares: la comparación de diez zonas, la similitud en estrías y espirales, el programa de computadora que verificaba las coincidencias.

—¿En el laboratorio compararon la huella del arma A con las huellas de alguna otra persona? —preguntó Diana.

—Sí, con las de Matt Royston. Fueron obtenidas de su cuerpo.

—Cuando en el laboratorio compararon las huellas de la empuñadura de la pistola con las de Matt Royston, ¿pudieron determinar si eran coincidentes?

—No había coincidencia.

—Y cuando el laboratorio las comparó con las huellas de Peter Houghton, ¿pudieron determinar si había coincidencia?

—Sí —dijo Patrick—, la había.

Diana asintió.

—¿Y en el arma B? ¿Alguna huella?

—Sólo una parcial, en el gatillo. Nada relevante.

—¿Qué significa eso, exactamente?

Patrick se volvió hacia el jurado.

—Una impresión relevante en el análisis de huellas dactilares es aquella que puede ser comparada con otra impresión conocida y excluirla o incluirla como coincidente con esa impresión. La gente deja huellas dactilares en las cosas que toca, pero no necesariamente huellas que podamos usar. Pueden estar emborronadas o ser demasiado incompletas como para ser consideradas relevantes a nivel forense.

—Así que, detective, no sabe con certeza quién dejó la huella dactilar en el arma B.

—No.

—Pero ¿podría haber sido de Peter Houghton?

—Sí.

—¿Tiene alguna prueba de que alguien más en el Instituto Sterling llevara un arma ese día?

—No.

—¿Cuántas armas fueron encontradas finalmente en el vestuario?

—Cuatro —dijo Patrick—. Una pistola en manos del acusado, una en el suelo, y dos escopetas recortadas en una mochila.

—Además de procesar las armas que encontraron en el vestuario para buscar huellas dactilares, ¿se hicieron otras pruebas forenses en las mismas?

—Sí, un examen de balística.

—¿Puede explicar eso?

—Bueno —dijo Patrick—, cada bala que sale de un arma tiene unas marcas producidas en ella cuando gira dentro del cañón. Eso significa que se pueden clasificar como correspondientes a un arma u otra. Para obtener balas de control, se disparan las armas que han intervenido en un crimen, y luego esas balas se cotejan con las recuperadas de un escenario. También se puede determinar si un arma ha sido disparada alguna vez, por el examen que se hace de los residuos que quedan dentro del cañón.

—¿Se examinaron las cuatro armas?

—Sí.

—¿Y cuáles fueron los resultados de las pruebas?

—Sólo dos de las cuatro armas fueron efectivamente disparadas —dijo Patrick—. Las pistolas A y B. Las balas que encontramos provenían todas del arma A. El arma B se recuperó del escenario cargada con un doble suministro. Eso significa que dos balas entraron en la recámara al mismo tiempo, lo que no permitió que el arma funcionase de manera apropiada. Cuando el gatillo fue apretado, se bloqueó.

—Pero usted dijo que el arma B fue disparada.

—Al menos una vez. —Patrick alzó la vista hacia Diana—. La bala no ha sido recuperada hasta la fecha.

Diana Leven guió meticulosamente a Patrick a través del descubrimiento de los diez estudiantes muertos y de los diecinueve heridos. Él comenzó con el momento en que salió del Instituto Sterling con Josie Cormier en brazos y la metió en una ambulancia, y terminó con el último cuerpo que llevaron a la mesa de examen médico de la morgue; luego el juez aplazó el juicio hasta el día siguiente.

Cuando abandonó el estrado, Patrick habló con Diana un momento acerca de lo que ocurriría al día siguiente. Las puertas dobles del tribunal estaban abiertas y, a través de ellas, Patrick podía ver a los periodistas absorbiendo las historias de cualquier padre enojado, deseoso de conceder una entrevista. Reconoció a la madre de una chica —Jada Knight—, que había recibido un balazo por la espalda cuando huía de la cafetería.

—Mi hija —decía la mujer— este año irá a la escuela cada día a las once en punto, porque no puede soportar estar allí cuando empieza la tercera clase. Todo le asusta. Esto le ha arruinado la vida por completo; ¿por qué el castigo de Peter Houghton habría de ser menos?

Patrick no tenía ganas de aguantar el acoso de los medios y, como único testigo del día, estaba destinado a ser asediado. Así que se quedó en la sala y se sentó en la barra de madera que separaba a los abogados del público.

—Eh.

Se volvió al oír la voz de Alex.

—¿Qué haces aún aquí? —Él creía que ella estaría arriba, recogiendo a Josie de la sala de los testigos, como hizo el día anterior.

—Podría preguntarte lo mismo.

Patrick asintió con la cabeza, señalando el vano de la puerta.

—No estaba de humor para la batalla.

Alex se acercó a él, hasta estar de pie entre sus piernas, y le rodeó el cuello con los brazos. Enterró su rostro en el pecho de él y cuando respiró, profunda y rápidamente, Patrick lo sintió en su propio interior.

—Podrías haber mentido —dijo.

Jordan McAfee no estaba teniendo un buen día. El bebé le había vomitado encima mientras salía por la puerta. Había llegado diez minutos tarde al tribunal porque los malditos medios de comunicación se multiplicaban como conejos y no había espacio para estacionar, y el juez Wagner le había reprendido por su retraso. A eso se sumaba el hecho de que, por la razón que fuera, Peter había dejado de comunicarse con él, excepto mediante el extraño gruñido, y, además, lo primero que tenía que hacer esa mañana era interrogar al caballero de la reluciente armadura que irrumpió en la escuela para enfrentarse al maldito francotirador; aunque, bueno, ser un abogado defensor no era mucho más fabuloso que eso.

—Detective —dijo, acercándose a Patrick Ducharme en el estrado—, después de que terminara con el examen médico, ¿regresó al departamento de policía?

—Sí.

—Peter estaba allí, ¿verdad?

—Sí.

—En una celda carcelaria... ¿con barrotes y cerradura?

—Se trata de una celda de retención —le corrigió Ducharme.

—¿Ya se habían presentado cargos contra Peter por algún delito?

—No.

—En realidad, no fue acusado de nada hasta la mañana siguiente, ¿no es así?

—Es correcto.

—¿Dónde pasó esa noche?

—En la cárcel del condado de Grafton.

—Detective, ¿habló en algún momento con mi cliente? —preguntó Jordan.

—Sí, lo hice.

—¿Qué le preguntó?

El detective se cruzó de brazos.

—Si quería un poco de café.

—¿Él aceptó la oferta?

—Sí.

—¿Le preguntó en algún momento por el incidente de la escuela?

—Le pregunté qué había pasado —dijo Ducharme.

—¿Cómo respondió Peter?

El detective frunció el cejo.

—Dijo que quería ver a su madre.

—¿Lloró?

—Sí.

—De hecho, no paró de llorar en todo el tiempo que usted intentó interrogarle, ¿no es verdad?

—Sí, lo es.

—¿Le hizo usted alguna otra pregunta, detective?

—No.

Jordan dio un paso hacia adelante.

—Usted no se molestó en hacerlo, porque mi cliente no estaba en condiciones de pasar por un interrogatorio.

—No le hice más preguntas —replicó Ducharme sin alterar la voz—. No tengo idea de en qué tipo de condiciones estaba él.

—¿Así que usted agarró a un chico, un chico de diecisiete años, que estaba llorando pidiendo ver a su madre, y lo llevó de regreso a su celda de retención?

—Sí. Pero le dije que quería ayudarle.

Jordan echó un vistazo al jurado y dejó que la frase penetrara por un momento.

—¿Cuál fue la respuesta de Peter?

—Me miró —respondió el detective— y dijo «Ellos empezaron esto».

Curtis Uppergate había sido psiquiatra forense durante veinticinco años. Tenía títulos de tres escuelas de medicina de la Ivy League y tenía un currículum tan grueso como una guía telefónica. Era blanco como un lirio, llevaba el cabello gris peinado con trencitas y había ido al tribunal con una camisa dashiki. Diana casi esperaba que la llamara hermana cuando ella le interrogara.

—¿Cuál es el campo al que se dedica?

—Trabajo con adolescentes violentos. Los visito en representación del tribunal para determinar la naturaleza de sus enfermedades mentales, si es que las hay, y determino un plan de tratamiento apropiado. También informo al tribunal acerca del estado mental en que podrían haberse encontrado en el momento de cometer el delito. He trabajado con el FBI para elaborar sus perfiles de francotiradores escolares y para estudiar paralelismos entre casos del Instituto Thurston, Paducah, Rocori y Columbine.

—¿Cuándo entró en contacto con el caso?

—El mes de abril pasado.

—¿Repasó los informes sobre Peter Houghton?

—Sí —dijo Uppergate—. Revisé todo lo que recibí de usted, señora Leven. Extensos informes escolares y médicos, informes policiales, entrevistas hechas por el detective Ducharme.

—¿Qué era lo que buscaba, en particular?

—Indicios de enfermedad mental —dijo—. Explicaciones físicas para el comportamiento. Una estructura psicosocial que se pareciera a la de otros perpetradores de violencia escolar.

Diana echó un vistazo al jurado; los ojos de sus miembros estaban poniéndose vidriosos.

—Como resultado de su trabajo, ¿llegó a alguna conclusión con un grado razonable de certeza médica acerca del estado mental de Peter Houghton el día seis de marzo de dos mil siete?

—Sí —dijo Uppergate y miró de frente al jurado, hablando lenta y claramente—. Peter Houghton no estaba sufriendo ninguna enfermedad mental en el momento en que comenzó a disparar en el Instituto Sterling.

—¿Puede decirnos cómo llegó a esa conclusión?

—La definición de salud implica estar en contacto con la realidad de lo que estás haciendo en el momento en que lo haces. Hay pruebas de que Peter había estado planeando ese ataque durante bastante tiempo, desde la acumulación de armas y municiones hasta listas de víctimas escogidas, así como el ensayo de su Armagedón a través de un videojuego diseñado por él mismo. El tiroteo no fue espontáneo. Era algo que Peter llevaba considerando mucho tiempo, con gran premeditación.

—¿Hay otros ejemplos de la premeditación con que obró Peter?

—Cuando llegó a la escuela y vio a un amigo en el estacionamiento, intentó advertirle, por su seguridad. Detonó una bomba de fabricación casera en un coche antes de ir a la escuela, para que sirviera como distracción y poder entrar sin impedimentos con sus armas. Ocultó armas que estaban cargadas de antemano. Ésos no son los actos de una persona que no sabe lo que está haciendo, sino característicos de la rabia racional, quizá doliente, pero con certeza no ilusoria, de un hombre joven.

Diana se paseó frente de la tribuna del testigo.

—Doctor, ¿pudo usted comparar información de tiroteos en otras escuelas en el pasado con éste, con el propósito de apoyar su conclusión de que el acusado estaba sano y era responsable de sus actos?

Uppergate echó sus trencitas hacia atrás por encima de su hombro.

—Ninguno de los francotiradores de Columbine, Paducah, Thurston o Rocori tenía prestigio. No es que fueran solitarios, pero en sus mentes percibían que no eran miembros del grupo al mismo nivel que cualquier otro del grupo. Por ejemplo, Peter estaba en el equipo de fútbol, pero era uno de los dos estudiantes a quienes nunca dejaban jugar. Era brillante, pero sus notas no lo reflejaban. Tenía un interés romántico, pero ese interés no era correspondido. El único sitio en el que se sentía cómodo era en un mundo de su propia creación. En los videojuegos Peter no sólo estaba a gusto... sino que además era Dios.

—¿Eso significa que estaba viviendo en un mundo de fantasía el seis de marzo?

—De ninguna manera. Si así hubiera sido, no habría planeado el ataque tan racional y metódicamente.

Diana se volvió.

—Hay alguna prueba, doctor, de que Peter fuera objeto de intimidaciones en la escuela. ¿Ha revisado esa información?

—Sí, lo he hecho.

—¿Su investigación le ha llevado a alguna conclusión acerca de los efectos del acoso en chicos como Peter?

—En cada uno de los casos de tiroteos escolares —contestó Uppergate—, se juega la carta del acoso. Es ese acoso, supuestamente, el que hace que el francotirador escolar explote un día y contraataque con violencia. Sin embargo, en cada uno de los otros casos, y también en éste, en mi opinión, la intimidación parece exagerada por el francotirador. Las burlas no son significativamente peores para el francotirador de lo que lo son para cualquier otra persona de la escuela.

—Entonces, ¿por qué disparan?

—Se convierte en una forma pública de tomar el control de una situación en la que normalmente se sienten impotentes —respondió Curtis Uppergate—. Lo cual, otra vez, quiere decir que se trata de algo que venían planeando con tiempo.

—Su testigo —dijo Diana dirigiéndose a Jordan.

Éste se puso de pie y se acercó al doctor Uppergate.

—¿Cuándo vio por primera vez a Peter?

—Bueno. No hemos sido presentados oficialmente.

—Pero usted es psiquiatra, ¿no?

—Lo era la última vez que lo comprobé —dijo Uppergate.

—Pensaba que la psiquiatría se basaba en intentar compenetrarse con el paciente y llegar a conocer lo que piensa del mundo y cómo lo procesa.

—Eso es una parte.

—Es una parte increíblemente importante, ¿no? —preguntó Jordan.

—Sí.

—¿Extendería una receta para Peter hoy?

—No.

—Porque tendría que encontrarse físicamente con él antes de decidir si un determinado medicamento es apropiado para él, ¿correcto?

—Sí.

—Doctor, ¿tuvo ocasión de hablar con los francotiradores escolares del Instituto Thurston?

—Sí, lo hice —contestó Uppergate.

—¿Y con el chico de Paducah?

—Sí.

—¿Rocori?

—Sí.

—No con los de Columbine...

—Soy psiquiatra, señor McAfee —replicó Uppergate—, no médium. De todas maneras, sí hablé largamente con las familias de los dos chicos. Leí los periódicos y examiné sus vídeos.

—Doctor —preguntó Jordan—, ¿ha hablado usted alguna vez directamente con Peter Houghton?

Curtis Uppergate dudó.

—No —respondió—, no lo he hecho.

Jordan se sentó y Diana miró de frente al juez.

—Su Señoría —dijo—, la fiscalía pide un descanso.

—Toma —dijo Jordan, tirándole a Peter un emparedado mientras entraba a la celda—, ¿o es que también estás en huelga de hambre?

Peter lo miró airadamente, pero desenvolvió el emparedado y mordió un pedazo.

—No me gusta el pavo.

—En realidad, me tiene sin cuidado. —Se apoyó contra la pared de cemento de la celda—. ¿Quieres decirme quién se ha meado hoy en tus cereales?

—¿Tiene idea de lo que es estar sentado en esa sala escuchando a toda esa gente hablar de mí como si yo no estuviera? ¿Como si ni siquiera pudiera oír lo que dicen de mí?

—Así es como funciona este juego —dijo Jordan—. Ahora, es nuestro turno.

Peter se puso de pie y caminó hacia la parte delantera de la celda.

—¿Es eso lo que es para usted? ¿Un juego?

Jordan cerró los ojos, contando hasta diez para hacer acopio de paciencia.

—Claro que no.

—¿Cuánto dinero le pagan? —preguntó Peter.

—Eso no es de tu...

—¿Cuánto?

—Pregúntale a tus padres —cortó Jordan rotundamente.

—Le pagan tanto si gana como si pierde, ¿verdad?

Jordan dudó y después asintió con la cabeza.

—Entonces, en realidad no le importa una mierda cuál sea el resultado, ¿o sí?

A Jordan le impresionó, con un poco de asombro, que Peter tuviera madera de excelente abogado defensor. Esa especie de razonamiento circular —de la clase que deja al oponente colgado— era exactamente lo que se espera conseguir para usar en el tribunal.

—¿Qué? —acusó Peter—. ¿Ahora también se ríe de mí?

—No. Sólo pensaba que serías un buen abogado.

Peter volvió a hundirse en la silla otra vez.

—Fenomenal. Quizá la prisión del Estado ofrezca esa carrera presentando el certificado de primaria.

Jordan tomó el emparedado de la mano de Peter y mordió un pedazo.

—Esperemos y veamos cómo va —dijo.

El jurado siempre quedaba impresionado con el historial académico de King Wah, y Jordan lo sabía. Se había entrevistado con más de quinientos sujetos. Había sido perito en 248 juicios, sin incluir aquél. Había escrito más artículos que cualquier otro psiquiatra forense, y era especialista en desorden de estrés postraumático. Y, ahí venía lo bueno: había dictado tres seminarios a los que había asistido el psiquiatra de la acusación, el doctor Curtis Uppergate.

—Doctor Wah —comenzó Jordan—, ¿cuándo comenzó a trabajar en este caso?

—Cuando fui contactado por usted, señor McAfee, en junio. Accedí a encontrarme con Peter en ese momento.

—¿Y lo hizo?

—Sí, durante más de diez horas de entrevistas. También leí los informes policiales, los informes médicos y escolares tanto de Peter como de su hermano mayor. Me encontré con sus padres. Hice que fuera examinado por mi colega, el doctor Lawrence Ghertz, que es un neuropsiquiatra pediátrico.

—¿Qué hace un neuropsiquiatra pediátrico?

—Estudia las causas orgánicas de sintomatología y desórdenes mentales en niños.

—¿Qué hizo el doctor Ghertz con Peter?

—Llevó a cabo varias resonancias magnéticas de su cerebro —contestó King—. El doctor Ghertz usa esos estudios cerebrales para saber si hay cambios estructurales en el cerebro adolescente que no sólo explicarían el desarrollo de algunas graves enfermedades mentales, como la esquizofrenia y el trastorno bipolar, sino también las razones biológicas de algunas conductas salvajes que los padres normalmente atribuyen a la furia hormonal. Eso no significa que los adolescentes no tengan hormonas furiosas, pero también pueden tener una carencia de los controles cognitivos necesarios para el comportamiento maduro.

Jordan se volvió hacia el jurado.

—¿Han entendido eso? Porque yo estoy perdido...

King sonrió ampliamente.

—¿En términos sencillos? Pueden decirse muchas cosas de un chico mirando su cerebro. Podría haber una razón fisiológica para que, cuando le dices a tu chico de diecisiete años que vuelva a meter la leche en el refrigerador, él asienta y luego te ignore completamente.

—¿Envió usted a Peter al doctor Ghertz porque pensó que tenía un trastorno bipolar o que era esquizofrénico?

—No. Pero parte de mi responsabilidad incluye descartar unas causas antes de empezar a buscar otras razones para su comportamiento.

—¿Elaboró el doctor Ghertz un informe en el que detallara sus descubrimientos?

—Sí.

—¿Puede mostrárnoslo? —Jordan tomó un diagrama de un cerebro que ya había sido presentado como prueba y se lo entregó a King.

—El doctor Ghertz dijo que el cerebro de Peter era muy similar al del típico adolescente en el que el córtex prefrontal no estaba desarrollado como suele estarlo en un cerebro adulto maduro.

—Doctor —lo interrumpió Jordan—, me estoy perdiendo de nuevo.

—El córtex prefrontal está exactamente aquí, detrás de la frente. Es una especie de presidente del cerebro, encargado del pensamiento calculado y racional. También es la última parte del cerebro en madurar, razón por la cual los adolescentes se meten en tantos problemas. —Luego señaló una minúscula mancha en el diagrama, ubicada en el centro—. Esto se llama amígdala. Como el centro decisorio del cerebro de los adolescentes no está completamente formado todavía, las decisiones recaen en esta pequeña glándula. Se trata del epicentro impulsivo del cerebro, allí donde se alojan sentimientos como el miedo, el enojo y las reacciones viscerales. O, en otras palabras, la parte del cerebro que corresponde a «Porque mis amigos también pensaban que era una buena idea».

La mayor parte de los miembros del jurado se rieron y Jordan vio de reojo que Peter estaba prestando atención. Ya no estaba desplomado en la silla, sino erguido, escuchando.

—Es fascinante —prosiguió King—, porque un chico de veinte años podría ser fisiológicamente capaz de tomar una decisión informada... mientras que uno de diecisiete, no.

—¿Llevó a cabo el doctor Ghertz otras pruebas fisiológicas?

—Sí.

—Hizo una segunda resonancia, que se realizó mientras Peter estaba llevando a cabo una tarea sencilla. Se le habían dado unas fotografías de rostros y se le pidió que identificara las emociones que veía reflejadas en ellos. A diferencia de un grupo de adultos sometidos a la misma prueba y en los cuales la mayoría de las valoraciones fueron correctas, Peter tendía a cometer errores. En particular, identificaba las expresiones temerosas como de enojo, confusión o tristeza. La resonancia magnética mostró que, mientras estaba concentrado en su tarea, la amígdala era la que estaba haciendo el trabajo... no el córtex prefrontal.

—¿Qué puede usted deducir de eso, doctor Wah?

—Bueno, que la capacidad de Peter para los pensamientos racionales, planeados, premeditados, todavía está en una etapa de desarrollo. Fisiológicamente, aún no es capaz de tener ese tipo de pensamientos.

Jordan miró la reacción de los miembros del jurado ante esta afirmación.

—Doctor Wah, ¿usted ha dicho que también se entrevistó con Peter?

—Sí, en las instalaciones del correccional, en diez sesiones de una hora.

—¿Dónde se encontraba con él?

—En una sala de visitas. Le expliqué quién era yo y que estaba trabajando con su abogado —dijo King.

—¿Fue Peter reacio a hablar con usted?

—No. — El psiquiatra hizo una pausa—. Parecía disfrutar de la compañía.

—¿Algo le impresionó de él al comienzo?

—Parecía que no tuviera emociones. No lloraba, ni sonreía, ni reía, ni mostraba hostilidad. En psiquiatría, lo llamamos nulidad emocional.

—¿De qué hablaron?

King miró a Peter y sonrió.

—De los Red Sox —respondió—. Y de su familia.

—¿Qué le dijo él?

—Que Boston merecía otro título más. Lo cual, como hincha de los Yankees que soy, fue suficiente como para que pusiera en duda su capacidad para el pensamiento racional.

Jordan sonrió ampliamente.

—¿Qué dijo de su familia?

—Explicó que vivía con su madre y su padre y que su hermano mayor Joey había sido asesinado por un conductor ebrio hacía más o menos un año. Joey era dos años mayor que Peter. También hablamos de las cosas que le gustaba hacer, en su mayoría relacionadas con programación y computadoras, y sobre su niñez.

—¿Qué le dijo sobre eso? —preguntó Jordan.

—La mayor parte de los recuerdos infantiles de Peter incluyen situaciones en la que era victimizado, ya sea por otros niños o por adultos que él percibía que estaban en condiciones de ayudarle pero no lo hacían. Describió todo, desde amenazas físicas, «Sal de mi camino» o «Voy a apagarte las luces a golpes», hasta acciones físicas, que le empujaran contra la pared yendo por un pasillo al pasar por su lado, y burlas emocionales, como que le llamaran «homosexual» o «rarito».

—¿Le dijo cuándo comenzó esa intimidación?

—El primer día del jardín de infantes. Se subió al autobús, le pusieron la zancadilla mientras caminaba por el pasillo y lanzaron su fiambrera de Superman por la ventanilla. Fue en aumento hasta poco antes del tiroteo, cuando sufrió una humillación pública después de que fuera revelado públicamente su interés romántico por una compañera de clase.

—Doctor —dijo Jordan—, ¿Peter no pidió ayuda?

—Sí, pero incluso cuando se la daban, el tiro le salía por la culata. Una vez, por ejemplo, después de que un chico le empujara en la escuela, Peter le devolvió el empujón. Un maestro lo vio y llevó a los dos niños a la oficina del director para ser amonestados. En la mente de Peter, él se había defendido y, así y todo, también era castigado. —King se relajó en el estrado—. Los recuerdos más recientes de Peter están coloreados por la muerte de su hermano y su incapacidad para alcanzar los mismos niveles que él había establecido como estudiante y como hijo.

—¿Peter habló de sus padres?

—Sí. Peter quiere a sus padres, pero no sentía que pudiera confiar en ellos para que le protegieran.

—¿Que le protegieran de qué?

—De los problemas en la escuela, de los sentimientos que tenía, de la idea de suicidio.

Jordan se volvió hacia el jurado.

—Basándose en sus conversaciones con Peter y en los descubrimientos del doctor Ghertz, ¿está usted en condiciones de diagnosticar el estado mental de Peter el día seis de marzo de dos mil siete con un grado razonable de certeza médica?

—Sí. Peter estaba sufriendo un síndrome de estrés postraumático.

—¿Puede explicarnos qué es eso?

King asintió con la cabeza.

—Es un desorden psiquiátrico que puede aparecer tras una experiencia en la que una persona es oprimida o victimizada. Por ejemplo, todos hemos oído hablar de los soldados que vuelven a casa después de una guerra y no pueden adaptarse a causa de ese síndrome. La gente que lo padece a menudo revive las experiencias en sueños, tiene problemas para dormir, se siente distante. En casos extremos, después de la exposición a traumas serios, pueden presentar alucinaciones o disociaciones.

—¿Está diciendo que Peter estaba alucinando en la mañana del seis de marzo?

—No. Creo que estaba en un estado disociativo.

—¿Qué es eso?

—Es cuando se está físicamente presente, pero mentalmente alejado —explicó King—. Cuando se pueden separar los sentimientos acerca de un suceso de la conciencia del mismo.

Jordan levantó las cejas.

—Espere, doctor. ¿Quiere decir que una persona en un estado disociativo podría conducir un coche?

—Por supuesto.

—¿Y colocar una bomba casera?

—Sí.

—¿Y cargar balas?

—Sí.

—¿Y disparar con esas armas?

—Seguro.

—Y todo ese tiempo, ¿esa persona no sabría lo que estaba haciendo?

—Sí, señor McAfee —dijo King—. Eso es exactamente así.

—En su opinión, ¿cuándo entró Peter en ese estado disociativo?

—Durante nuestras entrevistas, Peter explicó que en la mañana del seis de marzo, se levantó temprano y se conectó con un sitio web para ver si había allí observaciones acerca de su videojuego. Por accidente, abrió un viejo archivo de su computadora, el correo electrónico que había enviado a Josie Cormier, en el que explicaba sus sentimientos hacia ella. Era el mismo correo electrónico que, semanas antes, había sido enviado a todos los alumnos de la escuela y que había precedido a la aún más terrible humillación, cuando le bajaron los pantalones en la cafetería. Después de ver ese correo, dijo que no puede recordar nada del resto de lo que ocurrió.

—Yo abro viejos archivos por accidente en mi computadora todo el tiempo —dijo Jordan—, pero no por eso entro en un estado disociativo.

—La computadora siempre había sido un refugio seguro para Peter. Era el medio que usaba para crear un mundo propio, habitado por personajes que le apreciaban y sobre los que él tenía el control, al contrario de lo que le pasaba en la vida real. Que esa zona segura se volviera de repente otro lugar más en el que también lo humillaban fue lo que desencadenó su derrumbamiento.

Jordan se cruzó de brazos, haciendo de abogado del diablo.

—No sé... Estamos hablando sólo de un correo electrónico. ¿Son realmente equivalentes las intimidaciones con el trauma visto en veteranos de la guerra de Irak o en los sobrevivientes del once de septiembre?

—En términos psiquiátricos, el efecto emocional a largo plazo de un solo incidente de intimidación produce el mismo nivel de estrés que un solo incidente de abuso sexual —explicó King—. Lo que es importante recordar acerca del síndrome de estrés postraumático es que un hecho traumático afecta de manera diferente a personas diferentes. Por ejemplo, para unas personas, una violación violenta puede provocar el síndrome. Para otras, puede desencadenarlo un contacto ligero. No importa si el hecho traumático es la guerra, un ataque terrorista, un asalto sexual o acoso, lo que cuenta es dónde lo sitúa el sujeto emocionalmente.

Se volvió hacia el jurado.

—Quizá hayan oído hablar, por ejemplo, del síndrome de las mujeres maltratadas. Visto desde fuera, parece que no tiene sentido el hecho de que una mujer, incluso una que ha sido victimizada durante años, mate a su marido mientras éste está durmiendo.

—Protesto —dijo Diana—. ¿Alguien ve a una mujer maltratada en este juicio?

—Lo permitiré —dijo el juez Wagner.

—Incluso una mujer golpeada que no está inmediatamente bajo amenaza física —prosiguió el doctor Wah—, psicológicamente cree que sí lo está, debido a un patrón de violencia creciente y crónico que le provoca un síndrome de estrés postraumático. Es vivir en ese estado de miedo constante, temiendo que ocurra algo, o que siga ocurriendo, lo que la hace agarrar un arma en ese momento, aunque su marido esté roncando. Para ella, él todavía es una amenaza inmediata —dijo King—. Un niño que sufre del síndrome, como Peter, está aterrorizado ante la idea de que el matón finalmente lo mate. Incluso aunque el matón no esté encerrándolo en un casillero en esos momentos, eso puede ocurrir de inmediato. Y así, como la esposa golpeada, pasa a la acción incluso cuando, para ustedes y para mí, no esté ocurriendo nada que parezca justificar el ataque.

—¿Alguien se daría cuenta de esta especie de miedo irracional?

—Probablemente no. Un niño que sufre del síndrome de estrés postraumático ha hecho intentos que han resultado frustrados para conseguir ayuda y, como la intimidación continúa, deja de pedirla. Se retrotrae socialmente, porque nunca está muy seguro de cuándo la interacción lo llevará a otro incidente intimidatorio. Probablemente piense en suicidarse. Se evade a un mundo de fantasía, donde él puede tomar las decisiones. Comienza a refugiarse allí tan a menudo que se le hace cada vez difícil volver a la realidad. Durante los incidentes de acoso, un niño con ese síndrome puede refugiarse en un estado alterado de conciencia, una disociación de la realidad que le protege de sentir dolor o humillación mientras ocurre el incidente. Eso es exactamente lo que pienso que le ocurrió a Peter el seis de marzo.

—¿Aunque ninguno de los chicos que le intimidaban estuviera en su habitación cuando apareció el correo electrónico?

—Correcto. Peter había pasado toda su vida siendo golpeado, vapuleado y amenazado, hasta el punto de creer que sería asesinado por esos mismos chicos si no hacía algo. El correo electrónico provocó el estado disociativo y cuando fue al Instituto Sterling y disparó era completamente inconsciente de lo que estaba haciendo.

—¿Cuánto tiempo puede durar un estado disociativo?

—Depende. Peter pudo estar disociando durante varias horas.

—¿Horas? —repitió Jordan.

—Absolutamente. No hay un solo momento durante los tiroteos que demuestre conciencia deliberada de sus acciones.

Jordan echó un vistazo a la fiscal.

—Todos hemos visto un vídeo en el que Peter se sentaba después de disparar varios tiros en la cafetería y se comía un tazón de cereales. ¿Es eso significativo para su diagnóstico?

—Sí. De hecho, no se me ocurre una prueba más clara de que, en ese momento, Peter todavía estaba disociado. Ahí hay un chico completamente inconsciente del hecho de que está rodeado de compañeros de clase muertos, heridos o en plena huida. Él se sienta y se toma su tiempo para servirse con tranquilidad un tazón de cereales, sin que la matanza de su alrededor le afecte.

—¿Qué pasa con el hecho de que muchos de los chicos a los que Peter disparó no pertenecieran a lo que comúnmente podría denominarse «grupo popular»? ¿De que muchos chicos con necesidades especiales, becarios e incluso un maestro se convirtieran en sus víctimas?

—Otra vez —dijo el psiquiatra—, no estamos hablando de un comportamiento racional. Peter no estaba calculando sus acciones; en el momento en que estaba disparando, él estaba separado de la realidad de la situación. Cualquiera con quien Peter se encontrara durante esos diecinueve minutos constituía una amenaza potencial.

—En su opinión, ¿cuándo termina ese estado disociativo de Peter? —preguntó Jordan.

—Cuando Peter estaba en custodia y hablando con el detective Ducharme. Ahí es cuando comienza a reaccionar con normalidad, dado el horror de la situación. Empieza a llorar y quiere ver a su madre, lo que indica tanto reconocimiento de su entorno como una respuesta apropiada para un niño.

Jordan se apoyó contra la baranda del jurado.

—Ha habido testimonios en este caso, doctor, que demuestran que Peter no era el único chico al que intimidaban. ¿Por qué, entonces, él reacciona de este modo a eso?

—Bueno, como decía, personas diferentes tienen diferentes respuestas al estrés. En el caso de Peter, he visto extrema vulnerabilidad emocional, lo cual, de hecho, era el motivo por el que se burlaban de él. Peter no se regía por los códigos del resto de los muchachos. No era un gran atleta. No era rudo. Era sensible. Y la diferencia no siempre es respetada, particularmente cuando eres un adolescente. En la adolescencia se trata de encajar, no de destacarse.

—¿Cómo un chico emocionalmente vulnerable acaba un día llevando cuatro armas a la escuela y disparando a veintinueve personas?

—Una parte es debida al síndrome de estrés postraumático, la respuesta de Peter a la victimización crónica. Pero otra gran parte corresponde a la sociedad que ha creado tanto a Peter como a los matones. La respuesta de Peter viene impuesta por el mundo en que vive. Ve videojuegos violentos de venta en las tiendas; escucha música que glorifica el asesinato y la violación. Observa cómo sus torturadores lo encierran, lo golpean, lo empujan, lo menosprecian. Vive en un Estado, señor McAfee, en el que la matrícula de los coches pone «Vive libre o muere» —King sacudió la cabeza—. Lo único que Peter hizo una mañana fue convertirse en la persona que todo el tiempo se había esperado que fuera.

Nadie lo sabía, pero Josie había roto una vez con Matt Royston.

Llevaban saliendo casi un año cuando Matt fue a buscarla un sábado por la noche. Un tipo de clase alta del equipo de fútbol —alguien a quien Brady conocía— daba una fiesta en su casa.

—¿Te apetece ir? —había preguntado Matt, aunque ya estaba conduciendo cuando se lo preguntó.

Cuando llegaron, la casa latía como un carnaval, había coches estacionados en el cordón de la acera y en el césped. Por las ventanas de arriba, Josie podía ver a gente bailando. Mientras caminaban por el sendero hacia la casa, vieron a una chica vomitando en los arbustos.

Matt no le soltaba la mano. Se mezclaron con la gente que llenaba el espacio de una pared a otra, encaminándose hacia la cocina, donde habían colocado el barril de cerveza, y luego regresaron al comedor, donde la mesa había sido retirada a un lado para que la pista de baile fuera más grande. Los chicos que había allí no sólo eran del Instituto Sterling, sino que también los había de otras ciudades. Algunos tenían los ojos enrojecidos, las miradas desencajadas por haber fumado hachís. Chicos y chicas se husmeaban mutuamente, dando vueltas y buscando sexo.

Ella no conocía a nadie, pero eso no importaba, porque estaba con Matt. Se apretaron más, en el calor de muchos otros cuerpos. Matt deslizó su pierna entre las de ella mientras la música latía como sangre y ella levantó los brazos para encajarse contra él.

Todo había empezado a ir mal cuando ella tuvo que ir al baño. Primero, Matt había querido acompañarla; le dijo que no era seguro para ella andar sola. Josie finalmente lo había convencido de que no tardaría más de treinta segundos, pero en cuanto se alejó de él, un chico alto, con una camiseta de Green Day y un pendiente de aro se volvió demasiado rápidamente y derramó su cerveza sobre ella.

—Oh, mierda —dijo él.

—No pasa nada —contestó Josie. Tenía un pañuelo de papel en el bolsillo, lo sacó y empezó a secarse la blusa.

—Permíteme —dijo el chico y le agarró el pañuelo. Ambos se dieron cuenta al mismo tiempo de cuán ridículo era intentar absorber todo aquel líquido con un simple cuadradito de papel. Él comenzó a reírse y luego lo hizo ella; la mano de él estaba ligeramente apoyada en el hombro de Josie cuando Matt apareció y golpeó al chico en la cara.

—¿Qué estás haciendo? —había gritado Josie.

El chico estaba inconsciente en el suelo y la gente estaba intentando quitarse de en medio pero manteniéndose en cambio lo suficientemente cerca como para ver la pelea. Matt agarró a Josie de la muñeca con tanta fuerza que ella pensó que iba a rompérsela. La arrastró fuera de la casa y la metió en el coche, donde luego se sentó en un silencio glacial.

—Él sólo intentaba ayudarme —dijo Josie.

Matt metió la marcha atrás y aceleró el coche.

—¿Te quieres quedar? ¿Quieres ser una perra?

Empezó a conducir como un lunático, saltándose los semáforos en rojo, girando sobre dos ruedas las esquinas, doblando la velocidad permitida. Ella le dijo tres veces que fuera más despacio y después sólo cerró los ojos y esperó que terminara pronto.

Cuando Matt hizo rechinar las ruedas para parar frente a la casa de ella, Josie se volvió hacia él, inusualmente tranquila.

—No quiero salir más contigo —le dijo, y bajó del coche.

La voz de él la siguió hasta la puerta de entrada.

—De acuerdo. ¿Por qué querría salir con una maldita perra, de todos modos?

Ella se las había ingeniado para evitar a su madre, fingiendo un dolor de cabeza. En el cuarto de baño, se miró fijamente en el espejo, intentando hacerse una idea de quién era aquella chica a la que, repentinamente, le había nacido una gran fuerza interior, y por qué tenía tantas ganas de llorar. Estuvo tumbada en la cama durante una hora, con las lágrimas cayéndole por la comisura de los ojos, preguntándose por qué —si era ella la que lo había dejado— se sentía tan desgraciada.

Cuando sonó el teléfono, pasadas las tres de la mañana, Josie lo tomó y volvió a colgar, para que cuando su madre lo tomara pensara que había sido un número equivocado. Aguantó la respiración durante unos segundos, y después levantó el receptor y marcó: *69. Sabía, incluso antes de ver la serie de números que le era tan familiar, que era Matt.

—Josie —dijo él cuando ella le devolvió la llamada—, ¿estabas mintiendo?

—¿Acerca de qué?

—De que me querías.

Ella apretó la cara contra la almohada.

—No —susurró.

—No puedo vivir sin ti —le dijo Matt, y entonces oyó algo que sonaba como si alguien sacudiera un frasco de pastillas.

Josie se quedó de piedra.

—¿Qué estás haciendo?

—¿Qué te importa?

Su mente comenzó a correr a toda velocidad. Tenía permiso de conducir, pero no podía sacar el coche ella sola, y tampoco después de que oscureciera. Vivía demasiado lejos de Matt como para correr hasta allí.

—No te muevas —dijo ella—. Simplemente... no hagas nada.

Abajo, en el garaje, encontró una bicicleta que no había montado desde que iba a la escuela, y pedaleó los seis kilómetros y medio que había hasta la casa de Matt. Cuando llegó, estaba lloviendo; su cabello y su ropa estaban adheridos a su piel. En el dormitorio de Matt, en el primer piso, la luz todavía estaba encendida. Josie echó unas piedrecitas a su ventana y él abrió para que ella pudiera trepar y entrar.

En el escritorio de él había un frasco de Tylenol y una botella, abierta, de whisky. Josie le miró a la cara.

—Has...

Pero Matt la rodeó con sus brazos. Olía a alcohol.

—Me has dicho que no... que no quieres seguir viéndome. —Luego se alejó de ella—. ¿Harías algo por mí?

—Cualquier cosa —prometió ella.

Matt la había agarrado otra vez entre sus brazos.

—Dime que no lo decías en serio.

Ella sintió que una jaula estaba encerrándola; se había dado cuenta demasiado tarde de que Matt la tenía atrapada. Como cualquier animal incauto que hubiera caído en una trampa, el único modo de salir incluía dejar atrás una parte de sí misma.

—Lo siento —dijo Josie, al menos mil veces esa noche; porque todo había sido culpa de ella.

—Doctor Wah —dijo Diana—, ¿cuánto le pagan a usted por su trabajo en este caso?

—Mis honorarios son de dos mil dólares por día.

—¿Sería erróneo decir que uno de los componentes más importantes para diagnosticar al acusado fue el tiempo que usted pasó entrevistándole?

—En absoluto.

—A lo largo de esas diez horas, usted confiaba en que él fuese sincero con usted en su recuerdo de los acontecimientos, ¿verdad?

—Sí.

—No tenía usted forma de saber si él no estaba siendo sincero, ¿o sí?

—Llevo haciendo esto mucho tiempo, señora Leven —dijo el psiquiatra—. He entrevistado a suficiente gente como para saber si alguien está intentando engañarme.

—Para determinar si un adolescente está engañándole o no usted se basa en parte en las circunstancias en las que se encuentra, ¿correcto?

—Claro.

—Y las circunstancias en las que usted encontró a Peter eran que estaba encerrado en una cárcel por múltiples asesinatos de primer grado.

—Es verdad.

—Así que, básicamente —prosiguió Diana—, se podría decir que Peter tenía un incentivo inmenso para encontrar una forma de salir de allí.

—O, señora Leven —rebatió el doctor Wah—, también podría decirse que no tenía nada que perder por decir la verdad.

Diana apretó los labios; una respuesta de sí o no hubiera estado mejor.

—Usted ha dicho que parte de su diagnóstico de síndrome de estrés postraumático venía del hecho de que el acusado estaba intentando que le ayudaran y no lo conseguía. ¿Eso se basa en la información que él le dio durante las entrevistas?

—Sí, corroborada por sus padres y por algunos profesores que testificaron para usted, señora Leven.

—Usted también ha dicho que parte de su diagnóstico del síndrome estaba demostrado por la tendencia de Peter a refugiarse en un mundo de fantasía, ¿correcto?

—Sí.

—¿Y eso se basa en los videojuegos de los que Peter le habló durante las entrevistas?

—Correcto.

—¿No es cierto que cuando usted envió a Peter al doctor Ghertz, le dijo que iba a hacerle unos estudios cerebrales?

—Sí.

—¿No podía Peter haberle dicho al doctor Ghertz que una cara sonriente parecía enojada, si pensaba que eso podría ayudarle a llegar a determinado diagnóstico?

—Supongo que sería posible...

—Usted también ha dicho, doctor, que leer un correo electrónico en la mañana del seis de marzo es lo que puso a Peter en un estado disociativo, uno lo suficientemente fuerte como para permanecer durante toda la incursión asesina al Instituto Sterling...

—Protesto...

—Admitida —dijo el juez.

—¿Ha basado esta conclusión en alguna otra cosa que no fuera lo que Peter Houghton le había dicho; Peter, que estaba metido en la celda de una prisión, acusado de diez asesinatos y diecinueve intentos de asesinato?

King Wah sacudió la cabeza.

—No, pero cualquier otro psiquiatra hubiera hecho lo mismo.

Diana enarcó una ceja.

—Cualquier otro psiquiatra que hubiera estado ahí para ganar dos mil dólares al día —soltó ella, pero incluso antes de que Jordan objetara, ella retiró su comentario—. Usted ha dicho que Peter estaba barajando la idea del suicidio.

—Sí.

—Entonces ¿quería matarse?

—Sí. Eso es muy común en pacientes con síndrome de estrés postraumático.

—El detective Ducharme ha declarado que encontraron ciento dieciséis casquillos en el instituto esa mañana. Y que treinta balas sin usar fueron encontradas en la persona de Peter, y cincuenta y dos cartuchos sin usar en la mochila que llevaba, junto con dos armas que no usó. Así que, haga la cuenta, doctor, ¿de cuántas balas estamos hablando?

—Ciento noventa y ocho.

Diana lo miró a la cara.

—En un lapso de diecinueve minutos, Peter tuvo doscientas oportunidades para matarse a sí mismo, en lugar de a cada uno de los otros estudiantes que encontró en el Instituto Sterling. ¿Eso es correcto, doctor?

—Sí. Pero hay una línea extremadamente delgada entre el suicidio y el homicidio. Muchas personas deprimidas que han tomado la decisión de dispararse a sí mismas eligen, en el último momento, disparar en cambio a otra persona.

Diana frunció el cejo.

—Creía que Peter estaba en un estado disociativo —dijo—. Creía que era incapaz de tomar decisiones.

—Lo era. Estaba apretando el gatillo sin ninguna idea de consecuencia o conocimiento de lo que estaba haciendo.

—O eso o era la línea de papel tisú que podía cruzar, ¿no?

Jordan se puso de pie.

—Protesto. Está intimidando a mi testigo.

—Oh, por el amor de Dios, Jordan —soltó Diana—, no puedes usar tu defensa conmigo.

—Abogados —advirtió el juez.

—Usted también ha declarado, doctor, que ese estado disociativo de Peter terminó cuando el detective Ducharme comenzó a hacerle preguntas en la comisaría de policía, ¿es correcto?

—Sí.

—Entonces, ¿cómo explica usted por qué, horas antes, cuando tres oficiales de policía apuntaron sus pistolas hacia Peter y le dijeron que soltara su arma, él estaba en condiciones de hacer lo que le pedían?

El doctor Wah dudó.

—Bueno...

—¿No es esa una respuesta adecuada cuando tres policías tienen sus armas desenfundadas y están apuntándote?

—Él bajó el arma —contestó el psiquiatra— porque, al menos a un nivel subliminal, entendió que de otro modo le dispararían.

—Pero doctor —dijo Diana—, creía que nos había dicho que Peter quería morir.

Ella volvió a sentarse, satisfecha. Jordan no podía hacer nada ante el progreso que ella acababa de hacer.

—Doctor Wah —dijo él—, usted pasó mucho tiempo con Peter, ¿no es así?

—A diferencia de otros doctores en mi campo —respondió deliberadamente—, realmente creo que hay que encontrarse con el paciente del que se va a hablar en el tribunal.

—¿Por qué es eso importante?

—Para lograr una compenetración —explicó el psiquiatra—. Para fomentar una relación entre médico y paciente.

—¿Tomaría en serio todo lo que el paciente le dijera?

—Claro que no, especialmente bajo esas circunstancias.

—De hecho, hay muchas formas para corroborar la historia de un paciente, ¿no?

—Por supuesto. En el caso de Peter, he hablado con sus padres. Había informes de la escuela en los que la intimidación era mencionada, aunque no había respuesta de la administración. El material que recibí de la policía apoyaba la declaración de Peter acerca de un correo electrónico enviado a cientos de miembros de la comunidad educativa.

—¿Encontró puntos de corroboración que le ayudaran a diagnosticar el estado disociativo en el que Peter entró el seis de marzo? —preguntó Jordan.

—Sí. Aunque la investigación policial haya establecido que Peter tenía una lista de víctimas, hubo muchas más personas a las que disparó que no estaban en la lista... que eran, de hecho, estudiantes de los que no conocía ni el nombre.

—¿Por qué es importante eso?

—Porque me dice que, en el momento en que estaba disparando, no estaba apuntando a ningún estudiante en particular. Simplemente reaccionaba al movimiento.

—Gracias, doctor —concluyó Jordan y asintió con la cabeza a Diana. Ella miró al psiquiatra.

—Peter le dijo que había sido humillado en la cafetería —dijo ella—. ¿Mencionó algún otro lugar específico?

—El patio. El autobús escolar. El baño de los chicos y el vestuario.

—Cuando Peter comenzó el tiroteo en el Instituto Sterling, ¿fue a la oficina del director?

—No que yo sepa.

—¿Y a la biblioteca?

—No.

—¿A la sala de profesores?

El doctor Wah sacudió la cabeza.

—No.

—¿El aula de arte?

—No creo.

—De hecho, Peter fue de la cafetería, a los baños, al gimnasio y al vestuario. Fue metódicamente de un sitio donde había sido intimidado al siguiente, ¿verdad?

—Así parece.

—Usted ha dicho que reaccionaba al movimiento, doctor —dijo Diana—. Pero ¿no llamaría usted a eso un plan?

Cuando Peter volvió a la prisión esa noche, el funcionario de prisiones que lo acompañó a su celda le extendió una carta.

—Te has perdido el reparto de correo —le dijo, y Peter se quedó sin habla, tan poco acostumbrado estaba a tales dosis de amabilidad.

Se sentó en la litera de abajo, con la espalda apoyada en la pared, y contempló el sobre. Estaba un poco nervioso respecto al correo desde que Jordan le armara la bulla por hablar con aquella periodista. Pero ese sobre no estaba escrito a máquina como el otro. Aquella carta estaba escrita a mano, con pequeños círculos flotando sobre las ies como nubes.

Lo abrió y sacó la carta de dentro. Olía a naranjas.

Querido Peter:

Tú no me conoces, pero yo era la número 9. Así fue como dejé la escuela, con un gran número mágico escrito con rotulador en mi frente. Tú intentaste matarme.

No estoy en el juicio, así que no intentes encontrarme entre la multitud. No podía soportar seguir viviendo en esa ciudad, así que mis padres se mudaron hace un mes. Comienzo las clases dentro de una semana aquí, en Minnesota, y ya hay gente que ha oído hablar de mí. Sólo me conocen como una de las víctimas del Instituto Sterling. No tengo intereses, no tengo personalidad, no tengo historia, excepto la que tú me has dado.

Tengo un promedio de 4 pero las notas ya no me importan. Qué sentido tienen. Solía tener sueños, pero ahora no sé si iré a la universidad, porque ya no puedo dormir por las noches. Tampoco puedo soportar que la gente se me acerque silenciosamente por detrás, ni las puertas golpeando, ni los fuegos artificiales. He estado haciendo terapia un tiempo lo suficientemente largo como para decirte una cosa: nunca más volveré a poner un pie en Sterling.

Tú me disparaste en la espalda. Los médicos dicen que tuve suerte; si hubiera estornudado o me hubiera vuelto para mirarte, ahora estaría en una silla de ruedas. En cambio, sólo tengo que preocuparme por la gente que me mira fijamente cuando me olvido y me pongo una camiseta sin mangas; cualquiera puede ver las cicatrices de la bala y de los tubos del pecho, y los puntos. No me importa; antes me miraban por los granos que tenía en la cara; ahora tienen otro centro de atención.

He pensado mucho en ti. Creo que deberías ir a la cárcel. Es justo, y lo mío no lo es, y hay una especie de equilibrio en eso.

Yo estaba en tu clase de francés, ¿lo sabías? Me sentaba en la fila de la ventana, la segunda empezando por atrás. Siempre me pareciste misterioso y me gustaba tu sonrisa.

Me hubiera gustado ser tu amiga.

Sinceramente,

ANGELA PHLUG

Peter dobló la carta y la deslizó dentro de la funda de su almohada. Diez minutos después, volvió a sacarla. Se pasó leyéndola toda la noche, una y otra vez, hasta que salió el sol; hasta que no necesitó ver las palabras para recitarla de memoria.

Lacy se había vestido para su hijo. Aunque hacía casi treinta grados, llevaba puesto un pulóver que había rescatado de una caja que había en el desván, uno rosa de angorina que a Peter le gustaba acariciar como a un gatito cuando era pequeñito. Alrededor de la muñeca llevaba una pulsera que Peter le había hecho en cuarto grado, enrollando minúsculos pedacitos de revistas para hacer cuentas de colores. Se había puesto una falda estampada en gris de la que Peter se había reído una vez diciendo que se parecía a una placa base de computadora. Su cabello estaba pulcramente trenzado, porque recordaba que así era como lo llevaba la última vez que le dio a Peter un beso de buenas noches.

Se hizo una promesa a sí misma. Sin importar cuán duro fuera, sin importar cuánto tuviera que llorar a lo largo de su declaración, no dejaría de mirar a Peter. Él sería, lo había decidido, como las imágenes de blancas playas que las madres parturientas necesitaban mirar a veces como un punto de foco. Su rostro la obligaría a concentrarse, aunque su pulso estuviera alterado y su corazón desbocado; y, al mismo tiempo, le demostraría a Peter que todavía había alguien mirándole firmemente.

Cuando Jordan McAfee la llamó al estrado, ocurrió una cosa muy extraña. Entró con el alguacil, pero, en lugar de dirigirse hacia el pequeño banco en el que se sentaban los testigos, su cuerpo se movió por sí mismo en la otra dirección. Diana Leven sabía adónde se dirigía antes de que Lacy misma lo supiera. Se puso de pie para protestar, pero entonces decidió no hacerlo. Lacy caminaba de prisa; con los brazos caídos a los lados, hasta llegar frente a la mesa de la defensa. Se agachó al lado de Peter, de modo que su rostro era lo único que podía ver en su rango de visión. Luego levantó la mano izquierda y le tocó la cara.

Su piel todavía era tan suave como la de un niño, tibia al tacto. Cuando ahuecó la mano para abarcar su mejilla, las pestañas de él le rozaron el pulgar. Había visitado a su hijo semanalmente en la cárcel, pero siempre con una línea divisoria entre ellos. Aquello —el tacto de él bajo sus manos, vital y real— era el tipo de regalo que tienes que sacar de la caja de vez en cuando, sostenerlo alto y mirarlo maravillada, para no olvidar que todavía lo posees. Lacy recordó el momento en que le pusieron por primera vez a Peter en los brazos, todavía manchado de vérnix y sangre, su boca roja abierta con el grito del recién nacido, sus brazos y piernas despatarrados en aquel espacio repentinamente infinito. Inclinándose hacia adelante, hizo en esos momentos lo mismo que había hecho la primera vez que vio a su hijo: cerró los ojos, elevó una plegaria y lo besó en la frente.

El alguacil le tocó el hombro.

—Señora —le dijo.

Lacy apartó su mano con un movimiento del hombro y se puso de pie. Caminó hacia el estrado, levantó el pestillo de la portezuela y entró.

Jordan McAfee se acercó a ella, sosteniendo una caja de pañuelos de papel. Dio la espala al jurado para que no pudieran ver que hablaba.

—¿Está bien? —susurró. Lacy asintió con la cabeza, miró de frente a Peter y le ofreció una sonrisa como un sacrificio.

—¿Puede decir su nombre para el registro? —preguntó Jordan.

—Lacy Houghton.

—¿Dónde vive?

—En el mil seiscientos dieciséis de la calle Goldenrod Lane, Sterling, New Hampshire.

—¿Quién vive con usted?

—Mi marido Lewis —contestó Lacy— y mi hijo, Peter.

—¿Tiene usted algún otro hijo, señora Houghton?

—Tenía un hijo, Joseph, pero fue muerto por un conductor ebrio hace dos años.

—¿Puede decirnos —prosiguió Jordan McAfee— cuándo fue consciente por primera vez de que algo había pasado en el Instituto Sterling el seis de marzo?

—Estaba de guardia y había dormido en el hospital. Soy partera. Al acabar de asistir un parto esa mañana, fui a la sala de neonatología y allí todos estaban reunidos alrededor de la radio. Había habido una explosión en el instituto.

—¿Qué hizo cuando lo escuchó?

—Le dije a alguien que me sustituyera y conduje hasta la escuela. Necesitaba asegurarme de que Peter estaba bien.

—¿Cómo va Peter a la escuela normalmente?

—Conduciendo —dijo Lacy—. Tiene un coche.

—Señora Houghton, hábleme de su relación con Peter.

Lacy sonrió.

—Él es mi bebé. Tenía dos hijos, pero Peter siempre fue el más tranquilo, el más sensible. Siempre necesitaba un poco más de estímulo.

—¿Estaban unidos a medida que él crecía?

—Absolutamente.

—¿Cómo era la relación de Peter con su hermano?

—Era buena...

—¿Y con su padre?

Lacy dudó. Podía sentir a Lewis en la sala con tanta fuerza como si estuviera a su lado y pensó en él caminando bajo la lluvia por el cementerio.

—Creo que Lewis tenía un lazo más estrecho con Joey, mientras que Peter y yo teníamos más cosas en común.

—¿Le habló Peter alguna vez de los problemas que tenía con otros chicos?

—Sí.

—Protesto —dijo la fiscal—. Rumores.

—Denegaré la protesta por ahora —respondió el juez—. Pero tenga cuidado con adónde se dirige, señor McAfee.

Jordan se volvió hacia Lacy de nuevo.

—¿Por qué cree que Peter podía tener problemas con esos chicos?

—Lo habían elegido porque no era como ellos. No era muy atlético. No le gustaba jugar a policías y ladrones. Era artístico, creativo e imaginativo, y los chicos se reían de él por eso.

—¿Qué hizo usted?

—Intenté —admitió Lacy— endurecerle. —Mientras hablaba, dirigía sus palabras a Peter, y esperaba que él pudiera interpretar aquello como una disculpa—. ¿Qué hace cualquier madre cuando ve que alguien se burla de su hijo? Le dije a Peter que le amaba; que aquellos chicos no sabían nada. Le dije que él era increíble y compasivo y amable e inteligente, todas las cosas que queremos que sean nuestros hijos. Sabía que todos esos atributos por los que entonces se burlaban de él jugarían a su favor cuando tuviera treinta y cinco... pero no podía llevarle allí de la noche a la mañana. No puedes acelerar la vida de tu hijo, por mucho que lo desees.

—¿Cuándo comenzó Peter el instituto, señora Houghton?

—En el otoño de dos mil cuatro.

—¿A Peter lo humillaban allí también?

—Más que nunca —respondió Lacy—. Incluso le pedí a su hermano que le prestara un poco de atención.

Jordan caminó hacia ella.

—Hábleme de Joey.

—A todo el mundo le gustaba Joey. Era inteligente, un atleta excelente. Podía relacionarse tan bien con los adultos como con los chicos de su misma edad. Él... bueno, dejó huella en esa escuela.

—Usted debía de estar muy orgullosa de él.

—Lo estaba. Pero pienso que, a causa de Joey, los profesores y estudiantes tenían un cierto tipo de idea preconcebida acerca de lo que debería ser un chico Houghton, antes de que Peter llegara. Y cuando llegó allí, la gente se dio cuenta de que no era como Joey, y eso sólo empeoró las cosas para él. —Miró el rostro de Peter transformarse mientras ella hablaba, como el cambio de una estación. ¿Por qué ella no se había tomado el tiempo antes, cuando lo tenía, de decirle a Peter que lo entendía? ¿Que ella sabía que Joey había proyectado una sombra demasiado grande, que era demasiado difícil encontrar la luz del sol?

—¿Cuántos años tenía Peter cuando murió Joey?

—Fue al final de su primer año de instituto.

—Eso debió de ser devastador para la familia —dijo Jordan.

—Lo fue.

—¿Qué hizo usted para ayudar a Peter a lidiar con el dolor?

Lacy bajó la vista a su regazo.

—No ayudé a Peter de ninguna manera. Lo tenía realmente difícil para ayudarme a mí misma.

—¿Y su marido? ¿Fue él un recurso para Peter en ese momento?

—Creo que los dos estábamos intentando vivir el día a día y poco más... Puestos a decir algo, Peter era el que mantenía unida la familia.

—Señora Houghton, ¿dijo Peter que quería herir a gente de la escuela?

La garganta de Lacy se apretó.

—No.

—¿Hubo algo en la personalidad de Peter que alguna vez le hiciera creer que fuera capaz de un acto como éste?

—Cuando miras a los ojos de tu hijo —respondió Lacy suavemente—, ves todo lo que esperas que llegue a ser... no en lo que desearías que no se convirtiera.

—¿Alguna vez encontró algún plan o nota que indicara que Peter estaba tramando lo que pasó?

Una lágrima cayó por su mejilla.

—No.

Jordan suavizó su voz.

—¿Lo buscó usted, señora Houghton?

Ella regresó mentalmente al momento en que estaba vaciando el escritorio de Joey; cómo, de pie frente al váter, se deshizo de las drogas que había encontrado escondidas en su cajón.

—No —contestó finalmente Lacy—, no lo hice. Creía que estaba ayudándole. Después de que Joey muriese, lo único que quería era mantener a Peter cerca. No quería invadir su privacidad; no quería discutir con él; no quería que nadie más le lastimase nunca. Quería que fuera un niño para siempre. —Levantó la mirada, llorando con más intensidad ahora—. Pero no puedes hacer eso si eres una madre. Porque parte de tu trabajo es dejarles crecer.

Hubo un alboroto entre el público de la sala cuando un hombre se puso de pie, casi desafiando a una cámara de televisión. Lacy no lo había visto nunca antes. Tenía cabello negro ralo y un bigote; tenía los ojos como brasas ardientes.

—¿Pues sabe qué? —escupió—. Mi hija Maddie ya nunca crecerá. —Señaló a la mujer que había a su lado y luego a otra más adelante, en un banco—. Ni su hija. Ni su hijo. Si tú, maldita bruja, hubieras hecho mejor tu trabajo, yo todavía podría estar haciendo mi trabajo.

El juez comenzó a golpear con el mazo.

—Señor —llamó—, señor, tengo que pedirle que...

—Su hijo es un monstruo. Un maldito monstruo —gritó el hombre sin hacerle caso, mientras dos alguaciles se acercaban a él, lo tomaban de los brazos y se lo llevaban fuera del tribunal.

Una vez, Lacy había presenciado el nacimiento de una niña a la que le faltaba la mitad del corazón. Durante el embarazo, la familia fue informada de que su hija no viviría, pero decidieron seguir adelante, con la esperanza de poder tenerla unos breves momentos en esta tierra, antes de que, por su propio bien, muriese. Lacy había permanecido de pie, en un rincón de la sala de partos, mientras los padres sostenían a su hija. No podía mirar sus rostros; simplemente no podía. En cambio, se centró en la recién nacida. La observaba, quieta y azul de frío, mover un puñito minúsculo con un movimiento lento, como un astronauta navegando por el espacio. Luego, uno por uno, sus deditos se desenroscaron y murió.

Lacy pensó en aquellos deditos en miniatura abriéndose. Se volvió hacia Peter. «Lo siento», articuló silenciosamente. Luego se cubrió el rostro con las manos y sollozó.

Una vez que el juez hubo llamado a receso y el jurado hubo salido ordenadamente, Jordan se acercó al estrado.

—Su Señoría, la defensa pide ser escuchada —dijo—. Queremos que el juicio sea anulado.

Incluso de espaldas a ella, Jordan podía sentir cómo Diana Leven ponía los ojos en blanco.

—Qué oportuno.

—Bueno, señor McAfee, ¿con qué bases? —preguntó el juez.

«Con la base de que no tengo nada mejor para salvar mi caso», pensó Jordan.

—Su Señoría —dijo—, ha habido un arrebato emocional público por parte del padre de una de las víctimas frente al jurado. No hay forma de que esa especie de declaración pueda ser ignorada, y no hay instrucción que pueda darse que pueda hacer que esa campana no haya sonado.

—¿Eso es todo, defensor?

—No —dijo Jordan—. Antes de eso, el jurado podía no saber que miembros de las familias de las víctimas estaban sentados entre el público de la sala. Ahora lo saben, y también saben que cada movimiento que hagan es observado por esa misma gente. Ésa es una presión tremenda para el jurado en un caso que ya es extremadamente emocional y altamente publicitado. ¿Cómo se supone que van a dejar de lado las expectativas de los miembros de esas familias y que hagan su trabajo de manera justa e imparcial?

—¿Estás bromeando? —dijo Diana—. ¿Quién pensaba el jurado que era el público de la sala? ¿Vagabundos? Por supuesto que está lleno de gente afectada por los tiroteos. Por eso están aquí.

El juez Wagner levantó la mirada.

—Señor McAfee, no voy a declarar la nulidad. Entiendo su preocupación, pero creo que puedo reconducir la cuestión con una instrucción para los miembros del jurado de que hagan caso omiso a todo tipo de arrebatos emocionales provenientes del público de la sala. Todo aquel que esté involucrado en este caso entiende que las emociones están a flor de piel, y que la gente no siempre está en condiciones de controlarse. Sin embargo, también expediré una instrucción cautelar para el público de la sala, ordenando que se comporte o de lo contrario el juicio se celebrará a puerta cerrada.

Jordan aspiró profundamente.

—Por favor, que conste que estoy en desacuerdo, Su Señoría.

—Por supuesto, señor McAfee —dijo—. Les veo en quince minutos.

Cuando el juez se fue, Jordan volvió a la mesa de la defensa, intentando pensar en algún tipo de magia que pudiera salvar a Peter. La verdad era que, no importaba lo que dijera el doctor Wah, no importaba cuán clara fuera la explicación del síndrome del estrés postraumático, no importaba si el jurado se compadecía completamente de Peter, Jordan había olvidado un punto importante: siempre sentirían más compasión por las víctimas.

Diana le sonrió mientras salía de la sala.

—Buen intento —dijo.

El lugar preferido de Selena en la corte era una habitación que había junto a la conserjería y que estaba llena de mapas viejos. No tenía idea de qué hacían en una corte en lugar de en una biblioteca, pero le gustaba esconderse allí a veces, cuando se cansaba de ver a Jordan pavonearse delante del estrado. Durante el juicio, había ido allí un par de veces, a amamantar a Sam en los días en que no tenía niñera para que lo cuidara.

Ahora, guió a Lacy hasta su cielo personal y la sentó frente a un mapamundi que tenía el hemisferio sur en el centro. Australia era de color morado; Nueva Zelanda, verde. Era el mapa preferido de Selena. Le gustaban los dragones rojos pintados en los mares y las furiosas nubes de tormenta en las esquinas. Le gustaban las brújulas caligrafiadas, dibujadas para indicar la dirección. Le gustaba pensar que, desde otro ángulo, el mundo podía verse de una forma completamente diferente.

Lacy Houghton no había parado de llorar, y Selena sabía que tenía que hacerlo, o la declaración sería un desastre. Se sentó a su lado.

—¿Puedo traerte algo? ¿Sopa? ¿Café?

Lacy sacudió la cabeza y se sonó la nariz con un pañuelo de papel.

—No puedo hacer nada para salvarle.

—Ése es el trabajo de Jordan —replicó Selena aunque, a decir verdad, no podía imaginar una alternativa para Peter que no incluyera un largo tiempo en la cárcel. Se estaba rompiendo la cabeza intentando pensar en algo más que pudiera decir o hacer para tranquilizar a Lacy, justo cuando Sam se levantó y agarró la trenza de Lacy.

«Bingo».

—Lacy —le dijo Selena—, ¿te importaría sujetarlo un minuto mientras busco una cosa en mi bolso?

Lacy levantó la mirada.

—¿A ti... no te molesta?

Selena sacudió la cabeza y le colocó el bebé en el regazo. Sam miró fijamente a Lacy, mientras intentaba, con diligencia, meterse un puño en la boca.

—Gah —dijo.

Una sonrisa apareció como un fantasma en la cara de Lacy.

—Hombrecito —susurró, y levantó al bebé para poder sostenerlo más firmemente.

—¿Permiso?

Selena se volvió y, en una rendija de la puerta entreabierta, vio la cara de Alex Cormier asomándose. Se puso en pie de inmediato.

—Su Señoría no puede entrar...

—Déjala —dijo Lacy.

Selena dio un paso atrás mientras la jueza se introducía en la sala y se sentaba al lado de Lacy. Colocó una taza de plástico en la mesa y se la acercó, con una ligera sonrisa, mientras Sam agarraba su rosado dedo y tiraba de él.

—El café de aquí es horrible, pero te lo he traído de todas formas.

—Gracias.

Selena se movió cautelosamente detrás de la pila de mapas hasta quedar tras las dos mujeres, a las que miraba con la misma perpleja curiosidad que hubiera mostrado si una leona acogiera a un impala, en lugar de comérselo.

—Lo has hecho bien allí dentro —la animó la jueza.

Lacy sacudió la cabeza.

—No lo suficiente.

—Ella no te preguntará mucho, por si eso te consuela.

Lacy levantó al bebé hasta su pecho y dio golpecitos en su espalda.

—No creo que pueda volver a entrar allí —dijo, con la voz ahogada.

—Puedes y lo harás —contestó Alex—. Porque Peter te necesita.

—Le odian. Me odian.

La jueza Cormier puso su mano sobre el hombro de Lacy.

—No todos —le dijo—. Cuando volvamos, me sentaré en la primera fila. No tendrás que mirar a la fiscal. Sólo mírame a mí.

Selena se quedó boquiabierta. A menudo, a los testigos frágiles o a los niños pequeños se les coloca una persona como punto de foco para hacer que declarar no les resulte tan difícil. Para hacerles sentir que, entre toda aquella gente, tienen por lo menos un amigo.

Sam encontró su pulgar y comenzó a chuparlo, quedándose dormido contra el pecho de Lacy. Selena observó a Alex estirar la mano y tocar los mechones oscuros del pelo de su hijo.

—Todo el mundo piensa que se cometen errores cuando se es joven —le dijo la jueza a Lacy—. Pero no creo que cometamos menos cuando somos adultos.

Jordan entró en la celda en la que estaba Peter, haciendo una evaluación de los daños.

—Lo que ha pasado no nos perjudicará —anunció—. El juez dará instrucciones al jurado para que desestimen todo ese exabrupto.

Peter estaba sentado en el banco de metal, con la cabeza en las manos.

—Peter —dijo Jordan—, ¿me has oído? Sé que ha sido desagradable, pero legalmente, no te afectará...

—Necesito decir por qué lo hice —lo interrumpió Peter.

—¿A tu madre? —preguntó Jordan—. No puedes. Ella todavía está aislada —dudó—. Mira, tan pronto como pueda ponerte en contacto con ella, yo...

—No. Quiero decir decírselo a todos.

Jordan miró a su cliente. Peter no tenía lágrimas en los ojos, y sus puños descansaban en el banco. Cuando levantó la mirada, ya no tenía el rostro aterrorizado del niño que se había sentado a su lado el primer día del juicio. Era alguien que había crecido de la noche a la mañana.

—Estamos presentando tu parte de la historia —dijo Jordan—. Sólo tienes que ser paciente. Sé que es difícil de creer, pero se arreglará. Estamos haciéndolo lo mejor que podemos.

—No lo estamos haciendo —atajó Peter—. Tú lo estás haciendo. —Se puso de pie, caminando hacia Jordan—. Lo prometiste. Dijiste que era nuestro turno. Pero cuando lo dijiste, querías decir tu turno, ¿no es así? Nunca has tenido la intención de que yo me levantara y les dijera a todos lo que pasó en realidad.

—¿Has visto lo que le han hecho a tu madre? —respondió Jordan—. ¿Tienes idea de lo que te ocurriría a ti si te sientas en ese estrado a declarar?

En ese instante, algo se rompió dentro de Peter: no fue su enojo ni su miedo oculto, sino la última telaraña de esperanza. Jordan pensó en la declaración de Michael Beach, acerca de cómo era cuando la vida abandonaba el rostro de una persona. No hace falta presenciar la muerte de alguien para ver eso.

—Jordan —dijo Peter—, si voy a pasar el resto de mi vida en la cárcel, quiero que escuchen mi versión de la historia.

Jordan abrió la boca con la intención de decirle a su cliente que de ninguna jodida manera, que no lo llamaría al estrado y arruinaría así el castillo de naipes que había creado con la esperanza de que lo absolvieran. Pero ¿a quién estaba engañando? Desde luego, no a Peter.

Respiró profundamente.

—De acuerdo —dijo—, dime qué es lo que vas a decir.

Diana Leven no tenía ninguna pregunta para Lacy Houghton, lo cual —Jordan lo sabía— era más bien una bendición. Además del hecho de que no había nada que la fiscal pudiera preguntarle que no hubiera sido cubierto por el padre de Maddie Shaw. Él no sabía cuánta tensión más podría resistir Lacy sin que su declaración se volviera incomprensible. Mientras era escoltada para salir del tribunal, el juez levantó la vista de su dossier.

—¿Su próximo testigo, señor McAfee?

Jordan inspiró profundamente.

—La defensa llama a a declarar a Peter Houghton.

Detrás de él, se produjo una oleada de actividad. Susurros, los periodistas sacando lápices nuevos de sus bolsillos y pasando las páginas de sus libretas. Rumor de voces, las familias de las víctimas mirando fijamente cómo Peter subía al estrado. Podía ver a Selena en uno de los laterales; con los ojos muy abiertos ante aquel inesperado giro.

Peter tomó asiento como Jordan le había dicho que lo hiciera.

«Buen chico», pensó.

—¿Eres Peter Houghton?

—Sí —contestó Peter, pero no estaba lo suficientemente cerca del micrófono como para que se le oyera. Se inclinó hacia adelante y repitió la palabra.

»Sí —dijo, y esta vez, salió un pitido del sistema de megafonía por los altavoces del tribunal.

—¿En qué curso estás, Peter?

—Era estudiante de último año cuando fui arrestado.

—¿Cuántos años tienes ahora?

—Dieciocho.

Jordan caminó hacia el cubículo del jurado.

—Peter, ¿eres tú la persona que fue al Instituto Sterling en la mañana del seis de marzo del dos mil siete y disparó a diez personas matándolas?

—Sí.

—¿Y heriste a otras diecinueve?

—Sí.

—¿Y el que causaste daño a incontables personas más y a una gran cantidad de bienes materiales?

—Así es —respondió Peter.

—No niegas nada de eso hoy, ¿o sí?

—No.

—¿Puedes decirle al jurado —preguntó Jordan— por qué lo hiciste? Peter lo miró a los ojos.

—Ellos lo empezaron.

—¿Quiénes?

—Los matones. Los atletas. Los que me llamaron *freak* toda mi vida.

—¿Recuerdas sus nombres?

—Es que hay muchos —contestó Peter.

—¿Puedes decirnos por qué sentiste que tenías que recurrir a la violencia?

Jordan le había dicho a Peter que, pasara lo que pase, no podía enojarse. Que tenía que permanecer tranquilo y sereno mientras hablara o su testimonio podría volverse contra él; incluso más de lo que Jordan ya esperaba que se volviese.

—Intenté hacer lo que mi madre quería que hiciera —explicó Peter—, intenté ser como ellos, pero no funcionó.

—¿Qué quieres decir con eso?

—Intenté jugar a fútbol, pero nunca me sacaban al campo. Una vez, ayudé a unos chicos a gastarle una broma a una profesora, llevando su coche desde el estacionamiento hasta el gimnasio... a mí me sancionaron, pero a los otros chicos no, porque estaban en el equipo de baloncesto y tenían un partido el sábado.

—Pero, Peter —dijo Jordan—, ¿por qué hiciste lo que hiciste?

Peter se humedeció los labios.

—No se suponía que fuera a terminar de ese modo.

—¿Habías planeado asesinar a todas esas personas?

Lo habían ensayado en la celda. Lo único que Peter tenía que decir era lo que había dicho allí, cuando Jordan le adoctrinaba. «No. No lo había planeado».

Peter bajó la vista hacia sus manos.

—Cuando lo hice en el juego —contestó tranquilamente—, yo ganaba.

Jordan se quedó de piedra. Peter se había salido del guión y ahora Jordan no podía encontrar su línea. Sólo sabía que iban a bajar el telón antes de que él terminara. Confundido, repitió la respuesta de Peter en su mente: no era del todo mala. Hacía que sonara deprimido, como un solitario.

«Puedes salvar esto», pensó Jordan para sí.

Caminó hasta Peter intentando desesperadamente comunicarle que necesitaba que se concentrara en él; necesitaba que Peter jugara de su parte. Necesitaba mostrarle al jurado que aquel chico había querido declarar frente a ellos con el propósito de demostrar arrepentimiento.

—¿Entiendes ahora que no hubo ningún ganador ese día, Peter?

Jordan vio que algo brillaba en los ojos de Peter. Una llama minúscula, una que se reavivaba: optimismo. Jordan había hecho su trabajo demasiado bien: después de cinco meses de decirle a Peter que podía conseguir que lo absolvieran; de que tenía una estrategia; de que sabía lo que estaba haciendo... Peter, maldita sea, había elegido ese momento para creer finalmente en él.

—El juego no ha terminado todavía, ¿verdad? —respondió Peter y le sonrió a Jordan con confianza.

Mientras dos de los miembros del jurado se inquietaban, Jordan luchó por no perder la compostura. Caminó de vuelta hasta la mesa de la defensa, maldiciendo por lo bajo. Aquélla había sido siempre la perdición de Peter, ¿no era así? No tenía ni idea de cómo se lo veía o se lo escuchaba desde la perspectiva de un observador ordinario, desde la mente de una persona que no supiera que Peter no estaba intentando sonar como un asesino homicida sino, más bien, como alguien que intentaba compartir una broma privada con uno de sus únicos amigos.

—Señor McAfee —dijo el juez—, ¿tiene más preguntas?

Tenía mil: «¿Cómo has podido hacerme esto? ¿Cómo has podido hacerte esto a ti mismo? ¿Cómo hago que este jurado entienda que no has querido decirlo como ha sonado?». Sacudió la cabeza, perplejo, ante el desmoronamiento de su plan de acción, y el juez tomó eso como una respuesta.

—¿Señora Leven? —dijo.

Jordan levantó la cabeza de golpe. «Un momento —quería decir—. Espere, todavía estoy pensando». Contuvo la respiración. Si Diana le preguntaba algo a Peter —incluso si sólo le preguntaba cuál era su segundo nombre—, luego tendría una oportunidad de recuperar el rumbo. Y, seguramente, entonces podría darle al jurado una impresión diferente de Peter.

Diana revolvió las notas que había ido tomando y luego las puso boca abajo en la mesa.

—El Estado no tiene preguntas, Su Señoría —dijo.

El juez Wagner llamó a un alguacil.

—Lleve al señor Houghton de vuelta a su asiento. Se levanta la sesión durante el fin de semana.

Tan pronto como el jurado se retiró, la sala entró en erupción con un rugido de preguntas. Los periodistas nadaron entre la marea de espectadores hacia la barra divisoria, con la esperanza de acorralar a Jordan para conseguir una declaración. Él tomó su maletín y apresuró el paso hacia la puerta trasera, la misma por la que los alguaciles se estaban llevando a Peter.

—Un momento —dijo. Se acercó a los hombres, que permanecieron quietos, con Peter, esposado, entre ellos—. Tengo que hablar con mi cliente acerca del lunes.

Los alguaciles se miraron entre sí y luego a Jordan.

—Dos minutos —contestó uno de ellos, pero no se alejaron ni un paso.

Si Jordan quería hablar con Peter, ésas eran las condiciones en que podría hacerlo.

La cara de Peter se sonrojó, con una sonrisa radiante.

—¿Lo he hecho bien?

Jordan dudó, intentando encontrar las palabras.

—¿Has dicho lo que querías decir?

—Sí.

—Entonces lo has hecho bien —le contestó Jordan.

Permaneció en el vestíbulo y observó a los alguaciles llevarse a Peter. Justo antes de que volviera la esquina, Peter levantó sus manos unidas y lo saludó. Jordan asintió con la cabeza, con las manos en los bolsillos.

Se escabulló de la cárcel por una puerta trasera y pasó junto a tres furgonetas de los medios de comunicación, con antenas parabólicas encima, como enormes pájaros blancos. A través de las ventanillas traseras de cada furgoneta, Jordan podía ver a los productores editando el vídeo para las noticias de la noche. Su rostro aparecía en cada uno de los monitores.

Al pasar junto a la tercera furgoneta, oyó a través de la ventanilla abierta, la voz de Peter. «El juego no ha terminado todavía».

Jordan se recolocó la correa del maletín en el hombro y caminó un poco más rápido.

—Sí, sí ha terminado —dijo.

Selena le había preparado a su esposo lo que él llamaba La Comida del Verdugo, lo que siempre le preparaba antes del cierre de un caso: ganso asado. Con Sam ya en la cama, ella deslizó un plato delante de Jordan y se sentó frente a él.

—Ni siquiera sé qué decir —admitió.

Jordan apartó el plato.

—Todavía no estoy listo para esto.

—¿De qué hablas?

—No puedo terminar el caso así.

—Cariño —le dijo Selena—, después de lo de hoy, no podrías salvar este caso ni con un escuadrón entero de bomberos.

—No puedo renunciar. Le dije a Peter que tenía una oportunidad. —Miró a Selena angustiado—. Yo fui el que permitió que subiera al estrado, incluso a sabiendas de que no era lo mejor. Tiene que haber algo que pueda hacer... algo que pueda decir para que el testimonio de Peter no sea con lo último que se quede el jurado.

Selena suspiró y tomó el plato de Jordan. Con su cuchillo y tenedor y se cortó un pedazo, untado en la salsa de cereza.

—Este ganso está buenísimo, Jordan —comentó—. No sabes lo que te pierdes.

—La lista de testigos —dijo Jordan de repente, levantándose y hurgando en la pila de papeles que había dejado en el otro extremo de la mesa del comedor—. Tiene que haber alguien a quien no hayamos llamado que pueda ayudarnos. —Examinó los nombres—. ¿Quién es Louise Herrman?

—La maestra de tercer grado de Peter —dijo Selena con la boca llena.

—¿Por qué demonios está en la lista de testigos?

—Ella nos llamó —explicó Selena—. Nos dijo que si la necesitábamos, estaría dispuesta a testificar que en tercer grado era un buen chico.

—Bueno, eso no va a funcionar. Necesito a alguien reciente —suspiró—. Aquí no hay nadie más... —Al dar vuelta a la segunda página, vio un solo nombre escrito a máquina—. Excepto Josie Cormier —dijo Jordan lentamente.

Selena bajó el tenedor.

—¿Vas a llamar a la hija de Alex?

—¿Desde cuándo llamas Alex a la jueza Cormier?

—Esa chica no se acuerda de nada.

—Bueno, estoy completamente perdido. Quizá recuerde algo ahora. Vamos a traerla y ya veremos si habla.

Selena rebuscó entre las pilas de papeles que cubrían la mesa auxiliar, el borde de la chimenea y la parte superior del andador de Sam.

—Aquí está su declaración —dijo, entregándosela a Jordan.

La primera página era la declaración jurada que la jueza Cormier le había llevado en la que Josie decía que no sabía nada. La segunda era la más reciente entrevista que la chica había dado a Patrick Ducharme.

—Son amigos desde el jardín de infantes.

—Eran amigos.

—No me importa. Diana ya ha hecho el trabajo preliminar aquí; Peter estaba enamorado de Josie; él asesinó al novio de ella. Si podemos conseguir que esa chica diga algo bueno de él, quizá incluso mostrar que le perdona, eso tendrá peso para el jurado. —Se levantó—. Vuelvo al tribunal —dijo—. Necesito una citación.

Cuando sonó el timbre, el sábado por la mañana, Josie todavía estaba en pijama. Había dormido profundamente, lo cual no era sorprendente, porque no había podido descansar bien en toda la semana. Sus sueños estaban poblados de caminos llenos de sillas de ruedas, de candados con combinaciones que no tenían números, de reinas de belleza sin rostro.

Era la única persona que quedaba en la sala de los testigos de la defensa, lo que significaba que casi había terminado todo; que pronto podría volver a respirar.

Josie abrió la puerta y se encontró con la alta y despampanante mujer afroamericana de Jordan McAfee, que le sonreía y sostenía en la mano una hoja de papel.

—Tengo que darte esto, Josie —dijo ella—. ¿Está tu madre en casa?

Josie bajó la mirada a la nota azul doblada. Quizá fuera una fiesta de despedida por el final del juicio. Eso estaría bien. Llamó a su madre por encima de su hombro. Ésta apareció con Patrick tras ella.

Imperturbable, Alex se cruzó de brazos.

—¿Qué hay?

—Jueza, siento molestarla en sábado, pero mi esposo se preguntaba si Josie podría hablar con él hoy.

—¿Por qué?

—Porque la ha citado para testificar el lunes.

La habitación comenzó a dar vueltas.

—¿Testificar? —repitió Josie.

Alex dio un paso adelante y, por la apariencia de su rostro, probablemente la hubiese agredido si Patrick no le hubiera pasado un brazo por la cintura para mantenerla en su lugar. Arrancó el papel azul de la mano de Josie y lo examinó.

—No puedo ir al tribunal —murmuró Josie.

Su madre sacudió la cabeza.

—Tienen una declaración jurada de Josie donde dice que no recuerda nada...

—Sé que está enojada, pero sea como sea, Jordan va a llamar a Josie el lunes, y preferiríamos hablar con ella acerca de su testimonio con anterioridad. Es mejor para nosotros y es mejor para Josie —dudó—. Jueza, podemos hacerlo por las malas o podemos hacerlo de este modo.

La madre de Josie apretó la mandíbula.

—Iremos a su despacho a las dos en punto —dijo con los dientes apretados, y le cerró a Selena la puerta en las narices.

—Lo prometiste —lloró Josie—. Me prometiste que no tendría que subirme allí a testificar. ¡Dijiste que no tendría que hacerlo!

Su madre la tomó por los hombros.

—Cariño, sé que te asusta. Sé que no quieres hacerlo, pero nada de lo que digas le ayudará. Será corto e indoloro. —Echó un vistazo a Patrick—. ¿Por qué demonios le hace esto?

—Porque tiene el caso perdido —dijo Patrick—. Y quiere que Josie lo salve.

Eso fue todo lo que hizo falta.

Josie rompió a llorar desesperada.

Jordan abrió la puerta de su oficina, llevando a Sam en brazos como una pelota de fútbol. Eran las dos en punto y Josie Cormier y su madre llegaron. La jueza Cormier parecía tan dura como el muro de un acantilado escarpado; en cambio, su hija estaba temblando como una hoja.

—Gracias por venir —dijo Jordan, esbozando una enorme sonrisa. Por encima de todas las cosas, quería que Josie se sintiera a gusto.

Ninguna de las dos mujeres dijo una palabra.

—Lo siento por esto —dijo Jordan, haciendo una seña hacia Sam—. Se suponía que mi esposa habría llegado para encargarse del bebé y que nosotros podríamos hablar, pero un camión maderero ha volcado en la carretera 10. —Amplió su sonrisa aún más—. Sólo tardaremos un minuto.

Hizo un gesto hacia el sofá y las sillas de su despacho, ofreciéndoles asiento. Había galletas en la mesa y una jarra de agua.

—Por favor, sírvanse.

—No —dijo la jueza.

Jordan se sentó, haciendo dar brincos al niño sobre su rodilla.

—Bueno.

Miró el reloj, asombrado de cuán largos podían ser sesenta segundos cuando querías que pasaran en seguida y entonces, de repente, se abrió la puerta y Selena entró corriendo. Al hacerlo, la mochila llena de pañales resbaló de su hombro, deslizándose por el suelo hasta los pies de Josie.

Ésta se levantó, mirando fijamente la mochila caída de Selena, y se alejó, dando un traspié con las piernas de su madre y con el borde del sofá.

—No —gimió, y se enroscó sobre sí misma haciéndose una bola en un rincón, cubriéndose la cara con las manos mientras se echaba a llorar. El ruido hizo que Sam chillara y Selena lo apretó contra su hombro mientras Jordan miraba a Josie boquiabierto.

La jueza Cormier se puso en cuclillas al lado de su hija.

—Josie, ¿cuál es el problema? ¿Josie? ¿Qué está ocurriendo?

La chica se mecía adelante y atrás, sollozando. Levantó la vista hacia su madre.

—Recuerdo —susurró— más de lo que dije que recordaba.

La boca de la jueza se abrió de sorpresa y Jordan aprovechó la ocasión que le brindaba el estado de shock de Josie.

—¿Qué recuerdas? —preguntó, arrodillado al lado de la chica.

La jueza Cormier lo apartó y ayudó a Josie a ponerse de pie. La sentó en el sofá y le sirvió un vaso de agua de la jarra que había en la mesa.

—Está bien —murmuró la jueza.

Josie respiró con un estremecimiento.

—La mochila —dijo, señalando con el mentón hacia la que estaba en el suelo—. Se cayó del hombro de Peter, como lo ha hecho ésa. El cierre estaba abierto y... y un arma cayó fuera. Matt la agarró. —El rostro de Josie se contorsionó—. Disparó contra Peter, pero erró. Y Peter... y él... —cerró los ojos—. Entonces Peter le disparó a él.

Jordan atrajo la atención de Selena. La defensa de Peter se basaba en el síndrome de estrés postraumático: cómo un evento puede desencadenar otro; cómo una persona traumatizada puede olvidar algo por completo. Cómo alguien como Josie puede ver caer una mochila con pañales y en cambio estar viendo lo que había ocurrido en el vestuario meses antes: Peter, con un arma apuntándole; una amenaza real y presente; un matón a punto de asesinarlo.

O, en otras palabras, lo que Jordan había estado diciendo todo el tiempo.

—Es un desastre —le dijo Jordan a Selena después de que las Cormier se fueran—. Y eso es bueno para mí.

Selena no se había ido con el bebé; Sam estaba ahora dormido en el cajón vacío de un archivador. Ella y Jordan se sentaron a la mesa en la que, menos de una hora antes, Josie había confesado que recientemente había comenzado a recordar fragmentos y pedacitos del tiroteo, pero que no se lo había dicho a nadie por miedo de tener que ir al tribunal y hablar de ello. Y que, cuando la mochila con los pañales había caído, todo le había vuelto como una inundación, con toda su fuerza.

—Si hubiera tenido esto antes de que comenzara el juicio, se lo habría llevado a Diana y lo habría usado tácticamente —dijo Jordan—. Pero ya que el jurado ya está constituido, quizá pueda hacer algo aún mejor.

—No hay nada como el truco final en el último segundo.

—Supongamos que subimos a Josie al estrado y que dice todo esto en el juicio. De repente, esas diez muertes no son lo que parecían ser. Nadie sabe la verdadera historia que hay detrás de ésta, y eso hace que todo lo demás que ha dicho la fiscal sobre los tiroteos sea puesto en entredicho. En otras palabras, si el Estado no sabe eso, ¿qué más hay que no sepan?

—Y —señaló Selena— eso refuerza lo que dijo King Wah. Allí, delante de Peter, estaba uno de los chicos que atormentaban a Peter, apuntándole con un arma, tal como él se había imaginado que ocurriría. —Dudó—. De acuerdo, Peter era el que había llevado el arma...

—Eso es irrelevante —prosiguió Jordan—. No tengo que tener todas las respuestas. —Besó a Selena en la boca—. Sólo necesito asegurarme de que el Estado tampoco las tenga.

Alex se sentó en el banco, mirando un desparejo equipo de estudiantes universitarios jugar al Ultimate Frisbee como si no tuvieran idea de que el mundo se había roto por las costuras. Al lado de ella, Josie se abrazaba las rodillas contra el pecho.

—¿Por qué no me lo dijiste? —preguntó Alex.

Josie levantó la cara.

—No podía. Eras la jueza en este caso.

Alex sintió una punzada debajo del esternón.

—Pero digo después, cuando me retiré. Josie... cuando fui a ver a Jordan tú dijiste que no recordabas nada... Por eso firmaste la declaración jurada.

—Pensé que eso era lo que tú querías que hiciera —replicó Josie—. Tú me dijiste que, si la firmaba, no tendría que declarar... y yo no quería hacerlo. No quería volver a ver a Peter.

Uno de los jugadores saltó y perdió el Frisbee. Éste partió con rumbo a Alex, aterrizando en el montón de tierra que había a sus pies.

—Lo siento —dijo el chico, haciendo una seña con la mano.

Alex lo agarró y lo mandó por los aires. El viento levantó el Frisbee y lo llevó más alto, una mancha contra un cielo perfectamente azul.

—Mami —dijo Josie, aunque no había llamado así desde hacía años—, ¿qué pasará conmigo?

Ella no lo sabía. Ni como jueza, ni siquiera como abogada, y tampoco como madre. Lo único que podía hacer era ofrecerle un buen consejo y esperar que su hija resistiera lo que tuviera que venir.

—De ahora en adelante —le dijo Alex a Josie—, lo único que tienes que hacer es decir la verdad.

Patrick había sido llamado para una negociación de rehenes en un caso de violencia doméstica, en Cornish, y no llegó a Sterling hasta casi la medianoche. En lugar de dirigirse a su propia casa, fue a la de Alex, donde se sentía más como en un hogar. Había intentado llamarla muchas veces para ver cómo les había ido con Jordan McAfee, pero donde estaba no tenía cobertura en el móvil.

Al llegar la encontró sentada en el sofá del salón, a oscuras, y se sentó a su lado. Por un momento, miró fijamente la pared, igual que Alex.

—¿Qué estamos haciendo? —susurró.

Ella lo miró a la cara y entonces él se dio cuenta de que había estado llorando. Se culpó a sí mismo. «Deberías haber intentado llamarla más veces, deberías haber vuelto más temprano».

—¿Qué pasa?

—He metido la pata, Patrick —dijo Alex—. Creí que estaba ayudándola. Pensé que sabía lo que estaba haciendo. Pero resultó que no sabía nada en absoluto.

—¿Josie? —preguntó él, intentando recomponer las partes—. ¿Dónde está?

—Dormida. Le he dado una pastilla.

—¿Quieres hablar de ello?

—Hemos visto a Jordan McAfee hoy y ella le ha dicho... le ha dicho que recordaba algo del tiroteo. De hecho, lo recordaba todo.

Patrick silbó suavemente.

—Entonces, ¿estaba mintiendo?

—No lo sé. Creo que estaba asustada. —Alex levantó la vista hacia Patrick—. Eso no es todo. Según Josie, Matt disparó a Peter primero.

—¿Qué?

—La mochila que Peter llevaba se cayó delante de Matt y éste tomó una de las armas. Disparó, pero falló.

Patrick se pasó una mano por el rostro. Diana Leven no iba a estar contenta.

—¿Qué le ocurrirá a Josie? —dijo Alex—. En el mejor de los casos, subirá al estrado y declarará a favor de Peter. En el peor, cometerá perjurio y puede ser acusada de ello.

La mente de Patrick iba a toda velocidad.

—No debes preocuparte por eso. No está en tus manos. Además, Josie saldrá con bien. Ella es una sobreviviente.

Él se inclinó y la besó suavemente, con la boca llena de palabras que no podía decirle todavía y promesas que tenía miedo de hacer. La besó hasta que sintió que ella se relajaba.

—Tú deberías tomar también una de esas pastillas para dormir —susurró.

Alex inclinó la cabeza.

—¿No te quedas?

—No puedo. Todavía tengo trabajo que hacer.

—¿Has hecho todo el camino hasta aquí para decirme que te vas?

Patrick la miró, deseando poder explicarle lo que tenía que hacer.

—Te veré más tarde, Alex —dijo.

Alex había confiado en él, pero como jueza, debería saber que Patrick no podía guardar su secreto. El lunes por la mañana, cuando Patrick viera a la fiscal, tendría que decirle lo que ahora sabía acerca de que Matt Royston había disparado primero en el vestuario. Legalmente, estaba obligado a revelarlo. Sin embargo, técnicamente, tenía todo el domingo para hacer con esa información lo que le viniera en gana.

Si Patrick podía encontrar pruebas que respaldaran las alegaciones de Josie, entonces amortiguaría el golpe que ella iba a recibir declarando, y eso convertiría a Patrick en un héroe a los ojos de Alex. Pero una parte de él quería buscar en el vestuario otra vez por otra razón. Patrick sabía que había peinado personalmente ese pequeño espacio en busca de pruebas, y que no había sido encontrada ninguna otra bala. Si Matt había disparado primero a Peter, debería haber una.

No había querido decirle eso a Alex, pero Josie ya les había mentido una vez. No había razón para que no pudiera estar haciéndolo de nuevo.

A las seis de la mañana, el Instituto Sterling era un gigante durmiente. Patrick abrió la cerradura de la puerta de entrada y se movió por los pasillos en la oscuridad. Habían sido limpiados por profesionales, pero él no podía dejar de ver, al haz de su linterna, los lugares donde las balas habían roto ventanas y la sangre había manchado el suelo. Se movía rápidamente, los tacones de sus botas resonando, mientras apartaba las lonas y evitaba los montones de madera.

Patrick abrió la doble puerta del gimnasio y siguió su camino. Dio un rápido toque a un panel de interruptores y el gimnasio se inundó de luz. La última vez que estuvo allí, había mantas de emergencia echadas en el suelo, correspondientes a los números escritos en las frentes de Noah James, Michael Beach, Justin Friedman, Dusty Spears y Austin Prokiov. Había técnicos de criminalística a gatas, tomando fotografías de las marcas en los ladrillos de cemento, extrayendo balas del tablón de la canasta de baloncesto.

Había pasado horas en la comisaría de policía, su primera parada después de irse de la casa de Alex, examinando las huellas dactilares ampliadas que había en el arma B. Una parcial; una que se había asumido, vagamente, que era de Peter. Pero ¿qué pasaba si no era de Peter? ¿Había alguna forma de probar que Royston había agarrado el arma, como afirmaba Josie? Patrick había estudiado las huellas tomadas del cuerpo sin vida de Matt y las había comparado, parte por parte, con la huella parcial, hasta que las líneas y espiras se le hicieron más borrosas todavía de lo que estaban.

Si tenía que encontrar una prueba, debía ser en la escuela misma.

El vestuario se veía exactamente como en la fotografía que él había utilizado durante su declaración, tomada unos días antes, aquella misma semana, excepto porque los cuerpos, por supuesto, habían sido quitados. A diferencia de los pasillos y de las aulas, el vestuario no había sido limpiado ni reformado. La pequeña área contenía demasiado daño —no físico, sino psicológico—, y la administración había acordado por unanimidad echarlo abajo, junto con el resto del gimnasio, y más adelante la cafetería, aquel mismo mes.

El vestuario era un rectángulo. La puerta que daba a él desde el gimnasio se abría en el medio de una larga pared. Directamente enfrente de ésta había un banco de madera y una hilera de casilleros metálicos. En la esquina más alejada, había un pequeño pasillo que daba a una serie de duchas comunes. En esa esquina fue encontrado el cuerpo de Matt, con Josie yaciendo a su lado; a diez metros de distancia de ese lugar estaba Peter agachado. La mochila azul permanecía en el suelo justo a la izquierda del pasillito.

De ser cierto lo que decía Josie, entonces Peter habría entrado corriendo al vestuario, donde Josie y Matt se habían escondido. Se suponía que él sostenía el arma A. Se le cayó la mochila, y Matt —que habría estado de pie en medio del vestuario, lo suficientemente cerca como para alcanzarla— tomó el arma B. Matt disparó a Peter —la bala que nunca fue encontrada, la que probaba que el arma B fue disparada— y erró. Cuando intentó disparar otra vez, el arma se atascó. En ese momento, Peter le disparó dos veces.

El problema era que el cuerpo de Matt había sido encontrado por lo menos a cinco metros de la mochila de donde habría agarrado el arma.

¿Por qué Matt habría retrocedido y luego disparado a Peter? No tenía sentido. Era posible que los disparos de Peter hubieran enviado el cuerpo de Matt hacia atrás, pero la física elemental le decía a Patrick que un tiro disparado desde donde estaba Peter no hubiera arrojado el cuerpo de Matt hasta donde fue encontrado. Sumado a eso, no había rastro de salpicaduras de sangre que sugirieran que Matt hubiera estado cerca de la mochila cuando Peter le dio. Más bien se había desplomado donde fue alcanzado.

Patrick caminó hacia la pared, hasta el sitio donde detuvo a Peter. Comenzó por la esquina superior y recorrió metódicamente con los dedos cada hornacina y zócalo, los bordes de los casilleros y dentro de ellas, alrededor de cada ángulo de las paredes perpendiculares.

Anduvo a gatas por debajo del banco de madera y examinó la parte de debajo. Sostuvo su linterna hacia el cielorraso. En un recinto tan reducido, cualquier bala disparada por Matt debería haber causado suficiente estropicio como para que fuera detectado y, sin embargo, no había absolutamente ningún indicio de que un arma hubiera sido disparada en dirección a Peter.

Patrick se desplazó hacia la esquina opuesta del vestuario. Todavía había una oscura mancha de sangre en el suelo y una marca de bota seca. Pasó por encima de la mancha y entró en las duchas, repitiendo la misma meticulosa búsqueda en la pared de azulejos de detrás de donde había estado Matt.

Si encontrara esa bala perdida allí, donde se había encontrado el cuerpo de Matt, entonces Matt no habría sido quien disparase el arma B, sino Peter quien blandiese ambas, tanto el arma A como la B. O, en otras palabras, Josie le habría mentido a Jordan McAfee.

Era un trabajo fácil, porque los azulejos eran blancos, prístinos. No había rajaduras ni descamados, no había astillas, nada que pudiera sugerir que una bala había sido disparada por Matt y dado en la pared de las duchas.

Patrick dio una vuelta, mirando en lugares que no tenían sentido: la parte de arriba de la ducha, el cielorraso, el desagüe. Se quitó los zapatos y los calcetines y arrastró los pies por el suelo de las duchas.

Lo sintió al rozar con un dedo del pie justo el lado del desagüe.

Patrick se apoyó sobre sus manos y rodillas y notó donde el metal había rozado. Una señal áspera, larga, en el azulejo que bordeaba el desagüe. Era fácil que hubiera pasado desapercibida por el lugar donde se encontraba; los técnicos que la vieran, probablemente pensaron que era parte del sumidero. Pasó el dedo y se esforzó por mirar enfocando con la linterna dentro del desagüe. Metió los dedos. Si la bala se hubiera deslizado por allí, habría recorrido un largo trayecto; y sin embargo, los huecos del desagüe eran lo suficientemente minúsculos como para que eso no pareciera posible.

Abrió un casillero y desprendió un cuadradito minúsculo de espejo que colocó boca arriba en el suelo de la ducha, justo donde estaba la marca. Después apagó las luces y sacó un puntero láser. Se colocó donde Peter había sido detenido y señaló en dirección al espejo; observó que la luz rebotaba en la pared más lejana de las duchas, donde ninguna bala había dejado marca.

Girando sobre sí mismo, continuó señalando la posible trayectoria hasta que llegó a una pequeña ventana superior que servía de ventilación. Se arrodilló, marcando el lugar donde él estaba con un lápiz. Luego sacó su teléfono móvil.

—Diana —dijo cuando la fiscal respondió—, no dejes que mañana comience el juicio.

—Sé que es inusual —dijo Diana en el tribunal a la mañana siguiente— y que tenemos un jurado aquí sentado, pero tengo que pedir un receso hasta que llegue mi detective. Está investigando un nuevo aspecto del caso... posiblemente algo exculpatorio.

—¿Lo ha llamado? —preguntó el juez Wagner.

—Muchas veces.

Patrick no atendía el teléfono. Si lo hiciera, ella podría decirle cuántas ganas tenía de matarlo.

—Debo protestar, Su Señoría —dijo Jordan—. Estamos listos para seguir adelante. Estoy seguro de que la señora Leven me dará esa información exculpatoria en cuanto la tenga, si es que eso sucede, pero llegados a este punto, estoy dispuesto a correr el riesgo. Y ahora quisiera llamar a un testigo que está preparado para declarar.

—¿Qué testigo? —preguntó Diana—. No tienes a nadie más a quien llamar.

Él le sonrió.

—La hija de la jueza Cormier.

Alex estaba sentada fuera de la sala del tribunal, sosteniéndole la mano a Josie.

—Esto terminará antes de que te des cuenta.

La gran ironía, pensó Alex, era que meses atrás, cuando luchó tan arduamente para ser la jueza de aquel caso, lo había hecho porque se sentía más a gusto ofreciéndole consuelo legal a su hija que consuelo emocional. Y allí estaban ahora, con Josie a punto de testificar en una arena que Alex conocía mejor que ninguna otra persona, y así y todo no tenía ningún magnífico consejo judicial que darle.

Sería horrible. Sería doloroso. Y lo único que Alex podría hacer sería verla sufrir.

Un alguacil fue hacia ellas.

—Su Señoría —dijo—, si su hija está lista...

Alex apretó la mano de Josie.

—Sólo diles lo que sabes —dijo, y se levantó para ir a sentarse a la sala.

—¿Mamá? —Josie la llamó y Alex se volvió—. ¿Qué pasa si lo que sabes no es lo que la gente quiere escuchar?

Alex intentó sonreír.

—Tú di la verdad —le contestó—. No puedes hacer otra cosa.

Para seguir las normas sobre descubrimientos, Jordan le entregó a Diana una sinopsis del testimonio de Josie mientras ésta estaba subiendo al estrado.

—¿Cuándo obtuviste esto? —susurró la fiscal.

—Este fin de semana. Lo siento —contestó él, aunque realmente no lo sentía. Se dirigió hacia Josie, a la que se veía pequeña y pálida. Se había recogido el cabello en una pulcra cola de caballo y tenía las manos dobladas sobre el regazo. Evitaba, estudiadamente, la mirada de cualquiera, enfocando una veta de la madera de la baranda del estrado.

—¿Puedes decirnos tu nombre?

—Josie Cormier.

—¿Dónde vives, Josie?

—En el número cuarenta y cinco de la calle East Prescott, en Sterling.

—¿Cuántos años tienes?

—Diecisiete —dijo ella.

Jordan se acercó un paso, para que la única que pudiera oírlo fuera ella.

—¿Ves? —murmuró—. Es pan comido. —Le hizo un guiño y pensó que ella podría haber esbozado aunque fuera una minúscula sonrisa.

—¿Dónde estabas en la mañana del seis de marzo del dos mil siete?

—Estaba en la escuela.

—¿Qué clase tuviste a primera hora?

—Inglés —dijo Josie suavemente.

—¿Y a segunda?

—Matemáticas.

—¿A tercera?

—Tenía hora libre.

—¿Dónde la pasaste?

—Con mi novio —dijo—, Matt Royston. —Miró a los lados, parpadeando a toda velocidad.

—¿Dónde estuvieron Matt y tú durante la tercera hora?

—Salimos de la cafetería. Estábamos yendo hacia su casillero, antes de la clase siguiente.

—¿Qué ocurrió entonces?

Josie fijó la vista en su regazo.

—Hubo mucho ruido, y la gente comenzó a correr. Todos gritaban algo sobre unas armas, sobre alguien con un arma. Un amigo nuestro, Drew Girard, nos dijo que era Peter.

Entonces levantó la mirada y sus ojos se clavaron en los de Peter. Por un largo momento, ella lo miró fijamente, luego cerró los ojos y desvió la vista hacia otro lado.

—¿Sabías qué era lo que ocurría?

—No.

—¿Viste a alguien disparar?

—No.

—¿Adónde fueron?

—Al gimnasio. Lo cruzamos corriendo, hacia el vestuario. Sabía que él estaba acercándose, porque seguía oyendo disparos.

—¿Quién estaba contigo cuando fuiste al vestuario?

—Creía que Drew y Matt, pero cuando me di la vuelta, vi que Drew no estaba allí. Le había disparado.

—¿Viste cuando Peter le disparó a Drew?

Josie sacudió la cabeza.

—No.

—¿Viste a Peter antes de que entraras al vestuario?

—No. —Su cara se arrugó y se limpió los ojos.

—Josie —dijo Jordan—, ¿qué ocurrió luego?

10:16 DE LA MAÑANA. EL DÍA

—Abajo —siseó Matt y empujó a Josie de modo que ella quedó debajo del banco de madera.

No era un buen lugar para esconderse, pero en ese momento, ningún lugar del vestuario lo era. El plan de Matt era trepar y salir por la ventana que había sobre las duchas; incluso había logrado ya abrirla pero entonces oyeron los disparos en el gimnasio y se dieron cuenta de que no tenían tiempo para arrastrar el banco y escapar por allí. Literalmente, se habían metido ellos mismos en la trampa.

Josie se enroscó sobre sí misma, haciéndose un ovillo, y Matt se agachó delante de ella. Su corazón tronaba contra la espalda de él y se olvidó de respirar.

Él buscó a sus espaldas hasta que encontró la mano de ella.

—Si algo ocurre, Jo —susurró—. Te he amado.

Josie comenzó a llorar. Iba a morir; todos iban a morir. Ella pensó en mil cosas que todavía no había hecho y que tenía muchísimas ganas de hacer: ir a Australia; nadar con delfines. Aprenderse toda la letra de Bohemian Rhapsody. Graduarse.

Casarse.

Se secó la cara contra la espalda de la camisa de Matt y luego la puerta del vestuario se abrió de golpe. Peter irrumpió, con los ojos desorbitados, sosteniendo un arma. Se fijó en que su zapatilla izquierda tenía los cordones desatados, y entonces no pudo evitarlo: gritó.

Quizá fuese el ruido, quizá fue oír su voz. Algo asustó a Peter, que dejó caer su mochila. Se deslizó de su hombro y, cuando lo hacía, otra arma se salió y cayó de un bolsillo abierto.

Resbaló por el suelo, aterrizando justo detrás del pie izquierdo de Josie.

Hay momentos en los que el mundo se mueve con tanta lentitud que puedes sentir cómo tus huesos se mueven mientras tu mente da vueltas. Momentos en los que, no importa lo que ocurra el resto de tu vida, recordarás cada mínimo detalle de ellos para siempre. Josie observó cómo su mano se estiraba hacia atrás; veía sus dedos enroscarse en torno de la culata fría y negra del arma. Se levantó tambaleante y apuntó con el arma a Peter.

Matt se alejó hacia las duchas, con Josie cubriéndole. Peter sostuvo su arma firmemente, todavía apuntando a Matt, aunque Josie estaba más cerca.

—Josie —le dijo—, déjame terminar esto.

—Dispárale, Josie —gritó Matt—. Maldita sea, dispárale.

Peter tiró hacia atrás el pasador del arma para que la bala del cargador se colocara en su lugar. Observándole cuidadosamente, Josie hizo lo mismo.

Se acordó de cuando estaba en el jardín de infantes con Peter; de que otros chicos recogían palitos o piedras y corrían por ahí gritando: «Arriba las manos». ¿Para qué recogerían palitos ella y Peter? No era capaz de recordarlo.

—¡Josie, por el amor de Dios! —Matt estaba sudando, con los ojos muy abiertos—. ¡Por Dios! ¿Eres estúpida?

—¡No le hables así! —gritó Peter.

—Cállate, imbécil —dijo Matt—. ¿Crees que ella no va a hacerlo? —Se volvió hacia Josie—. ¿A qué estás esperando? Dispara.

Entonces lo hizo.

Al abrir fuego, el arma le dejó dos marcas en la base del dedo pulgar. Sus manos se sacudieron hacia arriba, paralizadas, entumecidas. La sangre se veía negra en la camiseta gris de Matt. Se quedó quieto por un momento, atónito, con la mano sobre la herida de su estómago. Ella vio la boca de él pronunciar su nombre, pero no podía oírlo de tan alto que le zumbaban los oídos. «Josie», y luego cayó al suelo.

Josie comenzó a temblar violentamente; no le sorprendió cuando el arma se le cayó, como excepcionalmente repelida, como si momentos antes hubiera estado pegada a ella.

—Matt —lloró, corriendo hacia él. Apretó las manos contra la herida, porque eso era lo que se suponía que había que hacer, ¿no?, pero él se retorcía y gritaba en su agonía. La sangre comenzó a manar de su boca, fluyendo sobre su cuello.

—Haz algo —sollozó ella, volviéndose hacia Peter—, ayúdame.

Peter se acercó, levantó el arma que tenía en la mano y le disparó a Matt en la cabeza.

Horrorizada, ella gateó hacia atrás, alejándose de ambos. Aquello no era lo que ella había querido decir; aquello no podía ser lo que ella había querido decir.

Miró fijamente a Peter y se dio cuenta de que en ese momento, cuando dejó de pensar, supo exactamente lo que él había sentido mientras se movía por la escuela con su mochila y sus armas. Cada chico en esa escuela asumía un rol: atleta, cerebrito, belleza, *freak*. Lo que Peter había hecho era algo con lo que todos, secretamente, habían soñado: ser alguien, aunque sólo fuera durante diecinueve minutos, a quien nadie pudiera juzgar.

—No digas nada —susurró Peter, y Josie se dio cuenta de que él le estaba ofreciendo un camino de salida, un trato sellado con sangre, una sociedad de silencio: «No traicionaré tu secreto si tú no traicionas el mío».

Josie asintió con la cabeza lentamente, y luego su mundo se volvió negro.

Creo que la vida de una persona es como un DVD. Puedes ver la versión que todos ven o puedes elegir la del director: lo que él quiere que veas, antes de que todo lo demás se interponga.

Hay menús, probablemente para que puedas comenzar en las partes buenas y no tengas que revivir las malas. Puedes medir tu vida por el número de escenas en las que has sobrevivido o los minutos en que has estado allí.

Sin embargo, la vida es más como uno de esos vídeos tontos de las cintas de vigilancia. Borrosas, por más fijamente que las mires. Y circulares: la misma cosa, una y otra vez.

Cinco meses después

Alex empujó a la gente del público de la sala, confusos ante la confesión de Josie. Entre ellos estaban los Royston, que acababan de oír que a su hijo le había disparado la hija de ella, pero Alex no podía pensar en eso en aquellos momentos. Sólo podía ver a Josie, atrapada en el estrado, mientras Alex intentaba atravesar la barra divisoria. Ella era jueza, maldita sea; ella debería estar autorizada para entrar, pero dos alguaciles la sostenían firmemente por la espalda.

Wagner estaba golpeando su mazo, aunque a nadie le importaba un bledo.

—Haremos una pausa de quince minutos —ordenó, y mientras otro alguacil arrastraba a Peter hacia la puerta trasera, el juez se volvió a Josie—: Jovencita —dijo—, sigues bajo juramento.

Alex observaba cómo Josie era llevada hacia otra puerta, y gritó su nombre. Un momento después, Eleanor estaba junto a ella. Su ayudante la tomó del brazo.

—Alex, venga conmigo. No está segura aquí en estos momentos.

Por primera vez desde que podía recordar, Alex se dejó llevar.

Patrick llegó al tribunal justo cuando se producía el alboroto. Vio a Josie en el estrado, llorando desesperadamente; vio al juez Wagner luchando por conseguir el control de la situación; pero por encima de todo, vio a Alex intentando frenéticamente llegar hasta su hija.

Él hubiera sacado su arma allí mismo para ayudarla a conseguirlo.

Para cuando consiguió llegar a empellones al pasillo central, Alex se había ido. La vio fugazmente mientras se deslizaba hacia una sala junto al estrado, y Patrick atravesó la barra divisoria para seguirla, pero sintió que alguien lo aferraba por la manga. Molesto, se volvió y se encontró con Diana Leven.

—¿Qué demonios está ocurriendo? —preguntó él.

—Tú primero.

Él suspiró.

—He pasado la noche en el Instituto Sterling, intentando confirmar la declaración de Josie. No tiene ningún sentido. Si Matt le hubiera disparado a Peter, debería haber señales del disparo en la pared que Peter tenía detrás. Supongo que estaba mintiendo otra vez; que Peter le disparó a Matt sin provocación. Una vez que descubrí dónde había dado esa bala, utilicé un láser para ver dónde había rebotado, y entonces entendí por qué no la habíamos encontrado la primera vez que estuvimos allí. —Hurgó en su saco y extrajo una bolsa de pruebas con una bala dentro—. El departamento de bomberos me ayudó a sacarla del arce que está fuera, junto a la ventana de las duchas. La he llevado directamente al laboratorio para que la examinaran, y me he quedado con ellos toda la noche con un látigo hasta que han accedido a trabajar en la muestra. No sólo es la bala disparada con el arma B, sino que además tiene sangre y tejido de Matt Royston. El asunto es que, cuando se traza el ángulo de la bala, no parece proceder de cerca de donde estaba Peter. Era...

La fiscal suspiró con cansancio.

—Josie acaba de confesar que ella disparó a Matt Royston.

—Bueno —dijo Patrick, entregándole la bolsa de pruebas a Diana—, finalmente está diciendo la verdad.

Jordan se apoyó contra los barrotes de la celda.

—¿Habías olvidado hablarme de esto?

—No —contestó Peter.

Él se volvió.

—¿Sabes?, si lo hubieras mencionado al principio, este caso podría haber tenido un resultado muy diferente.

Peter estaba echado en el banco de la celda, con las manos detrás de la cabeza. Para sorpresa de Jordan, estaba sonriendo.

—Ella volvía a ser de nuevo mi amiga —explicó Peter—. No rompes la promesa que le haces a un amigo.

Alex se sentó en la oscuridad de la sala de conferencias, donde los acusados eran llevados normalmente durante los descansos, y se dio cuenta de que ahora su hija cumplía los requisitos para ser una. Habría otro juicio y, esta vez, ella estaría en el centro.

—¿Por qué? —preguntó.

Ella podía distinguir el contorno plateado del perfil de Josie.

—Porque tú me dijiste que dijera la verdad.

—¿Cuál es la verdad?

—Amaba a Matt. Y lo odiaba. Me odiaba a mí misma por amarle, pero si no estaba con él, no era nadie.

—No lo entiendo...

—¿Cómo podrías? Tú eres perfecta. —Josie sacudió la cabeza—. El resto de nosotros somos todos como Peter. Algunos sólo hacemos un trabajo mejor escondiéndolo. ¿Cuál es la diferencia entre pasar tu vida intentando ser invisible y hacer como si fueras la persona que crees que todos quieren que seas? En uno y otro caso, estás fingiendo.

Alex pensó en todas las fiestas a las que había ido en las que lo primero que le preguntaban era «¿A qué te dedicas?». Como si eso fuera suficiente para definirte. Nadie nunca te preguntaba quién eras tú en realidad, porque eso cambiaba. Podías ser jueza o madre o soñadora. Podías ser solitaria o visionaria o una pesimista. Podías ser la víctima y podías ser el matón. Podías ser el padre y también el niño. Podías ser herido un día y curarte al siguiente.

«Yo no soy perfecta», pensó Alex, y quizá ése era el primer paso para empezar a serlo.

—¿Qué me va a pasar? —preguntó Josie. La misma pregunta que

le había hecho un día atrás, cuando Alex se sentía capacitada para dar respuestas.

—Qué nos va a pasar a ambas —la corrigió Alex.

Una sonrisa cruzó la cara de Josie, y desapareció tan rápido como había venido.

—Yo he preguntado primero.

La puerta de la sala de conferencias se abrió, dejando que entrara la luz del pasillo, perfilando lo que fuera que viniera a continuación. Alex apretó la mano de su hija y respiró profundamente.

—Vamos a verlo —dijo.

Peter fue condenado por ocho asesinatos en primer grado y dos asesinatos en segundo grado. El jurado decidió que, en el caso de Matt Royston y Courtney Ignatio, él no había actuado con premeditación ni deliberadamente, sino que había sido provocado.

Después de que fuera pronunciado el veredicto, Jordan se encontró con Peter en la celda. Había sido llevado de regreso a la cárcel sólo hasta que se celebrara la sesión en la que se pronunciaría la sentencia; luego, sería transferido a la prisión del Estado, en Concord. Si cumplía íntegras las sentencias de ocho asesinatos, no saldría de allí con vida.

—¿Estás bien? —le preguntó Jordan, poniéndole la mano en el hombro.

—Sí. —Peter se encogió de hombros—. Sabía que algo así iba a ocurrir.

—Pero ellos te escucharon. Por eso han considerado que dos de las muertes fueron homicidios y no asesinatos.

—Supongo que debería decir gracias por intentarlo —esbozó una sonrisa torcida—. Que tenga una buena vida.

—Iré a verte si ando por Concord —dijo Jordan.

Miró a Peter. En los seis meses transcurridos desde que aquel caso había caído en sus manos, su cliente había crecido. Ahora, Peter era tan alto como Jordan. Probablemente, pesara un poco más. Tenía una voz más grave, una sombra de barba en la mandíbula. Jordan se maravilló de no haber notado esas cosas hasta entonces.

—Bueno —dijo Jordan—, siento que no haya salido del modo que esperaba.

—Yo también.

Peter le tendió la mano y Jordan, en cambio, lo abrazó.

—Cuídate.

Fue a salir de la celda y entonces Peter volvió a llamarlo. Tenía en la mano los anteojos que Jordan le había llevado para el juicio.

—Éstos son suyos —dijo Peter.

—Quédatelos. Tú les darás más uso.

Peter metió los anteojos en el bolsillo del saco de Jordan.

—Creo que me gustará saber que usted los cuida —dijo—. Y tampoco hay tanto que quiera ver realmente.

Jordan asintió con la cabeza. Salió de la celda y se despidió de los guardias. Luego se dirigió al vestíbulo, donde Selena le esperaba.

Mientras se acercaba a ella, se puso los lentes de Peter.

—¿Qué significa eso? —preguntó ella.

—Creo que me gustan.

—Tienes una visión perfecta —señaló Selena.

Jordan consideró el modo en el que los lentes hacían que el mundo se curvara en los extremos, por lo que tenía que moverse con cautela.

—No siempre —contestó.

En las semanas que siguieron al juicio, Lewis comenzó a tontear con números. Había hecho un poco de investigación preliminar y había entrado en la STATA para ver cuántos tipos de patrones emergían. Y —ahí estaba lo interesante— no tenía nada que ver con la felicidad. En cambio, comenzó a mirar en las comunidades en las que en el pasado había habido tiroteos escolares y acercándose al presente, para ver cómo un solo acto de violencia podía afectar a la estabilidad económica. O, en otras palabras, una vez que el mundo desaparecía de debajo de los pies, ¿se volvía alguna vez a pisar tierra firme?

Estaba de nuevo en la Universidad de Sterling, daba microeconomía básica. Las clases habían empezado a finales de septiembre, y

Lewis se vio a sí mismo deslizándose con facilidad hacia el circuito de conferencias. Cuando hablaba de los modelos keynesianos, equipos, competencia, era pura rutina, le suponía tan poco esfuerzo, que casi podía hacerse creer a sí mismo que aquél era otro primer año del curso de investigación que daba en el pasado, antes de que Peter fuera condenado.

Para ir de una clase a otra, Lewis tenía que ir pasillo arriba y pasillo abajo —una maldad innecesaria, ahora que el campus tenía WiFi y cuyos estudiantes podían jugar al póquer conectándose entre sí o enviarse mensajes mientras él daba la clase—, lo que facilitaba que muchas veces sorprendiera a los chicos a traición. En el aula, dos jugadores de fútbol estaban turnándose para apretar una botellita con agua y lanzar un chorrito con el que rociaban la parte de atrás del cuello de otro chico. Éste, dos hileras más adelante, se volvía a cada momento para ver quién le estaba lanzando chorros de agua, pero entonces, los atletas disimulaban mirando los gráficos de la pizarra, con un aire tan inocente como niños de coro.

—Ahora —dijo Lewis, sin perder un segundo—, ¿quién puede decirme qué pasa si se coloca el precio por encima del punto A, en el gráfico? —Arrancó la botella de agua de las manos de uno de los atletas—. Gracias, señor Graves, comenzaba a tener sed.

El chico de dos hileras más adelante levantó la mano como una flecha y Lewis asintió con la cabeza hacia él.

—Nadie querría comprar el equipo por ese dinero —dijo el chico—. Así que caería la demanda, y eso significa que el precio tendría que bajar o acabar con un montón de excedente en el almacén.

—Excelente —dijo Lewis y levantó la vista hacia el reloj—. Muy bien, chicos, el lunes cubriremos el siguiente capítulo de Mankiw. Y no se sorprendan si hay un examen sorpresa.

—Si nos lo dice, no es sorpresa —señaló una chica.

Lewis sonrió.

—Uy.

Se acercó al chico que había dado la respuesta correcta. Estaba guardando sus cuadernos en la mochila, tan atiborrada de papeles que el cierre no podía cerrarse. Llevaba el pelo largo, y en la camiseta, estampada una imagen de la cara de Einstein.

—Buen trabajo hoy —le dijo Lewis.

—Gracias. —El chico pasaba el peso de un pie al otro; Lewis estaba seguro de que no sabía qué decir a continuación. Finalmente tendió la mano—: Ejem, encantado de conocerle. Quiero decir, ya lo conocemos todos, pero no así, personalmente.

—Exacto. Recuérdame cuál es tu nombre.

—Peter. Peter Granford.

Lewis abrió la boca para decir algo, pero luego sólo sacudió la cabeza.

—¿Qué? —El chico bajó la cabeza—. Parecía que estuviera a punto de decir algo importante.

Lewis miró al homónimo de su hijo, su modo de meter los hombros hacia adentro, como si no mereciera mucho espacio en este mundo. Sintió aquel dolor familiar, que se siente como un martillazo en el esternón, que sentía cuando pensaba en Peter; una vida que se perdería en la prisión. Deseó haber dedicado más tiempo a mirar a Peter cuando lo tenía frente a los ojos, porque ahora se veía forzado a compensarlo con recuerdos imperfectos —como en ese momento—, y encontrar a su hijo en las caras de los extraños.

Lewis hizo un esfuerzo y esbozó la sonrisa que guardaba para momentos como aquél, cuando no había absolutamente nada por lo que estar contento.

—Era importante —dijo—. Me recuerdas a alguien que conozco.

A Lacy le llevó tres semanas reunir el coraje para entrar en la habitación de Peter. Ahora que se había pronunciado la sentencia —ahora que sabían que Peter nunca regresaría a casa de nuevo—, no había razón para mantenerla como la había mantenido durante los últimos cinco meses: un sepulcro, un refugio para el optimismo.

Se sentó en la cama de Peter y se llevó su almohada a la cara. Todavía olía a él y ella se preguntó cuánto tiempo tardaría el olor en disiparse. Echó un vistazo a los libros apilados en sus estantes; aquellos que la policía no se había llevado. Abrió el cajón de su mesilla y pasó el dedo por la borla de seda de un punto de libro, el diente de metal de una grapadora. La panza vacía de un control remoto sin pilas. Una lupa. Un viejo mazo de cartas de Pokemon, un truco de magia, una pequeña linterna unida a un llavero.

Lacy agarró la caja que había subido del sótano y lo metió todo dentro. Aquélla era la escena del crimen: mirar lo que había dejado atrás para intentar reconstruir al chico.

Dobló su colcha, luego las sábanas y luego liberó la almohada de su funda. De repente, recordó una conversación durante una cena, en la que Lewis le había dicho que, por diez mil dólares, se podía derribar una casa. «Imagina cuánto menos cuesta destruir algo que construirlo», había dicho. En menos de una hora, aquella habitación se vería como si Peter nunca hubiera vivido allí.

Cuando todo era una pulcra pila, Lacy se sentó en la cama y miró alrededor, las paredes austeras, la pintura un poco más brillante en los lugares en los que habían estado colgados los pósters. Tocó las costuras elevadas del colchón de Peter, y se preguntó cuánto tiempo continuaría pensando en él como de Peter.

Se supone que el amor mueve montañas, que hace girar el mundo, que es lo único que necesitas, pero eso deja de lado los detalles. El amor no podía salvar a un solo niño; no a los que habían ido al Instituto Sterling ese día que habían creído un día normal; no a Josie Cormier; sin duda, no a Peter. Entonces ¿cuál era la receta? ¿El amor debía estar mezclado con algo más para obtener una buena receta? ¿Suerte? ¿Esperanza? ¿Perdón?

Ella recordó, de repente, lo que Alex Cormier le había dicho durante el juicio: «Las cosas existen mientras haya quien que las recuerde».

Todo el mundo recordaría a Peter por diecinueve minutos de su vida, pero ¿qué pasaría con los otros nueve millones? Lacy tendría que ser quien cuidara de ellos, porque era la única forma de mantener esa parte de Peter viva. Por cada recuerdo de él que incluyera una bala o un grito, ella tendría cientos más: un niñito chapoteando en un estanque, montando en bicicleta por primera vez, o saludando con la mano desde lo alto de un juego en una plaza. O un beso de buenas noches, una tarjeta hecha de colores para el día de la madre o una voz desentonada en la ducha. Ella mantendría unidos los momentos en los que su niño era igual que el resto de la gente. Se los pondría, como un collar, cada día de su vida; porque si los perdía, entonces el chico al que ella había amado y que ella había criado y conocido, desaparecería de verdad.

Lacy colocó de nuevo las sábanas sobre el colchón. La manta con las esquinas remetidas; sacudió la almohada. Volvió a poner los libros en los estantes, y los juguetes, herramientas y baratijas en la mesita de noche. Por último, desenrolló las largas lenguas de papel de los pósters y los colgó en la pared. Tuvo cuidado de colocar las chinchetas en los mismos agujeros originales. De ese modo no haría más daño.

Exactamente un mes después de que fuera condenado, cuando las luces se apagaron y los guardias de la penitenciaría dieron la última vuelta por la pasarela, Peter se agachó y se quitó el calcetín derecho. Se volvió de lado en la litera de abajo y se quedó mirando la pared. Se metió el calcetín en la boca, empujándolo tan atrás como pudo.

Cuando se le hizo más difícil respirar, cayó en un sueño. Tenía dieciocho años, pero era el primer día del jardín de infancia. Llevaba su mochila y su fiambrera de Superman. El autobús escolar se acercó y, con un suspiro, se abrieron sus enormes mandíbulas. Peter subió los escalones y se dirigió hacia la parte trasera, pero esta vez él era el único estudiante que había allí. Caminó por el pasillo hasta el fondo de todo, cerca de la salida de emergencia. Puso la fiambrera a su lado y miró por la ventana trasera. Fuera brillaba tanto que pensó que el sol mismo estaba siguiéndolos por la carretera.

—Allí —dijo una voz, y Peter se dio la vuelta para mirar al conductor. Pero así como no había otros pasajeros, tampoco había nadie al volante.

Era de lo más increíble: en su sueño, Peter no tenía miedo. De algún modo, sabía que estaba dirigiéndose exactamente a donde quería ir.

6 DE MARZO DE 2008

El Instituto Sterling está irreconocible. Hay un nuevo techo de metal verde, fresco césped ante la entrada y un atrio de vidrio de dos plantas de altura en la parte trasera. Una placa en los ladrillos del lado de la puerta de entrada dice: UN PUERTO SEGURO.

Más tarde, ese mismo día, habría una ceremonia en memoria de aquellos que murieron allí hacía un año, pero como Patrick había participado en los nuevos protocolos de seguridad para la escuela, podía colar a Alex para una vista previa.

Dentro no había casilleros, sólo cubículos abiertos, para que nada quedara oculto a la vista. Los estudiantes estaban en clase; sólo un par de profesores pasaban por el vestíbulo. Llevaban identificaciones colgadas del cuello, lo mismo que los alumnos. Alex no entendía eso en realidad —la amenaza era siempre interior, no exterior—, pero Patrick decía que hacía que la gente se sintiera segura, y que eso era la mitad de la batalla.

Su teléfono móvil sonó. Patrick suspiró.

—Pensé que les habías dicho...

—Lo hice —contestó Alex. Lo abrió con un solo movimiento y la secretaria del despacho de defensores de oficio del condado de Grafton comenzó a soltar una letanía de crisis.

—Para —le dijo Alex, interrumpiéndola—. ¿Recuerdas? Hoy no trabajo.

Había renunciado a su cargo de jueza. Josie había sido acusada como accesorio de asesinato en segundo grado y había aceptado el alegato de homicidio, con cinco años de condena. Después de eso, cada vez que un chico comparecía ante ella acusado de cualquier delito, no podía ser imparcial como jueza. Pero como madre no eran los hechos los que importaban, sólo los sentimientos. El regreso a sus raíces como defensora de oficio no sólo parecía natural, sino cómodo. Entendía, de primera mano, lo que sus clientes estaban sintiendo. Ella los visitaba cuando iba a visitar a su hija a la cárcel de mujeres. A los acusados les gustaba porque no era condescendiente, y porque les decía la verdad acerca de sus posibilidades: lo que veías de Alex Cormier era lo que obtenías.

Patrick la guió hasta el lugar que una vez había alojado la escalera del Instituto Sterling. Ahora, allí había aquel enorme atrio de vidrio que cubría el lugar donde habían estado el gimnasio y el vestuario. Fuera se podían ver los campos de juego, donde ahora había una clase de gimnasia jugando un partido de fútbol, aprovechando la temprana primavera y que la nieve se había derretido. Dentro había mesas de madera con taburetes, donde los estudiantes podían encontrarse, comer algo o leer. En esos momentos había allí algunos chicos, estudiando para un examen de geometría. Sus susurros se elevaban como humo hacia el cielorraso: «complementario... suplementario... intersección... punto de origen».

En uno de los lados de atrio, delante de la pared de vidrio, había diez sillas. A diferencia del resto de los asientos que había en el atrio, éstas tenían respaldos y estaban pintadas de blanco. Había que mirar muy de cerca para ver que habían sido atornilladas al suelo. No formaban una hilera; ni siquiera estaban a una distancia regular unas de otras. No tenían nombres ni placas, pero todos sabían por qué estaban allí.

Alex sintió que Patrick se acercaba a ella por detrás y que deslizaba su brazo por su cintura.

—Ya casi es la hora —dijo, y ella asintió con la cabeza.

Mientras ella alcanzaba uno de los taburetes vacíos para llevarlo más cerca de la pared de vidrio, Patrick se lo sostuvo.

—Por el amor de Dios, Patrick —musitó ella—. Estoy embarazada, no tengo una enfermedad terminal.

Eso también había sido una sorpresa. Estaba previsto que el bebé naciera a finales de mayo. Alex intentaba no pensar en él como un reemplazo de la hija que todavía estaría presa durante los próximos cuatro años; imaginaba, en cambio, que quizá sería el que los rescataría a todos ellos.

Patrick se sentó junto a ella en un taburete, mientras Alex miraba su reloj. Las 10:02. Inspiró hondo.

—No se parece al de antes.

—Lo sé —dijo Patrick.

—¿Crees que eso es bueno?

El pensó durante un momento.

—Creo que es algo necesario —contestó.

Alex se dio cuenta de que el arce, el que crecía detrás de la ventana del vestuario, no había sido talado durante la construcción del atrio. Desde donde ella estaba sentada, se podía ver el hueco que había sido hecho para sacar la bala. El árbol era enorme, con un tronco nudoso y ramas enroscadas. Probablemente estuviera allí mucho antes que la escuela; quizá incluso antes de que se fundara Sterling.

10:09.

Sintió la mano de Patrick deslizarse en su regazo mientras ella miraba el partido de fútbol. Los equipos parecía extremadamente mal emparejado, los chicos que ya habían entrado en la pubertad contra aquellos que todavía eran pequeños y delgados. Alex vio cómo un delantero atrapaba un pase de un mediocampista y se cargaba a un defensor del otro equipo, dejando al chico más pequeño tirado en el suelo mientras la pelota se precipitaba hacia la red.

«Con todo lo que ha pasado —pensó Alex—, y nada ha cambiado.» Echó un nuevo vistazo a su reloj: 10:13.

Los últimos minutos eran los más duros. Alex se encontró de pie, con las manos apretadas contra el vidrio. Sentía que el bebé le daba patadas, diluyendo la oscuridad de su corazón. 10:16. 10:17.

El delantero había regresado al lugar donde había caído defensor y tendía la mano para ayudar al chico delgado a levantarse. Caminaron juntos hasta el centro del campo, hablando de algo que Alex no podía oír.

Las 10:19.

Volvió a mirar al arce. La savia todavía corría por él. Unas pocas semanas después, sus ramas tendrían un tinte rojizo. Luego brotes. La explosión de las primeras hojas.

Alex tomó la mano de Patrick. Salieron del atrio caminando en silencio. Recorrieron los pasillos, pasaron junto a las hileras de cubículos. Cruzaron el vestíbulo y la puerta principal, desandando los pasos que habían dado.